# Un été pour tout changer

Melissa de la Cruz

# Un été pour tout changer

L'INTÉGRALE

*Traduit de l'anglais (américain)*
*par Florence Schneider et Valérie Le Plouhinec*

wiz
Albin Michel

Titres originaux :
THE AU PAIRS ; THE AU PAIRS - SKINNY-DIPPING ;
THE AU PAIRS - SUN - KISSED
(Première publication : Simon & Schuster, New York, 2004 ; 2005 ; 2006)


Pour la traduction française :
THE AU PAIRS : traduit par Florence Schneider

THE AU PAIRS - SKINNY-DIPPING : traduit par Florence Schneider

THE AU PAIRS - SUN - KISSED : traduit par Valérie Le Plouhinec


Pour la présente édition :

# Un été pour tout changer

*Traduit de l'anglais (américain)*
*par Florence Schneider*

*Pour papa et maman. Pour Chito, Aina, Steve et Nico.*
*Car il n'est pas de meilleures vacances*
*que les moments que nous passons en famille.*

*Pour Kim DeMarco et David Carthas,*
*les gens les plus épatants des Hamptons.*

*Pour mon mari, Mike, avec qui chaque jour*
*est un jour à la plage.*

*Il n'y a que les traqués, ceux qui traquent, ceux qui s'agitent et ceux qui sont las.*

F. Scott Fitzgerald, *Gatsby le Magnifique*

*« It's all about the Benjamins, baby. »*

Puff Daddy, *No Way Out*

FILLES AU PAIR RECHERCHÉES DE TOUTE URGENCE

Pour quatre enfants vigoureux
âgés de 3 à 10 ans

Rejoignez une famille new-yorkaise
et passez un été de rêve !

East Hampton, du 4 juillet au premier lundi
de septembre

Salaire : 10 000 dollars

Permis de conduire exigé
Connaissance des Hamptons bienvenue

Envoyer CV et photos d'identité à :
HamptonsAuPair@yahoo.com

# La capitainerie. Prise 1 : Eliza expérimente les transports en commun

Eliza Thompson n'avait jamais connu pareil inconfort. Assise au fond du car, elle était prise en sandwich entre les toilettes particulièrement odorantes et une voisine trop affectueuse qui prenait son épaule pour un repose-tête. La vieille peau portait un tee-shirt imprimé de la bannière étoilée, et de petites bulles de salive se formaient au coin de ses lèvres. Eliza se lamenta un instant sur son sort : ses parents n'auraient-ils vraiment pas pu se fendre d'un billet d'avion ?

Le cauchemar avait débuté un an plus tôt, quand des gens, fourrant le nez dans les comptes de son père à la banque, avaient dégoté des « dépenses non justifiées ». Certains détails avaient été divulgués – parmi lesquels le fameux porte-parapluies à mille dollars classé en « frais professionnels » dont les journaux avaient fait leurs choux gras. Les notes des avocats s'accumulèrent vite, et bientôt les charges de copropriété de leur appartement – comportant cinq chambres à coucher et autant de salles de bain – furent au-dessus de leurs moyens.

Les Thompson vendirent leur « cottage » d'Amagansett – en fait aussi spacieux qu'un hangar d'aéroport – pour s'acquitter de frais de justice de plus en plus importants. Ils se défirent ensuite de leur appartement en front de mer de Palm Beach.

Et puis, un après-midi, en rentrant de son très chic lycée privé pour filles (qui avait compté Gwyneth Paltrow parmi ses élèves, rien que ça !), elle avait trouvé la femme de chambre en train d'emballer le contenu de sa chambre dans des cartons. Avant d'avoir réalisé ce qui se passait, elle vivait dans un trois pièces minable, à Buffalo, où ses parents – qui partageaient désormais une Honda Civic vieille de dix ans – l'avaient inscrite au lycée Herbert-Hoover. Elle pouvait dire adieu à son année de prépa. À son admission à Princeton. À l'année qu'elle était censée passer à Paris.

Ses parents avaient raconté à tout le monde qu'ils partaient dans le Nord, pour se remettre de tout ça. Sans préciser jusqu'où dans le Nord ils avaient l'intention d'aller. Pour les habitants de Manhattan, la différence entre les Catskills et Buffalo est aussi grande qu'entre Chanel et Petit Bateau.

Mais il y avait un Dieu pour les gosses de riches ! Lequel s'était manifesté la veille, par le biais d'un coup de fil de Kevin Perry. Il cherchait une fille au pair pour l'été. Eliza pouvait-elle arriver avant le coucher du soleil ? Si son père avait pu éviter la prison, il le devait en grande partie au cabinet d'avocats de Kevin Perry. Celui-ci était donc l'un des seuls à être réellement au courant de leur situation. Ce boulot de fille au pair permettait à Eliza de quitter cette maudite ville. Elle allait devoir travailler pour de vieux amis de la famille, et après ? Au moins, elle n'aurait pas à se présenter lundi matin au centre commercial de Buffalo. Songer qu'elle – qui envoyait autrefois ses domestiques faire ses courses chez Bergdorf – avait bien failli devoir aider des camarades de classe boutonneuses à enfiler des vêtements de polyester extensible deux tailles au-dessous de la leur… Cette seule pensée lui donnait la chair de poule.

À côté d'elle, la femme poussa un grognement et exhala une bouffée d'air. Eliza vaporisa un nuage de parfum autour d'elle, afin de neutraliser les effluves nauséabonds. Machinalement, elle toucha l'une des boucles d'oreilles en diamant que Charlie Borshok lui avait offertes pour son seizième anniversaire. Eliza avait beau ne pas être sentimentale, elle les portait tout de même, bien qu'elle eût rompu depuis plus de six mois. Ç'avait été une réaction d'autodéfense, à vrai dire : comment expliquer Buffalo et la faillite à l'héritier unique d'une fortune pharmaceutique se chiffrant en millions de dollars ? Elle avait aimé Charlie autant qu'elle en était capable, mais n'avait pu se résoudre à lui révéler – pas plus qu'à n'importe qui d'autre – l'étendue de leurs pertes. Comme si le fait de dire les choses à voix haute leur conférerait une réalité indéniable. Or, Eliza avait bien l'intention de faire en sorte que nul ne découvre la vérité. Elle ignorait encore comment elle parviendrait à la dissimuler, mais elle s'en sortirait, aucun doute là-dessus. Elle parvenait toujours à s'en tirer.

Ce jour-là, par exemple. D'accord, il lui avait fallu prendre le car jusqu'à Manhattan… mais elle avait déjà trouvé le moyen d'éviter de prendre le bus jusqu'aux Hamptons. Elle comptait sur Kit pour l'y conduire, ainsi qu'il l'avait toujours fait. Bien sûr, elle aurait pu passer quatre heures dans ce bus de légende – car en dépit de sa prestigieuse réputation, le fameux « Jitney » restait un bus. Or pourquoi s'imposer ça quand Kit, l'été, se rendait tous les vendredis aux Hamptons dans sa jolie petite Mercedes décapotable ? Elle n'aurait qu'à lui demander de la déposer. Kit et elle avaient grandi sur le même palier – ils étaient comme frère et sœur. Ce bon vieux Kit ! Elle avait hâte de le revoir – tout comme elle avait hâte de revoir quiconque était « quelqu'un ».

Le car s'arrêta dans la baie du port, près de la capitainerie, et débarqua ses passagers sous un auvent de béton crasseux. Eliza glissa sur son épaule son fourre-tout Vuitton (l'unique spécimen que sa mère lui eût permis de conserver, parmi la collection qu'elle possédait autrefois) et s'éloigna aussi rapidement que possible de cet endroit sordide.

Elle jeta un coup d'œil circulaire sur l'immense gare routière. Les lumières criardes, la foule estivale se bousculant pour aller admirer les feux d'artifice sur les jetées de la 34e Rue, les groupes de touristes à la mine de papier mâché, armés de drapeaux américains et le nez collé sur les horaires de trains. C'était ça, vivre de l'autre côté de la barrière ? Pousser, tirer, courir pour attraper des trains... Beurk ! Elle n'avait jamais eu, jusque-là, à utiliser les transports en commun. Elle aurait loupé son car, ce matin, si elle n'avait réalisé à temps qu'il pourrait bien avoir l'audace de partir sans elle.

Dans la vie, elle avait toujours été attendue et choyée. N'avait jamais porté de bracelet-montre, par exemple. À quoi bon ? La fête ne commençait jamais avant son arrivée. Eliza était une fille splendide, toute en blondeur et en fossettes, dont le physique évoquait celui des mannequins dans les brochures de voyages de luxe. Il ne lui manquait, pour compléter le tableau, qu'un beau bronzage et une grosse chaîne en or autour du cou. Le bronzage ne tarderait pas – elle atteindrait le point de perfection, puis se tartinerait d'écran total. Quant à la chaîne en or, de toute façon, c'était tout ce qu'il y a de ringard.

Elle erra un petit moment, comme sonnée, cherchant des yeux les pancartes indiquant une sortie, agacée par toute cette agitation populaire. Une mère portant les couleurs du club de football de son fils, armée d'une poussette surchargée, la projeta sur le côté. Eliza heurta une fille brune plantée au beau milieu de la gare routière, tenant un plan entre ses mains.

– Oh, pardon, je suis désolée, dit la fille en aidant Eliza à se remettre sur pied.

Eliza la regarda de travers, marmonnant à contrecœur un vague « C'est bon », bien que la fille ne fût en rien responsable de sa chute.

– Excusez-moi... Vous savez où se trouve la... ? demanda celle-ci, mais Eliza s'était déjà précipitée vers la sortie la plus proche.

Sur la 42e Rue, les véhicules pris dans l'habituel embouteillage protestaient vainement à grands coups de klaxon. Une longue file d'attente serpentait le long du pâté de maisons et les taxis étaient rares. Pourtant Eliza jubilait : elle était de retour à New York ! Sa ville ! Elle se pénétra de l'air enfumé. Elle espérait – sans trop s'inquiéter pour autant – arriver chez Kit à temps, n'ayant pas vraiment de solution de rechange. Mais une des choses qu'elle préférait chez Kit, c'était son côté prévisible.

Elle dépassa la file d'attente, alla se poster au coin de rue suivant, mit deux doigts dans sa bouche et émit un sifflement strident.

Un taxi se matérialisa devant ses tongs turquoise. Eliza sourit et fourra ses bagages dans le coffre.

– À l'angle de Park Avenue et de la 63e Rue, je vous prie, lança-t-elle au chauffeur.

Mon Dieu, quel bonheur, d'être de retour chez soi !

# La capitainerie. Prise 2 : Mara fait plouc de la tête aux pieds

Mara Waters consulta le petit morceau de papier crasseux qu'elle avait dans la main. M. Perry avait mentionné un autocar pour les Hamptons, mais Mara avait beau regarder de tous côtés, elle ne voyait aucune pancarte signalant cette destination. Elle commençait à se sentir nerveuse. Pas question d'arriver en retard pour son premier jour de travail.

Elle n'en revenait toujours pas d'être à New York ! Comme c'était excitant, de voir clignoter toutes ces enseignes lumineuses, de se mêler à la cohue grouillante et de marcher du même pas... et ce n'était encore que la gare routière ! À Sturbridge, la gare routière consistait en un malheureux banc situé à un angle de rue désert. L'endroit aurait mérité d'être mis en valeur pour célébrer le fait que quelqu'un quitte enfin ce trou paumé – mais non, rien ne venait l'embellir. En recevant le coup de téléphone, la veille, elle avait pensé que c'était trop beau pour être vrai. Elle était là, déguisée en « institutrice du temps jadis », dans « l'école du temps jadis » du « Sturbridge du temps jadis », à transpirer sous sa perruque poudrée qui lui donnait envie de se gratter et à aider les troupeaux de touristes arrogants du Middle West à parcourir le XIX<sup>e</sup> siècle, quand la nouvelle était tombée : elle avait décroché l'emploi de fille au pair ! Dans les Hamptons ! Avec une paye de dix mille dollars pour deux mois ! Une telle somme dépassait ses plus folles espérances. C'était bien suffisant pour les frais d'inscription à l'université, et peut-être lui resterait-il assez pour acheter la jolie petite Toyota Camry qu'elle avait repérée chez l'oncle de Jim, vendeur de véhicules d'occasion. Bien sûr, Jim n'avait pas sauté de joie en apprenant qu'elle le laisserait seul tout l'été. C'était peu dire : en fait, il était carrément dépité. Tout était allé si vite que Mara n'avait pas encore eu l'occasion de lui dire qu'elle avait postulé pour ce boulot, et Jim n'était pas du genre à apprécier que Mara fasse des projets dans son dos – des projets dont il ne faisait pas partie ou qui n'avaient pas été soumis à son approbation. Cette histoire des Hamptons le prenait au dépourvu. Ça gâchait tous les plans du 4 Juillet ! Il avait prévu d'exhiber l'El Dorado, dont il avait gonflé le moteur, lors du show automobile régional. Si Mara l'abandonnait, qui l'aiderait à astiquer le capot ?

Jim et elle étaient inséparables depuis la seconde. Au fil des ans, nombre de personnes lui avaient fait remarquer qu'elle était trop bien pour lui. Mais vu que les personnes en question faisaient presque toutes partie de sa famille, fallait-il s'en étonner ? Mara se sentit soudain coupable à l'idée de s'en aller, mais balaya aussitôt cette pensée. Elle avait d'autres chats à fouetter. D'un pas hésitant, elle se dirigea vers un employé en uniforme qui se tenait derrière un guichet, et tapota contre la vitre.

– Ouais ? lança-t-il sèchement, mécontent d'être dérangé.

– Bonjour, m'sieur. Pourriez-vous me dire où je peux prendre le Jitney pour les Hamptons ?

– Vous voulez dire la ligne de Long Island ?

– Non, je sais pas... Heu, ça s'appelle le « Jitney » ?

– Le Jipney ?

– C'est un bus... à destination des Hamptons.

– Là-derrière, c'est la ligne du New Jersey, répliqua-t-il avec un mouvement du menton. Vous allez aux Hamptons ? Prenez la ligne de Long Island, sur la 8e Avenue.

Dans la file d'attente voisine, un homme surprit leurs paroles.

– Ce n'est pas ici que vous trouverez votre bus, dit-il. C'est sur la 3e Avenue.

– Mais, croyez-moi, vous feriez mieux de prendre le train. Au moins, il n'y a pas d'embouteillages, glissa une femme qui se tenait derrière lui, chargée de sacs de courses.

– Laissez tomber le train. Ce bus vaut le détour, insista l'inconnu.

– En tout cas, je ne comprends pas que les gens fréquentent encore les Hamptons, siffla la femme d'un ton agacé. Avec toutes ces personnes épouvantables qui déferlent en été ! Woodstock est tellement plus agréable.

– Je n'en suis pas si sûr. Allez trouver des sushis dignes de ce nom dans les Catskills ! protesta l'homme.

Tous deux se lancèrent dans une discussion animée sur les mérites comparés des Hamptons et de la vallée de l'Hudson, oubliant totalement la présence de Mara.

– La 3e... ? la 3e Avenue, c'est bien ça ? demanda Mara.

– Hein ? Ouais, ouais, c'est ça, vous prenez le 19 jusqu'à Times Square, puis la navette jusqu'à Lex... De là, vous remontez la rue en direction de la 43e. Faut que vous alliez vers le sud.

Tout ça, pour elle, c'était du chinois. Elle hocha mollement la tête, se sentant plus paumée que jamais.

– Mais je vous le dis, mon petit, le train est bien plus commode ! cria la femme aux sacs.

Mara s'éloigna de la file d'attente. Elle défroissait une nouvelle fois le message pour s'assurer qu'elle avait bien lu les indications, quand une fille la heurta de plein fouet, et faillit tomber face contre terre.

– Oh, je suis désolée, dit-elle en aidant la jolie blonde aux cheveux longs à se relever.

Mara remarqua qu'elle portait une raquette de tennis en bandoulière. Elle voulut lui demander où se prenait le bus pour les Hamptons. Mais, lorsqu'elle leva les yeux, la fille n'était plus là.

Avec un haussement d'épaules, elle décida que la meilleure solution était de prendre un taxi et elle se joignit à la file d'attente compacte qui s'était formée devant la station. Elle jeta autour d'elle un regard ému. C'était si exaltant de se trouver loin de chez soi que peu lui importait le temps qu'il faudrait pour arriver à destination.

# Zone de récupération des bagages de l'aéroport JFK : Jacqui ne se contente pas de ramasser ses bagages

*C'est ça, rince-toi l'œil, et un petit coup à gauche... Le spectacle te plaît, pas vrai ? Je vois bien que oui, espèce d'obsédé ! Trois. Deux. Un...*

BINGO !

Le gars de trente et quelques années aux cheveux gominés coiffés en arrière, portant un jean délavé et des mocassins sans chaussettes, avait touché le bras de Jacarei Velasco. C'était un attouchement des plus discrets – un simple effleurement, à vrai dire. Ce geste de lui tapoter le bras semblait plutôt vouloir esquisser une caresse.

– Manuela ?

Ça, en revanche, elle ne s'y attendait pas.

– *Que ?* demanda-t-elle en relevant ses lunettes de soleil à monture couvrante pour mieux jauger son interlocuteur.

Teint cuivré par le bronzage. Spectaculaire Rolex au poignet. Lunettes d'aviateur. Quant aux chaussures, elles étaient manifestement faites main. Il ferait l'affaire.

– Désolé, il me semblait qu'on s'était rencontrés quelque part. À Miami Beach, peut-être ? dit-il avec un sourire qui fit apparaître de charmantes ridules au coin de ses yeux bleu vif.

Il haussa les épaules et se détourna. Eh bien, si ce n'était pas le plus vieux truc du monde ! Mais elle n'allait pas le laisser filer aussi facilement.

– C'est possible, dit-elle d'une voix forte.

Le type fit volte-face.

– Au bar Delano ? L'année dernière ?

Jacqui secoua la tête avec un sourire.

– Enfin, quoi qu'il en soit... Je suis Rupert Thorne, dit-il en lui donnant une vigoureuse poignée de main. C'est à vous ? demanda-t-il, remarquant une paire de sacs en cuir verni sur le tapis roulant.

Jacqui hocha la tête.

– Jacqui Velasco. Enchantée.

D'un geste, il indiqua aussitôt au chauffeur en uniforme de les ramasser.

– Vous allez où ? demanda-t-il.

– Dans les... les Hamptons ?

– C'est justement ma destination, dit-il, hochant la tête en signe d'approbation. La ville est si étouffante, l'été. On pourrait se faire des œufs au plat sur le bitume. Quant aux odeurs, n'en parlons pas, ajouta-t-il avec une grimace de dégoût.

– Vous êtes de New York ? demanda Jacqui, amusée par ces lamentations.

– À l'origine, oui. On a une propriété à Sag Harbour. Mais je suis toujours entre deux avions. Tenez, là, je suis toujours à l'heure de Malibu.

Elle sourit, le laissant jacasser tandis que son esprit vagabondait. Elle se demandait où tout cela allait la mener. À São Paulo, elle était tellement habituée à taper dans l'œil d'hommes plus âgés qu'elle, que de deviner quel profit elle allait pouvoir en tirer était devenu l'un de ses passe-temps favoris. Chez Daslu, le grand magasin le plus chic du Brésil où elle travaillait comme vendeuse, elle aidait les femmes les plus riches du pays à remonter la fermeture éclair de robes haute couture importées de Paris. Loin d'être une employée surexploitée, elle se voyait plutôt comme une sorte de conseillère en stylisme, vu que le magasin n'embauchait que des filles provenant peu ou prou des mêmes milieux que ses clients. Bien que la famille de Jacqui ne roulât pas sur l'or, sa grand-mère l'avait envoyée dans un prestigieux lycée religieux – où Jacqui était une élève convenable, sans plus. Chez Daslu, sa spécialité consistait à faire semblant de flirter avec les époux de ses clientes. Distraire le mari, pendant que la femme dépensait les trois quarts de sa paye en pantalons de cuir Versace sur lesquels Jacqui empochait une jolie petite commission, voilà qui faisait partie intégrante du boulot.

Et Jacqui n'avait pas trop d'efforts à faire : depuis qu'elle avait commencé à remplir le top de son bikini bonnets C, les hommes ne la rataient pas. Leurs regards s'attardaient sur sa poitrine, sur ses hanches et sur ses longs cheveux noirs, à tel point qu'elle finissait par penser qu'elle n'était bonne qu'à cela : être belle. En tout cas, les gens ne s'intéressaient jamais qu'à cet aspect de sa personne.

Mais tout avait changé quand elle avait rencontré Luca. Le sincère, le tendre Luca. Le jeune Américain rencontré à Rio pendant le carnaval. Le garçon au sourire un peu fou, ne lâchant jamais son sac à dos. Et, de tous les types qu'elle avait croisés, le premier à ne pas flasher sur elle dans la seconde. Comme presque tous ceux qui fêtaient le carnaval, elle était déguisée. Mais contrairement à la plupart de ses amis qui titubaient dans les rues pavées en s'efforçant de tenir l'alcool, Jacqui avait préféré demeurer spectatrice – après tout, c'était tous les ans le même délire. Elle l'ignorait encore, mais elle avait soif de changement. Il s'était manifesté lorsque Luca, un lycéen américain, lui avait demandé son chemin avant de s'éloigner, alors même que Jacqui le gratifiait de son plus chaleureux sourire. Ils avaient à peine échangé quelques paroles, mais lorsqu'il fit volte-face pour repartir, il prit à Jacqui l'envie de le suivre. Et c'était bien la première fois qu'elle éprouvait un pareil désir.

Contrairement aux lourdauds de sa ville natale, tout juste bons à la siffler comme le loup des dessins animés, Luca n'avait même pas paru attiré par elle, au début – ce qui avait évidemment piqué sa vanité. Jacqui ne feignait pas d'ignorer sa beauté. Ses cheveux tombaient en vagues brillantes sur ses épaules dorées. Quant à son corps, il avait de quoi rendre Gisele Bundchen verte de jalousie.

Luca, qui passait ses vacances de printemps à explorer l'Amérique du Sud jusqu'à Machu Picchu après avoir suivi la piste des Aztèques, avait semblé totalement insensible au glamour de Jacqui. Il l'écoutait comme s'il se souciait réellement de ce qu'elle pensait, et elle n'avait pas tardé à succomber au charme de son sourire flegmatique et de son énorme sac à dos. Ils avaient passé ensemble deux semaines merveilleuses – à courir les clubs de samba, à engloutir des litres de *cachaça*, à gravir le sommet du Corcovado et à prendre des bains de soleil à Ipanema. Il l'avait même convaincue d'aller camper à Tijuca avec lui, un week-end. Ils s'étaient blottis l'un contre l'autre dans son sac de couchage, et s'étaient embrassés sous le ciel nocturne.

Luca lui avait dit que ce qu'elle avait de plus sexy, c'était son esprit. À croire qu'il était le premier type à se rendre compte qu'elle en avait un. Pendant leur première nuit, Jacqui n'était pas parvenue à s'endormir. Elle n'arrêtait pas de sourire, n'en revenant pas d'être aussi vernie. Elle se tournait et se retournait dans son lit, se pressant le ventre, dans un mélange d'euphorie et de peur. C'était donc ça, l'amour ?

Et puis, au bout d'une semaine incroyable, il s'était envolé dans la nature. Sans un « au revoir », sans avoir griffonné son adresse électronique sur un bout de papier. Jacqui en fut bouleversée. Pour la première fois de sa vie, elle était amoureuse. Pour le retrouver, elle possédait un unique indice : il avait dit, un jour, que sa famille passait les vacances d'été dans un lieu baptisé « les Hamptons ».

À peine deux jours plus tôt, Jacqui, surfant sur l'ordinateur du grand magasin, avait lancé une énième recherche pour « les Hamptons ». Mais cette fois-ci, il y avait du nouveau : la petite annonce de Kevin Perry lui promettant « un été de rêve » à East Hampton. La réponse lui était parvenue presque aussitôt (sa photo d'identité avait cet effet sur les gens). Le poste était à pourvoir d'urgence. Pouvait-elle sauter dans un avion dès le lendemain, afin d'être en ville le 4 juillet ? *Claro que sim !* Elle était convaincue qu'elle retrouverait son Luca quelque part dans les Hamptons. Et sinon, elle pourrait toujours reprendre l'avion en sens inverse. Après tout, ce n'était pas comme si elle avait *vraiment* besoin de ce job.

Rupert jeta un coup d'œil à sa montre et Jacqui revint à la réalité.

– Si on part tout de suite, on peut espérer être sur la plage avant le coucher du soleil. Ma voiture est garée là-dehors, dit-il en désignant le trottoir au bord duquel attendait la limousine.

– Parfait, fit Jacqui en haussant les épaules.

Elle n'avait pas encore réfléchi au moyen de se rendre dans les Hamptons. Elle s'était dit qu'une solution se présenterait, comme c'était toujours le cas.

Jacqui lui décocha son sourire UltraBrite. Celui qui conduisait toujours les hommes à lui promettre des vestes de chinchilla et à tendre leur carte American Express.

– Je vous suis.

# Où Eliza raconte deux ou trois mensonges pas si pieux

Le taxi laissa Eliza devant son ancien immeuble, un bâtiment d'avant guerre constituant l'une des adresses les plus recherchées de la ville. Ses portes en bronze doré brillaient dans la lumière du soleil. Comme il lui manquait ! À Buffalo, sa famille occupait le rez-de-chaussée d'une maison dans une rue pavillonnaire. La salle de bains n'avait jamais été refaite, et Eliza aurait juré qu'il y avait de la moisissure sous la baignoire. Chaque fois qu'elle prenait une douche, elle se sentait plus sale après qu'avant.

Son ancienne salle de bains – dotée d'une vue panoramique sur Central Park – était équipée d'une étincelante baignoire blanc cassé qu'Eliza avait personnellement choisie dans le magasin d'exposition Boffi où elle avait accompagné le décorateur de sa mère. Les couloirs étaient ornés d'originaux de Jackson Pollock et de Willem De Kooning hérités de sa grand-mère, qui avait fréquenté les expressionnistes abstraits du temps de sa jeunesse dorée, dans les années cinquante. Woody Allen avait repéré leur appartement, envisageant d'y tourner l'un de ses films. Eliza ne voyait vraiment pas quel film on pourrait bien tourner dans leur nouvelle demeure, hormis un remake de *Massacre à la tronçonneuse*. D'accord, elle exagérait. Mais à peine.

Le lino éraflé dans la cuisine. Le plan de travail en aluminium gondolé. La moquette couleur avocat pourri. Tout ça dans un misérable cinquante-cinq mètres carrés ! Même leurs anciens domestiques avaient été mieux logés. Ses parents ne cessaient de lui répéter que ç'aurait pu être pire. Bien pire, à vrai dire. Papa aurait pu se retrouver en... mais ça dépassait l'imagination d'Eliza. Qu'une telle chose eût été possible était déjà bien assez terrible !

Le portier de service le week-end ouvrit la portière du taxi et la reconnut immédiatement.

– Mademoiselle Eliza !

– Salut, Duke.

Il porta la main à sa casquette.

– Ça fait un bout de temps.

– À qui le dites-vous !

– Vous êtes de retour dans l'immeuble, la famille et vous ?

– Pas vraiment, dit-elle du ton le plus décontracté possible en jetant un coup d'œil le long du trottoir. (Aucune trace de la décapotable de Kit.) Kit est dans les parages ?

– M. Christopher ? demanda Duke, se grattant le front de sa main gantée de noir – le gant faisait partie de l'uniforme, même par trente-sept degrés à l'ombre. Je crois qu'il vient de partir.

Elle jura entre ses dents. Elle n'arrivait pas à croire qu'elle eût raté son chauffeur !

– M. et Mme Ashleigh sont en haut, cela dit. Je peux les appeler.

– Ce n'est pas la peine, merci, dit Eliza en luttant contre

l'envie de se ronger les ongles. Comment diable allait-elle s'en sortir à présent ?

À cet instant précis, une décapotable rouge qu'elle connaissait bien s'arrêta devant l'auvent rouge du porche. Un garçon séduisant, aux cheveux blonds coupés en brosse, bondit hors de la voiture sans attendre que Duke lui ait ouvert la porte. Lorsqu'il aperçut Eliza, il en resta bouche bée.

– Liza !

– Kit !

– Qu'est-ce que tu fais là, nom de Dieu ? demanda-t-il avant de la prendre dans ses bras et de la serrer à l'étouffer.

Eliza fit celle qui n'avait rien entendu.

– Comme je suis contente de te voir ! s'exclama-t-elle en passant les doigts dans ses mèches hérissées et en lui tapotant la tête.

– J'ai oublié quelque chose... Faut que je remonte en vitesse le chercher. Tu vas à Amagansett ? lança Kit, en fonçant à reculons dans le hall de marbre de l'immeuble. Hé, je te dépose ?

– Avec plaisir ! répliqua-t-elle, soulagée.

Ce bon vieux Kit ! Eliza laissa Duke déposer ses sacs dans le coffre et s'installa à l'avant pour attendre son ami.

– Mince, qu'est-ce que tu m'as manqué, ma jolie ! dit Kit, une fois redescendu.

Il mit le contact et ils filèrent dans Park Avenue, capote baissée et cheveux au vent.

– Tu as... disparu du jour au lendemain.

– Ouais, mais avec tout ce qui s'est passé, répondit-elle d'un ton désinvolte, mes parents ont voulu quitter la ville pour se remettre de leurs émotions, tu comprends ? Alors, ils m'ont envoyée en pensionnat... Quelle barbe !

Eliza trouva les cigarettes de Kit sur le tableau de bord et en prit une. Sa main tremblait légèrement tandis qu'elle fouillait dans la boîte à gants à la recherche d'un briquet.

– Extinction des feux à onze heures. Notre chef d'étage est une andouille, précisa-t-elle en allumant le briquet et en tirant sur sa cigarette.

Kit émit un grognement de sympathie.

– Papa a menacé de m'y envoyer une fois. Mais je n'ai pas d'assez bonnes notes pour Andover. Heu... à part ça... comment vont tes vieux ? demanda Kit d'une voix hésitante.

– Ils... heu... ne quittent plus la Floride ces derniers temps, improvisa-t-elle.

Tout le monde avait lu ce que les journaux avaient publié, Eliza le savait, mais personne ne connaissait précisément l'étendue du désastre. Les pages économiques et les rubriques « people » avaient cessé de s'intéresser à eux lorsque son père s'en était tiré sans inculpation. Sitôt après, les Thompson, feignant d'être épuisés et assommés par toute cette agitation, avaient quitté Manhattan pour de bon.

– J'ignorais que vous étiez tous descendus à Palm Beach ! dit-il en frappant le volant, visiblement soulagé. Il faut qu'on se retrouve pour les vacances de Noël.

– Formidable !

Ça la rendait malade de devoir mentir à l'un de ses meilleurs amis. Surtout quand il s'était tout de suite imaginé que les Thompson s'étaient mis au vert à Palm Beach. Nom de Dieu, ce que leur appartement de Mar-a-Lago pouvait lui manquer !

Tout était la faute de son père. Elle se sentit une fois de plus envahie par un ressentiment et une amertume qui ne lui étaient que trop familiers. C'était tellement injuste. Ses parents pouvaient bien se terrer à Buffalo et éviter tous leurs anciens amis. Mais elle... Elle n'avait que seize ans – pas soixante – et toute la vie devant elle. Pas question de laisser passer sa chance. Elle voulait retrouver sa vie d'autrefois, à tout prix.

– Alors, cet été, tu es toute seule ? demanda Kit.

– Ouais. Heureusement que je suis tombée sur toi ! J'ai cru que j'allais être obligée de prendre le bus. Beurk. Tu sais que la dernière fois, ils m'ont jetée dehors parce que j'ai refusé d'éteindre mon portable.

Kit eut un large sourire.

– Je me souviens. C'était dans le journal.

– Enfin, quoi qu'il en soit, je vais chez mon oncle à Georgica.

Ce n'était pas si loin de la vérité, après tout. Kevin Perry était l'un des avocats de son père et, après les événements de l'année dernière, quasiment un membre de la famille. Eliza décida qu'elle y allait pour « donner un coup de main ». Et si on la payait pour ça, eh bien, où était le mal ? En y réfléchissant, sa situation serait plutôt celle d'une invitée qu'on recevrait avec les honneurs. Après tout, elle avait grandi avec les jumelles de la famille Perry, Sugar et Poppy.

– Super. Ce n'est pas très loin de notre nouvelle maison. Tu as quelque chose de prévu, ce soir ?

– Non, pourquoi ?

– Deux gars de la bande vont au Resort. Il y a une soirée

dans la salle VIP vers minuit. Et après, il y a la soirée bleu blanc rouge de Puff Daddy au Club PlayStation2.

– Ça m'a l'air cool, approuva Eliza.

Elle connaissait les types qui dirigeaient le Club PlayStation2 : deux « organisateurs d'événements » new-yorkais qui avaient convaincu Sony de l'intérêt de financer une boîte où se tiendraient, le week-end, des soirées censées « lancer sur le marché » leurs nouveaux jeux. Dans les Hamptons, ç'avait la réputation d'être une piste d'atterrissage pour mannequins. Dans le genre du Manoir Playboy, mais avec des filles de dix-huit ans plates et à peine formées que leur morphologie destinait plutôt à parader dans les défilés qu'à s'étaler en page centrale du magazine.

– Je vais t'inscrire sur la liste.

– Hé, au fait, tu as vu Charlie dans les parages ?

Kit lui jeta un coup d'œil en biais.

– Aux dernières nouvelles, il sortait avec une bimbo qu'il a rencontrée à l'université d'été.

– Ah oui ?

– Je suis sûr que c'est pas sérieux.

– Kit, tu es trop adorable !

Elle revit l'expression crispée et incrédule de Charlie lorsqu'elle lui avait dit, à Noël, qu'il était préférable qu'ils cessent de se voir. À la suite de quoi il avait laissé des messages sur son portable pendant des semaines, lui demandant où elle était passée. Elle n'était plus au lycée. Elle n'était plus au Jackson Hole après les cours. Elle n'était pas chez Barneys les samedis matin ou au Bungalow 8 les jeudis soir. Lorsqu'elle dut changer son numéro de portable pour adopter l'indicatif de Buffalo (certains luxes relèvent de la nécessité), les messages cessèrent de lui parvenir. Eliza avait pensé qu'il serait plus simple pour elle de se contenter de disparaître ; elle savait qu'elle risquait de craquer et de tout lui avouer s'ils se voyaient, et elle ne pouvait se permettre de courir un risque pareil.

Roulant au pas, la décapotable finit par atteindre la sortie de la ville. Kit paya le péage au pont de Triborough. Comme ils filaient vers l'est, Eliza se réjouissait à la vue des panneaux indicateurs : Hicksville, Ronkonkoma, Yaphank. Toutes ces villes aux drôles de noms lui souhaitaient la bienvenue à Long Island, la ramenaient à ce monde qui était le sien.

Pour la première fois de la journée, elle se détendait. Jusqu'ici, tout se passait bien. Kit avait gobé son histoire de pensionnat et de vacances chez son « oncle ». Elle était déjà invitée à de fabuleuses soirées dans les Hamptons et, même si son ex était temporairement indisponible, Eliza l'aimait et comptait bien récupérer ce qui lui revenait de droit.

# Où Mara apprend à respecter les règles dans le bus des Hamptons

– Ah, les Hamptons, trrrès trrrès trrrès riches gens habiter là-bas, répliqua le chauffeur de taxi barbu à Mara, lorsqu'elle lui eut dit où elle allait.

– C'est ce que j'ai entendu dire, acquiesça-t-elle.

Sa sœur Megan, accro au magazine people *US Weekly*, lui avait fait un compte rendu détaillé avant son départ :

– À ce qu'on raconte, le Resort est tout ce qu'il y a de plus branché cet été, mais mieux vaut éviter le Star Room – c'est complètement passé de mode. Essaie de dégoter une table au Bamboo si tu peux.

Comme si Mara comprenait quoi que ce soit à ce jargon. Tout ce qu'elle connaissait des Hamptons, elle le devait à cet épisode de *Sex and the City* où Carrie va séjourner chez une amie et voit, sans le faire exprès, le mari de cette dernière nu comme un ver. Mara savait qu'il s'agissait d'une sorte de station balnéaire pour gens fortunés – mais elle allait à Cape Cod tous les étés et, franchement, ça ne devait pas être si différent que ça...

– Oui, des gens trrrès trrrès riches. Vous connaîtrrre Jerry Seinfeld ? Billy Joel ? Eux, êtrrre tout le temps dans les Hamptons. Le type qui sorrrtait avec Jennifer Lopez avant ce gars… Affleck. Lui fairrre grrrosse fête ce week-end. Piff Daddy.

– Puff Daddy ? demanda Mara dans un éclat de rire.

– Oui, c'est lui. Avant, je conduirrre limousine pour lui. Grrrosse fête. Beaucoup beaucoup beaucoup feux d'arrrtifice. Parrrtout des gens élégants. Trrrès trrrès minces. Les filles, toutes minces, minces, minces.

Puis, ayant tourné la tête pour évaluer Mara :

– Vous êtrrre mince. Et rrriche, aussi ?

– Non, je ne suis pas riche, répondit Mara. Je vais travailler pour des gens riches, cela dit.

– Ah, pas rrriche. Trrravailleuse, c'est ça ?

– C'est ça.

– Voilà. 3e Avenue – 43e Rue. Jitney juste là, précisa-t-il en agitant le bras en direction d'un énorme bus vert et argenté avec HAMPTON JITNEY joyeusement inscrit en grosses lettres, à l'arrière.

– Génial ! s'exclama Mara en lui remettant très exactement la somme inscrite au compteur.

– Voilà. Merci. Merci beaucoup !

Elle s'empressa de sortir du taxi et claqua la portière.

– Pas pourrrboirrre ? demanda le chauffeur déconcerté, alors qu'elle n'était plus là pour l'entendre.

Se précipitant vers le bus, Mara constata qu'elle allait devoir se coltiner une autre longue file d'attente. À force de traîner les pieds, elle finit par voir son tour arriver. Devant elle, une femme d'âge mûr à l'air pas commode portait une banane autour de la taille et tenait un bloc-notes à la main.

– Votre nom ?

– Mara Waters.

– Waters, Waters, Waters... Heu... Je ne vous vois pas. Vous êtes sûre d'avoir réservé ?

– Il fallait réserver ? demanda Mara d'un ton nerveux.

– Désolée. Ce bus est complet. Va falloir vous mettre sur la liste d'attente du prochain. Mais je ne crois pas que vous pourrez le prendre. On est le week-end du 4 Juillet !

– Oh mon Dieu... C'est sérieux ? Je ne vais pas pouvoir le prendre ?

– Sans réservation, certainement pas.

– Mais... mais... je ne savais pas que...

– Écartez-vous, mademoiselle, lança la contrôleuse avec brusquerie.

– Laissez-moi vous expliquer ! Je vais arriver en retard à mon travail... Il faut vraiment que je sois à East Hampton avant cinq heures. Je vous en prie...

– Je ne peux rien pour vous. Essayez demain.

Sonnée, Mara se laissa mollement dériver sur le côté. Elle était en route depuis six heures ce matin et tout ça pour ça ! Et ce Kevin Perry qui n'avait même pas pensé à mentionner la réservation obligatoire, s'imaginant que Mara connaîtrait la chanson, comme tous les habitants de New York !

– Je vous en prie... Il n'y a pas moyen de... ? demanda-t-elle en regagnant timidement le devant de la file.

– Mademoiselle, je vous ai dit de VOUS ÉCARTER !

– Pardonnez-moi ! Pourquoi cette discussion ? intervint une femme élégante coiffée d'un chapeau de paille à très large bord, avec un tout petit chien dépassant de son sac à main.

– Pas de réservation, grommela la sorcière au bloc-notes en désignant Mara.

– Je ne savais pas. Il faut vraiment que je monte dans ce bus ou bien je vais arriver en retard à mon travail, expliqua Mara les larmes aux yeux.

– C'est bon, c'est bon, soupira longuement la femme derrière ses énormes lunettes de soleil. Vous pouvez prendre le siège de Muffy, à condition de le tenir sur vos genoux, ajouta-t-elle d'une voix de martyre.

– Oh, merci ! Merci infiniment ! s'exclama Mara, tandis que la femme lui fourrait chien et panier dans les bras.

Embarrassée et toujours un peu secouée, Mara fut enfin autorisée à monter dans le car et à y prendre place. Elle se serra à côté de sa bienfaitrice, qui mit aussitôt un masque sur ses yeux et s'endormit, tandis que le car démarrait.

Le visage collé à la vitre, Mara regarda s'éloigner le paysage de New York. À Queens, ils passèrent devant le stade Shea, décoré de drapeaux américains et de tout l'attirail patriotique. Une heure s'écoula. Sur l'autoroute, ça roulait horriblement mal. Mara pressa son visage contre la vitre, et compta les piscines surélevées qui poussaient comme des champignons dans chaque jardinet dès qu'ils eurent atteint Long Island.

Ça lui rappelait Sturbridge. Il faudrait qu'elle appelle Jim, pour essayer d'arranger les choses. Cela ne lui plaisait pas, qu'ils se soient quittés comme ça. Elle ne supportait pas qu'on lui en veuille. Alors qu'elle se demandait si elle pouvait rattraper le coup, son téléphone sonna.

Le silence et le sommeil des uns et des autres fut soudain troublé par un sonore ta-ta-ta-ta-ta-ta, ta-ta-ta-ta-ta-ta – les premières mesures de *Sweet Child of Mine.*

– Le portable ! siffla sa voisine, en relevant son masque pour les yeux. À qui est le portable ?

– Éteignez-le ! Éteignez-le ! demanda une fille à l'air pincé, un peu plus âgée que Mara, en levant les yeux de son tricot.

– Ce bruit ! Ce bruit ! lança d'une voix tremblotante un monsieur d'un certain âge en brandissant le dernier *Harry Potter*.

Mara se mit à chercher frénétiquement son minuscule portable dans son sac bourré à craquer. Une voix stridente se fit entendre, à l'avant du car.

– Les portables ne sont pas autorisés ! Veuillez l'éteindre immédiatement !

Tous tendaient le cou pour voir qui avait osé enfreindre l'une des règles les plus sacrées du bus de luxe pour les Hamptons. Cinquante regards furibonds et ensommeillés se braquèrent sur elle. La matrone chargée du placement, qui avait déjà tancé Mara pour être montée dans le car sans réservation, gesticula frénétiquement :

– Hep, vous !

– Je suis désolée ! Je suis désolée. Je n'étais pas au courant ! rétorqua Mara en tripotant son téléphone et en balayant sa frange d'une main nerveuse.

– Mar ! C'est moi, c'est...

– Jim ! Je peux pas te parler maintenant ! dit-elle en raccrochant sans lui laisser le temps de protester.

Dans ses bras, le chihuahua à poil long la dévisagea avec un air indigné.

– Qu'est-ce qui ne va pas, toutou ? murmura-t-elle d'une voix tendue, en serrant le chien contre elle. Pour toute réponse, il lui urina sur les genoux.

– Hé ! gémit Mara.

– Oh, il y a des gens à qui il fait ça, fit remarquer sa maîtresse dans un bâillement. Vraiment, vous auriez dû éteindre votre portable. Vous n'avez pas vu le signe ? ajouta-t-elle en désignant l'image d'un portable dans un cercle violemment barré d'un trait rouge.

Mara s'enfonça dans son siège. Le trajet risquait de lui sembler très long.

# Quelque part, sur l'autoroute de Montauk : Jacqui tient vraiment bien l'alcool

Le producteur mielleux commençait à lui paraître très très séduisant. Mais sans doute était-ce l'effet du whisky, se dit Jacqui.

Jusque-là, Rupert s'était comporté en gentleman. Il ne s'était quasiment pas soucié d'elle, si ce n'est pour lui reverser du whisky quand son verre était vide. Il était resté scotché à l'oreillette de son portable, à hurler dans le petit récepteur au sujet d'un contrat cinématographique foireux. Lorsqu'ils atteignirent Noyak, Jacqui avait déjà regardé trois épisodes de *That 70's Show* à la télé, fait plusieurs parties de *Halo* sur la console Xbox, et contemplé les modifications du paysage : à la métropole grouillante avaient succédé les terrains vagues de banlieue, puis de pittoresques vignobles.

– Je suis désolé, ma jolie, dit-il en prenant le temps de lui presser le genou.

Hmmm... Elle ne savait trop qu'en penser.

Peut-être se sentirait-elle plus à l'aise après un dernier verre, songea-t-elle en tendant la main vers la carafe de cristal. Rupert lui avait dit de « faire comme chez elle », et elle n'était certes pas du genre à bouder les agréments de la limousine. Qui sait quand elle aurait de nouveau l'occasion de voyager dans une voiture pareille ?

Rupert finit par reposer son téléphone et se tourna vers elle.

– Je suis désolé. Cette garce avait signé le contrat, et voilà qu'elle essaie de s'en dépatouiller pour tourner un film avec Tom Cruise. Je ne voulais pas être mal élevé.

Jacqui balaya la remarque d'un geste de la main, sans lâcher son verre.

Avec un sourire suffisant, il se servit un autre whisky.

– À la vôtre ! lança-t-il.

– *Saùde*. À votre santé !

Ils trinquèrent. Rupert avala une longue gorgée et se passa la langue sur les lèvres.

– Ça va beaucoup mieux ! s'exclama-t-il en déboutonnant le haut de sa chemise de popeline. Alors, qu'est-ce que vous venez faire dans les Hamptons, cet été ?

– La fille au pair.

– Pas possible ! Vous parlez sérieusement ? J'aurais juré que vous étiez mannequin, ou un truc dans ce goût-là. Je dis pas ça en l'air, croyez-moi. Avec le boulot que je fais, je vois des jolies filles à longueur de temps.

Jacqui secoua la tête. Elle n'avait aucun désir d'attirer encore davantage l'attention sur elle.

– Alors comme ça, vous êtes bonne d'enfants ?

– Fille au pair, rectifia Jacqui.

– D'accord, d'accord, concéda-t-il en souriant. Qui est l'heureuse famille ?

Elle lui parla des Perry et lui donna leur adresse sur Lily Pond Lane. Cela sembla l'impressionner.

– Perry ? Pas Kevin Perry ?

Elle hocha la tête.

– On peut dire qu'il est verni, le salaud ! s'exclama Rupert, qui souriait à présent de toutes ses dents. On les connaît bien, Maxine et moi, dit-il en posant la main sur son genou. Ma femme… On s'est mariés l'année dernière. Une idée à elle, précisa-t-il en faisant remonter sa main sur la cuisse halée de Jacqui.

Il s'arrêta juste à la lisière de sa minijupe en jean et laissa sa main posée là, pour voir comment elle allait réagir. L'alcool avait dû faire son effet car Jacqui n'était pas aussi choquée qu'elle aurait pu l'être en d'autres circonstances.

– Il faut compter au moins une heure avant d'arriver à East Hampton, au train où ça va, chuchota-t-il en se penchant vers elle pour renifler ses cheveux. Qu'est-ce que vous en dites ?

Jacqui gloussa, le nez dans son verre. Franchement, les hommes étaient beaucoup trop prévisibles.

– Je ne sais pas. Et vous, qu'est-ce que vous en dites ? demanda-t-elle en repoussant enfin sa main.

– Eh bien, je pense que nous devrions essayer de nous connaître un peu mieux…, suggérait-il, lorsqu'ils furent tous deux secoués par l'embardée que fit la limousine pour esquiver une Mercedes décapotable.

Jacqui regarda par la vitre et vit un beau mec faire un bras d'honneur à la limousine, pendant qu'une blonde s'esclaffait à ses côtés.

– Luca ? s'écria-t-elle.

Il lui ressemblait – du moins de dos – mais était-ce vraiment lui ? Elle n'aurait su le dire. Penser à Luca la dessoûla net. Que fichait-elle donc, à l'arrière d'une limousine, avec un type qui avait le double de son âge ?

Il était temps de reprendre le contrôle de la situation.

– Rupert..., dit-elle en se tournant vers lui pour lui faire savoir qu'elle avait besoin d'être déposée tout de suite à East Hampton et qu'elle n'avait plus envie de batifoler.

Mais Rupert était déjà à l'autre bout de la banquette, en train de répondre au téléphone.

Dieu soit loué pour les caprices des stars de Hollywood !

# East Hampton, État de New York. Mon Dieu, ce que ça a manqué à Eliza !

Trois heures après avoir quitté Park Avenue, Kit et Eliza déboulaient dans la rue principale d'East Hampton. Eliza sentit une vague de nostalgie et de tendresse l'envahir à la vue de la rue commerçante qu'elle connaissait par cœur, avec son alignement d'arbres et, tout au fond, la façade brillante de Cintarella – une épicerie fine qui vendait des feuilletés au saumon et des feuilles de vigne farcies encore meilleurs que ceux de la boutique de l'Upper West Side. À quelques blocs de là, se dressait, tel un coffret à bijoux rose, la parfumerie Creed – où elle avait passé des heures à essayer des parfums l'été dernier. Elle avait fini par en choisir un spécialement créé pour la duchesse de Windsor.

C'est pour cela, avant tout, qu'Eliza adorait les Hamptons : on y trouvait, dans un cadre plus agréable, les boutiques et les traiteurs les plus sélects de Manhattan. Les Hamptons étaient exactement comme New York, sauf qu'il n'y avait que le dixième de ses habitants – le haut du panier. Aux yeux d'Eliza, c'était l'équivalent mondain de Harvard. Bien sûr, la plèbe commençait à envahir les lieux – des aspirants à la célébrité qui s'entassaient à cinquante dans des maisons louées au noir, où les lits étaient collés les uns aux autres comme dans ces salles de gym des écoles reconverties en hôpitaux lors d'inondations, d'incendies, de tornades ou autres désastres se produisant loin, bien loin des Hamptons.

Hélas, ceux-ci attiraient chaque année davantage l'attention des médias. Il y avait eu quantité d'éditions spéciales, de documentaires et de « révélations » sur le sujet, traitant aussi bien des lieux de rencontre pour célibataires que des problèmes écologiques. C'était l'une des cibles favorites des rédacteurs flemmards des pages « société », qui ne cessaient de clamer que les Hamptons étaient finis, que plus rien ne s'y passait d'intéressant et que sa plage était « défigurée par la civilisation ». Ce qui n'empêchait pourtant pas les stars montantes de Hollywood, les vainqueurs des Grammy Awards, les vedettes de sitcom, les agents de rappeurs, les pontes de l'édition, ainsi que les ambitieux de tout poil d'y jeter l'ancre et d'y passer les trois mois d'été. Après tout, une plage de plus de soixante kilomètres de long à quatre petites heures de route de Manhattan (deux si vous preniez la route 27 et mettiez la gomme, le dimanche soir, après le dîner et *Les Sopranos*) était un cadeau du ciel.

– Tu peux me laisser là, dit Eliza à Kit. Je dois retrouver mon oncle au moulin.

– Très bien, approuva Kit en trouvant un endroit où se garer.

Il ouvrit le coffre et sortit ses sacs.

– On te verra ce soir, alors ?

– Ouais, bien sûr.

– Géant ! N'oublie pas... si on te demande quoi que ce soit, tu es sur ma liste. Si tu as le moindre souci à l'entrée, passe-moi un coup de fil, dit-il en faisant le geste de téléphoner.

Il l'embrassa sur la joue.

– À plus !

– À plus ! répondit-elle avec un signe de la main.

Elle se dirigea vers l'arrêt où un bus était en train de larguer ses occupants. Une fille renfrognée, qui essuyait une tache sur le bas de son chemisier, sortit du véhicule et vint s'asseoir à côté d'elle.

Eliza la remarqua à peine. Elle était dans sa bulle, uniquement soucieuse de trouver le moyen d'abandonner son boulot ce soir afin de se rendre à la soirée. Elle ne connaissait pas trop bien les règles du métier, mais si la fête commençait à minuit, il n'y avait pas de raison pour qu'elle ne puisse pas y aller, non ? Après tout, Kevin ne faisait que rendre service à son père. Ce n'était pas comme si les Perry s'attendaient *réellement* à ce qu'elle garde leurs enfants.

# Ryan Perry = Adonis en bermuda

– Beurk, c'est irrécupérable ! se lamenta Mara en faisant un dernier effort pour nettoyer la tache.

Dégoûtée, elle balança dans la poubelle le mouchoir en papier, dont la trajectoire décrivit un parfait arc de cercle. Et dire que c'était son chemisier des grands jours ! Un joli mélange rayonne-polyester acheté chez Marshall, pour lequel elle n'avait pas déboursé moins de trente dollars ! Sûr qu'il n'était plus aussi pimpant, maintenant que ce petit monstre de Muffy avait fait pipi dessus.

Mara jeta un coup d'œil à la ronde, ignorant les pittoresques boutiques à l'allure de chaumières et aux devantures affichant des noms prestigieux. Sur un cottage à façade blanche, on pouvait lire l'enseigne Tiffany & Co. Sur un autre, Cashmere Hampton. Un spectaculaire assortiment de Mercedes-Benz, Jaguar, BMW et autres Porsche formait une lente parade ronronnante en direction du centre-ville où, au carrefour, se dressait un immense moulin à vent. Mara n'avait jamais vu de Bentley pour de vrai – et à East Hampton, en deux minutes à peine, elle en avait déjà repéré deux.

Tous les passants se déplaçaient d'un pas nonchalant. Des élégantes avec des carrés de soie aux coloris psychédéliques noués sur la tête portaient des chiens blancs et pelucheux dans des paniers Hermès. Dans le parc voisin, des hommes dégarnis marchaient bras dessus bras dessous avec des femmes deux fois plus jeunes qu'eux. Des adolescentes glous-santes vêtues en tout et pour tout de mini-robes moulantes et de hautes chaussures à semelles compensées se faufilaient entre les véhicules.

– Vous avez l'heure ? demanda la fille assise à côté d'elle.

Mara eut une seconde d'hésitation. Les longs cheveux blonds, l'expression contrariée, la raquette de tennis... Elle avait vu cette fille quelque part, mais où ?

– Il est cinq heures dix, répliqua Mara en détaillant discrètement la tenue de la fille.

Elle regrettait déjà de ne pas avoir songé à se mettre en jupe courte et en tongs. Elle avait chaussé ses bottes de cow-boy en cuir, dans le vain espoir de faire bon effet. La température dépassait les trente degrés et elle était en train de bouillir sur place.

La fille hocha la tête et consulta son agenda électronique.

– Je vous demande pardon..., dit Mara.

La blonde haussa les sourcils sans quitter l'écran des yeux.

– Vous n'étiez pas à la capitainerie, ce matin ?

– Non.

– Oh, je suis désolée... j'aurais juré vous être rentrée dedans.

– Non, erreur sur la personne, répliqua la blonde d'un ton sec en se décalant vers le bout du banc histoire d'enfoncer le clou.

– Oh, très bien. Désolée, dit Mara.

S'ensuivit un silence embarrassé. Assises sur le banc, les deux filles s'ignoraient soigneusement.

Une Aston Martin Vanquish décapotable s'arrêta devant le banc et aussitôt, elles se redressèrent un peu. Un grand type bronzé vêtu d'un tee-shirt troué portant le logo « Martha's Vineyard » et d'un bermuda raccourci en sortit, prenant son temps, et s'engagea pieds nus sur le trottoir. Le rêve, quoi.

*Les garçons comme lui sont trop bien pour moi,* songea Mara. Non qu'elle en cherchât un – elle avait déjà un copain, là-bas, chez elle. *C'est quoi, déjà, son nom ? Jim. C'est ça.*

Bien sûr, le beau gosse se dirigea droit vers la blonde revêche qui s'était montrée tellement mal élevée un instant plus tôt. Logique.

– Ryan Perry ! Depuis le temps ! gloussa-t-elle.

– Hé ! dit Ryan en se penchant et en lui faisant rapidement la bise. Ça s'est bien passé, le trajet en bus ?

– Quel trajet en bus ? Je suis venue avec Kit, en voiture.

– Super. Comment il va ?

– Pas mal. Il y a une soirée, aujourd'hui. Au Resort, dit-elle en faisant voler ses cheveux, avec un air suffisant.

– Ouais, ouais, je suis au courant, répliqua-t-il avec un grand sourire. J'ai reçu l'invite.

– Je te laisserai peut-être être mon cavalier, le taquina-t-elle, se délectant de son attention.

Ryan Perry était le genre de type sur qui les filles se pâmaient, et que les mecs considéraient comme leur meilleur pote. Si sa beauté fatale participait de son charme, elle ne suffisait pas à l'expliquer : il avait cette présence solaire, ce caractère enjoué propre aux individus gâtés à la fois par la nature et par la vie. Il portait son aura de privilégié avec naturel et aurait été tout aussi séduisant au volant d'une Ford Pinto qu'au volant d'une Porsche. C'était le genre de gars qui se comportait bien avec ses petites amies, et sur qui on pouvait compter pour apporter la plus grosse bouteille de tequila dans n'importe quelle soirée. Bien sûr, on pouvait aussi compter sur lui pour la vider.

Mara les regardait flirter sans que cela suscite en elle la moindre jalousie. À ses yeux, ils venaient quasiment d'une autre planète. Mara s'était toujours sentie « plus ou moins »... « Plus ou moins jolie », « plus ou moins intelligente », « plus ou moins populaire ». Mais rien de spécial. Si bien que lorsque Ryan Perry prononça son nom, il lui fallut le répéter trois fois tant elle était surprise d'être remarquée – et, *a fortiori*, reconnue. Elle n'était pas la seule. L'autre fille la regardait à présent avec un intérêt nouveau, non dénué d'hostilité.

– Mara ? Mara Waters ? demanda Ryan, en lui donnant l'occasion d'admirer ses fossettes – une sur chaque joue... c'était plus que Mara ne pouvait endurer !

– Heu... moi ? glapit-elle.

– Je suis Ryan Perry, dit-il en lui tendant la main. Mon père était censé venir vous chercher, mais il lui a fallu faire une course pour Anna. Ce sont tes bagages ? demanda-t-il en soulevant son énorme valise à roulettes.

– Heu... oui, confirma Mara, croyant mourir de honte tandis que sa valise cliquetait sur le pavé.

Elle aurait voulu disparaître sous terre lorsque celle-ci se renversa brusquement sur le côté et que les magazines qu'elle avait fourrés dans la poche extérieure s'en échappèrent. Elle se jura que la première chose qu'elle ferait, une fois sa paye encaissée, serait de découvrir où se procurer l'un de ces jolis petits sacs en toile à poignées que tout le monde ici paraissait arborer.

Ryan ouvrit la portière afin de laisser entrer Mara.

– Et... vous avez déjà fait connaissance ? demanda Ryan.

– Oui, répondit Mara.

– Non, rectifia l'autre fille.

Ryan éclata de rire.

– Je vois... Eliza, voici Mara. Mara, voici Eliza. Nous sommes tous vraiment contents que vous veniez toutes les deux travailler ici cet été. Depuis deux jours, Anna ne sait plus où donner de la tête.

Quittant la route, il s'engagea sur le chemin d'une propriété privée, signalée par une pancarte. Surprenant dans le rétroviseur l'expression inquiète de Mara, Ryan la rassura :

– Oh, ne vous inquiétez pas. Les Morton nous laissent l'utiliser autant qu'on veut. Il y a tellement d'embouteillages par ici qu'on ne peut aller nulle part à moins d'emprunter les chemins privés.

– À qui le dis-tu ! approuva Eliza.

Mara hocha la tête. Mais son esprit restait fixé sur les paroles prononcées par Ryan un instant plus tôt : « Nous sommes vraiment contents que vous veniez *toutes les deux* travailler ici... » Ah ouais ? Visiblement, cette Eliza était beaucoup plus (ou beaucoup moins) intéressante qu'il n'y paraissait.

# Mara est le vilain petit canard de Lily Pond Lane

Ils longèrent une enfilade ininterrompue de haies de trois mètres de haut – à peine Mara distinguait-elle le toit des maisons. Ryan roulait au pas sur la route à une seule voie, adressant de temps à autre un bonjour ou un signe de la main à des groupes marchant sur le bord de la chaussée, chargés d'équipements de surf ou autres sports nautiques. Certains faisaient du vélo sur des bicyclettes de marque Raleigh, aux sacoches bourrées de cartons de beignets de chez Dreesen. Près d'une voiture sur deux était une décapotable. Eliza passa tout son temps scotchée à son portable, appelant les uns et les autres afin de les informer de ses projets pour la soirée.

– Hé, est-ce que c'était pas... ? demanda Mara, tournant si brusquement la tête qu'elle faillit se tordre le cou.

– Oui, c'est Steven Spielberg. Ils ont une maison à côté de chez nous, vers l'étang. On les croise toujours chez Nick & Toni, précisa Ryan avec désinvolture.

Son père avait sa table attitrée dans ce restaurant, l'une des adresses préférées des célébrités.

– Waouh ! fit Mara, s'efforçant de ne pas paraître trop impressionnée. J'ai vu Tom Hanks, une fois, ajouta-t-elle.

– C'est vrai ? Où ça ? demanda Ryan, sincèrement intrigué.

– À l'aéroport, répondit-elle sur un ton piteux. Il a signé un autographe à ma sœur. Elle l'avait poursuivi jusque dans les toilettes.

Ryan éclata de rire.

– Tom et Rita venaient tout le temps assister aux fêtes de charité de ta mère, pas vrai, Ryan ? demanda Eliza d'une voix extrêmement lasse, se détachant quelques instants de son téléphone.

Ses paroles firent à Mara l'effet d'une gifle.

Ils longèrent d'autres haies, jusqu'à atteindre une allée privée qui montait en serpentant vers une imposante demeure blanche, ornée d'énormes colonnes grecques. Au bout étaient garés un monospace Mercedes, une Range Rover, une Corvette décapotable, une Porsche Cayenne et deux scooters. Tu parles d'un show automobile !

– Nous y sommes ! lança Ryan en arrêtant la voiture sur l'allée de gravier.

Une limousine interminable, dont les jantes tournaient sur elles-mêmes en sens inverse bien que le véhicule fût à l'arrêt, était garée devant la maison.

– Mon Dieu ! s'exclama Mara. Regardez-moi ça ! Quelle voiture ridicule !

– C'est une Stretch Hummer H2. Le top absolu, fit remarquer Eliza d'une voix agacée.

Un chauffeur quitta le siège avant et parcourut les quatre longueurs de voiture pour aller ouvrir la portière. En émergea une interminable paire de jambes bronzées s'achevant par des pieds chaussés de bottines en mouton retourné.

Jacqui Velasco savait, de toute évidence, faire une sortie

– ou une entrée, si vous préférez – remarquée. Elle laissa les nouveaux venus prendre acte de sa présence, puis fit volte-face et, avec un déhanchement, se pencha à l'intérieur de la voiture pour dire au revoir à son bienfaiteur.

– *Obrigada*, dit-elle, toujours un peu chancelante à cause des innombrables cocktails engloutis pendant le trajet.

– Non, merci à toi, *bellísima*, rétorqua Rupert Thorne avec un clin d'œil, l'attirant à lui pour l'embrasser.

– Méchant garçon ! fit Jacqui en agitant un doigt, tandis que Rupert léchouillait plutôt qu'il n'embrassait son visage.

– On se retrouvera dans le coin, un de ces quatre, promit-il.

*Pas si je peux faire en sorte de l'empêcher*, se dit Jacqui, déterminée. Elle se redressa, claqua la portière et se trouva face à Ryan, Eliza et Mara qui l'observaient tous avec des expressions différentes. Ryan avait l'air amusé, Mara intimidé, Eliza impressionné.

– Elles sont d'enfer, tes bottines ! dit Eliza à Jacqui.

Visiblement, songea Mara, ça pouvait passer, les bottes en été...

– Merci, répliqua Jacqui avec une pointe d'accent. Elles nous sont arrivées direct d'Australie l'autre jour.

Puis, souriant à Eliza :

– Je m'appelle Jacqui Velasco.

– Eliza Thompson. Ça, c'est Ryan Perry, notre employeur, gloussa-t-elle. Et... heu... je me souviens plus de ton nom... Mary, c'est ça ?

– Mara, corrigea celle-ci d'une voix ferme. (Elle n'avait pas l'intention de se laisser rudoyer par cette blondinette.) Mara Waters. Enchantée de faire ta connaissance.

– Tu as fait comment pour les avoir ? Tu as dû te mettre sur liste d'attente ou un truc dans ce goût-là ? demanda Eliza, se mettant au diapason de Jacqui.

Toutes deux se dirigèrent vers le seuil, sans cesser de parler chaussures, leurs lunettes de soleil identiques portées en serre-tête. Mara, un peu perdue, se demandait si elle devait les suivre et se sentait déjà complètement hors du coup.

Ryan sortit du coffre sa valise cabossée et la tendit à un majordome en veste blanche.

– Ne te laisse pas impressionner par Eliza, dit-il. Elle peut être désagréable, mais elle a un bon fond. Il faut dire qu'elle traverse une période difficile.

Mara ne voyait pas comment une pareille poseuse pouvait « avoir un bon fond », mais souhaitait faire bonne impression. Si seulement elle pouvait ne pas rougir chaque fois qu'il la regardait !

Une gamine grassouillette d'une dizaine d'années surgit d'une porte latérale, les cheveux bouclés en bataille. Elle portait un maillot de bain rose vif, des lunettes de plongée et des palmes.

– Tu es le meilleur ! dit-elle en fonçant sur Ryan.

– Madison Avenue ! s'exclama-t-il en la soulevant dans ses bras et en la faisant tournoyer.

– Arrête ! Arrête ! gloussa-t-elle. Laisse-moi descendre.

Ryan la libéra.

– Hé, dis bonjour à Mara. Mara, voici ma petite sœur Madison.

Madison se précipita à l'intérieur, et Ryan et Mara suivirent.

– Au fait, fit remarquer Ryan en lui tenant la porte. Moi aussi, j'ai trouvé cette limousine ridicule.

Mara ne put s'empêcher de sourire, même après qu'il eut disparu.

# Comment vivent les gens qui brûlent des billets de banque pour se réchauffer

– Hé ! Bienvenue au manoir de Creek Head !

Une grosse femme mal fagotée, portant un sweat-shirt rose et un portable autour du cou, leur adressa un grand sourire lorsqu'elles entrèrent dans la maison.

– Je suis Laurie, l'assistante personnelle d'Anna. Elle n'est pas encore rentrée de sa séance de méditation, et m'a par conséquent chargée de vous accueillir et de vous faire visiter la maison.

Elle poussa un petit cri à la vue de leurs chaussures.

– Je suis désolée, mais je vais devoir vous prier de retirer vos souliers avant d'entrer. Le parquet en zebrano n'a toujours pas été huilé.

Laurie expliqua fièrement qu'Anna avait fait venir un artisan d'Amérique du Sud, afin qu'il travaille avec I.J. Peiser and Sons sur la conception de ses sols. À en croire Laurie, ils faisaient les planchers de tout le monde – bien que Mara crût comprendre que ce « tout le monde » désignait des gens qui n'avaient rien de commun avec aucune personne de sa connaissance.

Eliza ronchonna, Jacqui éclata de rire, et Mara rougit à l'idée de retirer ses bottes de cow-boy – une de ses chaussettes grises avait un énorme trou au niveau des orteils. Laurie continuait à caqueter tandis que, sur la pointe des pieds, elles rasaient les murs du vaste salon. L'un de ses côtés était constitué d'une immense baie vitrée qui courait, du sol au plafond, sur toute la longueur de la maison.

– Ça, je ne m'en lasse jamais ! s'extasia-t-elle.

Elle appuya sur un bouton dans le mur, et les rideaux automatiques s'écartèrent, révélant une vue panoramique de la côte atlantique. Les vagues battaient délicatement le rivage et des mouettes se dandinaient le long de la plage.

– On leur a mis du pain empoisonné pour essayer de s'en débarrasser, mais ça ne marche pas, soupira Laurie. Chhh… Allez-vous-en !

Mara écarquillait les yeux – la vue était à tomber par terre. Eliza s'absorba dans l'observation de ses cuticules – elle était déjà venue en tant qu'invitée, et l'ancienne demeure de ses parents offrait quasiment la même vue (en mieux, à vrai dire, vu que les voisins les plus proches, un célèbre acteur de Hollywood et sa starlette d'épouse, adoraient prendre des bains de soleil nus sur la terrasse). Jacqui bâillait – tout ça, c'était de la gnognotte comparé aux plages dorées d'Angra dos Reis, sur la Costa Verde. Aucune ne se risqua à faire le moindre commentaire sur le plan d'extermination des mouettes.

Dans la maison régnait un parfum agréable, quoiqu'un peu étouffant. Partout, on voyait d'énormes brassées de fleurs fraîches, en bouquets savamment composés. Sur la table basse en verre sculpté, de luxuriantes roses couleur pêche jaillissaient d'une carafe en cristal. Les dessertes regorgeaient de roses trémières, d'iris et de lys calla. Dans l'entrée, un gigantesque vase Ming contenait une magnifique gerbe de tournesols jaune vif, hauts de deux mètres.

Le portable de Laurie fit entendre une sonnerie perçante.

– Ici Laurie. Salut Anna. Oui, elles sont bien arrivées. Non, je n'ai pas encore vu d'invitation de Calvin Klein. Oh, OK. Je vais essayer.

Elle raccrocha et, s'adressant aux jeunes filles au pair :

– Anna vous dit bonjour.

Elle les conduisit dans la cuisine, une pièce spacieuse et lumineuse, où les boiseries rustiques et les plans de travail en marbre dissimulaient tout l'électroménager. Laurie expliqua d'une voix exaltée que les meubles avaient été fabriqués avec le plancher récupéré dans un château français du XVIII^e siècle. Afin de ne pas trahir cette ligne esthétique, le réfrigérateur, le congélateur et le lave-vaisselle avaient été encastrés et camouflés dans ces mêmes boiseries. *Oh, mon Dieu !* Mara devait se faire violence pour ne pas s'extasier à voix haute.

La cuisine donnait sur une imposante salle à manger où une trentaine de personnes pouvait facilement tenir. Un énorme lustre pendait du plafond extrêmement haut. À côté, se trouvaient une seconde salle à manger destinée aux repas de tous les jours, et une pièce destinée aux petits déjeuners, avec un petit coin douillet. Le rez-de-chaussée comportait aussi un bassin intérieur, une salle de yoga et une salle de gym entièrement équipée. Dans la salle de billard, la collection de livres répliquait, au volume près, la bibliothèque du roi George – sans exclure une première édition de Shakespeare, conservée dans une vitrine fermée à clé. Laurie en caressa le verre comme s'il s'agissait de son trésor à elle.

Comme elles gagnaient la porte située à l'arrière du bâtiment, elles croisèrent Ryan qui, un livre sous le bras, grimpait les escaliers.

– Comment trouvez-vous la rénovation de la maison ? demanda-t-il. Par rapport à l'année dernière, c'est le jour et la nuit, précisa-t-il, non sans mélancolie.

– C'est très joli, répondit poliment Mara.

Ryan fit un clin d'œil.

– Laurie, n'oubliez pas de leur toucher un mot au sujet du miroir de la salle de bains. C'est la réplique exacte de celui de Marie-Antoinette, dit-il, non sans ironie.

Les filles caressèrent les plus folles attentes quand Laurie leur apprit que la demeure abritait plusieurs chambres d'amis. Enfin, on passait aux choses sérieuses... Eliza espérait qu'elle retrouverait la chambre qu'elle avait eue l'été précédent, quand la maison de ses parents avait été désinfectée par fumigation. Mais l'assistante à l'étonnante gaieté les fit sortir, les conduisit jusqu'au logis des domestiques (un petit cottage bien entretenu situé à cinq bonnes minutes de la demeure principale) et les abandonna dans une pièce exiguë, sous les combles.

Le contraste n'aurait pu être plus saisissant. Le mobilier consistait en deux lits superposés, un lit une place, deux commodes, un fauteuil usé jusqu'à la corde. Dans la salle de bains, une ampoule nue pendait au plafond.

Une araignée courut sur le tapis crasseux, unique occupante à les accueillir dans leur nouveau foyer.

# Ne vous inquiétez pas, les filles, c'est un travail d'équipe !

– Plus de deux mille mètres carrés, et faut qu'on se partage *une seule* fichue chambre à trois ? grommelait Eliza, en fumant à la minuscule fenêtre de la mansarde.

Mara défaisait sa valise en silence. Vu qu'Eliza s'était attribué le lit une place et Jacqui la couchette du dessus, il ne lui restait plus que le cauchemar des claustrophobes : le lit du dessous. Mais elle n'était pas d'humeur à se plaindre. Elle était sidérée par l'immensité du domaine – près de cinq hectares, avait précisé Laurie dans un murmure. Mara n'aurait jamais pensé que des personnes réelles vivaient ainsi, et que les salles de bains en marbre qui faisaient la taille de sa maison se trouvaient ailleurs que dans des épisodes de *Sagas* ou de *Combien ça coûte ?*. Autant qu'elle sache, les Perry n'étaient pas célèbres, ce qui n'empêchait pas qu'ils soient pleins aux as.

– Qu'est-ce qu'on peut y faire ? dit Jacqui en haussant les épaules. On ne nous demande pas notre avis.

Elle emprunta la cigarette d'Eliza pour allumer la sienne.

– Ça vous dérangerait, de ne pas fumer dans la chambre ? demanda Mara, agitant les mains en signe de mécontentement.

Pour toute réponse, Eliza fit un rond de fumée.

En entendant frapper à la porte, les deux filles écrasèrent leurs cigarettes sur la semelle de leur chaussure. Puis, du pied, Eliza les poussa sous le lit.

– Entrez ! s'écria-t-elle gaiement.

Une domestique vêtue d'un uniforme blanc et noir glissa la tête dans la pièce.

– Mme Perry souhaite vous voir. Suivez-moi, je vous prie.

Toutes trois furent conduites dans le jardin du manoir, une stupéfiante étendue de verdure entourant une piscine à débordement aux dimensions olympiques, dont l'eau ruisselait en cascade dans un jacuzzi à la surface bouillonnante. Mara repéra, au loin, deux courts de tennis, un terrain de golf et un terrain de basket. Dans sa famille, à Sturbridge, le jardin consistait en une petite parcelle terreuse, délimitée, de tous les côtés, par du grillage de basse-cour. Plusieurs chaises y pourrissaient pour avoir passé trop d'hivers à l'extérieur, et un vieux barbecue traînait sous un érable agonisant.

Dans le patio, plusieurs gamins se poursuivaient avec des pistolets à eau géants, tandis qu'un petit garçon portant des brassards de bain courait entre les jambes de tout le monde en poussant des cris. Au milieu de toute cette agitation, se tenait une blonde mince, lisse et pimpante dans son maillot doré et ses mules à talons aiguilles.

– Cody ! Cesse ce vacarme ! Ça suffit ! Lâche ma jambe... Je te dis de lâcher ma jambe !

D'un geste brusque, elle retira les minuscules mains du bambin de sa jambe bronzée pas plus épaisse qu'une aile de poulet.

– Pouah ! fit la femme, avec une grimace de dégoût.

Lorsqu'elle se redressa, elle se retrouva nez à nez avec un garçon de neuf ans brandissant un pistolet à eau.

– Les mains en l'air ! glapit le gosse.

– William ! Si j'étais toi, je ne m'aviserais pas de..., lança-t-elle d'un ton menaçant.

Vaine mise en garde. Il appuya sur la détente, lui envoyant sur la tête un puissant jet d'eau.

– MON DIEU ! Tu n'as pas pris tes médicaments, ou quoi ? REGARDE UN PEU CE QUE TU AS FAIT ! hurla-t-elle en le saisissant par ses frêles épaules et en le secouant comme un prunier.

Il se mit à brailler.

– OK, OK, c'est bon. Je suis désolée. Allez, file ! conclut-elle en lui faisant signe de décamper.

Elle se retourna vers les trois adolescentes, balayant d'un geste de la main sa frange trempée.

– Je suis Anna Perry. Je vous prie de m'excuser pour tout ce désordre, dit-elle avec hauteur.

Elle serra mollement les mains de Mara puis de Jacqui mais, lorsqu'elle se tourna vers Eliza, son expression s'adoucit.

– Oh, Eliza, ma chérie ! Tu es bien arrivée. Formidable ! s'exclama-t-elle, tendant sa joue à Eliza pour que celle-ci lui fasse la bise. Comment va ta mère ? Tu la salueras de ma part. Elle a reçu les livres que je lui ai envoyés ?

Eliza serra les dents et sourit.

– Oui, Anna, ils sont bien arrivés.

Croyant rendre service, Anna avait expédié à la mère d'Eliza plusieurs ouvrages de la série « Guides pour les nuls »... (*J'apprends à connaître les vins*, *Je gère les dépenses du foyer*, *Je trouve du boulot après cinquante ans*, etc.) Sur la carte jointe, elle avait écrit : « À présent que tu n'as plus de domestiques, voilà qui pourra t'aider, j'espère, à t'adapter à ta nouvelle existence. »

– Je suis tellement contente que vous soyez toutes là. J'étais un peu inquiète, à cause des embouteillages. Enfin... comme vous le savez, mon mari, Kevin, vous a engagées. Oh, Dieu merci, le voilà qui arrive.

Tournant la tête, les filles virent s'avancer vers elles un homme chauve et robuste, vêtu d'un bermuda et d'une chemise hawaïenne parfaitement repassée.

– Kevin, tu n'as pas oublié d'envoyer la bouteille de petrus à notre hôtesse pour la remercier de sa soirée ? OK, parfait. Tu as payé combien ?

Il le lui dit. Elle fit la grimace. Ça leur coûtait la peau des fesses d'entrer dans les bonnes grâces des grandes dames des Hamptons, mais Anna était bien décidée à coprésider la collecte de fonds au profit de la recherche contre le cancer des ovaires, le mois prochain.

– Kevin Perry, dit-il.

Il serra chaleureusement chacune des mains qu'on lui tendait, en s'attardant une seconde de trop sur celle de Jacqui. *Classique*, songea celle-ci. *Qui sait, ça pourra s'avérer utile.*

– Comment va ton père ? demanda-t-il à Eliza.

– Toujours pareil, répondit-elle en haussant les épaules.

– Pourquoi ne pas nous asseoir ici ? proposa-t-il en désignant la table ronde du patio.

Anna le suivit en vacillant sur ses talons, et manqua de glisser sur le carrelage mouillé. Les filles s'assirent. Mara remarquait que l'on avait fait tourner toutes les vis de la véranda en teck de façon que les rainures de leurs têtes forment un angle droit avec les planches. Les Perry attendaient-ils le même degré de perfection de tout ce qui les entourait ?

– Nous tenons à vous accueillir comme il se doit dans les Hamptons, commença Anna d'un ton sec. Comme vous pouvez l'imaginer, nous allons avoir une soirée très chargée. Je me suis dit qu'il serait bon de faire un petit barbecue pour les enfants, vu que nous sommes le 4 Juillet. D'habitude, nous organisons quelque chose de plus élaboré, mais comme plus tard nous sommes invités chez les Perelman...

Elle s'interrompit un instant, pour laisser le nom faire son effet... hé oui, ils fréquentaient Ron Perelman ! Le patron de Revlon, marié avec Ellen Barkin – le top du top du gratin des Hamptons ! Malheureusement, ni Mara ni Jacqui n'avaient jamais entendu parler de lui. Quant à Eliza, elle s'en souciait comme d'une guigne. Perelman n'avait pas de gosses de son âge.

– Par conséquent, ce soir, on va faire simple, gloussa Anna. Pas question de mettre les petits plats dans les grands. Quelques hamburgers, ou quelques hot-dogs. Qu'est-ce que vous en pensez ?

– Oh, c'est parfait, approuva Kevin.

– On a un gril là-derrière. On pourrait aussi faire rôtir du thon, non ? Il y a une salade d'avocats dans le frigo, qui irait très bien avec. Mais le thon n'est peut-être pas assez patriotique ? demanda-t-elle avec un petit rire.

– Le thon me semble une bonne idée, hasarda Eliza.

– C'est de l'albacore du Pacifique. Il vient d'arriver par avion de Hawaii, précisa Anna. Un délice ! On pourra le servir avec un peu de sauce mirin ? Comme l'année dernière ?

Pour fêter le 4 Juillet de l'année précédente, les Perry

avaient organisé, sur leur plage privée, une grande soirée avec buffet et serveurs en livrée. Eliza se rappelait l'exquis pavé de thon servi sur des assiettes en argent.

– Très bien, dit Eliza avec un haussement d'épaules. Avec un petit vin blanc, peut-être ?

– Le menu idéal ! Sauf que les enfants ne pourront bien sûr pas boire d'alcool. Et ce sera tellement plus intime ! dit Anna en souriant sans laisser voir ses dents. Le dîner aura lieu à sept heures, vu que les petits n'ont pas le droit de manger après le coucher du soleil.

– S'il te plaît, ma chérie, on peut en revenir à nos moutons ? demanda Kevin

– Bien sûr, bien sûr, répondit Anna.

– Nous tenons à souligner qu'il s'agit d'une collaboration. Vous faites désormais partie de la famille. Appelez-nous Anna et Kevin, je vous prie, dit-il. Nous voudrions que ce soit l'occasion, pour nos enfants, de passer un été formidable. Je crois qu'on va tous bien s'amuser, pas vrai ? conclut-il en faisant un clin d'œil à Jacqui.

– Mais cela ne nous empêche pas d'avoir des objectifs, continua Anna. Pour commencer, il y a William. On a diagnostiqué chez lui un trouble d'hyperactivité avec déficit d'attention. Il ne tient pas une seconde en place et oublie constamment de prendre ses médicaments. Cet été, il doit à tout prix se calmer. Il faut qu'il apprenne à se tenir tranquille ou bien, à l'automne, ils ne le reprendront pas à Saint-Bernard.

Elle leur passa la liste des médicaments à lui faire prendre quotidiennement.

Mara fixait la prescription, éberluée. *Neuf ans, et déjà drogué ?*

Eliza n'était nullement déconcertée. Certes, le traitement de William était plus lourd et plus compliqué que celui que son père prenait tous les jours pour le cœur, mais c'était ça de nos jours, d'être parents... Et, sur cette pensée, son regard se perdit dans le vague. *Qu'est-ce que je vais me mettre pour la fête de ce soir ?*

Jacqui s'impatientait. Quand pourrait-elle enfin partir à la recherche de Luca ? *Quand cette sauterelle blonde va-t-elle donc cesser de jacasser ?*

– Ensuite, Madison doit perdre du poids. À mon avis, elle a sept kilos à perdre. Les gosses peuvent être si cruels, et je refuse que ma fille soit « la grosse vache ».

Elle ne fit pas le signe d'ouvrir et de fermer les guillemets avec ses doigts, mais tous les perçurent très nettement.

– J'ai commencé à lui faire suivre un régime à huit cents calories, poursuivit-elle en leur tendant un dépliant détaillé avec informations nutritionnelles et nombre de calories pour une portion donnée. J'aimerais vraiment mieux qu'elle ne mange que des aliments crus. Cela a réellement amélioré ma digestion, et c'est très sain, comme manière de vivre.

Elle tendit soudain le cou, comme un chien sur la piste d'une mauvaise odeur, et hurla, en direction de la piscine :

– MADISON ! Pose ce biscuit. Pose-le immédiatement ! Tu veux être une grosse vache toute ta vie, ou quoi ?

*Des aliments crus ?* se répétait Mara. *C'est quoi, ce délire ?*

*Le dos nu Christian Dior ?* rêvassait Eliza. *Ou le débardeur Gucci ?*

*J'ai soif, donnez-moi de l'eau*, songeait Jacqui, haletante. Tout ce whisky bu dans la voiture lui donnait une gueule de bois prématurée.

– Zoë a six ans et elle entre en CP à l'automne. Je tiens à ce qu'elle apprenne à lire cet été. On l'a envoyée dans les meilleurs jardins d'enfants et pré-jardins d'enfants, et elle ne sait toujours pas l'alphabet. C'est terriblement gênant, fit remarquer Anna en secouant la tête.

*Six ans. Elle apprend à lire. Pigé*, songea Mara.

*Ou bien la minijupe Dolce & Gabbana*, se demanda Eliza.

Jacqui était à deux doigts de tourner de l'œil, tant elle avait soif. Elle agrippa les bords de son siège pour ne pas chanceler.

– Quant au petit Cody..., reprit Anna, avec une expression adoucie, il faut qu'il surmonte sa peur de l'eau. Tout de même, nous sommes dans les Hamptons... et il refuse de s'approcher de la piscine ! Quoi d'autre ? Ah oui, le règlement intérieur. Le couvre-feu est à minuit. *Idem* pour les jumelles. Vous avez fait la connaissance de Ryan. Vous pouvez vous servir de n'importe quelle voiture disponible et vous en aurez besoin, pour aller en ville et accompagner Madison et Zoë à leurs cours de danse classique et de yoga, et pour conduire William chez ses trois psychothérapeutes. Tous les dimanches, nous ferons le point des progrès de la semaine. Vous serez payées en trois fois, et vous recevrez le premier règlement d'ici quelques semaines. À part ça, nous n'avons pas vraiment beaucoup de règles ici.

*Eh bien, c'est bon à savoir*, se disait Mara.

*Dieu merci*, songeait Eliza.

*De l'eau !* pensait Jacqui.

– Pour finir, je tiens *absolument* à ce que vous passiez toutes trois un merveilleux été en notre compagnie. Comme nous l'avons dit dans l'annonce, ce sera le plus bel été de votre vie ! Prenez le temps de vous installer. On se retrouve plus tard, pour le barbecue ?

– Ça va être super, dit Mara.

– On sera là, assura Eliza à l'attention d'Anna.

Thon grillé, salade d'avocats ? Elle en avait déjà l'eau à la bouche. Jacqui, elle, acquiesça sans un mot.

– Ciao, dit Anna, en agitant la main.

On les congédiait, de toute évidence.

– Heu... ma chérie ? demanda Kevin Perry.

– Oui ?

– Tu ne penses pas qu'il serait bon de leur présenter les enfants ?

# Il n'y a pas de fumée sans feu

– Alors, comment vous trouvez la mère Perry ? demanda Eliza lorsqu'elles eurent regagné leur chambre.

– *Problema*. Des femmes comme ça, j'en vois des tas dans mon magasin. *Meu deus !* Jamais satisfaites.

– Comment as-tu connu les Perry ? demanda Mara à Eliza.

– C'est une longue histoire.

Eliza haussa les épaules. Qu'est-ce que ça pouvait bien leur faire ?

– Mon père était avec Kevin à l'université. Il a appelé pour savoir si j'étais disponible cet été. Si j'ai accepté, c'est juste pour rendre service. Je connais ces gosses. De véritables petites pestes. Si j'ai un conseil à vous donner, c'est de ne pas les approcher.

*Pas commode*, songea Mara, *vu qu'on a été embauchées pour veiller sur eux.*

– Quant à Anna, c'est une vraie sorcière. C'est la seconde épouse de Kevin. Cody – celui qui a trois ans – est le seul enfant qui soit d'elle. Les autres sont ceux de Brigitte. Elle était folle. Anna était l'assistante personnelle de Kevin. Et sa maîtresse depuis des années, expliqua Eliza en se regardant dans le miroir.

Débardeur blanc, minijupe à sequins, sandales blanches avec rubans montant jusqu'à mi-mollet. Oui, ce serait parfait pour ce soir. Jacqui enfila un jean taille basse et un top moulant. Mara quitta son chemisier puant pour passer un tee-shirt, un short et des tennis.

Seconde épouse. Beaux-enfants. Assistantes personnelles. Maîtresses. C'en était trop pour Mara. Que venait-elle faire dans ce *soap* de douzième zone ? Elle était encore en train de se demander comment elle parviendrait à ne pas dépasser les 37,5 °C, en chauffant les aliments de Madison « pour en conserver les propriétés essentielles ».

Au coucher du soleil, toutes trois se dirigèrent vers la piscine, où une forte odeur d'essence flottait dans l'air. Près du barbecue fumant, étaient entassés des steaks hachés dans leur emballage, des petits pains au sésame, et de quoi faire des hot-dogs. Ne voyant personne dans les environs, les trois filles se mirent à table – laquelle avait été dressée pour le dîner : nappe en lin blanc, couverts en argent massif, assiettes en porcelaine...

– Elle a pourtant bien dit sept heures ? demanda Eliza.

– Oui, confirma Mara, non sans inquiétude.

Quelque chose ne tournait pas rond. Jacqui se leva.

– Il est où, le vin, à votre avis ?

Elle farfouilla dans la glacière qu'elle trouva à côté des bougies à la citronnelle en pots. Soudain, les quatre gosses surgirent dans l'encadrement de la porte vitrée, réclamant la nourriture à grands cris :

– Ça sent bizarre, fit remarquer William en remuant le nez devant le barbecue fumant.

– Il y a quelque chose qui brûle ? demanda Madison.

– J'ai faim ! dit Zoë.

– Moi aussi, rétorqua Eliza.

Que se passait-il donc ? Où était la nourriture ?

– Camille me faisait toujours un double cheeseburger, dit Madison. Avec des tas d'oignons et de cornichons.

– Qui c'est, Camille ? demanda Mara.

– Elle était là il y a trois jours, répondit Madison en triturant sa serviette de table. Mais elle a fait une bêtise et elle a été obligée de partir.

C'est alors qu'Anna s'avança nonchalamment, en fredonnant un air. Elle portait un paréo par-dessus son bikini et une orchidée plantée dans sa chevelure (pas encore totalement remise de l'attaque à pistolet à eau de William).

– L'invitation dit « Pagnes et Vahinés » gloussa-t-elle, en entrant dans le patio. N'est-ce pas que c'est amusant ? J'ai commandé cette tenue à Michael Kors tout spécialement.

Kevin la suivait, vêtu d'un smoking classique par-dessus sa chemise hawaïenne.

– Alors, tout le monde est content ? demanda Anna.

– Non ! grommela William. Il n'y a rien à manger !

– On a faim ! pleurnicha Madison.

– Comment ça ? dit Anna, s'avançant pour voir cela de plus près, et trouvant les trois filles au pair assises devant des assiettes vides.

– Comment se fait-il que rien ne soit encore prêt ? Je me souviens pourtant bien vous avoir dit qu'on faisait un barbecue ce soir.

– Oh ! s'exclama Mara.

Elles s'étaient figuré être *invitées* au barbecue. Aucune d'entre elles n'avait saisi qu'elles étaient censées le *préparer*.

– Vous nous aviez dit d'être ici à sept heures, dit Eliza d'une voix faible.

La prise de conscience du malentendu s'accompagna d'un silence glacial. Anna fronça les sourcils.

– Heu... Eh bien... Kevin et moi devons de toute façon nous rendre à notre soirée dans quelques minutes, ça ne change donc pas grand-chose. Après, vous pourrez les emmener sur Main Beach, pour y admirer les feux d'artifice.

– Pas de problème. On s'y met tout de suite, dit Mara en se plantant près du barbecue et en tendant une spatule à Jacqui.

– Et n'oubliez pas le thon, pour Madison, leur rappela Anna en quittant le patio avec force claquements de talons sans même avoir dit bonsoir aux enfants.

– Maman ! Maman ! Je veux ma maman ! cria Cody, quand elle eut disparu.

– Chut... chut..., fit Mara d'une voix apaisante. Mara est là.

Mais Cody continua à hurler.

– On n'est pas dans la m..., commença Eliza, avant de se raviser, tandis que de la graisse giclait sur sa jupe et que Jacqui laissait brûler un second steak haché.

Mara chercha le thon des yeux. Elle se demandait s'il était bien prudent de le servir cru à Madison. Le poisson n'avait-il pas besoin d'être cuit ? Mara décida de ne pas y toucher. Avec un peu de chance, Anna ne verrait pas qu'elle avait enfreint, dès le premier soir, la règle des aliments crus. Il lui faudrait se souvenir de demander à Madison qui était Camille, et pour quelle raison elle avait été renvoyée.

– Ils n'ont pas de cuisinier ? demanda Mara.

Elle avait remarqué une telle quantité de domestiques.

– Oh, si. Un chef. Mais il ne cuisine pas pour les gosses, à ce qu'il semblerait. C'est sans doute trop bas pour lui.

Eliza haussa les épaules. Le personnel tatillon, elle connaissait. Laurent, leur ancien cuisinier français, refusait de préparer autre chose que de la gastronomie. Il piquait des crises chaque fois que son père lui demandait un steak cuit à point. Sa mère avait fini par le remplacer par quelqu'un de plus accommodant.

– Hé, vous n'avez pas vu le reste du thon ? demanda Eliza.

– Il y a juste ce morceau rikiki, dit Mara.

Jacqui haussa les épaules. Elle avait trouvé un pack de bières sous les cannettes de soda, et s'en était ouvert une.

– Une bière allégée ? proposa-t-elle aux autres.

Eliza secoua la tête. Elle défit frénétiquement les emballages de tous les paquets, mais tous contenaient de la viande hachée. Pas de thon. De toute évidence, Anna n'avait pas voulu donner des perles aux pourceaux...

Elle prit soudain conscience de sa condition réelle : on l'avait installée dans le grenier, non dans une chambre d'amis. On lui donnait des hamburgers à manger, non des pavés de thon. Elle n'était pas chez les Perry en tant qu'invitée. Eliza Thompson, ancienne coqueluche des Hamptons, n'était plus qu'une employée de maison.

# Main Beach : pour Eliza, pas question de se laisser abattre

La plage était aussi peuplée que Central Park un soir de concert gratuit. Le feu d'artifice avait commencé et, alors que les fusées s'élevaient en sifflant vers le ciel, les accords de la *Cinquième Symphonie* de Beethoven jaillissaient des haut-parleurs installés pour la circonstance. Des pique-niqueurs raffinés assis sur des nappes à carreaux faisaient sauter les bouchons de champagne, se délectaient de homards d'un kilo et demi, et prenaient et envoyaient des photos avec leur portable, afin d'indiquer aux derniers arrivants où ils se trouvaient. Nul ne leva les yeux vers elles. Tous avaient mieux à faire : sautiller sur les couvertures pour se faire chaleureusement la bise, et échanger de discrets coups d'œil sur leurs modèles respectifs de sacs Murakami à motif floral.

Grâce à l'opiniâtreté d'Eliza, les trois filles au pair s'assurèrent une position de tout premier choix au sommet de la colline. Après avoir trouvé cette place – de la taille d'un timbre-poste et située entre deux couvertures en soie jacquard rigoureusement identiques – Eliza fit en sorte d'étendre leur territoire : elle laissa Cody brailler à pleins poumons, tandis que les fusées explosaient. Rien de tel qu'un bambin irritable pour pousser les célibataires nombrilistes des Hamptons à dégager la voie.

Mara surprenait, malgré elle, des bribes de conversation.

– Comment sont les raviolis à la truffe noire ? demanda une femme à ses invités en leur tendant des assiettes en porcelaine remplies de pâtes fermes et brillantes, noyées sous une béchamel crémeuse.

– Exquis. Et la cervelle de canut est divine avec le riesling.

– Quelqu'un a apporté les jumelles de théâtre ? s'enquit un autre en tendant la main.

Elle n'avait jamais vu personne pique-niquer ainsi. Chez elle, les pique-niques étaient constitués d'un ou deux sandwichs, d'un sachet de chips et d'une bouteille de soda. Et non de quatre plats accompagnés de quatre vins différents. S'arrachant à la contemplation du festin d'à côté, elle se retourna vers son propre groupe.

– Madison, où as-tu trouvé cette barre chocolatée ?

Madison leva les yeux, l'air coupable, et fourra la totalité de la barre chocolatée dans sa bouche. Mara secoua la tête. Il faudrait qu'elle trouve où la gamine planquait sa came, où c'en était fini pour elles. Elle compta rapidement les enfants. Un, deux, trois... Pas possible !

– William ! Eliza, Jacqui, est-ce que vous avez vu William ?

Toutes deux haussèrent les épaules.

– Vous deux, restez ici. Je vais essayer de le retrouver, dit Mara en sentant la panique l'envahir.

Elle arpenta soigneusement les alentours, appelant l'enfant d'une voix aussi douce que possible.

– William ? murmurait-elle. William ? Où es-tu ?... Désolée, désolée, ajouta-t-elle en contournant, sur la pointe des pieds, un groupe bruyant de types BCBG, vêtus de treillis et de sandales de sport assorties, qui tiraient sur leurs cigares et acclamaient les prouesses pyrotechniques.

– Pas de problème ! Pourquoi ne pas vous joindre à nous ? proposa l'un d'entre eux en lui offrant un gobelet en plastique rempli de champagne.

– Non merci, répondit Mara en secouant la tête. À vrai dire, je cherche un petit garçon.

– Il y a que des grands garçons ici, reprit le type avec un clin d'œil. Allez, restez un petit moment.

Il avait dans les vingt-deux ans, les joues rouges, et ne paraissait pas un mauvais bougre. Mais Mara ne s'intéressait pas aux garçons plus âgés (et encore moins aux garçons plus âgés aussi immatures que des ados).

– Je ne peux vraiment pas. Je travaille.

– Ah oui, vous faites quoi ?

– Je suis fille au pair.

À peine eut-elle prononcé ces mots qu'il changea d'attitude. Il la détailla de pied en cap.

– Dans ce cas, vous n'avez aucune raison de refuser de nous tenir compagnie. Ce n'est pas comme si vous aviez un vrai boulot, pas vrai ?

Mara pivota sur ses talons sans se donner la peine de répondre, affreusement blessée.

– William ! ! ! hurla Mara, au comble de l'irritation, ne craignant guère de causer un esclandre.

L'hyperactif de neuf ans finit par reparaître, en faisant des bruits d'avion et en poussant des braillements chaque fois qu'une fusée explosait.

– Ne refais jamais ça, tu m'entends ! gronda Mara. Tu ne peux pas filer comme ça ! C'est dangereux !

– TU N'AS PAS À ME DIRE CE QUE JE DOIS FAIRE ! cria William. TU N'ES PAS MA MAMAN !

– Je sais que je ne suis pas ta mère, mais je travaille pour ta mère.

– Non. Tu travailles pour ANNA ! éructa William.

Une fois de retour parmi les autres, Mara répéta ce que lui avait dit l'étudiant propre sur lui.

– Quand j'ai dit « fille au pair », c'est comme si j'avais dit que je faisais le tapin.

Eliza leva les yeux au ciel. Elle aurait dû la mettre en garde contre l'usage de l'expression « au pair ».

– La plupart de ces jeunes loups de la finance qui traînent ici se figurent que les filles au pair sont des coups faciles qui n'ont rien, ou pas grand-chose, à faire. Évite-les comme la peste : ils louent des maisons en préfabriqué à West Hampton et ne méritent pas qu'on leur accorde le moindre intérêt, lui conseilla Eliza.

Madison sortit de sa poche une pochette en plastique pleine d'oursons gélifiés. Elle fonça dans la brèche ouverte par son frère.

– Les autres filles au pair étaient beaucoup plus gentilles.

– Une seconde ! répliqua Mara. Quelles filles au pair ?

Zoë ajouta son grain de sel :

– Camille, Tara et Astrid. Elles s'occupaient de nous parce que Nounou est retournée en Angleterre cet été.

– Qu'est-ce qui leur est arrivé ? demanda Eliza, n'y tenant plus de curiosité.

– Elles ont été renvoyées, répondit William d'une voix joyeuse. C'était marrant.

Serrant ses genoux contre lui, il se rappela le slalom de la Porsche Cayenne dans les rues d'East Hampton, le coup de frein brutal devant l'arrêt de bus et les gros mots proférés par sa mère lorsqu'elle avait jeté leurs bagages par la portière.

– Renvoyées ? demanda Mara avec un pincement au cœur.

Une telle éventualité ne lui avait même pas traversé l'esprit. Si cela se produisait, elle pourrait dire adieu à la fac – faute d'avoir de quoi payer ses droits d'inscription.

*Renvoyées ?* songea Eliza. Sûr que ça compliquerait la situation. Elle était censée passer tout l'été ici. Pourvu qu'on ne la réexpédie pas de force à Buffalo ! Quant à Jacqui, elle ne se souciait guère d'être renvoyée. Il faudrait juste que ce soit après qu'elle eut trouvé Luca.

– Elles me manquent, dit Zoë. Tara avait promis de me faire des tresses aujourd'hui.

– Mais qu'avaient-elles donc... ?

Mara n'avait pas eu le temps de finir sa phrase qu'un pétard particulièrement assourdissant explosa, et que Cody se remit à brailler.

– Oh, mon Dieu, tu ne veux pas le prendre dans tes bras ? Qu'est-ce qu'on fait dans ces cas-là ?

– Chhhh... chhhh..., fit Mara.

Elle le prit sur ses genoux, le calma et s'efforça de fredonner une berceuse.

– Celle-ci dit qu'elle a faim, dit Jacqui en montrant Madison du doigt. On devrait peut-être lui donner quelque chose à manger ? suggéra-t-elle quand Mara avait le dos tourné.

– Il y a quoi, dans le panier ? demanda Eliza.

– Des chips.

– Ouais, super, fit Eliza avec un haussement d'épaules.

– Hé toi, dit Jacqui en tendant les chips à Madison, c'est quoi ton nom ?

– Madison. Comme Madison Avenue à New York, répondit fièrement la petite fille.

– Ah, dit Jacqui. Moi, je m'appelle Jacarei. Chez moi, c'est aussi le nom d'un lieu.

Mais ce premier échange fut interrompu lorsque Mara leva les yeux.

– Hé, où est passé William ? William ! Reste ici ! Sur la couverture ! Ne bouge pas ! s'écria Mara, de sa plus belle voix de déléguée de classe. Zoë, trésor, regarde-moi toutes ces couleurs ! N'est-ce pas que c'est joli ?

Puis, rassurant Cody :

– Tout va bien bébé, ce ne sont que des pétards. Je sais, ils font beaucoup de bruit, mais c'est rien.

Quelques minutes plus tard, tous les gamins étaient regroupés autour de Mara, qui avait passé un bras autour d'eux.

– Regardez ça ! Le drapeau américain ! Vous avez déjà vu quelque chose d'aussi beau ? demanda Mara aux petites filles qui, fascinées, regardaient fixement le ciel nocturne.

Les deux garçons sommeillaient sur la couverture ; William épuisé d'avoir couru après les libellules, Cody dans sa poussette, suçant son pouce.

Eliza consulta son portable. Oh oh. Il était temps de bouger.

– Hé, vous savez quoi ? Faut que je file. Je dois retrouver des amis..., commença Eliza en essuyant, sur ses genoux, les traces laissées par l'herbe.

– Pardon ? demanda Mara.

– Tu vas où ? s'informa Jacqui.

– À une soirée. Tu veux venir ?

– *Sim*, acquiesça Jacqui en se levant.

– Ouais, après tout, tu contrôles pas mal la situation ici, pas vrai, Mary ? demanda Eliza.

Mais sans laisser à Mara le temps de répondre, Eliza et Jacqui se mirent à dévaler la colline aussi rapidement que le leur permettaient leurs talons aiguilles.

# Au Resort : la soirée la plus courue des Hamptons, du moins jusqu'à la semaine suivante

Eliza respira un grand coup en parcourant des yeux la foule devant le Resort. Environ cinq cents personnes jouaient des coudes pour se rapprocher du cordon rouge de l'entrée, et une vingtaine de limousines garées dans la contre-allée s'apprêtaient à débarquer leurs célèbres passagers – quand il ne s'agissait pas simplement de m'as-tu-vu. Des femmes fines comme des cure-dents, au décolleté ravageur et au visage recouvert de couches de fond de teint, vêtues de débardeurs aux couleurs criardes et de jupes moulantes s'arrêtant au genou, se frayaient un chemin sur le gravier, perchées sur leurs sandales à hauts talons. Leurs petits copains, des types plus âgés à l'allure prétentieuse, exhibaient, outre leur bronzage artificiel, d'énormes bracelets en or sur leurs poignets velus.

Deux projecteurs orientés vers le ciel éclairaient la scène comme un décor de cinéma. Plusieurs RP débordés s'efforçaient de maîtriser la foule tandis que des videurs carrés d'épaules de cent cinquante kilos fusillaient du regard les fêtards trop impatients.

Eliza força le passage jusqu'à l'entrée, armée des mots magiques : « Je suis sur la liste ! ».

– Eliza Thompson, hurla-t-elle à une fille assaillie de toutes parts et coiffée d'un casque.

Après avoir passé en revue des feuilles et des feuilles de noms, la fille dit sèchement :

– Vous n'êtes pas sur la liste. Rejoignez la file d'attente.

– Parmi les invités de Kit Ashleigh ?

– Fallait le dire tout de suite, que vous étiez sur la liste de Kit ! maugréa la fille. C'est quoi, déjà, votre nom ?

– ELIZA THOMPSON !

– Ah, vous voilà.

La fille fit signe au gorille de la laisser passer. À contrecœur, celui-ci releva le cordon rouge. Eliza prit Jacqui par le bras et toutes deux furent propulsées vers l'intérieur de la boîte de nuit.

À l'intérieur, la soirée battait son plein, et Jacqui éprouva ce frisson d'excitation qu'elle avait coutume de ressentir dans tout endroit nouveau, inexploré, voire un peu dangereux. Elle passa la langue sur ses lèvres, excitée d'avance. Elle était certaine que Luca se trouvait là, quelque part. Elle le sentait.

– Attends ! dit Eliza en saisissant Jacqui par le bras. Je vois mes amis là-bas.

Kit était assis sur la plus grande banquette, au milieu de la salle VIP bondée. Son visage s'éclaira lorsqu'il aperçut Eliza.

– Liza !

– Kit-Cat ! gloussa-t-elle, lui faisant la bise comme s'ils ne s'étaient pas vus à peine quelques heures plus tôt.

– Tu ne me présentes pas ton amie ? demanda Kit, écarquillant les yeux à la vue de Jacqui.

– Jacqui Velasco. Elle est venue aux États-Unis pour ses

études… elle vit dans la famille de mon oncle, dit Eliza avant que Jacqui ait eu le temps d'ouvrir la bouche.

Du regard, elle la supplia de jouer le jeu.

– *Sim*, acquiesça Jacqui, tout en songeant *C'est quoi, ce délire ?*

– Cool, dit Kit. Et tu étudies quoi ?

– Le design, répondit Jacqui.

– L'anglais, lança en même temps Eliza.

Elles se regardèrent. Eliza eut un petit rire nerveux.

– Le design anglais, c'est bien ça, Jac ?

– Tout ce que tu voudras, concéda Jacqui.

Elle était trop occupée à fouiller la salle du regard dans l'espoir d'y voir son bien-aimé pour prêter attention aux paroles d'Eliza. Mais tout de même assez polie pour sourire à Kit qui la regardait avec un air extatique.

– C'est pas trop tôt ! s'exclama Taylor, la petite amie de Kit, en se glissant entre son homme et la bombe latino.

– Te voilà de retour ! s'écria Lindsay, une autre amie venue se joindre à eux.

– Ah, mes copines chéries ! dit Eliza, d'une voix triomphante.

Une telle quantité de gens venaient la serrer dans leurs bras et lui faire la bise qu'elle avait l'impression qu'on venait de la nommer reine du bal de fin d'année. Sauf qu'elle se serait fait tuer plutôt que de participer à quelque chose d'aussi ringard. Disons que c'était sa manière à elle d'être reine du bal : margaritas glacées, champagne coulant à flots, beaux garçons, chaussures élégantes, et voitures encore plus classe garées dehors.

– Ma chérie, tu es resplendissante ! dit Taylor, d'un ton admiratif et non dénué de jalousie.

– Tu dois te priver de tout ! ajouta Lindsay, spécialiste du compliment à double tranchant.

– Charlie est là ? demanda Eliza d'une voix un peu trop impatiente.

– Pas encore. Pourquoi ? s'enquit Lindsay en plissant les yeux.

– Pour rien. C'est juste que ce serait sympa de le voir, en souvenir du bon vieux temps, répliqua Eliza en haussant les épaules.

Lindsay et Taylor échangèrent un regard complice.

– Eh bien, regardez qui est là ! susurra une voix, derrière le seau à champagne.

Une blonde aux yeux en amande et à la moue mauvaise les jaugea avec froideur. Elle portait un béret rose, des lunettes d'aviateur et un mini tee-shirt dévoilant un ventre parfaitement plat.

– Sugar ! dit Eliza, en se penchant pour lui dire bonjour.

– Attention... je viens de me faire faire un brushing, répliqua Sugar Perry en se détournant avant qu'Eliza ait pu s'approcher davantage.

– Comment vas-tu ? demanda Eliza en se glissant à côté d'elle sur la banquette.

Sugar était la fille la plus populaire du lycée privé d'Eliza. Du moins, depuis le départ d'Eliza.

– Je vais bien, répondit Sugar d'une voix traînante.

Elle prit une cigarette dans le paquet d'Eliza et la tapota contre sa main.

– J'en ai tellement assez de tout ça.

– Je sais, c'est vraiment rasoir. Tous les ans, c'est la même chose.

Eliza savait que c'était la chose à dire dans les Hamptons même si, au fond, elle était ravie d'être de retour.

– Tu as un de ces bols, que tes parents t'aient envoyée en pensionnat. Ce que je donnerais pour pouvoir échapper aux miens !

– On peut toujours rêver ! interrompit une voix, aussi rauque que celle de Sugar.

Levant les yeux, Eliza vit Poppy, sa sœur jumelle, qui se tenait au-dessus d'elles.

– Eliza, te revoilà parmi nous, dit Poppy d'une voix blasée.

Comme sa sœur, elle avait de grandes mèches blondes à la Donatella Versace et une indolence pleine de séduction. Mais alors que Sugar avait tout d'une pin-up, Poppy – plus grande et plus jeune de deux minutes – paraissait plus candide. Sugar était sexy. Poppy était mignonne, sans plus.

Constatant qu'il n'y avait plus de place sur la banquette, Poppy s'affala sur les genoux d'Eliza, sans la moindre hésitation. Celle-ci n'eut pas le courage de protester. Elle craignait trop d'avoir à répondre à des questions gênantes. Taylor et Lindsay, reléguées au second plan, faisaient mine de ne pas se soucier qu'Eliza les eût aussi rapidement remplacées par Sugar et Poppy.

De son côté, après avoir sifflé deux coupes de champagne et papoté un peu avec les amis d'Eliza, Jacqui s'était remise à fouiller la salle du regard. Tous ces gens étaient plutôt agréables et, de toute évidence, riches... mais depuis sa rencontre avec Luca, Jacqui se souciait moins de ce genre de choses. Autrefois, elle se serait sans doute frayé un chemin jusqu'à ce bel homme frisant la quarantaine qui l'observait, à l'autre bout de la salle. Jacqui n'ignorait pas les avantages qu'offrait la fréquentation d'un homme plus âgé (bonjour les notes de frais !), mais Luca avait tout changé. Pour une fois, elle était tombée sur un type qui l'aimait réellement pour ce qu'elle était, et pas seulement pour son physique.

Jacqui jeta un coup d'œil alentour, évitant le regard de l'homme plus âgé, qui la fixait toujours. *Je vois ton alliance d'ici*, songeait-elle, lorsqu'elle crut distinguer des rayures familières. Était-ce... ? Impossible... C'était absolument impossible... mais autant s'en assurer. Elle se leva, releva sur ses hanches son jean taille basse qui rendait facultatif le port de sous-vêtements, et se mit à suivre le type grand et mince qui portait la chemise de rugby qu'elle connaissait si bien.

# Retour à la plage : quand Eliza boit, Mara trinque

Mara n'en revenait pas qu'elles lui aient fait un coup pareil le premier soir. Elle rangea la nourriture dans le panier à pique-nique, en s'efforçant de ne pas quitter des yeux les un... deux... trois... quatre gamins. Dieu merci, le compte était bon !

– Allez, les enfants, suivez-moi tous !

– Veux pas m'en aller ! Veux zouer dehors ! geignit Zoë.

– On peut aller par là-bas ? Il y a des glaces, dit Madison en tirant Mara par la main.

– Pourquoi tu veux de la glace, espèce de Peggy la cochonne ? Peggy la cochonne ! la railla William, en faisant des bruits avec son aisselle.

– William !... William !

– QUOI ? ? ?

– Arrête ça tout de suite ! gronda Mara.

William, qui s'amusait visiblement beaucoup à torturer sa sœur, éclata de rire. Madison était au bord des larmes.

– Hé, mon pote, c'est pas gentil, tu sais ?

Levant les yeux, Mara vit que Ryan Perry se tenait près d'elle, son skate sous le bras. Il portait un sweat-shirt aux couleurs passées sur son short effiloché. Il sourit à Mara puis, posant la main sur la tête de William, fit pivoter le petit garçon.

– Demande pardon à Maddy.

– Chuis désolé, marmonna William.

Madison tira la langue – pleine de chocolat – à son frère.

– J'ai vu Eliza et Jacqui, là-bas, à la maison. Je me suis dit que tu aurais peut-être besoin d'un coup de main, expliqua-t-il.

– Oh... c'est vraiment gentil. À vrai dire, tout se passe bien, dit-elle alors que, William ayant fait une prise à Madison, tous deux tombaient et commençaient à dévaler la pente, en direction de l'océan.

– Non... non... non... revenez ! hurla Mara.

– Ne t'inquiète pas, ils n'iront pas bien loin, la rassura Ryan en ramassant le panier à pique-nique.

– Hé, super, tu as apporté le Scrabble ! dit-il en remarquant le jeu de société au milieu des Tupperware.

– J'ai pensé que ça pourrait être drôle, tu sais, pour apprendre l'alphabet à Zoë, expliqua Mara en haussant les épaules. Je l'ai trouvé dans le placard de notre chambre.

– Tu joues bien ?

– Je suis pas mauvaise, répondit Mara avec un sourire.

– Je parie que je te bats.

– Oh, c'est pas si sûr... Je suis la pro des « mot compte triple ». Je connais tous les mots qui commencent par la lettre *x*.

– Tous ? demanda Ryan en écarquillant les yeux.

– Mets-moi à l'épreuve.

– Je relève le défi.

– Tope là ! conclut Mara en souriant de plus belle.

Ryan fourra le jeu sous son bras qui tenait le skateboard tandis que, de l'autre, il s'occupait de la poussette de Cody. Il fit monter Zoë sur ses épaules.

– Relève-toi, Ryan ! dit-elle.

– Accroche-toi, Zo.

Tous quatre marchèrent en contrebas, vers l'endroit où les deux minus s'affrontaient sans pitié.

– WILLIAM ADDISON PERRY ! MADISON ALEXANDRA PERRY ! rugit Ryan.

William et Madison se figèrent aussitôt.

– Ça suffit ! ordonna Ryan.

– Tu n'es pas vraiment en colère, hein, Ryan ? demanda Madison, en lâchant prise et en se relevant pour prendre la main de son grand frère.

– Moi ! moi ! moi ! pleurnicha William, s'efforçant de trouver lui aussi une prise.

Comme Ryan n'avait plus de main disponible, il saisit le bord de son tee-shirt.

– Vas-y mollo, mon grand, dit Ryan.

Ils regagnèrent la Range Rover. Ryan rangea son skate à l'arrière et, après avoir parcouru près de un kilomètre, ils atteignirent la maison.

– Je suis désolé de leur mauvaise conduite, mais ce n'est vraiment pas leur faute. Personne ne leur a appris où étaient les limites.

– Les gamins ? demanda Mara. Ne t'inquiète pas, j'ai eu affaire à pire.

Mara lui parla du cauchemar de son quartier – Tommy Baker, huit ans, connu pour sa manie de s'enfermer dans les toilettes pendant des heures, et de n'en sortir que lorsqu'il entendait ses parents garer la voiture dans l'allée. Tommy, qui faisait pipi par terre à la seconde où ils entraient.

– Chaque fois que je l'ai gardé, il m'a fait le coup. Et ses parents ne m'ont jamais donné de pourboire.

– Les salopards ! dit Ryan.

– Regarde ! murmura Mara en se tournant vers la banquette arrière, où tous les enfants s'étaient endormis. On dirait des anges. On ne s'imaginerait pas que...

Mara laissa sa phrase inachevée – il était tout de même leur frère.

Ryan leur jeta un coup d'œil dans le rétroviseur.

– Des anges aux figures sales, suggéra-t-il en gratifiant Mara d'un sourire franc.

Ils s'arrêtèrent dans l'allée. Mara porta Cody jusqu'à son lit, tandis que Ryan conduisait le trio ensommeillé à leurs chambres.

– J'ai deux ou trois coups de fil à passer. On se retrouve dans la cuisine, dit-il. Ça te dit de faire une partie tout à l'heure, Mme X ?

– Ouais, bien sûr.

– Tu ne vas pas te défiler, hein ?

– Non, promit-elle en rougissant un peu.

Elle borda les gamins et, après s'être assurée que tous quatre avaient abordé au pays des songes, descendit à la cuisine sur la pointe des pieds.

– Hé, ça y est, ils dorment comme des marmottes... tu veux sortir le Scrabble ? Ryan ? Ryan ? appela-t-elle en chuchotant.

Mais elle ne le voyait nulle part. Elle erra quelques instants dans les pièces plongées dans l'obscurité, espérant qu'il allait miraculeusement surgir de l'une d'elles.

Mais il était introuvable. Mara sentit sa bonne humeur la quitter. Le mal du pays la saisit soudain, au milieu de la cuisine immaculée, lorsqu'elle aperçut un post-it sur l'une des vieilles boiseries françaises qui, conclut-elle, dissimulait forcément le frigo :

« M. : Je suis désolé, le devoir m'appelle. On fera la partie un autre jour ? – R. »

Bien sûr, il avait mieux à faire. Ou plutôt, quelqu'un de mieux à voir, pensa Mara avec une ombre de jalousie. Elle sortit son portable et composa un numéro.

– Jimmy ? Tu ne dors pas encore ? C'est moi, Mara.

# Retour au Resort : Jacqui a l'œil, pour ce qui est des tissus

Jacqui se fraya rapidement un chemin dans la foule, sans quitter un instant les rayures des yeux. Son cœur battait à tout rompre. Elle haletait. Il n'y avait pas moyen d'y échapper, non ? C'était le destin. Ça devait arriver. Elle n'avait rêvé que de ça, depuis qu'elle s'était réveillée seule dans sa chambre de São Paulo... Ces larges épaules, cette nuque couverte d'un fin duvet soyeux... cette nuque qu'elle avait embrassée tant de fois...

Elle avança des doigts tremblants, posa la main sur son dos.

– Luca ?

Jacqui n'en croyait pas ses yeux. C'était lui ! Luca, avec sa peau pâle constellée de taches de rousseur, sa chevelure blond doré, son beau regard vert derrière ses lunettes d'intello branché.

– Luca ? dit-elle d'une voix étranglée.

– Excusez-moi...

Luke Van Varick se retourna avec un petit sourire suffisant. Il écarquilla les yeux, puis les cligna, ne sachant pas trop comment réagir. Puis il la gratifia d'un demi-sourire.

– Jacarei ! dit-il en se penchant pour lui embrasser le front. Qu'est-ce que tu fais là, nom de Dieu ?

– Je travaille ici, répondit Jacqui en riant.

Elle était si heureuse qu'elle criait presque. *Luca ! Ici ! Aux Hamptons !*

– Ici ? demanda-t-il en désignant la piste avec la paille de son gin-tonic.

Il vacillait un peu et son haleine sentait l'alcool.

– Non, en haut de la rue. Je suis fille au pair.

– Ça, c'est cool alors ! Je ne savais pas que tu travaillais avec les gosses. Je croyais que tu étais juste vendeuse.

*C'est totalement délirant,* songeait Jacqui. *On ne s'est pas vus depuis deux mois et tout ce qu'il veut, c'est papoter ? Après tout ce qu'on a vécu ensemble à São Paulo ?*

– Écoute, ça te dit pas de sortir ? demanda Luke en parcourant la salle des yeux.

– *Sim*, répondit Jacqui.

Voilà qui collait mieux ! Elle lui prit la main. Elle l'aimait. Son Luca. Elle le suivrait n'importe où.

Quelques minutes plus tard, Jacqui lui tenait toujours la main tandis qu'il ralentissait sur la route de Montauk, au niveau de Bridgehampton, où se trouvait la demeure de ses parents. Laquelle n'avait rien à envier à celle des Perry. Luke la conduisit jusqu'à l'entrée privée de son appartement – un quatre pièces situé dans « son » aile. C'était la classique piaule de célibataire, avec baby-foot d'origine, console Miss PacMan, cible de jeu de fléchettes, panier de basket et linge sale répandu un peu partout sur la moquette. Il appuya sur la touche d'une télécommande et une télévision d'un mètre cinquante surgit du sol. Jacqui s'assit sur le bord du lit et promena ses regards sur toutes ses affaires – ses trophées de football, son ordinateur G4, un panneau où étaient fixées des photos de ses voyages autour du monde. C'était donc ici qu'il vivait. Qu'il dormait. Elle dévorait tout cela des yeux... désireuse d'en apprendre autant que possible sur le type qui était parvenu à toucher son cœur et à la chambouler des pieds à la tête.

Luke se tenait devant elle, une bouteille de vodka à la main. Il en but une lampée. Il avait passé son autre main sous sa chemise, et se grattait le ventre. Il la contemplait, le regard enflammé de désir :

– Tu sais, tu es encore plus belle que dans mon souvenir, dit-il en posant la bouteille et en tendant les doigts vers l'interrupteur.

– Tu te souviens de quoi, encore ? demanda Jacqui d'une voix enjouée.

Une fois les lumières éteintes, Luke s'affala, bras et jambes écartés, sur l'édredon en duvet d'oie. Jacqui se blottit contre lui. Il l'enlaça d'un bras, et elle posa la tête sur son torse. Elle l'écoutait respirer, heureuse de le sentir à nouveau si proche.

– Je me souviens de ça, dit-il en lui passant un doigt sur la joue.

Elle sentit bientôt sa main glisser vers son sein, en épouser les contours à travers l'étoffe de son chemisier, puis s'insinuer lentement dans l'échancrure. Elle ne portait pas de soutien-gorge, et ses doigts étaient froids sur sa peau.

– Oh... Luca, dit-elle en se retournant pour l'embrasser à pleine bouche.

Il l'attira au-dessus de lui et l'étreignit de telle manière qu'elle sentait grandir son excitation.

Ils s'embrassèrent avec voracité, de façon si rapide et si

pressante que Jacqui avait peine à reprendre son souffle. Pendant ce temps, Luca tirait sur son chemisier. Pour finir, il le lui fit passer au-dessus de la tête, et le jeta dans un coin de la pièce.

Elle se rendit compte qu'elle tremblait un peu – il lui avait tellement manqué. Elle n'avait rien voulu, rien désiré d'autre depuis qu'il l'avait laissée seule à São Paulo.

Elle se redressa, le contempla de haut. Mains enlacées, ils se regardaient fixement.

Le clair de lune révéla soudain une photographie posée sur la table de nuit.

C'était son Luca, souriant aux anges, un bras passé autour d'une fille.

– Oh...

Jacqui se figea, lâcha les mains de Luca. Celui-ci voulut lui toucher le visage, mais elle le repoussa.

– Qui c'est ? demanda-t-elle en désignant la photo.

– Oh, ça ? Personne, dit-il en haussant les épaules et en retournant le cadre. Quelqu'un que je fréquentais avant de te rencontrer, rien de plus.

Jacqui respira. Mais cela avait cassé la magie du moment. Elle roula sur le côté et se glissa sous les draps.

Il la rejoignit, pressant son torse contre son dos. Commença à l'embrasser entre les omoplates, la partie la plus sensible de son corps. Puis sa main déboutonna maladroitement le jean de Jacqui, et ses doigts descendirent.

– Pas ce soir. D'accord, bébé ? demanda Jacqui en serrant sa main et en la maintenant au niveau de sa taille.

– Mmmmm ? fit Luke d'une voix ensommeillée. Tu es sûre ?

– Oui, oui.

– Mmm... OK.

Ils demeurèrent quelques instants silencieux. Jacqui écoutait son souffle régulier.

– Luca ? Je t'aime, chuchota-t-elle.

Ils n'avaient jamais pris le temps de se dire cela, au cours de ces deux semaines passées à São Paulo.

Mais Luke ronflait déjà.

# Du côté d'Eliza : du blanc, du rouge et un gros coup de blues

– Eliza, on bouge..., annonça Sugar, interrompant sa conversation. Elle se tenait en dehors du cercle et faisait claquer sur le sol ses mules à talons.

– On te retrouve à la sortie, lui lança Poppy, ignorant les regards serviles de l'assistance.

Les deux sœurs se retirèrent d'un pas altier, conscientes que tous avaient les yeux fixés sur leurs fesses au galbe parfait.

– Désolée, tout le monde. On se retrouve plus tard ? demanda Eliza.

– Tu loges où ? s'enquit Lindsay, faisant le geste de passer un coup de fil.

– Chez mon oncle... heu... à Sagaponack. Il est sur liste rouge... mais ne vous inquiétez pas, je vous appelle, dit Eliza en posant son verre. Sugar ! Poppy ! Attendez-moi !

Elle s'élança à leur poursuite, les rattrapant au moment où les jumelles s'étaient arrêtées afin de poser pour les paparazzis rassemblés devant l'entrée. Elle attendit, hésitante, hors de portée des flashs.

– Hé... pourquoi on n'en ferait pas une avec votre copine ?

demanda l'un des photographes, remarquant Eliza et l'invitant à prendre la pose avec les jumelles.

Eliza se coinça entre les deux sœurs, avec un sourire embarrassé.

– Magnifique ! Les trois Grâces !

Les paparazzis manifestèrent leur admiration par des sifflements.

– Ça suffit maintenant, décréta Poppy lorsque l'employé du parking apparut au volant de leur monospace Mercedes.

Il leur tint la portière et leur tendit un ticket.

– Oh, non... j'ai laissé mon portefeuille à la maison, dit-elle en tapotant son sac à main et en jetant des coups d'œil impatients à la ronde.

– Ne me regarde pas ! dit Sugar. Tu sais que je n'ai jamais de liquide sur moi.

– Attendez, j'en ai, lança Eliza en fouillant dans sa pochette Louis Vuitton en cuir épi. Ça fait combien ?

– Quarante dollars, miss.

*Nom de Dieu... L'équivalent d'une demi-journée de salaire !* Eliza régla la note de parking pendant que Poppy s'installait au volant.

– Je me mets à l'avant ! cria Sugar.

Les filles s'engouffrèrent dans le monospace et Poppy se mit à tripatouiller l'écran du GPS.

– J'ai jamais compris comment marche ce truc, marmonna-t-elle tandis que, des enceintes, fusait la voix de Justin Timberlake.

Sugar était sortie avec lui pendant une minute et aimait prétendre que cette chanson lui était dédiée, même si ce n'était pas vrai. Elle plaqua ses mains sur le toit ouvrant et poussa des glapissements, tandis qu'elles faisaient leur grande sortie.

– Ce que c'était chouette ! cria Eliza sur les accords de *Rock Your Body*.

Elle était ivre, grisée, folle de joie d'être de retour. Après avoir passé le printemps enfermée dans sa chambre parce qu'elle ne supportait pas l'idée de passer une soirée de plus sur un terrain de sport mouillé, à boire de la bière allégée – la seule chose qui faisait office de vie sociale à Buffalo – Eliza se sentait redevenue elle-même.

– C'était génial, cet endroit ! dit-elle.

– Tu rigoles ou quoi ? C'était plein de nullards, siffla Poppy.

– Tu as vu ce thon en Gucci de l'année dernière ? surenchérit Sugar. Plus ringarde tu meurs.

Eliza tira discrètement sur sa minijupe, qu'elle n'avait pas vraiment achetée la veille. Elle se jura d'écumer les boutiques dans trois semaines, dès qu'elle aurait touché son premier versement.

– Alors, qu'est-ce que vous comptez mettre pour la soirée de Puff Daddy ? demanda Poppy, en grillant un feu. Oberon dit que les invités sont obligés de porter du bleu, du blanc et du rouge.

– Ce que c'est naze ! dit Sugar dans un bâillement.

– C'est au Club PlayStation2, non ? glissa Eliza.

– C'est pas là que Jennifer Lopez a fêté son anniversaire la semaine dernière ? demanda Sugar d'un ton rêveur. Je crois que ce n'est même pas ouvert au public.

– Apparemment, même Brad et Jennifer ont dû appeler pour réserver.

– Géant !

Eliza tendit le cou entre les deux sièges avant. Elle mourait d'envie de revoir de véritables célébrités. Du temps où elle habitait encore à l'angle de la 63e Rue et de Central Park, elle leur prêtait à peine attention. Voir Julia Roberts héler un taxi ou Sarah Jessica Parker promener son bébé dans sa poussette faisait partie du décor quotidien. Allez donc trouver de quoi susciter l'intérêt de la presse people à Buffalo...

– C'est ta rue, non ? demanda Poppy en s'arrêtant dans une allée privée, à quelques blocs du club.

– Heu... À vrai dire...

– Vous n'avez pas loué votre maison, quand même ? s'enquit Poppy, en écarquillant les yeux.

– Eh bien... comment dire...

– Allez, crache le morceau ! ordonna Poppy.

– En fait, c'est chez vous que je dors, dit piteusement Eliza.

– Hein ? s'exclama Poppy, tandis que Sugar lui envoyait un grand coup de coude dans les côtes.

– N'en veux pas à ma sœur, elle est fâchée avec les bonnes manières. Bien sûr que tu peux pioncer chez nous ce soir. Tu peux nous emprunter quelque chose. Tu fais du 36 comme moi, non ?

– Non... ce n'est pas ça... en fait je suis plus ou moins... eh bien... Kevin a appelé mon père l'autre jour. Il m'a demandé si je pouvais aider Anna à s'occuper des petits cet été, acheva Eliza d'une voix tremblante. C'est pas la fin du monde.

Sauf que pour les jumelles, ça l'était. Ce que leur avait dit leur père au sujet des soucis des Thompson leur revint à l'esprit. Non qu'elles y eussent accordé beaucoup d'importance sur le moment...

– Oh ! dit Sugar. (Les pièces du puzzle s'assemblaient dans sa tête.)

– Je te demande pardon ? demanda Poppy, se retournant sous l'effet du choc.

Le monospace roula sur un dos d'âne et toutes trois touchèrent le toit du véhicule.

– Oh hé, surveille la route ! dit Sugar en foudroyant sa sœur du regard.

– Désolée, répliqua Poppy. Tu es une des filles au pair ? demanda-t-elle à Eliza en lui jetant un coup d'œil dans le rétroviseur.

– Plus ou moins, reconnut Eliza.

Un silence de mauvais augure accueillit ses paroles.

– Mmm... Eh bien, ça va être marrant, non ? D'être toutes trois enfin réunies ! s'exclama Sugar d'un ton joyeux.

La voiture s'engagea dans la propriété des Perry. Poppy se gara dans l'allée et coupa le contact.

– Nous y voici ! lança-t-elle gaiement.

– Bon, je monte en vitesse. Je dégote quelque chose de patriotique, je me change et on se retrouve ici ? suggéra Eliza en ouvrant la portière.

– Tu sais quoi ? Je ne tiens plus debout ! lâcha Sugar dans un bâillement.

– Moi non plus, dit Poppy. Mon Dieu, c'est que la soirée a été longue !

– C'est vrai, concéda Eliza.

– Je crois qu'on ferait mieux d'aller dormir. On a notre cours de tennis vraiment tôt demain, pas vrai, Pop ? demanda Sugar. Alors, à plus, Eliza.

– Bonne nuit, dit Eliza, s'extirpant de la voiture et posant un pied mal assuré sur le gravier.

– Bonne nuit, rétorquèrent les jumelles, déjà à mi-chemin de la maison principale.

Eliza se dirigea vers l'allée pavée et ouvrit le plus délicatement possible la porte du cottage. Elle s'efforçait de ne pas faire de bruit et, à vrai dire, y parvenait. Mais alors son talon se prit dans le tapis et elle s'étala de tout son long. Lorsqu'elle heurta une table de nuit avec un bruit sourd, la lumière s'alluma.

– Qu'est-ce qui se passe, bordel ? demanda Mara en clignant des yeux comme un hibou – elle n'avait pas ses verres de contact.

Elle chaussa ses lunettes et consulta son réveil à affichage numérique.

– Eliza, il est deux heures du matin !

– Et alors ? rétorqua Eliza en se relevant et en se laissant tomber sur son lit. Il est tôt !

– Pour toi, peut-être, rétorqua Mara. Mais il y en a qui ont bossé aujourd'hui. Qu'est-ce qui vous a pris de vous tirer ? Hé, tu es soûle ou quoi ?

– Nom de Dieu, gémit Eliza. Fais un effort, Mara ! Je ne sais pas comment t'annoncer ça, mais on est aux *Hamptons*... tu saisis ?

– Je le sais, répliqua sèchement Mara.

*On ne dirait pas*, songea Eliza.

– Où est Jacqui ? demanda Mara.

– Je n'en sais rien. Sans doute à s'éclater quelque part, contrairement à d'autres, répliqua Eliza. Tu as loupé une super soirée.

– Je n'ai pas été invitée, répliqua Mara.

Exact. Eliza se sentit soudain mal à l'aise. Elle avait oublié ce détail. Ce n'était pas très gentil de sa part, alors qu'elle avait un bon fond – si, si. Elle était juste un peu négligente. Mais fallait bien que quelqu'un reste pour surveiller ces sales gosses.

Elle retira précautionneusement son débardeur, s'extirpa avec difficulté de sa jupe et passa son caraco en soie préféré et un pantalon de pyjama Brooks Brothers. Elle était encore grisée par sa soirée. Lorsqu'elle aperçut un bout de la piscine, éclairée par les lumières de l'allée, une idée lui traversa l'esprit... le pack de bières que Jacqui avait trouvé était encore dans la glacière.

– Hé, Mar, ça te dirait pas qu'on..., commença-t-elle, en se tournant vers sa camarade de chambre.

Mais Mara s'était déjà rendormie. Décidément, cette fille était une petite sainte.

Eliza se laissa tomber sur son lit. À peine avait-elle posé la tête sur l'oreiller qu'elle distingua, au-dehors, un ronronnement qu'elle ne connaissait que trop bien. *Non, pas possible !* se dit-elle en se redressant brusquement.

– Monte ! ordonna la voix rauque de Sugar.

Eliza se précipita à la fenêtre et vit Poppy – vêtue d'un débardeur rouge, bleu et blanc et d'un jean blanc – se ruer hors de la maison en jetant des coups d'œil furtifs, par-dessus son épaule, au cottage des jeunes filles au pair. La gorge nouée, Eliza vit la voiture faire une discrète marche arrière, tous feux éteints jusqu'à ce qu'elle eût quitté l'allée pour s'engager sur la route. *C'est moi qui ai inventé ce truc !* songea Eliza.

Elles allaient à la soirée, comme prévu.

C'était bien sympa de traîner avec elle dans une ou deux salles VIP, mais quand il s'agissait de passer aux choses vraiment sérieuses, elle n'était plus qu'un boulet.

La vérité la frappa de plein fouet et, l'espace d'une minute, elle eut la sensation d'être de retour à Buffalo, et de passer un vendredi soir de plus cloîtrée dans sa chambre. Personne ne lui avait demandé de faire partie du comité d'organisation du bal du lycée, bien qu'elle fût, de toute évidence, la plus élégante de sa classe. Ils l'avaient tous prise pour la reine des snobinardes quand elle était arrivée, pour son premier jour au lycée, avec une veste en vison. Mais, mince alors, c'est qu'il faisait un froid de canard là-bas !

Cet été promettait d'être différent. Elle était censée être de nouveau sous le feu des projecteurs, retrouver sa vieille bande de potes et l'existence dorée qui avait toujours été la sienne. Elle se figurait que Sugar et Poppy étaient ses amies.

Elle repensa à la soirée écoulée, cherchant des signes avant-coureurs. Il s'était passé ci et ça. Elle avait bu tant et plus. Il ne lui en restait plus qu'un brouillard chargé d'effluves d'Envy, le parfum de Gucci.

Mais elle se souvenait d'un détail précis : les jumelles ne l'avaient même pas remerciée d'avoir payé le voiturier.

# Une journée brûlante à la plage

Mara secoua l'épaule d'Eliza. Il était presque midi, et elle s'inquiétait. Jacqui n'était pas dans les parages et Eliza avait dormi toute la matinée. Mara s'était chargée seule de faire petit-déjeuner les enfants dans la demeure principale (un pamplemousse pour Madison, des pancakes sans gluten pour Zoë et William, du riz soufflé écrasé pour Cody).

– Quelle heure il est ? demanda Eliza d'une voix pâteuse.

– Midi. Dépêche-toi. Anna veut qu'on amène les gamins à la plage. Ils sont déjà dans la voiture.

Eliza ronchonna en se hissant sur les oreillers. Elle jeta un coup d'œil à la minuscule chambre mansardée. *Qu'est-ce que je fiche donc ici ?* se demanda-t-elle. Et puis, cela lui revint. *Je suis dans les Hamptons. Je travaille comme fille au pair chez les Perry. Mon Dieu. Ce que c'est déprimant !*

– Où est Jacqui ?

Mara haussa les épaules.

– Je ne crois pas qu'elle ait dormi ici, répondit-elle avec une nuance de désapprobation.

– Tant mieux pour elle ! dit Eliza dans un bâillement.

Elle se dirigea à petits pas vers la salle de bains pour aller se préparer, lorsque Jacqui fit son entrée.

– *Ola meninas !* s'exclama Jacqui, visiblement euphorique.

Elle était fraîche et radieuse, bien qu'elle portât toujours, comme Mara ne manqua pas de le remarquer, ses vêtements de la veille au soir.

Mara fronça les sourcils.

– Anna est dans tous ses états. Je vous suggère de nous rejoindre d'ici cinq minutes dans la maison, moi et les gamins, si vous ne voulez pas avoir de gros ennuis.

Mara leur en voulait du sale tour qu'elles lui avaient joué et était décidée à ne plus se laisser marcher sur les pieds. Elle sortit comme une furie. Eliza et Jacqui échangèrent un regard consterné.

– Qu'est-ce qu'elle a à nous prendre la tête, celle-là ? demanda Eliza.

Mince alors, elle n'avait pas projeté de passer ses vacances avec une plouc de chez plouc qui, de plus, était visiblement du genre à moucharder.

Jacqui haussa les épaules. Le matin, Luca et elle avaient largement rattrapé le temps perdu, et elle était toujours sur un petit nuage. Elle arborait quelques suçons sur le cou, marques de leurs retrouvailles passionnées.

– Elle a besoin d'*um amante*. D'un amant, diagnostiqua Jacqui.

C'était sa solution à tous les problèmes. Depuis ses treize ans, Jacqui n'avait jamais été en panne de petit ami : c'était nécessaire à son bien-être.

– On en est toutes là ! soupira Eliza.

Elles se changèrent et, une fois leurs shorts et maillots de bains enfilés, rejoignirent Mara et les enfants dans l'allée.

William sautillait sur le gravier, Cody braillait dans son siège bébé et les petites, assises au fond du monospace, avaient l'air de se morfondre.

– William ! Monte dans la voiture, s'il te plaît, supplia Mara.

– Allez, viens ! dit Eliza en soulevant William et en le fourrant à l'intérieur. Tu as intérêt à bien te tenir, si tu veux pas que je t'inscrive au cours de danse classique avec tes sœurs.

Ça le calma. Mara regretta de ne pas y avoir songé.

Eliza se dirigea vers l'avant.

– Je vais conduire. Je sais comment on y va.

Mara hocha la tête, reconnaissante. Ils s'entassèrent dans le véhicule et Eliza les conduisit à Georgica Beach. Elles déposèrent Jacqui au snack pour qu'elle achète de quoi déjeuner, et Eliza lui indiqua où les retrouver. Elles parvinrent à ne pas perdre de gamin en route, et Eliza dégota, sur la plage, un coin suffisamment éloigné de l'endroit où traînait sa vieille bande de copains. Elle étendit les serviettes et s'allongea dans un transat. Elle souffrait d'une terrible migraine due aux excès de la veille, et les gémissements des gosses n'arrangeaient rien. Mais bon Dieu, ce que c'était bon de retrouver Georgica !

Mara coiffa Cody d'un chapeau à large bord et se mit à tartiner les fillettes d'écran total. Une fois Madison et Zoë bien protégées, elle tenta sa chance avec William.

– Reste tranquille ! Ne bouge pas ! Faut que j'en mette sur ton dos ! supplia Mara.

Mais William continuait à faire des bonds et à se tortiller dans tous les sens.

– J'abandonne ! soupira-t-elle.

Elle jeta un coup d'œil à la ronde. Eliza s'était endormie sur son drap de bain. Jacqui, qu'elles avaient déposée au snack près d'une heure plus tôt, n'était toujours pas revenue. Comme c'était surprenant !

– Qu'est-ce qui lui est arrivé ? demanda Eliza, horrifiée, quand elle se réveilla, quelques heures plus tard, et vit le visage rouge et enflé de William.

– De quoi tu parles ? répliqua Mara.

Elle avait eu tellement à faire avec les filles et Cody qu'elle n'avait pas remarqué que William était en train de cuire. Elle s'était sentie si soulagée lorsqu'il avait cessé de jouer dans les vagues pour s'étendre sur une serviette, qu'il ne lui était pas venu à l'esprit que cela était un chouia inhabituel, venant du petit garçon.

– Je me sens pas bien, dit William.

Tout son corps était cramoisi, à l'exception de quelques traces de main, là où Mara était parvenue à passer un peu de crème protectrice.

– Tu n'as jamais entendu parler d'écran total ? demanda Eliza d'une voix accusatrice.

– J'ai essayé de lui en mettre. Mais il ne voulait pas tenir en place, dit Mara d'une voix faible. Elle posa la main sur le front de l'enfant.

– Il est brûlant !

– C'est une insolation. J'ai vu des touristes à qui c'est arrivé, c'est pas bon du tout. Il faudrait l'amener chez le docteur, commenta Jacqui en constatant les dégâts d'un œil critique.

Les filles furent prises de panique. William commença à haleter. Le cœur de Mara battait à tout rompre. Elle prit le garçon dans ses bras et courut à la voiture. Eliza et Jacqui rassemblèrent sacs et gamins restants et leur emboîtèrent le pas.

À l'hôpital, ils laissèrent un William fiévreux et sans connaissance aux bons soins d'une gentille infirmière et d'un aimable docteur, et confièrent les trois autres à Laurie, qui les avaient retrouvées sur place.

– Je ne dirai rien à Anna. Pour le moment. Mais appelez-moi, si c'est nécessaire, dit-elle d'un ton sévère en regagnant son véhicule.

– C'est ma faute, murmura Mara.

Elle s'en voulait terriblement d'avoir négligé l'enfant. Que Jacqui et Eliza eussent elles aussi leur part de responsabilité ne lui aurait même pas traversé l'esprit.

– C'est vrai qu'il n'a pas voulu rester tranquille, concéda Eliza.

Elle n'irait pas plus loin dans le mea-culpa. N'empêche qu'elle s'inquiétait vraiment pour le gosse... et pas seulement parce qu'elles risquaient toutes trois de se faire renvoyer.

Jacqui chuchota une brève prière. Elle non plus n'avait pas la conscience en paix, ayant filé en douce déjeuner avec Luca.

Elles patientèrent dans la petite cour faisant office de salle d'attente, en se demandant si elles devaient ou non appeler Anna. Mara disait oui. Eliza disait non. Pour finir ce fut Jacqui qui, d'un « Ce qu'elle ignore ne peut pas lui faire de mal » fit pencher la balance du côté du non.

Le docteur réapparut avec de bonnes nouvelles. Insolation sans gravité. Rien qui ne puisse se guérir avec des poches de glace, une bonne réhydratation et du repos. Tout juste si elles n'acclamèrent pas William lorsqu'il sortit en courant, aussi turbulent qu'à son habitude.

Eliza lui ébouriffa les cheveux.

– Tu nous as fait une de ces peurs !

– La prochaine fois, tu te laisseras faire ? demanda Mara.

Pour toute réponse, William arbora un sourire radieux. Jacqui le serra dans ses bras.

– C'est quoi, ce que tu as sur le cou ? lui demanda-t-il.

Jacqui rougit.

Elles espéraient, en rentrant, ne pas croiser Anna. Raté. Elle revenait justement de chez le coiffeur, et elle gara sa voiture devant la maison au même moment qu'elles.

– Quelqu'un peut se donner la peine de m'expliquer ? demanda-t-elle lorsqu'elle vit William.

– Mmm... c'est l'écran total. Je crois qu'il n'est pas assez puissant, expliqua tranquillement Eliza.

– Mais il va bien, ajouta Jacqui. Pas vrai, Will ?

William se contenta de sourire et de montrer du doigt son suçon. Pas de doute, il était remis.

– Les marques qu'on trouve en pharmacie sont vraiment inefficaces, dit Eliza en chatouillant le snobisme d'Anna. Mais il y en a un, fabriqué à Zurich, qui est à tomber par terre.

– Commandez-en pour demain, dit Anna, avant de pivoter sur ses talons sans même avoir dit bonjour aux enfants.

Les trois filles poussèrent un soupir de soulagement. Et William détala, comme s'il ne s'était rien passé.

# Derrière les boiseries d'époque, les filles ont fini par repérer le minibar

Deux semaines après que les jumelles l'eurent laissé tomber, avant la soirée du club PlayStation2, Eliza se tenait devant le lavabo de la buanderie, où elle tentait de retirer les taches de boue sur la tenue de tennis de Sugar. Elle n'était pas préparée à ça lorsqu'elle avait dit à Kevin Perry qu'elle « leur donnerait un coup de main avec les gamins, cet été ».

L'affront de Poppy et Sugar l'avait atteinte de plein fouet, mais elle s'était débrouillée pour retourner sur le devant de la scène grâce à ses vieilles copines Taylor et Lindsay, qui avaient accès à toutes les mondanités de la ville, des inaugurations de boutiques aux avant-premières de films. Elles passaient toutes leurs soirées dans une boîte différente, évitant stratégiquement les jumelles Perry. Il était plus difficile d'ignorer leur existence à l'intérieur de la maison, où les petites pestes blondes ne cessaient de lui imposer des tâches ingrates. Eliza ne s'en affligeait pas vraiment, vu que Sugar et Poppy ne s'étaient pas avisées de révéler sa nouvelle condition au reste de la clique. Était-ce par négligence, ou par indifférence ? Eliza n'en avait pas la moindre idée, mais leur était reconnaissante du sursis accordé – en public, tout au moins.

– Voilà, dit-elle en examinant à la lumière l'étoffe salie. Ça devrait aller.

Ses ongles étaient fichus mais elle n'aurait pas, à son réveil, à entendre Sugar lui demander, de sa voix éraillée, pourquoi sa jupe de tennis n'était pas pendue dans le placard. Elle se dirigea vers la cuisine, où Mara, assise devant un bol, manipulait une petite chose verte avec précaution.

– Qu'est-ce que tu fais ? demanda Eliza.

– À ton avis ? J'épluche les raisins de Madison, expliqua Mara comme s'il n'y avait rien de plus naturel au monde.

– C'est pas vrai, nom de Dieu !

Eliza n'en revenait toujours pas de ce qu'elles étaient parfois obligées de faire pour ces gosses.

Mara saisit le raisin et en retira soigneusement la peau. Le bol contenait deux douzaines de spécimens ainsi pelés.

– Où est Jacqui ? demanda Eliza.

– Elle fait dîner Cody. C'est son tour.

Et, pour une fois, Jacqui était là pour l'assumer.

Eliza fit la grimace. Tu parles d'une corvée ! Les filles avaient appris à ne pas se tenir dans la ligne de tir lorsque Cody vomissait, après chaque repas.

– *Merda !* s'exclama Jacqui en déboulant dans la cuisine.

Une gerbe de vomi verte s'étendait sur toute la longueur de sa robe de coton.

– Pourquoi ne doit-il manger que des aliments hachés à la main ? fulminait Jacqui. Cette femme n'a jamais entendu parler des petits pots pour bébé ? Son estomac... il est tout *enjoado* !

Elles grommelèrent en signe de compassion.

Madison entra dans la cuisine et prit un raisin.

– Beurk ! dit-elle en recrachant une cochonnerie à demi mâchée.

– Qu'est-ce qu'il y a, cette fois-ci ? soupira Mara.

– Ils ne sont pas assez froids. Et il reste encore un peu de peau sur celui-là.

Pour un peu, Mara se serait arraché les cheveux. Les raisins de Madison n'étaient jamais assez froids ou correctement pelés. Le reste du temps, ils étaient laissés de côté sous prétexte qu'ils avaient « l'air bizarre ». Mara avait beau savoir que l'enfant ne faisait que se révolter contre le régime draconien édicté par sa belle-mère, ça n'en commençait pas moins à lui pourrir sérieusement la vie.

– Je ne vois pas ce qu'ils ont de bizarre, dit Eliza en prenant un fruit et en le fourrant dans sa bouche. Miam ! J'aimerais bien avoir quelqu'un pour m'éplucher mes raisins. Tu es une petite veinarde.

Madison regarda Eliza d'un air sceptique, mais mangea les raisins sans une parole de protestation. Un vrai miracle.

La porte s'ouvrit toute grande et, cette fois-ci, c'est Anna qui fit son entrée. Les trois filles restèrent figées sur place, se demandant ce qui n'allait pas, cette fois-ci.

– Quelqu'un a vu le courrier ?

Elles secouèrent la tête. Laurie leur avait dit qu'Anna attendait fébrilement une invitation pour un dîner chez Calvin Klein. Malheureusement, celle-ci ne lui était pas encore parvenue.

– Anna ? Vous permettez qu'on vous pose une question ? hasarda Mara.

– Oui ?

– Les petits n'arrêtent pas de parler de ces autres filles

qui... heu... qui s'occupaient d'eux avant nous... Vous savez à quoi ils font référence ?

– Des filles du nom de Camille et Tara, ou quelque chose dans ce goût-là, précisa Eliza.

Anna fronça les sourcils.

– Oui. Elles travaillaient ici. Mais nous préférons ne pas y faire allusion, répondit-elle d'un ton pincé. Me suis-je bien fait comprendre ?

Elles hochèrent la tête. Visiblement, c'était un sujet tabou. Ce qui ne fit qu'augmenter la curiosité des filles. Qu'avaient-elles donc fait de si terrible ? Si seulement quelqu'un voulait bien le leur dire. De toute évidence, elles n'avaient pas laissé un gamin griller au soleil comme une chips. Ça, elles-mêmes l'avaient fait et elles étaient toujours là. Il leur fallait apprendre ce qui s'était passé car, comme elles en convenaient toutes trois, elles ne pouvaient pas se permettre de faire la même erreur.

Après avoir nettoyé la cuisine et couché les enfants, les filles au pair regagnèrent d'un pas chancelant leur chambre miteuse.

– Mon Dieu ! Quelle semaine ! s'exclama Eliza en se laissant tomber sur l'unique fauteuil.

Entre la préparation des repas, le ménage et la fuite à toutes jambes chaque fois qu'elle apercevait la tête blonde des jumelles dans une salle VIP, Eliza était vannée.

– Tu m'étonnes ! approuva Mara, en repensant à cette semaine passée à satisfaire aux caprices de ces quatre gamins adorables, mais trop gâtés.

Jacqui s'était précipitée dans la salle de bains pour se

changer. Pour dîner, elle devait retrouver Luca au Laundry, un restaurant français tout ce qu'il y a de romantique.

Eliza jeta un coup d'œil à l'horloge. Neuf heures. Trop tôt pour aller en boîte.

– Tu sais quoi ? On mérite un petit break.

– Tu as quelque chose de précis en tête ? demanda Mara.

Eliza eut un sourire malicieux.

– Regarde ce que j'ai trouvé ! s'exclama-t-elle, radieuse, en exhibant une clé ancienne qui s'avérait ouvrir le placard à alcools des Perry.

Il était grand temps qu'elles s'amusent un peu.

## Le meilleur moyen de percer un secret à jour ? Une bouteille de vodka et le jeu de la vérité

Une bouteille de vodka vide roula sur le tapis usé jusqu'à la corde.

– Et en voilà une autre ! s'exclama Eliza entre deux hoquets, sortant une seconde bouteille de son sac.

– Non merci... j'ai ma dose, dit Mara.

– Pas question. Si je m'en sers un autre, vous m'accompagnez.

Jacqui leva son verre. Elle n'était pas du genre à refuser une telle proposition. Voler deux bouteilles dans la réserve des Perry leur avait paru totalement justifié, vu qu'elles travaillaient comme des forçats. C'était une sorte de prime, avait décidé Eliza.

– Jouons au jeu de la vérité, proposa Eliza en faisant tourner la bouteille couchée.

Le goulot désigna Jacqui.

– Qu'est-ce que vous voulez savoir ? demanda Jacqui.

Luca avait appelé plus tôt pour lui dire qu'ils se retrouveraient finalement à onze heures au Turtle Crossing. Elle avait donc un bon moment à perdre avec ses camarades de chambre.

– Tu as déjà été amoureuse ? demanda Eliza, en se disant qu'il valait mieux, au début, y aller mollo.

Jacqui souffla la fumée de sa cigarette et considéra la question.

– Évidemment.

– Et en ce moment, tu es amoureuse ? demanda Mara.

– Ça se pourrait, concéda Jacqui.

– Ça s'appelle le jeu de la VÉRITÉ ! protesta Eliza.

– OK, OK. Oui, je suis amoureuse, gloussa Jacqui.

Elle leur parla de Luca, le type qu'elle était venue retrouver à l'autre bout du monde, et du peu de temps qu'il leur avait fallu pour retomber dans les bras l'un de l'autre. Leur confia aussi que rien n'avait changé. Vraiment ? Elle se garda de le mentionner, mais Luca ne l'emmenait jamais dans les endroits en vue. Au lieu de ça, ils passaient un temps fou dans sa chambre à coucher ou à manger du crabe dans les gargotes miteuses et isolées au nord de l'embranchement (dans ce qu'on appelait la « mauvaise » partie des Hamptons). « Je ne raffole pas de la vie nocturne cette année, Jac », lui avait-il expliqué un soir, tandis qu'ils étaient sur le point de se coltiner toute la route jusqu'à un bar délabré de Shelter Island où l'on servait, d'après lui, « les meilleurs hamburgers des Hamptons ».

Jacqui n'avait rien trouvé rien d'exceptionnel aux hamburgers de chez Dory. Mais elle avait retrouvé son homme, et être avec lui suffisait à la rendre heureuse. Elle fit tourner la bouteille. Mara fut désignée.

– Zut ! dit-elle. Bon, demandez-moi ce que vous voulez.

– Tu as couché avec combien de types ? lui demanda Eliza avec un grand sourire.

Elle voulait la secouer un peu. Mara pouvait être si coincée.

À la grande surprise d'Eliza, Mara se contenta de lever les yeux au ciel.

– Un seul.

Elle leur parla de Jim, son petit ami qu'elle avait laissé à Sturbridge. D'ailleurs, il n'avait pas échappé à ses camarades qu'après sa journée de travail, Mara s'empressait de connecter son ordinateur portable pour envoyer des e-mails ou profitait au max de chaque minute de son forfait pour discuter tous les soirs avec lui. Comme si ça lui servait à quelque chose. Même Jacqui avait remarqué que Mara ne pouvait poser les yeux sur Ryan Perry sans piquer un fard.

– Et alors ? C'était comment ?

Mara se rebiffa.

– Je ne crois pas qu'on ait le droit de poser plusieurs questions de suite !

– Pas terrible, hein ? la taquina Eliza, que trois vodkas-tonic avaient mise de bonne humeur.

– Et toi, tu as couché avec combien de mecs ? lui demanda Jacqui.

– C'est pas mon tour ! protesta Eliza en rougissant.

– Allez ! Combien ? insista Jacqui, pleine de curiosité.

– Je vous le dirai pas.

– LA VÉRITÉ ! LA VÉRITÉ ! LA VÉRITÉ ! exigea Mara.

– OK... très bien. Aucun, répondit Eliza sur un ton de défi.

– Waouh !

Jacqui et Mara écarquillèrent les yeux. Voilà qui devenait intéressant.

– J'ai failli, une fois. Avec Charlie, mon petit ami, précisa Eliza, en prenant une expression plus douce. On fêtait nos six premiers mois ensemble, et il venait de m'offrir ces boucles d'oreilles, dit-elle en effleurant l'une d'elles. Je m'étais acheté cet adorable petit ensemble La Perla.

– Qu'est-ce qui s'est passé ?

– Il avait loué une chambre au Carlyle. Mais à peine arrivé, il s'est endormi, à cause du vin qu'il avait bu au dîner. On a rompu la semaine suivante, si bien que l'occasion ne s'est pas représentée.

– Qu'est-ce qui est arrivé ? demanda Mara.

– Les choses se sont… heu… compliquées, expliqua Eliza. Il a fallu que je m'en aille.

– Tu étais amoureuse de lui ? reprit Mara.

– Oui… enfin, je crois.

En tout cas, elle avait aimé être la petite amie de Charlie Borshok, faute d'aimer Charlie lui-même. Le titre apportait tellement d'avantages. Les cadeaux (qui lui étaient toujours remis en main propre par un messager spécial). Les vacances (les week-ends dans la Locust Valley, le ski à Telluride, les escapades de dernière minute à Saint-Bart'). La jalousie criante de toutes les filles de sa classe.

– Vous êtes restés en contact ? demanda Mara.

– Pas vraiment. Mais il passe ses vacances ici cet été. Je suis sûre de tomber sur lui un de ces quatre.

– Qui sait, vous allez peut-être renouer ? suggéra Mara, en incorrigible romantique.

– On verra bien, dit Eliza. J'ai entendu dire qu'il sortait déjà avec quelqu'un d'autre. (Elle consulta l'heure sur son portable.) Faut que je me prépare.

– Tu vas où ?

– Il y a une soirée de bienfaisance au profit de la prévention dentaire pour les enfants, à Trupin Castle. C'est cette énorme propriété que ce gars s'est fait construire à Southampton. Il a violé toutes les règles d'aménagement du territoire pour le faire. À ce qu'on raconte, il a payé six millions de dollars d'honoraires d'avocats. Quoi qu'il en soit, l'endroit n'a encore jamais été ouvert au public, et le nouveau propriétaire vient de le faire rénover.

– Comment tu fais pour entrer dans tous ces trucs ? Ils ne vérifient pas ? demanda Mara.

Eliza prit une bouffée de sa cigarette et la posa sur un cendrier improvisé (le couvercle d'un pot de cire coiffante).

– J'ai une fausse carte d'identité. Et puis c'est une soirée privée. Du moment que tu es sur la liste, tout va bien. Ça coûte deux cents dollars par tête, mais Kit m'a donné trois billets d'entrée. Hé, les filles, ça vous dit de venir ?

Sous l'effet des cocktails et des secrets partagés, Eliza se sentait particulièrement généreuse. *Ces nanas ne sont peut-être pas si épouvantables, après tout*, songea-t-elle.

– Non, j'ai rendez-vous avec Luca.

– J'ai promis à Jim de l'appeler.

– Comme vous voudrez, dit Eliza en passant un jean moulant et un haut asymétrique lui dénudant l'épaule.

Elle secoua sa crinière blonde et jeta un dernier coup d'œil au miroir.

– À plus, lança-t-elle avant de disparaître dans un nuage de fumée et de parfum.

Il était vingt-trois heures. Tôt, selon les critères des Hamptons. La soirée ne faisait que commencer.

# Mara a une qualité bien à elle : ça s'appelle la gentillesse

À minuit pile, le réveil fit entendre sa sonnerie perçante dans la chambre des filles au pair. Hébétée, Mara appuya sur le bouton d'arrêt. Elle ouvrit un œil. Elle dormait depuis moins d'une heure. C'était quoi, ça ?

Soudain, ça lui revint.

Zoë.

Elle s'extirpa du lit, passa sa robe de chambre et ses pantoufles, et se traîna jusqu'à la maison principale. Là, après quelques rapides tentatives, elle désactiva l'alarme anti-vol. La demeure était plongée dans un silence inquiétant. Mara monta au premier étage et se dirigea vers la chambre située à l'angle. Elle ouvrit la porte et, sur la pointe des pieds, alla jusqu'à la petite forme blottie sur le lit.

– Zoë, lève-toi ! dit-elle.

– Hein ?

– C'est l'heure d'aller aux toilettes, dit Mara dans un bâillement.

Un matin, Mara avait découvert Zoë baignant jusqu'au cou dans son propre pipi. Nul, dans la maison – sa belle-mère encore moins que les autres – ne semblait savoir ou se soucier du fait que la fillette de six ans mouillait encore son lit. La gamine fichait en l'air une invraisemblable quantité de draps Frette à tissage serré. De plus, des rougeurs étaient apparues sur ses jambes, du fait de ses émissions nocturnes. Mara n'en revenait pas que l'enfant n'ait pas été habituée à aller au pot. Toujours est-il qu'après s'être procuré à la librairie Bookhampton un exemplaire très usé du manuel du Dr Spock, Mara se faufilait quotidiennement à minuit dans la chambre de la fillette pour l'accompagner aux toilettes. Zoë s'extasiait, chaque matin, de se réveiller au sec. Mara était une magicienne.

– J'ai fini, Mara, cria Zoë, depuis les toilettes.

– La prochaine fois, tu n'auras peut-être pas besoin que je te réveille, dit Mara d'un ton plein d'espoir.

Zoë hocha la tête. Elle commençait à croire tout ce que disait Mara.

Celle-ci referma la porte et regagna le palier au moment où Ryan Perry sortait de sa chambre, habillé pour sortir. Ses cheveux étaient encore mouillés de la douche, il sentait le savon et l'eau de Cologne. Il portait un sweat-shirt en lin et un jean foncé. Mara ne pouvait se figurer plus beau garçon.

– Ohé ! fit-il.

Ils ne s'étaient pas beaucoup revus, depuis le premier soir. Il s'était excusé d'avoir loupé la partie de Scrabble, invoquant comme excuse un copain dont la Jeep était tombée en panne.

– Salut, répliqua Mara en regrettant d'être vêtue d'une robe de chambre en tissu écossais, de pantoufles en forme de lapins et d'une chemise de nuit trouée avec écrit « JE NE DORS QU'AVEC LES MEILLEURS ! » en grosses lettres roses.

– Chouette chemise de nuit, dit Ryan avec un grand sourire. C'est vrai, au moins ?

– Ma sœur me l'a offerte pour mes onze ans, répondit Mara, embarrassée.

– Des soucis avec les gamins ? demanda Ryan.

– Non. Je croyais avoir entendu Zoë sonner, mais en fait elle dort. Tu vas quelque part ?

Pas question de trahir le secret de Zoë, même si elle n'avait que six ans.

– Mes amis m'ont débauché, dit-il en faisant craquer sa nuque. Une soirée pour sauver les bébés, ou je ne sais plus trop quoi.

– À Trupin Castle ?

Son visage s'éclaira.

– Ouais. Tu y vas ?

Elle éclata de rire et regarda ses pantoufles.

– À ton avis ?

Le sourire de Ryan se figea un peu.

– Tu veux venir ? Ça devrait pas être difficile à arranger.

Elle secoua la tête.

– Non, ça va bien, je t'assure.

– La prochaine fois, alors ?

– Avec plaisir.

Mara retourna au cottage, en se demandant si elle n'aurait pas dû accepter la proposition de Ryan. Elle trouva Jacqui assise sur le perron, l'air abattu.

– Qu'est-ce qui s'est passé ? Où est Luca ?

– Il a annulé. Je suis restée une heure dehors à l'attendre, et il a appelé pour dire qu'il était trop fatigué.

– Je suis désolée pour toi.

– J'ai quand même envie de sortir. *Esta uma noite bonita*. Pas toi ?

– Je suis en pyjama, fit remarquer Mara.

– Tu n'as qu'à te changer.

– Je ne sais pas…

– Allez. J'ai appelé Eliza, et elle m'a dit qu'elle nous avait fait mettre sur la liste, pour le cas où on changerait d'avis.

Mara se tâta. En deux semaines, elle n'était pas sortie une seule fois de la propriété des Perry après la tombée du jour. Et Ryan y serait lui aussi. Il était peut-être temps pour elle de voir cet « autre aspect des Hamptons » sur lequel Eliza était intarissable.

Jacqui lui jeta un regard suppliant.

– Oh, et puis zut, on y va !

Et, sitôt dit, Mara et Jacqui s'empressèrent de monter se changer.

# Pas besoin de respecter le code vestimentaire, pour peu qu'on soit jolie

Pour la énième fois depuis son arrivée, Mara se demanda pourquoi il y avait tant de monde, partout dans les Hamptons. Pour un lieu où les gens venaient se relaxer le week-end, on y jouait beaucoup des coudes.

Jacqui et elle prirent un taxi, et durent mettre en commun l'argent qu'elles avaient sur elles pour régler la course – dont le montant les laissa sans voix. Mais elles hésitaient encore à user de leur droit d'« utiliser n'importe quelle voiture disponible ». De plus, elles étaient un peu éméchées à cause de la vodka. À leur arrivée aux portes du château, Mara aurait juré qu'elles ne parviendraient pas à entrer. Les gens, au contrôle, ne comprenaient pas l'accent de Jacqui. Lorsqu'ils le comprirent, ils ne trouvèrent pas le nom d'Eliza sur la liste. Lorsqu'ils l'eurent trouvé, l'un des physionomistes secoua la tête à la vue des chaussures de Mara.

– Il y a un code vestimentaire ici, mesdames, dit-il d'une voix désapprobatrice.

Jacqui avait conseillé à Mara de laisser tomber ses Reebok. Mais lorsqu'elle avait vu les orteils – nécessitant une pédicurie de toute urgence – de Mara, elle n'avait pas insisté. Pas question qu'elle porte des chaussures ouvertes. Par chance,

Jacqui avait tapé dans l'œil d'un autre physionomiste, qui décida de les laisser entrer quand même.

– Vous avez réussi à entrer ! dit Eliza lorsqu'elle les eut retrouvées près du bar. Qu'est-ce que vous voulez boire ? Je connais le barman, précisa-t-elle en lui faisant signe.

Elles firent part de leurs souhaits, et furent servies aussi sec.

– Matez un peu l'aquarium à requins ! fit-elle en montrant du doigt le centre de la pièce, où étaient exhibés des requins-marteaux de près de deux mètres.

Mara retint un cri de surprise. N'y avait-il aucune limite à tous ces excès ?

– J'ai réussi à débaucher Mara. Incroyable, non ? s'esclaffa Jacqui.

– Où est Luca ?

Jacqui haussa les épaules.

– Il avait des choses à faire.

– Jacqui, tu connais déjà Lindsay et Taylor, dit Eliza en désignant ses deux amies, qui détaillèrent ostensiblement les nouvelles venues.

– Ouais, l'étudiante étrangère, dit Lindsay en gratifiant Jacqui d'un sourire glacial.

Lindsay n'aimait pas les filles qui ressemblaient à Jacqui : rivaliser avec elles était au-dessus de ses moyens.

*L'étudiante étrangère. Quezaco ?* Mara n'y comprenait rien.

– Et voici Mara, une autre amie à moi.

– Et ça, c'est quoi ? demanda Lindsay en désignant l'Amstel Light dans la main de Mara.

– De la bière. Pourquoi ? rétorqua Mara.

Taylor grimaça.

– Beurk ! Comment tu peux boire ça ? C'est infect.

Mara but une petite gorgée et jeta un discret coup d'œil à la ronde. Tous les gens présents tenaient des coupes remplies de cocktails colorés. Ne pouvait-elle rien faire comme les autres ? Et où était Ryan ? Elle ne le voyait nulle part mais, avec une foule pareille, ça n'avait rien d'étonnant.

– Taylor... on va chercher à boire ? demanda Lindsay, alors que son verre était encore à moitié plein.

Toutes deux en profitèrent pour filer. Elles en avaient soupé des « nouvelles amies » d'Eliza.

– Ne regarde pas tout de suite, mais il y a Charlie qui arrive, lui glissa Taylor avant de s'éclipser en indiquant un petit mec vêtu d'un blazer bleu qui piquait droit sur elles.

Eliza se retourna en montrant son meilleur profil et en se voûtant légèrement. Avec ses talons, elle était plus grande que lui, et il n'avait jamais aimé ça.

Charlie Borshok était le gosse de millionnaire type. Selon la rumeur publique, sa famille avait déjà dépensé un demi-million de dollars pour lui faire remodeler le visage. On lui avait refait le nez, recollé les oreilles, renforcé le menton, rehaussé les pommettes, remonté le front et Dieu sait quoi d'autre afin de lui donner un semblant de séduction. Un certain documentaire avait fait grand bruit, peu de temps auparavant : il traitait des gosses super-riches, et le bruit s'était répandu que Charlie était l'une de ses stars. « L'accord prénuptial ! L'accord prénuptial ! On m'enfonce ça dans le crâne depuis que j'ai trois ans », avait-il confié aux caméras. « Et si elle ne veut pas signer, c'est qu'il n'y a que le fric qui l'intéresse, cette garce ! » Mais la famille Borshok avait mis suffisamment de moyens légaux en œuvre pour que le metteur en scène laisse tomber Charlie, et que les scènes tournées finissent sur le sol de la salle de montage. Il n'empêche que tout le monde, évidemment, en avait entendu parler. Eliza connaissait une demi-douzaine de gamins qui avaient été interviewés pour le film, et dont les parents avaient tenté de faire la même chose.

Mais pour Eliza, tout cela n'importait guère. Charlie était toujours le type génial qui lui avait offert des boucles d'oreilles Harry Winston en diamants de deux carats pour fêter leurs six premiers mois. C'était pas de l'amour, ça ?

– Ça fait un bail ! dit Eliza aussi chaleureusement qu'elle en était capable.

Charlie et elle étaient faits l'un pour l'autre ; de cela, elle était certaine.

Il haussa les épaules.

– On raconte que tu as été expédiée à Farmington.

Eliza s'efforça de ne pas paraître mal à l'aise. Elle avait toujours pris soin de ne pas mentionner le pensionnat dont elle était censée être élève, au cas où l'un des membres de la clique connaîtrait quelqu'un dans la même école. Mais, pour on ne sait quelle raison, la rumeur voulait qu'elle eût été envoyée à la Miss Porter's School, un lycée pour filles très sélect du Connecticut.

– Ne m'en parle pas ! Charlie, je voudrais te présenter mes amies, Mara et Jacqui. Les filles, voici Charlie, dit Eliza d'une voix triomphante.

– Enchanté. Comment avez-vous rencontré Eliza ?

– Oh, on trava..., commença Mara.

– C'est ma camarade de chambre ! l'interrompit Eliza, réagissant au quart de tour.

– Et ça se passe bien ? demanda Charlie.

– Pas trop mal. Les gamins sont parfois pénibles, et notre chambre est vraiment petite, mais à part ça tout va bien, répondit Mara. Notre patronne est un peu exigeante, tout de même.

– C'est comme ça qu'on surnomme la prof principale, dit Eliza avec un rire perçant, en suppliant Mara du regard. Le pensionnat, c'est vraiment naze.

*Le pensionnat ?*

– Heu... oui..., reprit Mara d'une voix hésitante. Oui, le pensionnat. Les uniformes craignent un max.

C'était quoi, ce délire ?

– Mais... heu... Là-bas, Eliza est l'élève la plus populaire, ajouta-t-elle, sur une inspiration subite.

– Eh bien, ça ne m'étonne pas, dit Charlie en détaillant son ex-petite amie.

Charlie regardait les femmes comme il jaugeait les pur-sang – flancs, dents, chaussures – et Eliza avait partout 10 sur 10. Il était encore froissé par leur rupture. Les types de l'espèce de Charlie Borshok admettaient mal d'être largués du jour au lendemain. Mais Eliza n'en restait pas moins, et de loin, la plus jolie fille d'East Hampton.

– Il faut qu'on se revoie un de ces jours, dit-il à Eliza en lui embrassant la joue.

Les yeux d'Eliza s'embuèrent de larmes. Lui pardonnait-il ? La laisserait-il faire à nouveau partie de sa vie ? Son existence redeviendrait-elle parfaite ? La sauverait-il de ce grenier infesté de cafards et leur réserverait-il une suite à l'hôtel Bentley ?

– Visiblement, vous allez vous remettre ensemble tous les deux, fit remarquer Mara après que Charlie se fut éloigné.

– Mon Dieu, j'espère. Les parents de Charlie possèdent un yacht énorme ! dit Eliza, sans se soucier de paraître terriblement superficielle.

– Mais c'était quoi, cette histoire... qu'on serait des copines de lycée et tout ça ? demanda Mara. Et en quoi Jacqui est-elle une étudiante étrangère ?

– C'est comme ça..., marmonna Eliza en se mordillant la lèvre.

Devait-elle leur dire ? Pouvait-elle leur faire confiance ? Elles l'avaient protégée jusqu'à présent. Qui eût cru que Mara pouvait mentir ainsi ? Elles lui avaient permis de sauver la face devant Charlie. Peut-être leur devait-elle la vérité, même sans bouteille de vodka vide pour la désigner.

Eliza les entraîna dans le coin le plus calme qu'elle put trouver – derrière la colonne, non loin d'un groupe d'ados à l'œil vitreux se faisant passer une cigarette roulée à l'odeur suspecte. Elle leur raconta tout – Buffalo, la faillite, le mensonge du pensionnat.

– Je ne veux pas que mes amis – et en particulier Charlie – apprennent que je travaille cet été... vous savez... comme fille au pair...

Mara et Jacqui échangèrent un regard. Pourquoi un cirque pareil ?

– Je sais que c'est idiot, mais voilà, j'ai l'intention de m'amuser cet été. Vous ne direz rien ? implora-t-elle.

Jacqui bâilla. La confession d'Eliza ne lui faisait pas le moindre effet. Cette fille pouvait bien raconter à tout le monde qu'elle était la reine d'Angleterre, elle s'en souciait comme d'une guigne.

Quant à Mara, elle avait plus de mal à comprendre. Quelle honte y avait-il à vivre à Buffalo ? Hé, elle était bien de Sturbridge. Eliza avait visiblement de gros problèmes, mais Mara se savait mal placée pour le lui dire.

– Alors, les filles, vous ne direz rien à personne ?

Les deux autres hochèrent la tête. Avec elles, son secret était bien gardé.

# Vous appelez ça des progrès ?

Le jour du premier rapport hebdomadaire finit par arriver, même si les filles travaillaient alors chez les Perry depuis près de trois semaines. Laura leur assura que, cette fois-ci, Kevin et Anna les attendraient dimanche matin à dix heures, dans la salle de projection. Les filles avaient de bonnes raisons d'être nerveuses. Les gamins leur tapaient sur le système en ne cessant de les comparer à celles qui les avaient précédées. « Astrid nous faisait des sandwichs au thon épicés. » « Camille ne nous couchait jamais avant dix heures. » « Tara était tellement plus jolie que toi. » À deux reprises, les fillettes étaient arrivées en retard à leur cours de danse parce que Mara, la seule qui se levait suffisamment tôt pour les accompagner, se perdait tout le temps dans les petites rues.

De plus, elles avaient appris par l'une des femmes de chambre que le premier groupe de jeunes filles au pair, employé depuis le mois de juin, avait été renvoyé sans préavis. Elles n'avaient toujours pas la moindre idée de ce qui s'était passé.

– Vite, c'est quoi le dernier livre que nous avons lu à Cody ? demanda Eliza.

– *Saute, mon chien !*, hasarda Jacqui.

– C'est quoi, ça ? On dirait le titre d'un film porno.

– Tu as l'esprit mal tourné. C'est un livre du Dr Seuss !

– C'est ça !

– Je me demande si c'était pas *Pokey le petit chien*, dit Jacqui.

– *Saute, Petit Pokey !* C'est ça ! s'exclama Eliza en hochant la tête.

– Madison a mangé quoi, pour le petit déjeuner ? demanda Mara d'une voix anxieuse.

– À ton avis ? Un cornet de glace et des biscuits fourrés au chocolat, répondit Eliza en levant les yeux au ciel. Comme tous les matins.

– Noooon ! ! ! Elle suit un régime diététique à base d'aliments crus ! Eliza, j'ai laissé les recettes sur ton lit. Tu étais censée t'en occuper pendant que Jacqui et moi conduisions les garçons au krav-maga ! grommela Mara.

Anna avait inscrit les garçons à des cours de cet art martial israélien, bien que le plus jeune eût encore du mal à ne pas tomber quand il marchait. Visiblement, le karaté ne la branchait pas.

– C'est quoi, leurs noms, déjà ? demanda Jacqui.

– Tu blagues ou quoi ?

Jacqui secoua la tête. Ils étaient si nombreux, difficile de ne pas s'emmêler les pinceaux. Et puis, elle n'était pas très souvent dans les parages – dès qu'elle avait une minute de libre, elle filait rejoindre Luca.

– Heu... William. Et Manhattan ?

– MADISON !

– D'accord. Zooey... et... Cory ?

– Cody.

– Zoë. Parle-moi de Zoë, dit Eliza. Il y a quelque chose que je devrais savoir sur elle ?

– Qu'est-ce que je pourrais te dire… Elle suce encore son pouce et se comporte davantage comme une gosse de trois ans que comme une fillette de six ans. Son professeur de yoga s'est plaint qu'elle ait frappé quelqu'un, l'autre jour, dans la classe.

– *Coitada !* marmonna Jacqui.

– À votre avis, qu'est-ce qu'ils voudront savoir d'autre ? demanda Eliza en se tordant les mains.

Elle ne voulait surtout pas fiche ce bon plan en l'air. Mara s'occupait quasiment seule des gamins, pendant qu'elle et Jacqui passaient la nuit à faire la bamboula et la journée à se remettre de leur gueule de bois.

– Tout va bien se passer, dit Mara – bien que son cœur battît à tout rompre.

Cody n'avait pas mis un pied dans l'eau, Madison avait pris un kilo, William avait commencé à se cogner la tête contre les murs, et Zoë était loin de connaître l'alphabet.

– Eh bien, allons-y !

Eliza hocha les épaules en ouvrant la porte du sous-sol que les Perry avaient transformé, au printemps, en salle de projection. Le mur du fond avait été équipé d'un écran de cinq mètres de long sur deux mètres cinquante de haut. Les trois filles s'installèrent sur des fauteuils réglables en cuir noir.

Elles attendirent dix minutes… un quart d'heure… une demi-heure…

Jacqui s'endormit. Eliza feuilleta un *Vogue*, heureuse de pouvoir respirer un peu, à l'abri des petits monstres. Mara consultait nerveusement sa montre.

Enfin, Esperanza, la gouvernante à demeure des Perry, apparut sur le seuil.

– *Meu Deus*, j'ai oublié de vous prévenir... Laurie m'a dit de vous dire que Miss Anna est allée faire les boutiques et que Mister Kevin joue au tennis.

Oh.

# Le bronzage est le sport favori d'Eliza

– Mara, passe-moi l'huile solaire ! commanda Eliza, derrière ses lunettes noires à monture couvrante.

Il faisait un soleil éblouissant. Mais si elle ne les avait pas retirées de la journée, c'était pour une tout autre raison.

Plus tôt dans la matinée, les jumelles l'avaient surprise en train d'essuyer les traces du vomi quotidien de Cody, dans la cuisine inondée de lumière. Elles étaient vêtues à l'identique, de nuisettes en satin et de peignoirs en cachemire.

– Beurk ! C'est dégueulasse ! s'était exclamé Sugar, en s'écartant précautionneusement.

– Comment tu peux toucher ça ? demanda Poppy.

Les joues d'Eliza s'empourprèrent tandis qu'agenouillée, elle frottait le sol. Elle n'avait pas prévu que les jumelles se lèveraient si tôt.

– Tu as appelé Kit ? lança Poppy à sa sœur. À quelle heure il vient nous chercher pour nous emmener à Sunset Beach ?

Sugar la fit taire en désignant Eliza d'un geste pas très discret. Mais celle-ci distinguait parfaitement leurs paroles, même si les jumelles lui tournaient le dos.

– Je ne sais pas, on verra ça plus tard, dit Sugar en prenant une banane dans le compotier.

– Hé, Eliza, tu as pensé à appeler pour nous réserver une table chez Jean-Luc ? demanda Poppy.

– Oui, c'est noté pour huit heures et demie, marmonna Eliza, en soulevant le bébé de sa chaise haute.

– Tu as bien demandé la table à l'angle, hein ?

– Oui. Ils m'ont dit que c'était bon.

– Mmm... Si on nous met n'importe où ailleurs, je risque d'être vraiment furax, menaça Poppy.

Sugar haussa les épaules et gratifia Eliza d'un regard mi-méprisant, mi-compatissant, avant de suivre sa sœur dehors.

Lorsqu'elles furent parties, Eliza sanglota doucement dans la poubelle à couches de Cody. C'était si injuste... Elle était une chic fille, sous ses reflets à cinq cents dollars (qui avaient bien besoin d'être ravivés). De sa vie, elle n'avait rien fait pour mériter pareil traitement. Cody l'observait, fasciné, comme elle reniflait et se mouchait bruyamment.

– Un jour, quand tu seras grand et que tu prendras possession de ta fortune, jure-moi de tout faire pour les déshériter ! dit-elle en lui donnant une petite tape sur le menton.

Ses yeux rouges et gonflés témoignaient encore de sa rencontre avec les deux méchantes sœurs, lorsqu'elle sortit rejoindre les autres au bord de la piscine. Mais les grosses lunettes de soleil Gucci avaient été créées spécialement pour ces moments-là.

– Mara... tu me passes la lotion solaire, s'il te plaît ? répéta Eliza d'un ton sec, tendant toujours la main.

– Oh, je suis désolée, dit Mara en levant les yeux de la piscine à débordement dans laquelle elle tentait, à force de cajoleries, de faire entrer Cody.

Elle commençait à en avoir assez de voir Eliza et Jacqui se comporter comme si elles étaient payées à glandouiller et à prendre des bains de soleil dans leurs mini-bikinis. Toutes deux avaient passé l'après-midi vautrées dans des chaises longues, et n'avaient pas levé le petit doigt pour se rendre utiles – pas même lorsque William était tombé dans l'eau et avait fait mine de se noyer.

– Je t'ai bien eue ! avait-il hurlé quand Mara avait plongé, en short et tee-shirt, pour le repêcher.

Quant à Madison, elle continuait à s'empiffrer, mais personne n'avait le courage de chercher sa nouvelle planque à sucreries.

L'unique fois où elles avaient montré un tant soit peu de motivation, c'est quand Kevin Perry, se rendant au terrain de golf, était passé devant la piscine. Eliza s'était empressée d'aider William à mettre son masque de plongée, pendant que Jacqui prétendait s'intéresser au livre que Zoë faisait semblant de lire à voix haute.

Malheureusement, loin de lire les mots qu'elle avait sous les yeux, la petite fille s'amusait juste à répéter les instructions que sa belle-mère donnait chaque matin à leur gouvernante. « Faites bien attention à ranger les épices du garde-manger par ordre alphabétique. » « Quand mon coach arrivera, dites-lui de me retrouver dans la salle de gym. » « Assurez-vous de bien utiliser le nettoyant carrelage bio que j'ai fait venir d'Amsterdam. »

– Alors, comment vont nos filles au pair ? demanda Kevin Perry, les yeux rivés sur le corps spectaculaire de Jacqui, à peine couvert par deux petits triangles au crochet en forme de coquillage et un string assorti.

– Là… vous en avez oublié, dit-il en s'avançant vers Jacqui pour étaler, sur son épaule, une petite traînée d'écran total qu'il fit pénétrer avec son pouce. Voilà. C'est mieux comme ça.

Mara et Eliza blêmirent. Mais Jacqui ne cilla pas et lui répondit par un sourire audacieux. Avec un peu de chance, peut-être n'aurait-elle rien d'autre à faire cet été que nourrir les fantasmes du père de famille. Et puis, rien n'aurait pu tempérer son euphorie : Luca avait promis de l'emmener dîner ce soir au Farmhouse, un charmant restaurant pittoresque à souhait – qui se trouvait à East Hampton, juste en bas de la rue, et non à une heure de route.

Une fois Kevin parti, Jacqui et Eliza se laissèrent retomber sur leurs chaises longues. Mara soupira. Elle ne savait quelle attitude adopter avec ses collègues de travail. Elle avait espéré, en vain, que l'insolation de William et le jeu de la vérité les rapprocheraient. Or, Jacqui était obsédée par Luca, et Eliza se montrait distante. Si bien que toutes trois s'adressaient à peine la parole, si ce n'est lorsqu'elles s'occupaient des gamins, ou pour se plaindre des Perry. Non qu'elles eussent réellement des raisons de râler – Anna et Kevin n'étaient presque jamais là. Par ailleurs, Mara avait elle aussi des soucis. Ces derniers temps, Jim ne cessait d'insister pour qu'elle prenne un week-end de vacances, s'embarque sur le ferry de la compagnie New London et ramène sa poire à Sturbridge.

– Tiens, dit Mara, se levant et lui flanquant la bouteille orange dans la main.

– Merci.

Eliza s'enduisit le corps d'huile, tout en s'efforçant d'exorciser l'affront des jumelles. Contrairement à Sugar et Poppy, qui rougissaient ou se couvraient de taches de rousseur, elle avait la chance d'avoir une peau qui brunissait harmonieusement.

Bien qu'elle ne possédât pas leur argent, elle avait une chose que les jumelles n'avaient pas.

Elle bronzait bien.

# Grâce à Eliza, le jardinier commence bien la journée

Le claquement d'un sécateur fit sursauter les filles. Tournant la tête, elles virent un très charmant jeune homme brun, en tee-shirt troué et jean délavé, tailler les haies. Eliza le considéra avec curiosité et le type croisa une seconde son regard, avant de se replonger dans sa tâche.

*Il est en train de me regarder*, songea Eliza, à la fois ennuyée et intriguée.

Elle déplia ses jambes et se cambra en frictionnant son décolleté et son ventre nu de lotion solaire au jus de carotte. Lorsqu'elle se coucha sur le dos et défit les bretelles de son soutien-gorge, elle surprit une nouvelle fois le regard du jeune homme. Pouah ! Ce qu'il était mal élevé ! Elle leva les yeux au ciel. Mais, une minute plus tard, elle lui jeta un coup d'œil furtif, à travers ses lunettes Gucci abaissées.

Les épaules larges... Les yeux bleus, sous le bob craignos... Mmmm... plutôt mignon, à ce qu'il semblerait.

Comme s'il avait la moindre chance avec elle.

*Allez, qu'il se rince l'œil !* songea Eliza. *C'est sûrement le plus beau jour de sa vie.*

– Viens, Cody. C'est le petit bain, et puis ce n'est que de

l'eau, ça ne va te faire de mal, dit Mara, s'efforçant de mettre en confiance l'enfant apeuré.

– MAIS SI ! AH AH AH ! s'exclama William, avant de sauter dans la piscine en l'éclaboussant copieusement.

– Ne fais pas attention à lui.

– Allez, fiche-le donc à l'eau ! lança une voix joviale, sur le ton de la plaisanterie.

Levant les yeux, elles aperçurent Ryan Perry. Torse nu, il s'étirait les jambes, se préparant à faire ses quelques longueurs quotidiennes.

– Hé, mec, tu vas à ce truc au Sunset ce soir ? cria Eliza.

*Qu'est-ce qui ne collait pas, avec Ryan Perry ?* se demanda Eliza. Il était hyper-sexy et pourtant, il ne lui avait jamais fait le moindre effet. Sans doute parce qu'ils se connaissaient depuis qu'ils étaient gosses. Et puis, sérieusement, comment aurait-elle pu ne serait-ce qu'envisager de sortir avec le frère de ces deux sorcières ? Très peu pour elle. Ce qui ne l'empêchait pas de se faire valoir aux yeux de Jacqui et Mara, en insistant sur la complicité qui les liait – vu qu'elle était une vieille amie de la famille et tout le tralala.

– C'est possible, répondit Ryan.

Mais son attention était ailleurs. Il s'agenouilla près de Mara, qui enveloppait Cody dans une serviette de bain.

– Hé, quand est-ce qu'on la fait, cette fameuse partie de Scrabble ?

– Hein ? Ah oui... Quand tu veux, répondit Mara avec une expression radieuse.

– Super.

Ils échangèrent un sourire, et Ryan plongea, tête la première, dans la piscine. Jim manquait à Mara, mais il y avait des choses qu'elle supportait mal – chaque fois qu'elle l'appelait, il était soit en train de se soûler au stade avec ses potes, soit en train de s'occuper des clients (ou plutôt des clientes, aux voix affreusement jeunes et féminines) chez son oncle le vendeur de voitures. Et Ryan était tellement gentil avec elle. Si elle avait pu être honnête avec elle-même, elle aurait reconnu qu'il l'était beaucoup plus que Jim ne l'avait jamais été.

– Hé, les filles, j'avais oublié de vous dire... Anna veut qu'on accompagne les gamins au match de polo la semaine prochaine, dit Jacqui. Elle a laissé des instructions pour l'accès aux pavillons des VIP.

Au mot de VIP, Eliza tendit l'oreille.

– Pas possible... Vous avez une tribune cette année ? cria-t-elle à Ryan.

Celui-ci hocha la tête, depuis le grand bain.

– Oh mon Dieu ! Mais je n'ai rien à me mettre ! glapit Eliza.

Se redressant d'un bond, elle en oublia le jardinier et lui montra involontairement ses seins.

– Oups ! fit-elle, remontant ses bretelles et renouant le haut de son maillot.

Le sécateur tomba à terre.

– Pourquoi faire un tel plat à propos d'un match de polo ? demanda Mara.

– C'est le Trophée Mercedes-Benz, répondit Eliza sur le même ton que « c'est le discours d'investiture à la présidence des États-Unis ». Tout le monde y sera. C'est un week-end vraiment très important.

– C'est juste un match, non ? demanda Jacqui en haussant les épaules.

Du polo. Des chevaux. Des maillets. Tu parles d'une affaire ! Elle s'en tapait un peu, des trophées internationaux !

Eliza secoua la tête. Inutile de tenter d'expliquer la vie mondaine des Hamptons – on avait ça en soi, ou pas. On était pris ou pas. Et, malheureusement, Jacqui et Mara ne captaient pas. Elles ne saisissaient pas la chance qu'elles avaient de se retrouver à East Hampton – elles auraient pu aussi bien être coincées à Montauk, nom de Dieu !

– L'important, ce n'est pas le match. Tout le monde se fiche pas mal de savoir qui va gagner. Ce qui compte, c'est le champagne dans les pavillons. C'est le moment où tout le monde va fouler au pied le terrain, entre le troisième et le quatrième chukka ! C'est une sorte de tradition. Stephanie Seymour vient toujours avec des talons de douze centimètres qui s'enfoncent dans la boue ! Une année, le prince Harry a concouru avec l'une des équipes.

Eliza retint son souffle, en se rappelant à quel point elle s'était amusée l'année précédente.

– De toute façon, tout le monde est sapé à mort. Mais décontracté, à la mode de Los Angeles. Seulement je n'ai rien de neuf ! s'exclama-t-elle, prise de panique. Il faut que je fasse les boutiques.

Eliza mourait d'impatience de dépenser l'argent gagné à la sueur de son front.

Après la réunion annulée, on remit aux filles un mot d'Anna et trois enveloppes bourrées de liquide (3 334 dollars, très précisément). « Merci d'avoir travaillé si dur. Désolée d'avoir dû annuler le rendez-vous. Le coiffeur ne pouvait pas me prendre un autre jour. Essayez de ne pas tout dépenser d'un coup. Anna », pouvait-on lire sur l'épaisse carte gaufrée.

– Oui..., dit Jacqui d'un ton mélancolique. À Daslu, j'avais chaque semaine une tenue différente. J'ai vu une robe Gucci sublime dans *Vogue*, avec une ceinture serpent. Elle serait parfaite, avec mes nouvelles mules.

Elle avait l'air si désemparé que Mara avait presque envie d'en rire.

– Hé, les filles, si vous voulez faire du shopping, je peux rester ici à surveiller les enfants.

– Tu es sûre ? glapit Eliza.

– *Fantástico !* s'exclama Jacqui.

Toutes deux commencèrent à ramasser serviettes et sacs de plage, ravies du tour que prenaient les événements.

– Vous mettez les voiles ? demanda Ryan, se hissant hors de la piscine et répandant des flaques d'eau sur le ciment.

– Elles deux seulement, expliqua Mara. Elles veulent faire les boutiques, alors je leur ai proposé de garder les enfants.

– Tu devrais y aller aussi. Je vais les surveiller, proposa Ryan.

Mara n'en revenait pas.

– Vraiment ? demanda-t-elle.

Faire les boutiques la tentait, et elle commençait à se sentir mal fagotée, entourée de ces deux bêtes de mode. Ça ne lui ferait pas de mal de se dégoter un petit quelque chose – une nouvelle jupe, peut-être, ou une paire de ces grosses lunettes avec un G sur le côté que tout le monde, ici, paraissait porter. Et puis, elle pourrait passer à la banque déposer de l'argent sur son compte.

– Allez, Mara, viens, laisse-les-lui. Il n'a rien à faire de toute la journée, dit Eliza, grisée par la perspective de consacrer la journée à son loisir favori – si grisée qu'elle se réjouissait presque à l'idée que Mara les accompagne.

– Oh, OK. Mais on sera là, disons, dans un quart d'heure, promit Mara.

Un quart d'heure ? Eliza et Jacqui échangèrent un coup d'œil. Visiblement, Mara n'avait jamais fait les boutiques avec des filles comme elles.

# Avenue principale d'East Hampton : que ferait-on sans carte de crédit ?

Les filles traînèrent du côté des saris et des satins aériens de la boutique Calypso, où Jacqui choisit d'ajouter un énième bikini Eres à la quinzaine de maillots qu'elle avait apportés. Puis elles filèrent chez Tracey Feith, pour jeter un coup d'œil aux nouvelles robes bain de soleil, s'arrêtant au passage chez Steven Stolman, car Eliza souhaitait voir si les sacs Jelly Kelly modèle « arc-en-ciel » étaient en stock – ce qui n'était malheureusement pas le cas. Ils avaient tous été vendus, et les clientes devaient se mettre sur liste d'attente. Chez Jimmy, les robes de soirée ornées de perles leur coupèrent le souffle.

Arrêt suivant : Scoop on the Beach.

– Ma boutique favorite ! s'exclama Eliza en se déplaçant entre les portants.

Robes bustiers en tissu éponge, caracos et débardeurs, mini-jupes en coton aux coloris acidulés, étagères de tee-shirts archi-moulants et de sweaters rétrécis, à capuche – la tenue officielle des Hamptons.

La boutique était remplie de femmes émaciées âgées de vingt ou trente ans, essayant des tee-shirts Petit Bateau (destinés à l'origine aux tout-petits). Les couples mère/fille étaient légion. Mara distinguait deux tendances : les mères qui s'habillaient plus jeune que leurs filles – vêtues de débardeurs et de pantalons en tissu éponge, quand leurs filles arboraient des vestes Chanel ; les mères et les filles qui s'habillaient pareil, en robes Lacoste noires sans manches et espadrilles.

– Je peux vous aider ? lança une vendeuse exubérante, qui devait avoir leur âge et portait un tee-shirt avec JUICY écrit sur la poitrine. Vous cherchez quelque chose en particulier ? demanda-t-elle à Mara qui paraissait hésiter un peu, tandis qu'Eliza et Jacqui fouillaient déjà frénétiquement parmi les présentoirs.

Mara haussa les épaules.

– Pas spécialement.

– Venez me voir si vous avez besoin d'un renseignement, dit la fille d'une voix haut perchée, abandonnant Mara pour s'occuper de clientes plus dégourdies.

Constatant que la plupart d'entre elles étaient rassemblées autour de tables où s'empilaient des jeans pliés, Mara suivit leur exemple. Il y avait des jeans clairs, des jeans foncés, des jeans à fines rayures, des jeans de couleur, des jeans « salis », des pattes d'éléphant, des tailles basses, des tailles super-basses, des jeans à coupe évasée ou moulante, des jeans avec poches à rabats sur le devant, les fesses ou la cuisse. Une déclinaison infinie des variations les plus infimes. Pourtant, autour de Mara, toutes les clientes discutaient des modèles qu'elles possédaient déjà et de ceux qu'il leur restait à acquérir. Mara regarda le prix sur l'étiquette. Cent soixante-quinze dollars ! Pour un jean qui n'était pas bien différent de son bon vieux Levi's !

– Maman, qu'est-ce que tu en penses ? demanda une jeune sylphide à sa mère en sortant de la cabine d'essayage vêtue d'une robe en tissu léger très déshabillée avec décolleté plongeant.

Sa mère, un canon aux bras bronzés et musclés et au ventre plat, secoua la tête.

– Tu ne crois pas que c'est un peu olé olé pour quelqu'un de ton âge ?

– J'ai douze ans ! protesta sa fille.

Une femme d'une trentaine d'années sortit à son tour des cabines, portant rigoureusement la même robe. Elle jeta un coup d'œil à l'adolescente, et soupira.

– Je serais prête à tuer, pour avoir une silhouette pareille !

L'alerte vendeuse donna un coup de main à Jacqui et à Eliza lorsqu'elles s'engouffrèrent dans les cabines avec une pile informe de vêtements. Mara demeura en retrait, horrifiée par les étiquettes. Elle trouva un joli chemisier sans manches à motif bandana, mais le reposa à la seconde où elle vit son prix. Deux cent cinquante dollars ! Pour un haut en coton ? Il n'y avait donc rien au-dessous de cinquante dollars, dans cette boutique ? Ah si... un tas de ceintures en coton, dans une corbeille, près de la porte. Eliza émergea de la cabine dans une ondoyante robe portefeuille asymétrique de Diane von Furstenberg.

– Oh, mon Dieu, ça vous va trop bien ! Reese Witherspoon a acheté la même hier, s'exclama l'employée du magasin.

Citer une célébrité était le meilleur moyen de doper les ventes. Même Mara le savait.

– Vraiment ? demanda Eliza. Je la prends !

La vendeuse eut un grand sourire. Mara connaissait cette

expression : elle signifiait « pauvre poire ! ». Mais Eliza était trop satisfaite de sa nouvelle robe pour s'en soucier.

– Tu as trouvé quelque chose ? demanda Eliza à Mara qui serrait autour de sa taille la ceinture à moins de cinquante dollars, en examinant sa silhouette d'un œil critique.

– Heu... non. Je préfère vous attendre, les filles. Ou bien... vaudrait peut-être mieux que je rentre.

– Qu'est-ce que tu racontes ! dit Eliza en s'avançant d'un pas décidé.

Elle tira du portant une robe bustier Shoshanna, rouge et moulante, vendue avec une culotte en dentelle rouge assortie.

– Essaie ça ! Avec tes cheveux noirs, ça va t'aller super.

– Je ne suis pas sûre..., protesta Mara.

La mère et la fille qui se disputaient au sujet de la robe trop sexy se dirigèrent vers la caisse.

– Pousse-toi, maman. Je la prends, dit la fille, tenant le cintre d'une main et brandissant sa carte bleue de l'autre. Ce sera parfait, pour la bar mitzvah de Tiffany.

Sa mère poussa un soupir et jeta à Mara un regard semblant signifier : « Ah, c'est ça les enfants, de nos jours... qu'est-ce que vous voulez ma bonne dame ! »

Mara se refusa à exprimer la moindre sympathie. Elle n'était pas favorable à ce que les gamines de douze ans se baladent en petite tenue. Mais vu qu'elle était de Sturbridge, qu'est-ce qu'elle y connaissait ? Sur la plage, elle avait vu des fillettes de l'âge de Zoë porter des tee-shirts « Star du porno ».

Jacqui sortit des cabines avec une chemise polo riquiqui sans manches et un minuscule short en jean rayé.

– Comment vous trouvez, les filles ?

– C'est mortel ! s'écria Eliza. Tu es à tomber par terre ! Dis,

Jac, tu ne trouves pas que Mara devrait essayer ça ? demanda Eliza en agitant la robe.

– C'est *perfeito*. Faut que tu l'essaies. On insiste, approuva Jacqui.

Elles poussèrent Mara dans une cabine d'essayage.

– Oh, OK. Mais juste pour rigoler, alors, dit Mara.

Zut ce que c'était serré... Qui diable pouvait glisser ses hanches dans ce truc-là ? Elle remonta la fermeture éclair dans le dos et, par-dessus son épaule, jeta un coup d'œil à son reflet dans le miroir. Ça lui couvrait à peine les fesses ! Ce qui expliquait la culotte assortie.

– Hé, les filles, qu'est-ce que vous en pensez ? demanda-t-elle en sortant prudemment de la cabine.

– *Muito bonito*, déclara Jacqui.

– Qu'est-ce que je t'avais dit ? ajouta Eliza. Mais il te faut des chaussures. Désolée, mais tes Reebok ne vont pas coller. Quant à tes bottes de cow-boy, j'espère que tu n'imagines pas pouvoir les porter avec ça !

Jacqui hocha la tête et saisit une paire de mules à talons en plastique rouge.

– Tiens. Passe-les ! dit-elle en aidant Mara à les enfiler.

Les talons affinaient les jambes de Mara, musclées et brunies par leur expédition quotidienne à Georgica Beach.

– Parfait ! jubila Eliza. Sauf les cheveux. Tu les as toujours eus comme ça ?

– Pourquoi ? Qu'est-ce qui va pas ?

– On va devoir faire appel à Pierre, dit-elle en composant un numéro sur son portable. Allô... Pierre ? C'est Eliza. Tu crois que tu pourrais passer me voir, un peu plus tard ? J'ai une amie qui a vraiment besoin de ton aide.

– Jim ne me laisserait jamais porter ça en public, fit remarquer Mara en s'examinant dans le miroir.

– C'est qui, Jim ?

– C'est mon petit ami, leur rappela Mara.

Les deux jeunes filles paraissaient frappées d'amnésie pour tout ce que Mara leur avait raconté de sa vie.

– Déjà qu'il m'en veut à mort de l'avoir laissé seul cet été.

– Ah oui, M. Numéro 1, la taquina Eliza. Et pourquoi ? Il ne peut pas venir te voir ? Tu n'as pas dit que tu étais de Boston ? Ce n'est qu'à quatre heures de route.

– De Sturbridge. Oui, c'est vrai, ce n'est pas loin. Mais Jim est très casanier.

– Nom de Dieu, quel bébé ! s'exclama Eliza. En tout cas, à sa place, je ne te laisserais pas sans surveillance.

– Qui se soucie de Jim ? *Esquece ele*. Ryan va en rester baba, dit Jacqui.

– Qu'est-ce que tu veux dire par là ? s'écria Mara.

– Ne vas pas nous raconter que tu n'as pas remarqué sa façon de te regarder ? Il est tout le temps super-gentil avec toi, dit Eliza avec un grand sourire.

Le shopping la mettait toujours d'humeur généreuse.

– Il est gentil avec nous toutes, insista Mara.

– OK. Si tu y tiens..., conclut Eliza avec un hochement d'épaules.

Par réflexe, Jacqui se mit à ranger les pulls qu'elles avaient sortis, prenant plaisir à replier les cardigans avec soin, de façon à former des carrés parfaits. Mais, tandis qu'elle les reposait dans les rayons, elle jeta un coup d'œil dans la vitrine et faillit lâcher toute la pile d'un coup. Là-dehors, c'était Luca ! Son cœur battit à tout rompre. Ils ne se voyaient quasiment plus pendant la journée. Il avait toujours une bonne raison – il fallait qu'il aille en ville pour une réunion de famille, ou qu'il parte pêcher avec son père.

– Luca ! Luca ! *Um momento !* lança-t-elle d'une voix fébrile, en fonçant vers la porte, toujours vêtue des habits du magasin. Elle s'apprêtait à courir l'embrasser, mais à peine eut-elle posé un pied sur le trottoir que la vigilante vendeuse la rattrapa d'un geste brusque.

– Oh, miss. Vous allez où, comme ça ? dit-elle en refermant son poing sur son épaule, tel un étau.

– Salut Jacqui. Quel plaisir de te rencontrer ! Joli polo ! s'écria Luca, sans même ralentir le pas, depuis le trottoir d'en face.

Ça alors ! Jacqui suivit à contrecœur la vendeuse à l'intérieur. Il n'avait peut-être pas voulu gâcher le dîner romantique qu'ils avaient prévu ce soir ? Ça lui paraissait un peu tiré par les cheveux, comme explication. Et puis, elle commençait à en avoir assez de lui trouver des excuses.

– Honnêtement, il est hors de question que j'achète cette robe. Elle est importable, et elle est au-dessus de mes moyens.

– Qu'est-ce que tu racontes ? demanda Eliza. J'ai vingt-cinq pour cent de rabais dans cette boutique. La « remise VIP », ça te dit quelque chose ? Cette robe est faite pour toi. Et on vient tout juste d'être payées, pas vrai ?

Jacqui paya sa tenue, et Eliza déposa tous ses articles sur la tablette. Un sac à main Marc Jacobs, plusieurs tee-shirts C & C, quatre paires de sandales Jimmy Choo et une nouvelle robe Theory – le tout dépassant de cinq cents dollars la somme qu'elle venait de gagner.

– Mettez le reste sur ma Visa, lança-t-elle à la vendeuse.

Mara hésita, mais elle avait besoin d'une robe, et ces mules étaient tellement mignonnes.

– OK. Je les prends, dit-elle à contrecœur.

Chargée de ses sacs de shopping, Eliza les conduisit à sa seconde adresse préférée : le glacier Scoops, où toutes trois commandèrent des coupes glacées chocolat chantilly.

# Contrairement à ce qu'on raconte dans les médias, tous les gays ne sont pas des bêtes de mode

Ayant enfin regagné leur chambre après avoir couché les gamins, les trois filles au pair faisaient des plans pour la soirée.

– Mara, tu sors ce soir ? demanda Eliza. Tu ne vas pas refuser une fois de plus !

Mara n'était pas très chaude, mais vu qu'elle n'avait rien de mieux à faire… Elle avait déjà accompagné Zoë aux toilettes, et n'était donc pas obligée de rester. Et Jim la boudait depuis qu'elle lui avait dit qu'elle ne pourrait pas prendre son week-end et venir le voir. Elle avait beau eu lui envoyer un colis-cadeau plein de scones et de muffins, ça n'avait pas apaisé sa colère.

– Oh, d'accord. Mais on ne reste pas longtemps, hein ? Les filles ont leur cours de danse demain matin.

– Ouais, c'est ça, on va rester une minute ou deux, répliqua Eliza en faisant un clin d'œil à Jacqui.

Mara sortit sa nouvelle robe rouge.

– Qu'est-ce que tu fais ? demanda Eliza en la lui prenant des mains, et en la remettant sur le cintre.

– Heu… je m'apprête à enfiler ma nouvelle robe ?

– Non, ma louloute. Elle est pour le match de polo. C'est

pas du tout ce qu'il faut au Jet East. Tu comprends, c'est une robe d'après-midi. Tu ne vas tout de même pas te pointer au match dans une robe que tout le monde aura déjà vue, soupira Eliza. Tiens... mets ça ! ajouta-t-elle en tendant à Mara un de ses propres chemisiers – un dos nu drapé en jersey noir, à décolleté plongeant. Tu peux le porter avec ton jean... ça va, il est bien. Et avec tes nouvelles tongs.

Jacqui sortit de la salle de bains vêtue d'un top en dentelle noire et d'un pantalon en soie à poches à rabats, spécialement acheté pour son rendez-vous de ce soir avec Luca. Elle vint se planter devant le vieux miroir fêlé.

– Ne t'attache pas les cheveux. Laisse-les tomber librement, dit Jacqui.

Pierre, l'ami coiffeur d'Eliza – autoproclamé « la Reine du Cheveu » – était passé leur couper les cheveux gratis, cet après-midi-là. En échange de quoi, il les avait prises en photo avec leurs nouvelles coupes, pour les mettre dans son portfolio. Jacqui coiffa Mara d'une main experte.

– Tu vois, tu gardes le mouvement ici, tu lisses un peu là – et après, tu secoues la tête pour donner un look décoiffé.

Jacqui sortit sa trousse de maquillage – du matériel de pro qui devait peser dans les cinq kilos – et commença à appliquer fond de teint, poudre, eye-liner, fard à paupières et rouge à lèvres sur le visage de Mara.

Lorsqu'elle eut fini, Mara se regarda dans le miroir de poche que lui avait remis Jacqui.

– Tu ne trouves pas que c'est un peu exagéré ?

De toute sa vie, elle n'avait jamais été aussi maquillée. Pas même lorsqu'elle avait assisté avec Jim à la fête du dernier trimestre, l'année dernière.

– Tu es presque plus belle que moi ! s'exclama Jacqui, un peu envieuse. « Presque » souligné deux fois, plaisanta-t-elle.

Mara éclata de rire.

Elles dirent bonsoir à Jacqui et Eliza leva triomphalement le poing lorsqu'elle vit que les jumelles n'étaient pas encore parties. Leur monospace Mercedes était encore garé dans l'allée.

Eliza se hissa derrière le volant.

– Monte ! lança-t-elle à Mara.

– Et les jumelles ?

– Anna et Kevin ont dit qu'on pouvait prendre n'importe quelle voiture, répliqua Eliza en haussant les épaules. Il leur reste toujours la Volvo, non ?

Le long du tapis rouge, une file de paparazzis hurlaient les noms de diverses personnes. Eliza s'avança lentement, dans l'espoir d'être prise en photo. Mais tous avaient les yeux rivés sur une starlette pop, la blonde Chauncey Raven, accompagnée d'une escouade de gardes du corps. L'adolescente de dix-huit ans – surtout connue pour exhiber son ventre plat et bronzé jusqu'au bassin, et pour proclamer sa virginité en roulant des patins à tout ce que Hollywood comptait de jeunes rebelles – était la nouvelle coqueluche des journaux people.

– CHAUNCEY ! CHAUNCEY ! PAR ICI, CHAUNCEY ! ! ! hurlaient les photographes, au comble de l'excitation.

Mais la star était entièrement dissimulée par ses gardes du corps, d'anciens joueurs de hand-ball hauts de plus de deux mètres.

Eliza et Mara entrèrent dans le club, juste après elle, dans la plus totale indifférence. Une fois à l'intérieur, Eliza se mit à chercher des yeux ses amis, avant de s'engouffrer dans une arrière-salle. Mara resta près du mur, un verre à cocktail à la main, avec la vague impression de ne pas être à sa place. Elle posa son verre et se dirigea vers les toilettes des femmes, où elle tomba sur un homme aux traits asiatiques coincé dans l'encadrement de la fenêtre jusqu'à mi-corps, et dont les bras pendaient lamentablement au-dessus des lavabos de porcelaine.

– Hé vous, là, avec le chemisier à deux cents dollars et la coupe Jennifer Aniston. Aidez-moi !

Mara saisit l'une de ses mains – pas celle qui tenait un volumineux appareil photo Nikon – et le tira à l'intérieur.

– Dieu du ciel ! s'exclama le type en s'essuyant le front. Il faut vraiment que je me tienne à distance du buffet, la prochaine fois. Trop de bonnes choses, cela ne me réussit pas !

L'homme qui se tenait devant Mara était d'origine chinoise, minuscule, doté d'un énorme ventre et d'un double menton. Il portait une veste à motif léopard sur une chemise à impression cachemire et un pantalon en polyester brillant. Tout était trop petit et trop étroit – comme s'il avait doublé de volume d'un instant à l'autre.

– Lucky Yap ! dit-il en tendant la main à Mara.

– Mara Waters.

– Vous m'avez sauvé ! Faut que je ramène un cliché de Chauncey Raven, si je veux pas que mon boss me fasse ma fête. Cette petite pétasse ne s'est même pas laissé prendre en photo devant la boîte. Et ils ne veulent pas me laisser entrer, bien que je sois sur la liste !

– Non... ! ils ont le droit ?

– C'est pour ça qu'ils sont payés, mon chou ! Son RP est un

enfoiré de première. Mais bon... la photo qu'on a prise d'elle la semaine dernière ne leur a pas fait tellement plaisir, ricana Lucky. « Elle s'évanouit au Tavern et doit être évacuée de la piste de danse. » Le *Star* a payé l'exclu cent mille dollars.

Mara pouffa.

– Allez, venez ! Je crois que j'ai repéré une entrée secrète, vers la pièce du fond.

Ils se glissèrent à travers une fente, dans les rideaux qui séparaient les tables des VIP du tout-venant. À l'intérieur, assise sur les genoux de son dernier chevalier servant, Chauncey l'embrassait avec fougue.

– Parfait ! lança Lucky, cherchant son angle de vue. C'est ça, bébé, vas-y ! Waouh ! À moi l'oseille !

Les flashs se perdirent dans les faisceaux laser, battant au rythme de la musique.

– Dieu soit loué, on voit son string ! Ils paient toujours mieux, pour les clichés déshabillés, expliqua Lucky en dissimulant son appareil photo. Vous êtes mon ange gardien.

– Tout le plaisir est pour moi.

Mara sourit. Sa rencontre avec Lucky lui avait valu – jusque-là – son meilleur moment de la soirée.

– Je vais faire un tour de piste pour voir si je peux surprendre en fâcheuse posture des gens dignes de remplir les pages people. Vous savez si les sœurs Perry sont dans les parages ? Sugar et Poppy ?

– Heu... je ne suis pas sûre, répondit Mara en se demandant si les jumelles oseraient affronter la vie nocturne des Hamptons dans la Volvo miteuse. (*Miteuse*, la Volvo ? Apparemment, les Hamptons commençaient à lui monter à la tête.)

Elle salua chaleureusement le piquant paparazzi. Mais, à présent que leur petite aventure était terminée, elle hésitait à rester. Elle n'avait encore rien décidé lorsqu'elle sentit quelqu'un la frôler.

– Hé, toi ! dit Ryan en lui donnant une petite tape sur l'épaule.

– Ryan ! Salut ! s'exclama-t-elle, si soulagée de voir un visage familier qu'elle l'entoura instinctivement de ses bras et lui plaqua un baiser sur la joue.

– Waouh ! Tu es superbe ! dit-il en reculant un peu pour mieux la contempler.

– Parce que, pour une fois, je ne suis pas couverte de bave de bébé ? le taquina Mara.

– Non, non, enfin, tu es tout le temps... tu es tout le temps belle. Ce que je voulais dire, c'est que..., bafouilla-t-il – ce qui n'était guère dans ses habitudes. Alors... heu... je croyais que tu restais à la maison ce soir, conclut-il d'un ton piteux, s'efforçant de changer de sujet.

– J'ai changé d'avis.

– J'en suis bien content, dit Ryan d'une voix un peu plus sérieuse que nécessaire. C'est Eliza qui m'a dit que tu étais là. Viens là-derrière, je vais te présenter des amis.

– Volontiers.

Il la prit par la main et la conduisit tout au fond de la salle. Là, un groupe de jeunes gens vautrés sur des divans en velours fumaient des cigarillos, leurs petites copines délicatement perchées sur leurs genoux.

– Oh hé, les gars, je vous présente mon amie Mara, dit Ryan. Mara, je te présente la bande au complet.

*Son amie !* pensa Mara, transportée de joie. Il n'avait pas dit

« Je vous présente la fille au pair ! » Ni « Voici une jeune fille que nous avons embauchée pour l'été ! » Son amie !

À côté d'elle, un grand type au crâne rasé fit mine de vouloir lui baiser la main. Mara éclata de rire, et Ryan balaya d'un geste la main de son ami.

– Ça suffit comme ça ! Tu veux quelque chose à boire ? demanda-t-il à Mara.

– Oui, pourquoi pas ?

Alors qu'ils s'apprêtaient à se diriger vers le bar, Lucky Yap passa près d'eux.

– Hé, monsieur Perry ! lança-t-il en envoyant un baiser à Ryan.

– Tout se passe bien, Lucky ? demanda Ryan en s'esclaffant. Comment va Frederic ?

Comme tout habitué des Hamptons, Ryan savait que Lucky Yap était l'homme à tout faire de Frederic O'Malley, le photographe des mondanités.

– Il va bien. Il est à Cannes, pour le festival. Et il me laisse là, avec toutes les célébrités de seconde zone ! Mais il n'y a personne ici ! Je n'ai même pas vu tes sœurs de la soirée. Tenez, à la place, je vais vous prendre en photo tous les deux, dit Lucky d'un ton catégorique.

Ryan et Mara échangèrent un regard dubitatif, puis Ryan passa le bras sur l'épaule de Mara et tous deux fixèrent l'objectif.

– Parfait ! Merveilleux ! Sexy ! s'extasia Lucky, avant de les laisser jeter un coup d'œil au résultat sur l'écran de son appareil.

Il tira un bloc-notes de l'une de ses poches.

– Ryan Perry et... Mara Waters, c'est bien ça ? dit-il en griffonnant leurs noms.

Ryan écarquilla les yeux, surpris que le paparazzi le plus connu de la ville connaisse déjà le nom de Mara.

Celle-ci se contenta de sourire mystérieusement.

# Quelque part dans les Hamptons Bays, Jacqui reconnaît que ce n'est plus vraiment ça...

Jacqui en avait... c'était quoi, cette expression dont se servait Mara ? *Plein le dos*. Oui, c'est ça... elle en avait vraiment plein le dos !

Retrouver Luca aurait dû la rendre réellement, sincèrement, totalement heureuse. À vrai dire, elle avait passé le mois entier à se répéter qu'elle était folle de bonheur et que c'était une chance incroyable que tout se fût passé ainsi, comme dans ses rêves les plus extravagants. Mais c'était là le problème... Jacqui savait que si elle avait franchement éprouvé un tel bonheur, elle n'aurait pas eu à s'en convaincre en permanence. Au fil des semaines, elle finit par s'avouer que le qualificatif « malheureuse » convenait mieux à son état. Oui, elle était malheureuse, décida-t-elle.

Luca avait, pour la énième fois, annulé le dîner romantique. Au lieu de l'emmener au Farmhouse, il avait suggéré un autre type de soirée « romantique » : un pique-nique sur la plage. Après avoir roulé une heure, ils s'étaient arrêtés dans un petit restaurant délabré où Luke avait acheté deux paniers d'huîtres imbibés d'eau de mer et un pack de bières. Ils n'étaient même pas seuls. Léo, un ami de Luca, les avait rejoints sur la plage.

Les garçons se donnèrent tout de même la peine de faire un feu de camp, ce qui permit à Jacqui de ne pas geler sur place, peu vêtue comme elle l'était. Grelottant dans son léger pull en coton, elle se demandait quand il allait enfin la ramener chez elle.

Autre chose ajoutait à sa misère : Luca ne lui prêtait pas la moindre attention. C'était le cœur du problème. Le reste n'importait guère – ils auraient pu manger des hamburgers tous les soirs, ça ne l'aurait pas dérangée plus que ça. Mais elle commençait à réaliser que le gars qu'elle avait retrouvé n'était pas celui qu'elle avait connu à São Paulo. En fait, tout ce qu'il avait fait ce soir-là, c'était rouler deux gros joints qu'il avait fumés seul. Il avait bien proposé quelques bouffées à Jacqui et à Léo, mais l'herbe donnait des migraines à Jacqui et Léo avait décrété que la bière lui suffisait.

– J'ai plus de feuilles à rouler ! Surtout, pas de panique ! s'exclama-t-il en partant dans un rire hystérique.

Jacqui l'observait en silence. Il était l'amour de sa vie, mais dans de tels moments, elle reconnaissait qu'il avait l'air d'un crétin.

Luke se leva et courut sur la plage, en direction de l'endroit où ils avaient garé la voiture, derrière des dunes de sable.

– Tu passes un bon été ? demanda Léo, s'appuyant sur un bras et levant les yeux vers elle.

Il ne possédait ni les merveilleux yeux verts ni le nez parfaitement droit de Luca, mais il avait un visage sympathique.

– Oui, super, répondit poliment Jacqui en serrant ses genoux contre sa poitrine.

– Ne fais pas attention à Van Varick. Il lui arrive d'être un peu dur, dit Léo d'une voix douce.

Jacqui hocha la tête. Elle n'était pas certaine d'avoir compris.

– Alors, c'est comment, le Brésil ?

Jacqui réfléchit. Vaste question. Mais elle se retrouva vite à raconter à Léo sa vie, là-bas : ses deux frères cadets qui étaient encore chez leurs parents à Campinas. Son quotidien dans la grande ville, où elle habitait avec sa grand-mère. Le couvent de Sainte-Anita – prestigieuse école fréquentée par les filles du président – où l'avait envoyée celle-ci. Le peu de fortune de sa famille, qui l'avait contrainte à prendre un boulot de vendeuse chez Daslu pour payer les frais de scolarité.

Léo était un auditeur curieux et attentif. Il posait les bonnes questions, l'encourageait à se confier. Ça faisait du bien à Jacqui, que quelqu'un s'intéressât réellement à ses propos.

Ils riaient d'un commentaire particulièrement amusant qu'elle venait de faire au sujet d'un match de football, quand Luke surgit de derrière la colline.

– Qu'est-ce qu'il y a de drôle ? demanda-t-il d'un ton soupçonneux.

– Rien... rien, dit Jacqui, gloussant toujours à la pensée du cafouillage de David Beckham.

Luke fixa son ami avec insistance. Léo haussa les épaules et détourna les yeux. Jacqui connaissait ce regard. Il signifiait : « Bas les pattes, mon gars ! »

Luke s'accroupit à côté de Jacqui.

– Hé, bébé, ça te dirait, une petite balade ? Qu'on puisse discuter un peu sans que ce bouffon soit là pour nous entendre ? demanda-t-il avec une œillade lascive.

Jacqui hocha la tête et lui tendit la main.

– J'emmène Jacqui faire une petite promenade au clair de lune, lança-t-il à Léo.

Il la conduisit à l'écart, près des fourrés.

– Viens là ! ordonna-t-il en tapotant le sable.

– Regarde la lune ! s'exclama Jacqui en s'asseyant près de lui. Tu te souviens, quand tu m'as récité ce poème sur les étoiles ? demanda-t-elle d'un ton rêveur.

– Mmmm..., fit Luke, ne comprenant absolument pas à quoi elle faisait allusion.

– Walt Whitman... Tu me l'as lu quand on a dormi à la belle étoile. « *L'astronome...* » « *L'astronome quelque chose...* »

– *Lorsque j'entendis le docte astronome...*, commença Luke sur un ton impatient.

À São Paulo, Luke lui avait récité ce poème pendant qu'ils contemplaient le ciel nocturne.

Ouais, il avait quand même retenu deux trois trucs du lycée. Mais pas question de répéter le poème – ou de revivre cette scène. Il avait autre chose en tête. Avant qu'elle ait pu lui poser une autre question, il était sur elle et glissait la main sous son chemisier. Elle tressaillit lorsqu'il lui fourra sa langue mouillée dans l'oreille. Il sentait le mollusque.

– Tu sais que le joint me donne des idées lubriques... et tu es du feu de Dieu, ce soir, bébé ! Nom de Dieu, tu sais pas l'effet que tu me fais ! dit-il en lui léchouillant le cou et les épaules.

Jacqui jeta un coup d'œil à la lune blanche et pleine, aux étoiles silencieuses. Ce n'était pas romantique, et ça ne la rendait pas heureuse mais, bizarrement, ça ne l'empêchait pas de désirer Luca.

# Ryan découvre que Mara réserve bien des surprises

La fête était finie. Chauncey Raven et sa cour d'une trentaine de personnes avaient levé le camp depuis longtemps. Seuls traînaient encore dans la boîte quelques malheureux esseulés espérant encore trouver chaussure à leur pied, une poignée d'alcoolos au dernier degré, et une ou deux serveuses. Même les RP et les paparazzis étaient allés se coucher. Eliza était partie avec le monospace. Et c'est pourquoi Mara était encore assise là, au fond de l'arrière-salle, seule avec Ryan.

– On devrait y aller, non ? demanda-t-elle lorsque les lumières, au-dessus d'eux, se mirent à clignoter.

– Tu crois ? répliqua Ryan avec un grand sourire.

Ils se dirigèrent vers l'Aston Martin décapotable, un des seuls véhicules encore garés sur le parking. Les voituriers avaient eux aussi quitté la place. Ryan ouvrit la portière et Mara monta.

– Je n'avais pas réalisé qu'il était si tard, dit-elle.

Elle se frotta les yeux, se barbouillant le visage de maquillage.

Elle abaissa le miroir du passager et constata les dégâts.

– Nom de Dieu, j'ai une tête à faire peur ! dit-elle.

Ryan se tourna vers elle :

– Tu fais un très joli raton laveur.

Elle s'essuya le visage avec des mouchoirs en papier, stupéfaite par la quantité de maquillage qu'elle parvenait à retirer. Jacqui avait vraiment exagéré.

Ils effectuèrent le trajet de retour dans un silence paisible. La nuit exhalait une odeur de fraîcheur, d'humidité, et Mara sentait, dans tout ce calme, ce que cet endroit avait de particulier. Même si les gens étaient trop poseurs, ce que c'était beau...

– Eh bien, bonne nuit..., dit Ryan en aidant Mara à monter les marches.

– Bonne nuit.

Elle lui sourit, l'œil ensommeillé, et prit le sentier du jardin, en direction du cottage des domestiques.

Ryan resta planté sur le seuil, sourcils froncés.

– Hé, tu vas te coucher ?

– J'allais..., hasarda Mara.

– Je pensais faire un feu sur la plage. C'est une belle nuit et... enfin... j'ai des sacs de couchage.

Mara sourit dans l'obscurité.

– C'est une super idée. Donne-moi juste le temps de me changer.

Quelques minutes plus tard, Mara regardait Ryan creuser un trou dans le sable, et le remplir de bois et de vieux journaux. Elle portait un tee-shirt et un pantalon de pyjama, et avait réussi à se débarrasser de tout son maquillage.

Il fit craquer une allumette. Le papier prit, mais pas le bois.

– Je crois qu'il est un peu humide.

– Attends, laisse-moi te donner un coup de main.

Mara était experte dans l'art de faire du feu. Ses parents aimaient chauffer leur maison au poêle à bois, durant les rigoureux hivers de la Nouvelle-Angleterre. Ils trouvaient ça pittoresque. Mara, quant à elle, jugeait que leur ranch de plain-pied n'avait pas grand-chose de pittoresque.

– Il faut mettre plus de papier, et souffler sur la fumée...

Elle disposa les morceaux de bois de façon à former un tipi, par-dessus le papier journal. Lorsque la flamme initiale s'éteignit, quelques braises subsistèrent.

– Souffle, souffle ! ordonna-t-elle.

Tous deux soufflèrent de toutes leurs forces sur les minuscules lueurs. Elles grossirent, le feu prit enfin. Mara et Ryan poussèrent des cris de joie.

– J'ai trouvé des marshmallows dans le garde-manger, annonça Ryan en ouvrant un sachet.

Il cueillit une canne de jonc et en fit un long bâton au bout duquel il planta un marshmallow. Il le tendit à Mara. Elle le maintint au-dessus du feu. Le sucre, en fondant, devenait marron et luisant.

– Quand j'étais petite, je laissais toujours les marshmallows trop longtemps, si bien qu'ils finissaient par brûler et tomber, dit Mara en prenant une bouchée.

– Mais il faut les laisser le plus longtemps possible, protesta Ryan. C'est là qu'ils sont les meilleurs !

Il tarda à retirer son bâton des flammes. Le marshmallow grésilla et tomba dans le feu.

– Qu'est-ce que je t'avais dit ! s'exclama Mara, en riant de l'air mortifié de Ryan.

Ryan piqua un autre marshmallow :

– Cette fois-ci, tu vas rester là ! lui ordonna-t-il.

Ils savourèrent le silence qui s'ensuivit. Mara enfonça ses pieds nus sous le sable jusqu'à le sentir imbibé d'eau de mer. Elle voyait se refléter leur feu, minuscule point orange, dans l'incessant roulement des vagues. Derrière eux se dressaient les demeures les plus hautes qu'elle eût jamais vues. Mais la plage l'impressionnait davantage.

– Autrefois, j'étais persuadé que je vivrais ici pour toujours, dit Ryan, l'interrompant dans ses pensées.

– Qu'est-ce que tu veux dire par là ?

– Quand j'étais gamin, et qu'on séjournait dans les Hamptons, je ne voulais jamais repartir, quand arrivait le mois de septembre. Je me suis juré, alors, que quand je serais plus grand, j'habiterais là toute l'année.

– Il doit parfois faire très froid, ici. Avec l'océan si proche.

– Oh, épouvantablement..., confirma Ryan d'une voix enjouée. Mais il n'y a plus personne, alors. C'est ça qui est chouette.

– Et maintenant ?

– Je ne sais pas. La maison n'est plus la même.

– Je suis désolée.

Eliza lui avait raconté que la maison, autrefois, était bien différente – plus accueillante, moins « musée ».

– Ne sois pas désolée. Il n'y a pas de quoi. Qu'est-ce que je pourrais trouver à faire ici ? demanda-t-il en haussant les épaules. Et toi... qu'est-ce que tu voulais faire, quand tu étais gamine ?

– Je voulais être chercheuse en sciences, dit Mara. Quand j'avais neuf ans, j'étais sûre que c'était ce que je voulais. Je pensais que ce serait chouette, de porter une blouse blanche et de regarder des trucs au microscope.

– Et maintenant ?

– Eh bien, je suis nulle en sciences ! Et j'ai horreur des maths. Par conséquent, non, je ne pense pas devenir scientifique.

– Qu'est-ce que tu veux faire, alors ?

Mara se pencha sur la question. Ce qu'elle désirait vraiment, c'était écrire. Elle ne savait pas vraiment quoi. Peut-être des articles de journaux. Ou bien des romans. Mais ça lui paraissait tellement hors de portée. Un peu comme de vouloir gagner un oscar. Ça ne pouvait pas arriver pour de bon. De plus, ses parents lui avaient toujours répété que si elle parvenait jusqu'à la fac, ce serait pour devenir avocate ou banquière – afin de gagner beaucoup d'argent. Ses rêves étaient au-dessus de ses moyens.

– Je ne sais pas... écrivain, peut-être, murmura-t-elle.

Bizarrement, elle n'avait aucun mal à se confier à Ryan. Sans doute parce qu'il était si facile de parler avec lui. Ou parce qu'elle savait qu'il ne lui demanderait pas de s'expliquer davantage.

– C'est chouette, dit-il en hochant la tête.

Ils mangèrent encore quelques marshmallows et continuèrent à discuter par intermittence. Mara appréciait les pauses tout autant que la conversation. Elle ne fit pas allusion à Jim car il était bon, pour une fois, de ne pas être en tout et pour tout « la petite amie de Jim Mizekowski ». Pour Ryan, elle était simplement Mara et – pour une fois – ça lui réussissait d'être juste elle-même.

Comme l'aube commençait à poindre, ils remontèrent la

fermeture éclair de leurs sacs de couchage. Et puis, dans un moment de silence, bercés par le bruit des vagues se brisant sur la plage, Ryan et Mara s'endormirent.

Le lendemain, il y avait deux photos en page 6 du *New York Post*. Une de Chauncey Raven dans la salle VIP, assise sur les genoux du vainqueur en titre de Wimbledon. Une autre de Mara et Ryan, sous le titre : « L'héritier des Perry a-t-il trouvé l'amour ? »

# Les lendemains de fête d'Eliza... Où l'on se jette sur les pancakes et sur la page 6

– Nom de Dieu ! Je suis encore complètement soûle, annonça Lindsay d'une voix rauque en s'envoyant un bloody mary. Regardez comme j'engouffre ces trucs-là, ajouta-t-elle en s'empiffrant de frites entre deux bouffées de Camel sans filtre.

– La vache ! Vous m'auriez vue, hier soir, dit Taylor. J'ai vomi partout dans la salle de bains de la mère de Kit.

– Oh hé, les filles, au moins, vous, vous aviez des gens pour vous raccompagner, claironna Eliza. Alors que je me suis réveillée... dans un genre de fossé. À croire que... Excusez-moi, mais comment je me suis retrouvée là ?

Les trois filles se livraient à une sorte de concours, se disputant le titre de celle qui avait la pire gueule de bois. Elles occupaient leur table habituelle, au 75 Main Street, un joli café situé au coin d'une rue de Southampton. Derrière leurs lunettes noires, elles ne perdaient rien du spectacle de la rue.

– Psss... Visez un peu ! dit Lindsay, alors que passait la charmante épouse d'un célèbre présentateur, poussant une poussette double.

– Et là, ce ne serait pas... ? commença Taylor en observant, par-dessus son épaule, une star aux yeux cernés dont la dernière comédie romantique avait fait un bide.

– Ouais ouais. Vous avez vu ce lifting. Si elle croit faire illusion ! Ma mère dit qu'elle a... je sais pas... dans les cinquante-deux ans.

– Pas possible ! glissa Eliza, se délectant d'une telle conversation. Le magazine *People* prétend qu'elle a trente-huit ans !

– Le soleil matinal ne laisse rien passer, trancha Lindsay.

Elles s'attaquèrent à leurs assiettes pleines de pancakes et de tartines en se sentant jeunes – et donc, supérieures.

– J'ai acheté le journal, annonça Taylor.

Elle plongea la main dans son sac et en sortit le *New York Post*. Elle passa directement à sa rubrique favorite, page 6.

– Lindsay, il y a une photo de ta soirée ! s'exclama Taylor en la leur montrant.

« L'HÉRITIER DES PERRY A-T-IL TROUVÉ L'AMOUR ? » pouvait-on lire, en gros caractères, au-dessus de la photo de Mara et Ryan.

– Oh mon Dieu ! Ne me dites pas que Ryan Perry a déjà une petite amie ! s'écria Lindsay. Je suis dégoûtée ! Et à ma soirée, en plus !

D'un point de vue technique, Ryan et ses amis s'étaient contentés de traîner dans la boîte. Ils n'étaient même pas au courant de la soirée de Lindsay. Mais Eliza et Taylor se gardèrent de corriger l'assertion de leur amie.

– Donne-moi ça ! dit Lindsay en arrachant le journal des mains manucurées de Taylor.

– C'est QUI ?

– Elle est canon, en tout cas, fit remarquer Taylor.

– La putain de veinarde ! siffla Lindsay.

– Et elle porte le dos nu Chloë que je voulais à tout prix l'année dernière. Mais ils avaient tout vendu !

– Pourquoi faut-il que tout le monde soit plus beau que moi ? se lamenta Lindsay. C'est pas juste. C'est une vraie poupée et, évidemment, elle se retrouve avec le type le plus sexy.

– Mara Waters... Waters... Je me demande si c'est pas la cousine de Toby Easley ? Vous savez, je crois que je l'ai vue quelquefois, dans le coin.

Eliza demeurait silencieuse, vaguement consciente de ce que tout cela avait de superficiel. Si ces filles savaient que Mara était fille au pair, elles en parleraient sur un autre ton. À supposer que leur radar eût enregistré son existence. En examinant la photo, Eliza ressentait une certaine fierté. Mara était sublime, certes, mais c'était un peu grâce à elle... et à Jacqui, bien entendu. Mais Eliza préférait s'attribuer presque tout le mérite de la transformation.

– Je sais pas, les filles. Elle a la taille un peu haute, vous trouvez pas ? Elle a les jambes... je sais pas... jusqu'au menton, dit Eliza, comme si ça pouvait être un défaut.

– Ouais, t'as raison, approuva trop vivement Lindsay.

Toutes trois entreprirent vite de trouver des défauts à Mara. Ses yeux étaient beaucoup trop grands, son nez bien trop petit, son sourire trop large. Quand elles eurent fini de la disséquer, c'était pratiquement Quasimodo.

– Et je ne pense pas que ce soit la cousine de Toby. J'ai entendu dire qu'elle *travaillait* pour les Perry, dit Eliza, chuchotant la nouvelle scandaleuse. C'est une domestique, pour ainsi dire.

– Ohhh...

Lindsay et Taylor étaient estomaquées. Pour un scoop, c'en était un !

– Je le tiens de Sugar et Poppy, et elles sont bien placées pour le savoir, dit Eliza.

Certes, elle trahissait Mara – mais elle voulait surtout savoir ce que ses amies pensaient de tout ça.

– Ryan Perry sort avec... la bonne ? demanda Taylor, les yeux écarquillés.

– Non, elle est fille au pair ou un truc dans le genre, expliqua Eliza, faisant machine arrière.

– Fille au pair ? ricana Lindsay. C'est comme ça que ça s'appelle, maintenant ? C'est pas un euphémisme pour « call girl d'origine étrangère » ?

Eliza aurait voulu leur préciser que, parmi elles, une seule était étrangère et que leurs fonctions, authentiques à 100 %, consistaient à s'occuper de quatre gamins de moins de douze ans. Mais elle se ravisa.

– Ryan sort avec la gouvernante ! Ça, c'est trop drôle ! gloussa Taylor.

– En somme... il s'encanaille, dit Lindsay avec un ton suffisant. On devrait informer le *Post*. Leur dire qu'on a un bien meilleur scoop pour la page 6 !

Le sourire d'Eliza se figeait de plus en plus.

Lorsqu'elles en eurent fini, elles balancèrent le journal par terre.

– Alors, le pensionnat ? Tu vas aussi y passer l'année prochaine ? demanda Lindsay.

– Ouais, je crois. Hé, dites-moi, les filles, vous allez au match de polo ?

– Bien sûr, répondit Lindsay. Et toi ?

– Charlie et moi devons plus ou moins y aller ensemble, leur confia-t-elle avec un sourire satisfait.

– Où vous en êtes, alors ? Vous sortez de nouveau ensemble ?

– Pas vraiment, dit Eliza.

Ou du moins, pas encore. Mais il lui avait demandé de l'accompagner au match de polo, et elle lui avait dit qu'elle le retrouverait sur place. Elle aurait à faire là-bas, vu qu'elle devait s'occuper des gamins. Mais ça devrait aller, car Charlie jouait dans l'une des deux équipes et ne pourrait par conséquent pas passer beaucoup de temps dans les pavillons. Il n'avait pas évoqué l'éventualité d'une réconciliation, mais elle espérait que tout allait changer au match de polo. Heureusement qu'elle s'était acheté cette petite robe portefeuille tellement sexy. Charlie ne pourrait pas résister.

– OK les filles, c'était super fun, mais il faut que j'y aille, dit-elle en flanquant un billet de vingt dollars sur la table. (Le parler californien, si prisé à Buffalo, refaisait surface.)

Lindsay écarta le billet d'un geste.

– J'ai la carte bancaire de mon père. Pourquoi tu pars si tôt ? Je pensais qu'on irait faire les boutiques après le déjeuner.

– Non, j'ai dit à ma tante que je l'accompagnerais à une expo de peinture à Water Mill, mentit Eliza.

En réalité, on l'avait chargée d'aller chercher Mara, Jacqui et les petits à l'institut de beauté Fifi Laroo, où Anna avait réservé des séances de massage pour les gamins.

Alors qu'elle roulait, les mots de ses amies résonnaient

dans son esprit : « C'est pas un euphémisme pour *call girl d'origine étrangère* ? »... « Ryan Perry sort avec LA BONNE ? »

Pourvu que ces filles ne viennent jamais à découvrir la vérité à son sujet.

# Explications avec une ex-danseuse étoile

Mme Suzette était une ancienne danseuse étoile. Elle avait dansé pour Balanchine, Baryshnikov et pour l'American Ballet Theater, dont elle avait été la star. Elle avait connu nombre d'hommes riches et célèbres, et suscité l'adoration de l'élite culturelle. Ce qui expliquait pourquoi son cours de danse des Hamptons était l'un des plus recherchés.

Par un samedi matin ensoleillé, un groupe de fillettes en justaucorps noirs et collants roses se tenaient, par ordre de taille, devant un miroir.

– Plié, plié, grand plié, plié, ordonnait Mme Suzette d'une voix sèche en allant et venant le long de la barre. Pointe tendue ! lançait-elle en examinant les orteils tendus des petites filles. Chhh... Madison ! Arrêtez ! Les orteils en dehors ! Comme ça !

Mme Suzette étendit le pied pour montrer à Madison ses orteils dépliés de façon à former pointe. Madison s'efforça maladroitement de l'imiter. Mme Suzette soupira.

– Allez... toute la rangée. Plié, plié, grand plié...

Au cours de la leçon, Mme Suzette revint plusieurs fois corriger l'attitude de Madison, les gestes de ses bras, ses ronds de jambe patauds.

– Les orteils en dedans, les chevilles à l'extérieur ! Qu'est-ce que tu ne comprends pas ? demanda Mme Suzette en forçant les pieds de Madison dans la position voulue.

Plusieurs fillettes ricanaient. Madison avait les joues en feu.

– C'est ta sœur, non ? demanda l'une d'elles à Zoë.

Au terme d'une heure éprouvante, l'assistante de Mme Suzette apporta du lait et des biscuits pour récompenser les élèves de leurs efforts. Pendant ce temps, Mme Suzette leur distribuait des notations sur des cartes de visite gravées.

– Madison, il faut que tu fasses des progrès. Que tu t'améliores. C'est un art. Une pratique. Tu n'as pas un corps à faire de la danse classique. Tu devrais peut-être essayer le cours de jazz.

Madison baissa la tête et tendit le bras pour prendre un biscuit.

Mme Suzette fit claquer sa langue sur son palais.

– Pas de biscuits pour toi. Tu n'as pas un corps de danseuse classique.

Lorsque Mara, Eliza et Jacqui vinrent chercher les fillettes, elles trouvèrent Madison qui versait des larmes silencieuses, et Zoë qui retenait les siennes.

– Qu'est-ce qui s'est passé ? demanda Mara en s'empressant de prendre Madison dans ses bras.

Madison secoua la tête. Quelques élèves sortirent du cours pour aller à la rencontre des parents ou des bonnes d'enfants.

– Madison ! Pas de biscuits ! Tu n'as pas un corps à faire de la danse classique ! la taquina l'une d'elles.

Les autres fillettes s'esclaffèrent.

– Pardon ? s'exclama Eliza. Ce n'est pas très gentil, ce que tu viens de dire.

La bonne d'enfants lui jeta un regard désolé et rassembla les fillettes dans une Mercedes.

Jacqui essuya le visage baigné de larmes de Madison.

– Ne fais pas attention à elles !

– Qu'est-ce que c'est que ça ? demanda Mara lorsque Madison lui tendit le rapport de Mme Suzette.

Mara parcourut la carte, atterrée par les commentaires.

– Écoutez ça : « Je recommande vivement à Madison de s'essayer à un autre type de danse. Elle n'a pas un corps à faire de la danse classique. C'est une perte de temps. »

Eliza hocha la tête.

– Mme Suzette est plutôt dure.

Elle aussi avait enduré son cours d'été, et n'avait pas oublié le regard assassin du professeur de danse.

– C'est absolument inacceptable ! s'exclama Mara. Elle n'a que dix ans.

Jacqui remarqua que Zoë mâchonnait une madeleine, alors que Madison n'en avait pas.

– Tu as déjà mangé la tienne ? demanda-t-elle.

– Maddy n'en a pas eu, fit remarquer Zoë.

– Tais-toi, Zoë ! rétorqua Madison, humiliée.

– Comment ça, elle n'en a pas eu ? demanda Mara. Et pourquoi ça ?

– Mme Suzette a dit qu'elle était trop grosse, expliqua Zoë.

Mara n'en croyait pas ses oreilles ! Madison était une enfant vigoureuse. Qu'importait qu'elle eût encore des rondeurs enfantines autour des hanches ? Quel genre de personne – quel genre de *professeur* – oserait s'adresser ainsi à ses élèves ?

– Je vais dire deux mots à cette sorcière ! lança Mara, furieuse.

– Ne fais pas ça ! Elle est... comment dire... française, dit Eliza. Elle est méchante. C'est pour ça qu'on nous envoyait chez elle.

– Tu y es allée ?

– Ouais. Comme tout le monde. Elle est célèbre. Elle sortait avec Onassis ou un truc dans le genre.

– Ça m'est égal ! On ne traite pas une gamine comme ça ! Regarde-la !

Madison était assise par terre, recroquevillée sur son sac de danse. Mara connaissait cette manière de rentrer les épaules, qui signifiait : *Ne faites pas attention à moi, je vous en supplie. Je ne mérite pas d'être regardée.* Mara avait été une enfant grassouillette. Elle savait ce qu'on ressentait.

– Ce n'est pas normal, Eliza, dit Jacqui. La danse devrait être un plaisir.

– Et Madison aime ça, pas vrai ? demanda Mara.

– Hmm, hmm, approuva Madison.

Elle aimait vraiment ça. À part Mme Suzette, tout lui plaisait : la musique, les pianos, le spectacle annuel où elles se maquillaient, mettaient des tutus et auquel tout le monde venait assister.

– Je vous demande pardon ? Mme Suzette ? demanda Mara.

– Oui ?

Mme Suzette jaugea Mara, derrière son pince-nez.

– Je suis la... la tutrice de Madison, improvisa Mara. C'est à propos de ce que vous lui avez dit cet après-midi... Je n'apprécie pas que vous lui parliez ainsi.

– Je vous prie de m'excuser ? répliqua Mme Suzette.

Après toutes ces années passées à apprendre aux enfants gâtés à faire des pliés, c'était une première. En général, les mères étaient si intimidées par son passé prestigieux qu'elles n'osaient émettre la moindre protestation. Mais Mara se fichait bien que le *New York Times* eût un jour défini Mme Suzette comme « la danseuse la plus exquise après la Pavlova ».

– Elle n'est peut-être pas très gracieuse, mais elle fait de gros efforts. Cela compte, tout de même ?

– Non, répliqua Mme Suzette. Ce qui compte, c'est le résultat. Qui est incapable d'exécuter correctement les mouvements ne mérite pas d'assister à mon cours.

– Allez, viens, Mara, dit Eliza en la tirant par le bras.

– C'est quoi, ces conneries ! s'écria Mara.

– Partons ! s'exclama Jacqui.

Elles s'empressèrent de faire descendre aux petites l'escalier branlant. Mara était encore très contrariée.

– Cette femme ne devrait pas avoir le droit d'approcher des enfants !

– Il y a un super Studio Pilates qui vient d'ouvrir. J'ai rencontré l'une des profs, l'autre jour, chez Scoop. Une crème ! Figurez-vous qu'ils ont un cours pour les enfants. Je vais en parler à Anna, suggéra Eliza.

– J'ai pratiqué la méthode Pilates, c'est bien mieux que la danse classique, dit Jacqui aux deux petites filles. C'est plus drôle et c'est plus relaxant.

Le lendemain, tout était réglé. Zoë et Madison étaient inscrites au cours Pilates et les jeunes filles au pair les emmenèrent acheter de jolies nouvelles tenues, pour compenser l'abandon des justaucorps noirs. Quant aux collants roses, tout le monde était d'accord : c'était bon pour les bébés.

# Trophée de polo Mercedes-Benz : tous les jolis garçons ne sont pas pleins aux as

Sur le terrain, les sabots des chevaux évoquaient des roulements de tonnerre. Un gros « paf » se fit entendre lorsque l'équipe des rouges, frappant la balle d'un grand coup de maillet, l'envoya directement à l'autre bout du terrain, égalisant à un but partout. Le très médiatique avant-centre, un Argentin de dix-neuf ans, leva un poing triomphant.

– Pas vrai qu'il est sexy ? s'extasia Eliza.

– C'est qui ? demanda Mara.

– Nacho Figueroa. Le père de Charlie l'a volé à l'équipe de Peter Brant cette année.

– Il est magnifique, reconnut Mara en le contemplant comme une œuvre d'art.

– Je l'ai vu la première ! plaisanta Jacqui.

Les filles gloussèrent. Craquer pour Nacho, c'était comme avoir le béguin pour Orlando Bloom. Gisele Bundchen et l'autre mannequin brésilien qui avait posé pour le catalogue de Victoria's Secret étaient là, à l'encourager dans les tribunes VIP. Il n'était pas de ces hommes sur lesquels Mara ou Eliza pouvaient raisonnablement avoir des vues. Mais ça ne faisait pas de mal de regarder.

Nacho marqua un autre but et le public – surtout féminin – devint hystérique.

Dans les pavillons VIP, personne ne prêtait tellement attention au match. Les invités étaient occupés à remplir leurs assiettes de caviar, à vider des bouteilles de champagne et à commenter la tenue des autres. Mara et Eliza rejoignirent Jacqui qui cherchait une table pour les quatre gamins. Ryan se chargeait des chaises. Il avait traîné avec eux toute la matinée, histoire de leur donner un coup de main.

– M. Perry ! Le Brad Pitt des Hamptons ! Et Miss Waters ! Dans une robe à quatre cents dollars soldée à deux cents chez Scoop ! s'exclama Lucky Yap en faisant la bise à Mara avant de serrer énergiquement la main de Ryan. Prenons une photo !

Mara posa, joliment mise en valeur par sa nouvelle robe. Elle ne se sentait pas tout à fait à l'aise avec, et ne pouvait s'empêcher, par instants, de tirer dessus pour qu'elle lui couvre bien les fesses – uniquement après s'être assurée que Ryan avait le dos tourné. Or, parcourant la foule du regard, elle constata que la robe mini et les talons hauts constituaient la tenue féminine de rigueur, dans les Hamptons.

Ryan s'absenta pour aller chercher deux coupes de champagne. De temps à autre, il se retournait pour jeter un coup d'œil aux jambes de Mara. Lorsque, un peu plus tôt, elle s'était avancée vers la voiture vêtue de cette robe, Ryan, assis au volant, avait failli tomber en syncope. Elle était tellement jolie. Et le meilleur, c'est qu'elle ne le savait même pas.

– Hé, Lucky ! Quel plaisir de vous revoir, dit Mara.

– Oh, vous n'allez pas tarder à en avoir assez. On me voit partout, mon chou. Vous avez vu votre photo dans le *Post* ? demanda-t-il.

– Non, répliqua Mara, stupéfaite.

Lucky hocha la tête.

– Jetez-y un coup d'œil. Elle est encore en ligne. Faut que je file. Je vois Lara Flynn Boyle avec un énorme cornet de glace ! dit-il en bondissant vers sa proie.

Ryan revint avec le champagne, et trinqua avec Mara. Il s'apprêtait à lui avouer à quel point il la trouvait ravissante, quand son téléphone se mit à sonner.

– Oh, je suis désolée, dit-elle d'un ton nerveux, manquant de renverser son verre en ouvrant son portable. Allô ? Jim ! Salut ! Comment ça va ?

Ryan fut coupé dans son élan. *Jim ? C'est qui, ce fichu Jim ?*

– C'est qui, Jim ? demanda Ryan, comme malgré lui.

– Mon petit ami, répondit Mara en se détournant, le téléphone collé à son oreille.

*Petit ami ? Comment ça ?* Elle n'y avait jamais fait allusion. Pas même la nuit où ils s'étaient endormis ensemble sur la plage. Il la regarda s'éloigner.

– Ryan ? appela une voix, derrière lui.

Il pivota sur ses talons.

– Hé, tu te souviens de moi ? demanda une jolie rousse moulée dans du lycra noir, avec un sourire désarmant.

– Camille Molloy ! s'exclama-t-il en lui rendant son sourire. Comment ne pas se souvenir de toi ?

Il s'approcha et tous deux furent vite plongés dans une conversation animée.

Pendant ce temps, à l'autre bout du pavillon, Mara avait du mal à capter.

– Et là, tu m'entends ? hurlait-elle.

Jim Mizekowski était borné, mignon comme un bouledogue et on ne peut plus provincial avec sa casquette John Deere et son pick-up Nissan complètement rouillé. En arrière-fond sonore, Mara entendait du Dave Mathews. Mara savait que Jim aimait se passer du Dave Mathews dans ses moments de réflexion.

– C'est bon ? Tu m'entends mieux ? Mon Dieu, j'ai l'impression que ça fait des siècles qu'on ne s'est pas parlés, disait Mara lorsque Madison commença à tirer sur sa robe. Qu'est-ce que tu veux mon chou ? Non, pas toi, Jim... Je travaille... À vrai dire, ce n'est pas le moment idéal...

– Mara, j'ai envie de vomir, gémit Madison, plutôt livide.

– Attends, trésor... Jim, je suis désolée, mais l'un des gamins est... Non, je t'en prie, ne raccroche pas !

Madison se tenait le ventre, qui émit un gargouillis. Elle avait abusé des sandwichs au concombre, et commença à vomir des morceaux à demi mâchés, verts et blancs.

Mara jeta à Eliza un regard suppliant. Elle ne voulait pas interrompre la conversation avec Jim. Pas quand il était resté si longtemps sans appeler.

– Liza, je t'en prie, chuchota-t-elle.

Eliza soupira, et prit Madison par le bras.

– Je t'avais bien dit, que le dernier était de trop, la gronda-t-elle.

– Je veux ma maman ! pleurnicha Madison, de la salive blanchâtre lui dégoulinant sur le menton.

Vu que la vraie maman de Madison devait se trouver à des milliers de kilomètres de là, Eliza se risqua à regarder du côté d'Anna. Celle-ci saluait des amis et paraissait inaccessible, dans son fourreau Valentino et son énorme chapeau orné d'une plume d'autruche. Eliza comprit que la dernière chose qu'Anna souhaitait au monde était d'être importunée par une belle-fille couverte de vomi. Elle emmena donc Madison vers le parking, afin de la nettoyer dans les toilettes.

– Madison, si tu te sens à nouveau l'envie de vomir, débrouille-toi pour que ce ne soit pas sur mes nouvelles chaussures, d'accord ? demanda Eliza, en s'agenouillant pour essuyer le vomi sur le chemisier brodé de Madison.

L'odeur la fit grimacer.

– Beurk ! Et je n'ai plus de mouchoirs en papier ! se lamenta-t-elle.

Levant les yeux, elle vit le beau jardinier des Perry – celui qui l'avait dévorée des yeux quelques jours plus tôt – qui se tenait près d'elle et tenait une serviette.

– Je me suis dit que ça pourrait te rendre service, dit-il en la lui tendant.

Ses boucles noires lui retombaient sur les yeux et il portait une combinaison portant l'inscription « J. Stone » sur la poche gauche.

– Non merci. Je contrôle la situation.

– Comme tu veux, répliqua-t-il avec un haussement d'épaules.

– Tu n'as pas d'arbre à élaguer, ou un truc dans ce goût-là ? demanda Eliza sur un ton hautain, sans cesser de frotter la chemise de Madison, et faisant pénétrer la saleté dans le tissu plutôt qu'autre chose.

– J'ai ma journée. Je m'occupe du terrain de polo. Je voulais m'assurer qu'ils n'abîment pas mon gazon vedette, expliqua-t-il. Je m'appelle Jeremy.

– Je sais qui tu es, rétorqua-t-elle.

Il rangea la serviette et commença à s'éloigner. À cet

instant précis, Madison vida ses intestins en plein sur les chaussures d'Eliza.

– Nooonnn ! ! ! gémit celle-ci, pétrifiée d'horreur. Je viens de les acheter !

Jeremy examina les dégâts.

– Elles sont en cuir. Ça va partir, dit-il en s'agenouillant et en prenant l'un des pieds d'Eliza pour le déchausser. Si je peux me permettre...

Il se mit à nettoyer les endroits souillés.

– Sérieusement, tu ne renonces jamais, pas vrai ? demanda Eliza, un peu amadouée.

Il était vraiment joli garçon.

– Pas si je peux éviter, reconnut-il avec un grand sourire.

– En fait, ça va aller. Je vais me débrouiller. Non que je n'apprécie pas tout ça..., dit-elle passant sur l'autre pied, pour permettre à Jeremy de nettoyer l'autre chaussure. Tu pourrais... heu... passer un petit coup ici ? demanda-t-elle en désignant une tache.

Au regard qu'il lui jeta – lequel semblait signifier « Tu te fiches de moi ou quoi ? », Eliza ne put que répondre par un sourire gentil.

– J'imagine que ça signifie que je n'ai plus le droit de t'ignorer.

– Dans certaines cultures, on serait quasiment mari et femme après ça, plaisanta-t-il en se relevant. À bientôt... Eliza.

– D'où tu connais mon prénom ? Et où tu vas comme ça ? demanda-t-elle en feignant d'être contrariée.

– Faut que j'y aille ! Je vais boire une bière avec les copains, cria-t-il en partant. J'aurais pas cru que ça t'intéresserait à ce point-là !

– Ça ne m'intéresse pas ! protesta-t-elle, sans pourtant cesser de sourire. Allez Madison, dit-elle en prenant la fillette par la main. Cesse de pleurnicher ! Tu vas bien à présent, non ? La prochaine fois, tu écouteras ce que je dis ?

Elles retournèrent dans le pavillon. Mara était toujours absorbée dans sa conversation avec Jim, et Jacqui était Dieu sait où. Zoë, Cody et William étaient assis à une table, à s'envoyer des assiettes de palourdes crues, aliment autorisé par leur régime hyperprotéiné et pauvre en hydrates de carbone. Eliza repéra Lindsay et Taylor en train de fumer au-delà de la zone délimitée par les cordes, et s'empressa d'envoyer Madison rejoindre ses frères et sœurs. Puis elle se dirigea vers ses amies, afin de leur faire admirer sa tenue.

– Charlie te cherchait, dit Taylor sur un ton de reproche.

– Il était là ? demanda Eliza. Et maintenant, il est où ?

– Parti. Il paraissait hors de lui, ajouta Lindsay, très mélodramatique.

Eliza baissa les épaules. Pendant qu'elle était dans le parking, du vomi jusqu'au cou, à flirter avec le jardinier, son ex-petit copain la cherchait à l'intérieur.

– Je suis certaine qu'il va m'appeler, dit Eliza en s'efforçant de paraître sûre d'elle.

À peine eurent-elles tourné le dos qu'elle se précipita vers la table des enfants pour voir si le compte y était. William. Madison. Cody. Et l'autre petite fille, où était-elle ? Oh, elle était là, sous la table, en train de ramasser une coquille Saint-Jacques.

Dieu soit loué ! Ils leur donnaient du fil à retordre, mais elle commençait à s'attacher à ces petits morveux.

# Il est des chagrins que même le Bacardi 151 ne peut atténuer

Madison avait exigé une seconde portion de crevettes et Jacqui, se disant que ça n'allait pas à l'encontre du régime de la fillette, était allée lui en chercher. C'étaient des crustacés après tout – ça ne faisait sans doute pas grossir ? Alors qu'elle disposait quelques gros spécimens roses sur une assiette de porcelaine, son regard se porta sur la pelouse. Le moment était venu de piétiner le terrain, et le match s'était interrompu pour laisser les spectateurs écraser les aspérités du sol. Des dames en robes de soie, des messieurs en blazers bleu marine et treillis bien repassés se pressaient pour aller fouler au pied les mottes de terre arrachées par les ruades et les soubresauts des poneys. Ils remettaient les mottes en place – côté herbu vers le haut, bien entendu.

À l'autre bout du terrain, une tignasse blonde et des lunettes attirèrent son attention. Mais... Luca n'avait jamais parlé d'assister au match ! Elle reposa son assiette, oubliant brusquement son intention de nourrir la fillette.

*Une minute... Quoi ? Luca tenant une fille par la main ? Sa tête me dit quelque chose... pourquoi la tient-il par la main... ? Mais il l'embrasse... sur la bouche... pas possible !*

Elle fonça, bouillonnant de colère à la pensée de tous les

malentendus et humiliations accumulés au cours du dernier mois.

– Luca ! hurla-t-elle.

Mais Luke, qui l'avait vue s'approcher, était prêt pour la rencontre.

– Jacqui, dit-il d'une voix décontractée, en lui plaquant un baiser sur la joue. Quel plaisir de te rencontrer !

Il lui passa un bras sur l'épaule.

– Permets-moi de te présenter ma petite amie Karin. Karin, voici Jacqui. Nous nous sommes connus à São Paulo, aux vacances de Pâques. Et voilà qu'elle travaille chez les Perry ! Le monde est petit, n'est-ce pas ?

Il foudroya Jacqui du regard, pour la dissuader de parler.

– Bonjour Jacqui, dit gentiment Karin.

C'était une blonde aux traits agréables, au visage rond et au nez retroussé. Elle portait une jupe à fleurs Laura Ashley qui lui arrivait à mi-mollets et faisait l'effet d'un sac.

Jacqui serra mécaniquement la main de Karin.

– Enchantée de vous connaître, marmonna-t-elle.

La fille n'y était pour rien, Jacqui le savait... Toujours est-il qu'elle n'avait pas fini de chercher ses mots, en anglais, que Luke lui avait déjà tourné le dos et s'éloignait, entraînant Karin.

– Mmmm... enchantée de vous avoir rencontrée ! lui cria Karin.

Trop blessée pour lui courir après, Jacqui s'éloigna. Ses talons s'enfonçaient dans la boue épaisse. Elle croisa plusieurs joueurs de polo sud-américains qui se dirigeaient vers le terrain et échangeaient des paroles en espagnol et en portugais.

– *Cuidado !* s'exclama l'un d'eux en la rattrapant au vol, alors qu'elle trébuchait.

– Je connais mon chemin ! siffla Jacqui en les bousculant presque, totalement indifférente à leurs regards admiratifs.

– *Bonita !* s'écria Nacho Figueroa, le beau capitaine de l'équipe.

Jolie, et alors ? Cela ne l'empêchait pas d'être malheureuse. Elle continua à marcher, hébétée, et se retrouva devant une table recouverte d'une nappe blanche, derrière laquelle officiait un serveur en smoking.

– Un Bacardi 151. Sec. Double, commanda-t-elle.

Elle en but quatre verres coup sur coup et retourna à la table des Perry, où Eliza et Mara se disputaient ferme sur la question de savoir s'il était temps, oui ou non, de ramener les enfants à la maison.

– Je t'assure, ça leur est égal ! insistait Eliza.

Elle était pressée de détaler avant que Taylor et Linsay ne la surprennent en train de jouer les Mary Poppins.

– Regarde comme Zoë a l'air fatigué.

– Mais Anna et Kevin n'ont rien dit à ce propos, protesta Mara, sceptique.

– Tu crois vraiment qu'ils tiennent à ce que leurs enfants assistent à la fin du match ? Regarde autour de toi, Mara ! Tout le monde s'en va !

C'était vrai. À présent que les caméras de la télé et les paparazzis s'étaient retirés, la plupart des invités paraissaient juger qu'eux aussi avaient eu leur dose.

– Hé, Jacqui, où est-ce que tu étais passée ? lança sèchement Eliza, regrettant son ton dès qu'elle vit l'expression de son amie.

– Qu'est-ce qui ne va pas ? demanda Mara, inquiète.

C'était la première fois qu'elles voyaient leur camarade de chambre, d'habitude si sûre d'elle, perdre tous ses moyens. Jacqui tremblait, avait les yeux rougis, paraissait sur le point de fondre en larmes et sentait le rhum à plein nez.

Mara posa la main sur l'épaule de Jacqui.

– Ce que tu es froide ! s'exclama-t-elle.

– Qu'est-ce qui s'est passé ? demanda Eliza.

– C'est... c'est Luca... Il a... une petite amie... Il m'a menti, balbutia Jacqui, la gorge nouée.

– Quoi ? dit Eliza.

– C'est horrible ! s'écria Mara.

– Je viens de le voir... à l'autre bout du terrain... Il prétendait que c'était une histoire terminée... mais ce n'était pas vrai... *nossa*... c'est pour ça qu'il ne voulait jamais m'emmener nulle part... j'étais juste... un coup... un coup facile... et moi qui croyais... moi qui m'imaginais...

– Quel salopard ! s'exclama Mara.

– Tais-toi ! dit Jacqui, que leur compassion rendait encore plus malheureuse. Il est juste derrière toi.

Eliza se retourna, et vit Luke Van Varick et Karin Emerson.

– C'est lui, ton Luca ? Jacqui, tu aurais dû me le dire plus tôt ! C'est Luke Van Varick. Le plus grand baratineur de l'État de New York. Un pur crétin. Je le connais depuis des années. Karin et lui sortent ensemble depuis le collège, et il l'a toujours trompée.

Jacqui hocha la tête et se mordit la lèvre. Elle s'était attendue à quelque chose dans ce goût-là, mais avait tout fait pour s'en dissuader. À présent, voilà qu'elle était coincée dans cette maudite ville des États-Unis alors qu'elle aurait pu être à Rio avec ses amis.

– Tu ne pouvais pas savoir, la rassura Mara.

– Il fait toujours ce cinéma à la noix, à jouer les indifférents, mais c'est une ruse de guerre. Il est hyper-arrogant. Beurk ! Tu aurais pas pu trouver pire, dit Eliza. Une chance, que ce soit fini ! Bon débarras !

– *O que quer que*. J'ai besoin de boire encore un verre, se borna à commenter Jacqui.

Eliza et Mara échangèrent un regard d'impuissance, avant d'accomplir les gestes qui leur venaient naturellement à l'esprit en période de crise : Mara prit un mouchoir et essuya le mascara sous les yeux de Jacqui, pendant qu'Eliza lui tendait deux coupes de champagne à moitié pleines. Pour l'instant, elles ne pouvaient guère faire mieux.

# Un clou chasse l'autre : le remède anti-chagrin d'amour de Jacqui

Une heure plus tard, Jacqui était toujours sous le même pavillon, le nez plongé dans son verre. Le serveur avait décoré son mojito d'une petite ombrelle aux couleurs vives, mais la vue de cet ornement guilleret ne faisait qu'ajouter à sa tristesse. Elle posa son verre sur une table voisine pour chercher une cigarette dans son sac.

– Excuse-moi..., dit un type en plaçant son verre vide à côté de celui de Jacqui. (Il s'apprêtait à regagner le parking, lorsqu'il l'avait aperçue.) Jacqui ?

Levant les yeux, elle reconnut Léo – le gentil Léo, l'ami de Luca – arborant un sourire béat. Il portait une veste en cloqué semblable à celle que Luca portait cet après-midi-là, avec les manches relevées jusqu'aux coudes et un jean extra-large, d'où dépassait un boxer en flanelle. Un look hip-hop BCBG, on ne peut plus tendance dans les Hamptons cet été-là.

– Je suis content de te voir. Hé, il y a quelque chose qui ne va pas ? demanda-t-il lorsqu'il remarqua son expression.

– Non, répondit-elle.

Elle ne voulait rien avoir à faire avec lui. Ni lui ni quiconque lui rappelant Luca.

– Allez, tu peux me dire ce qui ne va pas, insista-t-il d'une voix douce en posant la main sur l'épaule nue de Jacqui.

– Vraiment, c'est rien. *Nao é nada.* Le mal du pays, rien de plus.

À peine l'eut-elle formulé, qu'elle réalisa que c'était vrai. Le Brésil lui manquait. Les Hamptons, c'était marrant et tout, mais sans Luca, ce n'était qu'une de ces villes américaines pour richards. Elle avait envie de voir sa grand-mère, une vieille dame obstinée qui travaillait de longues heures comme gérante d'une usine de textile, afin que son unique petite-fille continue à fréquenter son lycée.

– Ça te dirait, d'aller dîner quelque part ? demanda Léo. Je connais un endroit pas loin d'ici où on mange les meilleurs tacos au poisson de la ville.

– Je ne sais pas. Il faudrait peut-être que je retourne travailler.

Elle fouilla du regard le pavillon – qui s'était presque totalement vidé de ses occupants – à la recherche des enfants Perry et de ses camarades de chambre.

– Allez, accepte... Ça va vraiment te faire du bien..., reprit Léo, en lui prenant le bras.

Elle était alors trop soûle pour refuser.

Il l'emmena dans un snack à Amangasett, où ils mangèrent des tacos au poisson sous un toit de paille branlant. Léo avait raison, manger lui faisait du bien. Elle était encore sonnée, furieuse et blessée, au point de ne même pas vouloir trop réfléchir à ce qu'elle éprouvait – le sentiment d'être non seulement seule et triste mais stupide et honteuse.

Il y avait eu des signes, bien sûr. La photographie. La répugnance suspecte de Luca à s'afficher avec elle dans les lieux branchés. Ses excuses et ses absences répétées. Il l'avait menée en bateau. Jacqui aurait dû se méfier.

Par-dessus la table, elle regarda Léo tout en mâchant de délicieux tacos épicés. Il lui rappelait un peu Luca, avait sa chevelure couleur miel. Même son odeur était semblable – un mélange d'Égoïste de Chanel et d'after-shave. Leur goûts vestimentaires était si proches que Jacqui devinait la marque du boxer, sous le pantalon baggy. Il lui ressemblait jusque dans sa façon de parler. À vrai dire, en fermant les yeux, elle pouvait presque s'imaginer qu'elle était encore avec son Luca.

C'est pourquoi, lorsqu'elle sortit en titubant de la gargote et que Léo lui proposa de… heu… rester encore un peu et, pourquoi pas, de venir jeter un coup d'œil à sa collection de guitares ou un truc dans ce goût-là, elle ne dit pas non ; et qu'une fois arrivée chez lui, la collection consistant en tout et pour tout en deux Fender miteuses, elle lui rendit son baiser lorsqu'il essaya de l'embrasser ; et que, lorsqu'il lui retira sa chemise et défit la fermeture éclair de son pantalon, elle le laissa faire sans protester. Après tout, comme dit le proverbe : un clou chasse l'autre.

– Alors, c'est vraiment fini, vous deux ? demanda Léo, après, tandis qu'étendus sur son lit, ils regardaient à la télévision un présentateur vedette asticoter son malheureux invité.

Elle hocha la tête.

– Tant mieux, parce que je ne voudrais surtout pas me mettre entre vous, tu me comprends ?

– *Sim.*

– Tu sais, dès que je t'ai vue, j'ai été scotché.

– Moi aussi, mentit-elle.

Il la serra plus fort.

Elle s'apprêtait à lui dire que c'était une erreur, que ça n'avait aucun sens. Qu'il valait mieux qu'ils ne se revoient pas. Que cela blesserait Luca, d'apprendre qu'elle avait couché avec son meilleur ami.

Une minute.

Cela blesserait Luca. Ou du moins, cela porterait un grand coup à son amour-propre.

Jacqui eut une inspiration. Tout à coup, ça ne lui paraissait plus une si mauvaise idée de sortir avec Léo.

# Mara se rebiffe enfin

Le lendemain matin, Mara fut réveillée par le refrain, répété à l'infini, de la sonnerie de son portable.

– Hmm... qui c'est ? demanda-t-elle en frottant ses yeux ensommeillés. Non, non, j' suis réveillée. Salut Jim !

Mara tenait le combiné à distance de son oreille. L'enthousiasme de Jim était insupportable, si tôt dans la journée.

– J'ai un super projet... Tu vas adorer ! Mes parents partent ce week-end, si bien que j'ai la maison pour moi tout seul. Toujours est-il que je me suis dit, je tiens vraiment à ce que ma nana... à ce que ma Mara soit là, tu comprends ? Parce que ça va déchirer ! Je vais faire une soirée, je te dis pas ! Et, tu sais, il va me falloir quelqu'un pour m'aider à faire le ménage le lendemain, ajouta-t-il en riant de sa propre blague.

Mais Mara commençait à saisir que Jim ne plaisantait pas réellement.

– J'adorerai, Jim, mais je ne peux pas, répondit-elle.

– Comment ça, Mara, tu ne peux pas ?

– Je ne peux pas. Il faut que je travaille. Je ne peux pas disposer des week-ends, tu sais. C'est un boulot à plein temps, où il faut être disponible vingt-quatre heures sur vingt-quatre.

– C'est ce que tu dis tout le temps, grommela Jim. J'en crois pas un mot, Mara. Ces sales richards pour qui tu travailles ne te laissent même pas prendre un fichu week-end ? Tu es leur esclave, ou quoi ? C'est n'importe quoi !

– Ce n'est pas n'importe quoi ! Tu trouves que tout ce que je fais est idiot, mais tu te trompes. C'est vraiment important. Je gagne beaucoup d'argent ici, et tu sais bien que mes parents ne peuvent pas payer la totalité des frais d'inscription à l'université.

– Peut-être, mais... il se passe quelque chose, Mara. Je le sens. Tu n'es plus la même, et je suis pas sûr que ça me plaise.

– Où est-ce que tu veux en venir ? demanda Mara en se calant sur ses oreillers.

– Je sais pas. Tu es vraiment bêcheuse, tout d'un coup...

– Je te demande pardon ?

– Tu te comportes de manière un peu égoïste, tu sais ? À croire qu'il n'y a que toi au monde. Ça me rend malade, je te jure, vraiment malade.

À ces mots, Mara se redressa brusquement.

– Égoïste ? C'est moi qui suis égoïste ? s'écria-t-elle, soudain très en colère. Oh, je suppose que quand j'ai lavé ton maillot de foot pour la finale au lieu de réviser mon contrôle d'anglais de fin d'année, je ne pensais qu'à ma pomme ? Et quand je t'ai donné *mon* hamster lorsque ton Bobo est mort, c'était égoïste ? Et le jour où je vous ai laissé entrer dans la Taverne du Temps Jadis, toi et tes crétins de copains, parce que vous vouliez savoir quel goût avait la bière au XIXe siècle ? Et la fois où je suis allée à East River quand tu t'es fait faire ton lavage d'estomac à l'hôpital Bellevue – alors que j'avais le test d'aptitude pour l'entrée à la fac le lendemain ?

Mara aurait pu continuer pendant des heures.

– Ou encore… je sais pas… la fois où j'ai vendu ma maison de poupées ancienne pour que tu puisses acheter de nouveaux enjoliveurs pour ta voiture ?

– Bon, d'accord, c'est vrai, Mar…

Mais Mara en avait assez entendu.

– Tu sais quoi, Jim ? Tu as raison… j'ai changé… et tout ça, je ne le ferai jamais plus !

Et alors, elle coupa la communication en appuyant, de toutes ses forces, sur une touche. Ce n'était pas aussi mélodramatique que de raccrocher bruyamment un combiné sur son support, mais c'est ça, les progrès de la technologie…

– Grrrr ! vociféra Mara, dans la chambre vide.

# Ryan n'est peut-être pas en train de prendre le petit déjeuner au lit, mais…

Mara dévala les escaliers, franchit le seuil du cottage et claqua la porte derrière elle. Quelle mouche venait de piquer Jim ? Égoïste, elle ?

Mara traversa la pelouse en vitesse, en direction de la maison principale. Il était presque midi – mon Dieu, ce qu'elles étaient rentrées tard hier soir ! L'heure vers laquelle Ryan revenait habituellement de ses matinées de surf.

Il était sans doute à la cuisine, en train de préparer un de ses sandwichs à deux étages favoris – la gouvernante n'oubliait jamais d'envoyer faire chercher, à son intention, de la mortadelle, du jambon cru, de la saucisse sèche et du salami chez Papassini. Tous les samedis, Mara et lui avaient pour habitude de déjeuner d'un énorme sandwich. Son timing était donc parfait.

Elle parcourut rapidement l'allée pavée jusqu'à la cuisine encadrée de baies vitrées. Comme prévu, Ryan était là – encore vêtu de la moitié de sa combinaison de plongée (la chaleur l'avait obligé à descendre le haut). Il maniait un couteau couvert de moutarde de la main droite, et de la main gauche… tenait par la taille une très jolie fille, portant la même combinaison noire repliée et un haut de bikini rouge.

Mara était sûre d'avoir déjà vu cette fille quelque part. Avec un pincement au cœur, elle réalisa que c'était la fille du match de polo. La rousse avec qui Ryan discutait pendant qu'elle se disputait avec Jim au téléphone.

– Ryan... arrête... non ! gloussait la fille, tandis que Ryan faisait mine de lui tartiner la joue de moutarde.

– Tu adores ça ! répliqua-t-il avec un grand sourire.

Il lui fourra dans la bouche une tomate cerise, qu'il fit suivre d'un baiser.

Oh.

Mara resta plantée devant la vitre de la cuisine, toute décontenancée, incapable de réagir. Elle était si surprise de le trouver avec quelqu'un.

Avec quelqu'un d'autre, s'entend – bien qu'elle s'efforçât d'ignorer ce dernier point. *Allez, après tout, je ne m'attendais pas à ce qu'il... Après tout, je ne le considère pas comme... Et il y a Jim, bien que...*

Alors qu'une soudaine prise de conscience crispait le visage de Mara, Ryan leva les yeux.

– Mar...

Mais Mara avait déjà à moitié descendu l'escalier de service, plus embarrassée et confuse que jamais.

## Eliza apprend un tas de choses cet été – entre autres, que les régimes hypocaloriques ne servent à rien

Dans l'allée, Eliza jugea qu'elle avait la situation bien en main. Les gamins avaient mis leurs maillots sans trop protester. William était déjà maintenu en place par la ceinture de sécurité, et Cody installé sur son siège bébé, si bien qu'il ne restait plus que Zoë et Madison à embarquer.

– Où est-ce qu'on va ? demanda Madison, en serrant sur sa poitrine un exemplaire très abîmé de *Max et les Maximonstres*.

– Comme d'habitude, répondit Eliza en cherchant sa ceinture.

– J'ai faim, fit remarquer Madison.

– Tu as toujours faim, soupira Eliza.

– Salut, Jer'my, cria Zoë, depuis la banquette arrière.

Tournant la tête, Eliza vit Jeremy sortir de la remise équipé d'un râteau et d'un tuyau d'arrosage. Il porta la main à sa casquette.

– Salut Jeremy ! lança William, comme en écho.

– Viens manger une glace avec nous ! dit Madison.

– Ouais, viens manger de la glace ! approuva Zoë.

William se mit au diapason et bientôt, tous les gamins suppliaient Jeremy de les accompagner au Flocon de Neige.

– Vous prenez quoi, des coupes glacées ? demanda Jeremy. C'est lesquelles, vos préférées ?

– Sauce chaude au caramel, répliqua aussitôt William.

– C'est un bon choix, mon garçon, acquiesça Jeremy.

– Nougatine, dit Zoë.

– De mieux en mieux.

– Tu peux ? Tu peux ? Tu peux ? demanda Zoë. Tu peux venir avec nous ?

– Si tout le monde est d'accord. J'ai fini ma journée.

– Ça ne me dérange pas, dit Eliza avec un haussement d'épaules. J'allais attendre Mara, mais je l'ai entendu se disputer avec son petit ami au téléphone. Je me suis dit qu'elle aurait besoin d'avoir un moment à elle.

– Alors, c'est juste nous ? demanda Jeremy avec un sourire.

Le Flocon de Neige était un charmant petit restaurant de style années cinquante, célèbre pour ses hamburgers juteux et ses énormes portions de crème glacée artisanale. Eliza gara la voiture dans le parking, à côté de la monstrueuse sculpture d'un hot dog, haute de près de deux mètres. Elle était célèbre dans les Hamptons sous le nom de « l'étrange hot dog ».

Les gamins Perry serraient les rangs devant le comptoir, jetant des coups d'œil au congélateur.

– Je veux du Délice Light, décida Madison. C'est ce que commandent toujours Poppy et Sugar.

– Ils ne font pas de crème glacée allégée ici, dit Eliza d'un ton patient. (Cela expliquait en partie le succès du lieu.) Et de toute façon, ce n'est vraiment pas bon pour toi, ma chérie. Elles contiennent plus de sucre que les glaces normales, si bien qu'une heure plus tard, tu as de nouveau faim. Et puis, elles sont loin d'être aussi bonnes !

Eliza plaignait la gamine. Sugar, Poppy et Anna, avec leurs régimes diététiques capricieux et leurs phobies alimentaires, ne constituaient pas un très bon exemple en matière de nutrition saine. Ces derniers temps, Madison imitait leurs fantaisies – ne rien avaler pendant des heures, puis s'empiffrer, ce qui était pire que tout. Mais elle ne pratiquait pas encore le « truc » des jumelles – aller se faire vomir dans la salle de bains après chaque repas. Du moins, pas encore.

– Manger sainement est une question de modération, dit Eliza. Pourquoi ne pas consommer une seule boule de glace à la noix de pécan plutôt qu'une coupe glacée Chantilly, comme tu le fais d'habitude ? Tu te sentiras mieux et tu n'éprouveras pas le besoin de manger des bonbons plus tard.

S'il y avait un domaine dans lequel Eliza en connaissait en rayon, c'était bien les régimes : South Beach, Aitkins et autres... Elle savait qu'il y avait beaucoup de choses à jeter – qui pourrait laisser tomber les glucides pour de bon ? – mais elle n'en avait pas moins pris à cœur, depuis plusieurs années, les grands principes.

Une fois les enfants repus, tous se serrèrent à nouveau dans la voiture. Eliza sortit du parking en marche arrière et prit la direction habituelle.

– Vous êtes déjà allés à la plage de Two Mile Hollow ? demanda Jeremy.

– Ce n'est pas la plage homo ?

– Ouais, mais seulement tout au bout. De l'autre côté, il n'y a que des familles. Et c'est génial. C'est désert, rien à voir avec le cirque de Georgica. Il faut qu'on y aille.

– Tu crois ?

– Ouais, prends la prochaine à droite, et ensuite tout droit.

La plage de Two Mile Hollow était telle que Jeremy l'avait décrite : un paradis, comparé aux serviettes collées bord à bord de Georgica. Eliza examina à la dérobée les groupes qui se trouvaient plus loin – de beaux gays déployés autour de pique-niques somptueux, comprenant champagne et caviar, pendant que quelques couples isolés de lesbiennes prenaient le soleil sous leurs parasols.

– C'est génial ! s'exclama Eliza en défaisant la fermeture de son top à capuche et en retirant son short.

Son deux-pièces, noir et brillant, était constitué d'un bandeau et d'un boxer portant un E en monogramme. Elle faisait penser à l'une de ces pin-up des calendriers d'autrefois, avec ses longs cheveux blonds coiffés en queue de cheval sur le haut de la tête et maintenus par un large serre-tête noir.

– Je viens toujours ici, dit Jeremy. C'est la meilleure plage des Hamptons. C'est si tranquille.

Les enfants paraissaient l'approuver sur ce point. William était déjà plongé dans la construction du plus gros château qu'il puisse imaginer – il lui fallait toujours se battre pour chaque centimètre de terrain, sur les autres plages. Madison avait retiré son short – complexée comme elle l'était, elle ne se montrait jamais en maillot de bain. Mais ici, elle ne semblait guère s'en soucier, vu qu'il n'y avait personne pour les observer. Zoë se contenta de venir se blottir contre Eliza, qui semblait beaucoup plus aimable quand elle ne cherchait pas à échapper aux regards de ses amis.

Eliza sortit un magazine de son fourre-tout. Zoë avait oublié *Max et les Maximonstres* chez le glacier, mais Eliza était décidée à la faire lire. Elle feuilleta la revue. Peut-être que si Zoë n'apprenait pas, c'est parce qu'on lui donnait tous ces bouquins barbants à propos de fleurs et de petits chiens. Peut-être qu'en lui donnant des choses plus intéressantes à lire...

– Hé, Zoë, on va commencer avec ça, dit Eliza lorsqu'elle eut trouvé une page prometteuse. « Comment le rendre baba en vingt-six leçons ».

Eliza désigna l'article du doigt. C'était un abécédaire ! *Une vraie méthode pédagogique*, se dit-elle.

– « A » comme « apprendre à toujours être prête ».

– Apprendre à toujours être prête, répéta Zoë, écarquillant les yeux devant la photo d'une femme en nuisette, étendue sur des draps de soie.

– Prête à quoi ? demanda-t-elle à Eliza.

Eliza ne voyait pas trop comment répondre à la question.

– Mmmm... essayons autre chose, dit-elle en parcourant les pages « mode ». J'ai trouvé... « Qu'est-ce que j'emporte pour un week-end à la campagne ? »

Jeremy, qui avait jusque-là gardé le silence, affligé, éclata de rire.

– Chiche que t'oses pas l'embrasser ! lança Zoë, en se tournant vers Jeremy.

Il rougit.

– Je suis obligé de relever le défi, dit-il d'un ton grave, avant d'effleurer d'un baiser la joue d'Eliza.

Elle se sentit flattée. Elle n'en revenait pas de s'amuser autant. C'était toujours tellement compliqué, de trouver à se garer, de pouvoir se poser quelque part, et de veiller à ce qu'aucun de ses ex-camarades de lycée ne la surprenne avec les gamins. Enfin, elle parvenait à se détendre. Et ce baiser n'était pas mal non plus.

– Tu fais quoi plus tard ? demanda Jeremy. Mes amis vont faire un feu de camp, ce soir, à Montauk.

Eliza était sur le point de lui demander à quelle heure, quand son téléphone fit entendre sa sonnerie perçante.

– Excuse-moi. Je dois répondre, dit-elle. Oh, Lindsay, salut ! Charlie fait une soirée ? Non, il ne m'a pas prévenue. Ce soir ? Oh, mon Dieu, moi qui mourais d'envie d'y aller. Évidemment que j'ai rien de prévu ! On se retrouve à quelle heure ?

Elle raccrocha, arborant un sourire radieux.

Eliza vit Jeremy se détourner et fixer l'océan d'un air contrarié.

*J'ai vraiment fait ça ? Planifié autre chose devant lui alors qu'il venait à peine de m'inviter à sortir ?*

– Pour en revenir à ce soir..., dit Eliza d'une voix mal assurée, on vient de me proposer quelque chose pour plus tard. Mais ça ne nous empêche peut-être pas de dîner, ou quelque chose comme ça ?

– Bien sûr, approuva Jeremy.

En temps normal, il aurait refusé. Mais il y avait un je ne sais quoi, chez Eliza, qui faisait accepter aux garçons des tas de choses qu'ils n'auraient acceptées de personne d'autre.

# Jacqui n'en finit pas de tester son proverbe

Pendant ce temps, quelque part à Bridgehampton, deux formes étaient blotties sous un couvre-lit... Jacqui et son nouveau petit ami folâtraient, et elle goûtait la chaleur de quelqu'un tout près d'elle. Elle ne s'était pas sentie aussi bien depuis des semaines.

– Oh... Luca..., murmura Jacqui.

Une tête échevelée se redressa soudain.

– Qu'est-ce que tu as dit ? demanda-t-il à Jacqui. Tu m'as appelé comment ?

– *Léo*... Léo... J'ai dit « Oh, Léo », mentit Jacqui en recouvrant son visage de baisers. J'ai dit « Léo » *meu amor*.

Léo se recoucha près d'elle, bien qu'il ne fût pas totalement convaincu que Jacqui pensait à lui. Étendue sur le lit, celle-ci ne pouvait s'empêcher de songer que Léo n'était pas une bonne idée. Mais elle n'y pouvait rien. Elle était le genre de fille qui avait toujours un petit ami, et il lui avait fallu trouver quelque chose pour ne pas passer son temps à pleurer. Les bras maigres mais réconfortants de Léo semblaient faire l'affaire.

Après ce qui s'était passé au match de polo, elle n'avait pas eu le courage de se remettre au travail. Comment travailler quand votre cœur avait été piétiné et jeté aux chiens ? Au lieu de ça, terrée dans la chambre de Léo, elle avait passé son temps à regarder des programmes de télé débiles et à vider le frigo. Elle était retournée chez les Perry pour prendre des vêtements, à un moment où elle savait qu'Eliza et Mara seraient sorties avec les enfants.

Elle ne voulait pas se retrouver face à elles. Elles s'étaient montrées vraiment gentilles le jour du match, mais elle avait besoin d'être seule... enfin, aussi seule qu'elle était capable de l'être. Elle se doutait qu'elle allait s'attirer des ennuis, or elle était dans un pays étranger, un endroit qui n'avait de sens pour elle que dans la mesure où l'homme qu'elle aimait s'y trouvait. Et toutes les choses qu'elle savait *vraiment* importantes – comme son boulot – avaient perdu toute leur réalité. Elle songeait à s'embarquer dans le prochain avion pour São Paulo et à oublier qu'elle avait jamais mis les pieds aux Hamptons. De l'argent qu'elle avait gagné jusqu'à présent, elle n'avait rien dépensé. Ce matin, elle avait regardé les prix des billets d'avion, sur l'ordinateur portable de Léo. Mais, pour le moment, elle n'avait même pas la force de quitter le refuge que constituait la chambre de Léo, et elle avait le sentiment que cette impression n'allait pas la quitter de sitôt.

Anna allait certainement la renvoyer à son retour, mais Jacqui était trop affectée pour s'en soucier.

Qu'elle avait été bête de croire que quelqu'un pouvait l'aimer pour de bon ! Ces deux semaines à São Paulo n'avaient été qu'un mirage. Qu'avait dit Eliza, au juste ? Que c'était un baratineur. Quelqu'un qui avait fait mine d'être amoureux d'elle, alors qu'il n'aimait que son corps. Comme n'importe quel autre type sur cette planète ! Nul ne cherchait, au-delà de son physique, qui elle était vraiment.

Léo paraissait différent, cela dit. Ouais, il n'arrêtait pas de lui répéter qu'elle était belle, mais en précisant qu'il n'en revenait pas de la chance qu'il avait. Lorsqu'elle le regardait, elle n'avait pas l'impression d'être sur un petit nuage et quand il l'embrassait, elle ne fermait pas les yeux et ne voyait pas de feux d'artifice. Mais elle pouvait faire semblant. Pour ça, elle s'y connaissait.

Il était gentil. C'était un chic type. Et, pour le moment, il lui faudrait s'en contenter.

# Mara finit par commander la bonne boisson

Tout en sirotant sa seconde margarita à la carambole, Mara se disait qu'elle pourrait s'habituer à ce genre de vie. Le mélange glacé, acide et sucré avait un goût paradisiaque, et elle planait un peu, sous l'effet de la tequila. Mieux encore, Ryan l'avait invitée à l'accompagner à la soirée – en tant qu'amie, bien entendu. Il ne s'agissait pas d'un rendez-vous amoureux, ou quoi que ce soit de ce genre. Mais elle s'était sentie suffisamment flattée pour s'efforcer d'oublier le sentiment de malaise éprouvé ce matin-là.

Ils étaient assis en tête à tête, à une table royale avec vue sur l'océan, sous une lampe chauffante. Lucky Yap était passé en coup de vent et les avait pris une nouvelle fois en photo. À présent que ça devenait une habitude, Mara avait appris à prendre la pose la plus flatteuse.

Ryan expliqua que c'était une soirée en l'honneur d'un vieil ami à lui. Quel que soit cet ami, il devait être très en vue, jugea Mara. Autour d'eux, des membres de la jet-set se mêlaient, passant d'une table à l'autre. Mara avait déjà repéré la star adolescente du film de l'été, le bloqueur vedette du championnat national de base-ball de l'année précédente, ainsi qu'une quantité de pseudo-célébrités issues de la télé-réalité – depuis les jeunes mondains envoyés dans des camps d'entraînement militaires jusqu'au couple qui s'était rencontré et marié à l'occasion d'un show télévisé.

*Si seulement Megan pouvait me voir en ce moment !* songea-t-elle, se sentant un peu nostalgique à la pensée de sa pétulante grande sœur qui travaillait dans l'institut de beauté de leur ville, et passait ses journées à relooker la clientèle locale en fonction de son interprétation des dernières tendances hollywoodiennes. Mara se jura de retenir le moindre détail de la soirée, afin de pouvoir en faire le compte rendu précis à sa sœur.

Mais elle ne parvenait pas à chasser de son esprit la scène de la cuisine. Bon... Ryan avait une petite amie, et alors ? Elle devait sans cesse se remettre en tête qu'elle aussi avait un petit ami.

*Ryan a bien le droit d'aimer les rousses, non ? Tout le monde les aime !* pensait Mara en tirant inconsciemment sur ses boucles brunes. La fille était jolie, Mara le reconnaissait. Trop jolie. Et puis, elle savait faire du surf. Mara était nulle en sport. On la choisissait toujours en dernier, lorsqu'il s'agissait de former une équipe. Jolie, sachant surfer, dotée d'un corps sexy et d'une poitrine qui remplissait bien le haut de son maillot de bain. Quand on parle du loup...

– Te voilà enfin ! dit la fille d'une voix essoufflée.

Elle donna à Ryan un rapide baiser sur la bouche et s'assit.

Mara s'efforça de sourire, mais ses lèvres refusèrent d'obéir.

– Salut, je m'appelle Camille ! lança-t-elle en lui mettant la main devant le visage.

– Mara.

Camille se pencha pour murmurer quelque chose à l'oreille de Ryan.

Tous deux éclatèrent de rire, et Mara se sentit extrêmement mal à l'aise.

– Désolée. C'est énervant, pas vrai ? demanda Camille.

– Vous vous êtes rencontrés comment, tous les deux ? voulut savoir Mara.

Ryan et elle avaient évité d'en parler jusqu'à présent. Mais Mara était au-dessus de ça. Du moins, elle essaierait de l'être.

– Oh, je travaillais pour Ryan !

– Qu'est-ce que tu veux dire par là ?

– C'était... heu... une des filles au pair... avant que vous n'arriviez, expliqua Ryan sur un ton d'excuse.

– Ouais. Me faire virer est le meilleur truc qui me soit jamais arrivé ! J'ai dégoté un job au Bamboo et je loge chez une copine à North Haven. Et je n'ai pas à me sentir coupable de sortir avec le fils du patron !

Ryan eut un rire nerveux.

– En somme, Mara, tu m'as remplacée ! plaisanta Camille. Comment vont les gamins ?

– Bien. On les emmène tous les jours à Georgica, répondit Mara.

– GEORGE-i-ca, rectifia Camille en battant des cils.

– Qu'est-ce que j'ai dit ? demanda Mara.

– George-I-ca.

– Oh.

Mara ne saisissait pas la différence.

– L'accent tonique est sur la première syllabe, pas sur la deuxième, expliqua Camille. Les nouveaux arrivants font souvent l'erreur. Tu viens d'où ? Du New Jersey ?

Mara avait passé suffisamment de temps dans les Hamptons pour savoir reconnaître un affront. Elle ne répondit pas.

– Ryan, allons danser ! Allez ! s'il te plaît ! gémit-elle, en entraînant Ryan sur la piste de danse tandis que Mara restait seule à la table.

Mara commanda un autre verre, décidée à ne pas se sentir abandonnée. Elle n'aurait su dire pourquoi elle éprouvait une telle irritation. Eliza déboula à bout de souffle et se laissa tomber sur la chaise libre.

– Je suis tellement désolée d'arriver si tard. Jeremy et moi sommes allés dîner chez Lunch. On a pris des homards et du pain au maïs. Tous ces glucides... J'ai l'impression que je vais exploser ! gloussa Eliza en faisant la bise à Mara.

– Jeremy au sécateur ? Tu es sortie avec Jeremy ? demanda Mara.

Elle avait fait sa connaissance dès la première semaine. Il l'avait gentiment aidée à se repérer dans la propriété. Mara regarda Eliza d'un œil neuf. Jeremy était un type vraiment chouette – un gars solide. Elle n'aurait jamais imaginé qu'une fille comme Eliza puisse s'intéresser à un garçon comme lui.

– Ouais, on a passé toute la journée ensemble. C'était génialissime ! Oh, regarde, voilà Lindsay. Ohé ! fit Eliza en agitant la main.

– Mais alors pourquoi ne pas l'avoir amené ici ? Tu n'as pas droit à un invité en plus ?

Mara avait appris que tous les gens qui étaient « quelqu'un » avaient droit à la mention « plus un » sur la liste des invités.

– Oh, il n'aurait pas sa place ici, répondit Eliza, en se levant pour saluer des amis.

– Qu'est-ce que tu veux dire par là ? demanda Mara.

– On n'amène pas des gens comme Jeremy dans ce monde-là, expliqua Eliza. Oups ! Attention ! s'exclama-t-elle, tandis qu'un invité trop enthousiaste renversait son whisky on the rocks sur sa robe.

– Ce que les gens peuvent être mal élevés ! ronchonna-t-elle.

– Dans quel monde ? insista Mara.

Son élan de sympathie envers Eliza s'était brisé. Jeremy était du même milieu social que Mara – son père à lui était charpentier, quand son père à elle travaillait dans le bâtiment ; sa mère était professeur, celle de Mara assistante sociale. En fait, chez elle, elle était beaucoup plus proche de Jeremy que d'Eliza.

– Tu sais, tout ça, dit Eliza d'un air dégagé. Oh, voilà Charlie ! Oh hé ! Elle se leva et se précipita vers lui. Elle voulait se faire pardonner de l'avoir loupé, le jour du match de polo.

*Que traficotait donc Eliza ? Courir après Charlie, quand elle venait de dîner avec Jeremy ?* Mara fronça les sourcils. La rencontre avec Camille l'avait déjà contrariée, et voilà qu'Eliza venait en rajouter une couche, avec ses généralisations désinvoltes et son snobisme insouciant.

Mara commençait justement à apprécier Eliza, même si elle avait des manières de princesse et se comportait parfois bizarrement. Eliza possédait une sorte de rayonnement, auquel Mara était sensible. Et puis, elle lui était reconnaissante de l'avoir relookée. Ses cheveux n'avaient jamais été aussi beaux. Or, voilà que...

Son téléphone portable fit entendre les accords habituels. *Oh, oh, oh, sweet child o'mine...*

Mara regarda le nom de la personne qui appelait.

*JIM M* s'afficha.

*Pouah !*

Elle l'éteignit. Ryan avait peut-être une petite copine, mais ça ne voulait pas dire qu'elle était prête à se réconcilier avec son petit ami. Du moins, pas encore.

# L'éducation de Ryan

À la fin de la soirée, tous les amis de Ryan filèrent à l'after de Charlie à l'American Hotel tout proche. Eliza les suivit. Camille étant partie et Mara ayant plaidé l'épuisement, Ryan proposa à celle-ci de la raccompagner.

– Pour finir, on n'a jamais fait cette partie de Scrabble, dit Ryan en se garant dans l'allée.

– Ouais, j'imagine qu'on était tous les deux trop occupés, dit Mara d'un ton plus cassant qu'elle ne l'aurait voulu.

Ryan la regarda du coin de l'œil.

– Tu veux faire une partie ?

– Bien sûr.

Ils installèrent la grille dans la cuisine, et Mara compta les jetons. Elle adorait les jeux de société. Elle savait que c'était franchement ringard, mais c'était plus fort qu'elle. En cinquième, elle avait remporté un tournoi de Trivial Pursuit, et elle était accro à la chaîne des jeux télévisés sur le câble.

Ils menèrent une lutte acharnée, mais Mara le ratiboisa en opposant des mots comme « sacristie », « tentation » et « gigolo » aux « car », « mou » et « yak » de Ryan.

Pour finir, Ryan forma le mot « ixe ».

– Ce n'est pas un mot, protesta Mara. C'est une lettre.

– Mais non, tu sais, la génération « X » : ces gens un petit peu plus vieux que nous et qui ont bradé toute la culture grunge pour des cappuccinos à cinq dollars, expliqua-t-il en souriant. Voyons… je suis sur un mot compte triple…

– « Ixe » n'est pas un mot.

– Si si.

– Tu veux qu'on vérifie ?

– Ce n'est pas un mot ! insista Mara dans un éclat de rire.

– Tu me tues ! s'exclama Ryan.

– Pas la peine de vérifier, ce n'est pas un mot. Oh, et puis, laisse-le, après tout. De toute façon, tu ne peux pas gagner.

– Oh, qui fait la fière à présent ?

– Il y a de quoi ! dit Mara avec un grand sourire.

– Je te fais grâce de ta pitié, ronchonna Ryan en reprenant ses jetons.

– Laisse-les ! Laisse-les ! Je plaisantais, s'esclaffa Mara.

Ils rangèrent le jeu de société et Ryan ouvrit une bouteille de vin, qu'ils burent en contemplant le paysage, depuis la véranda. Mais leur silence n'était pas aussi paisible que les fois précédentes.

– Alors, qu'est devenue Camille ? demanda enfin Mara.

– Elle voulait aller à une soirée de bienfaisance à Wainscott. Ça me disait rien de me taper une autre fête.

– Elle est très… heu… mignonne, hasarda Mara.

Ryan haussa les épaules.

– Elle est sympa, dit-il (comme sur la défensive).

– Il y a longtemps que vous sortez ensemble ?

– Pas vraiment, répliqua Ryan. Et Jim et toi ? Ça fait longtemps ?

– Officiellement, depuis la seconde. Officieusement, depuis

quelque chose comme le CE2, dit Mara, comme si cette conversation n'était pas incroyablement forcée.

– Mmm..., fit-il. C'est l'anniversaire de Camille la semaine prochaine. À ton avis, qu'est-ce que je devrais lui offrir ? Des bijoux, c'est trop, non ? C'est toujours tellement difficile de se figurer ce que veulent les filles.

– Mmm..., fit-elle à son tour, ne souhaitant pas vraiment entendre quels étaient ses projets pour l'anniversaire de sa petite amie. Ce que c'est beau ici ! s'exclama-t-elle, histoire de changer de sujet. Tu ne sais pas quelle chance tu as.

– Si, si. Détrompe-toi.

– Je suis désolée... Je ne le disais pas dans ce sens-là.

– Pas de problème..., dit-il avec un léger sourire.

– Ce doit être agréable... d'être riche, je veux dire, dit Mara, quelque peu choquée de sa propre sincérité.

– Mon père est riche. C'est son argent, pas le mien, expliqua Ryan. Je ne confonds pas les deux choses. Mais je ne suis pas dupe non plus.

Mara ne saisissait pas précisément ce qu'il voulait dire par là mais, comme ils s'étaient attaqués aux deux sujets les plus délicats en ce qui les concernait – leurs amoureux respectifs et l'argent – elle préférait en rester là. Elle s'efforçait aussi de ne pas laisser voir à quel point elle avait été blessée par Camille et ses remarques sur l'accent du New Jersey. Avec de telles réflexions – ajoutées à celles d'Eliza concernant le « statut » de Jeremy –, Mara se sentait plus que jamais étrangère à ce monde.

– Qu'est-ce que tu comptes faire de ta vie ? demanda Mara. Surfer de grosses vagues en grosses vagues à Hawaii ?

*Oups, pas très gentil de ma part*, réalisa Mara.

– Non… c'est juste un hobby. J'ai un oncle à Paris, dit-il après une pause. Je songe souvent à aller m'installer là-bas et à l'aider dans son affaire.

– Génial… et il fait quoi ?

– Il a une galerie. C'est le frère de maman. Pas d'Anna. De ma vraie mère.

– Elle est où ?

L'espace d'un instant, le visage de Ryan s'assombrit.

– Sincèrement, j'en sais rien. Elle a dit qu'elle voulait expérimenter je ne sais plus quel ashram tibétain. Ou bien, elle est en Afrique du Sud, en plein safari de remise en forme… Je ne sais jamais trop. Elle manque aux gamins. Elle était vraiment marrante, avant de devenir folle.

– Comment ça ? Qu'est-ce qu'elle a fait ?

– Oh, une nuit, elle est rentrée chez nous en ayant dépensé près de la totalité de leur compte en banque pour une voiture et deux manteaux de fourrure. Puis elle avait pris le volant et remonté la 5e Avenue sous la neige, vêtue en tout et pour tout de ses sous-vêtements. Les docteurs ont dit qu'elle était maniaco-dépressive. Même sans eux, je m'en serais rendu compte. Elle pouvait faire des gâteaux au chocolat et organiser un anniversaire surprise avec des drôles de petits chapeaux en papier et tout le tralala… et une heure plus tard, se retrouver à sangloter dans un coin en menaçant de s'ouvrir les veines.

– C'est horrible. Je suis désolée.

Ryan soupira.

– Ça fait du bien d'en parler. Papa fait comme s'il ne s'était rien passé et qu'Anna avait toujours été là. Et ta famille à toi, elle est comment ?

– Terriblement banale, répondit Mara en haussant les épaules, et en regrettant son mouvement d'humeur.

– Une famille banale, quel bonheur !

– Mon père travaille dans le bâtiment. Il travaille pour de gros promoteurs, et se plaint toujours du piètre boulot qu'ils font. Lui essaie toujours de faire de son mieux, mais personne ne veut payer. Ils mettent... je ne sais pas, moi... des fenêtres en plastique dans ses maisons. C'est un brave type. Ma mère est assistante sociale. Elle travaille avec des gamins autistes, leur donne des cours à domicile. Je suis la cadette. Ma sœur Molly est mariée et vit avec son mari à South Boston. Elle a deux enfants. Megan, mon autre sœur, est coiffeuse. C'est un numéro. Elle fabrique elle-même tous ses vêtements et ressemble à Julia Roberts.

– Vous m'avez tout l'air d'être une famille unie.

– C'est ce que nous sommes, dit Mara, ses yeux s'embuant de larmes. (Les siens lui manquaient vraiment.) Chaque été, on va passer une semaine à Gloucester. C'est chouette. Rien à voir avec ici, cela dit.

– Qu'est-ce qui t'a poussée à accepter ce boulot ?

– Le besoin d'argent, admit Mara. Et en parlant de banalité, il ne se passe jamais rien à Sturbridge.

– Eh bien, en tout cas, je suis heureux que tu te sois décidée, dit Ryan, se penchant et plongeant ses yeux dans les siens.

Mara était un peu ivre, et elle ne détourna pas le regard. Ryan était si beau – et bien plus que cela encore. Il était intelligent, drôle – tout simplement adorable. Elle baissa les paupières. Sentit son souffle sur sa joue. Tendit les lèvres, pour rencontrer les siennes...

Et s'écarta en entendant claquer la porte du patio.

Poppy se tenait sur le seuil, une cigarette dans une main et une bière décapsulée dans l'autre.

– Ryan ! Je t'avais pas vu ! Tu m'as fait peur !

– Salut, sœurette, dit Ryan en se renversant sur sa chaise.

– Comment était la soirée de Charlie ? demanda Poppy, adossée à la baie vitrée. Hé, tu es une des filles au pair, non ? demanda-t-elle, se tournant vers Mara.

Mara hocha la tête.

– C'est Mara. Mara, tu connais ma sœur Poppy, n'est-ce pas ? demanda Ryan.

– Je crois que je vais aller me coucher, dit Mara.

Elle se leva d'un bond et leur souhaita bonne nuit.

– Bonne nuit, répliqua Ryan en tentant de rencontrer ses yeux.

Mais Mara esquiva son regard.

Poppy haussa les épaules. Tant de gens allaient et venaient, dans leur maison. Pas facile de suivre.

– Ry, tu as du feu ?

– Tu ne devrais pas fumer, répliqua Ryan à sa sœur cadette, en rentrant dans la maison. C'est mauvais pour le teint.

– Va te faire voir ! rétorqua Poppy, avec un sourire sarcastique.

Son grand frère était un tel rabat-joie.

# Les filles ne collent pas forcément à l'image qu'on se fait d'elles

– Cody ! Reviens ici, tu m'entends ? Cody ! hurlait Eliza, à bout de nerfs.

Le gamin de trois ans s'était précipité hors de la maison en gloussant, nu comme un ver.

À l'intérieur, William lançait joyeusement sur le plancher des biscuits au chocolat imbibés de lait, pendant que Zoë et Madison se disputaient le dernier scone aux myrtilles.

Eliza fit un ultime effort pour tenter de maîtriser le bébé. Jacqui n'étant pas dans les parages et Mara souffrant d'une épouvantable gueule de bois (le mélange margaritas à la carambole et cabernet sauvignon s'avérait tout compte fait une très mauvaise idée), seule Eliza était disponible pour s'occuper des enfants.

– Tu as besoin d'aide ? demanda Jeremy, en soulevant Cody par les coudes et en le balançant dans les bras d'Eliza.

– Ils ne m'écoutent jamais ! se lamenta Eliza.

Avec l'aide de Jeremy, Eliza fourra dans la voiture enfants, panier à pique-nique, Elmo Chatouille-moi, Elmo dormeur, Elmo rock'n roll, bébés Bratz, livres de coloriage, pelles et seaux.

– J'ai vraiment passé une bonne soirée, hier, dit-elle comme Jeremy se penchait à la vitre.

– Moi aussi.

Mue par une impulsion, elle lui donna un rapide baiser sur les lèvres.

– Oh, les amoureux ! scanda Madison. Oh les amou...

– Chut ! l'interrompit Eliza en plaquant la main sur la bouche de la petite fille.

Elle gratifia Jeremy d'un sourire affectueux.

– On se voit plus tard, lui dit-elle.

– À plus tard.

Il fit une petite révérence et partit en direction du jardin.

Eliza mena le petit troupeau à leur endroit habituel, sur Main Beach, à côté de la zone des gardes-côtes. Il n'y avait pas de véritables toilettes à Two Mile Hollow, et ça avait fini par poser problème, l'autre jour. Les gamins étaient surexcités, et ça barbait vraiment Eliza d'être l'unique baby-sitter opérationnelle.

Mais, à quelques pas de distance, elle aperçut Mara. Cette bonne vieille Mara ! Elle portait des lunettes de soleil aux verres disproportionnés, et sirotait une boisson énergétique. Mais elle était là. Dieu soit loué.

– Il était temps que vous arriviez, dit Mara en sortant Cody de sa poussette en le chatouillant gentiment.

– Qu'est-ce qui s'est passé ? Tu étais à moitié comateuse ce matin, dit Eliza.

– Oui, en effet. Mais Ryan m'a fait prendre ce remède incroyable contre la gueule de bois – de la sauce Worcestershire, mélangée à un jaune d'œuf.

– Beurk ! fit Eliza avec une grimace.

– Je sais, mais ça a marché. Je n'ai plus mal à la tête, même si je me sens encore complètement déshydratée, dit Mara en buvant une nouvelle gorgée.

– Comment tu as pu arriver aussi vite ?

– Ryan m'a accompagnée.

« Évidemment ! » faillit s'exclamer Eliza. Mais elle se ravisa. Mara était si bizarre en ce qui concernait ses relations avec Ryan. Eliza ne souhaitait pas l'embarrasser davantage.

Mara emmena le petit au bord de l'eau. Eliza et les autres suivirent.

– Allez, Cody, encore quelques pas. Allez, ça ne va pas faire mal ! Je te tiens !

Cody suivit Mara d'un pas mal assuré, mais s'enfuit en hurlant lorsqu'une vague vint se briser à leurs pieds.

– Ça ne sert à rien. Ce gosse n'apprendra jamais à nager, soupira Mara. Allez, viens, Cody ! Regarde comme c'est drôle ! dit-elle en faisant gicler l'eau.

– J'ai vu Jeremy ce matin... Il était trop mignon ! Il m'a aidée à fourrer tous les enfants dans la voiture. On avait l'air tout débraillés..., raconta Eliza d'un ton rêveur.

*Depuis quand est-ce que je sors des mots comme « débraillés »*, se demanda-t-elle, songeuse.

– Il portait la combinaison la plus craquante... Tu l'as vu ? reprit-elle.

– Ça suffit. Je crois que je vais vomir, plaisanta Mara.

Elle était de bien meilleure humeur, après avoir vu Ryan ce matin – ils s'étaient comportés comme s'il ne s'était rien passé d'anormal, ce qui lui donnait le sentiment... qu'il ne s'était rien passé d'anormal. Elle était même prête à pardonner à Eliza son manque de tact de la veille. Nul n'est parfait, et Mara aurait juré qu'Eliza ne pensait pas la moitié de ce qu'elle avait dit. Il suffisait de voir comme elle rayonnait chaque fois qu'elle prononçait le nom de Jeremy.

– Ce que tu es mauvaise ! ronchonna Eliza. Je trouve enfin un mec qui me plaît vraiment, et je ne peux même pas te parler de toutes ces adorables choses qu'il fait !

– Et Charlie, dans tout ça ?

– Oh, j'en sais rien, répliqua Eliza en haussant les épaules. Jeremy est tellement merveilleux et puis, il s'y prend si bien avec les enfants...

– Sérieusement, Liza, je vais vomir, si tu ne files pas tout de suite, dit Mara avec un sourire moqueur.

– Si je ne file pas ?

Mara balaya sa perplexité d'un geste de la main.

– Tu as bien compris. Va le retrouver ! Tu m'as sauvé la mise, l'autre jour, au match de polo. Allez ! Vas-y vite !

– Je te revaudrai ça ! s'écria Eliza en la prenant dans ses bras et en lui donnant un baiser.

Elle dévala la dune, espérant surprendre Jeremy avant qu'il ne soit rentré chez lui.

# Pauvre ex-petite fille riche !

Eliza s'introduisit discrètement dans la propriété, se cachant derrière l'un des ornements en pierre du jardin, lorsqu'elle aperçut Kevin Perry qui s'apprêtait à se rendre au yacht club. Il sortait la goélette ce jour-là, et avait même invité Jacqui à se joindre à lui. Kevin attendait devant sa Ferrari Spider, et consultait sa montre. Mais lorsqu'il fut certain que Jacqui n'allait pas se montrer de sitôt, il se mit au volant et démarra rageusement.

Eliza se faufila à l'intérieur par l'entrée de service et trouva Jeremy en train de planter des jacinthes à côté des arceaux de croquet.

– Devine qui c'est ! demanda-t-elle en plaquant les mains sur les yeux du jeune homme.

– C'est toi, Sugar ? Là, tout de suite, je suis totalement vanné, plaisanta Jeremy. Ou bien c'est Poppy, qui aurait besoin d'un peu d'action ?

– Ce n'est pas drôle, dit-elle en s'éloignant, un peu blessée.

Rien qui fût en rapport avec les jumelles ne pouvait l'amuser.

– Désolé, désolé, dit Jeremy en courant pour la rattraper. Je faisais l'idiot, c'est tout.

Il lui donna une petite tape sur le ventre et Eliza sourit. Elle était incapable de lui en vouloir longtemps.

– Viens ! dit-elle en lui prenant la main et en l'entraînant dans le cottage des jeunes filles au pair.

Ils se glissèrent dans la chambre mansardée qui – ouf – était vide. Ça n'arrivait pas si souvent que ça, après tout.

– Chouette piaule ! fit remarquer Jeremy, en jetant un coup d'œil à la chambre de deux mètres cinquante sur trois.

– C'est pas le Ritz, c'est certain, soupira Eliza en s'asseyant sur le bord du lit.

Elle le regarda avec une certaine appréhension. Elle avait séché le boulot pour traîner un peu avec lui, mais n'était pas certaine de ce qu'ils allaient faire à présent.

Elle s'efforça de paraître aussi attendrissante et candide que possible, dans sa robe bain de soleil rose et ses espadrilles en toile, tandis qu'elle attendait qu'il fasse le premier pas.

Jeremy s'installa à côté d'elle.

– Alors ?

– Alors ?

Ils se tournèrent l'un vers l'autre et, avant même qu'Eliza ait pris conscience de ce qui se passait, il l'embrassait. Doucement, au début, sur ses lèvres tremblantes. Elle ferma les yeux. Il embaumait la terre sombre et mouillée, mêlée à une légère odeur de sueur et de soleil. Il lui ébouriffait les cheveux d'une main et, de l'autre, lui caressait le creux des reins.

Elle lui rendit ses baisers avec fougue, explorant la saveur de sa bouche. Il avait un goût de menthe. Il trouvait qu'elle sentait la vanille et la noix de coco.

Il l'attira sur ses genoux, elle pressa son visage contre son torse.

– C'est agréable, dit-elle.

– Mmmm ?

– Je t'ai dit, hier soir, que je vivais désormais à Buffalo ?

– Non, juste que tu avais grandi sur Park Avenue.

– C'est vrai, soupira-t-elle en enfouissant son visage dans le creux de son cou (et en constatant qu'elle aimait le contact de sa barbe naissante). Mon père était l'un des grands manitous de Wall Street. Tu as peut-être entendu parler de lui. C'était une sorte de célébrité. Il y a eu un scandale du côté de la compta, il a perdu son boulot, et on a dû quitter notre appartement. Mes parents ont été obligés de tout vendre – la collection de tableaux, la maison et... on a déménagé à Buffalo.

– C'est pas si mal, Buffalo.

– Si, justement, se lamenta Eliza. C'est horrible. Là-bas, tous les gens de mon âge se figurent que je suis la reine des snobinardes, personne ne m'adresse la parole. Le pire, c'est que je ne fais rien pour ça. Je ne vois pas pourquoi je les traiterais de haut. Mon père est au chômage, et ma mère a dégoté un job dans une boutique de photocopies pour qu'on puisse joindre les deux bouts.

Jeremy resta silencieux. Il lui caressa les cheveux.

– Tout va finir par s'arranger, murmura-t-il enfin en la serrant contre lui.

Eliza n'avait jamais confié à personne ce qui lui était arrivé – à quoi ressemblait véritablement sa vie. Ça lui faisait du bien de parler de tout cela. Elle se sentait tellement à l'aise avec lui. Elle était certaine qu'il ne la jugerait pas. Elle savait, au fond d'elle, qu'elle pouvait tout lui dire, tout lui révéler sur sa vie, et qu'il ne l'en aimerait pas moins.

– Avant ça, je n'avais jamais réalisé que j'étais si gâtée. Je déjeunais tous les jours dans un restaurant chic – je prenais des hamburgers à trente dollars et ce genre de trucs – sans la moindre hésitation. J'allais dans les grands magasins et j'achetais tout ce dont j'avais envie. Il m'arrivait même d'insister auprès des vendeurs pour qu'ils fassent venir les articles d'un autre magasin, s'ils ne les avaient pas dans ma taille.

Elle se tut au souvenir des jours bénis et enivrants, où elle avait sa voiture avec chauffeur et sa carte bancaire sans limite de dépenses.

– Je sais que ça doit sembler futile, mais ça me manque terriblement. Ça me manque bien plus que je ne l'aurais jamais imaginé. Autrefois, dès que j'entrais dans une pièce, les gens voyaient au premier coup d'œil que je sortais du lot. Sugar et Poppy faisaient partie de mon clan, au lycée. Elles étaient dans *ma* bande. C'est moi qui avais les cheveux les plus blonds. Je me faisais refaire des reflets tous les treize jours. Je battais aussi tous les records de minceur. Même l'immeuble dans lequel on vivait... c'était celui où il était le plus difficile d'obtenir un appartement. Je n'avais que ce qu'il y a de mieux, tu comprends ? Mais à présent, c'est au-dessus de mes moyens. Faut que je me contente de ressembler à tout le monde.

Elle le regarda, redoutant de lui voir une expression moqueuse. Eliza était consciente qu'il ne s'agissait que de choses idiotes et matérielles. N'empêche qu'elle avait cru mourir de chagrin le jour où la sangle de son sac à main Mombasa l'avait lâchée. Elle savait qu'elle ne pourrait jamais s'en offrir un autre.

– Bien sûr, je sais que ça doit faire bizarre. Je sais qu'il y a des endroits où les gens meurent de faim. Mais tout de même, ça ne m'empêche pas d'être... un peu triste, dit-elle.

– C'est tout à fait normal, l'apaisa Jeremy. Mais Eliza... tu n'as aucune raison de t'inquiéter. La première fois que je t'ai vue, je n'ai pas pu te quitter des yeux. Et c'était pas parce que tu portais des fringues Dolce & Gambino ou va savoir quoi... Il y a ce rayonnement qui émane de toi...

Il prit son visage entre ses mains, lui releva le menton.

– Tu es totalement belle. Et, bien qu'on commence tout juste à se connaître, je pense que tu es aussi belle à l'intérieur qu'à l'extérieur.

C'était la chose la plus gentille qu'on lui ait jamais dite.

Elle l'embrassa longuement, et avec fougue. Un jour, elle lui montrerait à quel point il comptait pour elle.

# Les seules paroles agréables qu'Anna Perry ait jamais prononcées

Lundi matin, Anna Perry les convoqua, de bonne heure, dans son bureau. Mara et Eliza montèrent au deuxième étage, le seul niveau qu'elles n'avaient pas encore exploré. Elles trouvèrent leur patronne dans une somptueuse pièce aux murs tapissés de livres, assise devant un ravissant secrétaire, occupée à dicter une lettre à Laurie. Laquelle, stylo en main, attendait la suite.

– C'est pourquoi je crois qu'il est dans l'intérêt de chacun que je copréside la collecte de fonds de cette année, dit Anna d'un ton sec. Je m'engage, grâce au grand couturier que je choisirai, à recueillir des milliers de dollars de donations.

Anna leva les yeux et, d'un geste du doigt, pria Mara et Eliza de ne pas l'interrompre.

– Cordialement, signé Mme Anna Farnsworth Perry. Le numéro est sur le fax.

Elle fit signe aux filles de s'asseoir. Elles se laissèrent tomber sur les fauteuils tendus de velours. Mara promena son regard sur les magnifiques ouvrages reliés remplissant les rayonnages. Elle se demanda si Anna avait jamais eu idée de les lire. Eliza arborait un sourire timide. Elle pensait encore à Jeremy.

– Nous devons ramener les enfants à New York cette semaine, afin qu'ils rencontrent la responsable des inscriptions de leur école privée, dit Anna. Par conséquent, pas de rapport hebdomadaire cette semaine ! Cela ne vous embête pas, dites-moi, les filles ?

Eliza et Mara secouèrent la tête. Non, cela ne les embêtait pas le moins du monde. Surtout qu'elles n'avaient toujours pas fait le moindre rapport hebdomadaire alors que l'été était déjà plus qu'à moitié écoulé.

– Au fait, je n'ai pas beaucoup vu cette... Jacqui... dans les parages. Elle n'est pas malade ?

– Non, elle est en train de donner son bain à Cody, improvisa Mara.

– Oui, elle s'occupe de son traitement hydrothérapique, précisa Eliza. Une théorie sud-américaine...

– Parfait. C'est une très bonne idée, rétorqua Anna. Permettez-moi de vous abandonner une minute...

Anna se dirigea vers le vestibule, vacillant sur ses talons.

– J'en ai vraiment marre de lui trouver des alibis ! s'exclama Mara, lorsque Anna eut quitté la pièce pour jeter un coup d'œil au fax qu'elle avait demandé à Laurie d'envoyer.

Eliza et elle avaient remarqué que des vêtements très bizarres avaient été déposés dans le cottage, et d'autres remportés. Mais elles n'avaient pas vu leur camarade de chambre en chair et en os depuis... eh bien, depuis le match de polo, à vrai dire.

– À ton avis, elle est où ? demanda Mara.

– J'en sais strictement rien. Elle a peut-être un nouveau petit copain. Ce qui est sûr, c'est qu'elle ne dort pas ici.

– Je me fais du souci pour elle.

– Elle va bien. C'est une grande fille. Elle sait ce qu'elle fait, répliqua Eliza.

– J'espère, dit Mara en fronçant les sourcils.

– Ne t'inquiète pas pour elle, elle ne le mérite pas. Après tout, elle ne se donne même pas la peine de nous dire où elle est, alors, pourquoi est-ce qu'on se ferait du mouron pour elle ?

Eliza n'avait rien contre Jacqui, si ce n'est qu'elle lui en voulait d'avoir abandonné sa part du boulot. Deux bras supplémentaires auraient été les bienvenus le jour où William avait décidé de tester la pratique du krav-maga sur ses sœurs.

Mara soupira.

– J'espère simplement qu'elle sait ce qu'elle fait.

Anna revint dans la pièce, un peu agitée, houspillant sa malheureuse assistante.

– Je vous avais dit de la taper sur mon papier personnel, pas sur une feuille blanche ordinaire.

– Je suis désolée. Je n'ai pas pensé à vérifier.

– Eh bien, renvoyez-la. Ils risquent de ne même pas la regarder ! Je sais que le comité se réunit aujourd'hui.

– Tout de suite.

Laurie s'inclina et s'empressa de quitter la pièce.

Anna parut surprise de trouver Eliza et Mara toujours assises devant son bureau.

– C'est tout, les filles. Vous pouvez partir. Et ne vous inquiétez pas, nous serons de retour samedi, pour le dîner. Et si vous avez besoin de quoi que ce soit... Ryan est aux commandes de la maison.

Ces mots leur firent l'effet de la plus douce des musiques.

# Ryan préside à une réunion de première importance… dans son jacuzzi

Le reste de la semaine passa dans un tourbillon d'euphorie. Sans gamins à surveiller, Eliza et Mara consacrèrent leur temps à parfaire leur bronzage et à découvrir de nouvelles boutiques. Mercredi, ce furent les galeries Saks de Southampton, jeudi le Paradis des Marques de Riverhead, et vendredi, elles s'achetèrent deux robes vintage Lilly Pullitzer identiques, dans la boutique Colette. Elles passèrent aussi pas mal de temps avec les garçons. Eliza et Jeremy exploraient les vignobles de North Fork, pendant que Mara prenait des leçons de surf avec Ryan – sans Camille, Dieu merci.

Vendredi, Ryan les convoqua, et présida la réunion depuis son jacuzzi.

– Voilà… je me suis dit qu'il était temps qu'on organise une petite fête, exposa Ryan en souriant au milieu des bulles. Une soirée intime… où l'on n'inviterait que les amis proches, suggéra-t-il.

– C'est une idée géniale ! s'exclama Eliza.

– C'est sûr, ça risque d'être marrant, approuva Mara.

– Très bien. Ça se fera demain soir, alors. Mara, tu viendras avec moi acheter la nourriture. Eliza… ta fausse carte d'identité fait vraiment illusion, tu es donc chargée de l'alcool. Et Jacqui… Où est-ce qu'elle est, nom de Dieu ? demanda-t-il en fronçant les sourcils. L'une d'entre vous l'a vue ces derniers temps ?

Mara et Eliza secouèrent la tête, avec un air coupable. Elles savaient que quelque chose clochait, du côté de Jacqui. Mais toutes deux avaient été trop accaparées par leurs propres vies pour prêter attention à quoi que ce soit d'autre.

Le lendemain soir, Mara et Ryan se rendirent à l'épicerie fine Barefoot Contessa. Ils étaient en train de choisir du saumon fumé entier tranché et de faire leur choix entre les différents canapés lorsque le téléphone de Mara se mit à sonner de manière ininterrompue.

– Qui a un tel besoin de te joindre ? demanda Ryan, qui tenait plusieurs baguettes coincées sous un bras et un bocal de caviar sous l'autre.

– Jim, répondit Mara.

Ils n'avaient pas fait allusion à Jim ou à Camille depuis la fameuse soirée où ils avaient failli s'embrasser, la semaine précédente. Mais comme il ne s'était plus rien passé de semblable entre eux depuis, Mara était prête à tout mettre sur le compte du cabernet sauvignon (et des margaritas…).

– J'ai juste besoin d'un petit break… Je ne peux pas discuter avec lui pour le moment.

– Mmmm…, grommela Ryan.

– Mais cela n'a rien de… définitif…, se hâta-t-elle de préciser, sans trop savoir pourquoi.

Mara jeta un regard de biais à Ryan, tout en faisant mine

de choisir des paquets de chips. Elle ne put s'empêcher de constater que son visage s'était assombri – de façon presque imperceptible – lorsqu'elle avait fait remarquer que « cela n'avait rien de définitif ».

# Eliza obtient toujours ce qu'elle veut, même lorsqu'elle n'en veut plus

– Je croyais avoir dit « seulement les amis proches » marmonnait Ryan en parcourant des yeux le séjour, la salle à manger, la salle de bal, la salle de jeux, les environs de la piscine, le patio et le solarium grouillants de monde.

Toute la jeunesse de moins de vingt et un ans portant un nom connu dans les Hamptons était présente – notamment plusieurs enfants de stars du rock, ainsi que le casting complet de différents reality shows de MTV.

Sugar et Poppy avaient fait ce pour quoi elles étaient le plus douées – elles avaient répandu la nouvelle. Conserver un caractère intime à la soirée ne faisait en aucun cas partie de leurs priorités. Elles étaient allées jusqu'à engager un RP, qui leur avait obtenu une autorisation officielle pour la soirée et s'était assuré les services d'un voiturier.

– C'est une super idée, frangin ! ricana Sugar, tandis qu'un bataillon d'admirateurs l'entraînait, telle une divinité, vers la cabane de la piscine.

Ryan secoua la tête. Oh, et puis, après tout, autant en profiter... Il augmenta le volume de la musique, au point que la charpente vibra au son de *It's all about the Benjamins*, cette chanson de Puff Daddy qui était devenue une sorte d'hymne des Hamptons.

Toutes les chambres à coucher étaient occupées, et une forte odeur de joint flottait dans l'air. Une bande d'ados anglais étaient serrés autour de la table en verre de la salle à manger, et un dealer coiffé d'un chapeau de feutre (un élève de la fac de Bennington en vacances) passait d'un groupe à l'autre.

Ryan aperçut Mara. Elle se tenait en retrait, sirotant un verre de vin blanc.

– Tu t'amuses ?

– Qui sont tous ces gens ? demanda-t-elle, stupéfaite.

– Va savoir ! Il doit y avoir tous les amis de mes sœurs, s'esclaffa Ryan. Viens, je vois mes copains, là-bas, du côté du patio.

Eliza guettait l'arrivée de Jeremy. Il aurait déjà dû être là. Il avait promis de la retrouver à onze heures, dès qu'il aurait fini son second boulot – serveur au TGI Friday de Hauppauge. Elle ébouriffa ses cheveux et se servit une autre vodka-tonic. Ça se passait si bien entre eux qu'à la seconde où il la quittait, il lui manquait déjà. Elle n'aurait jamais cru pouvoir ressentir cela pour qui que ce soit.

Elle repéra Kit, dans la foule des invités, et leva son verre pour le saluer. Taylor et lui avaient rompu la semaine précédente, et Eliza s'était efforcée de lui remonter le moral. Bien que Taylor fût son amie, Eliza avait toujours pensé que Kit méritait mieux. La plupart de ses vieux copains étaient là. Mais chaque fois que l'un d'entre eux lui faisait signe de venir, elle secouait la tête et souriait.

– Où est-ce que tu vas comme ça ? demanda une voix, alors qu'elle sortait pour la énième fois dans l'allée, espérant voir le pick-up de Jeremy.

Charlie Borshok était là, adossé à une colonne, complètement ivre.

– Nulle part.

Charlie s'avança vers elle et l'entoura de ses bras.

– Oh, Liza, ce que tu sens bon ! Tu m'as manqué, bébé.

– C'est vraiment gentil, Charlie, dit-elle en se dégageant.

Tout l'été, elle avait rêvé d'entendre cela. Que Charlie voulait la reprendre. Qu'ils formaient à nouveau le couple parfait. Qu'elle était toujours la fille qui avait mis le grappin sur le garçon le plus riche de New York. Or, à présent, c'est Jeremy qu'elle cherchait.

Une demi-heure plus tard, le pick-up de Jeremy se gara dans l'allée. Il portait encore le tee-shirt et le tablier de son uniforme. Eliza se précipita vers lui et se jeta dans ses bras.

– Salut ma belle, dit-il avec un grand sourire.

– TU M'AS MANQUÉ !

Elle monta ses jambes autour de la taille de Jeremy et murmura :

– Trouvons un endroit où nous serons seuls tous les deux.

# Jacqui a toujours été plus maligne qu'on ne l'imagine

*Ça pour une soirée, c'est une soirée !* songea Jacqui lorsqu'elle entra dans la propriété des Perry, oubliant provisoirement qu'elle y était employée.

Elle avait passé l'après-midi à boire. Elle se sentait merveilleusement bien, quoiqu'elle eût le tournis, le cerveau engourdi, et une légère tendance à voir double. Mais quelle importance ? Elle se blottit contre Léo. Le gentil, le fidèle Léo qui lui faisait oublier... disons... presque tout.

Certes, entre eux ça ne collait pas vraiment, physiquement parlant. Certes, le bungalow de ses parents, à Bridgehampton, n'était pas comparable – avec ses modestes trois chambres à coucher – à l'aile qu'occupait Luke dans la propriété Van Varick. Certes, il louchait légèrement et son rire lui tapait sur les nerfs. Et alors ? Rien de tout cela ne comptait. C'était le meilleur ami de Luke. Et, comme n'importe quelle fille vous le dira, il n'est rien qu'un homme déteste davantage que partager.

La jalousie était un sentiment terrible, et Jacqui était parfaitement consciente de ses actes. Elle voulait que Luke éprouve ce qu'elle avait éprouvé lorsqu'elle avait découvert l'existence de sa petite amie. Elle voulait qu'il se torde de douleur. Elle voulait qu'il *souffre*. Faute de parvenir à lui briser le cœur, elle pourrait au moins fracasser son ego. Le temps était venu, pour elle, de s'exhiber en compagnie de sa dernière conquête.

– Où est le bar ? lui hurla Léo à l'oreille.

– Là-bas ! cria-t-elle en désignant l'endroit où Ryan, mixeur en main, préparait des daiquiris.

Ils se frayèrent un chemin parmi les invités, dépassant un groupe qui jouait au twister et un autre qui dansait sur le sofa (Anna aurait eu une crise cardiaque, si elle avait vu ce qu'ils étaient en train de faire subir à son Louis XV.) Ils furent stoppés net par Poppy Perry, vêtue d'un tee-shirt Van Halen déchiré et d'un mini-short ultra-moulant en jean.

– Je ne me souviens pas de t'avoir invité, lança-t-elle d'un ton méprisant, en foudroyant Léo du regard.

– Qu'est-ce qui lui prend, à cette sorcière ? demanda Jacqui.

– C'est mon ex-petite amie, répondit Léo, embarrassé.

Poppy garda les yeux rivés sur eux tandis qu'ils traversaient la pièce en direction du bar, où un autre visage contrarié les accueillit.

– C'est quoi, ce délire ? dit Luke, si près de Léo qu'il aurait pu lui cracher à la figure. Tu es venu avec elle ? ajouta-t-il en poussant son pote d'un mouvement brusque.

– C'est moi qui suis venue avec lui, dit Jacqui, un ongle effilé pointé sur le torse de Luke. Ça te pose un *problema* ?

– Qu'est-ce qui se passe, mon lapin ? s'enquit Karin en surgissant aux côtés de Luke. Oh, salut Léo. Et Jacqui, c'est bien ça ? demanda-t-elle gentiment.

– Rien... tout va bien. Va me chercher une autre bière ! lança Luke.

Karin s'éloigna, humble et soumise, tandis que les trois autres se jetaient des regards noirs.

# Eliza enseigne à Jeremy les règles du jeu à boire d'« Oregon Coast »

Sur l'écran de la salle de projection privée des Perry, une Mischa Barton contrariée de près de cinq mètres de haut expliquait à Benjamin Mackenzie pourquoi elle devait cesser de le voir.

– Ils refont le coup de la scène de rupture ! Faut que tu te serves un verre ! le pressa Eliza.

C'est Eliza qui avait eu l'idée de venir ici, toutes les autres pièces de la maison étant occupées par des couples enlacés ou par des ados qui faisaient tourner des joints. Tous n'étaient pas au courant de l'existence de la salle de projection aménagée au sous-sol.

Sur l'écran, Ben s'excusait de venir de l'Arizona, et non de l'Oregon.

– Cul sec ? demanda Jeremy en levant son verre.

– Non, seulement quand il prononce le nom de sa ville d'origine, « Chino », dit Eliza, lui expliquant les codes du jeu.

– Oh, je suis désolé. Je regarde jamais ce feuilleton.

– Si c'était le cas, je me ferais du souci pour toi. Oh, regarde, Summer va faire les boutiques. Deux fois cul sec !

– Je suggère qu'on passe à des gages plus physiques..., dit Jeremy en lui servant une autre tequila, agrémentée d'une rondelle de citron vert. Mmm... par où je vais commencer ? demanda-t-il en relevant la chemise d'Eliza, dénudant son nombril percé.

Elle s'était fait faire le piercing à Newport, après que Jeremy lui eut confié qu'il trouvait ça sexy. Il fit glisser sa jupe sur ses hanches, révélant sa taille fine, et baissa la tête pour lui lécher la région du nombril.

– Ça chatouille ! gloussa Eliza.

Elle ébouriffa ses cheveux et poussa des cris perçants tandis qu'il lui mordillait le ventre.

La porte s'ouvrit avec un déclic. Eliza se figea. Dans la pénombre, ils virent un garçon et une fille fiévreusement enlacés qui s'acheminaient – sans cesser de se caresser – vers la table de billard. Des bras jaillirent, des vêtements furent jetés à terre. Apparemment, Eliza n'était pas la seule à connaître l'existence de la pièce...

– Nous ne sommes pas seuls ! dit-elle à Jeremy en se mettant un doigt devant les lèvres.

Jeremy sourit en apercevant l'autre couple.

– On dirait que quelqu'un a eu la même idée que nous, murmura-t-il.

Ils rirent en silence.

– Allons-nous-en ! dit-elle.

Elle lissa sa jupe et ramassa les verres et la bouteille de vodka. Ils se dirigèrent précautionneusement vers la porte en pouffant, tandis que de répugnants bruits de succion leur parvenaient aux oreilles, accompagnés d'exclamations involontairement comiques : « Aïe ! Pas ici ! Oups, je crois que je suis assise sur la télécommande ! Oh, c'est toi ! Je t'en prie, chéri, me pince pas ! C'est mieux comme ça ! Attends, c'est ta jambe ou la mienne ? »

Soudain, on appuya sur l'interrupteur et la pièce fut violemment illuminée. Les deux couples clignèrent des yeux. Lindsay et Taylor se tenaient sur le seuil. Elles étaient en train d'explorer la maison, cherchant d'où provenait la musique, de façon à changer le CD. Des enceintes avaient été placées un peu partout et les vieux tubes de Puff Daddy, on finissait par s'en lasser.

– Je crois que c'est ici qu'ils ont mis la Creston, dit Lindsay. (Elle faisait allusion à la télécommande universelle qui actionnait toutes les installations électriques de la maison – éclairage, chaîne hi-fi, télévisions, alarme anti-vol et micro-ondes inclus.) Oh, désolée ! s'exclama-t-elle.

Eliza put enfin identifier l'autre couple présent dans la pièce.

– Charlie ! Sugar !

Sugar, vautrée sur deux fauteuils côte à côte, était vêtue en tout et pour tout d'un string. Effectivement, elle était assise sur la télécommande. Charlie, en boxer à pois, se tripotait le pied. Tu parles d'une situation compromettante !

Sugar se redressa, s'ébouriffa les cheveux, et remit nonchalamment son caraco tout à fait transparent. Eliza s'obligea à ne pas regarder où Jeremy avait les yeux.

– Eliza, qu'est-ce que tu fais là ? demanda Sugar d'un ton détaché. Et, toi, tu serais pas le mec chargé de l'entretien de la piscine, ou un truc dans le genre ? ajouta-t-elle en remarquant Jeremy.

Elle prit une cigarette dans son paquet. Charlie ramassa son pantalon sur le sol et en tira son briquet. Il lui donna du feu, tout en évaluant la situation : le visage cramoisi d'Eliza, ses vêtements froissés. L'expression impassible de son compagnon, son uniforme rappelant ceux de Pizza Hut.

– Liza, dit Charlie d'une voix pâteuse, visiblement encore sous l'effet de l'alcool. Je ne savais pas que tu fréquentais la racaille.

Eliza se détacha de Jeremy, repoussant la main qu'il avait posée sur son coude, dans un geste protecteur.

– Je ne suis pas la seule, à ce qu'il semblerait, Charlie, répliqua-t-elle en jetant sur Sugar un regard éloquent.

Qu'elle aille donc se plaindre auprès d'Anna et qu'elle la fasse renvoyer ! Eliza s'en fichait.

Jeremy se rebiffa :

– Quand vas-tu cesser de prétendre que tu appartiens toujours à ce monde-là, Eliza ? fit-il.

– Pardon ? demanda Charlie.

Sans doute avait-il mal compris. Ce gars était de toute évidence une saleté de plouc, alors qu'Eliza Thompson était née et avait été élevée sur la 5e Avenue.

Eliza se tourna vers Jeremy, horrifiée de le voir vendre la mèche.

– Tu ne me connais même pas ! lança-t-elle.

Le visage de Jeremy se contracta. Il n'aurait jamais imaginé qu'elle tenait tant à conserver sa position auprès de ses soi-disant amis.

– Tu as raison. Il est clair que je ne te connais pas du tout.

Il fonça vers la porte sans lui accorder un regard.

Lindsay et Taylor restaient bouche bée sous l'effet du choc, en proie à une joie mauvaise. Eliza... *pauvre* ? Pouvait-on rêver plus beau rebondissement ?

Bien qu'hébétée, Sugar expliqua d'une voix neutre :

– Pas possible ! Vous n'étiez pas au courant, les amis ? Tout l'été, Eliza a bossé ici comme fille au pair. Sa famille est totalement ruinée. Hé, t'es pas chargée de faire faire son rot à mon frère, ou un truc dans ce goût-là ? demanda-t-elle sur un ton sarcastique.

Les yeux embués de larmes, Eliza marmonna des paroles inintelligibles et sortit en courant, aussi rapidement que le lui permettaient ses huit centimètres de talons.

# Luke et Léo ont beau être blancs et riches, ils s'imaginent sortir droit du ghetto

– Tu crains, mec ! dit Luke, secouant la tête et fixant Léo et Jacqui. J'arrive pas à croire que tu aies pu me piquer ma pouf comme ça !

– Hé, mec, tu as déjà une petite amie, répliqua Léo pour se justifier.

*Sa pouf ?* Jacqui n'était la « pouf » de personne ! C'était quoi ? Une audition pour un clip de rap ? Pour qui ces deux types se prenaient-ils ? Pour Eminem et Dr. Dre ? Ils tenaient plutôt de Vanilla Ice et MC Hammer.

– Et toi ! Tu m'as menti, lança-t-elle à Luke. Tout ce temps-là, tu avais une petite amie !

– Écoute, *mamasita*. Ce que je fais aux States, ça me regarde. Tu t'es bien éclatée avec moi, pas vrai ? rétorqua Luke d'un ton méprisant.

Il avait vu clair en Jacqui dès leur rencontre. Les filles les plus jolies n'ont aucune dignité. Jacqui n'était pas différente de toutes les petites princesses des beaux quartiers – qui se donnaient de grands airs mais fondaient au premier compliment bien tourné.

Jacqui comprenait mal comment elle avait pu tomber

amoureuse d'un pareil crétin. Et comment elle avait pu marcher et croire à son côté « mec cool qui fréquente les gargotes ».

– Nom de Dieu, Léo. J'arrive pas à croire que tu te sois tapé ma meuf ! tonna-t-il en croisant les bras sur sa poitrine en signe d'hostilité, comme il avait vu Snoop Dogg le faire sur MTV.

– Je te l'ai pas piquée, ta meuf. Elle était libre, protesta Léo en reculant et en agitant les bras.

– Hein ? Toi, écoute-moi ! dit Jacqui, s'adressant à Léo. Si je suis sortie avec toi, c'était juste pour le rendre jaloux.

– Qu'est-ce que je t'avais dit ? Tu t'es fait avoir, mec ! C'est pas cool, hein ? Vraiment pas cool, dit Luke avec un petit sourire suffisant.

Léo s'empourpra et fixa Jacqui.

– Quoi ?

Jacqui haussa les épaules. Nom de Dieu ! Il se prenait pour un Apollon, ou quoi ? Évidemment qu'elle n'était sortie avec lui que pour se consoler et se venger du fameux amour de sa vie.

Ce fut un fiasco total. Dieu sait comment, à la fin de la dispute, Luke et Léo se tapaient dans le dos en s'appelant « mon pote » et trouvaient la situation à mourir de rire : s'envoyer et larguer la même fille... voilà qui les rapprochait encore plus. On se serait cru dans une vidéo de Bad Boy, et ils trouvaient ça excellent. Elle leur en avait donné de bonnes à raconter à leurs copains, à la rentrée, et ils étaient on ne peut plus contents d'eux !

Pour une fois, il semblait que Jacqui allait devoir dormir dans le cottage des filles au pair. Seule.

# Mara a du mal à rester habillée

Deux heures du matin. Presque tous les invités s'étaient rendus à une autre soirée. Ceux qui étaient encore là poursuivaient la fête à leur manière... de façon plus intime, dirons-nous. La table était jonchée de bouteilles vides, de dizaines de verres à cocktail et de cendriers débordants de mégots, et du groupe émanait une jovialité cordiale – à croire qu'il n'y avait rien d'anormal à ce qu'ils fussent tous plus qu'à moitié nus. Ce n'est pas pour rien que l'on avait appelé ce jeu le « strip poker ».

Mara consulta ses cartes. Une paire de reines. Pas mal. Son père avait appris à ses trois filles son jeu favori, et Mara s'était toujours considérée comme une pro. Ce n'est pas la fille de George Waters qui allait laisser gagner ces nullards de fils de riches.

Toujours est-il qu'elle ne portait plus que son soutien-gorge rose et sa culotte taille basse assortie.

Elle jeta un coup d'œil par-dessus la table. Ryan examinait ses cartes en fronçant les sourcils.

Le donneur distribua une carte, face visible : c'était un as.

– Et c'est la dernière ! fanfaronna-t-il.

– Je passe mon tour ! décida Corey, un ami de Ryan, en reposant ses cartes d'un air dégoûté.

– Moi aussi, dit un autre.

– Je continue, déclara Ryan.

Le regard de Mara alla de l'as à sa paire de reines. Puis elle passa en revue les quatre autres cartes communes – plus faibles les unes que les autres... *Impossible qu'il parvienne à me battre. Il n'a rien ! Rien de rien ! Il bluffe à cent pour cent !* Ryan était le pire joueur de la soirée – le seul à finir la partie en caleçon. Enfin, le seul à part elle.

Mara sourit. Ça promettait d'être amusant.

– Moi aussi, dit-elle sur un ton de défi.

– La grande prêtresse du Scrabble ferait mieux de renoncer, conseilla-t-il.

– Pas question.

– Alors, il ne va plus te rester que tes yeux pour pleurer, annonça Ryan avec un grand sourire, en abattant une paire d'as.

Avec celui du donneur, ça lui en faisait trois. Mara s'enfonça sur sa chaise.

– Tu as quoi, toi ?

Elle lui montra ses cartes.

– C'est pas grave. Tu n'es pas obligée de le faire si tu n'en as pas envie, dit Ryan, compatissant.

Elle haussa les épaules. Et puis, zut ! C'était comme se déshabiller dans la cabine d'essayage d'un grand magasin. Mais dehors. En public. Et devant Ryan Perry.

– Le règlement, c'est le règlement ! dit Mara.

Tous les daiquiris qu'elle avait ingurgités lui donnaient du courage. Elle respira un grand coup, dégrafa son soutien-gorge et retira même sa culotte. Aussi nue que Vénus sortant des flots, elle quitta la table, traversa la cuisine comme une flèche, franchit le seuil et plongea dans la piscine.

Pas timide pour deux sous, Ryan suivit l'exemple. Il enleva son caleçon et lui emboîta le pas. Après tout, sa mère l'avait envoyé dans un camp de vacances hippie quand il était gosse. Tout cela n'était qu'un jeu.

– Bataille d'eau ! hurla-t-il en l'éclaboussant.

Surprise en plein dos crawlé, Mara poussa un cri, avant de se mettre à riposter. Elle ne s'était jamais autant amusée de sa vie. Elle se sentait affranchie, libérée. Pour rien au monde la sage déléguée de classe d'autrefois ne se serait baignée nue comme un ver, à l'aube, avec un garçon qui n'était même pas son petit ami.

Ryan nagea vers elle et la saisit par la taille.

– JE TE TIENS !

– Ryan ! Lâche-moi ! glapit Mara, euphorique.

Ils se maintinrent quelques instants en position horizontale, en riant aux éclats, lorsque Mara réalisa soudain qu'elle était... mon Dieu... complètement nue devant Ryan ! Et qu'il la tenait... qu'il l'enlaçait, à vrai dire.

Elle leva la tête, rencontra ses yeux rieurs.

*Il va m'embrasser*, songea Mara. *C'est ce qui va se passer. Ici. Maintenant.*

Elle ferma les yeux, puis se dégagea brusquement.

– Ryan, je ne peux pas... ce n'est pas bien... non que je n'en aie pas envie... bien au contraire... mais il faut que je mette les choses au clair avec J... JIM ! ! !

Devant eux, au bord de la piscine, se tenait Jim Mizekowski, imposant avec ses cent kilos. Son visage laissait paraître un dégoût absolu.

# Quand on se dispute tout nu, difficile d'être trop péremptoire

Mara se hissa hors de l'eau et s'élança à sa poursuite. Ce devait être horrible pour lui... il y avait tant de choses à expliquer... si seulement il voulait bien s'arrêter.

– Jim, je t'en prie, écoute-moi ! supplia-t-elle.

– Alors c'est pour ÇA que tu ne pouvais pas rentrer cette semaine ? Fallait que tu « travailles » ! À présent, je comprends mieux, lança-t-il, si furieux qu'une grosse veine palpitait sur son front. Nom de Dieu, j'arrive même pas à te regarder !

– Ce n'est pas ce que tu imagines. Ryan est juste un ami. On était en train de jouer à un jeu, rien de plus, expliqua Mara, consciente que c'était un peu léger, comme explication.

– Du calme, mon pote, dit Ryan, encore amusé, en adressant à Jim son habituel sourire désarmant. On s'amusait, c'est tout. Ça te dirait, de faire une partie de strip poker avec nous ?

– Il ne s'est rien passé, Jim ! Je te le jure ! dit Mara, enflammée par sa propre sincérité.

Car c'était vrai, après tout : il ne s'était rien passé. Du moins, pas encore.

– Tu sais pourquoi je suis venu ? demanda Jim. Ma mère a vu ta photo dans le journal. Elle lit le *Post*, vois-tu. Et il y avait une photo de toi, au match de polo, avec un gars... avec ce gars-là ! dit-il en désignant Ryan. J'ai pas cru un mot de ce qu'elle m'a raconté. Ça te ressemble si peu... ça ressemble si peu à ma Mara. Et puis j'ai vu la photo... Tu étais habillée comme si tu faisais le tapin.

– Je fais pas le tapin ! s'exclama Mara.

N'empêche qu'elle était nue comme un ver. Et en public. Hum hum !

– Non, pire que ça ! T'es qu'une salope, une roulure ! Tu vaux pas mieux que n'importe quelle pute à deux balles !

Mara était interloquée. Jamais on ne l'avait insultée de la sorte. Et il fallait que ça vienne de son propre petit ami ! Elle ignorait comment réagir.

– Hé, mec, ça suffit comme ça, dit Ryan en s'interposant entre Mara et Jim.

Sa voix était calme, mais il avait cessé de rire. Au début il avait trouvé ça drôle. Mara et lui étaient nus, mais tout pouvait être facilement expliqué – après tout, il y avait encore un groupe de jeunes gens en partie déshabillés dans le patio. Mais ce gars dépassait les bornes.

– Je veux bien que tu sois en colère, mais tu ne peux pas lui parler comme ça, dit Ryan.

Mara n'en croyait pas ses yeux. C'était trop. Elle avait tellement bu, tout cela lui paraissait surréaliste. Un cauchemar absolu.

Pendant ce temps, dans le patio, les enceintes diffusaient toujours la musique à plein volume et la partie continuait. Ses participants n'avaient pas la moindre idée du mélodrame qui se déroulait dans le jardin.

– Je lui parle comme j'ai envie de lui parler, rétorqua Jim

en bombant le torse – ce freluquet frais émoulu de son lycée privé n'avait décidément rien de plus que lui ! Et puis, ajouta-t-il, Mara... la remise sur la Camry que devait te faire mon oncle, tu peux l'oublier !

Sur ces paroles hostiles, Jim disparut dans les bois. C'était tellement absurde que Ryan éclata de rire.

– Une Camry ? demanda-t-il.

– C'est pas drôle, répliqua Mara, dégoûtée. Je comptais sur cette auto. C'était la seule que je pouvais me payer une fois réglés les frais d'inscription en fac.

– Oh, zut, je suis désolé, s'excusa Ryan, soudain dégrisé.

Mara fronça les sourcils. Mais quelques instants plus tard, elle se mit elle aussi à rire. Ils étaient plantés là, nus, dans le jardin des Perry.

– Tu as raison, c'est plutôt marrant.

Ils regagnèrent la maison, ramassant leurs vêtements au passage.

Quelques heures plus tard, Jacqui sortit du cottage des filles au pair et les trouva tous deux emmitouflés dans les sweat-shirts flottants de Ryan. Ils partageaient une cigarette en regardant le soleil se lever.

– J'arrive pas à dormir, dit Jacqui.

– Content que tu aies pu venir à la fête, plaisanta Ryan.

– Jacqui... Tu vas bien ? demanda Mara.

Non, elle était loin d'aller bien. C'était risible, vraiment. Le gars qu'elle avait aimé était un loser volage psychologiquement perturbé. Celui par qui elle l'avait remplacé était encore plus minable que le premier. Jacqui se sentait vidée, humiliée, et complètement vannée.

– Ça va aller, dit-elle, serrant ses bras sur sa poitrine, tandis qu'un frisson parcourait son corps.

Mara n'insista pas. Elle savait que Jacqui lui en dirait davantage quand elle en éprouverait le besoin.

– Tu veux une cigarette ? demanda-t-elle, proposant à Jacqui le seul réconfort qu'elle était susceptible d'accepter à ce moment-là.

– Je croyais que tu ne fumais pas, dit Jacqui en s'asseyant sur l'herbe à côté d'eux.

Mara haussa les épaules.

– Il y a tellement de choses que je ne n'aurais jamais imaginé faire, répondit Mara.

# Les vacances ne sont jamais assez longues, pas vrai ?

Tôt le lendemain matin, les enfants Perry montèrent bruyamment les escaliers et se ruèrent dans la chambre des filles au pair, réduisant à néant tous leurs espoirs de grasse matinée. Des vestiges de la nuit précédente traînaient un peu partout dans la pièce : Jeremy avait laissé son blouson sous le lit d'Eliza, le sweat-shirt de Ryan était posé sur le fauteuil, et plusieurs coupes à moitié vides moisissaient dans la salle de bains.

– On est de retour ! On est de retour ! hurlait Madison en faisant des bonds sur le lit d'Eliza. On vous a manqué ?

– Vous voulez aller nager ? demanda Zoë.

– On est déjà dimanche ? gémit Eliza.

Mara ne parvenait même pas à soulever la tête de son oreiller.

– William, cesse de me tirer les cheveux, je t'en prie !

– Oh mon Dieu, j'ai une de ces gueules de bois ! se lamenta Eliza.

– T'es pas la seule, répliqua Mara en se tenant le ventre.

Elle parcourut des yeux la pièce.

– Où est Jacqui ?

Eliza jeta à Mara un regard perplexe. Jacqui ? Mara aurait

pourtant dû le savoir. Jacqui n'était jamais là. C'était une camarade de chambre fantôme.

– Elle était là hier soir, expliqua Mara. J'arrive pas à croire qu'elle se soit esquivée. C'est son tour d'accompagner les gamins quelque part. Pouah !

– Eh bien, je ne l'ai pas vue, répliqua Eliza en s'efforçant de se cacher sous les couvertures.

– Honnêtement, je suis tout à fait incapable d'aller à la plage aujourd'hui, cria Mara par-dessus les cris de William et de Madison qui se chamaillaient pour s'asseoir dans le fauteuil.

– J'ai une idée ! dit Eliza.

Elles se rendirent dans l'un des rares cinémas de la ville. Contrairement aux multiplexes tentaculaires ou aux tours high-tech de Manhattan, où le billet coûtait plus de dix dollars, le cinéma d'East Hampton était un petit bâtiment à toit en bardeaux qui projetait d'obscurs films étrangers, des films d'art et d'essai et – à leur grande satisfaction – un dessin animé de Walt Disney cet après-midi-là.

– Je veux voir *Alien contre Predator*, décréta William.

– Pas de bol, ça n'est pas à l'affiche ! rétorqua Eliza entre deux bâillements.

Elles firent entrer les gamins dans la salle. La climatisation et l'obscurité soulagèrent Eliza. Elle avait l'intention de rattraper un peu du sommeil perdu en dormant pendant la séance. Ainsi parviendrait-elle peut-être à chasser de son esprit les événements de la veille au soir. Après avoir quitté la pièce, couverte de honte, elle s'était lancée à la recherche de Jeremy, mais n'avait trouvé qu'une poignée de jeunes gens à moitié nus, gisant inconscients sur la véranda.

Il fallait qu'il comprenne : elle avait été mise au pied du mur devant des gens qu'elle connaissait depuis toujours – ça n'avait rien à voir avec lui, en réalité. Ah, ce que c'était compliqué ! songeait-elle en se rongeant nerveusement les ongles.

Mara entra dans la salle avec Madison, chargée d'une bouteille de Coca et d'un énorme cornet de pop-corn. Eliza s'en fourra une poignée dans la bouche, et la recracha aussitôt.

– Quoi ? Sans beurre ?

– L'huile pour moteur qu'ils font passer pour du beurre contient plus de calories qu'un rumsteak, lui rappela Mara, agitant le menton en direction de Madison.

Eliza le savait. Mais tout le monde savait également que le pop-corn n'était pas vraiment de la nourriture. Et que sans beurre, ça avait un goût de sable.

– Je vais rajouter du beurre et du sel, dit Eliza en s'emparant du cornet.

– Hé, va t'en chercher un autre ! s'exclama Mara, désignant Madison encore moins discrètement que la première fois.

– Pourquoi ne pas lui demander ce qu'elle veut ? suggéra Eliza. Tu veux que je rajoute du beurre ?

Madison regarda les deux filles au pair. Elle avait vraiment envie de beurre, mais Mara l'encourageait si bien du regard qu'elle n'arrivait pas à se décider. C'était Mara qui avait coiffé ses poupées Barbie l'autre jour, en réussissant à démêler complètement leurs cheveux. Elle ne voulait pas la décevoir.

– Non, répondit-elle, presque sur le ton d'une question.

– C'est bien, Madison, approuva Mara. Pourquoi ne pas

t'acheter ton propre cornet ? demanda-t-elle, conciliante, à Eliza.

– Laisse tomber ! répliqua Eliza, sourcils froncés.

Elle n'avait plus un penny en poche, ayant déjà dépensé son dernier versement. Il ne lui restait qu'à attendre le prochain.

Les lumières s'éteignirent et les premiers accords du générique d'ouverture résonnèrent dans la salle.

Pendant que les enfants étaient occupés à regarder le film, Eliza raconta à Mara ce qui lui était arrivé la veille au soir.

– Je te jure, je ne voulais pas que ça se passe comme ça ! J'étais sous le choc, tu comprends ? dit Eliza, qui avait un furieux besoin d'être consolée. Jeremy compte plus pour moi que tous mes amis réunis.

Mara hocha la tête. L'épisode que venait de relater sa camarade de chambre n'était pas vraiment glorieux, mais Mara voyait bien qu'Eliza était déchirée.

– Je suis sûre qu'il comprendra. On a tous droit à l'erreur.

Dans un murmure, elle raconta à son tour la scène avec Jim et Ryan, strip poker inclus.

– Nom de Dieu, quel minable ! Je comprends pas que tu sois restée si longtemps avec un ploucard pareil, dit Eliza.

Mara fut estomaquée. C'était un peu fort de café. Bien sûr, un peu de compassion ne faisait pas de mal. Mais traiter son petit copain de « ploucard », c'était dépasser les bornes ! Certes, Jim n'était pas l'héritier d'une famille fortunée, il ne roulait pas en voiture de sport, mais il n'était pas si épouvantable que ça. Un peu borné, sans doute, et trop protecteur. Et très colérique, quand on le provoquait. De là à se faire traiter de « ploucard » ! Associant cette remarque à ses cruelles réflexions de l'autre soir sur Jeremy « qui n'avait pas sa place dans ce monde-là », Mara commençait à la trouver très insultante.

– Tu es incroyable, dit Mara en foudroyant Eliza du regard.

– Hein ?

– Tu sais, j'avais vraiment de la peine pour toi, à propos de ce qui s'est passé avec Jeremy... eh bien, à présent, je me dis que tu as peut-être eu ce que tu méritais.

– Une seconde...

– Je vais te donner un conseil, Eliza : dorénavant, tu devrais réfléchir avant d'ouvrir la bouche, siffla Mara en ramassant ses sacs.

– Pourquoi ? Qu'est-ce qui te prend ? demanda Eliza, stupéfaite.

Elle non plus n'avait pas passé la meilleure des soirées. Aux yeux de tous ses amis, elle faisait désormais partie de la catégorie des ploucs.

– Parce que tu sais ce qui manque vraiment de classe ? demanda Mara, la voix hostile et les joues en feu. Ce sont les snobinardes dans ton genre !

Sur ces paroles, Mara partit, laissant Eliza s'occuper seule des quatre gamins survoltés.

Mara rentra chez les Perry à l'instant précis où Jacqui franchissait le seuil de la maison.

– Tu étais où, toute la matinée ? demanda Mara.

– J'inscrivais les enfants à la régate de Shelter Island. Je me suis dit que ça pourrait leur plaire, et comme ce sera le dernier jour..., expliqua Jacqui.

Ça alors. Pour une fois, elle se comportait de manière attentionnée et responsable vis-à-vis des gamins. Or, au lieu de se réjouir de cette nouvelle, Mara se sentit encore plus coupable de les avoir laissés à Eliza.

– Eh bien, tu aurais pu nous prévenir, rétorqua-t-elle.

– Qu'est-ce qui te prend ? répliqua Jacqui, un peu blessée que Mara ne la félicite pas de son initiative.

– Rien. Rien... Tu veux bien me laisser seule ?

– Avec plaisir, répondit Jacqui.

# La situation est de plus en plus tendue

Pour la première fois depuis le début de l'été, Anna et Kevin étaient tous les deux présents pour le rapport hebdomadaire, dans la salle de projection. Anna était de bonne humeur. Elle était bien partie pour être nommée coprésidente du Super Samedi – la collecte de fonds au profit de la recherche contre le cancer des ovaires. Elle avait trouvé un grand couturier disposant d'un surplus impressionnant et désireux de l'écouler dans un des stands vedettes, et l'annonce de sa nomination n'était plus qu'une question de temps.

Mara et Eliza déboulèrent dans la pièce avec un peu de retard (Cody s'était soulagé sur elles pendant qu'elles lui changeaient sa couche). Quelle ne fut pas leur surprise – et leur mécontentement – quand elles trouvèrent Jacqui tranquillement assise là, à discuter avec leurs employeurs, comme si c'était la chose la plus naturelle du monde...

Elles s'assirent, étonnées du tour que prenait la situation.

– Comme je disais à l'instant, expliqua Anna, je désirerais savoir où en est Zoë, avec la lecture. Elle a commencé la nouvelle bande dessinée d'Art Spiegelman ?

– Heu... je ne sais pas trop, Anna, dit Eliza d'un ton joyeux.

À vrai dire, c'est à Jacqui qu'il faut le demander, vu qu'elle a passé l'été à lui lire des livres.

– Oui, il y a un livre qui la passionne, d'ailleurs. Je crois qu'il s'appelle *Mais où diable est passée Carmen Sandiego ?* glissa Mara.

Jacqui lui donna un coup de pied sous la table.

Anna paraissait enchantée.

– Et Cody ?

– Oh, nous l'avons presque guéri de son habitude de courir partout nu comme un ver. Nous ne manquons pas de faire valoir que les vêtements sont indispensables au développement de la sociabilité, souligna Eliza, en fusillant Mara du regard.

Kevin bâilla. Il était encore en train de s'imaginer Jacqui nue dans le cockpit de son yacht.

– Quant à Madison, elle apprend à quel point il est important de toujours dire la vérité. Surtout à ses amis, précisa Mara à l'adresse d'Eliza.

– Et William ? Il prend ses médicaments ?

– Oh oui, absolument ! dirent-elles en chœur.

Le docteur lui ayant prescrit de l'Adderall, en plus du Ritalin et du Metadate qu'il prenait déjà, William était effectivement sous traitement. Non que cela eût modifié en quoi que ce soit le comportement du gamin – qui restait le même petit monstre hyperactif.

– Merveilleux ! s'extasia Anna. Oh, Kevin, ces filles sont parfaites, tu ne trouves pas ? Rien à voir avec celles que tu avais engagées avant. Je suis tellement contente !

Les filles dressèrent l'oreille. Elles n'avaient toujours pas découvert ce qui était arrivé à la « première équipe », ainsi qu'elles avaient surnommé leurs devancières, et craignaient vaguement d'être elles aussi renvoyées. Dieu sait ce que ces filles avaient pu faire de travers. Après tout, Mara, Eliza et Jacqui étaient loin de se comporter de manière exemplaire. Sauf qu'Anna et Kevin étaient si distraits et indifférents que cela n'avait pas vraiment d'importance.

Kevin leur tendit les épaisses enveloppes gonflées de billets.

– Merci mesdemoiselles. Et continuez sur votre lancée !

Il entraîna Anna hors de la pièce.

– Oh, chéri, j'ai oublié de te prévenir..., dit Anna, comme ils s'éloignaient. Le paysagiste... enfin le jardinier... il a démissionné aujourd'hui. Il va falloir que tu trouves quelqu'un d'autre, pour s'occuper des azalées. C'est vraiment dommage !

Mara s'efforça de surprendre le regard d'Eliza. Mais celle-ci détourna la tête.

Tout en empochant leur argent, les filles pariaient mentalement sur celle qui, parmi elles, ne tiendrait pas le coup jusqu'au dernier jour.

Mara : cinq contre un que ce serait Eliza. Cette fille était une je-m'en-foutiste. Et vu que tous ses amis l'avaient laissé tomber, elle n'avait plus aucune raison de rester.

Eliza : trois contre un sur Mara. Elle voyait bien la petite provinciale avoir le mal du pays et quitter la grande vie.

Jacqui : deux contre un sur elle-même. Elle craignait de ne pouvoir en endurer davantage. Elle était loin de passer « l'été de rêve » promis par l'annonce. Tu parles d'une publicité mensongère !

# Eliza a un panier percé en guise de sac à main

Le lendemain, Eliza se retrouva devant le comptoir de Cartier. Même après tout ce qui s'était passé, elle eut le sentiment de redevenir elle-même en franchissant ses portes dorées. C'était ça, la vraie vie ! Elle hésita devant les classiques de la maison : les bagues Trinity, aux anneaux entremêlés, les solitaires étincelants marqués du « C » emblématique, les bagues carrées, massives et minimalistes, de la récente collection « nouvelle vague » – que les maîtresses de maison des Hamptons collectionnaient comme des chemises achetées au supermarché du coin.

– Celle-ci, dit-elle en désignant une montre en or dix-huit carats, sertie de diamants.

La vendeuse attacha la montre à son poignet délicat.

– C'est une petite merveille.

Levant le bras pour l'examiner à la lumière, Eliza admira son éclat scintillant.

– Je la prends, dit-elle. Inutile de l'emballer. Je la garde sur moi.

Le prix de la montre dépassait nettement le contenu de l'enveloppe, Eliza demanda donc à la fille de mettre le reste sur sa Visa déjà trop sollicitée.

Elle la méritait, cette montre ! Après tout ce qu'elle avait dû encaisser. Peut-être, à condition de la regarder suffisamment longtemps, pourrait-elle oublier l'expression dégoûtée de Jeremy, le rire méprisant de ses amis et le fait qu'il lui faudrait retourner à Buffalo à la fin de l'été.

En sortant de la boutique, elle vit Mara, sur le trottoir d'en face, qui se dirigeait vers la banque. Elle se baissa avant que celle-ci ait pu l'apercevoir. Pour le moment, elle n'avait aucune envie de montrer sa montre à Mara, ni de lui faire face.

# Un jour, Mara aura assez d'argent de côté pour s'acheter la nation entière

Mara s'éloigna du guichet. Elle avait environ six mille trois cents dollars en banque ! Elle en aurait eu six mille six cent soixante-six si elle n'avait pas dépensé une somme extravagante pour s'acheter une robe et des mules, lors de cette fatidique séance de shopping. Peut-être pourrait-elle tout de même acheter la Camry, si Jim trouvait la force de lui pardonner ? Après tout, Ryan et elle n'avaient rien fait, songea-t-elle non sans regret.

Elle glissa le récépissé dans son portefeuille et quitta la banque. Sur le trottoir d'en face, elle vit Eliza, qui sortait de chez Cartier avec un petit sac rouge. Celle-ci fit semblant de ne pas la voir. Exactement comme le premier jour, quand elles s'étaient retrouvées assises chacune à un bout du banc.

Mara se dirigea vers le Studio Pilates, où elle devait aller chercher les petites filles.

# Jacqui pourrait bien gagner son propre pari

Devant la réception de l'agence de voyages, Jacqui se mordait les lèvres. Elle avait juste assez d'argent pour retourner à São Paulo. C'était une sacrée tentation. Pourquoi traînait-elle encore dans cette ville ? Dans seize heures à peine, elle pourrait être à nouveau sur une plage digne de ce nom.

Par-dessus le comptoir, elle jeta un coup d'œil aux horaires d'avion s'affichant sur l'écran de l'ordinateur. Il y en avait un qui décollait de JFK ce soir même.

Mais la fuite ne résoudrait rien. N'était-ce pas jeter l'argent par les fenêtres ? Il ne lui restait que quelques semaines à endurer. Sa grand-mère s'étonnerait de la voir rentrer si tôt. Jacqui serait obligée de s'expliquer, et elle ne pensait pas que son *avo* se réjouirait d'apprendre que, si elle avait passé l'été aux États-Unis, c'était pour être avec un garçon. Si sa grand-mère avait accepté de la laisser partir, c'était seulement parce que Jacqui avait prétendu avoir été sélectionnée pour participer à un « programme éducatif expérimental ». Tu parles d'une prophétie !

Au bout d'un mois dans les Hamptons, Jacqui avait appris que les strings n'étaient pas autorisés sur la plage, que ses seins passaient pour faux et que le meilleur moyen de s'incruster dans une soirée, c'était de prétendre appartenir à ce monde-là.

– Dois-je réserver la place ? demanda l'employée, en se rasseyant derrière son bureau.

– À vrai dire, j'ai changé d'avis, répliqua Jacqui.

Par ailleurs, elle avait promis à Zoë de lui apprendre à lire ce livre plein de jolis dessins qu'elle avait apporté avec elle.

Elle quitta donc l'agence de voyages, son enveloppe pleine d'argent liquide sagement rangée dans son sac à main.

# Le Super Samedi n'a de super que le nom

Le dernier samedi d'août, la seule attraction de la ville consistait en une extravagante braderie au profit de la recherche contre le cancer des ovaires. Parmi les sommités qui avaient animé l'événement, on trouvait feu la princesse Diana (qui raffolait des soldes d'Oscar de la Renta), Donna Karan (qui en avait fait une vraie foire avec manèges de poneys et tout le tralala), et feu Liz Tilberis, ex-directrice d'Harper's Bazaar et fondatrice du Super Samedi. C'était une débauche de pavillons blancs où des couturiers tels que Calvin Klein, Jill Stuart, Kate Spade, Michael Kors et tant d'autres vendaient des modèles de défilé ou des invendus pour une fraction du prix d'origine.

Anna, qui avait été, au dernier moment, écartée de l'organisation au profit d'une personnalité mondaine plus fortunée, s'était tout de même courageusement proposée pour parrainer le stand d'Edgardo DeMenil – jeune loup qui avait fait ses débuts l'automne précédent, avec une collection de ponchos en cuir clouté. Malheureusement, le monde n'était pas encore prêt pour les ponchos en cuir clouté, et le couturier s'efforçait de se débarrasser de son stock au Super Samedi. Anna tentait de convertir ses amies à ces articles prétendument haute couture mais toutes préféraient naturellement s'abstenir.

– Mara, vous voulez bien emmener les enfants à la ménagerie ? Ils font fuir les clients ! lança Anna d'une voix frénétique.

– Tu peux t'en charger, Eliza ? Tu as oublié de prendre la poussette de Cody et je vais être obligée de le porter tout l'après-midi, dit Mara sur un ton de reproche même si, à dire vrai, elle trouvait assez réconfortant de sentir le bébé sur sa hanche.

Eliza, obnubilée par les vêtements de marque vendus pour trois fois rien, tarda à réagir. Un jean Yanuk à cinquante dollars ! Une robe en jersey de soie Calvin Klein à cent vingt dollars ! Si seulement elle ne s'était pas acheté cette montre Cartier ! Pauvre et contrariée, elle allait devoir subir six longues heures de supplice : il n'y a rien de pire au monde que de faire les soldes sans un sou en poche.

– Et alors ? Hier, c'est moi qui l'ai porté. Il a vomi partout sur mon beau débardeur, dit-elle, agacée. Et Jacqui, elle est où ?

Nulle part, comme toujours.

Quand elle reparut, sirotant un cocktail frappé, Mara s'énerva :

– Tu n'es jamais là quand on a besoin de toi ! siffla-t-elle, furieuse.

Anna et Kevin se mêlaient à leurs amis, faisaient des bises et présentaient parfois celui des gamins qui se trouvait dans leur champ de vision. Sugar était assise, aussi renfrognée, lasse et sexy qu'à son habitude.

– Chut ! On va t'entendre ! dit Eliza en se hâtant d'essuyer le menton barbouillé de chocolat de Zoë.

William trouva très drôle de s'accrocher à ses cheveux et de la tirer en arrière au moment précis où Lindsay et Taylor approchaient, tenant plusieurs sacs bourrés à craquer.

– William ! Lâche-moi, s'il te plaît ! supplia Eliza en s'efforçant de se dépêtrer du petit monstre.

Levant les yeux, elle aperçut Lindsay et Taylor près du stand Marc Jacobs, où elles essayaient des robes à fines rayures.

– Comment tu trouves ? demanda Taylor en lissant le devant de la jupe drapée.

Elle croisa le regard d'Eliza et se détourna, embarrassée.

– Oh, c'est Eliza. Salut, dit Lindsay en lui adressant un vague geste de la main.

Toutes deux détalèrent sitôt après avoir payé.

Eliza n'arrivait pas à décider ce qui était le pire – que ses amis l'ignorent ou qu'ils la plaignent ostensiblement.

– Pardon, mademoiselle... Vous pourriez aller me chercher un verre ? demanda Charlie, avec un sourire torve.

– Tu vois pas qu'elle est en train de bosser, s'esclaffa Sugar en se levant de son siège. Hé Bill, tire plus fort ! ajouta-t-elle à l'adresse de son frère cadet.

– Je te lâcherai pas ! claironnait William.

– Va te faire foutre ! dit Eliza, fixant Charlie droit dans les yeux.

– Pardon ? demanda Charlie.

– Eliza ! protesta Anna d'une voix pincée. Tu sais que nous nous efforçons de ne pas utiliser ce genre de vocabulaire devant les enfants. Ça affecte leur développement interactif.

– Désolée, désolée, je...

– Viens là, dit-elle, forçant William à lâcher Eliza. À présent, va jouer avec les enfants Kennedy-Cole. Ils sont là-bas, tu les vois ? Allez, file ! ordonna-t-elle à son beau-fils.

– Merci, marmonna Eliza, un peu humiliée à l'idée que, de toutes les personnes présentes, ce soit Anna qui l'ait tirée d'affaire.

À proximité du restaurant en plein air, Mara trouva un endroit tranquille d'où essayer de rappeler Jim. Il n'avait pas décroché depuis samedi soir. Or elle ne souhaitait pas que leur histoire se termine ainsi. Elle voulait qu'il sache la vérité. Ça la rendait furieuse, de penser au genre de bobards qu'il devait répandre sur son compte, à Sturbridge. Et si, à son retour, tout le monde la prenait pour une « pute à deux balles » ? Après tout, elle était déléguée de classe et avait une réputation à défendre !

Elle composa une nouvelle fois le numéro. Tomba directement sur la messagerie.

– Jim, c'est moi, Mara. Je sais que tu ne veux pas m'écouter, mais il le faut. Donne-moi la possibilité de t'expliquer. Je suis vraiment, vraiment désolée de ce qui s'est passé...

– Salut.

– Jim ? Tu es là ?

– Ouais.

– Écoute...

– Non, l'interrompit-il. C'est moi qui suis désolé de m'être emporté samedi soir. C'était pas bien, et je m'en excuse.

Mara tombait des nues.

– Je ne sais pas ce qui s'est passé entre ce gars et toi, et je n'ai pas spécialement envie de le savoir.

– Il ne s'est rien...

Mais Jim poursuivit :

– À vrai dire, je sentais que tu voulais ce job pour t'éloigner d'ici. Et je t'en voulais de me laisser seul. Mais il se trouve que..., commença-t-il, d'une voix piteuse.

– Que quoi ?

– Je crois que j'ai rencontré quelqu'un d'autre, reconnut-il.

Mara respira un grand coup. Ça alors, elle ne s'y attendait pas ! L'aveu de Jim lui inspirait des sentiments contradictoires. D'un côté, elle n'avait plus rien à se reprocher. De l'autre, flûte ! Elle avait passé l'été à craindre de le blesser alors que lui, vraisemblablement, ne pensait pas du tout à elle.

– Qui ça ?

– Stephanie Fortuna.

La chef des pom-pom girls. Elle eut le vague souvenir d'une petite chipie frisée qui faisait des bonds chaque fois que Jim touchait le ballon.

– Eh bien... heureuse pour toi ! dit-elle, presque sincère.

– Ouais, merci. On a quand même passé de bons moments, toi et moi, pas vrai ? demanda Jim.

– Oui, répondit Mara d'une voix douce.

Jim et elle sortaient ensemble depuis quasiment deux ans. C'était la fin d'une époque. La fin la moins spectaculaire qu'on puisse imaginer. Un peu comme le dernier épisode de *Matrix* comparé au premier.

– Bonne chance avec ton boulot et tout le reste. Et oublie ce que j'ai dit... au sujet de la Camry. Tu peux l'avoir, si tu la veux encore, ajouta Jim.

– Merci, répondit simplement Mara. Prends soin de toi.

– Toi aussi.

– Au revoir.

– Au revoir.

Mara raccrocha sans avoir dit « Je t'aime », comme ils le faisaient à chacune de leurs conversations téléphoniques depuis deux ans. Elle se sentait bizarre, entre autres parce qu'elle était désormais sûre de ne plus l'aimer. Elle n'avait plus de point d'ancrage, elle était libre. Elle avait cessé d'être la petite amie de Jim. Elle était redevenue Mara, tout simplement. Mais elle ne savait pas encore ce que cette nouvelle Mara comptait faire à présent.

– Hé, Mara, je peux t'emprunter vingt dollars ? demanda Eliza en s'approchant d'elle, un joli pull noir à la main. S'il te plaît.

Mara écarquilla les yeux. Parlait-elle sérieusement ? Elles ne s'étaient même pas encore officiellement réconciliées !

– Tu m'en veux encore ? demanda Eliza en se mordant la lèvre.

Elle n'avait pas l'habitude qu'on lui en veuille longtemps. Ce n'était pas nouveau pour elle, de se montrer vexante ou maladroite. Ce qui l'était, en revanche, c'était de répondre de ses actes.

– Écoute... je te demande pardon, pour ce que j'ai dit l'autre jour. C'est juste que tout est si... je ne voulais pas te blesser.

Eliza n'était pas encore une pro, en matière d'excuses.

Mara croisa les bras.

– N'empêche que tu l'as dit.

– Je sais. Je suis nulle, se lamenta Eliza.

– Ouais, dit Mara en remarquant que les yeux d'Eliza s'embuaient de larmes.

Ça aussi, c'était une première.

– Moi aussi, je suis désolée, dit alors Mara.

– Désolée de quoi ?

– De rien. J'ai pas envie que tu pleures, c'est tout.

Eliza gloussa et passa un doigt sous ses yeux pour essuyer les traces de rimmel.

– Je peux te les emprunter, alors ? Je te les rendrai, promis.

– Oh, d'accord. Mais avec des intérêts ! plaisanta Mara.

Eliza la serra dans ses bras. Elle acheta le pull et toutes deux regagnèrent le stand d'Anna, où Jacqui distribuait des beignets aux enfants.

– Tiens, Chloé, dit-elle en en tendant un à Zoë.

– Chloé ? demanda Anna, levant les yeux du reçu qu'elle était en train de rédiger pour l'achat d'un poncho particulièrement laid.

Eliza donna un coup de coude à Jacqui.

– Zoë !

– Zoë... Zoë, chantonna Jacqui en rougissant de sa gaffe.

– Zoë souhaite que nous l'appelions par toutes sortes de prénoms, ces temps-ci, expliqua Mara. Cette semaine, c'est Chloé. La semaine dernière, c'était Julie. Pas vrai, Zo ?

Zoë hocha la tête, en mangeant son beignet avec avidité. Bien qu'elle n'eût que six ans, on pouvait l'acheter !

Quand Anna eut le dos tourné, Jacqui se répandit en excuses.

– Je suis désolée ! Je ne sais pas où j'avais la tête ! dit-elle, honteuse. Je ne voudrais surtout pas nous causer des ennuis.

– C'est bon. Ç'aurait pu arriver à n'importe laquelle d'entre nous, dit Eliza.

– Oui, ne t'inquiète pas pour ça.

Elles passèrent le restant de l'après-midi à traquer une top-model qui les fascinait toutes les trois. Plus tard, en entassant les gamins dans la voiture, Mara et Eliza songeaient que la journée n'avait pas été si mauvaise que ça, après tout, lorsque Jacqui déboula.

Ses yeux brillaient et elle était visiblement très excitée.

– Je vous retrouve plus tard, les filles ! Je viens de croiser un ami qui m'a invitée à une super soirée chez Sting ! s'exclama-t-elle. Ciao !

Mara leva les yeux au ciel.

– C'est quoi, son problème, à cette fille ? fit-elle à Eliza.

Elle en avait assez de Jacqui. Bien qu'elle fût payée autant qu'elles, elle était loin de faire le tiers du travail. William tira les cheveux de Mara et partit en courant. Dieu sait qu'une autre paire de bras aurait été utile pour maîtriser ce petit garçon.

Eliza était également très ennuyée – mais pas parce que Jacqui les avait laissé tomber. Comment ça ? Une soirée dont elle n'avait pas entendu parler ? La réalité de sa mise au ban commençait à l'atteindre de plein fouet.

# Jacqui n'est pas une nana qui se lâche !

Rupert Thorne gratifia sa proie d'un sourire prédateur. Il n'avait pas pu oublier la fille qu'il avait prise en voiture à l'aéroport, ce jour-là. Quelle plaisante surprise ç'avait été, de la revoir à la braderie caritative à laquelle sa femme le traînait chaque année !

Il avait mentionné que Sting était en ville – pour un concert privé. Lui ferait-elle le plaisir de l'y accompagner ?

Ils débutèrent la soirée par un dîner au Palm, où Rupert commanda un château-latour à sept cents dollars la bouteille. « J'ai quelque chose à fêter », expliqua-t-il à Jacqui. Il l'avait ensuite emmenée au bar du très sélect Maidstone Club, célèbre pour les impitoyables conditions d'admission à son terrain de golf de deux cents hectares. Bill Clinton lui-même n'avait pas été jugé digne d'y disputer une partie lors de sa visite, en 1999. Rupert enfreignit toutes les lois du club relatives aux femmes, aux étrangers et aux catholiques, à seule fin d'impressionner Jacqui.

La limousine roulait vers une immense propriété dominant l'océan. C'était le somptueux manoir – plusieurs milliers de mètres carrés – d'un ancien roi de la finance reconverti en DJ techno (ce n'était pas Sting... Jacqui avait dû mal comprendre) qui aimait donner des soirées dans le style de Las Vegas, avec strip-teaseuses et tout le toutim... La demeure était fréquemment louée pour des tournages de films ou de clips et pour des fiestas de mille deux cents personnes, comme ce soir.

À l'entrée, une femme leur donna des décharges à signer, en leur expliquant que la télévision filmait l'événement. Jacqui inscrivit son nom en bas du document, sans se donner la peine de lire. Ce n'était pas la première fois qu'il lui fallait signer une décharge à une soirée – il y avait toujours telle ou telle chaîne du câble pour filmer tout ce qui se passait dans les Hamptons. Rupert signa à son tour et lui prit la main pour l'introduire dans la salle.

Il y avait une ambiance de folie. C'était une fête gigantesque. Des centaines d'invités en sueur dansaient dans la lumière pulsante des lasers. La sculpture sur glace d'une bouteille de vodka, s'élevant jusqu'au premier étage, fondait au centre d'une fontaine. La piscine avait été transformée en une grotte spectaculaire. Des hôtesses vêtues de bustiers et de mini-shorts distribuaient gratuitement des paquets de cigarettes.

– Waouh ! s'exclama Jacqui. Et Sting, il est où ?

– Sting ? s'esclaffa Rupert. Je t'ai dit DJ... oh, et puis quelle importance ? Amusons-nous, tu veux bien ?

Des équipes de tournage circulaient de-ci, de-là. Tous portaient des chapeaux « LES NANAS SE LÂCHENT ! » et des tee-shirts à logo, et encourageaient les invitées à montrer leur poitrine à la caméra. Hep ! Une seconde ! Jacqui avait vu la pub de ces vidéos, dans le show de ce cochon de présentateur dont elle avait oublié le nom.

– Et vous ? lui demanda un barbu au ventre proéminent.

– Non... non merci.

Elle sourit, mal à l'aise. On était loin du rassemblement de stars auquel Rupert avait prétendu la convier. Où étaient les célébrités ? Ashton Kutcher et Cameron Diaz ? Sarah Jessica Parker et Kim Catrall ? Ou, au moins, Tara Reid et Paris Hilton ? Il ne s'agissait pas d'une soirée chic. À vrai dire, le gros des invités était constitué de types craignos en chemises brillantes et pantalons de polyester, et de femmes moulées dans des robes en spandex, ayant abusé du bronzage et des silicones.

– Heu... je crois que je vais aller me chercher un verre, dit-elle.

– Bonne idée, approuva Rupert en se passant la langue sur les lèvres.

Il s'obstinait à resservir Jacqui avant même que son verre fût vide, si bien qu'elle ignorait, au final, combien d'alcool elle avait bu. Son inquiétude allant grandissant, Jacqui buvait beaucoup plus qu'elle ne l'aurait souhaité. Un projecteur fut soudain braqué sur elle. Jacqui plissa les yeux et vit, plantés devant l'entrée, des vigiles baraqués et plusieurs équipes de télé.

Le jeune producteur de vidéos érotiques qui organisait la soirée se saisit d'un haut-parleur :

– Voici arrivé le moment crucial, mesdames et messieurs ! Toute femme qui ne sera pas nue d'ici cinq minutes ferait mieux de s'en aller tout de suite !

– Hein ? demanda Jacqui.

– Allez ! fit Rupert, un large sourire aux lèvres. C'est pas la mer à boire ! Tout le monde sait que ces fêtes finissent tout le temps comme ça.

– Pas moi !

– Hé, tu as signé la décharge, à l'entrée. Allez, rigolons un peu ! dit Rupert, en tendant le bras pour faire glisser les bretelles de son corsage.

– Une minute ! Une minute ! protesta Jacqui en repoussant sa main.

Rupert se renfrogna.

– Qu'est-ce qui te prend ? Je te fais passer du bon temps. Je t'invite à dîner, je t'amène au Maidstone, et c'est comme ça que tu me remercies ? Allez, je veux juste qu'on rigole un peu, insista-t-il, gardant la main plaquée sur sa poitrine en un geste vaguement menaçant.

– Bien sûr qu'on va s'amuser, dit Jacqui, réfléchissant à toute allure. Je voudrais juste passer aux toilettes et m'occuper de deux trois trucs, dit-elle avec un clin d'œil, tandis que son cœur battait à tout rompre.

Tout autour d'eux, des femmes se déshabillaient et agitaient leurs seins devant la caméra. C'était loin d'être une gentille blague de potache, comme quand Mara et Ryan s'étaient baignés nus dans la piscine. C'était une industrie. C'était terrifiant. Et ce n'était pas du tout ce qu'elle avait en tête lorsqu'elle avait déclaré qu'elle aimerait assister au concert privé de Sting.

– Je t'attends ici, dit Rupert d'une voix traînante

Jacqui tenait à peine sur ses jambes.

– Je reviens tout de suite, promit-elle.

À quatre heures du matin, elle était là, paumée au milieu de nulle part. Elle n'avait pas de quoi se payer un taxi, et ne savait même pas d'où en appeler un. Personne, à la soirée, n'accepterait de la ramener chez elle.

Elle trouva un téléphone dans le hall et composa le premier numéro qui lui vint à l'esprit.

– Luca ! C'est moi... Il faut que tu m'aides !

– Qui est-ce ? demanda une voix féminine ensommeillée.

– C'est Jacqui. Je pourrais parler à Luca ?

– Il dort. C'est à quel propos ? demanda la femme, sur un ton soupçonneux.

Inutile d'insister. Jacqui composa un second numéro.

– Léo ? C'est moi, Jacqui. Il faut absolument que tu m'aides.

– Jacqui ? demanda Léo. (Encore debout, il finissait de disputer cinquante-quatre parties de football John Madden sur sa PlayStation.) La fille pour qui je ne suis qu'un coup en passant ?

– Léo... Je t'en supplie.

Mais il avait déjà raccroché.

Jacqui était en larmes. D'ici quelques minutes, Rupert allait se lancer à sa recherche, et Dieu sait ce qui adviendrait d'elle. Elle composa le dernier numéro dont elle se souvînt.

Ça sonnait, mais personne ne répondait. Jacqui s'était presque résignée à parcourir à pied les six kilomètres de la route de Montauk, lorsque Mara décrocha.

– Allô ?

– Mara. C'est Jacqui. Il faut que tu m'aides. Est-ce que vous pouvez venir me chercher ?

Mara s'assit sur son lit et jeta un coup d'œil au réveil.

– C'est quoi ce délire ? Tu laisses tout en plan, et nous on doit se réveiller et venir te...

– Mara, je t'en supplie..., dit Jacqui, éclatant en sanglots.

– Qu'est-ce qui se passe ? demanda Mara, réalisant soudain qu'il arrivait sans doute quelque chose de grave à Jacqui.

– Je suis à cette soirée... Sting n'est pas là... c'est seulement... il faut que je m'en aille d'ici.

– Tu es où au juste ?

Jacqui lui expliqua où elle se trouvait.

– On sera là dans quelques minutes. Il faut que je réveille Eliza. Je ne connais pas le chemin, mais je suis sûre qu'elle, elle le connaîtra. Reste où tu es !

Jacqui raccrocha, se faufila à l'extérieur et franchit la grille d'entrée. Le vent soufflait de la mer, l'air s'était rafraîchi. Mais elle préférait mourir de froid plutôt que retourner dans cette maison.

# On oublie parfois que les Hamptons se trouvent à Long Island

Dans un éclat de phares la Volvo rouge bringuebalante s'arrêta devant la grille. Mara ouvrit grand la portière.

– Jacqui ?

Eliza alluma une autre cigarette. Bon sang, vous parlez d'une histoire !

Mara lui avait expliqué en vitesse pourquoi il fallait qu'elles se lèvent et volent à la rescousse de leur camarade de chambre, mais Eliza n'était pas sûre d'avoir bien compris les raisons qui l'avaient forcée à quitter son lit douillet à quatre heures et demie du matin.

Elles trouvèrent Jacqui tapie près des marches. Quand elle les aperçut, elle fondit en larmes.

– Oh, mon Dieu ! Qu'est-ce qui s'est passé ? demanda Mara, craignant le pire.

– Rien... rien. Je n'étais pas sûre que vous viendriez, c'est tout, répondit Jacqui, entre deux sanglots.

Tremblante et bouleversée, elle ne ressemblait en rien à la Latino-Américaine sophistiquée, sûre d'elle et blasée qu'elles connaissaient. À la lumière de la lune, elle paraissait réellement ses seize ans.

– J'ai été bête, dit-elle. J'aurais dû me douter qu'il se passerait un truc dans le genre.

Elle leur parla de Rupert, de la façon dont il l'avait appâtée, de la soirée graveleuse, des mecs lubriques, des caméras vidéo.

– Tu es mineure, dit Eliza. On pourrait les envoyer en prison.

– J'ai signé la décharge, admit Jacqui.

– Et alors ? Qu'est-ce que ça peut faire ? Ça ne tiendra pas, devant un jury.

– Allez, fichons le camp d'ici avant qu'ils n'essaient de faire de nouvelles recrues ! suggéra Mara.

Jacqui renifla puis s'essuya le nez d'un geste de la main. Elle jeta un coup d'œil à la voiture.

– Vous avez pris la Volvo ?

Elles se dirigèrent vers l'ouest, jusqu'à cette partie de Long Island où il y avait plus de centres commerciaux que de soirées orgiaques. Après tout, il n'y avait pas que les Hamptons au monde ! Elles commençaient même à en avoir par-dessus la tête, à vrai dire. On y passait son temps à se pomponner et à poser pour la galerie. Il fallait sans cesse songer à assortir bikini, paréo, sac à main et sandales... On mettait des heures à se préparer pour aller nulle part.

– Regardez, un restaurant de la chaîne Denny's, dit Mara. Ça fait une éternité que j'ai pas mis les pieds dans l'un d'eux.

– Ça vous dit, un petit déjeuner ? demanda Eliza.

– C'est une super idée, approuva Jacqui.

Elles trouvèrent une table dans un coin, près de la vitre, et ouvrirent les menus.

– Quess' que j' vous sers ? leur demanda une serveuse en uniforme de vichy, coiffée à la mode des années soixante.

Elle ressemblait si peu aux sylphides qui leur apportaient leurs minuscules portions de tofu au restaurant Chez Babette, que les filles ne purent s'empêcher d'échanger un sourire. C'était exactement ce dont elles avaient besoin : une bonne dose de réalité.

– Je prends le « Spécial poids lourd », décréta Jacqui.

– Trois œufs, deux pancakes, du bacon, des saucisses et du jambon ? demanda Eliza, horrifiée.

Tout, dans la liste, dépassait son maximum de quatre cents calories par repas.

– Ça m'a l'air extra. Moi aussi, je le prends, décida Mara en refermant le menu.

– Deux « poids lourds ». Et vous, mon chou ?

Eliza hésita. À lui seul, le bacon faisait trois cents calories. Mais elle avait vraiment, vraiment faim.

– Trois, dit-elle.

Elles engloutirent leurs petits déjeuners nageant dans la graisse et se mirent au courant des dernières nouvelles.

– Et tu n'as pas reparlé à Jeremy depuis ? demanda Mara lorsque Eliza eut raconté à Jacqui ce qui s'était passé.

– Non.

– Tu dois aller le trouver et lui dire ce que tu éprouves, souligna Mara. C'est important. Vous ne pouvez pas en rester là, tous les deux !

– Je sais, je sais, soupira Eliza, piquant un gros morceau de saucisse avec sa fourchette et l'enfournant.

– Jeremy... le mec qui tond la pelouse ? demanda Jacqui. Il

est vraiment mignon. Je l'ai croisé l'autre jour, il te cherchait. Je suis désolée. J'ai oublié de te le dire.

– Il me cherchait ? Oh, mon Dieu !

– Tu vois... je suis sûre qu'il ressent la même chose que toi. Mais il faut que tu ailles le trouver la première, insista Mara qui était d'un naturel romantique.

– D'accord. Mais à condition que tu rompes avec Jim. Tu mérites tellement mieux que ce crétin. Parce que c'en est un !

– On a déjà rompu, répliqua Mara. Hier, à vrai dire.

– Et tu n'as rien dit à Ryan ?

– Non. Pourquoi je lui dirais ? demanda Mara, obstinée.

Jacqui et Eliza échangèrent un regard.

– Seulement parce qu'il est raide dingue de toi, dit Eliza.

– C'est de l'amour, déclara Jacqui. Je sais reconnaître un homme amoureux. Il t'aime à la folie. Il te dévore des yeux. Il est tellement épris ! ajouta-t-elle sur un ton dramatique.

– Mais non. Il a une petite amie.

– Tu parles de cette Camille ? demanda Eliza. C'est du passé. Il me l'a dit l'autre jour, il ne le sentait pas. Il a rompu la semaine où les gamins étaient partis.

– Et alors ? Il est peu probable qu'il s'intéresse à une fille comme moi, dit Mara d'une voix calme.

Elle savait ce que les mecs comme lui pensaient d'elle – elle l'avait su le premier jour. Les mecs comme lui étaient trop bien pour elle.

– Qu'est-ce que tu racontes, bon sang ? hurla Eliza, si fort que les routiers qui prenaient leur petit déjeuner se retournèrent. Tu es canon ! Tu t'es regardée dans le miroir ces temps-ci ? demanda-t-elle à Mara, obligeant celle-ci à fixer son reflet dans la vitrine.

Jacqui s'empressa d'en rajouter une couche.

– À São Paulo, les filles comme toi, on dit qu'elles sont... c'est quoi le mot déjà... sexy.

– C'est super-gentil de votre part, mais vous me faites marcher, les filles, dit Mara, se détournant de son reflet.

Auprès d'elle, il y avait Eliza, la sœur jumelle de Cameron Diaz qui, en dépit d'une terrible gueule de bois, était aussi radieuse qu'un top-model. Il y avait Jacqui, la voluptueuse Latino-Américaine. Et il y avait elle, le vilain petit canard. Mais, pour une fois, Mara étudia plus attentivement son reflet. La coupe de Pierre mettait ses pommettes en valeur, et ce nouveau chemisier turquoise qu'Eliza l'avait aidée à choisir faisait paraître ses yeux plus bleus que jamais. À force de courir après les gamins, elle avait même perdu quelques kilos. Devait-elle les croire ? S'était-elle transformée en pin-up du jour au lendemain ?

– Tu vois, dit Eliza, d'un ton satisfait. Je te l'avais dit.

– Et maintenant, tu vas aller trouver ce garçon ! ordonna Jacqui.

Elle était tellement contente d'être là, à ce moment précis. Tout en regardant Mara écarter avec un sourire mélancolique les boucles qui lui tombaient sur le visage et Eliza commander d'un geste de la main une tournée de milk-shakes (hé, qu'est-ce qui pouvait mieux s'accorder avec le « Spécial poids lourd » ?), Jacqui réalisa qu'après tout ce qui leur était arrivé cet été, elles étaient désormais vraiment amies.

# Eliza, Mara et Jacqui découvrent e meilleur des Hamptons

Le soleil se levait lorsqu'elles reprirent la route 67 en direction d'East Hampton. Les étals de fruits et légumes étaient en train d'ouvrir sur le bas-côté. Eliza parvint à convaincre ses amies de ne pas laisser passer l'occasion d'acheter les meilleures primeurs du coin.

– Anna va toujours au marché d'Amagansett, mais il est pris d'assaut. C'est beaucoup mieux ici.

Eliza humait l'air, tandis qu'elles s'avançaient, examinant tous les stands.

Les épis de maïs formaient de hautes piles. Sous leur enveloppe vert pâle, les grains étaient ivoire, ou jaunes comme des jonquilles. Il y avait aussi des pamplemousses gros comme des ballons de basket, des oranges qui paraissaient irradier de lumière, des carottes longues et charnues comme des bras, de la trévise, de la chicorée, de la roquette et autres salades fantaisie pour moins de un dollar la botte.

Eliza leur montra l'étal du boulanger, couvert de pain de seigle sans blé ni gluten, de pains au levain, de pains tressés...

Elles reconnurent Cindy Crawford qui, sous une casquette de base-ball, reniflait des kakis.

– Hé, regardez, une tarte maison à la pêche et aux myrtilles, dit Mara en se rapprochant du délicieux parfum. Prenons-en une pour les enfants.

– Madison va adorer ! approuva Eliza.

– Aux pêches ! Le fruit préféré de Zoë ! ajouta Jacqui.

– Quant à William, il sera content de la jeter contre le mur ! plaisanta Mara.

Elles achetèrent un ballon en forme de Bob l'éponge pour Cody et remplirent le coffre de cageots d'agrumes, de pains à peine sortis du four, de grosses tomates grappe rouge orangé, de choux-fleurs et de brocolis. Et de suffisamment de raisin pour fabriquer leur propre tonneau de vin !

Eliza les déposa devant la maison.

– Tu vas où ? demanda Mara.

– Jeremy se lève tous les matins pour aller courir à Montauk. Je vais voir si je l'y trouve.

– C'est bien, dit Mara en serrant le bras d'Eliza. Et moi, je vais aller chercher Ryan.

– Vas-y, frangine ! s'exclama Eliza avec un sourire.

Soudain, Jacqui leur passa à toutes deux un bras sur l'épaule, ce qui n'était pas très commode, vu qu'Eliza était toujours dans la voiture.

– Vous êtes les meilleures !

Eliza démarra et Jacqui et Mara contournèrent la maison, en direction de l'allée pavée.

– Je vais me coucher, dit Jacqui, à personne en particulier, en montant l'escalier branlant.

Mais il lui faudrait également prendre une longue douche chaude, pour faire réellement peau neuve.

# Mara passe enfin à l'action !

La maison principale était vide lorsque Mara se faufila à l'intérieur : les employés de cuisine eux-mêmes n'étaient pas réveillés. Elle monta l'escalier, s'arrêta devant la chambre de Ryan, entrebâilla la porte...

– Ryan ? murmura-t-elle. Tu es réveillé ?

Maintenant qu'elle savait ce qu'elle voulait – *lui* – elle avait hâte de le lui annoncer. Et si lui ne la voulait pas, eh bien, elle y survivrait. Ce à quoi elle ne survivrait pas, en revanche, ce serait de ne pas lui avoir parlé.

Elle ouvrit plus grand la porte et entra dans la chambre. Sur son bureau se trouvait le jeu de cartes de l'autre soir, quelques brindilles qu'ils avaient ramassées sur la plage pour en faire d'éventuels bâtons à marshmallows et le livre qu'elle lui avait prêté – *Le Zen et l'art de l'entretien de la motocyclette*. Il lui avait confié ne jamais l'avoir lu, et elle l'avait tancé sur son manque de culture littéraire.

Ses surfs et ses skate-boards étaient posés contre le mur.

Mais son lit n'était pas défait.

L'édredon bleu était parfaitement replié.

Son cœur se serra. Sans doute n'était-il pas rentré hier soir. S'il n'était pas avec Camille, il était avec une autre. Qu'est-ce qu'elle s'imaginait ? Qu'il allait l'attendre tout l'été ? Mara se rappela toutes ces filles qui, aux soirées auxquelles ils avaient assisté cet été, lui avaient très clairement manifesté leur intérêt.

Elle referma la porte derrière elle. Il avait dû trouver quelqu'un pour lui tenir compagnie – une de ces nièces Bush ou de ces riches héritières de la famille Hearst qui étaient pendues à ses lèvres. Voire une de ces jolies Irlandaises qui travaillaient dans tous les cafés, bars et boutiques de location de kayaks des Hamptons.

– Bonjour mademoiselle, lui lança Stevens, le majordome, lorsqu'il passa devant elle pour aller ouvrir les rideaux dans la chambre de monsieur.

Elle hocha timidement la tête.

La piscine scintillait dans la lumière du matin. Elle se dit qu'elle était tout de même très heureuse d'avoir passé l'été dans un cadre aussi merveilleux. La surface de la piscine à débordement se confondait avec le bleu de l'océan. C'était une vision dont Mara ne pourrait jamais se lasser.

Elle ramassa machinalement les jouets des enfants en regagnant le cottage des filles au pair. La peluche de Zoë, la Game Boy que William avait égarée, la couverture de bébé de Cody, les deux poupées mannequins de Madison.

Elle contourna le mur, et s'arrêta net, le souffle coupé.

Là, dans le hamac tendu derrière le cottage, était allongé Ryan, endormi.

Elle l'embrassa doucement sur la bouche pour le réveiller. Son prince assoupi. Ses narines vibraient au rythme de sa respiration. Elle sentit la tendresse et l'affection l'envahir.

Il cligna des yeux et, l'apercevant, eut un sourire.

– C'était pour quoi ?

– J'en avais envie, c'est tout, dit-elle en lui rendant son sourire.

– Je t'ai cherchée toute la nuit. Où est-ce que tu étais passée ?

– Nulle part. Je t'ai cherché moi aussi.

– Ça alors !

Elle se pencha vers le hamac, et il l'attira pour qu'elle vienne s'y pelotonner près de lui. Le hamac se balança sous leurs poids combinés, les projetant l'un contre l'autre.

– Et Jim ? demanda-t-il en effleurant son bras nu.

– On a rompu.

– Et ce n'est pas trop dur ?

– J'aurais dû le faire il y a très, très longtemps.

– Très bien, dit-il d'une voix ensommeillée avant de refermer les yeux.

Mara se blottit sous son aisselle, heureuse de sentir ses bras forts et rassurants autour d'elle. Elle aurait voulu rester toujours ainsi.

Le vent faisait osciller le hamac. Ils s'endormirent au son des vagues venant se briser sur la rive.

# Eliza va à Montauk pour la première fois de l'été

*Pitié, pitié... pourvu qu'il soit là !* se répétait Eliza. *Pitié, pitié, pitié...*

Elle se gara sur le parking et marcha jusqu'à la plage. À l'exception de quelques courageux nageurs, il n'y avait personne. C'est alors qu'elle le vit. Il était vêtu d'un short et d'un anorak défraîchi.

– Jeremy ! Jeremy ! cria-t-elle.

Il se retourna, l'aperçut, continua à courir. Plus vite.

Eliza retira précipitamment ses chaussures à talons compensés et courut pour le rattraper.

– Jeremy, je t'en prie, supplia-t-elle. Attends-moi !

Mais il courait toujours.

– JE T'AIME ! cria-t-elle.

Enfin, au beau milieu de la plage, il s'arrêta et retira le casque de son walkman.

– Qu'est-ce que tu as dit ?

Elle se précipita vers lui, sans se soucier des bris de coquillages qui lui picotaient la plante des pieds. Elle se campa juste devant lui. Il avait le visage luisant de sueur, les cheveux frisés par l'humidité. Mais il lui parut encore plus beau que dans son souvenir.

– Je suis désolée pour l'autre soir... Je ne sais pas ce qui m'a pris... ou plutôt je le sais, et je m'en veux tellement. Je t'aime. Je n'ai jamais ressenti ça pour personne, et je voulais que tu le saches, dit Eliza, en cherchant vainement une trace d'affection sur le visage impassible de Jeremy. Pourquoi as-tu donné ta démission aux Perry ?

– Tu crois que j'aurais pu y travailler... continuer à te voir... tout en sachant ce que tu pensais véritablement de moi ? demanda-t-il.

Eliza vit à quel point elle l'avait blessé.

– Je t'en prie, pardonne-moi. On peut tout reprendre à zéro ? S'il te plaît !

Elle retint son souffle. Il fallait qu'il réponde oui, il le fallait ! Elle lui avait dit qu'elle l'aimait. Ces mots, elle ne les avait encore jamais dits à voix haute. À personne.

– Je ne sais pas, dit-il, les yeux rivés sur le sable. Je crois qu'on est trop différents, ajouta-t-il en secouant la tête. Ce n'est pas si simple.

– On ne pourrait pas essayer ?

Elle essaya de lui prendre la main, mais il la repoussa.

Ce n'était pas ainsi que les choses auraient dû se passer. Il était censé l'embrasser tout de suite, lui dire que tout était oublié et qu'il lui pardonnait. Mais son visage était sombre.

– Ce n'est pas comme un robinet qu'on peut ouvrir ou fermer, expliqua-t-il. Il faut... il faut que je réfléchisse. Laisse-moi un peu de temps.

Il remit ses écouteurs et recommença à courir, s'éloignant d'elle.

Eliza le suivit des yeux, ignorant comment réagir. Elle ne

s'était jamais montrée aussi vulnérable devant quelqu'un, et elle venait d'être rejetée.

Il avait demandé du temps. Mais le premier lundi de septembre approchait à grands pas. Elle n'avait pas le temps d'attendre. Dans une semaine, elle rentrait à Buffalo.

# Mara a trouvé le bonheur... dans un hamac

– Oh les amoureux ! Oh les amoureux ! scandèrent en chœur Madison et Zoë, réveillant Ryan et la fille au pair qui dormait dans ses bras.

– MARA ET RYAN SONT AMOUREUX ! ricana William en produisant d'affreux bruits de succion censés imiter les baisers.

– Chut ! fit Ryan, agitant les bras pour chasser ses frères et sœurs.

– Réveillez-vous ! Réveillez-vous, les endormis ! On veut aller nager !

Mara cligna des yeux et sourit :

– Pour commencer, allez vous changer ! On se retrouve au bord de la piscine.

Au lieu de ça, les filles se hissèrent dans le hamac et William, qui détestait être laissé de côté, grimpa lui aussi.

– Oh, ce que tu es lourd ! s'exclama Ryan en serrant son petit frère dans ses bras.

Mara éclata de rire, tandis que les gamins faisaient furieusement tanguer le hamac.

– On va tous tomber ! Eh bien, si personne ne veut partir, moi j'y vais ! menaça-t-elle, s'agrippant à l'un des bords du hamac pour ne pas se faire mal en descendant.

Non ! Toi, tu restes là ! protesta Ryan en l'attirant à nouveau contre lui.

À l'autre bout du hamac, les petites filles se murmuraient des choses à l'oreille, faisant un cornet de leurs mains minuscules.

– Zoë et moi avons décidé, dit Madison d'un ton très sérieux, que tu es BEAUCOUP plus jolie que l'ancienne petite amie de Ryan.

– Oh, merci, dit Mara, avec un clin d'œil à Ryan. Alors comme ça, je suis plus jolie que Camille ?

Madison et Zoë parurent déconcertées.

– Camille ?

– Heu... l'ancienne petite amie de Ryan ? hasarda Mara.

– Tu veux dire Sophie ? demanda Madison.

– Ou Annette ? intervint Zoë.

– Il n'y en a pas qu'une ? demanda Mara.

– Madison ! Zoë ! Ne répondez pas ! dit Ryan, plaisantant à moitié.

– Il y en a des tonnes ! assura Madison.

– Des tas, confirma Zoë.

Mara écarquilla les yeux.

– Ah oui, des tas ? Combien, au juste ? demanda-t-elle à Ryan.

– Il faut vraiment qu'on parle de ça maintenant ? dit Ryan dans un éclat de rire. Ça n'a pas tant d'importance, non ? Enfin... nous sommes ensemble, à présent.

Mara paraissait découragée.

– Mes sœurs ne savent pas de quoi elles parlent, dit-il, lui prenant le menton et l'embrassant sur la bouche. Il n'y a qu'avec toi que j'ai envie d'être. OK ?

– OK.

Du moment que c'était clair.

Les petites filles poussèrent un soupir de bonheur. C'était tellement romantique.

Quelques minutes plus tard, Jacqui apparut, ses lunettes de soleil sur le nez. Elle était en short et portait un croissant et un gobelet de café provenant de la Hampton Coffee Company. Sous son autre bras, elle avait coincé plusieurs journaux et magazines.

– Tu es qui, toi ? lui demanda William en se dirigeant vers la piscine.

– Jacqui... Je me suis occupée de toi tout l'été ! plaisanta-t-elle.

William eut l'air déconcerté. Jacqui sourit en voyant Mara et Ryan blottis l'un contre l'autre.

– Regardez ce que j'ai trouvé ! dit-elle en brandissant le *New York Magazine*, le *Hamptons Magazine*, le *New York Post*, le *New York Daily News* et le *New York Times*.

Il y avait des photos de Mara partout, signées de son ami Lucky Yap.

« La dernière coqueluche des Hamptons ! Et elle n'a pas eu besoin d'emboutir la façade arrière d'une boîte de nuit ou de tourner une vidéo porno pour y parvenir ! » claironnait la toujours-très-sobre page 6.

– Hé, tu es plus célèbre que moi, dit Ryan en remarquant que la dernière série de photos ne mentionnait même pas « l'héritier des Perry ».

Mara feuilleta les magazines et les journaux avec un sourire songeur. Elle se sentait sûre d'elle, et ivre de bonheur – non parce qu'elle avait atteint en une saison ce à quoi les habitués des Hamptons aspiraient toute une vie, mais parce qu'elle était avec le garçon qu'elle aimait.

# Jacqui accomplit des prodiges

Jacqui rassembla les gamins et les conduisit à la piscine. Elle gonfla les brassards de bain de Cody et les enfila sur ses bras potelés.

– Allons-y ! s'exclama-t-elle en sautant dans le grand bain.

Chose étonnante, il la suivit, faisant gicler l'eau et agitant ses petites jambes comme un canard.

– C'est bien ! C'est bien ! dit Jacqui dans un éclat de rire.

Elle était inconsciente d'avoir accompli un miracle – Mara et Eliza avaient passé l'été à essayer de faire surmonter sa phobie au bébé, mais pour Jacqui, qui n'était jamais là, Cody était un nageur-né. William sauta lui aussi dans la piscine, manquant de peu de heurter son frère.

– Fais attention ! gronda Jacqui.

Le petit garçon lui tira la langue.

– Coulé ! dit-il en enfonçant la tête de Cody dans l'eau.

– WILLIAM !

Ce gamin était un véritable cauchemar. Il lâcha son frère et, en gloussant, nagea vers l'autre extrémité de la piscine.

Cody clapotait allègrement.

– Pas mal ! dit Kevin Perry, en s'agenouillant. Hé... Jacqui... c'est bien ça ? Ça vous dirait de faire un tour au sauna, un peu plus tard ? On vient d'installer un nouveau pommeau de douche. Il est incroyable !

Jacqui gagna le bord de la piscine. Elle ne supportait plus d'être observée par tous ces types qui bavaient devant elle. Et après ce qui s'était passé à la fête, elle en avait soupé des hommes plus âgés.

– Je ne crois pas que votre femme apprécierait de vous entendre me parler comme ça, dit-elle calmement.

Il parut désorienté. Bien plus qu'il n'aurait dû l'être.

– Bien sûr. Eh bien... heu... à plus tard, alors, bafouilla Kevin.

Jacqui hocha la tête. Quel soulagement ! Après des années passées à s'aplatir, à faire des courbettes et à flirter avec les hommes pour un pourboire, un trajet en voiture, un verre ou une invitation à une soirée, elle parvenait enfin à se rebiffer !

Ça lui faisait un effet du tonnerre.

# Nouvel accès d'amabilité d'Anna Perry

Une fois de plus, Anna était assise en bout de table, lorsque les filles au pair déboulèrent dans la salle de projection, pour leur rapport hebdomadaire. Les miracles ne cesseraient-ils donc jamais de se produire ?

Les trois filles prirent place autour de la table.

– Où est Kevin ? chuchota Eliza.

Jacqui haussa les épaules.

Depuis que Jacqui lui avait fait comprendre qu'elle ne tolérerait plus ses avances, Kevin avait trouvé de meilleures manières de passer le temps.

Les filles étaient un peu nerveuses. Elles étaient censées toucher leur dernier versement à la fin de la réunion – à moins d'être renvoyées avant. Elles ignoraient toujours ce qui avait suscité la mise à pied de la première fournée de filles au pair et le Super Samedi n'avait pas été leur meilleur jour.

Mais Anna était visiblement aux anges.

- Eh bien, j'espère que vous avez passé un été fantastique, dit-elle. Ça a certainement été mon cas.

On lui avait demandé de prêter son court de tennis pour le

Tournoi Cartier, ce qui la hissait au rang des Swid, Kravis et Davis de la ville. Ça la consolait de la débâcle du Super Samedi. Enfin, plus ou moins.

Les filles hochèrent la tête.

– Votre dévouement manifeste aux enfants me va droit au cœur, poursuivit Anna. Tout particulièrement en ce qui concerne Cody. Quelle surprise de le voir nager ce matin ! s'extasia-t-elle en portant la main à son cœur. Le voir surmonter sa plus terrible peur… Il n'est pas de plus grande fierté pour une mère !

Mara et Eliza acquiescèrent, se demandant comment diable Jacqui s'y était prise.

– Et ce livre en portugais que tu fais lire à Zoë, Jacqui. Nous espérions tout juste lui faire déchiffrer l'anglais. Mais qu'elle puisse parler deux langues, ce serait formidable ! La responsable des inscriptions de son école pense que ça la fera partir d'un bon pied, à la rentrée prochaine. Elle dit que Zoë parviendra certainement à entrer à Dalton.

Mara et Eliza échangèrent un nouveau regard perplexe. Quand cela s'était-il produit, au juste ?

– Mieux encore, Madison a perdu cinq kilos ! se réjouit Anna.

La fillette s'était goinfrée tout l'été – la perte de poids était simplement un phénomène naturel chez une enfant de son âge – mais les filles se gardèrent bien de le mentionner.

– Bien entendu, William est encore un peu nerveux. Mais n'en demandons pas trop… au moins, il a cessé de mordre les gens, continua Anna. Il est si tentant de se disperser, dans les Hamptons. Il y règne une telle frénésie, avec toutes ces soirées, toutes ces boîtes de nuit…

À ces mots, elles affichèrent un air vaguement coupable.

– Je ne vous l'ai jamais dit, mais c'est pour ça que nous avons dû nous débarrasser des premières filles au pair ! Elles sortaient tous les soirs !

Les filles se jetèrent des coups d'œil en biais.

– Nous tenons donc à vous féliciter pour la qualité de votre travail. Voici le dernier versement, agrémenté d'une petite prime, conclut Anna avec un clin d'œil.

Eliza poussa un soupir de soulagement. Son découvert était de plus en plus important. Elle allait commencer à le combler, cette fois-ci, au lieu de l'aggraver encore. Vraiment. Dès qu'elle se serait payé cet adorable manteau en tweed repéré chez Scoop, l'autre jour. Hé, l'automne approchait à grands pas et la rentrée nécessitait une nouvelle garde-robe...

Mara croisait les bras sur sa poitrine. Elle avait gagné plus de dix mille dollars en un été. Waouh ! Les frais d'inscription a la fac et une Camry vieille de dix ans. Pouvait-on rêver mieux ? Elle avait beau s'être transformée en une superbe créature, elle n'en restait pas moins, au plus profond d'elle-même, la petite provinciale d'autrefois.

Jacqui rangea son enveloppe. Une fois de retour, elle achèterait à sa grand-mère la plus grande statue de la Vierge Marie que la vieille dame ait jamais vue – en recevant un tel cadeau, celle-ci comprendrait à quel point Jacqui l'aimait.

Mais Anna n'avait pas fini :

– Au fait, nous aimerions vous avoir avec nous à Noël. Nous passons, comme chaque année, deux semaines à Palm Beach. Notre nounou habituelle nous a laissés en plan – elle part en Angleterre. Vous pensez que ça pourrait vous intéresser ? La paie est de cinq mille dollars. On peut tous se retrouver à New York et s'y rendre dans notre jet privé.

Palm Beach ? À Noël ? Cinq mille dollars ? Un jet ? Elles signaient où ?

# Quand Puff Daddy donne une soirée, il ne fait pas les choses à moitié

Le premier lundi de septembre arriva et, avec lui, la « soirée blanche » de Puff Daddy, dernier grand événement de la saison. Eliza avait passé trois jours au téléphone pour s'assurer trois invitations. Kit était une nouvelle fois intervenu, et Lucky Yap leur en avait envoyé deux. Elles étaient donc tranquilles.

Mara traînassait dans la chambre de Ryan, l'observant pendant qu'il passait un costume en lin blanc. Alors qu'il boutonnait sa chemise devant le miroir, il surprit son regard.

– Qu'est-ce que tu regardes ? demanda-t-il.

– Mon beau petit am..., commença-t-elle, avant de se raviser.

Avait-elle vraiment utilisé ce mot-là ? Comment s'était-elle permis ? Elle ne savait même pas ce qu'il pensait de tout ça. Peut-être prenaient-ils simplement du bon temps ? Il n'était pas dans ses intentions de définir si tôt leur relation.

Lisant la détresse sur son visage et devinant à quoi elle était due, Ryan se retourna, grimpa sur le lit et l'embrassa sur la joue.

– Je préfère regarder ma belle petite amie, murmura-t-il.

Mara se renversa sur le lit et l'attira contre elle en s'agrippant au collier de cuir qu'il portait toujours autour du cou. Les oreillers étaient encore tièdes.

Ryan embrassa ses paupières, son nez, ses joues.

– On ne devrait peut-être pas s'habiller tout de suite, chuchota-t-il.

– Peut-être pas, approuva-t-elle.

Eliza fixa le placard d'un œil sceptique. Comment était-ce possible ? Tous ses vêtements blancs étaient sales, jaunis ou tachés. Elle n'avait rien à se mettre pour la plus fameuse soirée de la saison.

À moins que...

Elle gagna discrètement la maison principale. Blanche et diaphane, la robe Versace que Sugar lui avait demandé de porter chez le teinturier plus tôt dans la semaine était toujours pendue dans son dressing, attendant d'être enfilée. Mais Sugar ne rentrerait pas de son épilation maillot avant un bout de temps.

*Sugar aurait l'air livide, là-dedans*, songea Eliza. *Honnêtement, je lui rends service.*

Eliza s'empara de la robe. C'était sa dernière soirée aux Hamptons. Et puis, ne méritait-elle pas de la porter ? C'est elle qui en avait pris soin tout l'été.

Avec un bâillement, Jacqui passa un chemisier et une jupe mi-mollets blancs. C'était sa tenue la plus classique. Pour une fois, elle souhaitait passer inaperçue. Les types lui posaient trop de problèmes, ces temps-ci. Ça lui faisait du bien, d'être célibataire.

Le groupe s'était donné rendez-vous dans l'allée. Mara et Ryan émergèrent, main dans la main, de la grande maison. Ils avaient les joues rouges et rayonnaient, dans leurs costume et tailleur-pantalon assortis.

Eliza les rejoignit sur le seuil, dans la robe Versace qu'elle avait empruntée (enfin... volée).

– Ce ne serait pas..., commença Ryan, en reconnaissant la robe.

– Elle est à moi ! rétorqua Eliza.

Pour la soirée, en tout cas. Faute d'avoir Jeremy, elle aurait au moins une robe Versace.

Jacqui s'avança depuis le jardin, sublimissime dans sa tenue « classique ».

– Tout le monde est prêt ? demanda-t-elle.

Mara et Ryan prirent l'Aston Martin. Eliza et Jacqui trouvèrent plus amusant d'y aller en Vespa. Quelle joie, de ne pas avoir à chercher où se garer !

Ils roulèrent jusqu'à Settler's Landing, où se dressait la somptueuse demeure moderne dont la grille en fer forgé portait le monogramme de Puff Daddy. Plusieurs pavillons blancs avaient été dressés à l'entrée, pour mieux procéder au contrôle des invités.

Eliza leur raconta que la ville elle-même avait dû être assurée, pour rien moins que cinq millions de dollars, contre tout accident en rapport avec la soirée et que « Puffy » avait fait ériger un pavillon de près de trois mille cinq cents mètres carrés flanqué d'un mur en mousse plastique de vingt-cinq centimètres d'épaisseur, pour protéger le voisinage des doux accords de Funkmaster Flex.

– J'ai entendu dire qu'il a fait planter tout un verger, la semaine dernière, pour que ce soit plus champêtre ! dit Eliza.

Dans la file d'attente, ils repérèrent Leonardo di Caprio, à qui plusieurs robustes gardes du corps tapotaient l'épaule. Leo était une blanche apparition, de sa casquette ivoire à ses chaussures d'un blanc immaculé. Il y avait Topher Grace, accompagné d'Ali Hilfiger ; Gavin Rossdale au bras de Gwen Stefani ; Eve, Li'l Kim et Busta Rhymes papotant avec Zac Posen, Paz de la Huerta et Claire Danes.

Les trois filles retinrent leur souffle quand l'un des imposants physionomistes fit passer leurs cartons d'invitation sous un détecteur laser. Une éternité sembla s'écouler avant qu'un signal sonore ne confirme leur authenticité.

– Allez-y, dit le portier vêtu d'un impeccable costume trois pièces en les faisant entrer.

Une hôtesse en robe de dentelle blanche leur présenta un plateau.

– Champagne ?

Tous quatre prirent un verre et trinquèrent.

– À nous tous ! lança Mara en guise de toast.

Difficile de faire plus ringard. Mais elle pouvait se le permettre – elle était l'une des coqueluches des Hamptons !

# Ça a ses avantages, de donner un bon pourboire au voiturier

Ils trouvèrent une table inoccupée, non loin de l'endroit où Amanda Hearst était assise, en grande conversation avec André 3000. La soirée annuelle de Puffy mêlait, à doses égales, fortunes héréditaires et rappeurs récemment enrichis. Des aristocrates échangeaient des anecdotes hautes en couleur avec des chefs de gang à dents en or. Les filles de bonne famille les plus en vue de l'État de New York dansaient avec des stars de Hollywood ou des vedettes de hip-hop. Une tente blanche de style marocain avait été dressée et des danseuses du ventre vêtues d'ensembles incrustés d'ivoire et de perles faisaient claquer leurs cymbales à doigts en tournoyant parmi la foule.

– Visez un peu ! Son monogramme... il est partout ! s'exclama Mara.

En effet, les initiales de leur hôte se trouvaient au fond de la piscine, sur les serviettes de table et sur celles des toilettes – sans oublier les baignoires et le moindre torchon.

– Ouais, soupira Eliza.

Bizarrement, le fait d'avoir réussi à dégoter une invitation pour la meilleure soirée de la saison ne suffisait pas à lui remonter le moral.

– Ne fais pas cette tête-là ! dit Mara. C'est la dernière soirée qu'on passe ensemble !

Eliza parvint à esquisser un sourire.

– Je sais. Je vais faire un effort.

Jeremy ne s'était même pas donné la peine de l'appeler. Il lui avait dit de lui laisser un peu de temps, mais Eliza n'en avait plus. Kit – le seul de la bande qui lui parlait encore après qu'elle en eut été exclue pour cause de pauvreté – lui avait proposé de la ramener à New York le lendemain, et elle avait son billet de car pour rentrer à Buffalo.

– Qui sait ? Il te réserve peut-être une surprise, fit remarquer Mara.

– Je sais. J'ai le sentiment que ça peut encore marcher, dit-elle d'un ton découragé. Je lui ai donné mon numéro à Buffalo. Il m'appellera peut-être plus tard.

– S'il ne le fait pas, il y a un million d'autres gars qui seraient prêts à s'entretuer pour sortir avec toi, dit Mara, en bonne copine.

Elle n'aurait jamais pensé compter une fille comme Eliza parmi ses meilleures amies – mais voilà, c'était arrivé.

– C'est possible.

L'été avait été palpitant, certes, mais éprouvant pour son orgueil. Avant ce séjour, l'idée qu'elle puisse s'amouracher d'un jardinier lui aurait paru risible, voire absurde. Elle était Eliza Thompson, la fille à qui nul ne pouvait résister.

Or Eliza Thompson n'obtenait plus tout ce qu'elle désirait. Elle commençait à en prendre conscience.

Lindsay et Taylor passèrent près d'eux. Lorsqu'elles virent Eliza, elles n'en crurent pas leurs yeux. *Elle*... ici ? Malgré tout, elles décidèrent de s'arrêter à sa table et de lui montrer à quel point elles pouvaient être bonnes et généreuses. En outre, elles n'auraient pas à la fréquenter à New York. Elles étaient au courant, pour Buffalo.

Mais lorsqu'elles s'approchèrent, Eliza détourna la tête. Elle avait beau savoir qu'elles n'étaient pas totalement responsables de leur attitude, cela ne l'obligeait pas à faire semblant de les aimer. À dire vrai, elle ne les avait jamais vraiment aimées. Pas comme elle aimait Mara et Jacqui, en tout cas.

– Heu... salut ? fit Lindsay.

Taylor s'éclaircit la gorge. Eliza, faisant mine d'être fascinée par le contenu de son verre, les ignora délibérément.

Les deux filles restaient plantées là tandis que Ryan, Mara et Jacqui souriaient sans dire un mot. Puis, faisant voler leurs coiffures parfaitement dégradées, elles s'éloignèrent dans leurs chaussures à quatre cents dollars et, pour la première fois, Eliza fut réellement, sincèrement heureuse de les voir s'en aller. Elle baissa la tête et, fixant sa coupe de champagne, songea que tout cela ne comptait plus du tout à ses yeux. Elle en aurait fait, des économies – ne serait-ce que sur les sacs ! – si elle avait compris cela quelques années plus tôt ! Elle renoncerait volontiers à son sac à main Tod's, à son sac Marc Jacobs, et à son sac Prada noir – le même que Gwyneth Paltrow – pour revoir Jeremy.

Et soudain, comme par magie, Jeremy apparut.

– Salut, Eliza, dit-il.

Vêtu de l'uniforme blanc des voituriers, il avait les mains dans les poches et paraissait horriblement triste.

– Jeremy ! Qu'est-ce que tu fais là ?

– J'ai trouvé un boulot de voiturier, dit-il.

– Pourquoi ?

– Je savais que tu serais là. Je voulais te voir.

– C'est vrai ?

Elle paraissait si petite, si vulnérable, et pour une fois, n'essayait pas de se faire passer pour une autre qu'elle-même.

Le reste de la tablée en profita pour se retirer discrètement.

Eliza se leva. Elle le regarda dans les yeux et vit combien elle l'avait blessé.

– Je ne voulais pas que tu partes avec l'idée que je ne me soucie pas de toi, dit-il.

Les yeux d'Eliza s'embuèrent de larmes. Pas de larmes de crocodile, cette fois-ci. Elle voulait se jeter dans ses bras, effacer l'affreux chagrin qu'elle lisait sur son visage, lui dire qu'il importait peu qu'ils aient été si longtemps séparés... que l'important, c'était qu'il soit là, à présent.

Et c'est ce qu'elle fit.

Elle bondit hors de son siège et se jeta à son cou, devant Puffy, Demi, Leonardo et ses deux anciennes amies.

Surpris, Jeremy tomba à la renverse, l'entraînant dans sa chute. Sur l'herbe, ils s'enlacèrent, s'embrassèrent, se sourirent. Tant pis pour la robe Versace – elle était avec Jeremy.

– Oh, mon Dieu... c'est quoi ce délire ! Ce ne serait pas Eliza, en train d'embrasser le voiturier ?

– Tu sais quoi ? Il est plutôt mignon, reconnut Taylor.

Elles commençaient à saisir : Eliza connaissait des choses qu'elles ignoraient.

# Ça s'appelle le karma

Jacqui sourit en regardant Eliza et Jeremy. Mara et Ryan étaient au bord de la piscine, blottis l'un contre l'autre. Jacqui sentait venu le moment de s'esquiver. Tous ses amis paraissaient très occupés. Tout en se réjouissant pour eux, elle s'apitoyait sur son sort. L'été qu'elle venait de passer correspondait si peu à ce qu'elle avait espéré.

Elle secoua la tête lorsqu'on lui fourra sous le nez un plateau de canapés.

Mais elle n'oublia pas, à la sortie, de prendre un sac-surprise. Un sac de shopping blanc orné de l'inévitable monogramme, contenant un peignoir blanc en tissu éponge, des chaussons blancs assortis et une bouteille de vodka Absolut (la marque ayant sponsorisé la soirée, cette année-là).

– Vous partez déjà ? lui demanda alors qu'elle s'apprêtait à franchir la grille un très bel homme aux traits familiers. Vous êtes encore plus jolie quand vous ne pleurez pas. On dirait que votre été se termine mieux qu'il n'a commencé, ajouta-t-il avec un sourire.

C'était Nacho Figueroa – le joueur de polo argentin croisé à ce fameux match !

– Hé ! Jacqui, c'est bien ça ?

Elle se retourna. Près du camion d'un vendeur de glaces ambulant (qui sait de quoi pouvaient avoir envie les invités, en cas de petite faim !) se tenait l'ami d'Eliza, Kit – le gentil garçon qui leur avait procuré les invitations pour la soirée.

– Salut, Kit, dit-elle en lui faisant la bise.

Kit avait l'air ravi. Nacho recula d'un pas, visiblement perplexe.

Elle leur sourit à tous deux. Son portable sonna à ce moment précis.

– *Espere um momento*, dit-elle à Nacho. Excuse-moi un instant, dit-elle à Kit.

– *Pronto ?*

– Jacqui, c'est Luke. Ton Luca.

Il était manifestement soûl, mais Jacqui voulait savoir de quoi il retournait.

– *Sim ?*

– Quelqu'un a appelé chez moi à trois heures du matin et ma petite amie – enfin, mon ex-petite amie – s'est fichue en rogne. On a rompu et... voilà, tu me manques, Jac.

– Oh, *coitado*, répliqua Jacqui d'un ton acerbe.

– Et maintenant, elle est avec Léo, tu crois ça ? continua-t-il d'une voix pâteuse. Qu'est-ce que vous lui trouvez, à ce type ? Et en plus, il louche ! Alors... qu'est-ce que tu en dis ? Toi et moi ? Je sais que tu n'aimes pas être seule et... je me sens si seul moi aussi.

Jacqui rit intérieurement. Il y avait donc une justice, en ce bas monde.

– Désolée, Luca, mais c'est non. Ciao !

Elle raccrocha et se tourna à nouveau vers Kit et Nacho.

Mmm… Le fringuant joueur de polo ou l'ami d'enfance d'Eliza ?

Jacqui hésita. *Joueur de polo… Ne serait-ce pas la version longue de « joueur » ?* Nacho paraissait gentil, mais Jacqui en avait assez des hommes occupés à jouer.

– Tu me ramènes ? demanda-t-elle en glissant son bras sous celui de Kit. Ciao, Nacho !

Kit était aux anges. Et si les gens se trompaient, après tout ? Et si c'était les gentils garçons qui finissaient toujours vainqueurs ?

# Fin du séjour, mais début de tant d'autres choses

À minuit et des poussières, Mara grimpa l'escalier menant à la chambre mansardée. Elle trouva Jacqui endormie sur la couchette du haut.

– Jac ? Tu dors ?

Jacqui leva la tête.

– Plus maintenant !

Mara s'assit au bord du lit et retira ses chaussures. Quand elle releva les yeux, Eliza franchissait le seuil.

– Salut !

Cela lui faisait plaisir, qu'elles soient toutes trois réunies pour la dernière nuit.

Éclatante dans sa robe blanche, Eliza envoya valser ses chaussures sur le sol.

– Aide-moi, Mara ! dit-elle en commençant à pousser son lit une place contre la couchette de son amie. Descends, Jacqui ! chuchota-t-elle.

Toutes trois se pelotonnèrent sur le double lit improvisé, réconfortées par la chaleur des deux autres.

Eliza leur raconta que Jeremy et elle s'étaient réconciliés.

– Je l'aime tellement ! dit-elle, enfouissant son visage dans l'oreiller tant elle se trouvait lamentable. Mais Buffalo est si loin.

– Je suis sûre que vous vous verrez quand même, assura Mara.

Elle aurait pu dormir dans le lit de Ryan, mais en avait décidé autrement. La semaine qu'ils venaient de vivre était digne des scènes centrales de *Titanic* – avant que le bateau ne coule, alors que tout était encore parfait, torride et excitant. Mais sa dernière nuit ici, elle avait voulu la passer dans la chambre des filles au pair. Ça lui paraissait la seule chose à faire.

Jacqui leur annonça que Kit avait proposé de les conduire ensemble à New York. Tant mieux. Elles n'auraient pas à prendre le bus. Pourquoi, alors, étaient-elles si déprimées ?

– On se reverra à Noël, dit Eliza, formulant à voix haute ce qu'elles pensaient toutes trois.

Chacune savait que les autres lui manqueraient. Elles avaient beaucoup appris cet été.

– Il nous faudra des maillots de bain d'hiver ! ajouta Eliza.

– Palm Beach..., dit Mara d'une voix rêveuse.

Une autre opportunité de quitter Sturbridge.

– C'est comment ? demanda Jacqui.

– Géant ! répondit Eliza dans un bâillement. Des soirées, des galas... il nous faudra à toutes une nouvelle garde-robe !

Elle ferma les yeux. Mara s'endormait elle aussi. Jacqui se tourna sur le côté, ramenant les couvertures sur elle.

Leur séjour s'achevait. Elles avaient fait tout ce qu'elles voulaient faire et même, parfois, ce qu'elles n'auraient pas dû faire. Le lendemain, elles emprunteraient la route de Montauk pour la dernière fois. Elles retourneraient chez elles. Un peu plus mûres, un peu plus sages, et incontestablement plus séduisantes.

Pour finir, elles avaient vraiment passé un été de rêve.

Les petites annonces tenaient parfois leurs promesses.

# Fabuleux bains de minuit

*Traduit de l'anglais (américain)*
*par Florence Schneider*

*Ce roman est tendrement dédié à Jennie Kim,*
*parce qu'on ne peut écrire*
*sur des meilleures amies sans en avoir une,*
*à Sara Shandler, éditeur extraordinaire,*
*parce que ce livre est le sien autant que le mien,*
*et à Mike Johnston, parce que c'est comme ça.*

*Il est plus honteux de se défier de ses amis que d'en être trompé.*

La Rochefoucauld

*« It's gettin' hot in herre. » Ça chauffe là-dedans !*

Nelly

# Où Eliza apprend que feu et soufre sont très tendance cet été

Ça ne payait pas de mine, mais sans doute était-ce à cause de l'heure. Il était trois heures de l'après-midi et, au Septième Cercle, la dernière-née et bientôt la plus branchée des boîtes des Hamptons, les festivités ne débuteraient qu'après minuit. Ancienne grange à pommes de terre, le Septième Cercle était un bâtiment alambiqué à la façade couverte de bardeaux marron, niché dans les bois de Southampton. Seul un signe discret (sept cercles accrochés à un arbre, tout simplement), en retrait de l'autoroute, indiquait aux initiés qu'ils étaient parvenus à destination.

Eliza Thompson gara sa berline noire sur le parking, à la fois satisfaite et nerveuse. Elle vérifia son maquillage dans le rétroviseur et appliqua une épaisse couche de gloss. Puis elle plaça entre ses lèvres un mouchoir en papier et le retira lentement, ainsi que le conseillait le magazine *Allure*, afin d'éviter de se retrouver avec du rouge sur les dents.

Elle s'assura que son brillant à lèvres Chanel n'avait pas bavé. Rien. Parfait.

Eliza prit son sac Balenciaga en cuir métallisé, le modèle que tout le monde s'arrachait ces derniers temps. Elle l'avait acheté à Palm Beach, pendant les vacances de Noël, alors qu'elle travaillait comme fille au pair pour les Perry. Il contenait une feuille de papier enroulée résumant les brillantes qualifications d'Eliza : ses années de lycée à la Spence School (du moins jusqu'à la faillite de ses parents, l'année précédente, et le déménagement à Buffalo qui s'ensuivit) et un stage au magazine *Jane* (où aller chercher du lait de soja allégé et classer les vernis à ongles par ordre alphabétique faisaient partie intégrante de ses attributions), ainsi qu'une lettre de recommandation de son ami de longue date, Kit Ashleigh, jeune homme très en vue à Manhattan.

La vie redevenait presque belle, pour Eliza. Certes, les Thompson vivaient toujours à Buffalo, une vie qui n'avait rien à voir avec l'existence dorée qu'ils avaient menée à New York. Mais, au lieu d'être locataires d'un minable trou à rats, ils étaient désormais propriétaires d'un très correct quatre pièces dans la seule tour haut de gamme de la ville. Grâce à quelques vieux camarades et clients fidèles, son père remontait peu à peu la pente, et Eliza avait à nouveau de quoi s'offrir des sacs à mille dollars (OK, avec une carte à débit différé). Vu ses notes et les résultats de son test d'évaluation pour entrer à la fac – qui comptaient parmi les meilleurs, Eliza était loin d'être gourde – elle avait de bonnes chances d'obtenir une bourse et de parvenir, en fin de compte, à intégrer Princeton. Cet été, ses parents avaient même loué un modeste bungalow à Westhampton. Il avait la plus petite piscine qu'Eliza ait jamais vue – quasiment une baignoire ! – mais c'était tout de même une maison, elle était à eux (du moins pour l'été), et elle se trouvait dans les Hamptons.

Une seule chose la mettait mal à l'aise : ce qui s'était passé cet hiver, à Palm Beach. Elle aurait préféré étouffer l'affaire, mais les nouvelles circulaient vite dans les Hamptons. Eliza savait qu'il lui faudrait rapidement cracher le morceau.

Elle balaya cette pensée – mieux valait, pour le moment, se concentrer sur la tâche qu'elle s'était fixée : décrocher un job dans la boîte la plus branchée des Hamptons et reconquérir son titre de fille la plus cool de la ville.

Avant les problèmes d'argent et Buffalo, Eliza avait la réputation d'être la fille la plus jolie et la plus populaire sur le circuit des lycées privés new-yorkais. Sugar Perry, qui régnait désormais à sa place, n'était qu'une pâle copie d'Eliza du temps où celle-ci était le centre d'attention. C'était elle, alors, qui lançait les modes (les reflets platine, entre autres), qui était tenue au courant des meilleures soirées (les mardis chez Butter), et qui sortait avec les mecs les plus craquants (Charlie Borshok, qui jouait dans l'équipe de polo, et que Sugar avait également récupéré). Tout avait changé quand sa situation de fille au pair était apparue au grand jour. Mais c'était une nouvelle année, un nouvel été, et une nouvelle Eliza – qui par bonheur ressemblait comme deux gouttes d'eau à l'ancienne Eliza, la fille que tous les garçons rêvaient de connaître et que toutes les filles rêvaient d'*être*.

Il tombait toujours une petite pluie froide – ces averses étaient caractéristiques du début du mois de juin – quand Eliza émergea de la berline qu'elle était parvenue, à force de supplications, à soutirer à ses parents pour l'été. Elle jeta un coup d'œil à son téléphone portable, histoire de voir si Jeremy ne lui avait pas laissé de message. L'été dernier, Eliza était tombée amoureuse de Jeremy Stone, le beau gosse de dix-neuf ans qui s'occupait du jardin des Perry. Mais ils avaient rompu cet hiver, parce qu'ils habitaient trop loin l'un de l'autre.

Maintenant que c'était de nouveau l'été, Eliza mourait d'envie de le revoir. Elle ignorait encore quel rôle jouerait Jeremy dans ses plans pour revenir sur le devant de la scène, puisqu'il n'était ni riche ni célèbre (mais il était tout de même très, très mignon). Elle savait simplement qu'elle comptait bien l'y intégrer. Comment, c'était une autre histoire.

Pas de nouveaux messages ou textos. Eliza fourra son téléphone dans son sac et se dirigea vers la boîte de nuit.

La porte était grande ouverte. Elle entra donc. Le Septième Cercle : le lieu incontournable cet été... Or voilà, Memorial Day était passé depuis une semaine, et la boîte n'avait toujours pas été inaugurée. Une épaisse et récente couche de sciure jonchait le sol, et les types de l'équipe de construction étaient encore sur place, se hurlant des ordres les uns aux autres. La structure de la grange avait été modifiée, de façon à pouvoir accueillir un bar en zinc en forme de fer à cheval et un meuble range-bouteilles conçu spécialement pour le lieu. Haut de presque huit mètres, il occupait le mur du fond.

Tous les hommes levèrent la tête à l'arrivée d'Eliza. Certains sifflèrent à la vue de ses jambes halées, sous sa mini-robe rose – dans laquelle n'importe quelle autre fille aurait paru grosse ou enceinte. Eliza, quant à elle, paraissait jolie et sexy.

– Salut, je viens voir les patrons... Alan ou Kartik ? dit-elle en faisant une queue-de-cheval de ses longs cheveux blonds.

L'un des ouvriers émit un grognement et désigna le fond de la salle. Eliza enjamba délicatement un bac à peinture et, se frayant un chemin à travers les établis et deux ou trois sacs de pommes de terre poussiéreux, se dirigea vers deux types qui braillaient dans leurs téléphones portables.

C'étaient les soi-disant rois des nuits new-yorkaises. Mais bien qu'ils eussent pu dresser une pile haute jusqu'au plafond avec tous les articles parus sur eux dans les journaux, ni l'un ni l'autre ne dépassait le mètre soixante-cinq. Eliza les dominait, sur les semelles compensées hautes de dix centimètres de ses chaussures Christian Louboutin. Alan Whitman avait une calvitie naissante et le teint cireux, mais sa réputation datait du collège, époque où il avait commencé à dealer de l'herbe dans les boîtes tendance. Il avait lentement gravi les échelons dans les clubs les plus branchés de Manhattan, jusqu'à avoir rassemblé suffisamment d'argent pour ouvrir trois aires de jeux pour célébrités – le Vice, le Cirque et la Pluie-d'Or. Il aimait raconter qu'avant qu'il ne la prenne en main, Paris Hilton n'était qu'une mignonne élève de seconde du couvent du Sacré-Cœur de New York, qui remontait ses jupes d'uniforme autour de la taille pour les faire paraître plus courtes. C'est lui qui avait fait entrer Paris dans l'une de ses boîtes alors qu'elle était encore mineure. C'est lui, encore, qui avait prévenu la presse à scandale quand elle s'était mise à danser sur les tables – ou à en dégringoler. Quant à son collaborateur Kartik (connu sous ce seul nom), il venait de Miami et, dans son adolescence, avait été pote avec Madonna – laquelle était alors une icône pop qui portait des colliers de chien, et non une auteure de livres pour enfants mal fagotée qui se faisait appeler Esther.

– Comment ça, va falloir attendre pour vendre de l'alcool ? Tu rigoles ou quoi ? glapissait Alan dans son téléphone.

– Évidemment qu'on a la licence, bébé ! assurait Kartik d'une voix mielleuse dans le sien. On est prêts à démarrer. Tout est au point pour l'after, y a pas de souci !

Eliza se tenait patiemment à l'écart, regardant les deux types raconter à leurs interlocuteurs deux histoires différentes. C'était encourageant, vraiment : si Alan Whitman, ex-ado boutonneux qui revendait des sachets de marijuana cachés dans son sac à dos de lycéen pouvait devenir le patron de boîte le plus réputé de New York, Eliza Thompson, coqueluche déchue de Manhattan, trouverait bien le moyen de régner un jour sur les Hamptons !

# En soixante secondes chrono, Mara redevient quelqu'un

En voyant la limousine extra-longue s'engager dans son allée, Mara Waters comprit que sa vie allait redevenir intéressante. Il n'était pas rare, pendant la période des bals de promo, de trouver des limousines de location garées devant les petits ranchs proprets. Mais celle-ci n'arborait pas un autocollant « LOUEZ-MOI. COMPOSEZ LE 1800 ! » sur son pare-chocs. Au lieu de ça, il y avait un chauffeur en uniforme, qui ouvrit un parapluie au-dessus de la tête de Mara et prit les bagages des mains de son père stupéfait.

Anna Perry avait dit à Mara qu'elle enverrait une voiture, mais Mara ne s'attendait pas à quelque chose d'aussi somptueux. Mais il est vrai qu'Anna Perry, la très jeune et très capricieuse seconde épouse de Kevin Perry – l'un des avocats les plus réputés et les plus redoutés de New York –, ne faisait rien comme Madame Tout-le-monde. Elle avait exigé que Mara soit sur place le plus vite possible et, en général, Anna obtenait ce qu'elle désirait. Ses nouveaux voisins, les Reynolds, devaient se rendre dans les Hamptons depuis Cape Cod dans leur jet privé. Elle les avait convaincus de prendre Mara au passage.

Retourner dans les Hamptons en jet privé... Voilà qui

contrastait du tout au tout avec son retour à Sturbridge, en août dernier, dans un car en piteux état. Elle venait de passer le plus bel été de sa vie et de se faire les meilleures amies du monde : Eliza, une New-Yorkaise issue d'une famille richissime mais ruinée, et Jacqui, une fille tellement sublime que les hommes se jetaient littéralement à ses pieds. On les avait engagées, cet été-là, pour veiller sur les enfants Perry, contre la jolie somme de dix mille dollars. Mais leur amitié avait été encore plus précieuse. Toutes trois étaient aussi différentes que possible. Or, entre le gratin à conquérir, les fêtes où s'incruster et les enfants à surveiller, elles avaient formé une équipe soudée.

Si Mara avait passé un été aussi merveilleux, c'était aussi grâce à Ryan Perry, le frère aîné des gamins qu'elle gardait. Elle était tombée follement amoureuse de lui, et ils avaient fini par sortir ensemble pendant la dernière semaine. Au moment des adieux, elle lui avait dit qu'elle aurait voulu pouvoir le ramener chez elle, afin qu'il rencontre sa famille et voie où elle vivait. Mais quelques heures plus tard, quand elle était descendue au minable arrêt de Sturbridge, cela avait cessé de lui paraître une bonne idée.

Elle eut le ventre noué quand sa sœur Megan vint la chercher dans leur Ford Taurus 1988 toute cabossée. Mara portait toujours sa tenue fétiche des Hamptons : un corsage à liseré en dentelle, un treillis délavé et des mules à talons ornées de strass. Ses cheveux sentaient encore le shampooing à la lavande d'Eliza, mais, à la vue de la voiture de sa sœur, la réalité la frappa de plein fouet. Mara n'avait jamais eu à rougir de ses origines. Mais après un été passé dans les Hamptons, voilà qu'elle pensa soudain *Non, ce n'est pas assez bien.* La famille de Ryan avait un chef cuisinier à demeure, celle de Mara un micro-ondes vieux de quinze ans.

Elle inventa une foule de prétextes pour remettre à plus tard la visite de Ryan, prétendant avoir un examen à réviser ou une dissertation à rédiger. Enfin, en novembre, elle prit le train pour Groton, afin de lui rendre visite dans son lycée privé archisélect. Mais elle eut l'impression de détonner parmi les amis de Ryan, et cela la mit mal à l'aise. La semaine suivante, elle rompit, lui disant ce qu'elle n'avait cessé de se répéter depuis son retour à Sturbridge : ils s'étaient bien amusés pendant l'été, mais ce n'était pas la vraie vie. Entre eux, ça ne pourrait jamais marcher.

Quitter Ryan était une chose. L'oublier en était une autre. Elle pensait constamment à lui et regrettait, sans oser se l'avouer, qu'il n'ait pas cherché davantage à la faire changer d'avis. À l'annonce de la rupture, il s'était montré parfaitement compréhensif, et c'était là le problème : Ryan était presque trop gentil. Si seulement il avait hurlé ou pleuré, ou s'était battu pour sauver leur relation ! Peut-être, au fond, ne souhaitait-elle que cela ? Qu'il lui dise qu'elle lui manquait, qu'il avait vraiment besoin d'elle. Or il s'était contenté de répliquer : « Si c'est ce que tu désires... » Ce à quoi elle avait répondu : « Oui. » Ils avaient donc rompu et, depuis, plus de nouvelles de Ryan.

Elle avait poliment décliné la proposition de garder les enfants Perry pendant leurs vacances de Noël à Palm Beach – elle craignait que cela ne lui fasse bizarre de revoir Ryan. Or, au printemps, elle ne l'avait toujours pas oublié, et avait réalisé quelle erreur ça avait été de rompre. Elle était toujours amoureuse de lui, si bien que quand Anna Perry l'avait appelée pour lui proposer de reprendre son ancienne place (avec une augmentation : douze mille dollars pour l'été !), Mara s'était aussitôt demandé ce qu'elle porterait quand elle reverrait enfin Ryan – et qu'ils retomberaient dans les bras l'un de l'autre, comme si l'année écoulée n'avait jamais eu lieu. Elle avait tant de fois imaginé la scène qu'elle commençait réellement à croire que ça ne pouvait pas se passer autrement.

Il plut durant tout le trajet jusqu'à l'aérodrome privé de Barnstable, à Hyannis. La voiture s'arrêta juste devant le tarmac. Sous une tente blanche, on avait déroulé un tapis rouge pour accéder à un avion argenté aux formes profilées exhibant, sur l'aile, un « R » étincelant. Lorsqu'un steward vêtu d'un uniforme bleu impeccable prit ses sacs – ses cabas LL Bean adorés, achetés l'été dernier –, Mara constata avec embarras que le chariot à bagages ne contenait que d'élégantes valises à roulettes en étoffe de nylon. Pourquoi fallait-il toujours qu'elle soit à côté de la plaque ?

Une grande femme en caftan brodé et pantoufles de raphia, arborant le plus gros diamant que Mara eût jamais vu, lui fit signe d'avancer, depuis le haut de la rampe d'accès.

– Dommage qu'il pleuve, n'est-ce pas ! Ils ont annoncé des averses mais tout de même... C'est presque un ouragan ! Je me présente : Chelsea Reynolds. Bienvenue, bienvenue ! Vous y voilà... Attention à la flaque, sur la dernière marche ! Anna m'a demandé de déposer une amie, mais elle ne m'a jamais dit que c'était *vous* !

Comment ça, *elle* ? Mara s'apprêtait à lui poser la question. Mais elle avait à peine mis le pied dans l'avion qu'on l'enlaça chaleureusement.

– Si ce n'est pas Mlle Waters ! La diva ! Où étais-tu passée, ma chérie ? demanda Lucky Yap en rajustant son boubou imprimé léopard.

Lucky était l'un des plus importants photographes spécialisés dans la presse people. C'était lui, le véritable arbitre de la vie mondaine. Si vous étiez en vue, Lucky prenait votre photo. S'il ne le faisait pas, vous pouviez aussi bien déménager du côté du New Jersey.

– Salut Lucky !

Mara sourit, tandis que Lucky embrassait l'air autour de son visage. Il lui tendit une coupe de champagne et la présenta rapidement aux autres passagers, un parfait échantillonnage de snobinards des Hamptons, tous vêtus de vêtements traditionnels africains à imprimés similaires – ils paraissaient revenir d'un safari au Kenya. Il y avait quelques noms importants, et les parasites habituels – mélange d'héritières authentiques, de beautés mondaines bien conservées, et de jolies attachées de presse qui accompagnaient les présentatrices de E !, la chaîne consacrée aux célébrités.

– Tout le monde connaît Mara, n'est-ce pas ? Ma muse ? brailla Lucky.

L'été dernier, Mara avait aidé Lucky à mener à bien une mission délicate. En gage de reconnaissance, le célèbre paparazzi avait imposé sa présence dans les pages people.

– Bien sûr, répliqua une fille au charmant visage. On ne se serait pas rencontrées au Polo Grill ?

– J'adore votre chemise. Elle vient de chez Proenza ? demanda l'une des journalistes de mode en palpant l'étoffe de son chemisier rose à pois, qu'elle portait avec un bermuda blanc et des espadrilles à semelles compensées en liège.

Ayant passé tout un été en compagnie de deux bêtes de mode – Jacqui et Eliza –, Mara avait forcément recueilli quelques tuyaux. Flattée du compliment, elle n'eut pas le cœur d'avouer que c'était une imitation qu'elle avait payé quinze dollars chez H&M.

Lucky prit plusieurs photos d'elle, puis se pencha pour glisser quelques mots à l'oreille de sa voisine. Mara distingua parmi les chuchotements qui s'ensuivirent son nom associé à celui de Ryan Perry.

L'hôtesse la conduisit au siège libre le plus proche, et Mara sirota son champagne avec délectation, savourant l'atmosphère et écoutant les potins qu'ils ramenaient du mariage auquel tous avaient assisté, à Cape Cod. Après une année à Sturbridge, où le piano-bar de l'hôtel Hyatt était l'endroit le plus chic de la ville, elle avait oublié comment vivaient les heureux de ce monde.

– Oh, voilà Garrett ! murmura la voisine de Mara d'une voix haletante.

– Monsieur Reynolds ! s'exclama Lucky. Je peux vous prendre en photo ?

Levant les yeux, Mara vit émerger du cockpit un jeune homme aux cheveux en bataille. Aussitôt, toutes les filles du groupe se redressèrent et tentèrent de croiser son regard. Il brandissait une bouteille de champagne, un grand sourire aux lèvres. Il était diaboliquement beau, avec ses mèches de cheveux noirs à la Jude Law qui lui retombaient sur le front. Sa chemise blanche et froissée sortait à moitié de son pantalon noir en flanelle.

– Toi ! dit-il en franchissant l'allée centrale et en piquant droit sur Mara.

Son regard noir et profond, aussi sombre que ses cheveux, était mis en valeur par les cils les plus fournis qu'eût jamais vus Mara.

– Viens avec moi ! dit-il, en la prenant par la main sans qu'elle puisse protester.

Comme Garrett l'entraînait, le groupe s'écarta pour les laisser passer. Cachant mal leur jalousie, les filles fusillèrent Mara des yeux, pendant que Lucky hochait la tête en signe d'approbation. Heureuse d'avoir été distinguée, Mara se sentit spéciale et ne put s'empêcher de penser : *Ohé les Hamptons, me revoilà !*

# Jacqui retrouve son sérieux...
# ... en matière de shopping

Avec un grand sourire, le caissier de la librairie Bookhampton lui fit signe de ranger sa carte bancaire, bien que Jacqui insistât pour payer ses livres. Elle aurait bien aimé, juste une fois, rencontrer un gars qui voie en elle autre chose qu'un corps digne de figurer dans le calendrier Pirelli. Ça commençait à lui taper sur les nerfs, d'être traitée comme un joli petit animal par des hommes toujours prêts à signer des chèques, à régler la note, à ramasser l'addition. Il n'y avait pas si longtemps que ça, Jacqui les laissait volontiers payer. Elle avait une garde-robe pleine de vêtements Louis Vuitton, Gucci ou Prada pour en témoigner. Mais les choses avaient évolué. L'été dernier, l'horrible Luca Van Varick lui avait brisé le cœur. Depuis, elle était déterminée à devenir une fille bien, quelqu'un que l'on pourrait prendre au sérieux.

– *Por favor*, j'insiste, répéta Jacqui, s'efforçant de le faire changer d'avis.

– Désolé, votre argent n'est pas valable ici, répéta le caissier boutonneux, même si Jacqui savait que son boss ne le raterait pas au moment des comptes.

Mais c'était l'effet que Jacqui faisait aux hommes. Quelque chose – ses yeux légèrement en amande, peut-être, ou ses lèvres pulpeuses (sans parler de son impressionnant 95C) – transformait un vendeur binoclard de quarante et quelques kilos en bouffon protecteur et macho gonflant le torse, capable de tout pour l'impressionner.

– Cadeau de la maison ! ajouta-t-il.

Jacqui soupira, prit à contrecœur le sac en plastique et le glissa dans son fourre-tout en cuir verni. Elle sortit et traversa la rue, afin d'aller s'installer sur un des bancs du parc pour attendre Eliza. Quelle belle journée ! À l'averse du matin avait succédé un rayonnant soleil de juin et un pépiement continu s'échappait des minuscules boutiques de Main Street : en cette nouvelle saison qui commençait, quels vêtements choisir pour les barbecues sur la plage, ou pour les cocktails des ventes de charité ? Jacqui ignora les œillades des frimeurs roulant en Porsche, et les regards scrutateurs et jaloux de la brigade des botoxisées. Elle s'assit et se plongea aussitôt dans la lecture de son ouvrage, un guide des meilleures facultés d'Amérique.

Étonnant, comme consacrer un peu de temps à ses études avait amélioré ses résultats scolaires ! C'était tellement gratifiant de ramener chez elle un relevé de notes correct, pour changer. Sa grand-mère n'en revenait pas – au cours de l'année dernière, Jacqui avait passé plus de temps à la bibliothèque que dans les galeries commerciales, et elle parlait même d'entrer à l'université. Autrefois, la seule chose qui passionnait Jacqui, c'était de savoir si elle parviendrait à mettre la main avant tout le monde sur la dernière étole en fourrure de chez Prada. Autrefois, elle n'avait qu'une vague idée de ce qu'elle comptait faire plus tard. Elle s'était toujours figuré qu'elle finirait par épouser un type deux fois plus âgé qu'elle et par occuper sa vie en cures de thalasso et essayages chez les grands couturiers, tout en fermant les yeux sur les infidélités de son mari. C'est à ce genre de vie que son éducation l'avait préparée.

Sa mère, ex-deuxième dauphine à un concours de Miss Univers, avait eu son lot de soupirants – du fils du patron de la plus grande compagnie d'électricité du pays au fils d'un grand propriétaire terrien éleveur de bovins. Au lieu de ça, elle avait préféré épouser un bel ingénieur en génie civil, doté de merveilleux yeux noirs et d'une totale absence de fortune familiale. Roberto Velasco appartenait résolument à la classe moyenne dans un pays d'extrême richesse et d'extrême pauvreté. Les Velasco menaient une existence plutôt heureuse à Campinas, la mère de Jacqui se contentant de régenter la bonne société locale. Mais elle désirait davantage pour sa fille. C'est pourquoi elle l'avait envoyée vivre chez sa grand-mère à São Paulo. Là, Jacqui avait fréquenté la même école privée que les filles des membres de la classe dirigeante.

Or son beau visage et ses courbes voluptueuses n'avaient fait qu'attiser la jalousie des filles riches, avec qui elle n'avait pas pu, par conséquent, se lier d'amitié. Pendant un temps, elle était consciencieusement sortie avec les arrogants rejetons des propriétaires terriens et des producteurs de sucre. Mais elle s'était vite lassée, et avait découvert que la véritable aventure se trouvait plutôt dans les bras de leurs pères, mariés et plus âgés.

C'est alors que Luke Van Varick, son Luca, était entré dans sa vie. Un sympathique Américain au sourire flegmatique, portant un énorme sac à dos... Elle l'avait rencontré alors qu'il profitait des vacances de printemps pour explorer le pays, et elle en était tombée follement amoureuse. Au terme d'une aventure de deux semaines, il lui avait dit qu'il l'aimait et avait disparu dans la nature. Elle l'avait traqué jusqu'aux Hamptons, mais il s'était avéré que son Luca avait toujours appartenu à une autre.

Si bien que Jacqui avait changé son fusil d'épaule : elle ferait un si bon boulot cet été que les Perry la recommanderaient comme nounou à demeure chez l'un ou l'autre de leurs amis fortunés. Ainsi elle pourrait s'installer à New York et suivre, grâce à un programme d'échanges, une terminale au lycée Stuyvesant, établissement privé très sélectif. Si elle y obtenait de bons résultats, elle aurait une chance de pouvoir entrer à l'université de New York et de faire quelque chose de sa vie. Elle était reconnaissante à Kit, un ami d'Eliza, de lui avoir mis cette idée en tête lorsqu'ils avaient traîné ensemble à Palm Beach, pendant les vacances d'hiver. Il lui avait parlé de sa sœur aînée, qui n'en avait pas fichu une rame au lycée jusqu'à la terminale, et était désormais en première année à l'université de New York.

Afin de pouvoir réaliser ses rêves, Jacqui s'était fixé une série de règles, la principale étant : *Fini les garçons !* Ils n'étaient bons qu'à vous troubler l'esprit, et si Jacqui avait pu résister aux plus beaux gosses du Brésil, elle pourrait aisément faire de même aux Hamptons. Elle parviendrait à garder la tête froide, à s'occuper des gamins et à assister à des cours de préparation à l'examen d'entrée à la fac, les soirs où elle aurait quartier libre. Grâce à Dieu, elle prouverait au monde qu'elle n'était pas qu'un clone sans cervelle de Gisele Bündchen.

Elle étudia attentivement les pages du guide : il contenait

les photographies d'étudiants en pull assis sur des pelouses verdoyantes, d'innombrables tableaux statistiques concernant la discrimination positive et les bourses accordées aux élèves méritants, et des témoignages d'élèves. Bon... c'était un peu ennuyeux, certes. Sans doute pouvait-elle trouver mieux à faire, en attendant ? Elle referma l'ouvrage et consulta sa montre. Eliza devait passer la prendre dans une demi-heure et la boutique Scoop paraissait affreusement tentante, sur le trottoir d'en face. Ce n'était pas parce qu'elle prenait ses études au sérieux qu'elle n'avait plus le droit de se livrer à son passe-temps favori, tout de même.

Une fille avait bien le droit de s'acheter un nouveau bikini, après tout.

# Eliza apprend que l'enfer est pavé de célébrités

– Tu as déjà travaillé comme serveuse ? demanda Alan Whitman, lorsque tous trois eurent pris place sur des fauteuils club enveloppés de housses en plastique, au fond de la salle.

Il avait à peine jeté un coup d'œil au CV d'Eliza. Au grand dam de celle-ci, son fauteuil émettait, chaque fois qu'elle bougeait, une sorte de couinement évoquant un phénomène physique embarrassant. Par bonheur, aucun des deux hommes ne paraissait s'en rendre compte.

– Pas véritablement, répondit-elle. Mais j'ai hâte d'apprendre. À ce que j'ai lu dans le *Times*, vous avez l'intention d'étendre vos activités à la publicité, à la commercialisation et au lancement de produits de marque, et c'est vraiment vers ça que j'aurais envie de me...

– Tu connais des people ? Des gens en vue ? l'interrompit Kartik, l'air concentré.

– Euh..., hésita Eliza.

– Ashley et Jessica Simpson ? Ou les sœurs Perry ?

– Bien sûr, on fréquentait... euh, enfin... on fréquente le même lycée, dit-elle avec soulagement.

– Comme tout le monde... Mais tant mieux ! On a vraiment

besoin de ce genre de clientèle, répliqua Kartik en fronçant les sourcils. Il y a cinq nouvelles boîtes qui ouvrent cet été, et il nous faut les gens les plus excitants. Je ne veux pas de *has been*, de ploucs, ou de mochetés. Je veux voir Mary-Kate Olsen vomir dans les toilettes, si tu vois ce que je veux dire.

Eliza hocha la tête.

– Bordel, Kartik, c'est pas parce qu'elle t'a envoyé balader que tu dois être si dur avec elle ! s'esclaffa Alan.

Son partenaire l'ignora, préférant sonder Eliza du regard.

– Je peux pas te dire à quel point il est crucial d'avoir ici quelqu'un qui sache reconnaître tout le monde, de Tara Reid aux photographes de la page 6 du *New York Post*. Il faut connaître le monde de la nuit.

Il marqua une pause, pour donner plus de poids à ses paroles.

– On a eu un gars, à la Pluie-d'Or, qui n'a pas laissé entrer JC Chasez ! OK, je sais que les gars de 'N Sync ne sont pas faciles à reconnaître sans Justin Timberlake, mais mec, ça a été ma fête, je te dis pas ! Tu saisis, une fois que ça aura démarré, ici ce sera Beverly Hills, SoHo et Saint-Tropez réunis. Et au bord de la mer, qui plus est !

Eliza s'abstint de lui faire remarquer que Saint-Tropez *était* au bord de la mer.

– Ton rôle est super-important. Tu es comme un meneur de jeu qui doit savoir négocier ses virages, glissa Alan en s'embrouillant dans ses métaphores sportives. Tous les soirs, le Septième Cercle va être le centre du monde, tu saisis ? C'est comme ça qu'on fonctionne. Une sacrée constellation de stars ! s'exclama-t-il en tapant du poing sur le plateau en zinc de la table basse.

– Ça marche comme ça, dit Kartik d'un ton suffisant. Pour commencer, il faut des célébrités. Ce sont elles qui attirent les ploucs prêts à payer trente dollars d'entrée pour pouvoir les regarder bêtement.

Alan approuva et précisa :

– Les cocktails de vingt centilitres hors de prix et allongés d'eau ont toujours meilleur goût si Chauncey Raven est à la table voisine, en train de faire des mamours à son dernier mari en date. Alors, invite les sœurs Perry, dégote-leur une table et fais en sorte qu'elle soit au deuxième niveau, là où elles pourront voir tout le monde, et où tout le monde pourra les voir. La règle d'or : faire en sorte de satisfaire les people. Pigé ?

– Ne jamais rien leur refuser ! enchaîna Kartik, et il vint aussitôt à l'esprit d'Eliza qu'elle assistait à un numéro bien rodé.

– Lindsay Lohan veut que Domino lui livre une pizza à trois heures du matin. Pas de problème ! Avril Lavigne a besoin d'un hélicoptère privé pour retourner en ville ? Rien de plus simple ! R. Kelly veut une strip-teaseuse pour sa soirée d'anniversaire. Y a qu'à demander !

Il brandit un poing pour souligner l'importance de ses paroles.

Eliza hocha vivement la tête. Au magazine, lors d'une séance photo, on lui avait demandé de remplir la cuvette de pétales de gardénias chaque fois que la diva photographiée allait au petit coin. Par conséquent, elle avait l'habitude de satisfaire aux exigences ridicules.

– Bien sûr, pour les civils, les règles changent du tout au tout, dit Alan sur un ton mielleux. Si c'est un groupe de mecs, multiplie l'addition par deux, ils ne s'en rendront pas compte. Ne leur donne jamais la même table, à moins qu'ils n'en aient réservé une pour l'été entier. Dans ce cas, dès qu'ils ont fini leur bouteille à cinq cents dollars, tu leur en rapportes une. Qu'ils en consomment minimum deux par heure. C'est ce qui permettra d'essuyer les frais généraux.

– Et n'oublie pas : faut t'habiller sexy, être sexy, te sentir sexy, tu vois ce que je veux dire, ricana Kartik. Crois-moi : minijupe égale maxi-pourboire. Et quand je dis mini, c'est plutôt ras les fesses, hein, bébé ?

Il joignit le geste à la parole en cinglant le haut de ses cuisses avec la tranche de sa main droite.

Alan tendit la main et saisit le coude d'Eliza, qui eut un mouvement de recul.

– Et, quoi qu'il arrive, ne laisse jamais – je dis bien jamais – entrer quelqu'un qui n'est pas sur la liste. La liste, c'est Dieu tout-puissant ! Ma propre mère pourrait être là à poireauter dehors, si elle est pas sur la liste... eh ben pas de bol m'man mais tu rentres pas ! La seule exception, c'est les célébrités, mais ça, ça va sans dire. Là-dessus, je rigole pas. Ne laisser entrer absolument personne, il y a que ça à faire pour que cet endroit reste branché.

Un mannequin en tee-shirt taille 6 ans et jean déchiré sortit des toilettes et s'écroula sur l'accoudoir du fauteuil d'Alan.

– J'ai faim, bébé ! geignit-elle en faisant la moue.

Eliza la reconnut, pour l'avoir vue, dernièrement, dans une pub pour la marque de sous-vêtements Victoria's Secret. Dans le spot, la fille était vêtue d'un body en dentelle et d'ailes d'ange. Le spot avait agacé Eliza – il fallait vraiment avoir un imaginaire érotique un peu naze pour associer des sous-vêtements à des appendices ringards et couverts de plumes.

– Va voir le cuisinier, qu'il te prépare quelque chose ! rétorqua Alan d'une voix irritée.

– J'adore ton collier, dit le mannequin avec un très fort accent, détaillant rapidement Eliza.

Celle-ci hocha la tête.

– Merci.

Elle tripota le cordon de cuir que Ryan lui avait donné à Palm Beach, un peu nerveuse.

– Qu'est-ce que tu en penses ? Tu te sens d'attaque ? reprit Kartik. Tu es prête à passer le meilleur été de ta vie ?

Eliza sourit, songeant que ce n'était pas la première fois qu'elle entendait ça.

– Je commence quand ? demanda-t-elle.

Elle n'en revenait pas d'avoir décroché si facilement le boulot. Elle serait de retour sur le devant de la scène en moins de temps qu'il ne faut pour dire « Strictement sur invitation ».

– Samedi, répondirent en même temps Alan et Kartik.

– Dans deux jours ?

Eliza blêmit, et jeta un coup d'œil alentour. Oh hé, les plaques de plâtre n'étaient même pas recouvertes...

– Pas de panique ! la rassura Kartik. On inaugure la boîte en douceur avec l'avant-première d'*Autant en emporte le vent*. Tu sais, le remake avec Jennifer Love Hewitt et Chad Michael Murray ? C'est pour rendre un service à une amie. Mitzi Goober, tu connais ?

Eliza hocha la tête. Mitzi était la RP la plus redoutée de la région de New York, rien que ça. À vingt-sept ans, elle avait eu son heure de gloire lorsque le magazine *New York* avait titré en couverture « Une fêtarde qui a du chien ! » : deux ans plus tôt, elle avait fait un mois de prison après que son chihuahua s'était attaqué au gilet bordé de fourrure d'une innocente serveuse, laquelle s'était retrouvée à l'hôpital tandis que Mitzi faisait les gros titres des journaux à scandale. On racontait que Mitzi avait ri de l'incident et traité la serveuse de « victime de la mode », déclenchant une lutte des classes qui avait abouti à interdire aux chiens miniatures trop agressifs l'accès à certains cafés et restaurants des Hamptons. Or voilà que Mitzi était de retour, un best-seller à son actif – le récit de son séjour en prison. Et elle était plus populaire que jamais. C'était le syndrome Paris Hilton : rien de tel, dans les Hamptons, que la publicité négative.

– Mais..., balbutia Eliza en désignant le chaos environnant.

Difficile d'imaginer que, dans moins de quarante-huit heures, l'endroit pourrait ressembler à un bar convenable.

– Oh, d'ici là ils auront fini, crois-moi ! Tu as quel âge, au fait ?

– Je viens d'avoir dix-sept ans..., dit-elle d'une voix hésitante, en se demandant si elle n'aurait pas dû mentir.

Kartik la rassura d'un geste de la main.

– Pas de problème, du moment que tu ne travailles pas derrière le bar.

Eliza réalisa qu'elle ignorait toujours la nature et l'importance de sa fonction. Elle craignait de paraître grossière en demandant des précisions, d'autant que l'entretien était visiblement terminé. Elle se dit qu'ils s'accorderaient plus tard sur les détails.

– Alors comme ça les gars, vous êtes des fans de Dante ? leur lança-t-elle en se dirigeant vers la porte.

– Hein ?

Kartik la fixa sans comprendre. Alan, quant à lui, avait commencé à bisouter le mannequin mineur. Ses mains avaient déjà disparu sous le tee-shirt de la fille.

– Le nom de la boîte... le Septième Cercle. C'est le septième cercle de l'enfer, non ?

Son nouveau boss la regarda comme si elle était demeurée. Elle se demandait bien pourquoi. Elle se rappelait avoir appris en cours de littérature que, dans *La Divine Comédie* de Dante, le septième cercle était l'endroit de l'enfer où la violence et l'orgueil avaient conduit Alexandre le Grand, Attila le Hun et un tas de personnages historiques importants.

– Ouais, si tu le dis..., répliqua-t-il en haussant les épaules. Il est cool, Dante. C'est le nouveau DJ qui vient de Paris, c'est ça ?

De toute évidence, être cultivée ne faisait pas partie des qualités requises dans son nouveau boulot. Porter une mini-jupe et satisfaire aux exigences des célébrités, c'est tout ce qu'on attendait d'elle. Ce n'était pas sorcier.

# Où Mara fait (involontairement) un numéro digne d'une strip-teaseuse

– Je m'appelle Mara, au fait, dit-elle au beau brun occupé à déboucher une bouteille de champagne.

Elle se demandait pourquoi il s'intéressait tellement à elle, alors que plusieurs filles, dans l'avion, gagnaient leur vie grâce à leur ravissant minois. Et pourtant, il leur avait à peine accordé un regard. Mara et lui étaient assis l'un en face de l'autre, dans les confortables fauteuils en cuir caramel de l'espace détente situé derrière le cockpit.

– Je sais qui tu es, dit-il d'un ton sirupeux. Tu travailles pour les Perry, pas vrai ?

Lui tendant la main, il se présenta :

– Garrett Reynolds.

Mara avait déjà tiré ses conclusions. C'était l'avion privé de ses parents. Et elle avait affaire à *la* fameuse famille Reynolds, les tout derniers milliardaires américains intronisés par le magazine *Forbes*. Le père de Garrett, Ezra Reynolds, contribuait à enlaidir le ciel de New York en marquant tous ses immeubles de la lettre « R ».

Garrett abaissa une table pliante en métal dissimulée derrière un panneau latéral, sortit des flûtes à champagne d'un meuble adjacent et entreprit de les disposer en deux rangées sur le plateau. Le personnel de bord procéda à la fermeture des portes et l'avion commença de rouler sur la piste. Mara remarqua l'absence de laïus sur les consignes de sécurité, l'évacuation d'urgence, ou la manière de se servir de son coussin de siège comme dispositif de flottaison (quoiqu'elle aurait parié que le vison ne flottait pas). Garrett et elle étaient même parmi les rares passagers à être assis.

– Ça m'a l'air méchant là-dehors, dit Mara, tandis que la tempête faisait bruyamment vibrer l'avion.

– On ne dépasse que d'un demi-point les normes minimales de sécurité, confirma Garrett.

Puis il lui expliqua que, contrairement aux lignes commerciales, tenues de respecter les consignes de l'administration fédérale interdisant les vols dans certaines conditions climatiques extrêmes (comme la violente tempête de pluie dans laquelle ils étaient pris), les avions privés n'étaient pas soumis à de telles contraintes. Du moment que la vitesse du vent ne dépassait pas certaines limites, ils étaient libres de voler.

– J'ai l'impression que ma mère tient à ne pas rater son rendez-vous chez le coiffeur, s'esclaffa Garrett.

Mara n'était pas sûre qu'il plaisantait. Cette Chelsea Reynolds était bien capable de risquer sa peau pour un brushing. Mara ne s'étonnait plus de rien, vu ce qu'elle savait de la vie dans la bonne société des Hamptons.

– Accroche-toi ! l'avertit Garrett, en coinçant sous son menton le magnum de champagne.

L'avion décolla comme une auto tamponneuse sur un trampoline, et Mara perçut les gloussements effrayés des passagers ballottés comme des boules de flipper. Par miracle, les verres, sur la table, ne bougèrent pas d'un millimètre.

– Il y a des aimants collés en dessous, expliqua Garrett avec un sourire en remplissant les flûtes tandis que l'avion, secoué de tous côtés, prenait de la hauteur.

Mara s'agrippa nerveusement aux accoudoirs, alors que le fracas du tonnerre et le battement de la pluie contre les hublots laissaient Garrett totalement indifférent.

– C'est toujours aussi... euh... agité ? demanda Mara en s'efforçant désespérément de ne pas perdre l'équilibre comme l'avion rencontrait une violente turbulence.

S'il y avait une ceinture de sécurité, elle était bien cachée.

– Avec les avions de petite taille, on est davantage secoué au décollage. C'est sûr, le climat n'arrange rien. Mais c'est rien comparé à l'atterrissage ! ajouta-t-il.

Lorsque toutes les flûtes furent remplies à ras bord de champagne, Garrett la fixa avec insistance. Mara ne put s'empêcher de comparer son regard à celui de son chat Boule Puante quand il lorgnait Blue, le perroquet de sa sœur.

– Il y a un vieux dicton dans l'Ouest..., lança Garrett d'une voix traînante, sans cesser de la fixer.

Mara sourit. C'était donc pour cela qu'il l'avait choisie ! C'était un jeu qui aurait pu s'intituler « Faisons boire la nouvelle venue ». Il la croyait née de la dernière pluie, ou quoi ? À Sturbridge, les chopes de bière remplaçaient les coupes de champagne, mais Mara aurait juré que les règles étaient les mêmes.

– Au Texas, il est toujours midi ! rétorqua Mara d'un ton grave, tandis que Garrett hochait la tête d'un air admiratif en constatant qu'elle avait reconnu les paroles rituelles qui annonçaient le début du jeu.

– Et à midi, nous... levons notre verre ! s'exclama Garrett en saisissant une première coupe.

Mara se jeta sur la sienne, et commença à engloutir le liquide frais et pétillant.

– Et nous recommençons ! s'écria joyeusement Garrett en vidant une seconde flûte, tandis que celle de Mara était encore à moitié pleine.

Elle la reposa bruyamment, étonnée d'avoir été battue, et en prit aussitôt une deuxième. Elle gagna difficilement le deuxième round mais, à partir de là, Garrett ne cessa plus de l'emporter – jusqu'à ce que toutes les flûtes soient vides, du côté de Mara. Nom de Dieu, ce gars était trop fort ! À Sturbridge, Mara avait flanqué la pâtée à nombre de concurrents, collant même la honte de leur vie aux plus soiffards des joueurs de foot. C'est Jim, son ex-petit ami, qui lui avait donné le bon tuyau : ne pas respirer.

– Impressionnant, dit-elle en guise de compliment.

– Merci.

Garrett sourit.

– Tu t'en tires pas mal non plus.

Mara se décontracta dans son fauteuil, oubliant quelques instants sa peur des turbulences lorsqu'un cahot particulièrement violent l'éjecta de son siège. Elle atterrit sur les genoux de Garrett.

– Oh mon Dieu ! Je suis désolée ! s'exclama-t-elle en s'efforçant de se remettre debout.

– Tout le plaisir est pour moi, répliqua gaiement Garrett en soutenant Mara, alors que l'avion était agité par de nouvelles secousses.

Elle s'agrippa à lui, rebondissant sur ses genoux plusieurs fois de suite.

– Alors comme ça, tu es ce genre de fille ? plaisanta Garrett.

Le commentaire la fit rougir. Ce mec était odieux, mais néanmoins charmant. Mara remarqua malgré elle qu'il la tenait d'une main ferme...

– Tu me rends dingue ! grogna-t-il, à fois taquin et séducteur. Tu ne veux pas qu'on dîne ensemble ce week-end ? Comme ça, on pourrait apprendre à se connaître, au lieu de passer tout de suite à l'action.

– Impossible, répondit-elle en secouant la tête. J'ai du travail, je suis désolée.

Elle se demanda ce que penserait Ryan s'il pouvait la voir à présent, assise sur les genoux d'un autre.

– Je vais quand même réserver une table, dit-il avec un haussement d'épaules. On fera comme si j'avais rien entendu.

Quelques minutes plus tard, l'avion se stabilisa et le pilote annonça qu'il volait désormais au-dessus des nuages et avait atteint sa vitesse de croisière. Garrett aida Mara à se rasseoir, s'inclina et, très gentleman, lui frôla la main d'un baiser. Elle poussa un soupir de soulagement lorsqu'il la pria de l'excuser, et alla s'occuper de ses autres invités. Il était classe, d'accord, mais Mara avait le sentiment qu'il obtenait toujours ce qu'il désirait – quand il ne l'achetait pas. Or Mara n'était pas à vendre.

## Dans le jargon des filles, « Ce que tu as bonne mine ! » signifie « Je suis tellement contente de te revoir ! »

Dans la boutique Scoop, Jacqui traitait la cabine d'essayage comme une porte à tambour, prenant des poses à brefs intervalles avec chaque bikini, et éliminant ceux qui étaient trop serrés sur la poitrine ou trop riquiqui sur les fesses. L'année précédente, son string lui avait valu quelques ennuis à Georgica Beach, et elle ne souhaitait pas en être chassée à nouveau pour avoir enfreint les règles qui protégeaient les plages des Hamptons d'une invasion de fesses à l'air.

Lorsque Eliza la retrouva, elle portait un bandeau sur les seins, et vérifiait l'aptitude d'une minuscule culotte à cacher son postérieur, en écartant les jambes et en effectuant une série de flexions-extensions devant le miroir à trois faces, à la grande consternation d'un groupe de clientes vertes de jalousie.

– Désolée, je dérange ? plaisanta Eliza tandis que Jacqui s'accroupissait une fois de plus dans son minuscule morceau d'étoffe.

– Liza ! s'écria gaiement Jacqui.

Elle se releva pour accueillir son amie, et toutes deux s'étreignirent chaleureusement, les rangées de bracelets en or d'Eliza cliquetant contre les épaules nues de Jacqui.

Eliza écarta les bras de Jacqui et admira la façon dont celle-ci remplissait son bikini Jean-Paul Gaultier.

– Ce que tu es belle ! s'exclama-t-elle.

– Non, *chica*, c'est toi qui es belle ! glapit Jacqui.

Toutes deux gloussèrent et roucoulèrent, avec l'enthousiasme qui caractérise les filles : elles se firent d'interminables compliments sur leurs coiffures et sur leur perte de poids respective (réelle ou imaginaire).

– Comme je ne t'ai pas vue à l'arrêt du bus, j'en ai conclu que tu serais là, expliqua Eliza. Je suis désolée d'être en retard. L'entretien a duré un petit moment.

– Comment ça s'est passé ? demanda Jacqui en s'engouffrant dans la cabine pour se changer.

– Super bien. J'ai décroché le boulot ! répondit Eliza en admirant un cabas.

– Génial ! se réjouit Jacqui, qui émergea vêtue d'une robe gitane taille haute et de sabots à talons hauts Gucci. Vous acceptez la carte American Express ? s'enquit-elle auprès de la vendeuse en lui tendant le deux-pièces.

– J'ai le temps de jeter un coup d'œil avant qu'on aille chercher Mara ? demanda Eliza, examinant attentivement un poncho crocheté, pendant que Jacqui réglait son achat.

– Je crois que son avion arrive maintenant, donc il vaut mieux pas.

– Bon, d'accord, dit Eliza.

Elle regarda avec regret la nouvelle collection de paréos aux couleurs vives Matthew Williamson.

– On reviendra.

– Alors, comment ça va depuis tout ce temps ? lança Jacqui alors qu'elles étaient en route pour l'aérodrome d'East Hampton.

Elles baissèrent toutes les vitres de la voiture d'Eliza, bien que cette dernière fût une fan de la climatisation. Les filles ne s'étaient pas vues depuis Palm Beach, où elles avaient dévalisé les boutiques de Worth Avenue et passé du temps à la piscine des Quatre-Saisons, traînant les gosses dans leur sillage. Elles s'étaient rendues à un bal de Noël du tonnerre au Colony Club et à un somptueux réveillon de nouvel an dans un hôtel cinq étoiles, le Breakers. Les vacances s'étaient déroulées à merveille. À un détail près : Mara n'était pas là. Jacqui avait hâte qu'elles se retrouvent enfin toutes les trois. Mais auparavant, il lui fallait s'assurer qu'Eliza avait bien l'intention de s'alléger la conscience quant à ce qui était arrivé en l'absence de Mara.

– Je vais bien, répondit Eliza, avant de lui faire part de ses intentions de conquérir le monde (ou du moins, les Hamptons) cet été-là.

Elle s'apprêtait à travailler dans la boîte la plus branchée et à fréquenter les gens les plus en vogue du moment. Pour elle, ce n'était même pas un boulot, mais plutôt... un titre, une position. Elle incarnerait à elle seule l'esprit du Septième Cercle. Son ancienne bande viendrait et bientôt, c'est elle qui mènerait le jeu. Elle n'avait aucune raison de se sentir gênée cet été, et comptait sur son lien avec Alan et Kartik pour l'aider à retrouver sa place dans la vie sociale des Hamptons.

– Tu as déjà revu Ryan ? demanda Jacqui, faisant dévier la conversation sur le sujet qui l'intéressait.

– Non, mais on s'est échangé des e-mails, et on s'est parlé

au téléphone l'autre soir. Il n'y aura pas de malaise, à mon avis.

Eliza s'était efforcée d'oublier cet épisode, mais le fait d'être sortie avec Ryan Perry – l'amoureux de sa meilleure copine – ne s'oubliait pas si facilement. Surtout quand il fallait tout avouer à la copine en question.

– Je veux dire... on était bourrés, on a fait une bêtise. Entre nous, ça n'a jamais été autre chose que de l'amitié.

Après la soirée de Sugar et Poppy au Breakers, Eliza et Ryan étaient revenus à l'hôtel chercher une paire de tongs pour Eliza – ses chaussures Christian Louboutin lui faisaient un mal de chien. Ils étaient tous deux complètement bourrés au champagne et, pour la première fois depuis le début des vacances, d'humeur joyeuse. Ryan avait eu des moments sombres, Mara ayant rompu et renoncé à venir à Palm Beach. Et Eliza était déprimée car Jeremy lui avait dit qu'il valait mieux qu'ils ne cherchent pas à se revoir avant l'été, tant c'était dur pour eux de vivre si loin l'un de l'autre. Ryan avait repéré *Le Parrain* dans le programme d'une chaîne câblée payante. Ils s'étaient blottis l'un contre l'autre sur le lit, comme du temps où ils étaient gosses et avaient appris toutes les répliques par cœur.

– Laisse le flingue, prends les cannolis ! s'étaient-ils exclamés en même temps, avant d'éclater de rire.

Et puis, soudain, voilà qu'il s'était mis à l'embrasser... à moins que ce ne fût elle... et ça s'était bêtement emballé. Elle n'avait jamais voulu que ça arrive et ça ne signifiait rien du tout, assurait-elle.

– Dès que je vois Mara, je lui raconte tout, assura-t-elle d'une voix péremptoire en crispant si bien ses mains autour du volant que les jointures devinrent livides. J'ai hâte de me débarrasser de ce poids, tu comprends ? Je me suis dit que ce serait trop dur de lui en parler au téléphone ou par e-mail. Je veux pas qu'elle puisse imaginer que ça compte plus que ça.

– Tu as tout à fait raison, approuva Jacqui.

Elle était soulagée qu'Eliza soit prête à cracher le morceau. Eliza avait absolument tenu à ce que le Secret de Palm Beach reste un secret. À contrecœur, Jacqui lui avait promis de ne rien révéler à Mara, en conséquence de quoi elle n'avait plus parlé à cette dernière depuis le nouvel an. Jacqui ne voulait pas avoir à lui mentir et, avec les études et le décalage horaire, il était facile de cesser d'être en contact.

– Allez, dis-m'en davantage sur ton nouveau boulot, lança Jacqui, désireuse de changer de sujet face à l'embarras d'Eliza. Tu vas vraiment rencontrer autant de stars ?

Eliza s'exécuta avec joie et toutes deux, balayant Palm Beach de leur esprit, bavardèrent et échangèrent des potins jusqu'à l'aérodrome d'East Hampton. C'était un terrain à l'écart, auquel on accédait par de petites routes. À leur arrivée, elles trouvèrent Mara très entourée, occupée à faire la bise à une foule de gens pleins aux as. Eliza reconnut certains des membres de la haute société rassemblés autour d'elle, et cela l'impressionna. Certes, son amie ayant eu droit non à un, mais à trois portraits dithyrambiques dans les journaux des Hamptons l'été dernier, Eliza ne s'étonnait pas de son succès. Qu'elle l'ait désiré ou non, Mara était devenue une personnalité des Hamptons.

Eliza donna un coup de klaxon.

– Nous voilà !

Elle ouvrit la portière et s'élança hors du véhicule, suivie par Jacqui. Elles avaient hâte de retrouver Mara – la dernière fois qu'elles s'étaient vues toutes les trois ensemble remontait au mois d'août – et de renouer le fil de leur amitié.

Le visage de Mara s'illumina et elle se précipita à la rencontre de ses amies.

– Salut les filles ! lança-t-elle d'un ton euphorique, en serrant vivement Eliza contre son cœur. Ce que vous m'avez manqué ! ajouta-t-elle en étreignant Jacqui avec la même chaleur. Vous êtes à tomber par terre !

Les roucoulades et les exclamations enthousiastes reprirent. Eliza et Jacqui s'extasièrent sur les reflets de Mara tandis que celle-ci les complimentait sur leur bronzage et leurs jolis vêtements.

– Nom de Dieu, j'arrive pas à croire que je suis de retour. C'est comme si j'étais jamais partie ! dit Mara en agitant la tête, secouée d'un hoquet.

– Mara, tu ne serais pas un peu soûle ? demanda Eliza.

Et dire que l'été dernier, Mara était tellement sage qu'il leur avait presque fallu l'emmener de force à des soirées.

– Un tout petit peu, gloussa Mara. J'ai bu quelques coupes de... (nouveau hoquet) ... de champagne Cristal dans l'avion.

Jacqui écarquilla les yeux, admirative. Un avion privé, du champagne à cinq cents dollars – cette fille savait se débrouiller.

Les trois amies souriaient jusqu'aux oreilles, en se rappelant le merveilleux été passé ensemble l'année précédente, et en se demandant quelles aventures, bonnes ou hasardeuses, leur réservait celui-ci. Tout était d'un vert éclatant après l'averse et l'air embaumait le sel et la terre, et s'y ajoutait un merveilleux parfum boisé. Les trois filles n'en revenaient pas de leur bonne fortune : être ici, dans les Hamptons, enfin réunies !

Mara fourra ses bagages dans le coffre et ouvrit la portière arrière.

– Euh..., commença-t-elle, ne sachant où poser ses fesses.

La banquette ressemblait au caddie d'un SDF. Elle était envahie de bouteilles d'eau vides, de sacs de shopping déchirés, de boîtes à chaussures, de CD, d'emballages de barres de chocolat light et de paquets de tortilla chips allégées. C'était inattendu, pour quelqu'un d'aussi soigné qu'Eliza. Comment une fille aussi soucieuse de ses habits, de ses cheveux et de son look en général pouvait-elle traiter sa voiture comme une poubelle ? C'était une des choses que Mara appréciait tant chez elle : il était impossible de la réduire à un stéréotype.

– Oh là là ! Désolée du bordel, dit Eliza, embarrassée.

Mara sourit et déplaça un sac de vêtements sortis du pressing afin de pouvoir s'asseoir.

– Qui a faim ? demanda Mara. À bord, il y avait ces amandes de Majorque... Il y en avait tellement que j'en ai pris deux sachets. Elles sont super-bonnes.

Eliza démarra et Mara leur tendit les snacks chapardés dans l'avion.

– Alors, dites-moi tout ! C'était comment, Palm Beach ? Eh, les filles, vous ne m'avez jamais raconté comment ça s'était passé !

Pas tout à fait remise du vol, elle planait encore un peu. Garrett avait cabotiné tout au long du voyage. À un moment, il avait même transformé l'avion en boîte de nuit volante et avait fait tournoyer Mara jusqu'à ce qu'elle soit prise de vertige. Sa bonne humeur était si contagieuse que Jacqui oublia momentanément que Palm Beach était un terrain miné.

– C'était génial ! s'exclama Jacqui. On a emprunté les robes que les jumelles s'étaient fait faire pour leur premier rallye. J'ai porté un modèle Christian Lacroix au corsage décoré de perles cousues main, dont Poppy ne voulait pas. Et Eliza a pu mettre cette sublime robe Chanel que Karl a dessinée exprès pour Sugar.

Mara poussa des « Oh » et des « Ah » en écoutant Jacqui décrire la maison et le réveillon du nouvel an, et Eliza comprit que le moment était venu d'avouer à sa meilleure amie ce qu'elle avait fait avec son ex-petit copain.

– Mara, faut que je te dise un truc très important, au sujet de Palm Beach...

Mara fixa Eliza, intriguée. Si elle avait un mauvais pressentiment, elle n'en montrait rien. Son visage était ouvert et plein de candeur.

Jacqui retint son souffle. Elle était presque parvenue à balayer de ses pensées le secret d'Eliza. Or, posant tour à tour les yeux sur l'une et l'autre de ses amies, elle savait que ce qui allait suivre, elle ne risquerait pas de l'oublier de sitôt.

# Chez les Perry, les filles rencontrent le dernier gadget importé de France...

– Une seconde ! s'écria Mara, coupant la parole à Eliza.

La radio diffusait une vieille chanson de Madonna, et Mara se pencha entre les deux sièges avant pour augmenter le son.

– *Papa don't preach !* se mirent-elles à chanter d'une seule voix. *I'm in trouble deep !*

Mara était la fille la plus heureuse du monde. Quelle joie de retrouver Jacqui, Eliza et les Hamptons ! Ses amies lui avaient terriblement manqué. Là-bas, chez elle, il n'y avait personne d'aussi drôle qu'Eliza ou d'aussi déluré que Jacqui.

La chanson s'acheva mais, avant qu'Eliza eût pu dire un mot, Mara lâcha soudain :

– C'est fou ce que j'ai envie de revoir Ryan !

– Ah oui ? fit Jacqui. Alors que tu as rompu avec lui ?

– Je sais, je sais, soupira Mara, toujours un peu pompette. Vous savez les filles, je pense vraiment avoir fait une bêtise. Enfin... il m'a dit qu'il m'aimait toujours, même après que je lui ai dit qu'on ne pouvait pas continuer, et j'espère juste que... je sais pas... Vous savez s'il sort avec quelqu'un ? demanda-t-elle d'un ton plein d'espoir.

Eliza se racla la gorge. Quitte à parler, il fallait qu'elle se décide vite, avant que cela ne devienne encore plus difficile.

De toute évidence, Mara était encore amoureuse de Ryan, et Dieu sait que ce serait terrible, pour elle, d'apprendre qu'il était sorti avec une de ses amies. Il valait mieux en finir au plus vite. Mara lui en voudrait, mais elle finirait par comprendre et, avec un peu de chance, par lui pardonner.

– Mara, écoute, c'est important ! Je t'en prie, ne te mets pas en colère, d'accord ? Parce que ça ne signifie rien, *je te le jure.* Cet hiver, à Palm Beach, je...

– C'est là que j'ai pas assuré, l'interrompit à nouveau Mara, visiblement sourde à l'angoisse de plus en plus perceptible dans la voix d'Eliza. Ce que je regrette de ne pas être allée à Palm Beach ! Nom de Dieu, je sais pas ce qui m'a pris de renoncer... Si seulement, je t'avais écoutée, Jacqui !

Jacqui demeura silencieuse.

– Enfin... alors, c'était quoi, ce que tu voulais me dire, Eliza ? Pourquoi je devrais me mettre en colère ? demanda Mara en entreprenant de natter les cheveux d'Eliza, qui retombaient sur le dossier du siège. Il s'est passé quoi, à Palm Beach ?

– Pendant les vacances de Noël, je... je...

Eliza avait la gorge nouée. Elle respira un bon coup.

– ... j'ai décidé de ne pas travailler pour les Perry cet été. Je ne vais pas être fille au pair.

– *Hein ?* s'exclamèrent en même temps Jacqui et Mara, choquées pour des raisons différentes.

Eliza se mordilla la lèvre. Elle avait été sur le point de tout révéler à Mara, pour de bon. De tout lui avouer, histoire de mettre tout ça derrière elle. Mara n'avait rien à voir avec ses anciennes amies Lindsay et Taylor qui, les hypocrites, l'avaient salement laissé tomber l'année dernière.

Eliza avait toujours eu le sentiment de pouvoir tout dire à Mara. Bon, d'accord, elles ne s'étaient pas donné beaucoup de nouvelles au cours de l'année scolaire, mais cela ne changeait rien : c'est comme si elles s'étaient quittées à la veille.

Eliza haussa les épaules, à l'intention de Jacqui. Elle savait que cette dernière la prendrait pour une lâche et une menteuse. Elle pourrait vivre avec ça, plutôt que de devoir briser les espoirs de Mara. Elle avait trop peur de la blesser. Par ailleurs, raisonna-t-elle, la meilleure chose à faire, c'était de ne rien dire. Ainsi Mara et Ryan pourraient se remettre ensemble sans rien avoir à se reprocher. Si Eliza ignorait le problème, il finirait bien par disparaître, non ?

– Tu fais quoi, alors ? demanda Mara, arrachant Eliza à son débat intérieur.

– Je travaille au Septième Cercle, la nouvelle boîte de nuit, répondit fièrement Eliza. C'est vraiment chouette – je vais apprendre des tas de choses en matière de relations publiques, et ce genre de trucs. Je n'ai pas vraiment besoin du salaire des Perry cet été. Les affaires de mon père vont mieux, et il n'est pas impossible qu'on retourne s'installer en ville l'année prochaine.

Mara se laissa retomber sur la banquette.

– Tu étais au courant, Jacqui ?

Jacqui hocha la tête.

– Et tu ne m'en as rien dit ? gémit Mara.

– Je suis désolée... Je croyais qu'Eliza t'avait envoyé un e-mail, bredouilla Jacqui en fusillant une nouvelle fois Eliza du regard.

Cela dit, songeait Jacqui, si cela contrariait tant Mara de ne pas avoir été informée des projets estivaux d'Eliza, mieux valait ne pas lui avoir révélé le secret de Palm Beach.

– C'est super, dit Mara. Enfin... je suis vraiment contente pour toi, Eliza. Mais qu'est-ce qu'on va faire sans toi ? Qui va terroriser William pour qu'il obéisse enfin ? On se verra, au moins ?

– Qu'est-ce que tu racontes ? On se verra tout le temps ! promit Eliza.

Elle tourna dans l'allée des Perry, où étaient garées plusieurs voitures de luxe. La dernière acquisition en date était une étincelante Toyota Prius, une voiture à moteur hybride qui constituait la toute nouvelle obsession des Hamptons en matière automobile. Les Prius étaient politiquement correctes, respectueuses de l'environnement et incroyablement difficiles à obtenir – il y avait une liste d'attente de six mois, et certains véhicules se négociaient avec un supplément de cinquante pour cent au-dessus des prix de vente officiels. L'Aston Martin de Ryan Perry était garée à côté. Mais Ryan demeurant un sujet délicat, nul ne fit de commentaire.

Laurie, l'assistante personnelle d'Anna Perry, une femme d'une quarantaine d'années à la chevelure hirsute, portant son mobile autour du cou et vivant par procuration la vie de ses employeurs, les attendait devant le porche.

– Hello les filles ! Soyez les bienvenues ! Eliza, qu'est-ce que tu fais là ? Anna et les gamins sont encore en ville et n'arriveront que demain dans la matinée. Ils étaient censés venir aujourd'hui, mais Kevin a eu besoin de l'hélicoptère pour un rendez-vous de dernière minute dans le Connecticut, et Anna n'avait pas envie de se coltiner les embouteillages. Ryan et les jumelles ne doivent pas être bien loin. Jacqui et Mara, vous pourrez disposer de votre soirée après avoir préparé la chambre des enfants.

Elles suivirent Laurie à l'intérieur de la maison et trouvèrent la demeure des Perry inchangée, avec ses bouquets somptueux disposés un peu partout, son parquet en zebrano au brillant irréprochable... Toutes les pièces paraissaient prêtes à faire l'objet d'une séance photo pour un magazine déco. Laurie leur expliqua que les Perry conservaient un personnel réduit chargé de veiller à ce que la maison soit toujours parfaite, même en plein hiver. Ce afin qu'ils puissent y débarquer à tout moment, même si, hors saison, il s'écoulait parfois plusieurs mois d'une visite à l'autre.

– C'est quoi, ce bruit ? demanda Mara. C'est une bétonnière ?

Son père travaillant dans la construction, ce son lui était familier.

Laurie grimaça et se plaqua les mains sur les oreilles.

– C'est le château des Reynolds. Ils ne sont pas censés poursuivre les travaux après cinq heures de l'après-midi. J'ai déjà fait remarquer à Anna que nous devrions alerter la municipalité.

Les trois filles s'avancèrent discrètement vers la baie vitrée et jetèrent des coups d'œil à l'énorme construction qui était en train d'être édifiée sur une demeure victorienne traditionnelle déjà existante. Une structure de bois alambiquée, comprenant des tours, des poivrières et même ce qui avait tout l'air d'être des douves, semblait s'étendre sur toute la longueur de la propriété et s'avancer jusqu'à la plage. Une immense grue soulevait plusieurs colonnes grecques plaquées or. Elles assistèrent, fascinées, à la pose d'un vitrail haut de douze mètres au dernier étage.

– C'est une honte, ce qu'ils font subir à l'ancienne propriété des Rockefeller ! siffla Laurie, aussi outrée qu'une véritable aristocrate d'East Hampton. C'est une horreur absolue !

– Eh les filles, je vais vous aider à porter vos bagages, dit Eliza en prenant le vanity-case de Jacqui et les magazines de Mara.

Les filles traversèrent la cuisine jusqu'à la porte de service donnant sur la terrasse et le jardin. Les pelouses étaient impeccables, un jeu de croquet installé pour qui voudrait disputer une partie et, au loin, les courts de tennis et les terrains de basket venaient visiblement d'être repeints.

– Oh mon Dieu ! C'est qui ? chuchota Eliza à l'adresse des deux autres, tandis qu'elles arrivaient au patio de la piscine.

Étendu sur un matelas pneumatique, au milieu de la piscine à débordement, se trouvait le plus beau garçon qu'elles eussent jamais vu. Sa silhouette était mince et dorée, de ses cheveux couleur de miel à son bronzage caramel. Une cigarette au coin des lèvres, il portait des lunettes d'aviateur et tenait à la main un cocktail frappé décoré d'une ombrelle miniature.

– *Bonjour*[1], lança le beau jeune homme d'une voix traînante, en laissant courir un doigt dans l'eau.

Jacqui eut le souffle coupé. Avait-elle déclaré : « Fini les garçons » ? Pouvait-elle faire une exception, pour le plus splendide spécimen qu'elle eût jamais contemplé ?

Il releva ses lunettes de soleil, et les détailla de pied en cap avec un sourire taquin.

---

1. En français dans le texte.

– Salut, marmonna Mara.

– *Bonjour* toi-même, rétorqua Eliza.

– *Boa tarde*, dit Jacqui en souriant de toutes ses dents.

– *Je suis* Philippe Dufour. Vous devez être mes collègues de travail. Deux d'entre vous, du moins, expliqua-t-il avec un séduisant accent français.

– Collègues de travail ? demanda Mara. Vous n'êtes tout de même pas...

Il sourit, tira une bouffée de sa cigarette, et laissa tomber la cendre dans l'eau d'un bleu chimique.

– *Mais oui*, je suis le nouveau garçon au pair.

# Les règles ne sont-elles pas faites pour être enfreintes ?

Laurie les mit au parfum, sur le chemin du cottage des domestiques : Philippe était le neveu français de la nounou française habituelle, qui rentrait tous les étés dans sa famille en Cornouailles. Philippe était arrivé le matin même. Il était inscrit dans un lycée londonien, d'où son anglais quasi parfait. Aspirant à devenir joueur de tennis professionnel, il espérait se faire une réputation en remportant le tournoi de tennis Rolex, qui se tenait chaque mois de juillet à East Hampton. En plus de veiller sur les enfants, il leur donnerait des cours de tennis.

– Comme vous pouvez le constater, il est ici comme chez lui, commenta Laurie d'un ton légèrement désapprobateur. Ça y est, nous y voici ! dit-elle en ouvrant en grand la porte du cottage.

Il était en tous points semblable au souvenir qu'elles en gardaient. Jusqu'à la troisième marche de l'escalier branlant, qui grinçait toujours... Leur chambre était aussi dépouillée et austère qu'une cellule de prisonnier, mais elles ne s'attendaient pas à mieux. Il y avait deux lits superposés et un lit une place, dotés d'oreillers fatigués et de couvertures rêches. Contre le mur d'en face, il y avait deux commodes, un fauteuil usé jusqu'à la corde et une table de nuit avec une lampe qui ne marchait plus très bien depuis qu'Eliza s'était pris les pieds dans le cordon, un soir de juillet, un an plus tôt. Il y avait cependant une nouveauté : un interphone blanc flambant neuf qu'Anna avait fait installer, expliqua Laurie, afin de pouvoir aisément contacter les filles (et le garçon) au pair.

Mara et Jacqui commencèrent à défaire leurs bagages en discutant de cette innovation fascinante (le garçon, pas l'interphone !) tout en choisissant leurs commode et lit respectifs.

– Tu veux le lit du haut ? proposa Mara à Jacqui.

– Oui. Je te remercie, répondit Jacqui en écartant le rideau de l'unique vasistas. À ton avis, où est-ce qu'ils ont installé le garçon ?

Mara haussa les épaules. Philippe lui était complètement sorti de la tête... Elle revoyait l'Aston Martin garée dans l'allée, et se demandait si Ryan était quelque part dans la propriété. Peut-être était-il dans sa chambre, ou dans la cuisine ? Et si elle explorait un peu les lieux ?...

Eliza s'assit sur le lit une place, sans réussir à se sentir à sa place. Elle était pleine de nostalgie en se rappelant l'été dernier et tous les incroyables moments passés ensemble dans cet espace exigu – à fumer en cachette à la fenêtre ou à descendre les bouteilles de vodka chipées dans le placard à alcools des Perry. Dire que sur le lit où elle était assise, Jeremy et elle étaient sortis ensemble ! Mais ses regrets s'évanouirent lorsqu'elle remarqua des moutons de poussière sous la table de nuit et se souvint de la chambre climatisée qui l'attendait, dans la maison que sa famille avait louée pour l'été.

– Eh… Il est chouette, ton collier ! Ryan Perry a le même, non ? demanda Mara.

Levant les yeux alors qu'elle déballait ses affaires, elle avait aperçu le cordon de cuir qu'Eliza triturait du bout des doigts, perdue dans ses pensées.

– Oh !

Eliza s'empressa de retirer ses mains de son cou. Nerveuse, elle jeta un regard alentour.

– Oh, c'est rien, un vieux truc que j'ai dégoté Dieu sait où…

– Vous avez traîné ensemble en Floride ? reprit Mara d'une voix pleine de langueur. Toi et Ryan ? Tu l'as trouvé comment ?

Eliza rougit.

– Comment ça ?…

– Eh bien, je sais pas… Il avait quel air ? Il sortait avec quelqu'un ?

– Je l'ai trouvé comme d'habitude, répondit Eliza en haussant les épaules. Il n'était pas souvent à la maison. À part ça, les filles, vous avez vu ce mec, dans la piscine ? On peut dire que vous avez du bol ! fit-elle remarquer, histoire de changer de sujet.

Elle leur fit signe d'approcher.

– À ce que j'ai entendu dire, les Français sont chauds…

Mara et Jacqui gloussèrent.

C'est alors que Philippe entra, répandant autour de lui une odeur de tabac et d'huile solaire au coco. Pour Jacqui, c'était l'odeur la plus sexy du monde.

– *Bon !* s'exclama-t-il en se frottant les mains. *Ça devrait être amusant, trois filles et moi !*

– Tu n'es quand même pas censé dormir ici ? demanda Mara, comprenant vaguement qu'il parlait de la chambre.

Anna n'aurait pas eu idée de mettre deux filles et un mec ultra-sexy dans la même chambre ? Certes, Anna n'était pas vraiment du genre à respecter la bienséance... Mara n'en revenait pas.

Jacqui haussa les épaules. Où était le problème ? Visiblement, Mara n'avait jamais fréquenté les auberges de jeunesse européennes.

Philippe allait donc dormir dans la même chambre qu'elles. Comme ce serait... pratique.

– Si, répondit Philippe.

Il fouilla dans le dernier tiroir de la commode, en sortit une chemise et un caleçon et commença à retirer son slip de bain.

– Une seconde ! s'écria Mara. Tu te crois où ?

Elle savait qu'elle se comportait en rabat-joie, mais honnêtement, il dépassait les bornes. Elle se fichait bien qu'il soit français et charmant. Elle n'avait pas envie de se sentir mal à l'aise tout l'été. Il faudrait qu'il apprenne à respecter sa pudeur à elle – si lui-même n'en avait pas.

Eliza et Jacqui avaient l'air déçues. Le peu que Philippe avait dévoilé leur avait donné envie de voir le reste. Elles s'étaient réjouies de ce strip-tease inattendu.

Le garçon haussa les épaules.

– On n'a pas le droit de se déshabiller ? Je suis pourtant dans ma chambre !

Eliza et Jacqui regardèrent, amusées, Mara pousser Philippe vers le couloir, en lui maintenant avec fermeté les bras le long du corps. Elles retrouvaient la Mara collet monté qu'elles avaient connue !

– En Amérique, on se change en privé ! insista Mara. (Elle retourna dans la chambre en se frottant les paumes, consternée.) Ce type est pas croyable ! Quoi qu'il en soit, Jacqui, j'ai l'impression qu'il a pris la commode à côté du lit. Eh bien... On partage le placard, alors ? Et puis il faudrait qu'on aille voir Laurie, qu'elle nous dise ce qu'on a à faire.

– Ouais... Je devrais peut-être y aller, dit Eliza d'un ton contraint, en se levant et en ramassant son sac.

Ça lui faisait bizarre de revoir leur ancienne chambre sans pouvoir y rester.

– Eh, les filles, vous faites quoi demain soir ? Vous ne voulez pas venir passer la soirée chez moi ? Je ne commence pas à travailler avant samedi.

– Pourquoi pas..., répondit Jacqui.

Pour la seconde fois en quelques minutes, elle réalisait qu'ignorer toutes les tentations pour devenir la baby-sitter idéale ne serait pas une tâche aussi simple que prévue.

– ... si on parvient à mettre les gamins au lit de bonne heure.

– Compte sur nous, on viendra ! dit Mara.

S'il y avait une chose qu'elle avait apprise l'année dernière, c'était bien celle-ci : elles trouveraient toujours le moyen de s'occuper des gamins *et* de s'amuser.

Eliza écarquilla les yeux et sourit. Jacqui se comportant en personne responsable ? Mara se déclarant prête à faire la fête ? Décidément, les choses changeaient ! Toutes deux étreignirent Eliza, et promirent de l'appeler bientôt.

Lorsque Eliza partit, le claquement de ses mules se faisant

entendre dans l'escalier, Philippe reparut dans la pièce. Il était rasé de frais et portait une chemise Oxford amidonnée et un jean parfaitement repassé.

– C'est mieux comme ça ? demanda-t-il à Mara.

Elle approuva sèchement. Elle avait fini de ranger ses vêtements – elle en avait emporté peu, comparé à Jacqui, dont la garde-robe occupait déjà tout le placard.

– Je vais voir ce dont Laurie a besoin pour la chambre des enfants, dit-elle.

– Je te rejoins, promit Jacqui, évitant de croiser le regard de Mara.

Elle était parfaitement consciente que Philippe, affalé tel un empereur sur le lit une place, la fixait avec des yeux brillants de convoitise.

Mara haussa les épaules et quitta la pièce. Sans doute pourrait-elle faire un petit détour en se rendant au bureau de Laurie – de façon, par exemple, à se retrouver juste devant la porte de la chambre de Ryan.

– Dis, Jacqui, tu as également besoin de voir Laurie ? demanda Philippe à Jacqui. Parce que sinon, il y a encore... comment t'appelles ça... de la piña colada dans le bol mixeur.

Jacqui cessa de ranger ses vêtements. Elle savait ce qu'elle devait faire : suivre Mara et l'aider à tout préparer pour la venue des gamins, le lendemain matin. Mais Philippe souriait toujours, l'éblouissant par la blancheur de ses dents et ses yeux d'un bleu éclatant. Il passa la main sous le lit, et en tira une bouteille de rhum à moitié pleine.

– Tu m'aides à la finir ? proposa-t-il.

– J'ai effectivement un peu soif..., concéda Jacqui.

Elle qui s'était juré de faire un effort cet été : de ne pas se laisser distraire, d'aider Mara à s'occuper des gamins, de réviser son... son quoi déjà... son examen d'entrée à la fac...

Jacqui respira un grand coup, redressa les épaules, et le regarda droit dans les yeux.

– Mais tu sais quoi ? Il vaut mieux qu'on remette ça à plus tard ! lança-t-elle à Philippe en quittant précipitamment la chambre, avant qu'il ait pu prononcer une nouvelle fois son nom avec son adorable accent français.

# Des retrouvailles...
# pas franchement réussies

Mara se réveilla tôt le lendemain matin et, entre deux bâillements, rejeta les draps. Jacqui dormait dans le lit du haut, tandis que Philippe ronflait bruyamment dans le lit une place, sous une montagne de couvertures. La veille au soir, Mara et Jacqui l'avaient retrouvé en train de fumer et de faire des réussites. Elles s'étaient jointes à lui et tous trois avaient disputé quelques manches de dame de pique, puis s'étaient couchés de bonne heure.

Mara avait passé la plus grande partie de la journée précédente à errer autour de la maison des Perry, dans le vain espoir d'apercevoir Ryan. Sachant qu'il avait coutume de se lever tôt pour aller faire du surf avant le petit déjeuner, elle avait réglé le réveil aux aurores, afin de le surprendre avant son départ pour la plage. Elle choisit sa tenue avec une attention particulière : un tee-shirt vert pâle prérétréci qui mettait sa taille de guêpe en valeur et un mini-short en jean à la Jessica Simpson qui dévoilait ses jambes. Elle rassembla ses longs cheveux bruns en une queue-de-cheval négligée, en prenant bien soin de ramener quelques boucles éparses autour de son visage.

Malheureusement pour elle, elle ne tomba pas sur Ryan

dans sa combinaison de surf, les yeux rivés sur les prévisions météo s'affichant sur l'écran plasma du téléviseur de la cuisine. Elle fixa l'Aston Martin garée dans l'allée, comme si elle pouvait forcer Ryan à apparaître. Elle retourna dans la maison, les épaules voûtées, se demandant s'il ne l'évitait pas. Dans la cuisine, elle se servit un bol de yaourt. Soudain, elle distingua des voix, provenant du patio. Le ventre noué, elle ouvrit la porte-fenêtre.

Ryan se tenait sur la terrasse et discutait avec une grande blonde. Il leva les yeux et, apercevant Mara, parut surpris. Il était vêtu d'un chandail à capuche et d'un jean délavé, et avait un sac de couchage coincé sous un bras et une glacière sous l'autre. Ses cheveux ébouriffés partaient comiquement dans tous les sens et il avait le visage zébré par les marques de l'oreiller – mais tout cela ne le rendait que plus adorable. Comme d'habitude, il était pieds nus, et ses orteils étaient couverts de sable.

– Hé ! dit-il et, l'espace d'une seconde, Mara retrouva son sourire franc et ses fossettes – auxquels, hélas, succéda aussitôt une grimace embarrassée. Mara... Je ne savais pas que tu étais là.

– Je suis arrivée hier, dit-elle en s'efforçant de garder un ton léger (*c'était qui, cette fille, bordel ?*). Je ne voulais pas vous déranger.

Ryan laissa tomber ses affaires et se dirigea vers elle, les bras tendus.

– Tu plaisantes. Ça fait plaisir de te voir ! répliqua-t-il en s'assurant de n'entrer en contact avec aucune partie de son corps, à l'exception de son dos, qu'il tapota comme si elle était un de ses potes de l'équipe de foot.

Elle huma l'odeur de mer de ses cheveux, qui lui rappela douloureusement l'été dernier.

– À moi aussi ça me fait plaisir, répondit-elle d'une voix étranglée.

Il était encore plus beau que dans son souvenir. Le soleil avait éclairci ses cheveux et son bronzage intense soulignait l'éclat de ses yeux verts. Il se déplaçait toujours avec la même grâce ; il émanait toujours de lui la même décontraction, la même simplicité... Le genre de gars à qui la vie avait tout donné, mais qui n'avait pas laissé cette heureuse circonstance le pourrir le moins du monde. Mara l'avait toujours trouvé trop bien pour elle. N'empêche que pendant une semaine entière, l'été précédent, il avait été à elle – totalement, délicieusement et miraculeusement. Et à présent, elle comptait bien le reprendre.

– Allison m'a raccompagné, expliqua Ryan, en présentant les deux filles l'une à l'autre. Tu te souviens de mon copain Oz ? Il a fait un feu de joie hier soir, poursuivit-il en enlaçant la taille de la blonde d'un mètre quatre-vingts, sosie de Charlize Theron.

Allison portait un simple débardeur blanc et un pantalon de pyjama fermant avec un cordon. Elle avait les cheveux en bataille mais, songea Mara, ce genre de fille n'avait aucun effort à faire pour paraître sexy. Sans doute ne passait-elle pas une demi-heure à choisir la bonne tenue et à sortir des boucles de sa queue-de-cheval.

– Et ce garçon n'était pas en état de conduire ! roucoula Allison en chatouillant le ventre de Ryan.

– Eh ! protesta Ryan en lui attrapant les mains.

Ils firent mine de se battre et Allison fronça les sourcils, pour rire, lorsque Ryan lui bloqua les mains derrière le dos.

Mara les regarda flirter, l'estomac noué. À peine un an plus tôt, Ryan et elle avaient passé presque toutes les nuits de la dernière semaine enlacés dans les bras l'un de l'autre, à se révéler des secrets qu'ils n'avaient jamais confiés à personne... Elle se rappelait la moindre cicatrice sur son corps (celle du genou qu'il s'était cassé en faisant du ski, et celle du mollet droit, due à une chute de skate) et la moindre anecdote au sujet de son éducation (les Noëls dans le Maine, son safari « initiatique » au Kenya, son vieux professeur de latin, avec qui il déjeunait encore souvent à New York). Et, surtout, la façon dont son nez se plissait lorsqu'il fermait les yeux et s'apprêtait à l'embrasser. Mara avait beau savoir que c'était elle qui avait rompu, ça lui faisait mal de le voir flirter avec une autre.

Elle fut soulagée de les voir interrompre leur petit numéro, mais eut une bouffée d'angoisse lorsque Ryan s'assit près d'elle à la table du patio. Allison marmonna quelque chose au sujet de la fraîcheur de l'air, et Mara suivit des yeux sa longue et souple silhouette tandis qu'elle se dirigeait vers une Jeep garée dans le sable. Ils étaient arrivés par les petites routes jusqu'à la plage privée longeant la propriété des Perry. Comme toutes ces routes étaient également privées, cela signifiait qu'Allison venait d'une famille possédant elle aussi une propriété à Georgica. Allison était exactement le genre de fille qu'on s'attendait à voir avec un type comme Ryan. Mara reposa son bol de yaourt. Tout ça lui avait coupé l'appétit.

Allison regagna le patio à grandes enjambées, ayant enfilé

un chandail d'homme portant le logo de l'université de Dartmouth. Mara se souvint que Ryan désirait aller à Dartmouth. Elle se demanda s'il était parvenu à y entrer. Allison se percha illico sur les genoux de Ryan.

– C'est quoi, ça ? minauda Allison en tâtant du bout des doigts une corbeille de fruits visiblement exotiques, au centre de la table.

– Voici un kaki, répondit Ryan en désignant ce qui ressemblait à une tomate orange aplatie. Et ça, c'est un ramboutan, expliqua-t-il en saisissant une boule rouge hérissée de piquants. Anna les fait venir d'Indonésie.

Le snobisme d'Anna la poussait, entre autres manies ridicules, à mépriser les produits locaux. Les Hamptons avaient beau être réputés pour leurs fraises, leurs pêches et leurs poires, les fruits rares, importés et hors de prix éclipsaient les fruits frais et disponibles.

– Ça se mange comment ? demanda Allison.

Ryan lui montra comment éplucher délicatement le fruit et libérer sa chair blanche et gélatineuse.

– Miam ! fit Allison en mastiquant.

Elle en pela un second, qu'elle mit dans la bouche de Ryan, qui la remercia d'un baiser. Ils s'amusaient, gloussaient... Mara avait envie de vomir. Elle fit glisser sa chaise en arrière, s'apprêtant à se relever.

– Alors, comment était le trajet en car ? Il y avait beaucoup de monde ? l'interrogea Ryan en daignant enfin la regarder.

Elle secoua la tête.

– En fait... je suis venue en avion. Anna s'est arrangée pour que je fasse le trajet avec les Reynolds, dans leur jet.

– C'est vrai ? C'était comment ? Il paraît qu'il est dans un sale état, dit Allison, les yeux écarquillés.

– C'est un nouveau G5, rétorqua Mara, en se rappelant ce que Garrett lui avait dit au sujet de l'avion. En fait, il est super, ajouta-t-elle, un peu sur la défensive.

– J'en doute pas, fit remarquer Ryan – et Mara crut déceler dans son ton une nuance d'ironie.

– Garrett est vraiment sympa. Il dit que vous vous connaissez, reprit Mara, décidée à tester Ryan.

– C'était un bon ami à moi, répliqua Ryan avec un visage impassible. Mais ce n'est plus le cas.

C'est alors qu'un sifflement perçant interrompit le silence matinal. Levant les yeux, ils virent l'objet de leur conversation, qui se tenait devant l'allée séparant les deux maisons, et tenait à la main une balle de tennis.

– Elle est passée par-dessus la clôture, expliqua Garrett.

Il portait une tenue de tennis d'un blanc immaculé. On aurait dit un mannequin Ralph Lauren.

– Salut, grommela Ryan.

– Salut Garrett, roucoula Allison. Il paraît que vous avez un nouveau jet ?

Garrett hocha la tête, un sourire aux lèvres. Il s'avança nonchalamment et, d'un doigt, désigna Mara.

– Salut beauté ! Alors, c'est bon pour demain soir ? J'espère que tu as changé d'avis. J'ai réservé la meilleure table à l'American Hotel.

La veille, Mara avait poliment décliné l'invitation. Mais après le numéro que Ryan et Allison venaient de lui faire, elle opta pour une autre tactique et adressa à Garrett un sourire ravageur.

– OK, pourquoi pas ? dit-elle.

– Super. Je passe te chercher à sept heures, répliqua Garrett, visiblement ravi. Ciao Ali. À plus, Perry, lança-t-il à Ryan, en faisant rebondir sa balle sur sa raquette de tennis et en refranchissant la haie.

Ryan se racla la gorge.

– Bien. Amuse-toi demain soir ! dit-il d'un ton brusque. Au fait, je crois que Laurie est dans son bureau, ajouta-t-il, s'adressant à Mara comme si elle n'était qu'une des innombrables employées au service des Perry.

Il se tourna à nouveau vers Allison, l'aida à se relever, et tous deux disparurent dans la maison.

Les espoirs de Mara – retrouver Ryan afin qu'ils reprennent leur histoire là où ils l'avaient laissée – étaient à l'eau alors que l'été commençait à peine. Mais, avant qu'elle ait eu le temps de s'apitoyer davantage sur son sort, le sol se mit à trembler. Levant les yeux, Mara vit un hélicoptère argenté atterrir sur la pelouse, et les hautes herbes se coucher sur le sol.

Une femme émaciée, vêtue d'une robe africaine ample et froncée, émergea prudemment par la portière en s'efforçant vainement de protéger son brushing contre le courant d'air et en hurlant sur les pilotes. Plusieurs enfants se répandirent hors de l'hélicoptère, réclamant à grands cris leur petit déjeuner.

Anna Perry et les enfants avaient fini par arriver.

# Les enfants Perry ont beaucoup de choses à apprendre... et beaucoup de médicaments à prendre

Anna Perry était assise devant la table de jeu de la salle de projection dernier cri des Perry, et tapotait des doigts le feutre vert. Près d'elle se trouvait Laurie, prête à tapoter sur le clavier de son ordinateur portable. Sur l'écran large de cinq mètres, au fond de la pièce, s'affichait une page d'accueil. OBJECTIFS À ATTEINDRE CET ÉTÉ PAR LES ENFANTS PERRY, pouvait-on lire en lettres capitales.

Mara prit place en face d'elles. Elle était pensive et nerveuse après sa rencontre matinale avec Ryan et sa nouvelle petite amie. À côté d'elle, deux chaises vides. Jacqui et Philippe étaient en retard. Un monsieur portant barbe et lunettes, vêtu d'un costume en tweed râpé, était assis avec un bloc-notes à la main à la gauche d'Anna. Mara se demandait qui il était.

Une gamine filiforme, qui devait avoir onze ans, entra dans la pièce. Mara l'avait vue un peu plus tôt sortir de l'hélicoptère. Elle ne l'avait pas reconnue, de loin. Or, à présent, elle voyait qu'il s'agissait de quelqu'un de très familier...

– Madison ! s'écria-t-elle. Bonjour ma chérie.

La nouvelle Madison concéda à Mara un bref signe de tête. L'été dernier, Mara avait tout fait pour soutenir Madison, prenant sa défense contre une méchante professeur de danse classique ou lui remontant le moral lorsque William la taquinait. Mara tenta de l'embrasser, mais Madison évita ses bras tendus.

– Anna, tu trouves que ce chemisier me va bien ? demanda Madison, avant de murmurer quelque chose à l'oreille de sa belle-mère.

La petite fille aux cheveux bouclés qui aimait porter des tee-shirts et des shorts trop grands était devenue le sosie de Jamie Lynn, la sœur cadette de Britney Spears, avec ses cheveux défrisés, son jean évasé et un débardeur qui laissait voir son nombril.

Quelques minutes plus tard, Madison fit à Anna un bisou sur la joue – ou, plutôt, embrassa l'air – et sortit d'un pas léger, au moment où Jacqui, les cheveux mouillés, s'engouffrait dans la salle, talonnée par Philippe. Tous deux semblaient partager une bonne blague, et Mara remarqua le pincement de lèvres d'Anna lorsque celle-ci les vit entrer.

– *Philippe ! Vous êtes bien installé ?* demanda aimablement Anna dans un français parfait.

– *Oui, madame. C'est très beau ici*, répondit-il en la gratifiant de son sourire resplendissant.

Anna rougit de plaisir.

– Eh bien, Kevin et moi, nous sommes enchantés de vous avoir avec nous cet été, dit-elle d'un ton pontifiant. Jacqui, Mara, je vois que vous avez déjà fait la connaissance de Philippe. Philippe, Jacqui et Mara ont déjà travaillé pour nous, elles pourront donc vous mettre au courant des détails, si j'oubliais de mentionner quoi que ce soit. Je vais être très brève, car je dois assister à une réunion du comité dans quelques minutes, chez les Parrish.

Comme à son habitude, Anna ne cessait de faire allusion aux grands noms de la bonne société des Hamptons – ce qui n'évoquait jamais rien au groupe des baby-sitters.

– Tout d'abord, permettez-moi de vous présenter le Dr Pell Abraham, le nouveau thérapeute de William. Le Dr Abraham surveillera l'évolution de William pour ce qui est de l'hyperactivité. Jacqui, je pense qu'il est inutile que je revienne sur ce qui s'est passé à Palm Beach. Pas besoin de vous dire qu'il est hors de question que cela se reproduise. Mes cicatrices ont disparu, Dieu merci, grâce à un traitement au laser. Laurie, la lumière, je vous prie. Première diapositive. Je vous remercie, dit-elle tandis que la page d'accueil était remplacée par un écran affichant une photo de William en train de tirer la langue, à côté d'une liste inscrite au marqueur de ses « problèmes ».

À la demande d'Anna, Laurie avait constitué une présentation PowerPoint sur les enfants Perry, aussi rigoureuse et froide que la balance commerciale d'une entreprise.

– Comme vous le voyez, nous espérons pouvoir envoyer William à Eton l'année prochaine, si ses troubles mentaux ne les découragent pas de retenir sa candidature, dit Anna en soulignant les mots *Troubles déficitaires de l'attention / hyperactivité – nouvelles prescriptions* à l'aide d'un curseur lumineux. Le Dr Abraham tentera différents traitements, et étudiera les rapports de William avec sa famille et leur impact sur sa maladie. Ne vous étonnez donc pas de le voir assister aux activités ou poser des questions.

Mara blêmit. Anna ne se contentait pas de se débarrasser du gamin, elle l'envoyait carrément sur un autre continent. Eton, une école privée anglaise ultra-sélecte, comptait le futur roi d'Angleterre parmi ses élèves. Anna avait trouvé le moyen de concilier ses désirs d'ascension sociale et son envie de se débarrasser du plus problématique des enfants de son mari. Pire encore, un docteur des plus louches allait le suivre tout l'été en prenant des notes ! À coup sûr, l'effet sur le comportement de William risquait d'être spectaculaire...

Laurie pressa un bouton de la télécommande et le visage de Zoé apparut sur l'écran.

– Nous trouverions merveilleux que Zoé apprenne une langue étrangère cette année. Cela nous a tellement fait plaisir, à Kevin et moi, lorsqu'elle a entamé la lecture de ce livre en portugais, l'année dernière. Mais nous pensons qu'elle devrait se tourner vers une langue plus... comment dire... plus riche, du point de vue historique et culturel. Une langue qui lui demande un peu plus d'efforts. On a opté pour le russe. J'ai moi-même étudié Tchekhov à l'université, et je me suis dit que ce serait formidable qu'elle prenne un peu d'avance sur l'étude des classiques.

Donner des cours de russe à une gamine de sept ans ? Comment allaient-ils s'y prendre ? Mara avait à peine la moyenne en espagnol ! C'était du Anna tout craché, d'avoir choisi une langue qu'aucun des deux baby-sitters étrangers ne parlait.

– Quant à Cody, le Dr Abraham m'a alertée sur le fait qu'il commençait à manifester les signes d'une personnalité *borderline*. Il devra donc également faire l'objet d'une surveillance attentive.

Jacqui prenait une quantité de notes et Mara, voyant cela, avait du mal à ne pas éclater de rire. Quant à Philippe, les mains plaquées sur la nuque, il se balançait sur sa chaise et bâillait sans aucune discrétion.

Nouvelle diapo : un emploi du temps hebdomadaire.

– Nous avons décidé de les maintenir très occupés cet été. Leur occuper l'esprit et les mains, c'est le meilleur moyen de les empêcher de faire des bêtises... Le dimanche et le lundi, ils feront du surf à la plage de Montauk, le mardi, des cours de musique et de sensibilisation à l'art, de l'équitation le mercredi, le camp d'été de la Cabale le jeudi et, le vendredi, danse de salon et bonnes manières au Country Club. Le samedi, ils auront quartier libre, mais j'espère que vous saurez les inciter à trouver des activités productives – pratiquer la méditation, par exemple. C'est si important, d'avoir une vie spirituelle.

Anna fit signe à Laurie, et les lumières se rallumèrent.

– Pardonnez-moi, Anna... et Madison ? demanda Mara. Quels sont les objectifs qu'elle devra atteindre cet été ?

– Madison a onze ans. Trop âgée pour avoir encore besoin de baby-sitter, répondit Anna. Ne vous faites pas de souci pour elle. Nous sommes tellement fiers que son nouveau régime lui réussisse !

Le reste de la journée consista en un tourbillon frénétique. Mais lorsque les enfants furent enfin couchés et bordés, Mara et Jacqui retournèrent lessivées dans leur chambre. Philippe s'était esquivé aussitôt après un premier et catastrophique cours de tennis (William s'était servi de sa raquette comme d'une matraque, Zoé avait manié la sienne comme une batte de base-ball et Cody était à peine parvenu à soulever la sienne).

– Je suis vannée ! dit Jacqui en se hissant péniblement sur

le lit du haut. Je ne me souviens pas d'avoir autant bossé l'été dernier !

Mara ouvrit la bouche pour rétorquer quelque chose, mais lorsqu'elle vit l'expression de Jacqui, elle éclata de rire. Au moins, Jacqui était là pour lui filer un coup de main cette fois-ci. Quant à Philippe, qui sait où il était passé ?

Elles avaient à peine eu le temps de respirer quand le nouvel interphone se mit à sonner.

– Pavillon des « au-pair », répondit Mara, ainsi que l'avait exigé Anna.

– Sans blague ! s'esclaffa Eliza. Alors, les garces, vous venez ou quoi ? demanda-t-elle. Mes parents viennent juste de sortir pour la soirée, et j'ai trouvé une super-recette de mojito. Apportez des feuilles de menthe !

# Pour prendre un bain de minuit nue comme un ver, mieux vaut être ronde comme une barrique !

Lorsqu'elles arrivèrent à la maison d'Eliza, il était presque dix heures, car Jacqui avait insisté pour qu'elles essaient de trouver Philippe afin de l'inviter à les y accompagner.

– Ce serait grossier de l'abandonner ici, avait-elle dit à Mara.

Bien qu'elle se fût juré de ne plus se préoccuper des garçons, ça n'allait pas l'empêcher de se montrer amicale. Mais le Français ne reparut pas et Mara, qui en avait assez d'attendre, persuada Jacqui de lui laisser un petit mot indiquant comment se rendre à la maison des Thompson.

La seule voiture garée dans l'allée était l'Aston Martin de Ryan et, bien que les Perry leur eussent toujours assuré qu'elles pouvaient utiliser n'importe lequel des véhicules disponibles, elles décidèrent de se faire déposer à Southampton par l'un ou l'autre des employés de jour. Pour le trajet de retour, elles arriveraient bien à se débrouiller, quitte à appeler un taxi.

La maison louée par les Thompson était un cottage à la peinture écaillée, avec une charmante véranda s'étendant sur trois de ses côtés. Nichée au fond d'une allée sans issue, elle était ombragée par une futaie de chênes aux troncs courbés.

Plusieurs kayaks une place et leurs longues pagaies de bois étaient entassés sur la pelouse de devant.

Eliza les accueillit sur le seuil, tenant sur un plateau les mojitos frappés.

– Il était temps ! grommela-t-elle en leur tendant les grands verres embués. Je commençais à penser que j'allais devoir les descendre à moi toute seule !

Eliza leur fit rapidement visiter la maison.

– Je crois qu'elle n'a pas été rénovée depuis les années 1970, soupira-t-elle en secouant la tête, les yeux rivés sur le tapis orange. Et évidemment, on est du côté *cheap* de l'autoroute, ajouta-t-elle.

Mara jetait autour d'elle des regards émerveillés. Parfois, elle ne comprenait vraiment pas Eliza. Certes, on était bien loin du palace digne d'un musée du design qu'habitaient les Perry, mais la demeure n'en était pas moins aérée et confortable. Et, bien qu'elle parût petite vue du dehors, Mara n'y compta pas moins de six chambres à coucher – deux sous les combles, trois au rez-de-chaussée et une dans le sous-sol aménagé, équipé d'un jeu de fléchettes et d'un baby-foot. Eliza ne réalisait pas la chance qu'elle avait.

Elles se dirigèrent vers le patio, à l'arrière de la maison. Là, Eliza leur montra la piscine « minable » et le jacuzzi « archi-craignos ». Puis toutes trois s'assirent au bord de la piscine, leurs jambes trempant dans l'eau.

Mara prit une grande gorgée de cocktail, en s'efforçant de ne pas en renverser sur sa jupe. Le sucre de canne et la menthe mélangés au rhum avaient un goût délicieux, relevé par une pointe de sel.

– C'est un régal, dit Mara.

– Mmm..., approuva Jacqui.

Ah, ce que c'était bon d'être débarrassées de ces gamins ! Elle piqua une cigarette dans le paquet d'Eliza, qui s'en alluma une avant d'en proposer également à Mara. Celle-ci commença par secouer la tête puis, changeant d'avis, en prit une elle aussi. Elles tirèrent avec plaisir sur leurs cigarettes, entre deux gorgées de mojito.

Eliza voulut savoir comment s'était passée leur journée et écouta Mara avec attention lorsque cette dernière raconta à quel point elle avait été déçue de trouver Ryan si vite lié à quelqu'un d'autre.

– Je connais Allison Evans, dit Eliza d'un ton prudent, en s'efforçant de parler d'un ton calme. Je ne savais pas qu'ils sortaient ensemble. Tu en es sûre ? Ryan a des tas de copines... je veux dire d'amies filles, bafouilla-t-elle, en songeant qu'elle aussi était censée faire partie de ces « amies filles » de Ryan. Tu devrais peut-être lui poser carrément la question.

Mara haussa les épaules.

– À quoi bon ? Il s'est comporté comme si je n'étais rien pour lui.

Elle acheva de vider son verre, sentant que le rhum commençait à faire son effet.

– J'aurais dû m'en douter.

Pour la réconforter, Jacqui passa un bras sur l'épaule de Mara et l'étreignit.

– C'est pas si grave, *chica*. Tout le monde fait des erreurs, dit Jacqui en posant sur Eliza un regard éloquent.

Si Eliza comptait jamais avouer l'épisode de Palm Beach, c'était le moment rêvé.

Mais Eliza détourna la tête.

– Dis-toi bien une chose, Mara. Au moins, toi, tu ne mourras pas vierge ! déclara-t-elle sur un ton piteux, avant d'écraser sa cigarette sur le bord carrelé de la piscine.

– Jeremy et toi n'avez jamais..., commença Mara.

– L'amour à longue distance, ça ne nous a pas vraiment réussi, soupira Eliza. Il est censé faire un saut à la boîte demain. Mais je sais pas si... Moi aussi j'ai peur qu'il sorte avec quelqu'un d'autre, se lamenta-t-elle.

Jeremy avait fini par la rappeler la veille. Et avait prétendu être très impatient de la voir, bien qu'au téléphone, Eliza l'eût trouvé bref et un peu absent.

– Avec mon manque de veine, je n'arriverai sans doute jamais à le faire. Il y a toujours un truc qui se passe ! Je meurs d'envie de me débarrasser de ma virginité ! geignit Eliza, consciente du ridicule de ses paroles.

– Ci-gît Eliza Marie Thompson, annonça Jacqui sur un ton funèbre. La Dernière Vierge d'Amérique. Elle a essayé de s'en débarrasser, mais personne n'en a voulu. Qu'elle repose en paix.

Jacqui et Mara s'esclaffèrent. Eliza fit mine d'être vexée, avant de céder, elle aussi, à son envie d'éclater de rire.

– Venez ! dit-elle en les aidant à se relever lorsqu'elles eurent fini de glousser, ragaillardie par l'idée qui venait de lui traverser la tête.

Elle saisit la bouteille de rhum. À quoi bon agiter les pieds dans ce minable petit bassin quand l'océan était tout près ?

Elles coupèrent à travers les jardins des maisons voisines, se glissant sous les cordes à linge et enjambant les voitures d'enfants afin d'atteindre plus vite le rivage. Là, elles contemplèrent le roulement des vagues et leur crête blanche d'écume à l'horizon. L'air embaumait l'iode et le sel. Eliza trempa un pied dans l'eau.

– Elle est bonne ! s'exclama-t-elle avec ravissement.

C'était l'Atlantique – l'eau n'y était jamais bonne ! Pour se baigner sur les côtes de Long Island, surtout à la nuit tombée, il fallait aimer les bains glacés. Éméchée, Eliza décida que c'était un signe.

– On pique une tête ! lança-t-elle d'un ton euphorique.

– Ohé, je te rappelle qu'on n'a pas nos maillots ! protesta Mara, en faisant quelques pas, là où l'eau était peu profonde.

En effet, elle était relativement bonne – mais tout de même...

– Et alors ? rétorqua Eliza avec un haussement d'épaules.

Déjà, elle retirait son cardigan. Tout ce rhum lui avait donné chaud. Piquer une tête dans l'océan lui paraissait la meilleure façon de se rafraîchir.

Jacqui, son verre à la main, prit le temps de considérer les choses. Quelle délicieuse sensation que la mer caressant ses pieds nus ! Elle termina son cocktail et, suivant l'exemple d'Eliza, laissa glisser sa robe de coton. De toute façon, elle ne portait généralement pas de sous-vêtements. Puis elle courut vers les vagues en riant.

Eliza se débarrassa de son tee-shirt et de son pantacourt, et ôta rapidement son soutien-gorge et sa culotte. Elle poussa des petits cris en rejoignant Jacqui dans l'eau.

Les deux jeunes filles barbotèrent gaiement.

– Allez, Mara ! Tu ne nages nue qu'avec les garçons, ou quoi ? la taquina Eliza, lui rappelant que, l'été précédent, Mara et Ryan avaient été surpris alors qu'ils se baignaient sans maillot dans la piscine des Perry, par le petit ami de Mara, qui plus est.

Eliza avait gagné. Mara déboutonna son chemisier et enleva son jean. Elle s'extirpa de son caraco et, ayant soigneusement plié ses sous-vêtements, les plaça sur ses vêtements.

– Banzaï ! s'esclaffa-t-elle en faisant la roue jusqu'à la mer.

Elles nagèrent paresseusement pendant un petit moment, éprouvant une délicieuse sensation de décadence. Ah, les plaisirs de l'été ! Elles firent la planche et contemplèrent les étoiles et s'amusèrent à se plonger la tête sous l'eau. Au bout de quelques minutes, les effets de l'alcool s'atténuèrent et elles réalisèrent la même chose, quasiment en même temps : *l'eau était glacée !*

– Je... J'ai froid, balbutia Eliza en frissonnant.

Elle regagna le rivage au pas de course, si pressée de se rhabiller qu'elle enfila son chemisier à l'envers. Mara et Jacqui suivirent. Elles riaient de leur bêtise : ne pas avoir pensé à apporter des serviettes ! Elles contemplèrent les vagues quelques secondes encore et s'apprêtaient à repartir lorsque Eliza eut une nouvelle idée.

– Quelqu'un a un stylo ? s'écria-t-elle en brandissant la bouteille de rhum vide.

– Moi j'en ai un, répondit Mara.

Elle plongea la main dans sa poche, et le tendit à Eliza.

– Qu'est-ce que tu fais ? demanda Jacqui, en regardant Eliza décoller soigneusement l'étiquette de la bouteille.

Eliza souriait, tandis qu'elle griffonnait quelques lignes. Puis, après avoir montré aux deux autres son message, elle le plia en trois et le glissa dans la bouteille, dont elle revissa le bouchon avec force.

– Vous n'avez jamais fait ça quand vous étiez gamines ? (Jacqui et Mara secouèrent la tête.) C'est marrant. On ne sait jamais qui va tomber dessus. Qui a le plus de force dans les bras ? Mara ?

Mara haussa les épaules et prit la bouteille. Elle la jeta et les trois filles la virent décrire un grand arc de cercle, monter et descendre à la surface de l'eau, puis disparaître dans les vagues. Sur le trajet du retour, elles traînaient des pieds mais étaient d'humeur joyeuse.

– Alors, les filles, vous venez à la boîte demain soir, hein ? Je vous mettrai sur la liste, assura Eliza, alors que Jacqui ouvrait son téléphone portable pour appeler un taxi.

– D'accord, répliqua Jacqui non sans hésitation – elle redoutait déjà les conséquences de leur escapade de ce soir. Ça dépendra de l'heure à laquelle on arrive à coucher les gamins, j'imagine...

– Ouais, je suis pas sûre de pouvoir, dit Mara. J'ai ce dîner, plus tôt dans la soirée.

Eliza pressa affectueusement les épaules de Mara.

– Allez, ce sera super. C'est le premier week-end de l'été Promettez-moi de venir !

– Ryan sera là ? demanda Mara, en redoutant d'avoir à revivre la scène du matin.

– Qu'est-ce que ça change ? rétorqua Eliza. Enfin, je voulais dire...

Apparut soudain l'éclat de phares – une Aston Martin décapotable venait de s'engager dans l'allée

– Bonjour ! s'exclama Philippe.

Visiblement, il n'avait pas le moindre scrupule à utiliser la voiture de Ryan.

– J'arrive trop tard ? demanda Philippe, souriant en coin lorsqu'il vit à quel point les filles étaient débraillées, avec leurs vêtements humides qui leur collaient au corps.

– Non, non, tu arrives au bon moment, répondit sèchement Jacqui, pour nous ramener à la maison.

# Anna Perry est beaucoup plus jeune que ses injections de Botox ne le laissent supposer

Le lendemain soir, après être parvenue à la force du poignet à coucher les gamins, Jacqui entra dans la salle de jeux, une pièce avec moquette mais sans fenêtres, coincée entre les chambres des filles et celles des garçons. Là, elle commença à ranger les jouets, les skate-boards, les Lego, les pistolets en plastique, les poupées Barbie et toutes sortes de peluches parlantes dans un coffre en plastique. Les chambres des gamins se trouvaient dans une aile isolée et à peine accessible de la maison, derrière une porte insonorisée. Jacqui remarqua que les enfants n'auraient pas pu être plus loin des appartements d'Anna – à moins d'être parqués dans le cottage des domestiques. En revanche, une petite pièce à deux niveaux équipée d'un bar était située juste à côté de la chambre des maîtres de maison.

Jacqui s'acquitta seule de sa tâche – Mara se pomponnait pour son rendez-vous avec Garrett, et Philippe avait de nouveau filé Dieu sait où. Mais, lorsqu'elle retourna au cottage, elle le trouva assis, ou plutôt vautré, sur les marches du perron.

Quel sale flemmard ! Il n'était jamais dans les parages

quand elles avaient besoin de lui. Jacqui mit les mains sur les hanches, prête à lui dire le fond de sa pensée.

Voyant son expression, Philippe lui tendit le joint qu'il s'était roulé.

– C'est pas vraiment mon rayon, expliqua-t-il en désignant la maison. Tiens, prends une bouffée !

C'était pas une super-idée, de se défoncer chez les Perry. Surtout quand elle espérait obtenir d'eux, à la fin de l'été, une sublime lettre de recommandation. Cela dit, elle était un peu tendue... et puis, elle n'était pas du genre à refuser un petit joint. Elle le prit et aspira la fumée âcre, qui lui brûla la gorge.

– Je ne sais pas comment tu fais ! dit Philippe. *Ma tante* m'avait averti que ce serait pas facile, mais je ne croyais pas que ce serait dur à ce point-là. Je voulais juste être au bord de la mer.

Jacqui éclata de rire. Elle n'arrivait pas à lui en vouloir pour de bon. Il lui faisait penser à elle, un an plus tôt. Ils restèrent assis là, dans un silence amical, à écouter chanter les grillons et à regarder danser les lucioles autour des buissons entourant la piscine. Le portable de Philippe sonna à deux reprises, mais il ne répondit pas.

– Qui a tellement envie de te joindre ? demanda Jacqui lorsqu'il ignora la sonnerie pour la troisième fois.

– Oh, des copains, se contenta-t-il de répondre sur un ton nonchalant.

Quelques minutes plus tard, Mara sortit du cottage, vêtue d'une des tenues griffées de Jacqui – en l'occurrence, une robe en mousseline de soie lavande très décolletée et décorée, sur le col et la taille, d'un joli motif en perles de cristal. Il découvrait tellement le dos que Mara craignait de paraître indécente. Mais Jacqui avait insisté : rien, dans les vêtements qu'avait apportés Mara, n'était assez chic pour un dîner à l'American Hotel.

Philippe siffla.

– Je sais pas si je l'ai bien mise, dit Mara à Jacqui. Ça va comme ça ?

Jacqui passa le joint à Philippe, et se leva pour s'en assurer. Elle tira un peu sur la robe au niveau de la taille, pour que le décolleté soit plus plongeant.

– Voilà. *Perfeito*. J'ai une paire de Jimmy Choo dans mon sac. Les tiennes sont mignonnes, mais pas assez hautes, décréta Jacqui en désignant les sandales de Mara.

– C'est quoi, ce que vous fumez ? demanda Mara en humant l'air, soupçonneuse.

– Rien.

– *Rien du tout.*

Mara savait qu'ils mentaient. Mais elle était trop soucieuse d'être présentable et trop reconnaissante envers Jacqui de lui avoir prêté sa robe pour les critiquer. Par ailleurs, elle en avait par-dessus la tête de toujours jouer les filles sages. Jacqui et Philippe étaient assez grands pour savoir qu'ils risquaient d'être renvoyés si on les surprenait en train de fumer de l'herbe.

– Dites à Eliza que je suis désolée de ne pas avoir pu venir, d'accord ? leur demanda Mara, en enfilant les sandales de Jacqui.

Puis elle se dirigea vers la demeure des Perry afin d'attendre Garrett dans le hall.

Quelques instants plus tard, des talons claquèrent sur

l'allée bétonnée. Jacqui crut que c'était Mara qui revenait – sans doute avait-elle oublié quelque chose. Or c'est Anna Perry qui émergea des ténèbres, vêtue d'un peignoir de soie très serré à la taille et chaussée de mules en brocart.

– Il m'a semblé sentir une odeur, dit-elle.

Jacqui manqua de s'étouffer en ravalant la bouffée qu'elle venait de tirer, et tenta de disperser la fumée.

– Vous voilà ! lança Anna à Philippe avec un sourire chaleureux. Je vous ai cherché partout, minauda-t-elle, pendant que Jacqui s'empressait de cacher dans son dos le corps du délit.

– Qu'est-ce que vous traficotiez, tous les deux ? demanda Anna.

Elle s'assit près de Philippe, sur les marches du bas.

– Jacqui, il y a quelque chose qui ne va pas ?

Jacqui secoua la tête, balança le joint en douce, et l'écrasa sous son talon.

– Rien... On était juste... non, tout va bien...

Jacqui s'efforça de sourire et s'écarta d'eux.

– Je suis désolée. Je meurs de fatigue. Il faut que j'aille me coucher. Euh... bonne nuit !

Elle tourna la poignée de la porte du cottage et claqua le battant derrière elle. Son cœur battait à tout rompre. Sa patronne venait de les surprendre en train de fumer de l'herbe ! Comment, désormais, espérer qu'Anna lui permette d'obtenir un job à New York ? Jacqui se demandait ce qui se passait, dehors, en ce moment même. Anna parlait toujours avec Philippe... Collant son oreille à la porte, elle parvint à saisir des bribes de leur conversation.

– Vous n'avez rien sur vous ? entendit-elle Anna demander.

Philippe marmonna une protestation.

– Ne faites pas l'idiot ! Je ne suis pas née de la dernière pluie, vous savez, rétorqua Anna.

Jacqui perçut un bruissement et, à nouveau, la voix d'Anna.

– Nom de Dieu, ce que j'en avais envie ! Kevin peut être tellement ennuyeux... Autrefois, on se marrait vraiment tous les deux, mais maintenant il n'en a plus que pour le boulot.

Philippe émit une sorte de ricanement.

Jacqui n'en croyait pas ses oreilles. Anna Perry ! Fumant un joint avec l'un des baby-sitters ! Anna se mit à glousser à cause de quelque chose que Philippe avait dit. Jacqui se sentit soudain laissée pour compte, même si c'est elle qui avait choisi de partir.

– Vous me donnez quel âge ? demanda Anna à Philippe.

*Oh non, c'est vieux comme le monde !* songea Jacqui.

– Vingt-cinq ans, répondit galamment Philippe.

– Un peu plus... J'ai trente-deux ans. On ne peut pas dire que je sois vieille, n'est-ce pas ? (Jacqui étouffa un rire. Pour elle, trente-deux ans, c'était presque le troisième âge.) J'ai parfois du mal à imaginer qu'à trente-deux ans, je suis déjà mère de sept enfants. Sept ! Une vraie poule pondeuse...

Jacqui manqua de s'étouffer. Anna n'avait mis au monde qu'un seul enfant, Cody. Elle était la belle-mère du reste de la nichée. Jacqui ne distingua pas la réponse de Philippe. Puis Anna parla de la vie et du temps perdu, et Jacqui réalisa que la malheureuse femme se sentait seule. Ça devait craindre un max de ne pas avoir de vrais amis avec qui discuter, et de devoir recourir à la compagnie d'un employé. Mais pourquoi fallait-il justement que ce soit Philippe ?

Après ce qui lui parut une éternité, Jacqui entendit Anna se relever et le claquement de ses talons faiblir, comme elle s'éloignait du cottage. Jacqui poussa la porte d'une main hésitante. À présent qu'Anna était partie, Philippe et elle pourraient enfin se rendre au Septième Cercle. Or, lorsqu'elle ressortit, le Français s'était volatilisé. Elle ne trouva qu'un mégot de joint et des feuilles de papier à rouler déchirées sur le sol.

Jacqui était découragée. Elle pouvait toujours aller au Septième Cercle mais bizarrement, l'idée ne lui paraissait pas aussi drôle ou excitante que lorsqu'elle s'imaginait que Philippe allait l'y accompagner. D'ailleurs, maintenant qu'elle y pensait... c'est vrai qu'elle était vannée. Après une journée passée à courir après trois gosses, ça n'avait rien d'étonnant. Elle remonta les escaliers d'un pas traînant, en songeant que son livre de préparation de l'examen d'entrée à la fac pourrait toujours lui tenir compagnie. Cependant, elle avait beau savoir qu'elle se comportait de la meilleure façon possible, cela ne la consolait guère.

# Rien de tel qu'une voiture de luxe pour remonter le moral d'une fille

À sa grande stupéfaction, Mara trouva toute une équipe de tournage dans le hall, occupée à installer des projecteurs et des écrans de contrôle. L'un des gars, portant casque et micro, faillit renverser l'étagère contenant la collection d'animaux miniatures en porcelaine d'Anna. Sugar Perry, vêtue d'un top à capuche en velours rose prérétréci qui exposait son nombril et d'un mini-short assorti, parlait avec animation tandis qu'on la filmait. Le réalisateur, un jeune mec en pantalon de velours côtelé délavé, s'agenouilla pour vérifier l'image de Sugar dans son moniteur lorsqu'il remarqua Mara, qui traînait près de la porte d'entrée.

– C'est qui, ta copine ? demanda-t-il, en indiquant au caméraman de faire un plan de Mara.

– Oh, c'est personne ! répliqua Sugar d'une voix très lasse. Elle travaille ici, c'est tout.

Mais le réalisateur, ignorant la remarque de Sugar, fixait toujours Mara.

– Salut, je m'appelle Randy Braverman et je travaille pour la chaîne de divertissement E !, dit-il en lui serrant la main. Laurie vous a parlé de notre émission ?

C'est alors que Mara se souvint. Sugar était la vedette d'un programme de télé-réalité qui se tournait cet été, censé montrer comment vivait la jeunesse dorée des Hamptons. Tel était l'objectif de l'émission : surprendre les riches oisifs dans leur vie quotidienne – en d'autres termes, suivre Sugar partout. Laurie les avait prévenus que, dans la mesure où ils étaient employés par les Perry, leur participation risquait d'être exigée. C'est pourquoi ils avaient tous dû signer une décharge au début de la semaine.

– C'est la voiture de Garrett... Qu'est-ce qu'elle fait là ? s'interrogea Sugar en jetant un coup d'œil vers la baie vitrée – une superbe limousine venait de se garer dans l'allée.

– Il vient me chercher, expliqua Mara, se dirigeant vers la porte en espérant pouvoir sortir de là le plus vite possible.

– Tu sors quand même pas avec Garrett Reynolds ? demanda Sugar sans parvenir à dissimuler sa surprise.

– Qui sort avec Garrett Reynolds ? cria Poppy Perry en dévalant les escaliers.

Poppy était vexée qu'on ne l'ait pas retenue pour l'émission. Au début de l'année, leur agent avait envoyé un communiqué aux journaux, lequel indiquait que les jumelles ne souhaitaient plus être appelées « les sœurs Perry » mais, à partir de maintenant, « Sugar Perry » et « Poppy Perry » – puisqu'elles tenaient une fois de plus à préciser qu'elles étaient deux personnes bien différentes, chacune menant sa carrière à elle. Du coup, Poppy perdait au change – elle n'était visiblement pas aussi célèbre que sa sœur, plus grande, plus sexy et plus scandaleuse.

– Moi, répondit calmement Mara.

Les sœurs Perry prononçaient le nom de Garrett comme s'il

s'agissait du prince William ou de Leonardo di Caprio, à croire que c'était un demi-dieu.

Poppy écarquilla les yeux.

– Pas possible !

– Bizarre qu'il ne nous ait rien dit hier soir, fit remarquer Sugar, en regardant Mara comme si celle-ci avait fait quelque chose de mal.

– Alors, ça fait quoi, de sortir avec l'un des garçons les plus riches des Hamptons ? demanda Randy Braverman à Mara, tandis que le micro et les caméras étaient soudain braqués sur elle.

– On ne sort pas ensemble. Enfin... c'est notre tout premier... je sais pas... Il est très sympathique..., bredouilla Mara. Je suis désolée, faut vraiment que j'y aille, ajouta-t-elle en naviguant entre les uns et les autres afin de gagner la porte d'entrée.

Garrett émergea de l'arrière du véhicule, et tendit à Mara une rose blanche à longue tige. Il avait ramené en arrière ses cheveux sombres et soyeux, et était superbe dans son costume de lin blanc cassé.

– Le carrosse est prêt, madame, dit Garrett. Eh, c'est quoi toute cette pagaille ? demanda-t-il en désignant la foule assemblée dans le hall.

Tous les yeux étaient rivés sur eux, et la caméra les suivait toujours, tandis que Sugar commençait à trépigner d'impatience.

Mara prit la rose et se glissa dans la voiture.

– Sugar est filmée par la chaîne de divertissement E !, tu sais, l'émission sur les jeunes gens de bonne famille.

– Ah oui ! ricana Garrett. *Riches et crétins dans les Hamptons* !

Mara tiqua. Elle croyait que Sugar et Poppy étaient amies avec Garrett – du moins, c'était ce qu'elles venaient tout juste d'insinuer. Or, voilà qu'il se moquait d'elles – peut-être était-il plus malin qu'il ne voulait bien le laisser paraître.

– Champagne ? demanda-t-il en sortant une bouteille d'une glacière savamment dissimulée dans l'accoudoir de la banquette.

La limousine était tout ce qu'il y a de plus luxueuse, avec ses deux écrans de télé plasma, ses casques sans fil, et ses sièges massants.

– Ils se baissent complètement, fit remarquer Garrett avec un sourire coquin. Mais pour ça, on va peut-être attendre un peu, non ?

Mara fit celle qui n'avait rien entendu. Elle commençait à se demander si elle n'avait pas fait une bêtise en acceptant l'invitation de Garrett quand elle ne voulait qu'une chose : trouver moyen de faire admettre à Ryan que leur histoire devait reprendre à zéro. Elle ne voulait pas mener Garrett en bateau, surtout avec tout le mal qu'il se donnait...

– Tu es absolument superbe, dit Garrett, lui prenant la main et la pressant dans la sienne.

Il la regarda avec admiration et la complimenta au sujet de sa robe, de ses cheveux, de son sourire, de son parfum, de ses jambes et de ses chaussures. C'était agréable de se sentir appréciée – d'autant plus qu'à Sturbridge, elle se faisait l'effet d'être banale et qu'hier, devant Allison et Ryan, elle avait presque eu l'impression d'être invisible.

Le restaurant était d'une élégance classique, avec ses chandeliers en argent massif et ses serveurs en smoking. Mara ne se sentait pas vraiment à sa place dans une telle atmosphère. Un maître d'hôtel guindé les conduisit à leur table.

– Je parie qu'il porte des sous-vêtements de femme, glissa Garrett à l'oreille de Mara.

Celle-ci étouffa un rire et cessa d'être mal à l'aise, bien qu'ils fussent, et de beaucoup, les plus jeunes clients du lieu.

Garrett commanda pour elle, ce qui aurait contrarié Mara si les plats choisis n'avaient été absolument exquis. Elle n'avait encore jamais mangé de « médaillons de foie gras », ni de « langoustine légèrement pochée, à l'écume de caviar ». elle n'avait jamais, et de loin, dégusté des plats aussi bons et surprenants. Entre le poisson et la viande, le serveur apporta un verre à cocktail rempli de sorbet au concombre.

– C'est un sorbet digestif, expliqua Garrett.

Mara le but d'un trait, se délectant de sa saveur légèrement acide.

Elle s'amusait, c'était indéniable. Certes, Garrett était un peu égocentrique – Mara en avait un peu assez d'entendre son opinion sur tout et n'importe quoi, du système électoral à la recherche sur les cellules souches, en passant par le nouveau film de Wes Anderson et par sa super-idée de scénario (un remake de *Casablanca* situé dans l'espace !). Mais il était tellement passionné qu'elle lui pardonnait. Si l'on oubliait ses réflexions déplacées, il était à mourir de rire. Son enthousiasme candide et son impertinence étaient contagieux et, en dépit de ses premières impressions, Mara se surprit à apprécier sa compagnie.

– Je n'avalerai pas une bouchée de plus ! décréta-t-elle, repoussant son sublime dessert et tapotant son ventre. C'était à tomber par terre !

Garrett versa du sauternes dans le verre à dessert de Mara.

– À la tienne ! dit-il tandis qu'ils finissaient la bouteille.

Garrett avait fourré un billet de cent dollars dans la main du sommelier afin qu'il n'exige pas de voir leurs papiers – ils n'avaient pas l'âge légal pour consommer de l'alcool.

Décidément, Mara était un peu pompette. Elle se releva en vacillant et Garrett lui offrit son bras. Prévenant, il ne la lâcha pas jusqu'à la voiture.

– Où est-ce que je vous emmène ? demanda le chauffeur en portant la main à sa casquette.

Mara haussa les épaules et adressa à Garrett un sourire espiègle. C'est vrai qu'il était sexy ! Pas étonnant que Sugar et Poppy soient jalouses. Charlie, le petit ami de Sugar, était séduisant, mais cela était dû – à en croire Eliza – à un remodelage facial de grande envergure. Quant à Poppy, elle venait de se faire larguer pour la énième fois par son copain Leo – qui louchait un peu.

– Au Septième Cercle ? suggéra Garrett.

Mara hocha la tête. Elle passait une si bonne soirée. Ç'aurait été grossier d'y mettre si vite un terme, d'autant que Garrett se comportait en gentleman.

– J'ai une amie qui y travaille, dit-elle en souriant, tandis que la voiture s'enfonçait dans la nuit.

# Les célébrités sont comme des gamins de deux ans : elles font des caprices et piquent des crises

Eliza avait suivi les instructions d'Alan et Kartik à la lettre : elle portait une minijupe à sequins argentée Sass & Bide coupée en haut des cuisses – Jessica Simpson possédait l'unique modèle identique – et des escarpins en cuir métallisé, aux talons hauts de dix centimètres.

La boîte baignait dans la lumière des stroboscopes, et le meuble à bouteilles géant occupant le mur du fond dans toute sa hauteur était une merveilleuse invention. Les barmaids étaient harnachées de cordes de varappe permettant d'atteindre l'une ou l'autre des étagères. Lorsqu'un client commandait quelque chose, les filles escaladaient le meuble, telles des acrobates, et s'emparaient de la bouteille requise. C'était une diversion amusante, une trouvaille sympa. Les clients s'amusaient à repérer les alcools les plus inaccessibles pour pouvoir regarder sous les jupes des jolies barmaids. Eliza n'en revenait pas : un chantier transformé en boîte de nuit ultra-branchée quasiment du jour au lendemain ! Ces gars connaissaient la chanson, aucun doute là-dessus.

Mais elle n'aurait jamais imaginé que ce serait autant de boulot de travailler dans une boîte de nuit. Elle n'avait guère eu le temps de discuter avec Mara, ou de lui demander ce qu'elle faisait avec Garrett Reynolds, tant il y avait d'agitation à l'entrée. Eliza les avait installés à la meilleure table – logique, puisque Mara était l'une de ses meilleures amies et Garrett quelqu'un d'important, ne serait-ce qu'à cause du nom qu'il portait. Ah, si seulement elle pouvait poser, elle aussi, ses fesses sur une chaise ! À force de satisfaire et d'amuser les célébrités, de repousser les nazes, de servir des ragots à la presse et d'esquiver les barmaids volantes, Eliza était épuisée. Elle avait les nerfs en pelote, et si un énième garde du corps venait lui demander de faire jeter un photographe dehors, elle se mettrait sans doute à hurler !

Elle avait déjà un sérieux motif d'angoisse : Ondine Sylvester, star de sitcom qui avait eu pour compagnon le mari actuel de la chanteuse pop Chauncey Raven, allait arriver d'un instant à l'autre. Une sacrée tuile, vu que Chauncey et son légitime Daryl Wolf, ancien choriste et chanteur raté, étaient assis au beau milieu de la salle VIP ! Le représentant de Chauncey exigeait qu'on ne laisse pas entrer Ondine, afin, disait-il, d'éviter de contrarier sa cliente. Ondine, qui avait eu deux enfants de Daryl, était enceinte d'un troisième lorsque Chauncey était entrée en scène. Eliza expliqua au très pompeux agent qu'elle ne pouvait interdire l'accès de la boîte à Ondine, mais qu'elle promettait de la placer à une table située à l'autre extrémité de la salle. Il importait de satisfaire Chauncey, car elle était la plus importante star présente, mais il était hors de question – Eliza en était bien consciente – de déplaire à Ondine, puisqu'il leur fallait un maximum de célébrités dans la boîte.

– Eliza... il y a quelqu'un qui te demande là-dehors... Il dit qu'il te connaît, crachota une voix dans le casque d'Eliza.

– OK. J'arrive, répliqua-t-elle en redressant le casque en question.

*Flûte*, songea Eliza. Sûrement un vieux pote du lycée qui voulait qu'elle le fasse entrer... Elle avait déjà donné son feu vert à Lindsay et Taylor, juste pour leur montrer qu'elle ne leur en voulait plus au sujet de l'été dernier. Et puis, c'était un tel plaisir, de tenir temporairement leur destin entre ses mains !

Elle se dirigea vers l'entrée principale. Aperçut Jeremy et son mètre quatre-vingt-dix, légèrement débraillé avec son costume gris à rayures un peu froissé et sa cravate dénouée. Elle avait oublié à quel point il était beau. Ses cheveux châtains, ramenés en arrière, frisottaient au-dessous des oreilles. Il lui avait dit qu'il passerait à la boîte ce soir-là, mais elle n'y avait cru qu'à moitié. Il lui paraissait si beau... On aurait dit un homme d'affaires, dans ce costume, et à la vue de sa cravate rouge, elle se sentait encore plus amoureuse.

– Je leur ai assuré que tu m'avais donné rendez-vous ici, mais ils n'ont pas voulu me laisser entrer, dit-il avec un visage radieux.

– C'est bon, Rudolph, lança Eliza au videur baraqué, en souriant à Jeremy.

– Il y a des tas de gens qui prétendent connaître Eliza ce soir, ajouta Rudolph sur un ton menaçant, tout en ouvrant le cordon de velours rouge.

– Rudolph... je prends cinq minutes de pause. Si jamais Ondine arrive, tu me bipes !

Eliza conduisit Jeremy dans le jardin à l'arrière du bâtiment, où les clients fatigués des rythmes technos et de la pose continuelle allaient griller une cigarette.

– Le costume, c'est en quel honneur ? demanda Eliza, taquine.

Elle ne voulait pas paraître trop émue, même si elle était en réalité folle de joie.

– Je suis en stage chez Morgan-Stanley, répondit-il. La banque en ligne.

– Waouh ! C'est génial ! s'exclama-t-elle, impressionnée.

Il y a encore à peine un an, Eliza les détestait, ces jeunes loups de la finance, qui se mettaient à plusieurs pour louer des maisons dans les Hamptons – et se croyaient tout permis. Or, maintenant qu'elle contemplait Jeremy dans son beau costume, la banque en ligne lui semblait la chose la plus sexy du monde.

– Ouais, c'est chouette. Ils se gênent pas pour m'exploiter, cela dit. Je bosse toutes les nuits jusqu'à trois ou quatre heures du matin. Je ne pensais pas pouvoir m'échapper ce week-end, mais par chance, on ne fait plus de RFP, précisa-t-il en utilisant le jargon de la finance.

Eliza souriait, admirative. Ce n'était plus le Jeremy qui, l'été précédent, travaillait comme jardinier dans la propriété des Perry. Un an plus tôt, Jeremy ne s'intéressait qu'aux roses et aux bonzaïs.

– Tu habites où ? demanda-t-elle.

– Le week-end, chez mes parents. Et la semaine, vu que je travaille en ville, dans un appartement que la société loue pour nous.

– Alors ? dit Eliza, en lui prenant la main.

– Alors ? répéta Jeremy en caressant les ongles vernis et manucurés d'Eliza.

Ils se regardèrent. Être si près l'un de l'autre les rendait soudain timides. Eliza s'était rapprochée de lui sans s'en rendre compte, jusqu'à sentir sur sa joue le souffle de Jeremy. Et ils s'étreignirent. Elle n'avait rien vécu de tel auparavant. Jeremy et elle étaient faits l'un pour l'autre. Certes, ça avait été une épreuve d'être séparés pendant un an. Elle s'était efforcée de ne pas lui demander, dans les innombrables e-mails qu'elle lui envoyait, s'il sortait avec quelqu'un. Jeremy, quant à lui, n'avait jamais fait allusion à une autre fille. Et à présent... c'est comme s'ils venaient de se rencontrer. Impossible de ne pas se toucher, c'était plus fort qu'eux.

Avant qu'Eliza eût réalisé ce qui se passait, Jeremy l'embrassait, un baiser aussi magique que dans son souvenir.

– Ce que ça a été long ! murmura-t-il. J'ai pas arrêté de penser à toi.

– Moi aussi, dit-elle, adorant sentir sa tête bien calée sous le menton de Jeremy. Mes parents sont à Westhampton pour tout l'été. On a une maison, précisa-t-elle non sans fierté. Ça te dirait, de dîner avec nous la semaine prochaine ?

Autrefois, Eliza n'aurait jamais proposé à Jeremy de rencontrer ses parents, de crainte qu'ils ne détectent immédiatement ses origines modestes et ne s'opposent à sa relation avec leur fille. Mais maintenant qu'elle le voyait dans son beau costume, parler de son stage, il lui paraissait impossible que ses parents ne l'apprécient pas.

– Si je peux m'échapper du boulot. On a une grosse présentation la semaine prochaine. Mais je vais essayer.

Un crachotement se fit entendre dans le casque d'Eliza :

– Eliza, Ondine vient d'entrer dans la salle VIP ! Il n'y a plus une seule table de libre ! Et elle ne va pas tarder à tomber sur Chauncey et Daryl !

– Faut que j'y aille, dit-elle, en se dégageant à contrecœur de l'étreinte de Jeremy.

– OK. De toute façon, je suis mort. J'ai eu une semaine épuisante.

– Je t'appelle, lança-t-elle en disparaissant dans la boîte.

– C'est moi qui t'appellerai le premier ! répliqua-t-il en souriant.

Eliza ordonna qu'on emporte une table dégotée dans l'arrière-cuisine et qu'on l'installe à l'autre bout de la salle VIP, afin que les tourtereaux puissent savourer en paix leurs cocktails offerts par la maison.

# Jacqui prend une vague, mais laisse le garçon lui filer entre les doigts

– Laisse-la dormir ! conseilla Philippe à Jacqui, tandis que celle-ci s'efforçait en vain de faire sortir Mara de son lit.

Il fallait qu'ils soient à Montauk à neuf heures, pour la première leçon de surf des gamins. Ils n'y seraient jamais s'ils devaient attendre le réveil de Miss Gueule-de-bois.

Jacqui secoua Mara une dernière fois et n'obtint, en retour, qu'un vague grognement.

– Mmmfff..., fit Mara en roulant sur le côté et en enfouissant son visage sous l'oreiller.

Mara avait déboulé dans le cottage peu avant l'aube. Elle s'était laissé tomber sur le premier lit venu et, s'écrasant sur Philippe, avait été saisie d'un fou rire. Jacqui et Philippe l'avaient ensuite aidée à regagner la couchette du bas, Jacqui prenant bien soin de recouvrir son amie d'une couverture avant de lui retirer sa robe, tandis que Philippe défaisait la bride de ses sandales. Ils l'avaient bordée comme un des enfants Perry. Le lendemain matin, ils la regardaient comme des parents amusés...

– C'est une fêtarde, non ? demanda Philippe quelques minutes plus tard.

Jacqui et lui rassemblaient les gamins et la totalité de leur équipement aquatique, qu'ils entassèrent à l'arrière de la Range Rover.

– D'habitude, pas vraiment, dit Jacqui, prenant la défense de son amie, tout en attachant Cody dans son siège-auto et en arrachant la poupée de Zoé des mains de William afin de la rendre à la petite fille en pleurs.

Jacqui en voulait un peu à Philippe. Elle était écœurée d'avoir loupé la soirée d'ouverture de la boîte où travaillait Eliza. Elle ne savait toujours pas où ce garçon avait bien pu passer la soirée. Ça ne la regardait pas, mais elle était vexée qu'il eût accordé plus d'attention à Anna qu'à elle. Certes, Jacqui s'était fixé des règles et n'avait pas l'intention de les enfreindre – n'empêche, elle n'avait pas l'habitude d'être reléguée au second plan.

Philippe sortit le 4 × 4 de l'allée en marche arrière. Ils s'engageaient sur la route privée quand le Dr Abraham, surgissant de la maison au pas de course en peignoir rouge et pantoufles, leur fit de grands signes pour qu'ils s'arrêtent. Les gamins râlèrent lorsque le docteur se hissa dans le véhicule.

– Ah, le bon docteur ! s'exclama joyeusement Philippe. Vous avez besoin de surveiller les activités physiques des gamins, c'est ça ? demanda-t-il en désignant discrètement un grand cabas rempli de livres et d'écran total. De voir comment ils se comportent à la plage.

– Oui oui, c'est cela, répondit le docteur.

Lorsqu'ils arrivèrent à Montauk, les deux moniteurs de surf, Bree – une fille trapue et coiffée de dreadlocks, au sourire tout en dents – et Roy – un Haïtien décontracté qui n'arrêtait pas de leur faire signe de tenir bon –, leur montrèrent où se changer. Anna avait acheté aux gamins des combinaisons de surf assorties et tout ce qui se faisait en matière d'équipement dernier cri – y compris des GPS raccordés aux sangles qui reliaient leur planche en fibre de verre à leur cheville. Bree tendit à Philippe et à Jacqui des combinaisons, en expliquant à cette dernière que son joli petit bikini ne résisterait pas longtemps à l'assaut des vagues, et qu'il fallait donc qu'elle enfile le vêtement de protection. Si la première partie de sa déclaration suscita des regards émoustillés chez tous les hommes présents, sa conclusion ne manqua pas de les décevoir.

Quand tous se furent changés, ils montèrent sur les planches et, ramant avec les bras, s'éloignèrent de la plage. Les vagues les moins importantes commençaient près du rivage et ils n'eurent pas à aller trop loin. Bree et Roy entourèrent les deux plus jeunes, et demandèrent à William de les suivre.

– Aïe ! s'écria William quand, une vague se brisant devant lui, il reçut le surf dans la figure.

– Tiens-le comme ceci ! dit Philippe en maintenant la planche qu'il avait empruntée.

Une grosse vague les souleva de plus d'un mètre. Cody, qui portait des brassards par-dessus sa combinaison, poussa des cris de terreur.

– Les planches sur le côté, face à la plage ! ordonna Roy, les mains en porte-voix. Surveillez les vagues et repérez la bonne, comme ça... Et alors, hissez-vous sur la planche. Pagayez avec les bras et laissez-vous entraîner par la vague.

– Facile à dire ! fit remarquer Jacqui lorsque, tentant de se hisser sur la planche, elle ne parvint qu'à retomber de l'autre côté. *Merda !*

– Regardez-moi ! Regardez-moi ! cria Zoé.

Elle se mit hors de portée de Bree, et pagaya avec frénésie tandis qu'une vague la ramenait sur la plage.

– Joli ! *Mahalo !* dit Roy en les encourageant d'un nouveau geste du pouce.

– Cowabunga ! hurla William en piquant vers le fond, alors qu'une vague le renversait en arrière. Tout va bien ! Tout va bien ! dit-il en recrachant de l'eau de mer lorsqu'il refit surface.

À l'approche d'une vague, Philippe se mit à plat ventre, rama énergiquement avec les bras, se dressa sur la planche et surfa jusqu'au sable.

Il retourna dans l'eau au pas de course.

– J'ai pas fait ça depuis des années ! s'esclaffa-t-il.

Son visage rayonnait, et ses yeux brillaient.

– Waouh ! *Surpreendente !* s'exclama Jacqui. Je me doutais pas que tu savais surfer.

– Un peu, c'est tout. C'est pas sorcier ! dit-il, lui montrant comment faire. Vas-y... prends celle-ci ! Hisse-toi... oui, c'est ça. *Bien !* Formidable ! Encore, encore, encore, l'encouragea-t-il alors qu'elle abordait gracieusement sur la plage.

Pendant quelques instants, ils regardèrent les gamins osciller au gré des vagues. Puis, assurés que Roy et Bree veillaient bien sur eux, ils retournèrent sur la plage, où le Dr Abraham ronflait sous un parasol.

– Visiblement, il s'est fait payer ses vacances, constata Jacqui d'un ton sec.

Philippe hocha la tête.

– Heureusement qu'on est là pour travailler dur ! répliqua-t-il, taquin, en étalant leurs serviettes de bain. S'il y a un truc que je déteste, c'est quand il y a du sable partout, ajouta-t-il tout en s'affairant.

Jacqui hocha la tête, défit la fermeture éclair de la combinaison et la retira avec précaution. Elle sentait Philippe la fixer des yeux, bien qu'elle ne le regardât pas.

– Tu es très belle, déclara-t-il sur le même ton qu'il aurait pu dire « Il fait chaud » ou « La terre est ronde » – comme si c'était une simple évidence, et non une raison pour se mettre dans tous ses états.

– Merci, dit-elle en soutenant son regard.

– On doit te le répéter en permanence, je suis sûr. Ça doit être affreusement... *ennuyeux*. Pénible, quoi !

– Effectivement, répondit Jacqui avec sérieux.

– Dans ce cas, je devrais peut-être te dire que tu es très laide, fit-il pour la taquiner.

Jacqui lui lança un tuba. Il ne se contentait pas d'être mignon. Il avait l'esprit vif, et elle appréciait ça. Elle replia ses jambes contre sa poitrine et ouvrit, à contrecœur, son livre de préparation aux examens d'entrée en fac. Son premier cours devait avoir lieu demain et, bien qu'elle eût volontiers passé la journée à flirter avec Philippe, elle ne pouvait se permettre de se laisser distraire.

Le portable de Philippe sonna pour la énième fois. Jacqui se demandait comment quelqu'un qui n'avait jamais mis les pieds dans les Hamptons auparavant avait pu se faire autant d'amis en aussi peu de temps.

– Allô ? dit-il en ouvrant son portable.

Il s'exprima dans un français rapide puis, glissant son sac à dos sur son épaule, s'excusa de devoir partir.

– Tu vas où ? cria Jacqui.

Philippe leva un doigt, comme pour dire « Attends une seconde ! », mais continua à s'éloigner en direction du chemin de planches. Jacqui remarqua que plusieurs filles le reluquaient, derrière les verres surdimensionnés de leurs lunettes de soleil Chanel ou Gucci, et que quelques mecs le mataient eux aussi, sous leurs parasols à rayures. Philippe adressait à chacun, homme ou femme, le même sourire séducteur. Jacqui soupira et baissa la tête vers son livre. Elle ne comprendrait jamais rien aux Français.

# C'est pour ça qu'on appelle la page 6 page 666

Plus tard ce matin-là, Mara se réveilla enfin, seule dans le cottage des domestiques. Il était presque onze heures et demie. Elle ne trouva ni Philippe ni Jacqui, et s'étonna d'avoir pu dormir si tard sans qu'aucun des deux n'ait songé à la réveiller. Mara conservait un souvenir embrumé de la soirée de la veille. Elle se rappelait avoir dansé avec frénésie lorsque avait retenti le vieux tube rock *Livin' on a Prayer*, avoir croisé Eliza et échangé des histoires de shopping avec, assise à la table voisine, Chauncey Raven – la pop star très entourée qui venait de conclure à Las Vegas un second mariage express. Elle avait également passé une bonne partie de la soirée perchée sur les genoux de Garrett, car une bande d'amis à lui s'était pointée, et ils avaient tous dû se serrer sur la banquette. Mais elle avait esquivé son baiser lorsqu'il l'avait raccompagnée à quatre heures du matin.

Mara se traîna jusqu'à la maison des Perry, laquelle résonnait du vacarme des marteaux piqueurs du château des Reynolds. Elle secoua la tête – elle n'avait vraiment pas besoin de ça, vu son état – et entra dans la cuisine, où des boiseries françaises anciennes recouvraient la totalité des équipements, congélateur compris. Elle réalisa que le château des

Reynolds ne devait guère différer des autres demeures des Hamptons, si ce n'est par la taille et le côté tape-à-l'œil. Elle ne trouva personne dans la cuisine, à l'exception de Madison. Celle-ci pesait un blanc de poulet bouilli sur une balance de cuisine. Mara regarda la fillette le couper soigneusement en deux avant de le reposer sur le plateau de la balance, puis de le disposer sur une assiette avec plusieurs jeunes carottes crues.

– Qu'est-ce que tu fais ?

Madison la fusilla des yeux.

– Rien.

Mara s'installa sur un tabouret, à côté d'elle, et se mit à préparer son petit déjeuner. Elle coupa une banane en rondelles et versa du lait demi-écrémé sur son bol de céréales.

– Tu sais, Madison, j'ai été une enfant joufflue. Mais à quatorze ans, mon métabolisme s'est réveillé quand j'ai commencé à beaucoup jouer au foot et là, j'ai fondu.

– Je déteste le foot ! rétorqua Madison, se levant et claquant la porte derrière elle.

Mara soupira. Elle ramassa un exemplaire du *New York Post* ouvert à la page 6. « LE RICHE HÉRITIER A-T-IL TROUVÉ CHAUSSURE À SON PIED ? » pouvait-on lire en gros caractères, sous un cliché de Mara assise sur les genoux de Garrett, pris la veille au soir. Elle s'appuyait sur le bras de Garrett et paraissait rire à ses propos. Garrett fixait l'objectif avec un sourire arrogant, brandissant d'une main une bouteille de champagne ouverte et serrant fermement de l'autre la taille de Mara. À l'exception de quelques allusions sarcastiques à la monstruosité de trente mille mètres carrés que les Reynolds étaient en train d'ériger à East Hampton, l'article était quasiment identique à celui paru sur Ryan et elle l'été précédent, décrivant comment le jeune couple avait été surpris « se faisant des câlins » dans la boîte la plus branchée du moment. Comment cela, des câlins ? Elle était assise sur ses genoux, rien de plus. D'accord, il lui avait peut-être un peu fourré son nez dans le cou...

L'angoisse la prit au ventre. Elle se demanda si c'était Ryan qui avait laissé traîner le journal sur la table. Elle renifla une tasse à moitié vide à côté du journal. Du thé vert... Dans le foyer Perry, seul Ryan en buvait.

Sugar entra alors, maigre comme un coucou, et en nage après sa séance de yoga. Le caméraman et le preneur de son de la veille marchaient sur ses talons.

– Oh, salut ! s'exclama Sugar. C'est la page 6 ? s'enquit-elle, s'approchant pour lire par-dessus l'épaule de Mara.

Sugar leva les yeux et regarda Mara d'un air songeur.

– Eh, vous voulez pas faire la fête avec Charlie et moi, un de ces soirs ?

*L'une des sœurs Perry se montrait aimable à son égard ?* Mara n'en croyait pas ses oreilles. L'an dernier, Sugar n'avait même pas été capable de retenir son prénom, et n'avait cessé de l'appeler « Marta », « Maria », voire « Mary ».

– On donne une soirée sur son yacht, le week-end prochain. Il y aura juste les très bons amis. Amène Gar. Ça va être super !

– Ouais, peut-être, marmonna Mara, pendant que Sugar souriait et haussait les épaules à l'attention de la caméra, rejetant ses cheveux en arrière et bombant la poitrine.

– Venez les gars ! cria-t-elle aux deux gars de l'équipe. On se retrouve à la douche extérieure.

Mara avait les yeux rivés sur la page 6. Elle se demandait si Ryan voudrait jamais lui reparler après avoir vu une photo pareille. C'était le problème, avec les photos – elles valaient un millier de paroles. Or, parfois, ce n'étaient pas les bonnes.

# Rien ne soulage mieux les peines de cœur qu'une voiture pleine de cadeaux !

À la fin de la semaine suivante, Mara se dirigea vers la salle de projection pour le premier bilan hebdomadaire. Jacqui et Philippe étaient censés la rejoindre sitôt après avoir déposé les garçons dans une sorte de camp d'entraînement pour enfants. Ils commençaient visiblement à bien s'entendre et aimaient accomplir le maximum de tâches ensemble.

À la réunion, Mara avait l'intention de se plaindre du Dr Abraham. Il l'avait sermonnée après qu'elle eut embrassé Cody, qui venait de se cogner méchamment un doigt de pied, allant jusqu'à lui asséner :

– Couronner une expérience douloureuse par une sanction positive ne risque pas d'aider la personnalité à s'affirmer.

Avant de lui demander, quelques minutes plus tard, si elle ne connaissait pas le moyen de lui faire obtenir une table VIP au Septième Cercle. Ce type était louche.

Après avoir passé quelques minutes assise dans la pénombre, Mara réalisa qu'il était inutile d'attendre Kevin ou Anna plus longtemps. Rien de nouveau sous le soleil. L'année précédente, Anna avait également insisté pour que ces réunions aient lieu, alors que ni elle ni Kevin n'y assistaient jamais. Mara haussa les épaules et sortit de la pièce. Madison et Zoé attendaient qu'elle les conduise au yoga.

Sortant par la grande porte, elles virent un grand camion de livraison garé dans l'allée des Perry. Plusieurs employés en uniforme en déchargeaient des portants chargés de vêtements et des dizaines de sacs de shopping noirs d'où dépassait du papier de soie rose. Une femme exagérément bronzée, maigre comme un portemanteau, et vêtue d'un débardeur blanc sur lequel on pouvait lire C'EST AVEC MOI QUE TON PETIT AMI VEUT SORTIR et d'un jean taille basse, dirigeait les opérations.

– Qu'est-ce qui se passe ? demanda Mara à Laurie, laquelle portait sur la scène un regard caustique.

– J'en suis pas sûre, mais je crois que c'est pour vous, répondit Laurie.

– Salut ! Mara Waters ? Je suis Mitzi Goober, lança la femme en débardeur.

Elle prononça la dernière syllabe à la française, si bien qu'on entendait « Goubert ». Elle tendit vers Mara un bras musclé mais décharné.

– Waouh ! Je ne vous aurais jamais reconnue ! Vous êtes tellement plus jolie que sur les photos !

– Merci... je crois que..., bafouilla Mara en baissant la tête.

Elle s'était figuré que les choses allaient se tasser, après la publication du cliché d'elle et Garrett dans le *Post*. Or, au cours de la semaine suivante, il était apparu dans les magazines *Hamptons*, *Hamptons Life*, *Hamptons Living*, *Hamptons Country* et *Hamptons Luxury*. Ryan ne lui avait jamais laissé une chance de s'expliquer ; chaque fois qu'ils se croisaient – ce matin même, ils s'étaient trouvés nez à nez à la piscine –, il faisait mine de l'ignorer. Le voir si distant lui fendait le cœur. Et l'insistance avec laquelle Garrett tentait d'obtenir un second rendez-vous lui remontait un peu le moral. Il lui avait déjà envoyé une telle quantité de fleurs que le cottage des baby-sitters ressemblait à un funérarium.

Un cliché de Mara seule et vêtue de la robe Zac Posen bleu lavande finit par atterrir dans les pages « société » de *Vogue*, sous l'intitulé « Ces dames en lilas », entre une photo de Jennifer Connelly vêtue d'une robe Chloé bleu lavande ornée d'un nœud à la taille et une autre d'Aerin Lauder dans un fourreau pourpre Valentino. Mara n'était arrivée que deux semaines plus tôt, or elle suscitait déjà des regards ouvertement jaloux, ou tout simplement curieux, partout où elle allait. Elle se faisait l'effet d'une bête curieuse et d'une usurpatrice : elle était là, dans les pages d'un magazine de mode, à poser dans la robe de Jacqui... quand, en réalité, elle passait ses journées à traîner les gamins chez le dentiste, à torcher les fesses de Cody ou à tenter de convaincre Madison de manger autre chose que du bouillon de poulet et du fromage allégé.

– De toute façon, comme je viens de l'expliquer à votre assistante...

– Je suis l'assistante d'Anna ! l'interrompit Laurie.

– Bien sûr. Peu importe..., dit Mitzi en faisant signe aux livreurs de sortir du camion les sacs restants.

– Mara est fille au pair ! reprit Laurie d'une voix indignée.

– Fille au pair ! Comme c'est charmant ! Formidable ! s'exclama Mitzi. Écoute, Mara, j'ai ce nouveau styliste en vogue qui rêve de t'habiller – en fait, il y en a plusieurs – et tout ça ce sont des cadeaux que tu porteras quand tu sortiras...

– C'est pour moi ? demanda Mara en regardant les gars poser un sac après l'autre sur la pelouse, à côté de l'allée.

– Oui oui oui ! Débrouille-toi juste pour citer la marque chaque fois que les gens voudront savoir ce que tu portes. Shoshanna a envoyé toute sa collection été. Elle a adoré les photos de toi dans sa robe l'année dernière, et elle pense que quelques-uns des modèles pourraient te plaire. C'est bon, si on laisse tout ici ?

– C'est vraiment gentil, Mitzi mais... euh... je ne sais pas si...

– Une seconde ! Une seconde ! J'ai failli oublier le meilleur ! dit Mitzi, en extirpant de son énorme sac Hermès modèle Birkin un écrin recouvert de velours noir. C'est un cadeau. Ouvre !

Mara ouvrit l'écrin. À l'intérieur, un rang de perles éclatantes était disposé sur un fond molletonné.

– Il vient de chez Mikimoto. Ce n'est que la version « perles de culture », désolée. Mais si tu peux songer à les mentionner..., glissa Mitzi avec un sourire.

– Je ne sais pas si je peux accepter, protesta Mara d'une voix nerveuse.

– De quoi tu parles ? Je t'en prie ! Tu les mérites ! Tu es tellement ravissante ! Ah, mon Dieu, si seulement mes cheveux voulaient bien tomber comme les tiens ! dit Mitzi, qui tira sur ses cheveux en grimaçant.

Mara n'avait jamais rencontré personne qui possédât une telle énergie, un tel enthousiasme. Mitzi Goober, c'était tout cela à la fois : votre meilleure copine, une pom-pom girl, et un gourou. Elle lui donnait la migraine.

Lorsque les livreurs entreprirent de décharger un second portant à roulettes, Mara tenta de les convaincre de le remettre dans le camion, pendant que Madison et Zoé contemplaient le butin, les yeux écarquillés.

– Mitzi ! Attendez ! Sérieusement, je peux pas accepter !

– Ne dis pas de bêtises ! Tu sais à quel point il est difficile de dénicher des gens qui entrent dans les modèles de défilé ? Allez, je t'en prie ! Ce serait un sacré coup de pouce pour mes stylistes. Ce sont tes fans les plus assidus.

Ses *fans* ? Elle travaillait comme fille au pair, avait posé pour quelques clichés... et avait déjà son fan-club ?

Mitzi agita un porte-clés sous le nez de Mara.

– Laquelle tu conduis ? La Range Rover, là-bas ? Tu la trouves pas un peu mastoc ?

– C'est celle des Perry, à vrai dire.

– J'adorerais que tu essaies de conduire cette nouvelle BMW décapotable, dit Mitzi, lui fourrant les clés dans la main et désignant une voiture noire et brillante garée dans l'allée.

– Une voiture ? demanda Mara, avant de rester bouche bée.

– À ta disposition pendant tout l'été. Tous les jours, quelqu'un viendra remettre de l'essence et déposer des cadeaux pour toi. Que du bonheur ! Tu n'auras à te soucier de rien.

Mara fixa les clés de la BMW. C'était hallucinant. Et follement excitant. Elle pourrait vraiment *garder* tout ce barda ?

Zoé et Madison avaient commencé à farfouiller parmi les vêtements suspendus aux portants.

– Oh, regarde-moi ça ! s'exclama Madison en brandissant un dos nu en jersey noir Gucci.

– C'est zoli ! approuva Zoé en s'enroulant dans une étole en dentelle.

– Une minute ! Mitzi ! s'écria Mara.

Elle s'efforça de rattraper la publiciste, qui s'était engouffrée dans une Citroën vintage et manœuvrait pour quitter l'allée.

– Je voudrais juste... je ne suis pas sûre que ce soit une bonne chose, dit Mara en se penchant à la vitre.

Mitzi plaqua la main sur la bouche de Mara, lui barbouillant le menton de rouge à lèvres.

– Enfin, mon chou ! Ne nous embête pas ! Pense juste à faire allusion à mes clients quand tu parleras aux journalistes. Marché conclu ? Passe un bon été ! J'espère bien te voir à ma soirée, la semaine prochaine, au Septième Cercle. Ciao !

Mitzi quitta l'allée au moment où la Toyota s'y engageait.

– C'était qui ? demanda Jacqui, sortant de la voiture avec Philippe et les garçons.

Mara jeta un coup d'œil alentour sur tout ce que Mitzi avait laissé : deux portants chargés de vêtements de marque, plusieurs sacs de chaussures et d'accessoires, un écrin contenant un collier de perles et une BMW décapotable noire flambant neuve.

– Euh... je sais pas trop, dit Mara, n'en revenant pas de sa chance. Ma bonne fée ?

# Devine qui vient dîner ce soir ?

Deux semaines après leurs retrouvailles au Septième Cercle, Eliza, ouvrant la porte, vit Jeremy sur le seuil, un bouquet de fleurs à la main. Ils ne s'étaient revus qu'une seule fois entre-temps. Les effroyables horaires de travail de Jeremy le retenaient en ville le plus clair de son temps, et il leur avait fallu reporter le dîner à deux reprises. Ses parents la harcelaient littéralement pour qu'elle leur présente son « ami de cœur ». En cela, ils étaient de la vieille école. Eliza espérait que le dîner se passerait bien, ou du moins, qu'il passerait vite, de façon à ce que Jeremy et elle puissent enfin sortir et se retrouver seuls.

– C'est pour ta maman, dit-il en lui tendant la gerbe de lys blancs, dont le délicat parfum se répandit dans la pièce.

– C'est super-gentil. Entre ! dit Eliza.

Elle avait ramassé ses cheveux en un chignon très sage et noué autour de son cou un ruban de satin noir orné d'un pendentif ancien. Elle savait que Jeremy aimait qu'elle soit jolie et enfantine, et avait choisi ses vêtements avec soin – une robe à volants Chloé en coton blanc et des ballerines roses. Elle était contente qu'il eût l'air si sérieux, dans son costume en lin ocre et sa chemise bleu ciel. Il avait légèrement desserré sa classique cravate à rayures, et offrait la parfaite image du jeune banquier ambitieux.

Eliza conduisit Jeremy dans le salon.

– Papa, voici Jeremy. Jeremy, je te présente mon père, Ryder Thompson.

Un homme grand et costaud au front couronné de cheveux d'un blanc argenté se leva pour serrer la main de Jeremy.

Ryder avait lui aussi travaillé à Wall Street, avant qu'on ne se rende compte qu'il piochait un peu trop souvent dans les coffres-forts de la banque. Eliza ne comprenait toujours pas pourquoi on en avait fait un drame : c'était sa compagnie, après tout. Est-ce que ça n'aurait pas dû être pris en compte ? Certes, elle se rappelait qu'ils avaient coutume d'utiliser l'avion de la société pour se faire des petits week-ends à Paris... et alors ? Quant à la soirée à deux cent mille dollars donnée pour les seize ans d'Eliza, c'était, à en croire les journaux, la société qui avait payé la note. Mais comme des tas d'associés de son père étaient présents, c'était presque une réunion d'affaires. Quoi qu'il en soit, cela n'avait pas empêché l'enquête, les poursuites et l'humiliation qui s'ensuivirent. Les Thompson avaient enduré tout cela du mieux possible, gardant la tête haute et fichant le camp à Buffalo lorsque Manhattan devint infréquentable et au-dessus de leurs moyens.

Ses parents avaient été clairs sur ce point : le garçon avec qui elle sortirait devrait être issu du même milieu qu'elle, et avoir reçu une éducation similaire, en dépit de ce qui s'était passé au cours des deux dernières années. Eliza espérait que Jeremy réussirait son examen d'entrée. Il arrivait que ses parents se montrent un peu durs. Pour la première fois, Eliza regretta la liberté dont elle avait joui l'année précédente, lorsqu'elle était seule et ne devait aucune explication à personne, hormis aux Perry, lesquels étaient le plus souvent absents ou indifférents.

– Un doigt de gin ? demanda Ryder à Jeremy, en brandissant un shaker en argent.

– Merci monsieur Thompson, répondit Jeremy. Je prendrai la même chose qu'Eliza.

Fronçant les sourcils, le père d'Eliza servit à Jeremy un verre de vin blanc. Mais il se garda de tout commentaire. Puis tous quatre s'enfoncèrent dans le canapé recouvert de lin.

– Je vous prie de nous excuser... la maison... nous sommes habitués à mieux, dit Billie, la mère d'Eliza, portant nerveusement les mains à son cou et jetant un regard de dégoût à la collection de poupées de porcelaine disposées dans une vitrine. Mais comme Eliza tenait tellement à passer l'été dans les Hamptons, nous avons pensé que...

– C'est très joli ici, assura Jeremy. J'aime bien ces vieilles bâtisses. On s'y sent en sécurité, vous ne trouvez pas ?

La mère d'Eliza lui sourit chaleureusement.

– Moi aussi, j'apprécie les constructions anciennes.

– Jeremy a grandi dans les Hamptons, fit remarquer Eliza, en essayant malgré elle de leur donner l'impression qu'il faisait partie de leur monde.

Non qu'elle se souciât de ce que pensaient ses parents. Elle ne pensait pas comme eux, de toute manière, enfin, pas vraiment. Si ç'avait été le cas, elle aurait couru après Garrett Reynolds, et non après Jeremy Stone. Mais ça faciliterait tellement les choses, s'ils pouvaient l'apprécier.

Le visage de Billie s'illumina.

– Oh, et où ça ?

– À Southampton, répondit Jeremy.

Les Thompson accueillirent sa réponse avec un murmure d'approbation.

– Vous connaissez les Ross ? Courtney a fondé cette adorable école. On a failli s'installer ici nous aussi, pour y inscrire Eliza.

– Je connais les Ross, admit Jeremy.

Il se garda de préciser qu'il était leur jardinier, au grand soulagement d'Eliza.

– Où ça à Southampton ? demanda le père d'Eliza.

Jeremy le lui dit.

– Ah, ça ne serait pas dans le *township* ? devina Ryder, faisant allusion à ce quartier de Southampton infiniment plus modeste, composé de petits pavillons d'habitation.

Jeremy hocha la tête.

– Comme c'est pittoresque ! dit Billie, avec un sourire forcé.

– Que fait votre père ? insista Ryder.

– Le père de Jeremy dirige sa propre affaire, s'empressa de répondre Eliza, voyant le tour que prenaient les choses.

– Quel genre d'affaire ? demanda son père.

– Il tient une poissonnerie, sur la route 27, répondit Jeremy avant qu'Eliza eût pu songer à un autre euphémisme, du genre « Il travaille dans le transport maritime ».

– Celle avec le grand néon en forme de saumon sur la porte ? demanda Billie.

– C'est ça ! confirma Jeremy en se tapant la cuisse.

– Je crois que Colombia y a acheté des huîtres délicieuses

l'autre jour, mon chéri, dit Billie à son mari, en hochant la tête. Un vrai régal. Si fraîches.

Jeremy était aux anges, mais Eliza voyait l'orage poindre. Ça ne se passait pas bien du tout. Eliza savait que ses parents étaient des snobs de chez snob. Il leur suffisait de quelques instants pour situer quelqu'un dans l'échelle sociale, et Jeremy ne leur paraissait déjà plus digne de leur attention.

– Vous êtes inscrit dans quelle université, mon cher ? demanda Billie, poursuivant l'interrogatoire tandis qu'ils s'asseyaient à table pour dîner.

– Je vais à l'université de l'État, dit Jeremy, avant de s'essuyer la bouche avec une serviette de table en lin. La SUNY.

Ryder Thompson se tourna vers sa femme :

– Ce ne serait pas le prénom de la femme de Woody Allen ? plaisanta-t-il.

Eliza intervint. C'était trop douloureux.

– Il veut parler de l'université d'État de New York, papa. À Nassau. Ce n'est pas très loin d'ici.

– New York a une université publique très réputée, concéda généreusement Billie.

Eliza se tortillait sur sa chaise. Jeremy était le premier membre de sa famille à aller à l'université, et il était réellement fier de cela. *Ne me déteste pas !*, le suppliait-elle du regard, attendant qu'il lève les yeux vers elle et voie à quel point elle était de son côté. Or Jeremy garda la tête baissée pendant le reste de la soirée.

Le café pris, les Thompson se retirèrent après avoir souhaité bonne nuit à Jeremy d'un ton poli et rappelé à Eliza l'heure du couvre-feu.

– Tu veux qu'on aille faire un tour en voiture ? Ou on pourrait peut-être se balader sur la plage ? suggéra Eliza en quittant la table.

Elle voulait lui demander d'excuser ses parents, mais s'accrochait encore à l'espoir qu'il n'avait pas remarqué à quel point ils étaient snobs.

Jeremy secoua la tête.

– Non. J'ai une réunion tôt demain matin. Il faut que je rentre.

Le visage d'Eliza se décomposa. Ils n'allaient même pas traîner un peu ensemble ? C'était le seul soir où elle ne travaillait pas à la boîte, et elle avait attendu ce moment toute la semaine.

Jeremy balança la veste de son costume sur son épaule et se dirigea vers la porte. Eliza la lui ouvrit, et le suivit sur le porche.

– Ça te dirait qu'on dîne chez Lunch, la semaine prochaine ? Juste toi et moi ? demanda Eliza, se reprochant aussitôt son ton suppliant.

– Peut-être, soupira-t-il. Il y a beaucoup de travail au bureau.

– Ne t'en va pas ! dit-elle, les lèvres tremblantes.

Elle leva le menton vers lui pour qu'il l'embrasse. Elle aurait tant voulu qu'il comprenne.

Jeremy soupira à nouveau et parut sur le point de s'en aller. Mais, au lieu de ça, il baissa la tête, frôla ses lèvres. Ils demeurèrent ainsi, sur le porche, pendant ce qui sembla à Eliza une éternité.

– Je t'aime, tu sais, marmonna-t-elle dans sa chemise.

– Je sais, répliqua-t-il, se dégageant à contrecœur. Mais faut que je sois au bureau de bonne heure demain, et je ne peux pas me permettre de louper le dernier train.

Il grimpa dans sa camionnette rouillée, seul témoin de son ancienne profession.

Eliza le regarda s'éloigner et se demanda si elle le reverrait jamais. Une chose l'avait frappée : il n'avait pas répondu à son « Je t'aime ».

# La potion magique de Jacqui, c'est les garçons !

Jacqui fut désolée de constater que le cours où elle s'était inscrite était plein de gosses de riches archi-bosseurs, qui ne visaient pas moins que la perfection, ce qui ne fit que rendre encore plus déprimants les résultats de son premier test d'évaluation. Jacqui venait de fourrer ses livres de préparation à l'examen sur la banquette arrière de la Prius lorsqu'elle vit Philippe arriver en scooter. Il retira son casque et s'ébouriffa les cheveux.

– *Attends !* s'écria-t-il en apercevant Jacqui.

Elle s'appuya sur la portière de la voiture et sourit.

– Que se passe-t-il ? demanda-t-elle.

– *Pas grand-chose.* Tu vas où ?

– En cours. On est mercredi, tu te souviens ?

Jacqui lui avait parlé du cours l'autre soir quand, déboulant dans le cottage à minuit, il l'avait trouvée plongée dans son livre. Elle lui avait expliqué en quoi cela consistait et il l'avait taquinée sur le fait que les andouilles de son cours devaient avoir du mal à se concentrer sur leur boulot, avec une camarade de classe comme elle. Quant à Philippe, sa seule ambition dans la vie, c'était de gagner le tournoi de tennis Rolex, de devenir pro et, plus globalement, de passer des super moments à rebondir d'une station balnéaire à l'autre. Tout ce qu'il souhaitait, c'était vivre en tennisman bohème.

– Viens plutôt faire une partie de billard ! proposa-t-il. Tu peux louper un cours, non ?

Un sourire insolent aux lèvres, le regard provocant, il la détailla de pied en cap.

Jacqui se mordit la lèvre. Jouer au billard avec Philippe promettait d'être plus drôle que de résoudre des problèmes linguistiques dans un sous-sol humide. Elle ne s'autorisait quasiment aucune distraction depuis des semaines. Songer que c'était elle, Jacqui, qui assumait les trois quarts du boulot. Elle en était fière, elle avait la manière avec les gamins. Mais elle regrettait de ne pas s'amuser davantage.

Philippe la prit par la main, et ils se faufilèrent dans la demeure principale pour se diriger vers la salle de projection, équipée dans un coin d'une table de billard. L'une des choses les plus étonnantes, chez les Perry, c'est qu'ils n'étaient quasiment jamais là pour profiter de la profusion d'équipements de la maison. Les jumelles couraient sans cesse d'une fête à l'autre, Ryan préférait s'en tenir à sa chambre, et les nombreux gadgets – l'écran large de cinq mètres, les quads garés près de la plage, le PacMan d'origine et les flippers – étaient rarement utilisés.

Philippe enserra les billes dans le triangle, et Jacqui cassa, envoyant une bille pleine jaune dans une poche de coin.

– Alors, tu étais passé où ? demanda-t-elle en frottant de craie bleue le bout de sa queue de billard.

Philippe manquait depuis plusieurs jours à l'appel. Elle se pencha sur la table pour tirer le coup suivant. Elle en loupa un qui était pourtant facile, et la bille heurta le bord opposé au lieu de rouler dans la poche toute proche.

– Il fallait que j'aille au consulat de France, et comme Anna avait besoin que je l'aide pour un truc, on est restés deux jours à New York, expliqua-t-il en contournant le billard afin de trouver le meilleur angle.

– Hum... Vous étiez juste tous les deux ?

Philippe haussa les épaules et envoya une bille rayée dans une poche.

– Oui. Tu es déjà allée dans leur maison de New York ? Elle est magnifique, dit-il.

Jacqui s'en voulut d'éprouver de la jalousie, mais c'était comme ça. Elle aurait juré que Philippe s'intéressait à elle et pourtant, ils avaient beau dormir tous les soirs dans la même chambre, il n'avait jamais rien tenté. Elle s'était promis de résister aux garçons cet été, mais n'avait pas songé une seconde que l'on puisse lui résister, à elle.

– J'adore New York, dit Jacqui d'un ton songeur.

En fait, elle n'y avait jamais mis les pieds, mais n'avait aucun mal à l'imaginer : les rues animées, les gens, les petits cafés, les boîtes de nuit, le shopping. Jacqui aimait le Brésil, mais c'est à New York qu'elle avait l'intention de faire sa vie.

– C'est la plus belle ville du monde, déclara-t-elle.

Philippe grommela, se penchant pour jouer.

– Je veux vivre à New York l'année prochaine, ajouta Jacqui.

Il leva les yeux vers elle.

– Pourquoi ?

Elle lui exposa son projet d'aller à Stuyvesant – et, avec un peu de chance, à l'université de New York –, précisant qu'elle espérait qu'Anna l'aiderait à trouver une situation de nounou à domicile si elle travaillait bien cet été.

Ils jouèrent, égalisant le score à chaque coup, jusqu'à ce qu'il ne restât plus que la bille noire, la n° 8. C'était une situation délicate et Jacqui s'appliqua, se tortillant de façon à pouvoir viser juste.

– Tu es obligée de garder un pied au sol, fit remarquer Philippe, tandis que Jacqui, assise sur le rebord de la table, balançait ses mules à talons.

– J'essaie ! répliqua-t-elle dans un éclat de rire.

– Comme ça, dit Philippe, s'approchant d'elle par-derrière, et guidant ses gestes avec précision.

Elle le laissa pousser la queue de billard et la bille s'engouffra dans une poche au coin de la table.

– Alors, qui est-ce qui a gagné ? demanda Jacqui en se tournant vers lui.

Philippe avait toujours les bras autour d'elle.

– Disons qu'on est à égalité, dit-il en se penchant pour respirer l'odeur de ses cheveux.

Philippe se pressa contre son dos, et Jacqui sentit la chaleur émanant de son corps. Impossible de résister. Elle s'abandonna à son étreinte. Des frissons la parcouraient tandis qu'il couvrait son cou de baisers. Elle ferma les yeux et leva la tête vers lui. Comme s'il devinait ses pensées, il la coucha avec délicatesse sur le billard. La tête de Jacqui heurta le plafonnier.

– Aïe ! s'esclaffa-t-elle en l'attirant contre elle.

Il lui embrassa le cou, les épaules, ses doigts se perdirent dans les cheveux de Jacqui... Elle referma ses bras sur son dos.

– Jacqui ?

Les lumières de la salle de projection se rallumèrent soudain.

Jacqui repoussa Philippe. Ce faisant, elle donna un coup dans la queue de billard, qui vint frapper Philippe au beau milieu du front.

– Aïe !

– Qu'est-ce que vous faites ? demanda Zoé, un ours en peluche dans les bras. Pourquoi vous vous êtes mis sur la table de billard ?

Dire que c'était *précisément* pour éviter ça que Jacqui s'était fixé des règles du genre « Fini les garçons » !

# Personne ne cache Mara dans un coin !

Une autre soirée de folie au Septième Cercle... Eliza s'efforçait de contenir le flot impétueux des fêtards se pressant derrière le cordon de l'entrée. Kartik lui avait conseillé d'introduire les gens au compte-gouttes, par petits groupes de deux ou de trois, si bien qu'il y avait toujours une longue file d'attente, donnant l'impression que la boîte était encore plus assaillie qu'elle ne l'était réellement.

Eliza scruta la foule, cherchant à apercevoir Jeremy. Elle espérait qu'il passerait de nouveau à la boîte, mais il n'était pas encore reparu. Elle ne l'avait pas revu depuis le désastreux dîner chez ses parents, la semaine précédente. Elle lui avait laissé deux messages sur son portable et au bureau – où le crétin qui avait répondu l'avait priée à deux reprises d'épeler son nom. Mais Jeremy ne l'avait pas rappelée.

– Votre nom ? demanda-t-elle à une femme d'âge mûr en tailleur pantalon beige qui avait joué des coudes dans la file d'attente.

– Margot Whitman, répondit la dame d'un ton sec.

Eliza fit glisser son doigt sur la liste, passant les noms en revue. *Wilson (Owen), Wilson (Luke plus un), Williams (Venus & Serena), W Magazine, Women's Wear Daily.*

– Je suis désolée. Vous n'êtes pas sur la liste, rétorqua-t-elle.

Alan avait précisé que la liste ne s'appliquait qu'aux « civils ». Les mannequins, et autres filles sublimement belles, ainsi que les célébrités en général avaient le droit d'entrer de toute façon, que leur nom soit sur la liste ou non. Mais les gens normaux, groupe auquel la femme appartenait visiblement, pouvaient geler en enfer avant de pouvoir franchir le seuil du Septième Cercle.

– Je suis la mère d'Alan, déclara la femme. C'est une blague ou quoi ? Vous voulez bien aller me chercher mon vaurien de fils, que je puisse entrer. C'est ridicule. J'ai des clients qui attendent à l'intérieur.

– Je suis désolée. Vous ne voudriez pas appeler Alan sur son portable, pour qu'il puisse confirmer ? Je ne peux rien faire pour vous, insista Eliza d'une voix désolée.

La femme leva les bras au ciel.

– C'est quoi ces foutaises ! Je suis sa mère ! Laissez-moi entrer !

Eliza ne céda pas. Les paroles d'Alan résonnaient dans son esprit : *La liste, c'est Dieu tout-puissant. Même si ma mère est là-dehors, mais qu'elle n'est pas sur la liste, c'est pas de bol pour elle !*

Et si cette femme était mythomane – bien qu'elle eût, à vrai dire, le menton fuyant et les yeux globuleux d'Alan ? Mais le règlement était sacré et, pour une fois, Eliza n'avait pas envie de l'enfreindre. C'était trop jouissif, parfois, de pouvoir dire « non ».

– Je suis désolée. Je ne peux rien pour vous, trancha Eliza.

Veuillez vous mettre sur le côté. Vous n'êtes pas sur la liste. Au suivant !

– Ohé, Eliza, lança une voix familière.

Son cœur bondit dans sa poitrine – Jeremy était là ! Mais lorsqu'elle leva les yeux, c'est Ryan qui se tenait devant le cordon de velours. Il portait un pull en lin qui soulignait le vert de ses yeux, et un jean. Il ne respectait absolument pas le *dress code*, mais le règlement ne s'appliquait pas aux garçons aussi beaux que Ryan Perry.

– Hé Ryan ! dit gaiement Eliza.

Elle fit signe à Rudolph d'ouvrir le cordon.

– C'est le délire, ce soir, non ? fit remarquer Ryan.

Il désigna la masse grouillante et bouillonnante. Tous le foudroyaient du regard, se demandant pourquoi il n'était pas obligé de faire la queue. Quelqu'un balança même une bouteille de bière, qui vint s'écraser aux pieds d'Eliza. Rudolph évacua aussitôt le quidam frustré.

– Tu n'as pas idée ! répliqua Eliza en secouant la tête à la vue du souk. Pourquoi les boîtes réveillent-elles ce qu'il y a de plus bas chez l'homme ? Les gens normaux prétendent qu'ils sont sur la liste, ceux qui sont effectivement sur la liste veulent des tables dans la salle VIP, et les célébrités veulent... oh, tout et n'importe quoi. L'autre jour, il a fallu que je veille sur le manteau de fourrure de Naomi Campbell. Il avait paraît-il besoin d'un massage ! précisa Eliza dans un éclat de rire.

Ryan haussa les épaules et sourit jusqu'aux oreilles.

– Ah, t'inquiète pas, tu vas t'en sortir !

Eliza lui tendit des coupons pour des consommations gratuites.

– Je suppose, oui, répondit-elle en levant les yeux au ciel.

C'était chouette, de retrouver Ryan. Ils s'étaient à peine vus depuis leur arrivée, peut-être à cause de ce qui s'était passé à Palm Beach. Ah, satané Palm Beach ! Eliza regretta, et ce n'était pas la première fois, d'y être jamais allée.

– Eliza, ohé ! On est là !

Eliza fit volte-face et aperçut Mara et Garrett, qui jouaient des coudes pour parvenir en tête de file. La joie l'envahit à nouveau à la vue d'un autre visage ami. Leur faisant signe à son tour, elle les invita à rejoindre le cordon de l'entrée.

Ryan se retourna lui aussi, mais son visage s'assombrit dès qu'il aperçut Mara et Garrett.

– Faut que j'y aille, dit-il à Eliza en lui donnant une petite tape sur l'épaule. J'ai rendez-vous avec Allison à l'intérieur.

– Tu vas où, Perry ? cria Garrett.

Mara vit Ryan s'éloigner sans les avoir salués, et son cœur se serra. Ce pull lui allait si bien... De tous les pulls de Ryan, c'était son préféré. L'été dernier, elle le lui avait emprunté lorsqu'ils étaient sur la plage et que l'air avait commencé à fraîchir. Il était si grand qu'il lui arrivait aux genoux.

Deux semaines durant, Mara avait trouvé toutes sortes de prétextes pour refuser les invitations de Garrett : elle devait rester chez les Perry pour garder les enfants, elle était fatiguée, elle avait des choses à faire... Mais la veille, elle avait fini par céder. Elle avait croisé Ryan et Allison en train de se balader sur la plage puis, rentrant au cottage, avait aperçu les portants chargés de somptueux vêtements. Quel dommage, de les priver des flashs des paparazzis ! Et puis, au fond, n'était-ce pas ce qu'on attendait d'elle ? Qu'elle porte les vêtements et se laisse photographier ?

– Comment vas-tu ? gloussa Mara, très théâtrale, en faisant deux bises à Eliza. Tu étais passée où ?

– Je vais... euh... bien, dit Eliza, recommençant à culpabiliser pour l'épisode Palm Beach. J'étais ici... Tu sais où me trouver.

– OK... n'empêche... faut absolument qu'on se voie, un de ces quatre... Enfin, quoi qu'il en soit... tu crois que tu pourrais nous avoir une table ? Mes talons me font un mal de chien !

L'été dernier, Mara ne portait que des baskets ou des tongs. Eliza nota qu'elle était juchée, ce soir-là, sur des sandales Manolo Blahnik incroyablement hautes, avec deux lanières ornées de strass étincelants au niveau de la cheville et des orteils. Eliza avait rêvé d'avoir les mêmes, mais elles n'existaient plus dans sa pointure. Comment Mara s'était-elle procuré celles-ci ?

Eliza leur fit franchir la double porte et traverser la piste de danse à deux niveaux, éclairée par la lumière des stroboscopes. La musique était assourdissante, et la foule consistait en un mélange de gars trop habillés et de filles à moitié nues. Eliza remarqua un couple particulièrement démonstratif étendu sur l'un des divans géants, et se demanda si elle ne devrait pas les recouvrir d'un manteau.

– Garrett, mon pote ! dit Kartik, tandis qu'Eliza les plaçait, lui et Mara. Ça fait plaisir de te voir !

Il se tourna vers Eliza.

– C'est toi qui as laissé rentrer les horreurs qui sont là-derrière ? accusa Kartik.

Il montrait du doigt deux types quelconques et leurs petites copines aux cheveux laqués qui jetaient des coups d'œil avides autour d'eux, en prenant des photos avec leur téléphone portable.

Eliza secoua la tête. Ils avaient dû réserver une table au restaurant pour pouvoir entrer.

– Débrouille-toi pour détourner l'attention d'eux, tu veux bien ? Ils tuent sérieusement l'ambiance. Et je veux qu'ils soient sortis d'ici quand Mitzi se pointera.

Eliza hocha la tête. Elle pria le serveur d'atténuer l'éclairage, puis retourna là où elle avait placé Garrett et Mara, sans réaliser que la table de Ryan et Allison était dangereusement proche.

– Ça te dirait, qu'on aille faire les magasins demain ? demanda Mara quand ils eurent commandé leurs verres.

La barmaid s'empressa d'aller chercher la bouteille de vodka finlandaise très coûteuse qu'avait choisie Garrett, tout en haut des étagères.

– C'est notre jour de paye ! précisa-t-elle.

– Ouais, c'est pas le mien... Mais bon, pourquoi pas ? répondit Eliza sur un ton plus brusque qu'elle ne le souhaitait.

Mara aperçut Ryan, un peu plus loin dans la salle VIP. Il s'appuyait au bar, Allison à ses côtés. La grande blonde au type nordique riait à ce qu'était en train de lui raconter Ryan, et cela désespérait Mara de voir le garçon lui sourire en retour, révélant ses fossettes.

– Tu as l'air songeur, dit Garrett en lui tendant le mojito qu'elle avait commandé.

Après avoir goûté celui qu'Eliza avait confectionné lors de leur premier week-end, ce cocktail cubain à la saveur piquante était rapidement devenu la boisson préférée de Mara. La saveur du sucre de canne et des feuilles de menthe écrasées lui rappelait ses derniers moments de bonheur. Depuis son arrivée dans les Hamptons, les choses n'avaient pas vraiment tourné comme elle l'avait espéré. Ryan sortait avec une autre fille, Eliza se montrait étrangement distante et, avec Jacqui et Philippe, elle se sentait comme un cheveu sur la soupe. Les gosses eux-mêmes ne paraissaient pas l'aimer autant que l'année dernière.

– Je réfléchissais..., répondit-elle en regardant Ryan frotter les épaules d'Allison.

*Beurk !* Elle se tourna à nouveau vers Garrett.

– On va danser ?

Garrett sourit.

– Tout ce que tu veux, poupée !

Il se leva et lui tendit la main. Ils se faufilèrent au centre de la piste de danse, où la foule tournoyait au son du tube de Nelly, *Hot in Herre*. La chanson était déjà vieille d'un an, mais faisait toujours un tabac dans les boîtes.

Mara commença à onduler des hanches et sentit son corps s'accorder au rythme de la musique. Elle dansa lascivement autour de Garrett, promena les mains le long de son dos, pressa ses jambes contre celles du jeune homme. Contrairement aux gars de son âge, pour qui danser consistait à répéter indéfiniment le même pas, Garrett savait vraiment bouger. Ses hanches imposèrent aux cuisses de Mara un mouvement sinueux et sensuel. Mara se laissa aller, enivrée par la musique, l'alcool et le souffle de Garrett dans son cou. Elle se tourna. Garrett l'attira vers lui et vint se plaquer contre son dos.

C'était un sacré show, un show que Ryan ne pouvait pas rater, car c'en était précisément le but. Jetant un coup d'œil dans sa direction, Mara eut la satisfaction de constater qu'il avait cessé de parler à Allison et qu'il la regardait d'un air dégoûté. Mara rejeta ses cheveux en arrière et se colla contre Garrett.

– Nom de Dieu, ce que tu es sexy ! lui glissa-t-il à l'oreille d'une voix pressante. Où est-ce que tu as appris à danser comme ça ?

Mara sourit timidement. Elle aimait bien Garrett. Mais surtout, elle aimait se servir de Garrett pour rendre Ryan jaloux. Ainsi ce dernier finirait-il peut-être par réagir ?

À l'autre bout de la boîte, Alan saisit Eliza par le coude alors qu'elle conduisait Kit et une bande de gazelles d'Europe de l'Est à leur table.

– Ma mère vient de me passer un savon. Elle prétend qu'elle n'a pas pu entrer dans la boîte. Comment ça se fait ?

Eliza était pétrifiée.

– Votre mère ? Margot Whitman ? Mais elle n'était pas sur la liste ! expliqua-t-elle pour justifier son attitude. Et vous aviez dit que...

Le visage d'Alan se décrispa.

– Elle n'était pas sur la liste ? Eh bien, dans ce cas... Une seconde... Maman ! Tu n'avais pas téléphoné pour confirmer ? hurla-t-il dans son portable. Combien de fois faut-il que je te le répète... réserver, c'est obligatoire ! Non, je ne peux pas le faire à ta place ! Je suis un homme très, très occupé ! Pourquoi est-ce que tu ne m'écoutes jamais ? Tu n'entres pas si tu n'es pas sur la liste ! Comment ça, l'accouchement a duré vingt-quatre heures ? Ça suffit, je dirige une boîte !

Avant de s'éloigner, il tapota l'épaule d'Eliza.

– Bien joué ! mima-t-il.

# Ne comptez pas sur une gamine de sept ans pour ne pas cafter

Anna Perry finit par se présenter à un bilan hebdomadaire le lendemain. C'était le vendredi précédant le week-end du 4 Juillet, et elle emmenait les gamins à Nantucket rendre visite à leurs grands-parents. Malheureusement pour elle, les parents de Kevin estimaient pouvoir se débrouiller sans employés, et les baby-sitters eurent donc droit, eux aussi, à des jours de congé.

– Oh, salut Mara, dit Anna, se levant carrément pour embrasser Mara sur les deux joues.

Mara réagit comme si c'était naturel, sans prêter attention à la stupéfaction de Jacqui.

Avant de se rendre au Septième Cercle, la veille au soir, Mara et Garrett avaient croisé Anna au feu d'artifice annuel de bienfaisance du club Boys & Girls, où Anna avait vu Mara bavarder avec Jessica Seinfeld. Une invitation chez les Seinfeld était l'honneur le plus recherché des Hamptons, et Anna n'avait encore jamais réussi à en obtenir une.

– Alors, comment va tout le monde aujourd'hui ? demanda Anna d'une voix gaie, jetant un coup d'œil sur la tablée.

Philippe, un sourire suffisant aux lèvres, était assis les pieds sur la table. À côté de lui, Jacqui se tortillait sur sa chaise.

Elle était certaine qu'ils seraient renvoyés, après avoir été surpris par Zoé en train de folâtrer au billard. Depuis, Jacqui avait gardé ses distances avec Philippe, esquivant toutes ses tentatives pour reprendre les choses là où ils les avaient laissées. Jacqui aurait juré qu'Anna faisait durer le plaisir avant de porter le coup fatal.

Anna passa en revue les rapports relatifs à l'évolution de la situation. Le bilan était plus dramatique qu'à l'ordinaire, y compris pour les enfants Perry. Le Dr Abraham signalait que William manifestait à présent des symptômes de trouble bipolaire en plus de son problème d'hyperactivité et que lui et Cody – lequel était probablement schizophrène – allaient devoir être suivis en permanence. Zoé ne reconnaissait toujours pas les caractères de l'alphabet cyrillique (bien qu'elle fût parvenue à apprendre par cœur un article de *Marie-Claire* intitulé « Comment découvrir votre zone érogène ? » – Zoé pensait que c'était son coude). Pourtant, Anna était étrangement exubérante.

– Mais Rome n'a pas été construite en un jour, n'est-ce pas ? demanda-t-elle avec un clin d'œil à Philippe, en distribuant les trois enveloppes pleines de billets de banque. Ma petite Jacqui, tu veux bien rester un moment ?

– Bien sûr, dit cette dernière en se rasseyant nerveusement.

Mara la questionna du regard, mais Jacqui fit celle qui n'avait rien vu. Elle n'avait pas parlé de Philippe à Mara, car elle était pleinement consciente d'avoir enfreint sa règle d'or, et n'avait pas besoin qu'on la sermonne à ce sujet. Elle se sentait déjà assez bête comme ça.

– Pour commencer, Philippe m'a tout raconté, commença Anna, une fois tout le monde parti et la porte refermée.

*C'est fichu. Je suis virée*, pensa Jacqui. *Adieu East Hampton. Adieu, New York. Bonjour, ristournes et promos jusqu'à la fin de ma vie.*

– Et je trouve que c'est une excellente idée, commenta sèchement Anna, en fourrant ses documents dans son sac à main.

– *Desculpe-me*... euh... pardon ?

– Que vous passiez l'année chez nous, à New York, dit Anna en souriant. C'est ce que vous désirez, n'est-ce pas ?

– Je vous demande pardon...

– Afin que vous puissiez y effectuer votre dernière année de lycée. C'était votre projet, n'est-ce pas ? Assister aux cours de Stuyvesant afin de pouvoir poser votre candidature à l'université de New York ?

Jacqui hocha la tête, bouche bée. Philippe était allé raconter tout cela à Anna ? Dans quel but ? Et pourquoi cela semblait-il tant réjouir Anna ?

– Je crois que nous allons pouvoir arranger ça, poursuivit Anna, sur un ton songeur. (Elle se moucha délicatement dans un Kleenex de couleur rose.) La nounou sera rentrée, bien sûr, mais elle aura besoin d'une assistante. Les gamins sont vraiment très dissipés, ces derniers temps. Bien sûr, il vous faudra travailler très dur.

– Bien sûr, approuva Jacqui, se mordillant l'intérieur de la joue.

– Et renoncer à toute distraction, dit Anna avec insistance. Je tiens à souligner ce point précis. Si vous devez travailler pour nous durant l'année scolaire, j'exige que vous ayez un comportement irréprochable cet été.

Anna jeta un coup d'œil vers la porte.

– Vous voyez où je veux en venir...

– Je crois, oui.

Jacqui saisissait lentement ce qu'Anna attendait d'elle, en échange d'un travail pour l'année prochaine : Philippe.

– Une dernière petite chose... J'ai décidé d'installer Philippe dans la demeure principale. Zoé a fait allusion à une partie de billard particulièrement intéressante, qu'elle aurait interrompue. Je ne crois pas que ce type de comportement soit très souhaitable en présence d'enfants. C'est bien compris ?

Un silence pesant s'abattit sur la pièce. Pendant plusieurs secondes, seul se fit entendre le bourdonnement de l'ordinateur portable d'Anna. Suite aux paroles de celle-ci, les pensées se bousculaient dans l'esprit de Jacqui. D'une part, Anna lui proposait tout ce qu'elle visait, par son travail, à obtenir cet été : un boulot, un logement, une chance de s'enrichir intellectuellement. D'autre part... il y avait Philippe. Philippe, avec son sourire diabolique, son visage angélique, son corps de mannequin. Philippe. Le seul type qui, depuis Luca, faisait battre son cœur plus vite.

– Vous pensez pouvoir y arriver ?

Anna était en train de l'acheter. Il n'y avait pas d'autre mot pour ça. *Très bien*, pensa tristement Jacqui. S'il fallait cela, elle n'avait guère le choix. Elle cesserait de fréquenter Philippe. Ne l'embrasserait plus jamais. Ne passerait plus jamais les doigts dans ses cheveux soyeux. Mais après tout, ce n'était pas le seul mec sur terre ! Un beau gosse français ne valait pas qu'elle lui sacrifie son rêve de vivre à New York et d'entrer à l'université. Aucun type ne méritait qu'elle lui sacrifie son avenir.

Elle hocha la tête.
– Bien entendu.
Anna Perry sourit.
– Je savais que je pourrais vous faire confiance.

# Les meilleures choses ne coûtent rien

Travailler dans une boîte de nuit était loin d'être aussi glorieux que se l'était figuré Eliza. Même la satisfaction de pouvoir décider qui pouvait entrer ou non ne suffisait pas à contrebalancer les humiliations subies pour satisfaire aux exigences des people et des aspirants à la célébrité. L'autre soir, elle avait dû passer toutes les quinze minutes un brumisateur d'eau d'Évian sur le visage d'une célèbre actrice – cette dernière voulant éviter que sa peau ne se déshydrate pendant qu'elle descendait des magnums de champagne.

Et il n'y eut pas de moment moins gratifiant que celui où, ouvrant l'enveloppe contenant sa paye, elle découvrit précisément ce que lui rapportait son travail au Septième Cercle. Elle se précipita dans le bureau d'Alan, expliquant qu'il devait y avoir erreur. Alan jeta un coup d'œil à son chèque. Il s'avéra qu'il y avait *effectivement* erreur : ils avaient oublié de déduire une partie des charges, et le montant aurait dû être encore plus bas. Eliza fit le calcul et en déduisit qu'elle touchait à peine le minimum légal. Lorsqu'elle s'en plaignit à Kit, il lui rétorqua qu'après sa terminale, il avait fait un stage de six mois au magazine *Rolling Stone* sans toucher un sou. C'était un job de prestige, pas un job qui rapportait. C'était déjà une chance pour elle de bosser au Septième Cercle et, puisque ses parents étaient en train de remonter la pente, elle n'avait pas vraiment besoin de gagner sa vie, pas vrai ?

Eh bien non, ce n'était pas tout à fait vrai. Ses parents avaient été suffisamment généreux pour lui autoriser l'usage d'une nouvelle MasterCard mais, suite à plusieurs razzias chez Calypso, Tracy Feith et Georgina, elle avait déjà atteint le plafond autorisé. Chaque soir, il lui fallait trouver une tenue différente, à la fois chic et sexy, et ça commençait à devenir difficile avec un budget limité.

Son boulot au Septième Cercle était censé être son ticket pour une place au soleil. Or, au lieu de devenir une personnalité incontournable de la vie nocturne – la version « junior » de Mitzi Goober – Eliza s'était retrouvée à devoir servir ses anciens camarades. L'autre soir, elle avait dû faire en sorte que Sugar puisse faire du saut à l'élastique du haut du meuble à alcools, à la grande joie de l'équipe télé, puis il lui avait fallu passer le balai à cause des bouteilles écrasées sur le sol.

Eliza arriva au cottage à l'instant même où Jacqui et Mara comptaient les billets que contenait leur enveloppe. Philippe s'était déjà absenté pour le week-end – il avait mentionné une invitation chez des amis, à Sag Harbor. Eliza eut un pincement au cœur en voyant tout cet argent.

– On va à la banque ? demanda joyeusement Mara.

Si elle travaillait un été de plus pour les Perry, elle aurait de quoi payer la totalité de ses frais d'études à l'université.

Jacqui fourra négligemment l'enveloppe dans un tiroir, se contentant d'en retirer quelques billets de cent dollars, au cas où elles s'arrêteraient dans un endroit marrant. Elle avait l'intention d'utiliser la plus grande partie de l'argent pour financer la préparation au concours d'entrée à la fac – un investissement de taille, mais avec un peu de chance, elle n'aurait pas à le regretter

– D'où ça sort, tout ça ? demanda Eliza en remarquant, dans un coin de la pièce, les deux portants chargés de vêtements. Oh mon Dieu ! Est-ce que c'est le fameux jean Sally Hershberger ? glapit-elle, piquant droit sur un jean délavé qui valait mille dollars en magasin. Je le veux !

Elle prit le jean et l'examina attentivement à la lumière.

– Où est-ce que tu l'as dégoté, nom de Dieu ?

– Mara est célèbre, plaisanta Jacqui, farfouillant parmi les sacs de shopping et en extirpant un foulard Gucci à motif psychédélique.

C'était vrai. Garrett Reynolds hériterait d'une fortune se chiffrant en milliards de dollars, et les journaux se passionnaient tout autant pour sa vie sentimentale que pour les coûts de construction toujours plus élevés du château des Reynolds (dont ils étaient parvenus à obtenir et à publier des plans, révélant qu'il ne compterait pas moins de trente-cinq salles de bain). Parmi les anciennes petites amies de Garrett, on trouvait des starlettes célèbres. Les origines obscures de Mara ne faisaient qu'ajouter à l'intérêt que lui portait la presse à sensation – Lucky Yap en tête, qui adorait faire paraître des photos du jeune couple, aussi mondain que séduisant. La page 6 les avait surnommés « La beauté et le milliardaire ».

Mara rougit et expliqua, sur un ton d'excuse, que c'étaient des « cadeaux » de couturiers, qu'elle était censée porter lorsqu'elle sortait.

– Tu veux dire que tu as tout ça gratis ? demanda Eliza, stupéfaite.

Pas étonnant que Mara ait eu une telle allure, l'autre soir, au Septième Cercle. Eliza fouina dans le reste du butin, les yeux écarquillés. L'étole à imprimé léopard Shoshanna ! Le dernier pantalon en cuir avec galon de chez Alvin Alley ! La robe Marni incrustée de turquoises ! La pochette en python Devi Kroell, d'une valeur de deux mille dollars !

– Waouh, c'est hallucinant, s'exclama Eliza. J'arrive pas à croire que tout ça soit à toi.

Le jean Sally Hershberger ! Elle rêvait d'en avoir un depuis qu'elle avait lu cet article dans *Vogue*... Le jean en question avait la réputation d'être le meilleur du monde. Les étoffes européennes et japonaises les plus belles et les plus douces étaient taillées à la main par Sally Hershberger, la relookeuse d'Hollywood qui prenait six cents dollars pour une coupe de cheveux.

– Tu crois que je pourrais l'emprunter ? On fait la même taille, non ? demanda Eliza, en retirant le jean du cintre et en le plaquant contre ses jambes.

– Oh, je ne sais pas, répliqua Mara d'une voix nerveuse. Il a fallu que je signe toutes ces clauses de responsabilité...

Eliza fit la moue.

– Oh, ce n'est qu'une formalité. Ils ne demanderont jamais à les récupérer. Pas vrai, Jacqui ?

Jacqui haussa les épaules.

– En général, ils te les laissent. Mais j'imagine que ça dépend des cas.

Eliza, qui s'était déjà débarrassée de son pantalon de treillis, remontait la fermeture éclair du jean.

– Il est sublime ! Je n'arrive pas à croire qu'ils te l'aient envoyé à *toi* ! dit-elle.

– Et pourquoi pas ? rétorqua Mara, un peu vexée.

Eliza les avait salement lâchées cet été, elle et Jacqui. Et maintenant qu'elle leur rendait visite, elle laissait entendre que Mara ne méritait pas cette garde-robe gratuite.

Eliza ne répondit pas. Elle était trop excitée de porter le jean de ses rêves.

– Tu me le prêtes, dis ? Je t'en prie, je t'en prie, je t'en prie. Allez, prête-le moi !

– Oh, d'accord, concéda Mara. Mais s'il lui arrive quoi que ce soit...

Elle fit le geste de l'égorger.

Eliza poussa un cri de joie et serra Mara dans ses bras.

– Je te revaudrai ça !

Mara ne se sentait pas très tranquille à l'idée de prêter des vêtements qui n'étaient pas à elle. Mais Eliza ne lui laissait guère la possibilité de refuser.

– Alors, vous en êtes où, Garrett et toi ? demanda Eliza en remettant ses habits.

– Je l'aime bien, dit Mara d'une voix hésitante. C'est un chouette type. Au début, je l'ai pris pour un odieux gosse de riches, mais il vaut mieux que ça.

– Et Ryan, alors ? lança Jacqui.

– Il ne se souvient même plus que j'existe, rétorqua Mara avec un haussement d'épaules.

Le nouveau Ryan, si distant, n'avait pas grand-chose à voir avec le charmant garçon de l'été précédent.

– Il y a pas grand-chose à dire... Ryan, c'est du passé.

Eliza fut soulagée. Selon toute évidence, elle pouvait cesser de se faire du mouron pour Palm Beach. Si Mara avait tourné la page, alors quelle importance ? Jacqui elle-même ne trouvait plus cela si grave. Comme tous les habitués des Hamptons, elle voyait désormais en Mara la nouvelle petite amie de Garrett Reynolds.

Mara déposa son argent à la banque puis rejoignit Eliza et Jacqui au magasin d'usine Neiman Marcus. Elles passèrent en revue les vêtements de marque à prix réduits. Le lieu avait la réputation de vendre des fringues sublimes à prix sacrifié. Les étiquettes portaient un autocollant de couleur différente selon la date de mise en vente des vêtements. Plus il demeurait longtemps invendu, plus un article devenait bon marché.

– Regardez-moi ça ! gloussa Eliza en brandissant un top orange riquiqui, imprimé d'un motif alambiqué et multicolore. Vous le trouvez pas trop délirant ?

– Il est plutôt voyant, c'est sûr, reconnut Mara.

– Mais c'est un Missoni, précisa Eliza d'un ton plein de respect. Et il est à ma taille. Je le prends ! Il ira super bien avec mon nouveau jean ! dit-elle, comme si le jean Hershberger était vraiment à elle.

Elle dégota d'autres articles de choix : un impeccable petit manteau blanc Balenciaga qui ne faisait pas trop *has been* et un chemisier Yves Saint-Laurent à motif « traces de baisers », avec une toute petite tache noire qu'un bon teinturier saurait faire disparaître – Eliza n'avait aucun doute à ce sujet. Jacqui dénicha une robe-chemise grise Narciso Rodriguez et des lunettes de soleil Christian Dior, tous deux coûtant moins de la moitié du prix d'origine.

– Tu n'as rien trouvé ? demanda Eliza à Mara, tandis qu'elles se dirigeaient vers la caisse. Tu as vu les ballerines Marc Jacobs, là-bas ?

– J'ai déjà le dernier modèle, répondit Mara en agitant les orteils dans une paire de souliers pastel à bouts ouverts du créateur en question.

– Oh ! s'exclama Eliza.

Ça lui faisait un effet bizarre que ce soit Mara qui possède les vêtements et accessoires les plus incontournables du moment. Elle s'était imaginé que travailler au Septième Cercle lui donnerait accès à ce genre d'avantages mais le seul bonus dont elle avait joui à ce jour était un laissez-passer pour une avant-première à laquelle Kartik n'avait pas envie d'assister.

– Il me reste tellement de vêtements que je n'ai pas encore portés ! soupira Mara, ramassant machinalement sur le comptoir un flacon de parfum ouvert pour en sentir les effluves.

– Ah ouais, j'avais oublié que tu étais la Julia Roberts des Hamptons, grommela Eliza, encore plus agacée lorsqu'elle constata que le montant de ses achats dépassait le crédit autorisé par sa carte.

*Mara réalisait-elle à quel point elle avait l'air snob ?*

– Jacqui, tu voudrais bien me prêter cinquante dollars ?

Jacqui secoua la tête, mais tendit le billet de banque à Eliza. Celle-ci ne changerait jamais. Vous auriez beau lui donner un million de dollars, elle serait à sec avant la fin de la semaine. Visiblement, s'habiller comme une princesse exigeait d'avoir le compte en banque pour. À moins de s'appeler Mara Waters, bien sûr.

# Le monde est plus beau vu du haut (d'une table)

– On peut en prendre une de Mara toute seule ? demandèrent les photographes amassés devant l'entrée du Septième Cercle, lorsque Garrett et Mara sortirent de la limousine, très tard un samedi soir.

Depuis le 4 Juillet – qu'ils avaient passé ensemble sur le yacht des Reynolds, à contempler les feux d'artifice au-dessus du Pacifique – tous deux ne se quittaient plus d'une semelle.

– Je vous en prie, dit Garrett en s'inclinant, avant de s'écarter. Elle est extra, n'est-ce pas ? lança-t-il pendant que Mara était aveuglée par les flashs. Tu es une vraie star ! lui grommela-t-il à l'oreille tandis qu'ils s'installaient à leur table habituelle.

Même si elle n'avait commencé à sortir avec Garrett que pour rendre Ryan jaloux, Mara ne pouvait s'empêcher d'apprécier sa compagnie.

Il passa un bras au-dessus du dossier de la banquette et referma sa main sur l'épaule de Mara en un geste possessif. Elle se blottit contre son torse, savourant le contact de la puissante main de Garrett sur sa peau nue. Lorsqu'il se pencha pour l'embrasser et enfouit son visage dans le cou de Mara, celle-ci, relevant les yeux, rencontra le regard de

Ryan Perry. Il était assis avec Allison, qui faisait signe à Garrett.

Celui-ci ôta le nez du décolleté de Mara.

– Perry ! lança-t-il en agitant la main. Salut Allison. Qu'est-ce que tu fiches avec ce bouffon ? ajouta-t-il pour plaisanter.

Ryan serra sans enthousiasme la main de Garrett.

– Salut Garrett... Mara.

– Salut, répondit-elle.

C'était le premier mot que Ryan lui adressait de la semaine. Lorsqu'ils se croisaient dans la maison, il se contentait généralement d'un bref signe de tête.

Garrett se leva pour embrasser Allison sur la joue.

– Venez vous asseoir avec nous, allez...

Ryan interrogea Allison du regard. Celle-ci haussa les épaules et rendit à Garrett son sourire.

– Avec plaisir, dit-elle en prenant place à côté de Garrett.

Ryan était vêtu d'une chemise cubaine et d'un jean délavé – ce qu'il appelait, pour s'amuser, le « smoking des surfeurs ». Garrett paraissait soudain endimanché, avec sa chemise à manchettes Dolce & Gabbana et son jean noir amidonné.

Mara se dégagea de l'étreinte de Garrett, mais Ryan détourna le visage et ne s'adressa qu'à Allison – qui gloussait à cause de ce que lui murmurait Garrett à l'oreille. Ce dernier expliqua qu'Allison et lui avaient fréquenté, un an durant, la même prépa à New York. Bientôt, tous trois entamèrent une conversation sur leurs connaissances communes.

– Vous êtes au courant, pour Fence Preston ? Il ne va pas tarder à péter les plombs, c'est sûr, déclara Garrett.

– Tu es tellement plus mignon, dit Allison en donnant à Ryan une pichenette sur le nez.

Mara, qui ignorait totalement qui était – ou ce qu'était – le fameux Fence Preston, se sentait nerveuse et délaissée. Mais Garrett veillait à remplir à nouveau son verre dès qu'il était à moitié vide, et elle commença à en engloutir le contenu rageusement.

– On fait un concours de boisson ? suggéra Garrett.

– Je suis partante, répliqua Mara.

Garrett commanda une bouteille de schnaps à la cannelle et versa le liquide doré dans quatre verres.

– C'est dégueu, ce truc ! dit calmement Allison en faisant la grimace, après en avoir siroté une gorgée.

Ryan vida à son tour le sien, avec une expression morose. Désespérément désireuse de l'impressionner, Mara fit de même.

– Encore un ! meugla Garrett, et tous trois descendirent quelques verres de plus.

C'est au moment précis où les quatre schnaps atteignaient Mara de plein fouet que le DJ effectua son remix de la soirée, sur la chanson de Bon Jovi *Livin' on a Prayer*. Les habitués du Septième Cercle comme Garrett et Mara reconnurent immédiatement l'« hymne officiel » de la boîte. C'est la chanson qui mettait le feu à la soirée, et à laquelle les célébrités réagissaient en dansant sur les tables.

– J'adoooore cette chanson ! brailla Mara en chantant à voix haute. Elle est géniale !

– Hein, que c'est la meilleure ? demanda Chauncey Raven, se penchant vers leur box.

Petite et menue, la star de la chanson portait un soutien-gorge noir sous un tee-shirt blanc moulant, et une minijupe en jean tellement raccourcie qu'on voyait dépasser l'intérieur blanc des poches. Elle était pieds nus et une bague étincelait sur l'un de ses orteils.

– Allez, dansons ! s'exclama-t-elle en montant sur leur table, avant d'y hisser Mara.

Ivre et euphorique, Mara suivit l'exemple de la chanteuse, et toutes deux se mirent à onduler des hanches et à faire tournoyer leur chevelure, dans une brillante imitation des clips ringards des années 1980.

– Toi aussi ! dit Chauncey, remarquant Allison, toujours assise.

Allison secoua la tête, l'air déconcerté.

– Oh, non merci. J'aime mieux danser sur les chaises !

– Oh, j'ai oublié d'apporter mon verre, dit Chauncey en sautant de la table pour aller chercher son cocktail.

Seule sur la table, Mara heurta du pied la bouteille de schnaps, que Ryan Perry empêcha de justesse de se fracasser sur le sol. Mara se figea, se sentant soudain vulnérable. Elle remarqua que Ryan la regardait bizarrement. Peut-être ferait-elle mieux de redescendre. Elle hésita. Mais alors Garrett l'encouragea.

– Bravo ! Vas-y, Mara !

Il riait et sifflait, et plusieurs personnes dans la salle se mirent elles aussi à l'encourager. Portée par leurs cris, elle se mit à danser de manière encore plus frénétique. Leur box baigna vite dans la lumière des flashs.

– Par ici !

– Regarde un peu par là, mon chou !

– Tourne un peu la tête, Mara !

– On peut en prendre une où tu te penches sur Garrett ?

Trop heureuse de les satisfaire, Mara se pencha et plaqua

un baiser sur le front de Garrett, ce qui suscita un nouvel assaut de flashs. Mara se déhancha, fit la moue et prit la pose, remarquant que Ryan ne la quittait pas des yeux. Enfin ! Il la regardait !

– *Woooaaah, we're halfway there-uh... Whoooahh, livin' on a prayah...*, chanta-t-elle.

Elle s'éclatait comme une folle, jusqu'au moment où elle sentit une main, sur sa cheville. Baissant les yeux, elle aperçut Eliza qui la foudroyait du regard et qui, Dieu sait pourquoi, semblait furax. Mara, pourtant, était enchantée de la voir.

– Eliza ! Allez, monte ! ordonna-t-elle. *Take my hand, we'll make it I swear !* chanta-t-elle, en tendant la main à son amie.

– Descends de là ! Descends de là tout de suite ! À la seconde ! siffla Eliza, la tirant par la jambe.

– Hein ? J'entends rien à ce que tu me dis ! cria Mara.

– On a une inspection sanitaire, ici, ce soir. C'est un restaurant. Les gens n'ont pas le droit de danser sur les tables ! Ils peuvent faire fermer la boîte !

– Hein ? répéta Mara dans un éclat de rire.

– Je t'ai demandé de descendre ! hurla Eliza, nom de Dieu !

Elle l'entraîna par terre. Mara trébucha, sa jupe frôlant la bougie et manquant de prendre feu, et atterrit sur les genoux de Garrett.

– Qu'est-ce qui t'a pris de faire ça ? Tu veux me faire virer, ou quoi ? dit Eliza d'une voix furieuse.

– C'est quoi, ton problème ? demanda Mara.

Après tout, Lindsay Lohan avait fait quasiment le même numéro la veille au soir !

– Je n'ai pas de problème... c'est toi le problème. Tu te conduis comme une sale gosse ! lâcha Eliza.

Mara se comportait exactement comme les célébrités pourries gâtées qui se sentaient le droit d'agir comme bon leur semblait.

– Pardon ? gémit Mara. Tu m'as traitée de quoi ?

– Oh hé, du calme ! dit Ryan, se levant et se plaçant, les bras tendus, entre les deux filles remontées à bloc.

– Mara, Eliza n'avait pas l'intention de dire ça.

– Tais-toi, Ryan ! s'exclama Mara en le foudroyant du regard. On t'a demandé ton avis ?

Pas étonnant que Ryan se range du côté d'Eliza. N'aurait-il pas pu, pour une fois, prendre son parti à elle ? Il trouvait toujours des excuses à Eliza. Même l'été dernier, quand elle avait rencontré Eliza et que celle-ci s'était comportée comme une sorcière, Ryan lui avait dit de ne pas lui en vouloir – sa famille, avait-il précisé, connaissait des « moments difficiles ». Comme si Mara ignorait ce que c'était que de traverser une sale passe !

Pendant ce temps, Eliza remarqua que Garrett, appuyé sur sa chaise et le sourire aux lèvres, semblait se délecter du spectacle. Sans doute songeait-il qu'avec un peu de chance, elles en viendraient aux mains et se rouleraient sur le sol en se tirant les cheveux. Eliza était horripilée. Pour la première fois, elle se demanda ce que Mara voyait en lui, en dehors de tout son argent.

– Mara, calme-toi, dit Eliza. Tu es soûle.

Cela ne fit que ranimer la colère de Mara. Comment ça, alors qu'il n'y avait pas pire éponge qu'Eliza ? Cette fille carburait littéralement à la vodka.

– Euh... je suis désolée, mais c'est une boîte de nuit ici !

hurla Mara, ivre et agressive. Tu es jalouse parce que je suis dans la salle VIP alors que toi, tu es ici pour bosser !

Ces paroles firent à Eliza l'effet d'une claque.

– Arrête de te comporter comme une garce !

– Moi, je suis une garce ? C'est toi qui t'es comportée bizarrement tout l'été, répliqua Mara, consciente que c'était vrai.

Eliza l'avait snobée toutes ces semaines, et s'était montrée très peu loquace chaque fois qu'elles avaient traîné ensemble.

Elles se fusillaient des yeux. L'année dernière, elles avaient mis du temps à s'entendre et s'étaient pas mal chamaillées. Mais cette fois-ci, c'était bien pire.

– Oh, mon Dieu, je ne me sens pas bien ! dit Mara en plaquant une main sur sa bouche et une autre sur son ventre.

Et alors, se penchant en avant, elle vomit sur les nouveaux escarpins Marc Jacobs d'Eliza.

Avant de perdre connaissance, la dernière chose qu'elle vit fut le visage de Ryan, empreint d'une expression de profond dégoût.

# On n'oublie jamais son premier amour

Le Septième Cercle fermait à cinq heures du matin. Après avoir passé son badge devant la pointeuse, Eliza traversa la boîte déserte jusqu'aux salles du personnel situées au fond du bâtiment. La dispute avec Mara l'avait terriblement contrariée. Non seulement ses patrons lui avaient hurlé dessus car l'inspecteur sanitaire avait été à un cheveu de voir Mara danser sur la table, mais ses nouvelles chaussures étaient fichues. Et, contrairement à Mara, elle n'avait pas plusieurs paires gratuites qui l'attendaient chez elle. Elle était épuisée, découragée et un peu amère. Comment se pouvait-il qu'elle, Eliza Thompson, qui avait autrefois sévi dans toutes les boîtes de Manhattan, finisse désormais ses soirées sobre, les pieds couverts de vomi ?

Elle retira les escarpins en daim souillés et enfila des tongs et un large sweat-shirt Princeton aussi long que sa jupe. Des employés nettoyaient le bar à grande eau et le gardien de nuit venait d'arriver pour ramasser les poubelles. Eliza dit au revoir à Milly, la préposée au vestiaire, et partagea ses pourboires avec les trois autres serveuses. La soirée avait été plutôt rentable car Eliza avait décidé que les noms pouvaient apparaître sur la liste comme par magie, grâce à un bakchich de cent dollars. Il fallait bien qu'elle améliore, d'une façon ou d'une autre, son maigre salaire.

– Tu es encore là ? demanda-t-elle en voyant Ryan, assis seul au bar.

Il hocha la tête.

– Comment ça, encore ? Je passe ma vie ici, plaisanta-t-il. Non. Je t'attendais. Je voulais te raccompagner chez toi, pour qu'il ne t'arrive rien.

– C'est gentil, dit-elle.

Elle était contente qu'ils s'entendent toujours aussi bien, et que leur amitié ait résisté.

– Tu bois quelque chose ? proposa Ryan. Un verre te ferait du bien, on dirait.

– C'est moi qui travaille ici, tu te souviens. Eh, Johnnie ? On pourrait en avoir un dernier pour la route ?

L'employé hocha la tête et leur servit deux verres de whisky.

– Pas pour moi, merci, dit Ryan.

– Bon... dans ce cas je vais boire les deux ! Ce serait dommage de le gâcher.

Eliza sourit et sirota son whisky.

– Nom de Dieu, qu'est-ce qui a pris à Mara, ce soir ? demanda-t-elle.

– Je n'en ai aucune idée, répondit Ryan en tapotant du poing sur le comptoir.

– Moi non plus.

Eliza leva son verre comme pour trinquer.

– Je vais te raccompagner chez toi, déclara-t-il, lorsqu'elle eut vidé son second verre.

– Mais... et ma voiture ?

Eliza désigna la berline garée sur le parking.

– Demain, je demanderai à Laurie d'envoyer quelqu'un la chercher, dit Ryan.

Sur le trajet, capote baissée, jusqu'à la maison des Thompson, Eliza raconta que son job au Septième Cercle était tout le contraire de ce qu'elle avait imaginé. Elle extirpa une cigarette du paquet de Ryan, et l'alluma.

– Tu en veux une ?

Ryan secoua la tête, avant de changer d'avis. Eliza l'aida à allumer la cigarette, en arrondissant les mains pour empêcher la flamme de s'éteindre.

– Merci, marmonna Ryan en rejoignant l'autoroute.

Eliza exhala une énorme bouffée.

– Et Jeremy ne m'a pas appelée une seule fois en deux semaines, se lamenta-t-elle. Je ne sais absolument pas où on en est, tous les deux. Il me dit qu'il n'a pas cessé de penser à moi cette année, et voilà qu'il disparaît de la surface de la terre !

Ryan hocha la tête, l'air compatissant. Eliza posa ses pieds nus sur le tableau de bord. Il y avait longtemps qu'elle ne s'était pas sentie aussi bien, aussi détendue.

– Et entre toi et Allison, il se passe quoi ?

– Pas grand-chose. Je crois qu'elle craque pour moi. Mais on est amis, rien de plus.

– Mec, elles craquent toutes pour toi. Rien de nouveau sous le soleil.

Il éclata de rire et tapota sa cigarette. Le vent emporta la cendre.

– Si seulement c'était vrai !

– Mara et Garrett ont l'air plutôt intimes, non ? fit remarquer Eliza, sans aucune méchanceté, sur le ton d'une simple observation. Ils passent quasiment toutes leurs soirées ensemble, à la boîte.

– On dirait, approuva Ryan avec un hochement d'épaules. Elle a changé.

Lorsqu'ils arrivèrent devant la maison d'Eliza, elle hésita avant de sortir de la voiture.

– Tu veux peut-être entrer un petit moment ? Je suis hyperstressée et je sais que je ne parviendrai pas à m'endormir avant longtemps. On pourrait mater *Le Parrain II*...

– OK, dit Ryan.

Lui non plus ne semblait pas avoir hâte de se retrouver seul.

Ryan s'enfonça dans le divan. Eliza sortit de la cuisine sur la pointe des pieds, tenant un bol de pop-corn chauffé au micro-ondes et deux Coca light. Ça lui paraissait si naturel, de traîner avec Ryan. Il avait toujours fait partie de son existence. Elle se souvenait que quand ils étaient gosses leurs deux familles passaient leurs vacances de Noël ensemble, aux Bahamas. Et que c'est encore ensemble qu'ils avaient appris à faire du ski, sur les pistes d'Aspen. Eliza se rappelait que la mère de Ryan avait coutume de dire qu'ils feraient un beau couple, elle et Ryan, une fois grands. En ce temps-là, Sugar et Poppy s'appelaient encore Susan et Priscilla, et suivaient Eliza comme des petits chiens, se disputant l'honneur de lui brosser les cheveux, ou de s'asseoir à côté d'elle dans le télésiège. Les jumelles avaient changé, pour sûr. Ryan, quant à lui, était toujours le même... Il était toujours là, tout près d'elle.

À l'écran, Robert de Niro était en train de passer des mecs à tabac. Eliza s'assit et posa la tête sur l'épaule de Ryan. Mais lorsqu'il se pencha pour lui dire quelque chose, leurs lèvres se joignirent. Eliza n'avait pas voulu que cela arrive. Or, au lieu de se dégager, elle lui rendit son baiser. Il releva le sweat-shirt d'Eliza, entreprit de déboutonner son chemisier, et embrassa chaque centimètre carré de sa peau.

Elle se répétait qu'il ne fallait pas... qu'elle devait l'arrêter. Mais c'était tellement... agréable. C'était comme à Palm Beach, la situation était la même... Deux cœurs brisés se réconfortant mutuellement. Ils se faisaient du bien, rien de plus. Ça ne signifiait rien, se répétait-elle.

Puis elle cessa de réfléchir car Ryan s'était remis à l'embrasser... Et toutes les inquiétudes d'Eliza, tous ses doutes quant à l'avenir de leur relation (inexistant, selon elle) et ses conséquences (nulles, espérait-elle) se dissipèrent sous les baisers délicieusement pressants de Ryan.

# Décidément, le docteur craint un max !

– Et Mara, elle est où ? demanda Zoé, quand Jacqui vint préparer les gamins à sortir, le lendemain matin.

– Elle est malade, dit-elle sombrement, en aidant la fillette à nouer la ceinture de son peignoir. Aujourd'hui, il n'y aura que moi, d'accord ?

C'est sûr, Mara avait vraiment une mine de déterrée. Une fois de plus, elle n'était pas parvenue à se réveiller et, lorsque Jacqui l'avait secouée, elle avait marmonné quelque chose au sujet d'une gueule de bois d'enfer, ce qui commençait à devenir une habitude. Philippe était à nouveau sorti faire une course pour Anna. Mara et Jacqui avaient convenu que, Jacqui s'étant occupée des enfants la veille, Mara s'en chargerait aujourd'hui, afin de permettre à Jacqui de réviser ses cours. Mais évidemment, Mara l'avait encore plantée.

– Où est Philippe ? Où est Philippe ? demanda William, chaussant ses baskets à roulettes.

Jacqui détestait la personne qui avait inventé ces sacrés machins. À cause d'eux, William, se déplaçant deux fois plus rapidement, était deux fois plus difficile à attraper.

– Je ne sais pas trop, répondit Jacqui. Je crois que votre

maman avait besoin qu'il fasse quelque chose pour elle en ville.

Laurie lui avait expliqué qu'Anna souhaitait qu'il relise des documents français qu'elle avait fait traduire. Ça paraissait vraiment louche. Depuis qu'elle avait accepté l'ultimatum d'Anna, Jacqui s'était efforcée d'éviter Philippe afin de respecter son engagement. Ce qui était loin d'être simple puisque, chaque fois qu'il la surprenait seule dans la maison, il désirait savoir quand il pourrait la revoir. Il l'accusa même d'être une allumeuse, ce qui était tout de même un comble !

– *Je te l'ai déjà dit, c'est pas ma maman !* hurla William, lui perçant les tympans.

– Très bien, très bien. Calme-toi s'il te plaît ! *Merda !* s'exclama-t-elle.

Elle venait de réaliser qu'elle n'avait pas pensé à mettre une couche-culotte de bain à Cody. Celle qu'il portait n'était pas étanche.

– Madison, tu nous accompagnes aujourd'hui ? demanda Jacqui.

Tout au long du mois, Madison s'était montrée hautaine avec le groupe des baby-sitters puisque, officiellement, ils n'étaient plus chargés de veiller sur elle.

– Oui. J'ai rendez-vous avec une amie là-bas.

Elle était drôlement élégante, avec son maillot de bain rose et son tee-shirt en éponge. Devant le miroir, elle s'appliquait une dernière couche de mascara.

– Tu te maquilles un peu trop pour aller à la plage, tu ne crois pas ?

– Et ton maillot de bain est limite indécent. Tu ne crois

pas ? rétorqua Madison en se passant sur les lèvres du gloss rouge foncé.

Jacqui se sentit blessée. Elle avait eu un bon contact avec Madison l'été dernier. Or, la gamine était devenue une vraie peste. Et sa belle-mère n'avait pas l'air de se soucier que la gamine de onze ans se promène attifée comme une petite aguicheuse.

– C'est simplement qu'il fait très chaud sur la plage, et que ce n'est pas bon pour la peau, expliqua Jacqui d'un ton patient.

– Je m'en fiche, rétorqua Madison.

Jacqui plia la poussette de Cody. Elle était désormais beaucoup trop petite pour lui. Ses jambes lui arrivaient quasiment au menton lorsqu'il s'y asseyait. Le « bébé », bien qu'âgé de quatre ans, préférait rouler plutôt que marcher. Hier encore, alors qu'elle le promenait dans la rue principale, des femmes lui avaient demandé si son garçon était « spécial » (c'est-à-dire, handicapé).

– Non, simplement paresseux ! avait-elle répondu gaiement.

Car Anna avait beau porter une attention extrême à leur régime, à leur orientation scolaire et à leur vie spirituelle, Jacqui n'avait jamais vu des gamins à qui l'essentiel manquait à ce point-là.

Alors qu'elle conduisait son troupeau vers le garage, ils croisèrent le Dr Abraham, qui sortait d'une des luxueuses chambres d'amis en mâchouillant une banane.

– Alors comme ça, on va passer la journée à la plage ? Attendez-moi ! dit-il.

Jacqui n'avait pas eu le temps de protester qu'il ressortait déjà de sa chambre, son sac de plage sous le bras.

– On dirait que je vous ai pour moi tout seul ! plaisanta le Dr Abraham, en constatant que Mara et Philippe n'étaient pas dans les parages.

– Faudrait peut-être pas oublier les gamins, rétorqua Jacqui.

La seule voiture était la minuscule Toyota Prius et, entre le siège bébé de Cody et la forte corpulence du docteur, y caser tout le monde ne fut pas évident. Jacqui les conduisit à la plage toute proche de Georgica, où les gamins se dispersèrent : Madison se lança à la recherche de ses amis, William parcourut le chemin de planches de long en large, et Zoé alla ramasser des coquillages.

– Ne vous éloignez pas trop ! Il faut que je puisse vous voir ! cria Jacqui en plantant son parasol et en étalant son drap de bain.

Elle plaqua ses cheveux en arrière grâce au foulard Pucci prêté par Mara puis fit glisser sa robe de plage en faisant mine d'ignorer les regards du docteur. Elle espérait qu'il finirait par piger et la laisserait tranquille.

Le livre de préparation à l'examen d'entrée à la fac exigeait pas mal d'attention – la partie linguistique de l'examen avait été abordée la semaine dernière, le jour où elle avait séché son cours pour jouer au billard avec Philippe. Jacqui n'arrivait pas à saisir les questions de vocabulaire, du type :

Le rocher est à la montagne ce que la plume est :

a) à l'aile,

b) au poulet,

c) à l'oreiller,

d) aux quatre propositions sus-mentionnées.

En portugais, le même terme désignait le « rocher » et la « base », ainsi que le « sol ». Dans ce cas, la réponse pouvait être a), puisque les ailes étaient constituées de plumes. Mais les plumes servaient également de base à la fabrication des oreillers, auquel cas la bonne réponse était c). Tout cela était drôlement compliqué.

– Tu parles d'un bouquin barbant ! dit une voix, au-dessus d'elle.

Jacqui releva le bord souple de son panama et sourit.

– Hé Kit. Tu vas bien ?

– Ouais. Juste un peu contrarié que t'aies pas appelé à la seconde où t'es arrivée ici, mais j'ai survécu, la taquina Kit en s'asseyant près d'elle.

Il avait des cheveux blonds en brosse, et le teint si pâle que son nez pelait déjà. C'était l'un des meilleurs amis d'Eliza, et Jacqui avait appris à mieux le connaître à Palm Beach. Elle savait que Kit avait un faible pour elle, mais elle préférait faire comme si de rien n'était. Kit lui plaisait, mais pas de cette façon-là. Et puis il y avait la règle d'or : *Fini les garçons !* Puisqu'elle était forcée de l'appliquer à Philippe, il faudrait bien qu'elle l'applique également à Kit.

– Je suis désolée. On a été tellement débordés, avec les gamins... J'ai pas pris un seul jour de congé, expliqua Jacqui.

– C'est qui, ce naze ? demanda Kit, faisant allusion au docteur, qui ronflait sous une édition de poche de *La Famille d'abord !* du Dr Phil McGraw.

– Un *falsificação*... un docteur bidon, dit Jacqui, ne trouvant pas le mot qu'elle cherchait.

– Un charlatan ?

– C'est ça ! (Elle se pencha vers Kit.) Je peux pas l'encadrer !

Kit hocha la tête.

– Pourquoi ne pas le semer ? dit-il sur un ton de conspirateur.

– C'est quoi, ton idée ? demanda Jacqui, haussant ses sourcils parfaitement épilés.

# Mara serait-elle la nouvelle Tara Reid ?

Mara ne se souvenait pas de ce qui s'était passé la veille. Elle s'était réveillée avec un horrible mal de tête, et avait si soif qu'elle alla à la salle de bains et but directement au robinet. Ces derniers temps, Mara se réveillait souvent dans cet état. Il était presque midi et, comme d'habitude, Jacqui et les enfants étaient déjà partis. Elle prit une longue douche, se sécha les cheveux, enfila sa tenue la plus pratique – un survêtement à capuche et fermeture éclair – et dissimula ses cernes sous de superbes lunettes d'aviateur Oliver Peoples, articles qui, grâce au plan Mitzi, ne lui avaient rien coûté.

Elle se dirigea vers la maison principale. Au passage, elle remarqua sur le château des Reynolds le dernier ajout en date : deux statues géantes – des chevaliers en armure flanquant l'entrée de part et d'autre. Elle alla à la cuisine et se prépara un smoothie. Elle rinçait le mixeur quand le *Post* retint son attention. Elle feuilleta le journal, allant droit à sa rubrique favorite : la page 6. C'est alors qu'elle la vit.

– Oh mon Dieu !

Elle plaqua une main sur sa joue et jeta autour d'elle des coups d'œil nerveux. Regarda à nouveau la photo. *Oh mon Dieu !* Des images de la veille l'assaillirent soudain, amplifiant son mal de crâne. Elle dansait sur la table. Hurlait sur Ryan. Traitait Eliza de garce. Mais, pire encore... cette photo épouvantable, là, dans le journal !

Elle qui pensait que Lucky Yap était son ami ! Tu parles d'un ami ! La photo prise la veille au soir s'étalait au beau milieu de la page 6, au-dessous du gros titre « LA NOUVELLE TARA REID ? ». Mara Waters, la gentille fille de Sturbridge (du moins, c'est ainsi qu'elle s'était toujours vue), se penchait vers Garrett qui avait le nez fourré dans son décolleté, tandis que ses seins jaillissaient hors de son bustier Gucci. Nom de Dieu, un mamelon s'en était même échappé et, rose et effronté, s'exhibait fièrement à la face du monde !

Dire qu'elle était mortifiée ne suffirait pas à décrire ce que Mara ressentit ce matin-là. Perdre les pédales un soir, c'était une chose. Voir ce faux pas rendu public dès le lendemain, c'en était une autre. Elle se hâta de fourrer le journal à la poubelle, en espérant que personne ne le trouverait. Surtout pas Ryan. C'était si humiliant. *La nouvelle Tara Reid* ? Tara Reid elle-même ne voulait pas avoir la réputation de Tara Reid.

Mara rougit. Elle avait toujours eu le sentiment, au plus profond d'elle-même, de ne rien avoir à envier aux Perry. Car ils avaient beau être richissimes et vivre une existence de luxe, elle possédait quelque chose qu'ils n'avaient pas : une famille forte et unie ; des parents qui avaient su inculquer à leurs trois filles des valeurs essentielles, telles l'intégrité, la sincérité et la respectabilité. Or, avec la publication de ce cliché, que lui restait-il ? Sugar et Poppy elles-mêmes n'avaient jamais été surprises dans une situation aussi compromettante. Le scandale avait bien failli éclater lorsque l'ex-petit copain de Sugar avait tenté de diffuser la vidéo montrant leurs ébats torrides. Mais le cabinet d'avocats de son père et un bon graissage de patte avaient résolu le problème. Mara s'était trompée sur son propre compte. Peut-être, comme tous ces gens qui fréquentaient les Hamptons, était-elle prête à tout pour attirer l'attention et se faire connaître ?

– Mara, je vous parle ! Il y a quelqu'un qui vous demande à la porte, dit Laurie en entrant dans la cuisine.

Mara se figea, redoutant encore Dieu sait quoi. Elle n'attendait personne. La photo pouvait-elle constituer une atteinte aux bonnes mœurs ? La police du mamelon venait-elle la chercher ? Mais lorsqu'elle ouvrit la porte, un simple messager en uniforme marron se tenait sur le seuil.

– Signez ici ! indiqua-t-il en lui fourrant sous le nez une écritoire à pince.

Elle griffonna son nom, et il lui fourra plusieurs énormes sacs dans les bras, contenant encore trois merveilleuses robes Shoshanna, et une sélection de cardigans en cachemire aux couleurs pastel. Mara découvrit une note écrite à la main sur du papier coûteux : *Excellent article dans le* Post *! Continue comme ça. Bises. Mitzi.*

Mamelon mis à part, Mara comprit qu'aux yeux de Mitzi, la photo était un succès. L'article de la page 6 citait toutes les marques que portait Mara.

À l'instant où elle rassemblait ses sacs, elle vit Ryan se garer dans l'allée. Elle s'arrêta, comme pétrifiée. Il sortit de la voiture et s'avança vers elle, les yeux cernés et les mêmes vêtements que la veille sur le dos. Malgré elle, Mara eut un serrement au cœur.

– Oh... euh... salut Mara, bafouilla Ryan en devenant écarlate.

– Salut, marmonna-t-elle avec un signe de tête.

Il avait passé la nuit avec une fille. Ça se voyait comme le nez au milieu de la figure. Mara était malade de jalousie. À ce qu'il semblait, Ryan ne serait jamais en manque de petites amies. Et pire encore : elle ne pourrait plus jamais en être.

# Le bonheur, c'est une voile gonflée à bloc

Connaître Kit Ashleigh présentait beaucoup d'avantages. Il avait le sens de l'humour, était loyal envers ses amis et collectionnait les gadgets hors de prix. Mais sa qualité essentielle, c'était de savoir s'amuser, et ce, n'importe où. Il se montra d'une efficacité redoutable lorsqu'il fut question de réunir les enfants : il promit à William qu'il pourrait barrer le voilier, autorisa Madison à emmener son amie, raconta à Zoé qu'ils verraient des dauphins, et porta Cody jusqu'à la voiture. Tous s'entassèrent dans sa Mercedes-Benz CLK décapotable (Jacqui avait laissé les clés de la Toyota sous l'huile solaire du docteur), et Kit les conduisit à Sag Harbor, où son bateau était à quai.

– C'est une coquille de noix, dit Kit à propos du *Poisson-lune*, mais il y a de la place pour nous tous, et on pourra peut-être apprendre à naviguer aux gamins. Mon père m'a appris quand j'étais tout gosse.

– C'est ça ? demanda William, guère impressionné par le voilier de huit mètres. Celui de mon père est... au moins trois fois plus grand !

– La taille ne fait pas tout, mon ami, répliqua Kit.

Il déroula les voiles et défit les cordages.

– Allez, donnez-moi un coup de main. Toi aussi, Madison. Et Zoé... vous pouvez tous vous rendre utiles.

Avec Kit pour diriger les opérations, ils parvinrent à appareiller. Puis Kit prit la barre et les emmena au dock du Bistro JLX, un restaurant français branché situé au bord de l'eau. Un serveur se présenta au bateau pour prendre leur commande et, quelques minutes plus tard, leur tendit par-dessus le garde-fou plusieurs sacs pleins à craquer de fromage, de sandwichs au jambon fumé, de salades tomates-mozzarella, de bouteilles d'eau gazeuse et de cidre.

Cela ne manqua pas d'impressionner Jacqui. Kit dirigea à nouveau le bateau vers le large.

– On ne peut pas aller plus vite ? gémit William.

– Regarde, je vais te montrer comment faire, dit Kit en s'élançant hors de la cabine.

Ils trouvèrent le vent, et tous se turent. La mer était calme et lisse, le voilier se balançait délicatement au gré des vagues. C'était à la fois relaxant et excitant. Jacqui déballa le déjeuner et distribua les sandwichs.

– C'est trop nul ! se plaignit Angelica, la copine de Madison. On aurait dû rester à Georgica. Ces types hyper-mignons que connaît mon cousin étaient censés venir aujourd'hui.

Madison, qui semblait jusque-là apprécier la balade, s'empressa de se mettre au diapason.

– Tu ne vas quand même pas manger ça ? demanda Angelica, tandis que Madison faisait glisser dans son assiette une rondelle de tomate et une tranche de mozzarella.

Madison se hâta de les remettre dans la barquette.

Jacqui assista silencieusement à la scène. Elle aurait voulu pouvoir dire à Madison que les filles comme Angelica, trop minces et trop privilégiées, dissimulaient leur propre manque d'assurance en se moquant de tout le monde. Mais, consciente qu'elle ne ferait qu'embarrasser la fillette, elle préféra se taire.

Au lieu de ça, Jacqui amassa dans son assiette une quantité de fromage, de salami, de pain et de légumes au vinaigre et s'appliqua à ne pas en laisser une miette – sous le regard fasciné des deux préadolescentes, qui n'arrivaient pas à croire qu'on puisse autant manger tout en ayant le physique de Jacqui.

Angelica avait tenté de se rendre aimable en flattant Jacqui. Comme ça n'avait pas marché, elle s'était mise à l'appeler « la fille au pair » d'une voix snobinarde. Jacqui respira quand les deux fillettes se résolurent à tirer le meilleur parti de leur journée en se livrant, sur le pont, à une séance silencieuse de bronzage.

Jacqui regarda autour d'elle. Les gamins qui s'amusaient, l'eau étincelante, le soleil aveuglant... Elle renversa la tête en arrière, sentit le vent s'engouffrer dans ses cheveux. Elle était heureuse d'avoir un ami tel que Kit.

# Il est tellement plus facile de mentir au téléphone

Eliza tamponna son cou d'une nouvelle couche de fond de teint compact. Les suçons de Ryan avaient fleuri pendant la nuit. Eliza semblait rescapée d'un champ de bataille, avec ces traces jaune et violet s'étalant partout sur son décolleté et dans son cou. C'était drôlement embêtant. Elle ne pouvait tout de même pas aller travailler avec cette allure de femme battue. D'où le fond de teint compact Bobbi Brown. Dieu merci, on avait inventé le maquillage parfait !

Évidemment c'était un peu bizarre... être de nouveau sortie avec Ryan... Et Jeremy dans tout ça ? Devait-elle se considérer comme « infidèle » ? Étaient-ils seulement encore ensemble ? Eliza était confuse, et un peu triste. Et avec Ryan... ça voulait dire quoi, au juste ? Elle n'était pas amoureuse de Ryan, tout de même ? Ryan était... un ami. Non, plus que cela... c'était un frère... enfin, pas tout à fait.

Ce matin-là, il l'avait réveillée et portée jusque dans son lit.

– Il faut que j'y aille. Je suis pas certain que tes parents apprécieraient de nous trouver dans le salon, chuchota-t-il en frôlant son nez d'un baiser.

– OK, approuva-t-elle d'une voix ensommeillée.

– À plus tard, dit-il en la bordant.

Eliza sourit à ce souvenir, et achevait de cacher un suçon avec un soupçon de correcteur de teint vert lorsque le téléphone sonna.

– Salut Liza, c'est moi.

– Oh ! dit-elle, sa main tenant le fond de teint compact restant figée à mi-hauteur.

Mara. Merde ! Ryan lui avait-il dit quelque chose ?

– Écoute..., commença Mara.

Eliza retint son souffle.

– Je suis vraiment, vraiment, désolée pour hier soir, continua Mara. Je ne sais pas ce qui m'a pris. J'ai jamais été aussi soûle de ma vie.

– Oh. C'est pas grave. Ne t'inquiète pas !

– Je tiens à ce que tu saches que je ne ferais jamais rien qui puisse te causer des ennuis. Je sais ce que ce job signifie pour toi.

– Je t'assure, tu n'as pas de souci à te faire.

Elle ne souhaitait qu'une chose : raccrocher. Mara était tellement gentille, ça rendait les choses encore plus difficiles. Mieux aurait valu que Mara soit une authentique garce, mais ce n'était pas le cas.

– En tout cas, j'ai vraiment honte, insista Mara. Et devant Ryan, en plus !

– Mara... faut que j'y aille ! l'interrompit Eliza.

Ryan et elle avaient beau être d'accord pour considérer que l'épisode de la veille au soir ne comptait pas davantage que celui de Palm Beach et qu'il n'y avait rien entre eux, Eliza ne s'en sentait pas moins affreusement coupable. Le fait de savoir que Mara sortait désormais avec Garrett Reynolds n'atténuait pas sa mauvaise conscience.

– Oh… très bien. On pourrait peut-être prendre un café cette semaine, ou un truc dans le genre ? demanda Mara d'une voix mal assurée.

– Ouais. Je t'appellerai, OK ? rétorqua Eliza.

– OK, répondit Mara.

Mais Eliza avait déjà pressé la touche « fin de communication ».

Dans la cuisine, Mara raccrocha le téléphone. Elle avait le cafard. Eliza lui en voulait toujours à mort, c'était clair. Elle ouvrit la porte-fenêtre donnant sur le patio et s'étonna de voir Philippe prendre un bain de soleil au milieu de la piscine, étendu sur un matelas pneumatique, sa sempiternelle cigarette au bec. Elle croyait qu'il était parti en ville. Bien qu'il fût censé faire partie du groupe des baby-sitters, elle le croisait rarement depuis qu'il avait été transféré dans la demeure principale.

– Ta sœur a appelé, dit-il en tapotant sa cigarette au-dessus de l'eau.

– Laquelle de mes sœurs ?

Philippe haussa les épaules.

C'était sûrement Megan. Avec ses trois gamins, Maureen devait être trop débordée pour pouvoir passer un coup de fil. Mara se demanda pourquoi Megan ne l'avait pas appelée sur son portable – cela dit, elle ne captait pas très bien, dans les Hamptons. Mara retourna à la cuisine et composa le numéro de travail de Megan.

– Allô Meg ? C'est moi ! annonça-t-elle.

– Mara ! La star de Sturbridge ! répliqua joyeusement sa sœur à l'autre bout du fil.

– Oh mon Dieu... Tu as vu la photo ? dans le *Post* ?

– Bien sûr que je l'ai vue. Ohé, Mara, c'est à ta sœur que tu parles ! Je t'ai aussi vue dans *US Weekly*, l'autre jour. Tu es plus mignonne sur la page 6, bien que le cliché soit un peu osé, dit Megan sur un ton de spécialiste.

Mara distinguait, en arrière-fond sonore, un bruit de séchoirs et de ciseaux qui claquent.

– Tu m'as vraiment trouvée mignonne ? Et papa et maman, ils l'ont vue aussi ? demanda Mara, en jetant un coup d'œil par la fenêtre.

Philippe se prélassait toujours dans la piscine. Anna Perry apparut dans le patio, en bikini blanc et chaussures à talons transparentes. Elle entra prudemment dans l'eau, et Philippe l'aida à s'installer sur un matelas pneumatique semblable au sien. Ils se laissèrent glisser jusqu'à l'autre bout du bassin, où l'eau ruisselait en cascade dans un jacuzzi.

– Tu m'écoutes, Mara ?

– Oui, euh, non... je suis désolée. Tu disais ?

– J'étais en train de te dire que j'avais planqué le journal. S'ils l'avaient vu, tu pouvais faire tes bagages ! Tu connais papa...

– Merci. Je te revaudrai ça.

– Tu crois pas si bien dire ! J'ai décidé de venir te rendre visite dans deux semaines. Je veux voir où ma petite sœur passe son temps !

– C'est une idée géniale ! répliqua Mara.

– Je sais. Donc je n'ai pas attendu que tu m'invites, dit Megan.

– Qu'est-ce que tu racontes ? Tu sais que tu es toujours la bienvenue, protesta Mara.

– C'est pourquoi j'ai décidé de venir. Bon, faut que je te quitte. J'étais censée faire un rinçage de dix minutes à Mme Norman. Maintenant elle va avoir les cheveux bleus... On se voit bientôt !

Mara raccrocha, ragaillardie. Megan, sa sœur préférée, allait venir lui rendre visite ! Ce serait extra de pouvoir passer du temps avec elle. Et de faire des trucs normaux, comme aller manger des hamburgers chez O'Malley, à East Hampton ou, pourquoi pas, se faire cuire un homard sur la plage. Mara avait besoin d'un petit break, et il n'y avait rien de tel que la famille pour vous remettre les pieds sur terre.

# Garrett ramène une prise

Les riches étaient différents, Mara l'avait compris dès l'été dernier, lorsqu'elle avait rencontré les sœurs Perry, toujours prêtes à dépenser huit cents dollars pour une robe griffée mais rechignant à payer leurs propres consommations. Ou Ryan Perry, qui roulait dans une voiture de sport anglaise conçue tout exprès pour lui, mais utilisait du carburant sans plomb pour économiser quelques dollars. Seule une famille comme les Reynolds pouvait se faire construire un bassin d'eau salée – un immense réservoir à poissons où l'on pouvait aussi nager – à moins de dix mètres de l'océan. Garrett invita Mara à venir le voir, car il venait tout juste d'être approvisionné en poissons. Mara entra dans l'eau, tiède et relaxante.

– Encore une ? suggéra Garrett, agitant un pichet de margarita à la mangue.

– J'en ai déjà bu deux, dit Mara, repoussant la proposition d'un geste. Je devrais peut-être me calmer un peu. Ma sœur arrive bientôt, et j'ai pas envie qu'elle pense que...

– ... qu'elle pense quoi ? demanda-t-il.

Il but directement au pichet puis, d'une main, s'essuya les lèvres. C'était une belle soirée, on entendait le chant des grillons.

– Je sais pas... j'ai pas envie qu'elle pense que je suis une fêtarde ou un truc dans ce goût-là. J'ai quand même un boulot, lui rappela-t-elle. T'imagines, si les gamins me voient sur la page 6 ? dit-elle d'une voix horrifiée.

– Tu sais quoi ? Tu devrais pas t'angoisser pour ça. C'est juste une photo dans un journal. Tu sais ce que les gens en font, des journaux ? demanda Garrett en agitant le pichet, ce qui fit jaillir une partie de son contenu dans le bassin.

Mara secoua la tête. L'alcool ne risquait-il pas d'empoisonner les poissons ?

– Ils les jettent à la fin de la journée, poursuivit Garrett. À Londres, ils enveloppent les frites avec, pour qu'ils absorbent l'huile !

Il éclata de rire, posa le pichet au bord du bassin. Il nagea vers elle, et s'amusa à l'éclabousser.

– Je t'aime bien, Mara. Je te trouve marrante. Reste-le !

Mara sentit la joie l'envahir. Il l'aimait bien. Il venait de le dire. Avec ses cheveux mouillés, il était si beau, on aurait dit un animal marin, sombre et souple. Il lui sourit et elle caressa son visage. Lui, au moins, ne la jugeait pas. Contrairement à Ryan Perry, qui la prenait sans doute pour la pire pochtronne des Hamptons. Garrett la trouvait marrante.

Un banc de poissons-clowns orange et blanc fila, telle une flèche, vers le corail voisin. Mara se resservit un verre. C'était exquis. Et puis, si Megan tenait à venir, n'était-ce pas pour jouir du glamour des Hamptons ? Qui préférerait manger des sandwichs au homard à la plage de Montauk plutôt que passer ses soirées dans la salle VIP du Septième Cercle, entouré de stars de ciné ?

Garrett lui balança des lunettes de plongée, un tuba, et

actionna l'éclairage subaquatique. Mara plongea la tête sous l'eau, et regarda autour d'elle. L'eau était bleu ciel, claire comme le jour, et peuplée de créatures marines de toutes les tailles, de toutes les formes et de toutes les couleurs. Il y avait des tortues de mer, des murènes, des poissons-zèbres sobres mais superbes, des poissons-anges, des poissons arc-en-ciel, et des empereurs à nageoire bleue.

Elle émergea, et extirpa le tuba de sa bouche.

– C'est magique, dit-elle.

– Pourquoi aller à St Barth, quand on peut faire venir St Barth chez soi ? demanda Garrett en ajustant ses lunettes de plongée. C'est l'inconvénient des Hamptons. Il n'y a pas de bon endroit où faire de la plongée.

Un banc de raies pastenagues leur frôla les genoux. Mara les suivit des yeux, émerveillée par leur grâce, tandis qu'elles ondulaient vers le corail.

Garrett lui prit la main et ils traversèrent le bassin à la nage. Il lui désigna des méduses translucides et de frémissantes étoiles de mer. Puis il se dirigea vers une grotte artificielle située au centre du bassin, et fit signe à Mara de le suivre.

Prenant soin de maintenir son cocktail hors de l'eau, Mara baissa la tête et entra dans la grotte. Elle s'était imaginé que les Perry vivaient dans le luxe, mais là, c'était une tout autre conception du luxe... La demeure des Reynolds était un croisement improbable entre le château de Versailles et Marineland.

– C'est l'endroit que je préfère, dit Garrett, en l'attirant vers lui. Tu es déjà allée à Capri ?

Mara secoua la tête. À l'exception des Hamptons, elle n'était, pour ainsi dire, jamais allée nulle part.

Il enlaça sa taille et la serra contre lui.

– Un jour, je t'y emmènerai, lui chuchota-t-il à l'oreille.

Mara sourit. L'idée lui plaisait. Elle se demanda ce que Ryan était en train de faire, à cet instant précis. Et balaya aussitôt cette pensée de son esprit.

Dans la pénombre de la grotte, les cheveux de Garrett avaient des reflets d'un noir bleuté, et ses yeux brillaient de malice.

– Je parie que je garde la tête sous l'eau plus longtemps que toi !

– Ah ouais ? Je relève le pari ! rétorqua Mara.

Mara se pencha en emplissant ses poumons d'air, décidée à lui donner tort. Garrett prit la main de Mara, et tous deux s'enfoncèrent dans l'eau au même moment. Et il l'embrassa. Elle sentit le souffle de Garrett, le goût salé, la tiédeur mouillée... et s'abandonna aux sensations nouvelles et électrisantes que ses caresses lui procuraient. Elle qui pensait, depuis déjà si longtemps, que seul Ryan pouvait lui faire éprouver cela...

# Deux demi-amoureux valent-ils un amoureux entier ?

Chaque été, aussi loin qu'Eliza s'en souvienne, le Meadow Club de Southampton organisait un tournoi amateur destiné à ses membres. Ce qui avait été au départ une compétition discrète et privée était devenu, au fil des ans, un événement sportif incontournable, qui avait même son sponsor officiel – d'où le surnom de « tournoi Rolex ». Il était susceptible d'attirer des stars du tennis, comme Andy Roddick ou Lindsay Davenport et même d'anciens champions de l'envergure d'Ivan Lendl ou de Pete Sampras. Le prix consistait en un disque d'argent et un chèque de dix mille dollars. Cependant, cet été-là, aucun des joueurs n'était célèbre ou classé au niveau international, à la désolation du club, qui comptait sur la publicité que lui rapportaient les vedettes.

À la fin de la semaine, tout le monde se pressa pour voir la compétition. Et c'est sous les yeux d'une foule fortunée, vêtue de chemises Lacoste et d'imprimés madras, que Philippe commit une double faute face à son adversaire, un Suédois baraqué.

Jacqui était assise au fond des tribunes avec les enfants, qui avaient accepté, en échange d'esquimaux, d'assister au match. Elle savait combien Philippe tenait à remporter le championnat. Or, c'était mal parti. Jacqui remarqua que, dans la tribune d'honneur, Anna suivait elle aussi la partie avec intérêt. Jacqui avait beau savoir qu'il lui fallait garder ses distances avec Philippe, voir Anna le regarder ainsi ne faisait qu'attiser son propre désir. Elle se souvenait encore de ses baisers, sur la table de billard. En dépit de tous ses efforts, elle n'arrivait pas à oublier ce moment.

Sur le court adjacent, Eliza était en train d'égaliser contre la championne de la section sport-études de l'université de Stanford. Elle avait remporté la demi-finale, terrassant son adversaire dans une manche haletante, et n'en revenait pas de se retrouver en finale ! Elle n'aurait jamais cru cela possible. Heureuse d'être enfin le centre d'attention pour la première fois cet été, elle jeta un coup d'œil aux tribunes. Elle croisa le regard de Ryan, assis au premier rang, et lui sourit. Jetant un second coup d'œil, elle aperçut alors Jeremy. Elle loupa son service, et la balle frappa mollement le filet.

Mara était dans une loge, au premier rang, avec Garrett. Juste en face de Ryan, mais elle et Ryan ne se regardaient pas. Sugar et Poppy étaient avec eux, à côté de Mara. Eliza remarqua que les trois filles étaient vêtues de robes pastel identiques. Hallucinant ! L'été dernier, les sœurs Perry savaient à peine que Mara existait.

Eliza s'efforça de se concentrer sur son jeu. On y était : plus qu'un set à jouer. La championne de Stanford envoya une balle très haute au milieu du court, à laquelle Eliza répliqua par un smash puissant. Jeu. Set. Et match. C'est ainsi qu'Eliza remporta la partie.

La championne de la section sport-études donnait des interviews dans les vestiaires, où elle tentait d'expliquer comment une lycéenne avait pu la battre. Eliza entra discrètement, prit une douche en vitesse et passa un caraco Sabbia Rosa et un jean blanc Chloé. Elle s'empressa de regagner le hall, espérant pouvoir éviter sa désagréable adversaire.

– Eh, tu as fait un super match !

Eliza jeta un coup d'œil alentour. Ryan se tenait sous la voûte d'entrée, un bouquet de fleurs à la main.

– Ryan ! Merci ! dit-elle, ravie de le voir. Elles sont pour moi ?

Ryan lui tendit les fleurs et ils s'étreignirent chaleureusement. Il se penchait pour l'embrasser sur la joue lorsqu'elle sentit une autre main lui tapoter l'épaule. Tournant la tête, elle vit Jeremy, qui souriait timidement.

– Eh ! s'exclama Eliza, en se jetant à son cou.

Le visage pressé contre le polo de Jeremy, Eliza rayonnait, oubliant presque qu'il l'avait totalement laissé tomber depuis le dîner avec ses parents. Ryan toussa, et Eliza se rappela ses bonnes manières.

– Jeremy, tu connais Ryan Perry, non ? C'est un vieil ami à moi, expliqua Eliza d'une voix un peu nerveuse.

– Bien sûr, j'ai travaillé pour ta famille, l'été dernier, dit Jeremy en serrant la main de Ryan.

– Tu vas bien, mec ? demanda Ryan.

Ils se serrèrent la main avec un sourire crispé. Ryan affectait une attitude nonchalante, mais Eliza voyait qu'il s'agissait d'une pose.

– Oh, Eliza, je te présente Carolyn, dit Jeremy en se

tournant vers une grande fille aux cheveux auburn, derrière lui. Eliza Thompson. Carolyn Flynn.

Eliza tendit le bouquet à Ryan, afin de pouvoir serrer la main à l'amie de Jeremy.

– Tu devrais essayer de devenir pro, dit celle-ci. Tu as fait un match incroyable !

– Merci, c'est gentil. Tu sais, j'ai l'impression de t'avoir déjà vue, ajouta Eliza en la regardant plus attentivement. Tu es une ancienne élève de Spence, non ?

– Je crois que j'étais un an au-dessus de toi, confirma Carolyn.

– Alors comme ça, vous vous connaissez, tous les deux ? demanda Eliza.

– On est ensemble en stage chez Morgan, expliqua Jeremy.

Eliza avait mal aux zygomatiques à force de devoir sourire. C'était tellement chouette, de revoir Jeremy... enfin ! Et elle était tellement touchée qu'il se soit souvenu du tournoi de tennis. Mais, selon toute apparence, il était venu... avec une fille.

– Je suis désolé de pas être passé te voir à la boîte, dit-il. J'ai bossé comme un dingue.

– C'est pas grave, répliqua Eliza. Rattrape-toi en venant ce soir au Septième Cercle, d'accord ?

Il hocha la tête.

– J'y serai.

– Moi aussi, dit Ryan, tenant toujours son bouquet de fleurs.

Mais Eliza avait déjà filé.

# L'interdiction est le plus puissant des aphrodisiaques

Jacqui frappa à la porte. Elle savait que Philippe boudait à l'intérieur. Après avoir perdu de la manière la plus humiliante qui soit – 6-0, 6-0, 6-3 –, il avait rageusement quitté le court. Mais en regardant Anna le regarder, pendant le match, Jacqui avait décidé de faire le maximum pour le... consoler. Elle ouvrit la porte et entra, au moment précis où Anna s'apprêtait à sortir.

– Oh ! Excusez-moi ! s'exclama Jacqui. Je voulais juste...

– Les chambres des enfants sont par là-bas, Jacqui, rétorqua Anna d'un ton glacial.

– Oui je sais, je... je cherchais la couverture de Cody, bredouilla Jacqui en quittant la pièce précipitamment.

Elle parcourut le couloir au pas de course. Et revint, en marchant sur la pointe des pieds, lorsque les pas d'Anna se furent éloignés.

– Ouvre ! Vite ! C'est moi, chuchota-t-elle.

– C'est ouvert, chuchota-t-il à son tour.

En entrant, elle trouva Philippe étendu sur son lit, en train de fumer une cigarette. Il paraissait un peu plus détendu que lorsqu'il avait balancé sa raquette sur le sol en béton et repoussé les caméras de télévision.

– Il se passait quoi, là ? demanda Jacqui.

– De quoi tu parles ? répliqua Philippe.

– Anna, dit-elle en désignant un point par-dessus son épaule.

– Qui ça ?

– La patronne. Elle était avec toi, là, à l'instant ?

Philippe haussa les épaules.

Jacqui serra les lèvres.

Encore couvert de sueur, ses cheveux d'un blond de miel humides et collant à son beau visage, Philippe était tout simplement irrésistible. L'interdiction de sortir avec lui le lui rendait plus désirable encore. Mais s'il avait vraiment une aventure avec Anna Perry, les choses se corsaient.

– Ne t'angoisse pas au sujet d'Anna Perry, dit Philippe comme s'il lisait ses pensées. Ce n'est pas ton problème. Qu'est-ce que j'y peux, si elle me trouve séduisant ? Moi, par contre, elle ne m'attire pas. Et donc, il n'y a rien entre nous.

– Je ne pensais pas à ça, mentit Jacqui.

Philippe prit une bouffée de sa cigarette, laissant la fumée tourbillonner autour d'eux.

– Vraiment ? répliqua-t-il dans un sourire.

Jacqui lui sourit à son tour. Nom de Dieu, ce qu'il était sexy !

– Alors, tu te sens comment ? Ça va ? s'enquit-elle d'une voix douce.

– C'était juste un match, dit-il en écrasant sa cigarette et en rajustant l'oreiller sous sa tête.

– Je suis désolée pour toi, en tout cas.

Jacqui jeta un coup d'œil à la porte, craignant à chaque seconde de voir surgir Anna.

– Moi aussi je suis désolé. Mais comme disent les Américains, on perd un jour pour mieux gagner le lendemain, *n'est-ce pas ?* demanda-t-il avec un sourire de mauvais garçon. À part ça, qu'est-ce que tu fais là ? Il faut que je perde un match pour que tu daignes faire attention à moi ?

– Eh bien... Tu étais pas mal occupé avec quelqu'un d'autre..., dit Jacqui, s'asseyant au bord du lit.

– Encore Anna Perry ! Qu'est-ce que je dois faire pour te convaincre qu'il n'y a rien entre cette femme et moi ? s'exclama Philippe.

– Prouve-le-moi ! lança Jacqui, entrouvrant ses lèvres dans un sourire provocant.

Philippe l'attira vers lui.

– C'est ce que tu veux ? demanda-t-il entre deux baisers.

Jacqui répondit à son baiser avec fougue. Mais lorsqu'il glissa une main sous son chemisier et lui caressa le dos, elle le repoussa.

– Non... pas maintenant, dit-elle en jetant un nouveau coup d'œil à la porte.

– Quand ?

– On trouvera bien un moment, dit Jacqui.

Elle lissa ses cheveux et l'embrassa une dernière fois.

Elle passa la tête dans l'embrasure de la porte. La voie était libre. Elle franchit le seuil, à l'instant précis où le Dr Abraham se dirigeait vers sa chambre d'un pas déterminé. Alors qu'elle franchissait le couloir en rasant les murs pour gagner les chambres des enfants, Jacqui les entendit discuter, Philippe et lui, et se demanda de quoi ils pouvaient bien parler. Décidément, la compagnie de Philippe était très appréciée !

# Les sœurs Perry trouvent à Mara un nouveau surnom

*Il ne faut pas juger les gens selon leur apparence.* C'est ce que Mara s'était entendu répéter toute sa vie, elle qui avait grandi dans la petite ville de Sturbridge. Ses parents avaient un faible pour ce genre d'expressions toutes faites, du type « Méfiez-vous de l'eau qui dort » ou « Aide-toi, le ciel t'aidera », que sa mère avait brodées, encadrées et accrochées dans leur cuisine. Mara mettait généralement en pratique le premier de ces dictons : elle était toujours prête à laisser aux gens une seconde chance.

Garrett Reynolds, par exemple. Elle l'avait tout d'abord pris pour un play-boy fortuné qui ne pensait qu'à une chose – or il s'était avéré qu'il s'intéressait réellement à elle. Elle s'était donc trompée sur son compte. Se pouvait-il qu'elle ait également mal jugé Poppy et Sugar ?

Ça avait commencé de façon plutôt anodine, quand Garrett et elle, acceptant l'invitation de Sugar, avaient assisté à l'anniversaire de Charlie Borshok. Ils avaient passé une bonne soirée, et les jumelles n'avaient pas une seule fois mentionné son statut de fille au pair. À vrai dire, contrairement à l'été dernier, elles la traitaient sur un pied d'égalité. Poppy, à peine revenue d'une prétendue thalasso en Arizona avec un tour de poitrine revu à la hausse et les cheveux teints en marron chocolat, se montra particulièrement amicale, suite au « scandale du mamelon ».

– C'est pas mal, d'être un peu controversée. Comme ça, les gens continuent de s'intéresser à toi, avait-elle expliqué à Mara.

Et en matière de controverse, Poppy s'y connaissait. Depuis qu'elle avait été évincée de l'émission de télé-réalité, elle avait tenté de reconquérir l'attention du public par des moyens alternatifs. En premier lieu, une nouvelle gamme de bougies parfumées inspirées de sa vie tellement glamour. Parmi les différents parfums, on trouvait « Ambiance New York City », dont l'odeur était malheureusement semblable à celle de la ville évoquée, « Dernier verre », qui empestait comme l'arrière-salle d'un café glauque, et « Célébrité », mêlant la vénéneuse odeur de sureau aux effluves capiteux et écœurants du gardénia. Leurs parents ne paraissaient pas s'inquiéter du fait que les jumelles n'avaient visiblement pas l'intention, ni l'une ni l'autre, de retourner au lycée cet automne. Comme le disait Sugar, elles pourraient toujours obtenir leur diplôme d'études secondaires plus tard, comme le faisaient toutes les stars de Hollywood.

Le jour de la soirée de lancement, au Septième Cercle, de « Drogues Douces par Poppy Perry », Poppy avait bousillé le 4 × 4 de la famille. Kevin, furieux, avait dit aux filles qu'elles pouvaient soit prendre la Volvo, soit s'acheter une nouvelle voiture. Ne souhaitant pas s'attaquer à leurs propres fonds, les jumelles avaient demandé à Mara la jolie petite BMW décapotable avec laquelle elle se trimballait partout en ville.

Elles étaient les deux dernières personnes sur terre avec lesquelles Mara aurait pensé pouvoir sympathiser. Mais, comme les jumelles étaient invitées aux mêmes fêtes qu'elle et avaient les mêmes amis que Garrett, ça paraissait naturel. D'autant plus que Mara n'avait personne d'autre avec qui traîner. Eliza lui avait dit ne pas s'inquiéter, n'empêche qu'elles ne se fréquentaient plus depuis la fameuse soirée au Septième Cercle. Mara était très peinée qu'Eliza lui en veuille autant, mais ne voyait pas comment arranger les choses.

Plus tard dans la soirée, Mara se retrouva assise sur le lit plate-forme de Sugar, en pleine séance de maquillage et d'essayage avec les jumelles.

– Qu'est-ce qu'elle est belle ! s'exclama Mara en caressant une robe blanche Versace au décolleté audacieux, dans le placard de Sugar.

– Je sais. C'est ma préférée, dit Sugar. Mais je ne peux plus la porter. J'ai été trop souvent photographiée avec. Je la donnerais bien à Poppy, mais elle ne lui irait plus à cause de... tu vois ce que je veux dire, s'esclaffa-t-elle en désignant la poitrine de sa sœur. L'opération...

– Tais-toi ! Ça me fait encore un mal de chien ! gémit Poppy en se frottant les seins. Essaie-la, Mara ! Je parie qu'elle va super bien t'aller. Allez, essaie-la !

– J'ose pas, dit Mara, alors qu'elle retirait déjà son short et faisait glisser la robe sur ses hanches.

– Tu mets quoi, ce soir ?

– J'ai pas encore décidé, répondit Mara en remontant la fermeture éclair.

– Oh mon Dieu ! Poppy, regarde !

– Oh, c'est dingue !

– Qu'est-ce qu'il y a ? s'inquiéta Mara. J'ai l'air ridicule ?

Poppy fit pivoter Mara pour qu'elle soit face au miroir en pied.

– Pas vrai qu'elle est la plus mimi du monde ? demanda-t-elle à sa sœur.

– Ça oui... On peut dire qu'elle est mimi, approuva Sugar.

– Mimi... c'est ça ! C'est ton nouveau nom. À partir de maintenant, on t'appellera comme ça. Ne le prends pas mal, dit Poppy la main sur la hanche, mais Mara c'est un peu nul !

– Cette robe est faite pour toi ! Tu sais quoi ? Elle te va trop bien, tu devrais la garder, déclara pompeusement Sugar.

Poppy hocha la tête, emballée.

– Tu ressembles à ce mannequin russe... cette Natalia quelque chose !

– Ah oui, tu trouves ?

Mara rougit. Elle se contempla une nouvelle fois dans le miroir. C'était la robe qu'avait portée Eliza à la soirée d'anniversaire de P. Diddy l'année précédente. Mara se rappelait s'être demandé où Eliza avait bien pu la dénicher. À présent, elle le savait.

– Je te la donne. C'est un cadeau. Qu'est-ce qu'on ferait pas pour notre petite Mimi !

– Eh, les filles, vous savez si Ryan a une copine ? lança soudain Mara – elle avait remarqué qu'Allison ne venait plus chez les Perry, ces derniers temps.

Sugar haussa les épaules, et Poppy garda un visage impassible.

– Pas qu'on sache, assura Sugar.

Or à peine Mara eut-elle le dos tourné qu'elle adressa un clin d'œil à sa sœur.

– Allez, faut qu'on y aille. C'est moi qui conduis ! décréta Poppy en agitant les clés de la BMW de Mara.

Eliza se tenait devant la boîte, gardienne de son empire de quarante centimètres carrés, grelottant dans une énième tenue archi-légère. Elle reconnut la BMW qui venait d'entrer dans le parking, mais que faisait Poppy au volant ? Cette dernière lança les clés au voiturier, et Sugar sortit du côté passager. Les jumelles posèrent pour quelques clichés. Elles ignorèrent Eliza, tout occupées qu'elles étaient à glapir des « Salut ! » à l'adresse de Kartik.

– Eh, attendez-moi !

Tournant à nouveau la tête vers la voiture, Eliza vit Mara ouvrir la portière arrière et s'élancer à la poursuite des jumelles. Eliza la saisit par le bras, alors qu'elle passait sans la remarquer.

– Ohé, on se dit plus bonsoir ?

– Eliza ! je t'avais pas vue ! s'exclama-t-elle d'une voix haut perchée, imitant à la perfection les intonations de Sugar. Bravo pour le match d'aujourd'hui. T'as été géniale !

– Mimi ! Ramène un peu ta fraise ! hurla Poppy depuis la porte.

– J'arrive ! cria Mara, en s'empressant de les rejoindre. Au revoir, Eliza !

*Mimi ?* se demanda Eliza. Qui diable était *Mimi* ? Elle regarda Mara s'éloigner. S'imaginait-elle des choses, ou Mara portait-elle la robe Versace de Sugar ? Qui plus est, devant Sugar !

Sous les yeux d'Eliza, Mara la brune et Poppy la nouvelle brune entourèrent Sugar la blonde platine, et toutes trois firent leur entrée dans la boîte, laissant Eliza se geler sur place.

# Enrobé de sucre, ça passe mieux !

Jeremy avait promis de venir, mais minuit avait sonné depuis longtemps, et il n'avait toujours pas montré le bout de son nez. Eliza consulta à nouveau son portable pour s'assurer qu'elle n'avait pas loupé d'appel. Elle retourna dans la boîte et fit le compte des tables encore libres dans la salle VIP. Cela l'irrita de voir Mara installée sur la meilleure banquette de l'établissement, entourée de part et d'autre par les sœurs Perry, devisant avec certaines des adolescentes les plus fortunées de la bonne société new-yorkaise. Et cela l'irrita d'être irritée. Elle ne voulait pas être jalouse de Mara, mais ça l'écœurait un peu de voir son amie, qui n'aurait pas su épeler le nom d'Hermès l'année dernière, traîner avec la jeune héritière de la vénérable marque française. Mara frayait avec la crème de la jeunesse dorée et, pire que ça, on aurait dit qu'elle avait fait ça toute sa vie.

Elle était d'une élégance incroyable. Elle portait la robe blanche de Poppy avec des spartiates Imitation of Christ, et avait un chouette petit étui à cigarette Art déco en guise de saç à main. Eliza, quant à elle, était vêtue d'une robe dos nu Alaïa, achetée par sa mère des décennies plus tôt. La robe en tissu métallisé associait une sorte de col roulé sur le devant à un dos nageur. Très moulante, elle épousait parfaitement les formes d'Eliza, et avait pour fonction de rappeler à Jeremy ce qu'il avait loupé cet été. En se préparant ce soir-là, Eliza avait été très contente d'elle-même. À présent, elle se sentait presque ordinaire.

– Eh, jolie robe ! dit Sugar en croisant Eliza dans les toilettes, une pièce aux équipements en acier inoxydable, où un abreuvoir industriel tenait lieu de lavabos.

– Merci, c'est un modèle vintage, dit Eliza, flattée.

Elle avait du mal à l'admettre, mais l'attention de Sugar lui avait manqué. Si celle-ci se comportait parfois comme une vraie garce – Eliza n'était pas près d'oublier à quel point elle s'était montrée méchante après avoir découvert qu'elle travaillait chez les Perry –, elle savait aussi vous enjôler quand l'envie lui prenait. Et Dieu sait pourquoi, c'est ce qu'elle était en train de faire.

– Super ! s'exclama Sugar en se rinçant les mains. Eh, au fait, félicitations !

– Merci, soupira Eliza.

Certes, elle était contente d'avoir gagné – elle saurait comment utiliser l'argent, et adorait être le centre d'attention. Mais cela ne suffisait pas à la consoler : il était déjà une heure du matin, et Jeremy, bien qu'il eût promis de venir, n'était toujours pas là.

– Qu'est-ce qui ne va pas, ma poulette ? s'enquit Sugar en se repoudrant le nez.

– Rien, répondit Eliza, avec un haussement d'épaules. C'est juste que... j'étais censée retrouver un mec ici, ce soir.

– Notre ancien jardinier ? demanda Sugar, apparemment sans malveillance.

– Ouais, acquiesça Eliza en fronçant les sourcils face au miroir.

– Je croyais que tu étais avec Ryan, dit Sugar.

– Qui t'a raconté ça ? répliqua Eliza, stupéfaite.

Ryan et elle n'étaient sortis ensemble qu'une seule fois cet été, et ni l'un ni l'autre n'avait l'intention de remettre ça.

Sugar eut un sourire énigmatique.

– C'est mon frère, tu sais... Et puis, il y a eu toute cette histoire, à Palm Beach.

Eliza était affligée. Elle avait oublié que les jumelles étaient au courant de l'épisode.

– C'était rien du tout. On n'est pas ensemble.

– Pourquoi ? insista Sugar, s'adossant au lavabo et croisant les bras. Il n'est pas assez bien pour toi ?

– Mais non. Ça n'a rien à voir.

– Dans ce cas, pourquoi vous ne sortez pas ensemble ? proposa Sugar, comme si elle venait de résoudre un problème difficile.

– Et Mara, dans tout ça ? demanda Eliza sur un ton nerveux.

Sugar leva les yeux au ciel.

– Parce que tu crois qu'elle n'est pas au courant ?

– Mara est au courant ? rétorqua Eliza, déconcertée.

Pourquoi ne lui avait-elle rien dit, dans ce cas ? Parce qu'elle était furieuse ? Ou parce qu'elle ne se souciait réellement plus de Ryan ?

– C'est pas si terrible que ça ! De toute façon, maintenant elle est avec Garrett, déclara Sugar, avant de plaquer un baiser sur la joue d'Eliza. À plus tard.

Bien plus tard, cette nuit-là, après que toutes les célébrités furent parties et que toute la cour de Sugar, Mara comprise, eut quitté le Septième Cercle pour se rendre à une fête à Jet East, Eliza vit qu'elle avait un message de Jeremy. Il avait visiblement été retenu à une soirée caritative avec son patron dont il avait cru qu'il pourrait s'échapper, et blablabla... Eliza distinguait en arrière-fond sonore le tintement des verres et des rires féminins. Il disait qu'il était vraiment désolé. Tu parles, Charles ! Eliza effaça le message, trop furieuse et trop déçue pour s'en soucier davantage.

Elle se dirigea vers l'espace VIP, où elle vit Ryan Perry, assis seul à une table dans un coin de la salle. Elle s'assit à côté de lui et remarqua le bouquet de fleurs qu'il avait tenté de lui offrir, plus tôt dans la journée. Cette fois-ci, elle n'oublierait pas de les prendre.

# Comment on devient mannequin

– Qu'est-ce qui vous fait rire ?

Mara était en retard au restaurant où elle devait rejoindre Jacqui, Philippe et les enfants pour le déjeuner. Elle avait passé la matinée chez la pédicure, en compagnie de Sugar et Poppy, et se sentait un peu coupable d'avoir une fois de plus manqué au poste.

– Cette femme, là-bas, vient de nous demander si nous étions mannequins, expliqua Jacqui, en levant les yeux au ciel et en tendant à Mara une carte de visite semi-rigide.

Mara tourna la tête et vit Mitzi Goober leur adresser de grands signes enthousiastes. Portant la main à ses lèvres, Mara fit mine de lui envoyer un baiser.

– Mitzi... qu'est-ce qu'elle voulait ? s'enquit-elle.

– Elle veut qu'on participe à un défilé, répondit Philippe.

Il montra le carton d'invitation à Mara.

Mara examina le carton aux caractères gravés. C'était une invitation pour un défilé de mode à but caritatif qui aurait lieu au club de polo de Bridgehampton la semaine suivante. Elle l'avait elle-même déjà reçue par la poste – on lui avait réservé une place au premier rang. Depuis lors, Sugar et Poppy avaient du mal à parler d'autre chose. C'était visiblement l'un des événements les plus importants de la saison.

– Vous devriez le faire, dit Mara.

– Mannequin, il y a pas plus crétin comme boulot ! dit Jacqui en découpant les haricots verts de Cody.

Mitzi Goober accourut à leur table et fit la bise à Mara.

– Alors, c'est bon, vous êtes partants ? Reinaldo va vous adorer. Sérieusement, ce serait me rendre un énorme service : deux mannequins n'ont pas pu obtenir à temps le renouvellement de leur visa.

– On vous fait une faveur, alors ? Et vous, vous me proposez quoi, en échange ? demanda Philippe avec un sourire aguicheur.

– Oh, mais quel vilain garçon ! gloussa Mitzi. J'adore ça ! Qu'est-ce que vous voudriez que je fasse ?

– C'est bon, on est partants ! l'interrompit sèchement Jacqui.

Philippe devait-il forcément flirter avec tout ce qui lui passait sous le nez ? Il était censé être à elle, même s'ils n'avaient fait qu'échanger quelques baisers clandestins ici et là depuis le tournoi de tennis. S'il suffisait à Jacqui, pour se débarrasser de cette fille exaspérante, d'accepter de participer au défilé, elle acceptait de bon cœur ! Et puis Mara et Eliza y assisteraient. Elle voulait tellement qu'elles puissent se retrouver, toutes les trois, et redevenir amies.

– C'est top ! dit Mitzi en leur envoyant une quantité de baisers. À plus tard, beau gosse. Je réserve la chambre d'hôtel, lança-t-elle d'une voix rauque, en manière de plaisanterie, à l'adresse de Philippe.

*Une chambre... Ah ouais ?*

Ça c'était une idée !

# Ça ne compte pas, mais ça fait du bien !

Si quelqu'un s'était avisé de lui poser la question, Eliza aurait répondu qu'elle n'était vraiment pas amoureuse de Ryan Perry. Mais vraiment pas du tout. Ils avaient tous deux leurs raisons pour souhaiter que leur relation, si on pouvait appeler ça comme ça, reste secrète.

Après que Jeremy lui eut posé un lapin le soir du tournoi de tennis, et qu'elle eut découvert que Mara savait pour elle et Ryan – et que ça lui était visiblement égal –, Eliza trouva naturel de remettre ça. Il lui avait offert des fleurs, nom de Dieu ! Ce soir-là, ils se rendirent donc dans la demeure des Perry et, sans bien comprendre comment, se retrouvèrent nus dans les bras l'un de l'autre. C'était la troisième fois de l'année. N'était-ce pas en train de devenir une habitude ?

Le lendemain matin, Eliza s'était esquivée discrètement, en prenant soin de ne pas emprunter l'escalier de service menant à l'arrière de la maison, fréquemment utilisé par le groupe des baby-sitters. Sugar avait eu beau affirmer que Mara savait, Eliza était terrorisée à l'idée de la croiser. Elle ne pouvait se débarrasser de l'impression que fricoter avec Ryan était comme jouer avec le joujou de quelqu'un d'autre.

À présent, dix jours plus tard, Eliza commençait à s'habituer à l'idée. Ils s'étaient revus plusieurs fois, avaient passé des moments drôles et relaxants. L'autre soir, après que le rappeur 50 Cent eut célébré le lancement de son nouvel album au Septième Cercle, Ryan avait fait un saut à la boîte à l'heure de la fermeture et ils étaient allés chez elle, sous prétexte de regarder un autre DVD. Or, Dieu sait comment, ils avaient glissé vers quelque chose de plus intime. Deux jours plus tard il l'avait appelée, le soir où elle ne travaillait pas, pour lui proposer de venir voir *Le Parrain III*. Elle n'en mourait pas d'envie (si Sofia Coppola était devenue une grande réalisatrice, elle n'avait jamais été une bonne actrice, estimait Eliza), mais s'était tout de même retrouvée dans les bras du garçon. Eliza décida que sortir avec Ryan, c'était comme manger debout devant le frigo : ça ne comptait pas, c'était du zéro calorie !

À part que ses parents se montraient très irritants, traitant Ryan comme son petit ami – ce qu'il n'était certainement pas. Un soir, Ryan était passé chez eux. Eliza et lui s'étaient fait réchauffer une pizza au micro-ondes et avaient traîné au bord de la piscine, au lieu de se rendre à une fête à laquelle ils avaient prévu d'assister au Club PlayStation2. Quand les parents d'Eliza étaient rentrés, plus tôt que prévu, d'une soirée de bienfaisance, ils avaient fait tout un plat de la présence de Ryan. Certes, c'était un vieil ami de la famille et tout le tralala, mais quand même... Sa mère leur avait adressé un clin d'œil et, le lendemain matin, son père avait dit à Ryan qu'il pouvait leur rendre visite aussi souvent qu'il le désirait. Intéressant : sitôt après le dîner avec Jeremy, son père avait dit qu'il valait mieux cesser d'inviter des gens, car la maison n'était pas à eux. Eliza en concluait que Ryan avait le genre qui convenait, et pas Jeremy – du moins, selon les critères de ses parents.

Non que Jeremy eût jamais cherché à la revoir. Elle n'avait plus eu de ses nouvelles depuis le jour du tournoi. Bien sûr, elle n'en continuait pas moins à consulter frénétiquement ses messages.

– Tu appelles qui ? demanda Ryan, fourrant dans sa bouche une poignée de pop-corn et répandant des miettes partout sur le tapis.

Il était venu la chercher au boulot ce soir-là, et ils étaient là, à regarder la télé d'un œil.

– Je consulte mes messages, répondit-elle.

Ryan hocha la tête. À l'écran, une actrice célèbre racontait à Oprah Winfrey sa dernière relation amoureuse désastreuse.

Le problème, c'est qu'Eliza aimait bien ces moments passés avec Ryan. Elle aimait qu'il vienne la chercher au boulot : tout le monde le connaissait ou avait entendu parler de lui, et toutes les serveuses le trouvaient super-mignon. Elle aimait bien n'avoir à se soucier de rien. Même sa mauvaise conscience à l'égard de Mara s'atténuait au fil des jours. Sugar lui avait dit que Mara savait et que ça lui était égal. Eliza ne faisait donc rien de mal. Sortir avec Ryan lui rappelait son ancienne vie à New York, et l'époque où elle pouvait embrasser qui elle voulait, parce que c'était son droit !

Elle abandonna sa messagerie et leva les yeux vers l'écran.

– Eh, ce n'est pas Sugar ? demanda-t-elle.

C'était une émission de télé-réalité de la chaîne E !. Ils étaient en train de diffuser le match de tennis.

Ryan grommela quelque chose. Il s'apprêtait à changer de chaîne quand quelque chose attira son regard. Eliza le vit aussi. Mara, dans un coin de l'écran, fixait sur quelque chose, ou sur quelqu'un, un regard plein de langueur. La caméra se déplaça alors pour suivre son regard : dans les tribunes était assis Ryan, totalement concentré sur le match.

Mince alors !

# Les meilleures choses ne coûtent rien (mais elles ont une fin)

– Ne me dis pas que ce sont des vrais ?! hurla Megan, si fort que Mara, occupée à relever ses cheveux en queue-de-cheval, faillit en avoir les tympans percés. Ils sont gros comme des glaçons !

Le jour du défilé de mode à but caritatif, Mara avait reçu la visite de deux personnes : sa sœur Megan – qui traînait une énorme valise en piteux état et une trousse de maquillage de sept kilos –, et un messager en uniforme marron venu livrer un petit sac noir. Dans le sac se trouvait un écrin en velours. Il contenait une paire de boucles d'oreilles serties de diamants dix carats d'une valeur de deux cent cinquante mille dollars, prêtées par l'un des nouveaux clients de Mitzi.

À présent, les deux sœurs se rendaient au restaurant Jean-Luc East, où Mara était en bons termes avec le patron.

– Nicole Kidman les a portées à la cérémonie des Oscars, répondit Mara. Je suis censée les mettre ce soir.

Après qu'on les eut conduites à l'une des meilleures tables, sa sœur l'informa des dernières nouvelles de Sturbridge : les problèmes rencontrés par leur père sur son chantier, le travail de leur mère à la braderie de la paroisse, mais Mara trouvait tout cela tellement provincial, tellement ringard qu'elle se surprit, malgré elle, à penser à autre chose.

– Et le représentant en produits capillaires est craquant ! glapit Megan, ce qui éveilla l'attention de Mara.

Chaque semaine, le salon de coiffure recevait de nouveaux produits et le représentant de la marque, un Irlandais du nom de Bobby O'Donnell, était le dernier mec sur qui sa sœur avait flashé.

Mara regarda sa sœur de derrière les verres surdimensionnés de ses lunettes Chanel : plus grande qu'elle, Megan avait les cheveux roux et bouclés et un sourire exubérant rappelant celui de Julia Roberts. Elle était absolument ravissante, vive comme tout, et amoureuse d'un type qui, pour gagner sa vie, livrait des bouteilles de shampooing et d'après-shampooing. Qu'est-ce qui clochait ?

– Tu mérites mieux que ce Bobby O'Donnell, dit Mara, coupant court à la conversation sur le représentant en produits capillaires.

Elle avait oublié à quel point la vie était ennuyeuse à Sturbridge. En avait-il toujours été ainsi ?

Après le déjeuner, Mara sortit quelques billets de banque de son sac à main et les laissa sur la table, obligeant Megan à ranger sa carte de crédit.

– J'ai été payée aujourd'hui, expliqua-t-elle en tapotant une enveloppe de papier kraft bourrée à craquer.

Elles consacrèrent le reste de la journée à écumer les boutiques d'East Hampton, et retournèrent chez les Perry afin de se préparer avant d'aller au défilé. Mara se regarda dans le miroir. Elle portait une robe Dior évanescente, ornée de perles cousues main, et à l'ourlet brodé de plumes. Le célèbre maquilleur Scott Barnes, qui comptait parmi les clients de Mitzi, était passé la maquiller. Il lui avait appliqué, en les collant un à un, des faux cils en fourrure de renard, comme il faisait pour Jennifer Lopez. Edward Tricomi, qui coiffait le Tout-Hollywood, était venu en personne lui couper et lui coiffer les cheveux pour la soirée. Pour couronner le tout, elle arborait à chaque oreille un diamant dix carats de la plus belle eau.

Megan sortit de la salle de bains.

– Pas vrai qu'elle est terrible ? demanda-t-elle. Je l'ai dégotée chez Loehmann's !

Elle était vêtue d'une mini-robe sixties Marc Jacobs à gros boutons en plastique, et de cuissardes blanches. Un look très en vogue... deux saisons plus tôt.

– Tu ne veux pas plutôt m'emprunter quelque chose ? suggéra Mara en désignant les portants chargés du dernier cri en matière de vêtements. Je t'assure, ça ne me dérange pas du tout.

– Tu rigoles ? J'ai acheté ça exprès pour ce soir !

Mara poussa un grognement. Cette tenue était manifestement passée de mode, ce qui n'était certes pas l'idéal pour se rendre à un défilé. Mara comprit que ça n'allait pas coller et, pour la première fois de sa vie, eut vaguement honte de sa sœur.

# Ce n'est pas parce qu'elles sont belles qu'il faut être jalouses !

Dans les coulisses du défilé, l'assistant du couturier, un nommé Octavian qui préférait se faire appeler Miss O, rassembla les mannequins autour de lui.

– Écoutez-moi, les amis ! s'écria-t-il. Vous les garçons, vous jouez pas les machos. Et vous les filles, vous êtes des minettes en vacances ! Et surtout, soyez sexy ! Pigé ? Allons-y !

Jacqui portait sa première tenue, une combinaison-string archi-légère et un jean évasé taille (très) basse. La combinaison laissait son dos à moitié dénudé, à l'exception d'une fine ligne de tissu coincée dans la ceinture du jean.

Elle avait bien failli louper le défilé et regrettait déjà que cela n'ait pas été le cas. Lorsque Philippe et elle avaient accepté de jouer les mannequins, ils ne s'étaient pas imaginé une seconde que ça allait leur prendre la journée. Heureusement, Anna avait insisté pour que les gamins passent la nuit au camp de vacances de la Cabbale. Elle tenait absolument à ce qu'ils deviennent amis avec Lourdes et Rocco qui étaient censés s'y trouver eux aussi.

Pendant le défilé, Jacqui n'en revenait pas de la façon dont les mannequins étaient traités. Tous les stylistes et les habilleuses leur parlaient très lentement, comme à des enfants, ou à des handicapés mentaux, ou à des enfants handicapés mentaux. Chaque mannequin était flanqué d'une escorte de trois personnes, pas moins, pour les aider à passer des mains des maquilleurs aux mains des coiffeurs, puis des mains des coiffeurs à celles des habilleuses.

Octavian se précipita vers elle.

– Jacqui ! Je te cherchais. Reinaldo a eu une nouvelle vision pour le final.

Il la conduisit à l'espace coiffure, où d'audacieux visagistes transformaient la crinière des filles en nids de rats défiant les lois de la gravité, tandis que le créateur en chef, Reinaldo, donnait son approbation à ces chignons en tout genre.

– Je pensais donc, dit Reinaldo en caressant les cheveux noirs et soyeux de Jacqui, à une coupe à la Sinead O'Connor, avec un petit côté Good Charlotte.

– Génialissime ! approuva Miss O.

Assise sur sa chaise, Jacqui les fixait d'un air dubitatif.

Le coiffeur-visagiste tenait un rasoir.

– Ma chérie, qu'est-ce que tu dirais d'une coupe « iroquois » ? demanda-t-il.

– Vous plaisantez ? répondit Jacqui, levant les mains pour se protéger la tête.

Ses longs cheveux sombres et brillants !

– On ne peut pas faire autrement ! décréta Reinaldo d'une voix soudain très assurée. Le mariage du punk et du rock. Du rétro et de la vieille école... Tu as vu ce film... ? dit-il en claquant des doigts, les sourcils froncés, *La Guerre des étoiles, l'Attaque des clones* ?

– Plutôt un faux iroquois, non ? Hérissé mais désordonné,

précisa Octavian. Richard Avedon rencontre Helmut Newton dans une fantaisie de Baz Luhrmann.

– Géant !

Sans laisser à Jacqui le temps de protester, il commença de lui raser un côté du crâne. C'était douloureux. Quelques minutes plus tard, on balayait sur le sol les cheveux de Jacqui et elle se regardait dans le miroir avec stupéfaction.

Elle n'avait jamais douté de sa beauté... mais à présent ? Elle leva la main, qui glissa sur son crâne comme l'eau sur le dos d'un canard.

– Perfecto ! Magnifique ! s'extasiait Octavian.

De toute sa vie, Jacqui ne s'était jamais sentie aussi laide.

# C'est ce qu'on appelle les célébrités de deuxième zone, bébé

Le club de polo de Bridgehampton avait, pour le défilé de mode, dressé une immense tente blanche au milieu du terrain de polo. Une rangée de tables blanches installée à l'entrée accueillit Mara et Megan. Plusieurs invités arpentaient les lieux un cocktail à la main, leurs talons s'enfonçant dans le sol à chaque pas. Mara repéra Eliza, derrière la toute première table. Elle bouscula les gens pour y parvenir, marmonnant de brefs « pardon » tandis que Megan, qu'elle entraînait avec elle, se répandait en excuses chaque fois qu'elles passaient devant quelqu'un. Alan et Kartik avaient « prêté » Eliza à Mitzi pour l'aider à diriger les opérations, car la moitié du personnel de Mitzi avait fait une réaction allergique à la nouvelle crème pour le visage d'un de ses clients. Selon toute apparence, les extraits purs d'algue ne réussissaient pas à tout le monde.

– Tu es sûre qu'on peut faire ça ? demanda Megan.

– Pardon pardon pardon... vous pourriez nous laisser passer, s'il vous plaît ? lançait Mara en fonçant tête baissée, sans même attendre une réponse.

Plusieurs dames distinguées leur jetèrent des regards agacés, que Mara ignora.

– Liza ! s'écria-t-elle.

Eliza, coiffée de son sempiternel casque et vêtue d'une jolie robe noir et blanc Temperley achetée avec l'argent du tournoi, leur fit signe de la rejoindre.

– Tu vois, qu'est-ce que je te disais… c'est une amie à moi, dit Mara, en se gardant de préciser qu'Eliza faisait partie, l'année dernière, du groupe des filles au pair.

Mara et Eliza se firent la bise, se frôlant à peine. Leurs relations avaient changé, bien qu'elles ne fussent pas franchement fâchées.

– Eliza, voici ma sœur Megan.

– Oh, salut ! fit Eliza avec un grand sourire. Waouh ! C'est fou ce que vous vous ressemblez toutes les deux !

– Tu trouves ? rétorqua Mara, ne sachant si elle devait le prendre pour un compliment.

À force de traîner avec Sugar et Poppy, elle finissait par croire que tout le monde était ironique.

– Tu es superbe ! dit Eliza, complimentant Megan, au grand soulagement de Mara. (Eliza consulta sa liste et fronça les sourcils.) Je n'ai pas le nom de Megan ici, chuchota-t-elle à Mara.

– Ah bon ? demanda Mara.

Elle avait eu l'intention de demander à Mitzi une place pour sa sœur. Or, ça lui était complètement sorti de la tête.

Eliza jeta un nouveau coup d'œil à la liste. Plusieurs des célébrités attendues n'étaient pas encore arrivées, et il était très probable qu'elles ne viendraient pas du tout.

– Suivez-moi, dit-elle, en écartant le rabat de la tente.

Les sœurs Waters suivirent Eliza à l'intérieur. Une longue allée au sol recouvert de plastique avait été aménagée sur toute la longueur de la tente. De part et d'autre, des chaises pliantes blanches formaient d'impeccables rangées. Sur chaque chaise, on avait disposé un petit sac noir contenant de multiples produits de beauté, ainsi que des magazines de mode. Or, les sacs du premier rang étaient nettement plus grands que les autres.

– La tienne est ici, dit Eliza, lorsqu'elle trouva la chaise au nom de Mara.

Elle décolla l'étiquette, portant le nom d'une célébrité, sur la chaise d'à côté.

– Et toi, Megan, mets-toi là !

– Merci, lança Mara du bout des lèvres.

Megan se laissa tomber sur sa chaise, fascinée par l'agitation environnante. Au bout de l'allée, les photographes installaient les appareils et leurs trépieds, et un groupe agité de paparazzis prenait des clichés des célébrités occupant le premier rang. Il y avait de célèbres rédactrices de mode cachées derrière leurs lunettes griffées ; plusieurs jeunes femmes, blondes pour la plupart, portant des pulls en cachemire aux coloris pastel autour du cou ; et un petit nombre d'actrices célèbres, assises aux meilleures places. De sémillants « journalistes » représentant toutes les chaînes et toutes les émissions traitant de la vie des stars interviewaient les habituées des défilés, les filles de la haute et les actrices connues.

Mara croisa les jambes et orienta son visage pour pouvoir être prise sous le meilleur angle, sachant qu'ils n'allaient pas tarder à venir prendre sa photo. Elle prétendit ne pas remarquer que sa sœur était déjà en train de farfouiller dans le sac-surprise, et de s'exclamer sur les trésors qu'elle y découvrait.

– Regarde, Mara ! Du baume à lèvres Kiehl gratuit ! s'exclama Megan d'une voix tout excitée.

Mara hocha la tête avec un sourire.

– Il n'y a pas mieux, approuva-t-elle.

Elle ne précisa pas que la compagnie de Mitzi lui avait envoyé, l'autre jour, un carton rempli de produits de la même marque. Mara sourit à une petite femme aux cheveux frisés, le nez chaussé d'énormes lunettes de soleil, qui était assise à côté de Megan.

– Oh mon Dieu ! J'adore votre série ! Je m'identifie totalement à Carrie Bradshaw ! dit Megan, tournée vers elle.

– Merci, répondit discrètement la star.

– Je pourrais avoir un autographe ? demanda Megan.

Mara faillit mourir de honte. Sarah Jessica Parker eut beau s'exécuter gentiment, Mara était affreusement gênée. Les célébrités ne venaient certainement pas aux défilés pour être importunées par des fans. Pour couronner le tout, une fois que les photographes eurent mitraillé Jessica Simpson et Sarah Jessica, pas un ne s'arrêta pour prendre une photo de Mara Waters.

Contrairement à ce qu'elle avait commencé à croire, elle n'était pas si célèbre que ça, après tout.

# L'ambiance devient très chaude

Jacqui s'efforça d'éviter les miroirs qui se trouvaient partout dans les coulisses. Ses cheveux ! Ses splendides, ses épais cheveux noirs ! Disparus ! Remplacés par une coupe branchée, un faux iroquois, avait dit le visagiste. En d'autres termes, un iroquois inabouti, qui ne ressemblait à rien. Les cheveux, plus longs au milieu, avaient été travaillés de façon à former une pointe alors que les côtés du crâne étaient coupés en brosse. Elle passa les doigts là où les cheveux étaient le plus court, frissonnant au contact de sa nuque rasée. On aurait dit celle d'un garçon. Mais il n'était plus temps de se lamenter, car on éteignait la lumière et Octavian, à l'entrée de la piste, hurla aux mannequins de se mettre en ligne.

Jacqui s'efforça de trouver sa place, les yeux humides de larmes contenues. Comment affronter la foule avec une coupe aussi ridicule ? Elle entreprit de rajuster sa combinaison-machin-chose – ne l'aurait-elle pas mise à l'envers, par hasard ? –, commença par retirer les bretelles, et le vêtement resta à pendre autour de sa taille.

– Jacqui ?

Elle fit volte-face, les seins à l'air.

– Oui ?

– Oh ! Salut ! Oh !

Kit Ashleigh se tenait à l'entrée de l'espace d'habillage, rouge comme une tomate. Il tenait un énorme bouquet de fleurs.

– Oh mon Dieu ! Je suis désolé !

Jacqui serra les bras sur son torse pour cacher sa poitrine.

– Kit !

– Je suis désolé d'être en retard. Ces fleurs... elles sont pour toi, dit-il, les lui tendant en prenant soin d'éviter de la regarder.

– Elles sont magnifiques ! *Obrigado.*

Une habilleuse vint remonter les bretelles de sa combinaison, même si cela ne changeait pas grand-chose. Jacqui était toujours très dénudée.

Kit sursauta. Il venait de remarquer ses cheveux.

– Tes cheveux ?

– Comment tu trouves ? dit Jacqui, en tripotant nerveusement les pointes. C'est moche, non ?

– Tu es..., bredouilla Kit, les yeux brillants d'admiration. Tu es à tomber par terre !

– Tu es sincère ?

Jacqui sourit et écarquilla des yeux pleins d'espoir.

C'est alors que l'un des assistants remarqua Kit.

– Pas de petits copains ici ! gronda-t-il en lui indiquant la sortie.

– Je ne suis pas son...

Le visage de Kit s'empourpra à nouveau.

– Tu es magnifique, dit-il à Jacqui. Bonne chance !

– Salut ! Merci ! s'écria-t-elle, pendant que l'habilleuse s'assurait que son string était bien droit.

À ce moment-là, une silhouette bronzée et sculpturale apparut dans son champ de vision. Entre deux changements de tenue, Philippe exhibait son corps nu, souple et hâlé à force de jouer au tennis. Il faisait des tractions sur un portant et n'avait pas l'air de craindre que tout le monde puisse le voir, lorsque Jacqui surprit son regard.

Il la gratifia d'un sourire prédateur.

– Jolie coupe ! lança-t-il.

Il y avait une quantité de très belles filles dans les coulisses du défilé, mais, pour une fois, il lui consacrait toute son attention. Dans la salle, les lumières se tamisèrent, et Reinaldo les exhorta à penser « au sexe, les enfants, au sexe ! ».

Après avoir vu Philippe nu, ce ne devait pas être trop difficile.

# Il n'y a pas que dans les jardins d'enfants qu'on joue aux chaises musicales

Un défilé de mode était bien le dernier endroit où Eliza aurait pensé croiser Jeremy. N'empêche qu'il était là. Elle aidait à classer les chèques des donateurs et à les mettre en regard des noms cochés sur la liste des invités, lorsqu'il était apparu à l'entrée, en compagnie de Carolyn Flynn. Tous deux étaient serrés l'un contre l'autre au second rang – le rang des sponsors, puisque la banque qui les employait avait presque entièrement financé l'événement – en train de siroter du champagne et de jeter des regards déconcertés sur tout ce qui les entourait.

Eliza les observait, se demandant s'ils formaient un couple, lorsque Ryan entra et alla prendre place à côté de ses sœurs. Eliza eut un petit serrement au cœur. Et puis après tout... si Jeremy ne l'aimait plus, il lui restait Ryan, qui était un super copain, petit copain ou Dieu sait quoi... Il lui adressa un geste discret de la main, accompagné d'un clin d'œil.

Eliza lui fit signe à son tour, tandis que l'abordait une femme de forte corpulence, dont le visage lui était vaguement familier.

– C'est vous la responsable de l'accueil ? demanda la femme.

Elle était vêtue d'une chemise polo défraîchie et d'un pantalon ample, et tenait un talkie-walkie.

– Euh... oui... si vous voulez, bredouilla Eliza. En quoi puis-je vous aider ?

– Ma cliente, Chauncey Raven, va arriver d'une seconde à l'autre, dit la femme.

Eliza se rappela alors où elle avait vu la femme. C'était la pontifiante agente qui, au début de l'été, avait prié Eliza de ne pas laisser entrer Ondine Sylvester dans la salle VIP.

– C'est formidable. Nous sommes de grands fans de Chauncey ! répliqua Eliza, lui servant la réplique qu'elle réservait à tous les agents de stars.

– Eh bien... tant mieux... mais j'ai besoin de savoir où elle sera placée. Les filles, là-bas, m'ont dit que toutes les chaises du premier rang étaient prises.

– Oh ! s'exclama Eliza.

*Merde.* Le défilé allait débuter dans cinq minutes !

La voix grinçante de Mitzi brailla dans son casque.

– Eliza ! Mon chou ! On déclenche le plan d'urgence ! Chauncey Raven n'a pas de place !

L'agente baraquée fusillait Eliza du regard.

Celle-ci ne savait pas quoi faire. L'ordre de Mitzi (« Arrange-moi ça ! ») ne lui indiquait en rien la marche à suivre. Comment faire ? Prier l'un des occupants du premier rang de se mettre au second rang ? Elle parcourut des yeux la salle à présent remplie d'invités, et s'arrêta sur Mara et Megan. Sans doute comprendraient-elles à quel point il importait d'installer Chauncey au premier rang. Eliza parcourut le passage recouvert de plastique dans un cliquetis de talons et alla trouver les deux sœurs.

– Mara, je peux te parler une seconde ? demanda Eliza en lui tirant le bras.

– Que se passe-t-il ? Il y a quelque chose qui ne va pas ? rétorqua Mara.

– Chauncey Raven va assister au défilé.

– Oh, super !

Mara avait tellement traîné avec Chauncey, au Septième Cercle, qu'elle la considérait comme une amie.

– Mais il n'y a plus de place au premier rang. Je suis vraiment, vraiment désolée. Ça vous dérangerait, ta sœur et toi, de vous déplacer au second rang ? Je peux vous mettre juste là-bas, à côté des sœurs Perry.

Mara se raidit.

– Mais pourquoi ? demanda-t-elle en voyant les sœurs Perry échanger des messes basses, de l'autre côté du podium.

Sugar et Poppy ricanaient en jetant des coups d'œil à Megan et Mara rougit à la pensée des commentaires que devait leur inspirer la tenue de sa sœur. Elle avait du mal à croire qu'Eliza veuille les faire bouger. Mara avait passé suffisamment de temps dans les Hamptons pour savoir qu'il n'y avait rien de plus humiliant que d'être forcé d'abandonner sa place.

L'agente de Chauncey Raven saisit Eliza par le bras, et lui murmura.

– Chauncey est entrée ! Elle va arriver !

– Je suis vraiment désolée de devoir vous demander ça, insista Eliza, tournant le dos à Mara, et suppliant Megan d'un geste des mains. Mais on a une personnalité très, très importante qui arrive et qui avait oublié de confirmer sa présence.

On a vraiment besoin de vos deux places au premier rang. Je suis vraiment désolée, Megan.

– Pas de problème ! répondit Megan avec un grand sourire. C'est qui, la star en question ?

– Vraiment, Meg, tu ne devrais pas te lever ! s'obstina Mara, alors qu'Eliza aidait déjà Megan à libérer sa chaise.

– C'est Chauncey Raven. Merci, merci, merci ! dit Eliza en tendant ses affaires à Megan et en l'installant au second rang. Oh... sauf qu'il faut que tu laisses le sac-surprise.

Le visage de Megan se décomposa. Elle remarqua que les sacs du deuxième rang étaient nettement plus petits.

– C'est bon. Garde-le ! dit Eliza.

Chauncey arriva avec quinze bonnes minutes de retard, traînant dans son sillage son mari, Daryl Wolf. Comme il n'y avait qu'une place pour deux, Chauncey se percha illico sur les genoux de son époux.

La salle fut plongée dans le noir et, soudain, une ligne de basse assourdissante s'échappa des haut-parleurs, et la voix sensuelle d'une chanteuse se mit à roucouler en cadence. Les lumières se rallumèrent et les mannequins commencèrent à trottiner sur le podium, au rythme du tube électro-hip-hop *Fuck the Pain Away.*

L'assistance s'échauffa sous l'effet des paroles osées et des tenues archi-révélatrices. Jacqui fit son entrée dans sa combinaison-string et avec son faux iroquois, et l'atmosphère devint électrique. Tout cela était si mauvais... et pourtant si délicieux. Pas une seule tenue n'était portable. Pas un seul vêtement qui eût un quelconque rapport avec l'existence des femmes de l'assistance. Mais cela n'avait aucune importance. La collection était un hommage exubérant au sexe et à la beauté, et recueillerait un concert de louanges dans les journaux. Lorsqu'elles finiraient par atterrir dans les boutiques, les jupes transparentes seraient doublées, les minijupes ramenées à une longueur plus convenable. Quant aux combinaisons-strings, le modèle, à vrai dire, n'avait été créé que pour le défilé.

Eliza glissa deux doigts dans sa bouche et siffla. Puis elle jeta un coup d'œil vers le premier rang, mais elle ne vit pas Mara, juste Chauncey Raven qui, assise en biais sur les genoux de son mari, devait lui bloquer la vue du défilé.

Eh bien, ça lui apprendrait à se comporter comme une garce !

# Les liens du sang résistent à tout… sauf à la salle VIP

Après que le public eut acclamé Reinaldo, à la fin du défilé, tous se ruèrent sur le buffet, qui se tenait dans le parc du Country Club. Garrett était arrivé à la toute fin et, jaugeant Megan d'un seul coup d'œil, avait entrepris de l'ignorer totalement. Mara avait demandé à Megan de tenir son sac-surprise, le temps qu'elle aille saluer ses amis.

Lorsque les vraies célébrités furent reparties et que Garrett eut reparu à ses côtés, les paparazzis finirent par s'apercevoir de sa présence. Elle remarqua que Megan paraissait mal à l'aise, mais il fallait bien qu'elle aille dire bonjour à tous ces gens – des échotiers, des rédacteurs de magazines, et divers spécialistes en relations publiques qui lui avaient fait porter, cet été, des créations de leurs clients.

– Ma chérie ! s'exclama Mara d'une voix stridente, en saluant une fille un peu trop grasse boudinée dans une robe à imprimé Liberty. (Comme Mitzi, elle avait pris l'habitude d'appeler tout le monde « chéri ».) Tu es superbe !

À peine la fille eût-elle tourné le dos qu'elle murmura, à l'adresse de Garrett, de Megan et de tous ceux qui pouvaient l'entendre :

– Si tant est qu'on puisse être superbe, habillée avec une toile cirée !

Garrett éclata de rire, et les sœurs Perry les rejoignirent aussitôt pour profiter de leur bonne humeur.

– Oh, waouh ! lança Sugar. J'adorais cette robe !

– C'est vrai ? dit Megan. Merci.

– Ouais, l'année dernière, ricana son interlocutrice. La mienne, je l'ai donnée à l'Armée du Salut.

Mara fit celle qui n'avait rien entendu. Elle avait bien dit à Megan de lui emprunter quelque chose, justement pour éviter ça.

Megan se retira poliment, l'air blessée, sous prétexte de se diriger vers le buffet. Mara et Sugar partagèrent une cigarette.

– Mon Dieu ! Quelle idée de manger dans un endroit pareil ! s'exclama Sugar.

Mara haussa les épaules.

– On va au Dragonbar, maintenant ? demanda-t-elle, faisant allusion à la vraie soirée d'after, à laquelle seuls les *happy few* avaient été invités.

Plusieurs de leurs amis communs, parmi lesquels l'héritière de grands laboratoires pharmaceutiques, se joignirent à leur groupe.

– Eh, Mimi, ce n'est pas ta sœur, là-bas ? demanda l'héritière en désignant Megan, qui s'efforçait de ne pas renverser deux mini-assiettes remplies de champignons farcis et de pinces de crabe.

– Euh... enfin... non, pas vraiment, répondit Mara, embarrassée.

Si Megan n'entendit pas, quelqu'un d'autre entendit.

Lorsqu'elle leva les yeux, Mara vit Ryan. Il la regardait en secouant la tête.

– Salut Ryan, crâna-t-elle en lui soufflant sa fumée au visage.

– J'aurais jamais cru ça possible, dit-il.

– Pardon ?

– Tu es devenue… l'une d'entre elles, répliqua-t-il, faisant un geste vers la foule environnante. Mes sœurs sont déjà pas mal dans le genre, mais toi… Et moi qui te croyais différente !

– Qu'est-ce que ça signifie ? demanda Mara.

Mais Ryan lui avait tourné le dos, et s'éloignait déjà.

Mara jeta un coup d'œil alentour, espérant que quelqu'un aurait assisté à leur conversation, et pourrait confirmer que Ryan dépassait les bornes. Mais il n'y avait personne dans les parages, hormis un serveur qui ne paraissait pas vraiment content d'être là. Elle alla se rasseoir à côté de Garrett et regarda Ryan dire bonjour à Eliza. Megan la rejoignit, tenant toujours une assiette remplie d'amuse-gueules.

– Mara, je suis vannée. Je crois que je vais rentrer tôt, dit-elle, l'air découragé. Et je pense que je reprendrai le premier bus pour Sturbridge demain matin.

Mara était toujours sous le choc des mots de Ryan. « Tu es devenue l'une d'entre elles. » *Qui ça, elles ?* Megan lui parlait, mais Mara ne prêtait pas attention à ses paroles.

– Euh… OK… très bien, répliqua-t-elle d'un ton distrait.

– Mara, tu m'entends ou quoi ? Je m'en vais ! insista Megan.

Mais Mara se contenta de plonger la main dans son sac et d'en sortir sa clé.

– La clé coince un peu, parfois, dans la serrure du haut. Il faut donner deux tours, dit-elle.

Megan hocha la tête, la gorge nouée.

– Eh bien... parfait... On se voit à la fin de l'été, alors, quand tu rentreras à la maison.

– Ouais, répliqua Mara.

Elle se leva et étreignit mollement sa sœur. *L'une d'entre elles ?* Qui ça, *elles* ? Sugar et Poppy ? Et alors ? C'étaient ses sœurs, après tout. Elle les regarda, puis se regarda. D'accord, elles portaient toutes les mêmes sandales en cuir métallisé et les mêmes mini-robes asymétriques, mais ça ne signifiait pas qu'elle était comme elles. *Les apparences sont parfois trompeuses*, songea Mara. Ryan était mieux placé que personne pour le savoir.

– Ta sœur est partie ? demanda Garrett en se penchant vers Mara.

– Ouais. Elle était très fatiguée.

– Tant mieux, dit Garrett en lui frottant le dos.

Mara fit tomber la cendre de sa cigarette dans un verre à vin vide, car le cendrier était trop loin. Elle aperçut Eliza et Ryan, retranchés dans un coin, avec des amis de Ryan. Ils étaient assis si près l'un de l'autre, si proches que leurs cuisses se touchaient, et Eliza écartait des mèches du visage de Ryan. N'importe qui les aurait pris pour un couple.

Et pourtant, *les apparences sont parfois trompeuses*, se répéta Mara.

Elles le sont parfois, mais ça ne signifie pas qu'elles le sont toujours.

# Je vais te casser ta sale gueule de Français !

Lorsqu'elle arriva au Dragonbar, Eliza tomba sur Kit, en train de siroter un double whisky.

– Eh, mon chou, qu'est-ce qui va pas ?

Kit lui désigna Jacqui, qui s'était installée dans un coin, avec un groupe de sublimes créatures.

Si tous les invités étaient vêtus de façon très voyante, les véritables beautés – dont Jacqui faisait partie – se prélassaient, quant à elles, en sweat-shirts et en tennis. Jacqui était assise sur les genoux de Philippe.

– Allez, je t'en paie un autre, dit Eliza. Un whisky, c'est ça ?

Kit hocha la tête, agitant les glaçons dans son verre désormais vide.

Philippe vint vers eux. Adressa à Eliza un petit signe de tête.

– Salut. On s'est déjà rencontrés, non ? demanda-t-il d'un ton aguicheur.

– Oui, répondit Eliza, avec un sourire.

Philippe n'avait pas retiré son maquillage, ce qui lui donnait l'air assez crétin, vu de près. Il appela la serveuse et commanda un cosmopolitan.

– Philippe, voici mon ami Kit. Kit, je te présente Philippe.

Il travaille lui aussi, cet été, comme baby-sitter chez les Perry, expliqua Eliza.

– Salut, dit Kit, en regardant Philippe avaler une grande gorgée de son cocktail pour fille.

Alors comme ça, ce mannequin avec de l'eye-liner plein les yeux aimait boire ce genre de trucs...

– Tu sors avec cette fille ? demanda Kit en désignant Jacqui.

Philippe haussa les sourcils.

– Qu'est-ce que ça peut te faire ? rétorqua-t-il.

– Eh bien, c'est une amie à moi ! dit Kit en s'efforçant de maîtriser sa voix et sa colère.

– Ah oui ?

– Ouais. Et si tu lui brises le cœur, je casserai ta sale petite gueule de Français ! menaça-t-il.

Il donna un coup dans le verre à cocktail, faisant gicler son contenu sur le tee-shirt d'andouille de Philippe, où l'on pouvait lire « LES MANNEQUINS CRAIGNENT UN MAX ! ».

– *Merde !* s'exclama Philippe.

Il se détourna, sans répondre à l'insulte. Tout en s'éloignant, il tentait d'essuyer la tache rose.

– Ne t'inquiète pas, bébé, dit Jacqui quand il se rassit. Je ne vais pas tarder à te le retirer, ce tee-shirt.

# Eliza fait des équations sentimentales

Certes, il l'avait présentée à son meilleur ami de prépa, Matt Hooper, dont il lui avait parlé à une ou deux reprises. Ça, il n'avait pas manqué de le faire.

– Eh Matt, je te présente Eliza, avait-il dit.

Eliza avait souri. Matt avait répliqué « Salut » et s'était assis. Point final. Il ne l'avait pas détaillée de pied en cap et ne lui avait pas adressé le hochement de tête subtil qui signifiait : « Alors comme ça, t'es la petite copine de mon pote ! » Eliza était tout simplement Eliza. Une fille qui traînait en boîte avec Ryan.

Ils sortaient désormais ensemble depuis plus d'un mois et, même si elle ne s'attendait pas à ce que Ryan la présente comme sa petite amie... d'ailleurs, elle n'était *pas* sa petite amie ! La première fois qu'ils s'étaient retrouvés dans les bras l'un de l'autre, il était toujours, à ses yeux, l'amoureux de Mara. Mais étant donné que Mara était visiblement la nouvelle petite amie de Garrett, cela signifiait-il que Ryan était... son petit ami à elle ? Elle se récita la liste de tout ce qu'il faisait pour elle. Il allait la chercher après le boulot pour qu'elle n'ait pas à rentrer seule en voiture. Il l'appelait tous les soirs. Il n'avait pas besoin de l'appeler pour la voir le week-end, puisqu'il était clair qu'ils se verraient. Il lui avait même offert ce collier avant qu'ils ne quittent Palm Beach. Eliza délirait peut-être, mais tout cela paraissait faire d'elle la petite amie de Ryan.

Mais si elle était sa copine, pourquoi ne le disait-il pas ? Pourquoi ne pas le préciser à ses amis ? Et pourquoi aucun d'eux ne paraissait se rendre compte qu'elle n'était pas une fille à qui Ryan avait juste donné rendez-vous pour la soirée, ni juste une amie, mais la fille avec qui il rentrait tous les soirs ? Soudain, Eliza cessa de se sentir mal à l'aise, et commença à se sentir de plus en plus... vexée.

– Ryan, on peut parler deux minutes ? demanda Eliza.

– Bien sûr, bébé, dit Ryan avec un sourire.

– Je veux dire, juste tous les deux ? précisa-t-elle.

Elle l'entraîna dans un coin de la boîte.

– À ton avis, qu'est-ce qu'on est en train de faire, tous les deux ?

– On boit un verre, répondit-il en haussant les épaules, sans cesser de lui sourire tendrement.

– Non, je veux dire... tous les deux... tu vois ce que je veux dire.

– Oh.

L'espace d'une seconde, il parut déconcerté. Puis il réalisa qu'Eliza le fixait attentivement.

– Eh bien, voilà comment je vois les choses...

Il remua les sourcils, cherchant de toute évidence à dédramatiser la situation.

– Toi et moi, c'est de l'amitié...

*Ah Ah.*

– ... avec des avantages en plus. Tu sais bien...

Il haussa les épaules, esquissa un sourire charmeur.

– Comment ça, des avantages ? Quelle sorte d'avantages ?

Elle comprenait très bien ce qu'il voulait dire par là, mais était suffisamment furieuse pour exiger des explications supplémentaires.

– Tu sais... on est amis, mais on aime bien... se faire des câlins, et ce genre de trucs, répondit-il en souriant toujours. Viens, je t'offre un autre verre.

Quand diable allait-il cesser de traiter la situation tellement à la légère ?

– Alors comme ça, c'est tout ce que je suis ? Un bon plan ? Histoire de passer le temps ? lança Eliza.

– Eliza, ne prends pas les choses comme ça ! dit Ryan, en la pressant contre lui pour la réconforter. Allez, c'est pas ce que tu crois. Ne te mets pas en colère. Tu savais ce qu'on faisait, non ?

– Va te faire voir, Ryan !

Eliza retenait ses larmes. Elle n'était pas une fille facile et pourtant, c'est exactement ce qu'elle avait le sentiment d'être.

– Eliza... attends... Eliza ! répétait Ryan. Allez...

Plusieurs têtes se tournèrent vers eux, assistant à ce qui était de toute évidence une querelle d'amoureux. Si certains des amis de Ryan s'étaient imaginé qu'Eliza et lui n'étaient guère plus que des amis, ils changèrent sans doute d'avis en la voyant lui envoyer son cocktail à la figure.

# L'amour est aveugle, mais Mara portait peut-être des lunettes de soleil

– C'était quoi, ce cirque ? demanda Mara en désignant Ryan qui, lancé à la poursuite d'Eliza, sortait de la boîte.

Elle avait assisté à la totalité de la scène et, bien qu'elle n'eût pu distinguer leurs paroles, il était clair qu'Eliza et Ryan se disputaient.

Qu'ils se disputaient comme seules deux personnes qui s'étaient retrouvées nues dans les bras l'une de l'autre étaient capables de se disputer.

Sugar ricana, le nez dans son verre.

– Tu n'es pas au courant ?

Elle lécha le bord de son verre à cocktail et adressa à Mara un sourire candide. Poppy donna un coup de coude à sa sœur.

– Eliza et Ryan sont sortis ensemble à Palm Beach. Et, à ce que j'ai entendu dire, ils ont remis ça tout l'été. Les trois quarts de son temps, il les passe chez elle, dit Sugar, d'une voix dénuée de toute émotion.

Eliza... et Ryan ? Ensemble ? Sa meilleure amie ! Et son petit ami ! OK, son ex-petit ami ! Et d'accord, son ex-meilleure amie ! Mais... Ryan ! Et Eliza ! À Palm Beach ! Ensemble ! Et qui plus est, pendant tout l'été ! Comment avait-elle pu l'ignorer ?

Comment Eliza avait-elle pu trahir le premier commandement de l'amitié : *Tu ne sortiras pas avec le futur petit copain, le petit copain ou l'ex-petit copain de ton amie.* Et le second commandement : *Tu ne mentiras pas à ta meilleure amie.* Mais Eliza avait passé son temps, l'été dernier, à rôder dans les Hamptons en cachant à tous ses anciens amis qu'elle avait déménagé à Buffalo et qu'elle travaillait comme fille au pair. Peut-être Mara s'était-elle fait des illusions sur elle ?

– Ma pauvre petite... on croyait que tu le savais, dit Sugar en posant une main sur l'épaule de Mara.

– Ça va ? demanda Poppy, apparemment soucieuse.

Elle tendit à Mara une serviette en papier.

– Tu ne pleures pas, tout de même ?

Mara secoua la tête et se força à sourire.

– Ça va, je t'assure.

Mais c'était loin d'être le cas.

# Pourquoi le téléphone sonne-t-il toujours au mauvais moment ?

La clé d'une chambre de motel.

C'est ce que Jacqui glissa dans la poche du jean de Philippe sans qu'il s'en aperçoive, au Dragonbar.

– Je nous ai réservé une chambre, expliqua-t-elle lorsqu'il la trouva. C'est à Montauk, pas loin de la plage.

Au diable Anna et ses ultimatums ! Le jeu en valait la chandelle.

Le motel était un bâtiment délabré, en front de mer, datant des années 1950. Les chambres étaient propres et il y avait de la moquette. Ce n'était pas un cinq-étoiles, mais ce n'était pas non plus le motel de *Psychose*. Jacqui disparut dans la salle de bains. Ils étaient enfin seuls, et dans un lieu privé où Anna ne risquait pas de les surprendre. Jacqui se regarda dans le miroir – elle avait encore du mal à s'habituer aux cheveux courts – et enfila un ensemble culotte soutien-gorge Agent Provocateur acheté pour l'occasion.

Philippe était couché, et déjà nu sous les couvertures, lorsqu'elle sortit de la salle de bains. Il eut un grand sourire en la voyant.

– Ah, l'ensemble Agent Provocateur ! s'exclama-t-il sur un ton de connaisseur.

Jacqui ne s'attendait pas à une telle réaction. Pour elle, un véritable compliment, c'était : « Tu es superbe dans cette robe ! » et non « Cette robe est griffée Chanel ». Mais peut-être Philippe faisait-il une fixation sur la mode parce qu'il était français ?

Elle souleva les couvertures et se glissa à côté de lui dans le lit.

– Oh là là ! Tu as les pieds gelés ! s'exclama-t-il lorsqu'elle vint se presser contre lui.

– Désolée, dit-elle en frottant ses pieds contre les draps. Le carrelage de la salle de bains est froid.

Philippe se calma et finit par l'embrasser. Elle ferma les yeux, sentit ses mains se déplacer sur son corps et défaire les nœuds délicats qui retenaient ses sous-vêtements. Mais soudain Philippe s'appuya sur un coude, et parcourut la chambre des yeux.

– Qu'y a-t-il ? demanda Jacqui.

– Mon téléphone, répondit-il en bondissant hors du lit.

Il se précipita vers son sac à dos, d'où la sonnerie provenait. Il s'agenouilla et défit la fermeture de la poche de devant, où son téléphone était allumé et vibrait.

Jacqui se laissa retomber sur le lit avec un grand soupir, mais Philippe avait déjà répondu.

– Non, non, je n'ai rien prévu, disait-il.

Il raccrocha et regarda Jacqui.

– Je suis désolé... j'ai une... euh... une urgence ! dit-il.

Jacqui attendit, bouche bée, pendant que Philippe se rhabillait. Lorsqu'il alla se rincer la figure dans la salle de bains, elle se précipita sur son sac à dos. Qui donc pouvait être assez important pour qu'il l'abandonne – *nue qui plus est !* – au milieu de la nuit ? Elle parcourut frénétiquement la liste des appels reçus. Jusqu'au tout dernier : *Domicile des Perry.*

Anna.

Évidemment.

# On ne se sent jamais très bien, le matin, avec les habits de la veille

Il n'est jamais très drôle de se réveiller dans un lit inconnu. La façon dont la lumière du soleil vous surprend – jaunâtre, peu flatteuse et chargée de grains de poussière – donne l'impression que le monde veut vous punir de vos turpitudes de la veille. Même si Mara et Garrett n'avaient rien fait la nuit dernière – il s'était endormi tout habillé à la seconde où il s'était couché – la jeune fille eut le réveil amer. Ryan et Eliza sortaient ensemble, et cette pensée lui serrait le cœur.

Garrett dormait encore lorsqu'elle remit ses vêtements de la veille au soir. Ça lui paraissait un peu naze, voire vulgaire, de porter une robe à plumes de si bon matin, et elle avait dormi avec tout son maquillage. Elle chercha ses sandales, sans parvenir à les trouver.

Garrett poussa un grognement, ouvrit un œil et tenta d'attirer à nouveau Mara dans le lit.

– Tu vas où ?

– Faut que je parte, dit Mara avec un sentiment de panique, en se dégageant de l'étreinte de Garrett.

Elle ramassa son sac à main sur la moquette et se faufila hors de la chambre, sans ses souliers.

– Je t'appelle plus tard, marmonna Garrett.

Mara s'empressa de descendre l'escalier de service et de traverser le jardin qui séparait la propriété des Reynolds de celle des Perry.

Elle venait de franchir la haie, devant la piscine, lorsqu'elle vit Ryan s'avancer, son surf sous le bras. Parfait ! Justement le gars qu'elle voulait croiser !

Ryan enregistra la robe chiffonnée de Mara, ses pieds nus, son maquillage qui coulait, et la direction d'où elle venait. Il afficha une expression de mépris.

– On s'est couché tard ? demanda-t-il avec un rictus plein d'amertume.

Mara se redressa. Il ne s'était rien passé, mais pas question de le lui dire. Qu'il s'imagine donc qu'elle était restée toute la nuit avec Garrett, et que lui, Ryan, lui était on ne peut plus indifférent.

– Garrett ne m'a pas laissé fermer l'œil de la nuit ! déclara-t-elle en souriant aussi largement qu'elle en était capable. Je suis épuisée !

Ryan grimaça. On aurait dit qu'elle le dégoûtait.

– Je suis au courant, pour toi et Eliza, ajouta-t-elle. Alors, ne va pas te figurer que tu vaux mieux que moi !

– Mais de quoi tu parles ? Tu as rompu avec moi en novembre ! hurla-t-il.

C'était la première fois que Mara voyait Ryan se mettre réellement en colère, montrer que sa nonchalance et sa décontraction pouvaient être ébranlées. Exactement ce qu'elle aurait voulu voir l'automne dernier, lorsqu'elle lui avait annoncé qu'il valait mieux pour eux se contenter d'être amis.

– Si je l'ai fait, c'est seulement parce que je ne pensais pas que tu... Oh, laisse tomber ! dit Mara, en pivotant sur ses talons.

De toute manière, il était trop tard. Désormais, il sortait avec Eliza. Elle se dirigea à grands pas vers le cottage des domestiques, en s'efforçant de ne pas penser à ce qui venait de se passer.

Lorsqu'elle arriva dans la chambre, il n'y avait personne. Jacqui n'était pas dans les parages, et Megan était partie. Sans même lui laisser un petit mot. Mara s'écroula sur le lit. Elle était épuisée, mentalement et physiquement. La sonnerie de l'interphone retentit. Elle décrocha.

– Allô ?

– C'est comme ça que vous répondez au téléphone ? rétorqua Anna, de sa voix au débit haché.

– Oh, je suis désolée.

– Les enfants attendent leur petit déjeuner. Ai-je raison de supposer que vous êtes encore à notre service ?

– J'arrive tout de suite, Anna ! répondit-elle à contrecœur, en se demandant où Jacqui avait bien pu disparaître, et pourquoi elle ne lui avait rien dit au sujet de Ryan et Eliza.

Ça, des amies ?

# Les gamins pleurent quand on leur retire leurs bonbons

Kartik avait dépêché Eliza auprès de Mitzi pour l'aider à tout remballer après le défilé de mode. Elle revint donc au Country Club après quelques heures de sommeil à peine. Les manutentionnaires empilaient les chaises, et des sacs-surprises vides volaient à travers la tente comme des buissons errants. Eliza assistait à une réunion en compagnie de Mitzi et de ses assistantes. Toutes bâillaient derrière leurs lunettes noires et sirotaient des cafés au lait écrémé, en ressassant les potins de la veille.

– Tout d'abord, il faut faire livrer un sac-surprise à toutes les célébrités qui n'en ont pas eu hier. L'agente de Chauncey Raven a appelé. Chauncey en veut un.

Eliza hocha la tête. Ah, les caprices de stars... Chauncey devait avoir quarante millions de dollars en banque, mais il lui *fallait* à tout prix ce baume à lèvres Kiehl et cet agenda électronique incrusté de cristaux Swarovski.

– Et puis, il y a deux ou trois articles dont il faut qu'on s'occupe aujourd'hui... On a prêté des robes à plusieurs filles pour qu'elles les portent hier, et il faut qu'on les récupère. Envoyez-leur les coursiers habituels. On a un cas spécial, cependant. Sugar Perry a une robe Chanel, et il faut qu'on la récupère pour le défilé de Karl, demain, à Paris. C'est très important, car c'est le seul exemplaire dont nous disposons pour l'instant. Eliza, tu connais Sugar, non ? Tu peux te charger de cette mission ?

– Bien sûr, répondit Eliza, en s'efforçant de ne pas lever les yeux au ciel.

Elle se gara dans l'allée des Perry, soulagée de constater que la voiture de Ryan n'était pas là. Hier soir, Ryan avait tenté à six reprises de la joindre sur son portable. Elle n'avait pas répondu, et avait effacé les messages sans les écouter.

Après lui avoir balancé son verre à la figure, Eliza avait quitté la boîte en courant et failli heurter Carolyn et Jeremy. Ce dernier avait tenté de lui saisir le bras, mais elle ne s'était pas arrêtée. Bizarre, la façon dont les choses avaient évolué ! Elle n'avait souhaité qu'une chose : passer l'été avec Jeremy. Et à présent, il était là, en compagnie d'une autre. Et elle pleurait à cause d'un garçon qui n'était même pas Jeremy. Sauf qu'au bout d'un moment, alors qu'elle roulait vers chez elle et que sa voiture s'enfonçait dans les bois, c'est pour Jeremy qu'elle se mit à verser des larmes, et non plus pour Ryan.

Eliza sonna à la porte et demanda au majordome à voir Sugar. Elle se préparait à la bagarre. Sugar n'était pas le genre de fille à lâcher facilement un modèle unique de robe haute couture.

En effet, quand Eliza entra dans sa chambre entièrement meublée et décorée de blanc, les premières paroles de Sugar furent :

– Qui t'a laissé entrer ?

Elle était vêtue en tout et pour tout d'un tee-shirt et d'un boxer. Les caméramans de l'émission de télé-réalité suivaient le moindre de ses faits et gestes.

Eliza haussa les épaules.

– Mitzi veut récupérer la robe.

– Quelle robe ? demanda Sugar avec candeur, en faisant des flexions du dos.

Elle se réveillait toujours tôt, qu'elle eût ou non la gueule de bois. Ce jour-là, elle s'était levée à l'aube pour effectuer son salut au soleil.

– La Chanel. C'est un modèle unique, et on en a besoin pour le défilé de Karl.

– Oh, celle-là, dit Sugar. Je ne sais plus où je l'ai mise.

– Tu l'as perdue ? demanda Eliza, incrédule. Tu es tout de même bien rentrée avec, cette nuit ?

– J'imagine, gloussa Sugar. Je me souviens plus de rien.

– Écoute, Sugar, c'est pas mon problème. Je fais mon job, point final. Tu veux bien me donner la robe ? Elle n'est pas à toi, tu sais.

– Très bien.

Elle ouvrit la porte de sa penderie et fouilla dans un tas de vêtements à même le sol. Et balança à Eliza une espèce de loque déchiquetée.

– Oh mon Dieu ! s'exclama Eliza. Elle est fichue !

– Charlie a marché sur la traîne, et je crois que Poppy l'a brûlée avec les cendres de sa cigarette. Je suis désolée ! conclut-elle avec un sourire hypocrite.

Eliza tint la robe de soie rose pâle devant les caméras. Elle n'arrivait pas à croire qu'on puisse être aussi négligent, même en étant aussi gâtée que Sugar Perry.

– Tu sais que Daria Werbowy est censée défiler avec,

demain ! Mitzi t'avait demandé d'en prendre soin ! s'écria Eliza.

– J'en ai pris soin. J'y suis pour rien, c'est clair ? rétorqua Sugar d'un ton exaspéré. Et puis, pourquoi il en fabrique pas une autre, de robe ? C'est son boulot, non ?

Eliza fourra la robe dans un sac et sortit en bousculant les caméramans. Elle savait que Mitzi serait furieuse et que ce serait elle, et non Sugar, qui aurait à affronter sa colère. La célébrité protégeait de tout. Eliza avait au moins appris cela cet été.

# Les meilleures choses ne coûtent rien (mais espérons qu'elles sont assurées !)

Lorsque Mara revint de sa journée de baby-sitting, elle en voulait encore terriblement à Jacqui de ne rien lui avoir dit, pour Ryan et Eliza. Cet été, elle avait à peine vu celle-ci. En revanche, Jacqui et elle avaient passé presque toutes les nuits dans la même chambre.

– La joaillerie Ivan a appelé pour vous, lui dit Laurie, tandis que Mara s'efforçait de faire entrer les enfants dans la salle de jeux.

– Oh ?

– Ils ont envoyé un coursier cet après-midi pour récupérer des... boucles d'oreilles ? Mais comme vous n'aviez pas laissé de paquet ou quoi que ce soit, ils sont repartis.

Les boucles d'oreilles. Les boucles d'oreilles d'une valeur de deux cent cinquante mille dollars. Ah oui... Mitzi lui avait dit qu'elle enverrait quelqu'un les récupérer le lendemain de la soirée. Mara avait complètement oublié.

Elle se précipita au cottage des domestiques. Le voyant du répondeur était allumé. Elle écouta le message :

« Mara, salut ! C'est Mitzi. Tu étais superbe hier soir, ma chérie ! Par ailleurs, ma belle, faut que je rende ses boucles d'oreilles à Ivan. Remets-les dans l'écrin et laisse-les à ton assistante, de façon à ce que le coursier puisse les récupérer. Merci ! À plus tard ! »

Puis le suivant :

« Salut Mara, c'est à nouveau Mitzi. Écoute, mon chou, le coursier a dit qu'il n'y avait pas de paquet pour lui. Tu as dû oublier. Appelle-moi pour me tenir au courant, Ivan en a vraiment besoin, Jennifer Lopez doit les porter à la cérémonie des MTV Music Awards. Merci, mon chou. Salut. »

Mara mit toute sa commode sens dessus dessous. Elle aurait juré qu'elle les avait retirées en rentrant au cottage le matin même, et qu'elle les avait rangées dans le petit écrin de velours, à côté de la montre de Jacqui. Mais lorsqu'elle ouvrit l'écrin, les boucles ne s'y trouvaient pas. Elles n'étaient pas non plus dans son autre coffret à bijoux, ni sur le lavabo, où il lui arrivait parfois de laisser traîner son collier de perles. Se pouvait-il qu'elle les eût oubliées chez Garrett ?

Elle appela Garrett et lui expliqua la situation.

– Non, t'as rien laissé ici. Il manque qu'une chose dans cette chambre, et c'est toi, poupée ! répondit Garrett avec nonchalance.

Elle raccrocha, saisie de panique.

Se pouvait-il que Megan les ait prises ? Impossible : Megan était partie avant le retour de Mara. Et puis... sa sœur ? Elle était tellement honnête qu'il lui était arrivé d'appeler un grand magasin pour signaler que son compte n'avait pas été débité suite à une commande. Était-il possible, alors, qu'elle les eût perdues pendant le défilé ? Mais les boucles d'oreilles ne tombent quand même pas toutes seules !

Elle était certaine de les avoir retirées ce matin en arrivant, juste après avoir croisé Ryan. Mais alors, comment se faisait-il qu'elles ne soient plus là ?

Le téléphone sonna. Mara décrocha.

– Allô ?

– Mara ! Ma chérie ! Je parviens enfin à t'avoir au bout du fil ! Écoute, tu peux laisser ces boucles dans un paquet, qu'on puisse venir les récupérer demain. Merci, ma jolie !

– Bien sûr, dit Mara d'une voix faible, le ventre noué.

Elle avait signé, avec une totale insouciance, des documents où elle reconnaissait assumer la responsabilité légale en cas de préjudice financier dû au vol ou à la perte des boucles d'oreilles. Mais cela devait arriver fréquemment, non ? Elle se souvenait avoir lu que Paris Hilton avait égaré un bracelet en diamants dans une boîte de nuit.

Mais voilà... Paris était célèbre. Alors que Mara, ainsi qu'elle venait de le réaliser lors du défilé... ne l'était pas !

# Avec des amies pareilles, qui a besoin des sœurs Perry ?

Jacqui revint de Montauk bien plus tard dans l'après-midi, Philippe ayant pris la voiture la veille au soir sans se demander comment Jacqui allait rentrer. Elle avait dû prendre le bus, qui faisait tout un tas de détours et s'arrêtait toutes les cinq secondes. Au cours de cet interminable trajet, Jacqui eut largement le temps de mesurer l'étendue de sa bêtise : tout risquer pour passer du temps avec Philippe quand, depuis le début, il n'avait cessé d'être le joujou d'Anna ! Elle s'en voulait terriblement de s'être écartée de ses bonnes résolutions et d'avoir cru Philippe lorsqu'il lui avait affirmé qu'il n'y avait rien entre Anna et lui. Mais au moins, ils n'avaient pas été surpris, pas vraiment, en tout cas. Et puis, même si Anna avait Philippe, les projets de Jacqui étaient en bonne voie, à commencer par le boulot à New York.

À son arrivée au cottage, elle trouva la chambre sens dessus dessous, et Mara au milieu du chaos, les cheveux en bataille et l'air affolé. Les draps, les oreillers et les couvertures s'entassaient aux quatre coins de la pièce. Toutes les affaires de Jacqui – chaussures, foulards, maillots de bain, sous-vêtements, mouchoirs et magazines – jetées sur le lit.

– Merde ! Qu'est-ce qui se passe ici ? Mara, tu veux bien m'expliquer ?

– Toi ! lança Mara en interrompant soudain sa fouille.

Elle oublia momentanément les boucles d'oreilles. Elle avait quelque chose de plus important à régler avec Jacqui.

– Tu as toujours été au courant, pas vrai ?

– Moi ? Au courant de quoi ? De quoi tu parles ? demanda Jacqui, complètement perdue.

– Ryan et Eliza. Tu étais à Palm Beach. Tu savais qu'ils étaient sortis ensemble. Et tu ne m'as jamais rien dit ?

– Attends une minute ! répliqua Jacqui en avançant dans la pièce avec prudence, comme si Mara était un animal dangereux.

– Tu étais au courant, pas vrai ? répéta Mara, les yeux brillants de colère.

– Pour Ryan et Eliza. Oui. Mara, je suis désolée. Je voulais te le dire mais... je pensais que c'étaient pas mes oignons.

Mara réagit au quart de tour.

– Je te l'aurais dit, si ç'avait été ton petit ami !

– Mara, ce n'était pas ton petit ami. Tu avais rompu, tu te souviens ?

Mara n'avait rien à répondre à cela. Elle poussa un grognement et reprit ses recherches.

– Mais il se passe quoi, ici ? demanda Jacqui en faisant un pas de plus, levant les mains pour se protéger comme si Mara risquait de se jeter sur elle à tout moment. Pourquoi est-ce que tu as tout chamboulé ?

– Je cherche... mes boucles d'oreilles ! gémit Mara d'une voix déchirante.

– OK..., dit Jacqui en gardant les mains levées. Quelles boucles d'oreilles ?

– Celles que m'a prêtées Ivan, de la joaillerie Ivan. Celles que j'avais hier soir. Nicole Kidman les a portées aux Oscars. Elles valent deux cent cinquante mille dollars. Et il les leur faut pour demain !

– Celles que tu portais hier soir ? demanda lentement Jacqui.

– Oui, répliqua Mara, d'un ton impatient.

Jacqui était-elle sourde, ou quoi ?

– Elles coûtent si cher que ça ?

– Oui.

– Merde, dit Jacqui.

Elle commença à farfouiller parmi les affaires qui jonchaient le lit, afin d'aider Mara.

– Elles ne sont pas perdues. Je les avais ce matin. Je les ai retirées... et je les ai mises... là, expliqua Mara en désignant la commode. Tu ne les as pas vues ?

– Non... enfin..., bredouilla Jacqui en fourrageant dans une pile de sous-vêtements.

*Comment Mara pouvait-elle être si négligente ?*

– Je ne sais pas..., continua-t-elle. Je n'ai pas regardé... je viens tout juste d'arriver.

– Bizarre. Toi qui as toujours l'air de savoir où se trouve tout ! rétorqua Mara en regardant avec insistance le foulard Pucci que Jacqui avait noué dans ses cheveux.

– Ça signifie quoi ?

– Tout ça est vraiment très bizarre, non ? Elles étaient là quand je suis partie... et elles ne sont plus là à mon retour.

Et ça n'a pas l'air de te déranger de te servir dans mes affaires, alors...

– Tu insinues que je les ai volées ? demanda Jacqui, pas certaine d'avoir bien compris les paroles de Mara.

– Je dis simplement qu'elles ne sont plus là. Et à part moi, il n'y a que toi qui possèdes la clé du cottage.

Jacqui ne s'était jamais sentie aussi insultée de sa vie. Elle fixa Mara, et celle-ci lui apparut comme une étrangère.

– C'est peut-être toi qui les as volées, dit froidement Jacqui, cherchant sciemment à blesser Mara.

– Pourquoi je ferais ça ? demanda Mara d'une voix effrayée.

Jacqui haussa les épaules. Elle abandonna le tas de vêtements dans lequel elle était en train de fourrager. Plus question d'aider Mara, à présent.

C'est alors que la porte s'ouvrit. Eliza entra, sans réaliser qu'elle entrait dans un champ de mines.

– Oh, regardez-moi ça ! Une autre sale garce ! dit Mara.

Elle avait eu tout le temps de maudire Eliza et Ryan, pendant qu'elle cherchait frénétiquement les boucles.

– Tu les as prises exprès pour me nuire, c'est ça ?

– De quoi tu parles ? demanda Eliza, perplexe.

Jacqui lui expliqua l'histoire des boucles d'oreilles.

– Écoute, Eliza. Je sais que tu m'as jalousée pendant tout l'été. Je sais que tu veux ce qui est à moi, mais j'aurais jamais cru que tu... Je pensais pas que tu ferais quelque chose d'aussi bas.

– Qu'est-ce que tu racontes ? demanda Eliza, se penchant en avant comme si cela pouvait l'aider à comprendre pourquoi Mara se montrait aussi mauvaise.

– Je sais tout au sujet de Palm Beach, lança Mara.

Eliza eut l'air surpris.

– Mais je croyais que tu savais déjà. Et que ça t'était égal.

– Qui t'a raconté ça ? siffla Mara.

– Sugar.

– Ça ne change rien, que je l'aie su ou pas. Je n'arrive pas à croire que tu aies pu me faire une chose pareille !

– Vous aviez rompu, Ryan et toi. Et j'avais l'intention de tout te raconter... mais Sugar et Poppy m'ont dit que tu étais déjà au courant et que tu t'en fichais... et...

Eliza s'interrompit en réalisant à quel point elle s'était trompée. Sugar avait menti, bien évidemment. C'était la spécialité de Sugar : mentir.

– Alors, tu trouves ça normal de sortir avec mon petit ami dans mon dos ?

– Ton *ex*-petit ami. Tu as un *nouveau* petit ami désormais, Mara. Tu as oublié, peut-être ? Et nous n'avons rien fait dans le dos de personne. Nous ne tenions pas à blesser qui que ce soit, c'est tout.

*Nous. Nous. Nous.* De toutes les paroles d'Eliza, c'est cela qui faisait le plus mal à Mara. Ce « nous » désignant Eliza et Ryan. Ils formaient donc bien un couple.

– Mais tu connaissais mes sentiments pour Ryan, dit Mara.

Elle aurait pu supporter l'idée qu'ils aient passé une nuit ensemble, à Palm Beach. Mais l'été entier... ensemble ? Dans son dos ? Comment Eliza avait-elle pu lui faire ça ?

– Tu savais que je l'aimais encore, dit Mara.

– Et comment je l'aurais su ? On ne s'est quasiment pas vues cet été.

– Ouais, tu as passé ton temps à m'ignorer, répliqua Mara.

C'était vrai. Eliza avait évité Mara. Au début parce qu'elle avait mauvaise conscience. Et puis, au fil des jours, épuisée par son boulot et délaissée par Jeremy, elle avait trouvé le réconfort dans les bras de Ryan. Elle s'était servie de lui comme d'un pansement pour oublier Jeremy. Or, la blessure ne s'était jamais refermée : Eliza aimait toujours Jeremy. Or elle avait passé tout l'été avec Ryan, et perdu sa meilleure amie...

Mara, Eliza et Jacqui se foudroyaient du regard, s'en voulant à mort pour d'innombrables raisons.

# C'est ce qu'on appelle un beau salaud !

Mara avait fouillé le cottage de fond en comble, et passé au peigne fin les sentiers et les buissons autour de la piscine, ainsi que le parc du Country Club où elle avait emmené les gamins ce jour-là – bien qu'il parût très peu probable que les boucles fussent tombées toutes les deux. Au fil des jours, il devenait de plus en plus clair que quelqu'un avait dû les voler.

Mitzi Goober s'était remise à harceler Mara de coups de téléphone – son portable, le téléphone du cottage et celui de la demeure principale sonnaient en permanence. Chaque fois, Mitzi, ou l'une de ses assistantes, demandait à Mara de rappeler pour leur dire quand Ivan allait pouvoir récupérer ses boucles d'oreilles. Mitzi était même venue en personne, puisque la cérémonie des MTV Music Awards était prévue pour le surlendemain. Par chance, Mara avait emmené les gamins à la plage. Pour finir, Ivan lui-même avait appelé et, en hurlant, avait menacé de porter plainte.

On était jeudi soir, et Garrett était supposé passer la chercher à sept heures. Ils devaient se rendre au dîner que ses parents donnaient au restaurant Alison by The Beach pour fêter l'achat du scénario de *Casablanca dans l'espace* par une compagnie de production. Mais sept heures sonnèrent sans que la limousine apparaisse dans l'allée. Sept heures et quart. Sept heures et demie. Huit heures. Le dîner était censé commencer maintenant.

Mara consulta sa montre. Elle composa à nouveau le numéro de Garrett, qui ne répondit pas. Elle se sentait un peu ridicule à tourner en rond en attendant son arrivée, dans sa robe kimono Roland Mouret et ses escarpins à bout ouvert Prada. Elle décida donc de se rendre seule au dîner, avec la BMW. Sans doute était-il prévu qu'ils se retrouvent là-bas ?

Le restaurant était clair et aéré, avec son comptoir en cuivre, et ses draperies blanches suspendues au plafond. Les Reynolds avaient loué le restaurant pour la soirée. Mara remarqua que plusieurs personnes la regardaient bizarrement tandis qu'elle parcourait la salle des yeux, cherchant à apercevoir Garrett.

– Eh, tu sais où est Garrett ? demanda-t-elle à une fille qui sortait avec l'un de ses amis.

– Il est là-bas, répondit la fille. Mais... euh...

Mara l'ignora et se dirigea vers la table principale, au centre de la pièce, où Garrett était assis, sa chaise renversée en arrière, riant à gorge déployée. Elle alla vers lui et passa la main sur son bras.

– Euh... salut. Désolée d'être en retard, chuchota-t-elle.

Elle jeta un coup d'œil autour de la table. Il n'y avait pas de chaise libre.

Garrett tourna la tête, visiblement étonné de la voir.

– Mara, qu'est-ce que tu fais ici ?

– Je t'ai attendu. Je croyais que tu devais venir me chercher, répondit Mara, en se demandant pourquoi il la regardait comme ça.

Il lui avait parlé du dîner la semaine dernière, et lui avait fait promettre qu'elle y assisterait.

– Permettez-moi de m'absenter un instant, dit-il à la tablée, en entraînant Mara à l'écart.

Celle-ci remarqua une grande fille au physique exotique, qui les fusillait du regard.

– Attends... Tu es venue avec une autre fille ? comprit Mara.

– Tu n'as pas eu mon message ? chuchota Garrett d'un ton pressant, en l'éloignant davantage encore de l'assistance.

– Quel message ? demanda Mara en faisant un pas de côté, pour qu'un serveur puisse apporter un plateau chargé de coupes de champagne à une table voisine.

Il poussa un soupir, et se passa la main dans les cheveux.

– Je... euh... je suis vraiment désolé, Mara. Tu es une chouette fille et tout ça... mais tu comprends... il faut pas m'en vouloir.

– Pardon ? demanda-t-elle, en remarquant que tous les convives s'enfonçaient dans leurs fauteuils et que certains lançaient à Garrett des regards soucieux.

– Écoute, dit-il, sa patience visiblement à bout. Je ne peux pas me permettre d'être vu, pour le moment, avec quelqu'un comme toi. Mon père est constamment attaqué par les journaux au sujet de notre maison, et s'il découvre que la fille avec qui je sors...

Il laissa sa phrase en suspens.

– Quoi ? demanda Mara.

– Oh, Mara. Tout le monde sait que tu as volé les boucles d'oreilles, répondit-il avec un sourire. Je trouve ça géant !

Faire ça à Mitzi, en plus ! Sa société n'est pas assurée, pas vrai ? Sa carrière est à l'eau ! gloussa-t-il.

– Mais je n'ai pas volé les boucles d'oreilles. Ce n'est pas moi, protesta Mara. J'arrive pas à croire que tu puisses penser ça de moi !

– Écoute, bébé. Ce que je pense n'a aucune importance. Je te l'ai dit. Ça m'est égal, que tu les aies prises ou non. Je tiens simplement à garder une bonne image, surtout en ce moment. Mon père va être furieux si mon nom reste encore lié au tien cet été. C'était déjà assez gênant, toutes ces rumeurs au sujet de ton... tu sais... de ton milieu. Mais ça, c'est bien pire !

Mara secoua la tête. Elle ne comprenait rien aux paroles de Garrett. C'était quoi, ces histoires de milieu, de journaux et de bonne image ? D'ailleurs, comment savait-il, pour les boucles d'oreilles ? Enfin, Mara réalisa : elle était dans les Hamptons. Tout le monde était au courant de tout.

– Alors comme ça, tu me largues ?

– Mara, tu es une gentille fille. Et on a passé de bons moments, pas vrai ? dit Garrett avec un clin d'œil. Ça valait la peine, rien que par rapport à Perry.

– *Par rapport à Perry ?*

Mara s'apprêta à lui demander ce qu'il voulait dire par là, mais Garrett était déjà retourné à sa table. Il levait son verre pour porter un toast.

À lui-même, bien évidemment.

# Le Septième Cercle de l'enfer, en effet

– Tu vois cette table, là-bas ?

Eliza acquiesça en fixant le point que désignait Kartik. Ce n'était pas une simple table. C'était *la* table, celle sur laquelle Mara avait dansé le soir du cliché olé olé, et celle que Chauncey Raven réservait habituellement.

– Fais en sorte de les traiter aux petits oignons, dit Kartik.

Eliza hocha la tête et se dirigea vers la table, afin de leur souhaiter la bienvenue, à sa manière habituelle : après leur avoir fait un petit topo sur les services proposés par la boîte, elle leur remettait un cadeau de la maison – une bouteille du champagne le plus coûteux. Ce numéro ne manquait jamais d'impressionner les célébrités. Les hommes bavaient sur Eliza, en se demandant si elle était comprise dans les « services proposés », et les femmes tentaient de copiner avec elle, car presque toutes avaient été serveuses ou hôtesses avant de connaître le succès.

– Salut, je m'appelle Eliza. Je vous souhaite la bienvenue au Septième Cercle, commença-t-elle, avant de réaliser ce qui avait conduit Kartik à distinguer la table. Sheridan Dunlop ?

– Oh mon Dieu, Eliza !

Sheridan Dunlop était un an au-dessus d'elle à la Spence School mais elle avait laissé tomber ses études après sa terminale pour s'installer à Los Angeles. Depuis lors, elle décrochait tous les rôles de blondes BCBG, d'autant que Gwyneth Paltrow avait lâché le créneau pour devenir mère au foyer. Sheridan venait de recevoir une nomination aux Oscars pour son interprétation d'une prostituée sourde-muette. Elle était assise avec quelques-uns de ses vieux amis de New York et des Hamptons. Carolyn Flynn était là, ainsi que Taylor et Lindsay et... Jeremy ?

– Salut Eliza, dit-il d'un ton décontracté, en lui prenant délicatement la bouteille de champagne des mains.

Il était assis entre Taylor et Lindsay, et cette dernière avait la main sur le genou du garçon.

Eliza n'en revenait pas ! Pendant tout ce temps, elle avait cru que Jeremy sortait avec Carolyn, quand la réalité était bien pire. Lindsay... cette sale petite prétentieuse qui se donnait des airs, avec son nez mal refait et son rire de hyène. À sa façon de regarder Eliza, on aurait dit qu'elle venait de gagner un prix.

– Salut Jeremy. Heureuse de t'avoir revue, Sheridan ! lança Eliza en s'éloignant.

Elle retenait ses larmes et fumait d'une main tremblante, lorsque Jeremy la rejoignit dans le patio situé à l'arrière du bâtiment.

– Lize, dit-il, lui posant la main sur l'épaule.

– Elles t'utilisent, tu comprends ? bafouilla-t-elle. Ces filles-là sont... sont... ce ne sont pas de vraies amies. Elles veulent se servir de toi, c'est tout. Lindsay est loin d'être une personne honnête, tu sais.

Jeremy écarquilla les yeux et pinça les lèvres.

– Tu sais, je crois que tu n'es pas très bien placée pour parler d'honnêteté. Je suis au courant, pour Ryan Perry et toi.

Oh !

# Il y a des gens qu'on balancerait bien au fond d'un étang !

Le lendemain matin, Mara était censée aller se faire masser avec Sugar et Poppy au centre de naturopathie. Elle en avait bien besoin, avec tout le stress accumulé après la perte des boucles d'oreilles.

– Vous avez vu les jumelles ? demanda-t-elle à Laurie, qu'elle croisa devant la chambre des filles.

– Je crois qu'elles sont parties.

– Ah bon ? Comment ça ?

Cela faisait des semaines que les jumelles n'avaient plus de voiture.

– Il me semble qu'elles ont pris la BMW de Poppy, expliqua Laurie.

C'était sa BMW à elle, mais Mara ne se sentit pas le courage de discuter, d'autant que Laurie se montrait très froide depuis que Mitzi Goober l'avait prise pour son assistante, au tout début de l'été.

Contrariée, Mara entra dans la cuisine et se mit à feuilleter les journaux. « L'ÉTANG DE GEORGICA ASSÉCHÉ EN UNE NUIT ! » pouvait-on lire en gros titre sur le *East Hampton Star* daté du jour. L'étang de Georgica était un étang côtier situé sur une partie protégée du littoral, à moins de deux kilomètres de l'océan. Ryan et elle avaient coutume de s'y promener l'été précédent, et les gamins adoraient qu'on les y emmène. Il abritait également une colonie d'oiseaux en voie de disparition, les pluviers siffleurs. Or, quelqu'un avait creusé une rigole dans la levée de quinze mètres de haut qui le bordait afin de drainer l'étang pendant la nuit. Il y avait des photos prises « avant » et « après », et Mara ne reconnaissait même pas le marécage boueux sur le second cliché.

Ezra Reynolds était désigné comme le principal suspect car il s'était plaint publiquement de l'étang, dont le débordement gênait, selon lui, l'avancée des travaux de sa propriété. De plus, on lui avait refusé l'autorisation de le vider. L'article rappelait que les habitants de Georgica « avaient coutume de se considérer comme étant au-dessus des lois » et que le voisinage comprenait des personnalités telles que Calvin Klein, Martha Stewart, Steven Spielberg et Ron Perelman, lesquels avaient tous fait diffuser des communiqués où ils affirmaient n'y être pour rien. Seuls les Reynolds avaient gardé le silence.

Mara était profondément dégoûtée. Quel genre de personne – de famille – pouvait faire preuve d'un tel égoïsme ? Pauvres pluviers siffleurs ! Elle ramassa le *New York Post* et l'ouvrit immédiatement à la page 6 pour lire la version people du « Mystère de l'étang asséché ». Mais un autre article attira son attention. « OÙ SONT PASSÉS LES DIAMANTS ? » Mara s'assit, la gorge nouée.

*Quelle fille de milieu modeste – ayant troqué cet été son prestigieux petit ami contre un autre encore plus fortuné – ne s'est pas donné le mal de rendre les boucles d'oreilles d'une valeur de deux cent cinquante mille dollars qu'on lui avait prêtées ?*

C'était l'article classique de la page 6, où l'on ne citait pas de noms. Or, il indiquait un nombre incroyable de précisions :

*« Elle prétend les avoir égarées mais, si vous voulez mon avis, elle les a volées », a confié une source anonyme. « Je croyais que c'était une amie des sœurs Perry, mais elle vient d'une espèce de trou paumé. » Sugar Perry, questionnée à ce sujet, s'est contentée de répondre : « Vous savez, il y a tellement de gens qui prétendent être mes amis, alors que je ne les ai jamais vus de ma vie ! » « Exactement ! » a confirmé sa sœur Poppy, qui vient de se faire teindre les cheveux en brun.*

L'article donnait tous les détails excepté le nom de Mara, dont on devinait aisément l'identité.

– Je ne les ai pas volées ! s'exclama Mara, livide, dans la cuisine déserte.

Elle comprenait que les sœurs Perry ne l'aient pas attendue ce matin : elles l'avaient déjà envoyée à la casse. Le *Daily News* publiait lui aussi un article sur le scandale des boucles d'oreilles et un autre rédacteur la présentait comme une fille au pair avide et malhonnête.

Les réactions de Garrett et des jumelles, elle le savait, ne seraient que les premières d'une longue série. Mara ne s'était jamais sentie aussi déprimée et rejetée.

Il pleuvait des cordes lorsque Jacqui revint de son cours, ce soir-là. S'approchant du cottage, elle aperçut une silhouette qui tenait un parapluie et passait la pelouse au peigne fin à l'aide d'une lampe torche. Pauvre Mara ! Bien que Jacqui lui en voulût toujours, cela lui faisait de la peine de la voir s'acharner ainsi sous la pluie battante. Mais alors, un éclair déchira le ciel et Jacqui réalisa que la silhouette était trop grande pour être celle de Mara.

C'était Ryan.

– Salut, s'écria Jacqui. Qu'est-ce que tu fais ?

– Oh, salut Jacqui, répondit Ryan en dirigeant vers elle le faisceau lumineux. J'ai perdu… euh… un de mes verres de contact, et je le cherchais.

– Je ne savais pas que tu portais des verres de contact, répliqua Jacqui.

Ryan haussa les épaules, et Jacqui eut un sourire triste.

Si seulement Mara savait à quel point Ryan l'aimait !

# Les pluviers siffleurs n'ont jamais été aussi en vogue !

Alan Whitman et Kartik ne purent résister au désir de se faire de la pub et, le week-end suivant le scandale de l'étang de Georgica, ils organisèrent au Septième Cercle une soirée caritative au profit des pluviers siffleurs – lesquels étaient désormais SDF.

Eliza trouva Jacqui au milieu de la foule et la serra dans ses bras. C'était la première fois que Jacqui mettait les pieds au Septième Cercle, et la façon dont Eliza gérait la foule et la salle l'impressionna. Ni l'une ni l'autre ne fit allusion à Mara, qui s'était montrée si blessante. Mais chacune savait que l'autre y pensait aussi.

Eliza vit Ryan entrer et s'avança vers lui. Ils ne s'étaient pas vus depuis une semaine. Entre-temps, Eliza avait cessé de lui en vouloir pour cette histoire d'« amitié avec avantages » et souhaitait qu'ils redeviennent amis.

– Salut, dit-elle en lui donnant un petit coup sur l'épaule.

Ryan s'efforça de sourire.

– Salut toi-même.

Elle l'embrassa sur la joue, frôlant sans le vouloir le coin de sa bouche.

– Je suis désolée pour l'autre soir.

– Moi aussi je suis désolé, répliqua Ryan. Je n'avais pas réalisé... enfin... ce que je voulais te dire c'est... je t'aime vraiment beaucoup, Eliza. Et je sais pas ce qui m'a pris de te dire ça. Enfin... tu sais que pour moi, tu es plus qu'une amie. On peut former un vrai couple, si c'est ce que tu souhaites.

– Je sais, dit Eliza.

Ryan tendit les mains, et Eliza se jeta dans ses bras. Elle pressa la tête sur son épaule et il lui serra la taille plus fort. Cela aurait dû suffire, et pourtant... À cet instant précis, elle vit Jeremy et Lindsay pénétrer dans la salle VIP.

Jeremy avait plaqué ses cheveux en arrière et portait une veste de sport en cachemire marron et un jean foncé. Lindsay l'enlaçait d'une main ferme et le regardait avec adoration. Il se pencha pour lui chuchoter quelque chose à l'oreille. Lindsay s'esclaffa comme si elle n'avait jamais rien entendu de plus drôle. Eliza eut un serrement au cœur.

Ryan alla leur chercher à boire, et Eliza se tourna vers la vitre voisine. Dehors, de même que la veille, il pleuvait des cordes, ce qui n'empêchait pas la foule de s'amasser à l'entrée de la boîte, comme tous les soirs. C'est alors qu'elle aperçut Mara. Elle s'abritait sous un parapluie et l'un des larbins de Mitzi lui refusait l'entrée.

Eliza vit Mitzi Goober faire celle qui n'avait rien vu. Mara était l'une des rares personnes à se soucier réellement des pluviers siffleurs, et Eliza réalisait qu'il lui avait fallu bien du courage pour oser affronter une foule pareille. Jennifer Lopez avait arboré des boucles d'oreilles Harry Winston aux MTV Music Awards, et Mara avait été mise sur liste noire.

Les assistantes de Mitzi prièrent Mara de s'écarter de la file d'attente et Eliza se sentit, malgré elle, solidaire de son ancienne amie. Celle-ci se détourna lentement non sans avoir, auparavant, jeté un coup d'œil en direction de la fenêtre, à l'instant même où Ryan embrassait Eliza sur le front et lui tendait son verre.

*Ce n'est pas ce que tu crois*, songea Eliza. Elle aurait voulu sortir de la boîte et rappeler Mara, mais celle-ci s'éloignait déjà.

# Quelque chose va craquer !

Le lendemain matin, Jacqui et Mara furent réveillées par un craquement retentissant.

– Merde ! s'exclama Jacqui.

Elle rejeta ses couvertures et regarda par la fenêtre.

– Qu'est-ce qui se passe ? demanda Mara.

Ça faisait plusieurs jours qu'il pleuvait, mais là, c'était autre chose ! Le vent mugissait et se déchaînait contre les carreaux. Les deux filles s'étaient habillées en silence, puisque Jacqui refusait toujours d'adresser la parole à Mara. Elles coururent à la maison principale, où Laurie avait déjà allumé la télévision sur la chaîne info. L'ouragan Tiffany approchait depuis la Caroline du Nord. Au lieu d'avancer sur la terre ferme comme prévu et de perdre de la vitesse, il se déplaçait sur l'océan et gagnait en intensité.

– Il va nous atteindre ce soir, dit Laurie d'un ton sinistre. Il va falloir préparer la maison. Où sont les enfants ?

Philippe aida Laurie à trouver les volets extérieurs et entreprit de les clouer sur le bord des fenêtres.

Une inspection rapide du garde-manger révéla des carences en eau potable et autres produits de base. Laurie appela donc Ryan sur son portable pour lui dire de se rendre au supermarché

Home Depot le plus proche, et de faire le plein de bouteilles d'eau, de lampes de poche, de piles, de bougies, de serviettes de bain, de boîtes de conserve et de fruits secs.

Zoé se précipita vers Mara.

– J'ai peur ! dit-elle.

– Tout va bien se passer, ma chérie, répondit Mara en la serrant contre elle. Je dois m'en aller, mais je reviens tout de suite.

Car Long Island avait beau se préparer au passage d'un terrible ouragan, le ballet des agents et des publicistes ne cessait pas pour autant. Maintenant que Mara était tombée de son piédestal – et, à en croire la rumeur publique, avait été larguée par Garrett Reynolds –, tous les couturiers voulaient récupérer leurs vêtements. Sans délai. Ce qui signifie que Mara consacra la moitié de la journée à chercher des lampes de poche et des serviettes de toilette, et l'autre à courir au cottage et à rendre tous les paquets aux différents coursiers. Ce fut particulièrement humiliant, surtout lorsque l'une des assistantes de Mitzi vint s'assurer que rien n'avait été oublié.

– Ce chemisier Chloé n'a pas été nettoyé, dit l'assistante d'un ton revêche en le barrant sur l'une de ses listes. OK... il ne nous manque donc que le jean Sally Hershberger, les sandales strassées Manolo Blahnik, et le foulard Pucci, soupira-t-elle.

– Je... euh... je ne les ai pas, bredouilla Mara, consciente du mauvais effet que ça devait faire, après l'histoire des boucles d'oreilles.

Même le livreur en uniforme marron paraissait désolé pour elle.

– Très bien... je dirai à Mitzi que vous les avez volés aussi, dit l'assistante sur un ton sarcastique, avant d'ouvrir son parapluie et de ressortir.

Jacqui ne put que remarquer le manège, à l'extérieur du cottage. Elle avait les bras pleins de matériel pour renforcer la porte d'entrée et adressa à Mara un signe de tête, alors que celle-ci conduisait l'assistante au garage pour rendre la BMW.

Poppy et Sugar rentraient justement à ce moment-là, au volant de la voiture. Quand elles comprirent que Mitzi voulait la récupérer, toutes deux grimacèrent de dépit.

– Comment ça, elle veut la récupérer ? gémit Sugar, avant de rendre les clés. Mais c'est nous qui l'utilisons à présent !

– Tu es vraiment trop bête, Mimi, lui lança Poppy tandis que, plantées devant la porte ouverte du garage, elles regardaient la BMW s'éloigner dans l'allée.

*Vous n'avez pas idée à quel point !* songeait Mara.

# Eliza sait faire la part des choses

À midi, le ciel était complètement noir, et les rues étaient désertées. Tout le monde s'était calfeutré chez soi pour se préparer à la pire tempête de l'année. Eliza se tenait sur la terrasse de sa maison de location. Emmitouflée dans une parka avec l'écusson de la Spence School, elle guettait l'arrivée de Ryan, au volant de la Porsche. Ses parents lui avaient demandé d'aller chercher des réserves, et Ryan avait proposé de venir la chercher.

Ryan lui ouvrit la portière du côté passager. Lui aussi portait un coupe-vent de couleur jaune à l'insigne de son lycée, avec son jean et ses sempiternelles tongs. Il lui dit quel chaos c'était, chez lui. Aucune des lampes de poche ne fonctionnait, et plusieurs des fenêtres n'étaient pas équipées contre les tempêtes. De plus, l'eau avait commencé à s'infiltrer dans la maison, car ils n'avaient plus assez de serviettes pour calfeutrer la porte.

– C'est pareil ici. On s'imaginerait que les gens qui louent cette maison sont équipés, mais on n'a rien trouvé à part deux, trois bricoles, dit Eliza.

– Anna est en pleine crise de nerfs, à l'idée d'une coupure de courant. Elle ne peut pas vivre sans son sèche-cheveux !

Eliza gloussa. Elle croisa le regard de Ryan, et tous deux rirent de plus belle.

Ils roulaient lentement sous la pluie battante. Toutes les voitures semblaient se diriger vers le même point. Lorsqu'ils arrivèrent au supermarché, il ne restait plus une seule place sur le parking. Par chance, une Bentley s'en allait justement à ce moment-là, un générateur attaché sur son toit, et Ryan put se garer.

La pluie ruisselait sur les vitres. Les arbres ployaient sous le vent. La tempête faisait rage, secouant le 4 × 4.

– Bon Dieu, regarde-moi ça ! s'exclama Ryan, lorsque le vent projeta un parasol à travers le parking.

– Je sais. C'est de la folie, approuva Eliza. Et il y a un autre truc qui est fou, tu sais quoi ?

– Quoi ?

Ryan ne voyait pas du tout où elle voulait en venir.

– Toi et moi.

Ryan cessa de sourire.

– Qu'est-ce que tu veux dire par là ?

Eliza regarda Ryan. Ses cheveux avaient beau être plaqués sur son front, il était toujours aussi beau. Mais justement, ils étaient presque trop bien ensemble. Trop semblables. Eliza aspirait au mystère, à la spontanéité... Elle voulait le genre de garçon capable de se faire embaucher comme serveur dans une soirée, rien que pour pouvoir être près d'elle. Et Ryan avait beau être merveilleux, il n'était pas ce garçon-là.

– Tu n'es pas amoureux de moi.

Ryan se mit à protester.

– Et moi non plus, je ne suis pas amoureuse de toi, l'interrompit-elle.

– Aïe ! plaisanta-t-il en portant une main à son cœur comme s'il souffrait affreusement.

– Cet été... tout s'est passé de façon si bizarre, tu ne trouves pas ? Je pensais que ce serait un des meilleurs moments de ma vie, dit Eliza en s'enfonçant plus profondément dans son siège. J'avais décroché un super boulot, et il s'est avéré qu'il est complètement nul. Je préfère m'occuper d'enfants que m'occuper de célébrités. Crois-moi, William est moins capricieux. Tu as déjà essayé de retirer sa bouteille de champagne à une star ? demanda-t-elle en riant.

– Eliza ?

Elle tourna la tête vers lui.

– Ouais ?

– Tu es la fille la plus chouette que je connaisse.

Ryan se pencha et prit dans ses mains le menton d'Eliza. Puis il lui baissa la tête et, de ses lèvres, frôla son front.

– Amis, alors ?

– Bien sûr. Arrête, ça chatouille !

Ils s'aimaient – comme des amis – et Eliza eut le désir soudain de voir Ryan heureux. Elle lui jeta un nouveau coup d'œil. Il était grand, beau, riche et intelligent. Ils se connaissaient depuis l'enfance, et c'était le genre de mec avec qui ses parents avaient toujours désiré la voir se caser un jour, or Eliza savait que Ryan et elle n'étaient pas destinés l'un à l'autre.

Ryan la serra contre lui et Eliza, pressant sa joue contre celle de son ami, lui chuchota :

– Je sais que tu m'aimes, mais je sais également que tu es amoureux de quelqu'un d'autre.

Il relâcha lentement son étreinte et poussa un soupir.

– Je ne vois vraiment pas de quoi tu parles, dit-il en s'arrachant une petite peau de l'ongle.

– Cette fille que nous aimons tous deux, cette fille dont tu es amoureux, elle est toujours là, insista Eliza. Je t'assure. Moi aussi, je lui en ai voulu, mais elle est toujours là.

Ryan haussa les épaules.

– Mara n'est plus la même personne à présent. Elle a laissé les Hamptons lui monter à la tête. Elle a changé.

– Écoute, quand on a été la coqueluche du moment, on ne peut pas s'en tirer sans dommage. Crois-moi, je suis bien placée pour le savoir ! Il n'y a pas une fille qui ne prendrait pas la grosse tête ! Mais je crois encore en elle. Je ne le lui ai pas dit, parce qu'on est plus ou moins fâchées ces temps-ci... mais je crois que si elle a rompu avec toi, c'est parce que... eh bien, c'est parce qu'elle ne se sentait pas à la hauteur.

Eliza dit tout cela d'une seule traite, sans oser regarder Ryan. Elle finit par le faire. Son visage était demeuré impassible.

– Elle sort avec Garrett à présent, répliqua Ryan sur un ton sans appel.

Eliza comprit aussitôt qu'elle avait vu juste. Aucun doute là-dessus : Ryan était encore amoureux de Mara.

Eliza examina Ryan. Ils étaient plus proches qu'ils ne l'avaient jamais été. Peut-être cette « amitié avec ses avantages » avait-elle un sens plus profond qu'ils ne l'auraient cru ?

– Bon, on ferait mieux d'y aller avant que les choses se gâtent, dit Ryan.

– Au fait, Mara et Garrett ont rompu. Je suis surprise que

tes sœurs ne t'en aient pas parlé. Est-ce qu'elles ne sont pas raides dingues de lui ?

– Eliza, je ne comprends même pas comment on peut faire partie de la même famille !

Ils s'engouffrèrent dans le supermarché. Or, il ne restait plus rien : ni attaches métalliques, ni panneaux de bois, ni bâches, ni lampes-tempête, ni bougies, ni piles, ni réchauds à gaz, ni générateurs, ni cordes, ni clous, ni sacs de sable...

– Que se passe-t-il ? demanda Eliza à un vendeur vêtu d'un gilet orange.

Celui-ci haussa les épaules.

– Quelqu'un a tout raflé, dit-il en désignant un gars qui, s'appuyant au comptoir, signait un interminable reçu de carte bancaire.

Garrett Reynolds leva les yeux et fit signe à Ryan et Eliza.

# Comme l'a dit Oscar Wilde, les vrais amis vous frappent par-devant

Poppy ne s'était toujours pas remise d'avoir perdu « sa » voiture lorsqu'elle et Mara coururent dans la maison pour échapper aux violentes rafales.

– C'était tellement humiliant ! On ne m'a jamais traitée de façon aussi humiliante ! Est-ce qu'ils savent qui je suis ? se lamentait-elle en se battant avec son parapluie.

Mara essorait ses cheveux trempés lorsque quelque chose de clair et d'étincelant attira son regard. Quelque chose que Poppy portait aux oreilles. D'énormes pierres précieuses. Des diamants si lourds qu'ils déformaient le lobe de ses oreilles, et d'une si belle eau qu'ils rayonnaient de mille feux dans la grisaille du hall d'entrée.

– Poppy, dit Mara, tendant la main vers les boucles d'oreilles. Où est-ce que tu as trouvé ces boucles ?

Poppy porta aussitôt les mains à ses oreilles.

– Oh, celles-ci... ? Euh... je te les ai empruntées... Elles étaient sur ta commode. Je t'avais prêté mon sac à main, alors j'ai pensé que si tu empruntais mes affaires, je pouvais emprunter les tiennes, dit-elle avec un gloussement haut perché. Pourquoi ?

Poppy se comportait comme si elle avait subitement oublié

que sa sœur et elle snobaient Mara depuis deux jours, sans parler des propos cités dans la page 6.

– Elles ne sont pas à moi, dit Mara d'un ton atterré.

– Ah bon ? répliqua Poppy en battant des cils avec candeur.

– Elles appartiennent à Ivan. Elles valent deux cent cinquante mille dollars. Tu n'as pas lu la page 6 ? Tu es pourtant citée dedans. Les gens pensent que je les ai volées.

Poppy feignit l'innocence.

– Je ne sais vraiment pas de quoi tu parles. Allons nous réchauffer ! Je suis morte de froid !

– Une seconde. Je veux que tu me les rendes ! dit Mara d'un ton catégorique, en tendant la main.

– OK, fais pas ta casse-pieds ! Mince alors ! rétorqua Poppy.

Elle retira les boucles et les posa d'un geste brusque sur la paume de Mara.

Mara se contenta de la fixer. Poppy était la personne la plus impitoyablement, la plus agressivement égoïste qu'elle eût jamais rencontrée. Et c'était ce genre de personne qu'elle avait tenté d'impressionner tout l'été ! Mara était écœurée d'avoir perdu tout ce temps.

– Allez, Mimi, fais pas ta mauvaise tête ! Je te les ai empruntées, c'est tout ! dit Poppy, sur la défensive.

– Ne m'appelle pas comme ça ! siffla Mara, la bousculant pour se diriger vers le téléphone.

Lorsque le coursier eut récupéré les boucles d'oreilles, Mara éprouva un tel soulagement, une telle joie, qu'elle ne savait comment les manifester. Elle se sentait libérée, soulagée d'un poids terrible. Elle regardait s'éloigner le camion marron quand elle tomba sur Jacqui, qui s'apprêtait à faire quelques courses avant que l'ouragan ne frappe pour de bon.

– Jacqui ! Oh mon Dieu ! Jacqui ! s'exclama Mara.

Elle se précipita vers elle, la saisit par les bras et la fit tournoyer.

– Quoi ? Qu'est-ce qui s'est passé ?

Elles ne s'adressaient plus la parole depuis une semaine et, pendant tout ce temps, elle n'avait pas vu Mara sourire une seule fois.

– Jacqui ! Je suis la reine des idiotes ! J'ai été horrible avec vous ! Je suis vraiment désolée ! Poppy... c'est Poppy qui avait pris les boucles. Je sais pas si elles étaient au courant... je sais pas si elles l'ont fait exprès. Je pense que oui, mais je suis vraiment désolée d'avoir cru... d'avoir pensé que tu avais... je dois être cinglée !

Jacqui haussa les sourcils. Les sœurs Perry. Évidemment ! C'est dans les chambres des jumelles qu'elles auraient dû commencer par chercher.

– C'est bon, dit-elle à Mara.

– Je tiens à ce que tu saches que je suis vraiment, vraiment, vraiment désolée. Mais vraiment, vraiment, vraiment...

– C'est bon, Mara. Je te pardonne, l'interrompit Jacqui, en lui prenant la main.

– C'est simplement que... je suis tellement gênée. Je regrette que tout cela soit arrivé.

– Écoute, les choses n'arrivent pas sans raison. Ne t'inquiète pas ! dit Jacqui en la serrant contre son cœur. Mais tu n'as pas fini de faire des excuses, *chica*.

Jacqui avait raison. Ce n'était que le début.

# Quoi de plus sexy qu'un type avec un marteau ?

Au moment où Eliza et Ryan s'apprêtaient à quitter le magasin, bredouilles et sans illusions, une voix familière les interpella.

– Eh, les amis, vous cherchez à vous équiper ? demanda Jeremy.

Lui aussi avait été pris au dépourvu par la razzia des Reynolds. Il s'avança vers eux, vêtu d'un poncho en nylon imperméable et d'un chapeau de pêcheur froissé.

– Ils n'ont plus rien, dit Eliza.

– Oui, mais je sais où on peut trouver le nécessaire. Il y a un magasin Target, à Riverhead, qui vend des fenêtres anti-tempête et tout le reste. La plupart des gens ne le connaissent pas, dans les Hamptons, parce qu'il est sur la bretelle nord. Ça vous dit de me suivre ? Faut prendre l'autoroute du nord jusqu'à la sortie « Riverhead », et c'est juste là.

Il frotta les mains sur son jean, qu'il avait rentré dans ses grosses bottes en caoutchouc.

Eliza le remercia d'un hochement de tête, et Ryan et elle suivirent le véhicule de Jeremy sur l'autoroute inondée. Il y avait beaucoup moins de voitures roulant dans cette direction, et ils ne tardèrent pas à arriver à destination.

À l'intérieur du magasin, difficile d'imaginer qu'un ouragan se préparait. L'atmosphère était gaie et lumineuse, et les rayons regorgeaient des choses dont ils avaient besoin. Plusieurs autres personnes faisaient leurs courses, mais il y en aurait largement assez pour tout le monde. Les trois jeunes gens échangèrent un sourire complice.

– Qui va installer vos fenêtres ? demanda Jeremy à Eliza, alors qu'ils s'approvisionnaient tous deux en lanternes et en fioul.

– Mon père, répondit Eliza, bien que son père n'eût pas loin de soixante-dix ans.

– Je vais le faire, dit doucement Jeremy. Écoute mon pote, je vais raccompagner Eliza, ajouta-t-il en se tournant vers Ryan. Sa maison est sur mon chemin, de toute manière.

– Ça te va, Eliza ? demanda Ryan.

– Super, dit Eliza.

Son cœur battait à tout rompre.

Ryan l'étreignit brièvement.

– Bonne chance ! Et ne vous faites pas tremper ! leur lança-t-il.

Eliza grimpa dans la camionnette de Jeremy. Les sièges de cuir étaient usés, et elle ne ressemblait en rien à la Porsche de Ryan, avec son intérieur cuir et son écran de navigation. Mais, comme Jeremy, elle sentait bon la terre et la sève de pin. Eliza adorait cette odeur.

Ils roulèrent en silence jusqu'à la maison de location de Westhampton. Les parents d'Eliza étaient en proie à la panique. Sans personnel à qui donner des ordres, les Thompson ne savaient absolument pas quoi faire. La télévision ne marchait plus, et les plombs avaient sauté. Par chance, Jeremy dénicha vite le disjoncteur dans la cave et parvint à rétablir le courant.

– Dieu soit loué ! dit Mme Thompson, en tripotant nerveusement son collier de perles.

– Je ne sais pas combien de temps ça va tenir, mais il faut vite en profiter, déclara Jeremy. On risque d'être bientôt privés d'électricité.

Eliza regarda le jeune homme installer les fenêtres anti-tempête. Il frappait à coups de marteau, fixait, réussissait à décrypter des instructions compliquées. Elle espérait que ses parents comprendraient ce qu'elle lui trouvait.

Il s'occupait des fenêtres du grenier lorsqu'elle lui apporta une bouteille d'eau.

– Elle est tiède, je suis désolée.

– Non, c'est parfait. Je te remercie, dit-il en essuyant la sueur sur son front.

Il se pencha sur le clip de fixation et appuya de toute la force de son corps. Le joint s'enclencha du premier coup dans la fenêtre, et il eut un sourire de satisfaction.

– Voilà. Ça devrait tenir le coup ! Vous avez assez de serviettes, hein ? Et une radio ?

– On a une microtélé qui fonctionne sur batterie. Mon père l'a trouvée dans la cave. Je crois qu'on a tout ce qu'il faut.

Jeremy hocha la tête.

– Tant mieux.

Il s'assit par terre et but l'eau à grands traits.

– Qu'est-ce qui t'a pris cet été ? demanda Eliza, en s'asseyant près de lui sur la moquette.

– Qu'est-ce qui m'a pris ? Qu'est-ce qui t'a pris à toi, tu veux dire ? répliqua Jeremy en grattant l'étiquette de la bouteille.

– Je ne sais pas... On aurait dit que tu m'évitais. Je pensais que tu ne voulais plus de moi, avoua-t-elle. Tu n'appelais jamais. Tu ne cherchais même pas à me voir.

– Eliza, si j'ai fait ce stage chez Morgan Stanley, c'est pour une seule raison : je voulais devenir quelqu'un que tu pourrais respecter. Je voulais devenir quelqu'un... de ton *monde*, expliqua Jeremy en mimant des guillemets lorsqu'il prononça le mot « monde ».

– Tu as fait ça pour moi ?

– Oui, mais il s'est avéré que ça ne suffisait pas. Tes parents me l'ont très vite fait comprendre à ce dîner. Alors, j'ai songé « Pourquoi faire des efforts, alors qu'ils ne changeront jamais d'avis à mon sujet ? », dit-il avec un haussement d'épaules.

– Pourquoi faire des efforts ? demanda Eliza d'un ton incrédule. Parce que je ne pense pas comme mes parents, voilà pourquoi ! Et c'est assez lamentable de juger quelqu'un sur sa famille. On n'est pas responsable de son milieu.

Jeremy eut l'air embarrassé, puis finit par lâcher :

– Ouais, mais alors j'ai appris, pour toi et Ryan, et par conséquent...

Ce fut au tour d'Eliza d'être gênée.

– Tu m'as manqué, dit-elle sans se démonter.

– Toi aussi, tu m'as manqué, admit-il à son tour. Je t'ai vue à la télé hier soir, ajouta-t-il soudain, sur un ton badin.

– Ah oui ? Où ça ? s'étonna Eliza.

– Dans l'émission de Sugar. Tu voulais récupérer une robe, et elle refusait de te la donner, répondit-il en riant. Et à la fin, il y avait ce vieux couturier français avec de grosses lunettes noires qui disait qu'il n'habillerait plus jamais Sugar Perry. C'était assez rigolo.

– *Karl Lagerfeld* ? demanda Eliza, mais Jeremy se contenta de hausser les épaules.

Peut-être Sugar serait-elle enfin punie ?

Eliza regarda Jeremy. Même quand il parlait d'une émission de télé débile, il restait dix fois plus touchant que tous les gens qu'elle avait connus dans sa vie. Il lui avait tellement manqué.

– C'est juste que... tu avais l'air tellement occupé, dit-elle en tirant timidement sur la jambe de son pantalon.

– Ouais, tu m'étonnes. Je détestais ce boulot. De toute façon, j'ai démissionné. Tu n'imagines pas le nombre de conneries qu'il faut avaler. Je bosse à nouveau chez les Perry l'été prochain.

– C'est vrai ?

– Ouais, je viens de le leur dire.

Il but l'eau qui restait, et reposa la bouteille vide.

Eliza n'avait pas encore fini d'assimiler toutes ces informations.

– Je croyais que tu ne m'aimais plus, dit-elle.

– Eliza, qu'est-ce que tu racontes ? Je suis fou de toi. Depuis le jour où je t'ai vue pour la première fois, au bord de la piscine des Perry.

– Et Carolyn ? Et Lindsay ? Qu'est-ce que tu faisais avec elles ?

– Je les ai rencontrées au boulot. Carolyn est chouette. Et vous aviez les mêmes amis, elle et toi. Je m'imaginais... je me disais que ça t'impressionnerait, que je connaisse des gens que tu connaissais. Lindsay, c'était rien du tout. Si je suis sorti avec elle, c'est uniquement pour te rendre jalouse, comme tu étais avec Ryan.

– Ryan et moi… nous ne sommes pas… il n'y a rien entre nous. On est amis, rien de plus.

– C'est vrai ? demanda-t-il, plein d'espoir.

– C'est vrai, répondit-elle d'une voix assurée.

– Alors comme ça… vous ne sortez pas ensemble ?

– Non.

Mais Eliza devait tout lui dire.

– Enfin… on ne sort plus ensemble. Il est super, mais voilà… c'est toi que je veux.

Jeremy sourit, de son joli sourire en biais. Le visage d'Eliza s'illumina et, le plus naturellement du monde, ils s'embrassèrent. Jeremy lui caressa les cheveux. Eliza posa la main sur sa joue, réchauffant sa paume contre la peau de Jeremy tandis que, dehors, l'ouragan faisait rage et ébranlait la maison.

– Je t'aime, dit-il. Tu es la seule fille qui compte pour moi.

Une telle joie envahit Eliza qu'il lui semblait que son être ne suffisait pas à la contenir. Et lorsqu'il l'embrassa à nouveau, elle se sentit aussi légère que l'air, comme une bulle de champagne qui s'échappe d'une bouteille et s'élève en dansant vers le plafond.

# Mara dépouille les riches pour tout donner... euh... aux riches !

À cinq heures, il n'y avait plus ni lumière, ni serviettes de toilette pour empêcher l'eau de s'infiltrer dans la maison par les interstices de la porte. Les gamins commençaient à s'agiter. Mara avait passé l'après-midi avec eux à jouer au jeu des sept familles. William se tenait tranquille, pour une fois. Zoé avait le chic pour gagner, et Cody lui-même se taisait. Quant à Madison, elle avait trouvé un paquet de chips et s'était mise à en manger, comme les autres !

Un vrombissement de moteur ébranla la maison depuis l'allée. Tous se précipitèrent à la fenêtre. Un énorme camion du supermarché Home Depot se garait devant la propriété des Reynolds.

Mara tombait des nues. Ryan avait appelé Laurie pour dire qu'il ne restait plus rien au magasin. Elle n'avait qu'à regarder le camion pour comprendre ce qui s'était passé.

– Venez, les enfants ! s'exclama-t-elle en les rassemblant. On va faire un raid !

Après s'être assurée que les gamins étaient tous chaudement vêtus de pulls et d'imperméables, elle les emmena dehors. Il pleuvait à verse, et cela ne tarderait pas à se déchaîner pour de bon. Elle leur fit franchir la haie séparant les deux propriétés et emprunter le passage secret que lui avait montré Garrett, lequel menait au sous-sol du château des Reynolds.

Les gamins étaient fous de joie. Mara et eux gagnèrent le rez-de-chaussée, depuis le sous-sol. Elle entrouvrit la porte de la cuisine. La voie était libre !

– Venez ! dit-elle.

Elle les conduisit à l'une des salles de bains situées à l'étage. Là, les étagères contenaient une telle quantité de serviettes de toilette qu'on se serait cru dans une boutique de linge de maison. Mara commença à faire le plein de serviettes, les passant au fur et à mesure aux enfants.

– Tu fais quoi ? demanda Garrett d'une voix décontractée, en entrant dans la salle de bains, une bière à la main.

Il lui parut blafard, dans sa chemise Oxford blanche.

Mara le regarda. Elle se rappela ses remarques blessantes, la façon dont il l'avait tout de suite crue coupable d'avoir volé les boucles d'oreilles, et dont il l'avait larguée sans prendre le temps d'écouter sa version de l'histoire.

– Vous êtes trop bien équipés, chez toi. Vous n'avez pas besoin de tout ça. Nous si. Alors, on le prend, répliqua Mara, comme si c'était l'évidence même.

– Vous n'avez pas le droit de faire ça, dit-il, sur un ton toujours ironique et détaché.

– Très bien. Dans ce cas je vais te le demander gentiment. On peut vous prendre des serviettes ? S'il te plaît ?

– Non, rétorqua-t-il sèchement. Maintenant, tirez-vous, toi et les gosses, ou bien j'appelle les gardiens !

– Désolée Garrett, mais ça ne va pas se passer comme ça, dit Mara. William ?

– Oui ? fit le petit garçon.

– Tu te souviens de cette prise qu'on t'a enseignée, dans ton cours de boxe française ? demanda-t-elle, en se baissant pour être à son niveau. Tu ne crois pas que c'est le moment de nous faire une démonstration ?

À peine William eut-il compris ce que Mara lui demandait qu'un sourire diabolique s'afficha sur son visage.

– *Hiii-yaaa !!!* s'écria-t-il, s'élançant sur Garrett et lui balançant un sévère coup de pied dans le ventre.

Garrett était plié en deux sous l'effet de la douleur.

– Dans le mille ! hurla William.

Avant de partir, Mara remarqua quelque chose qui brillait... ses sandales strassées, qu'elle ne trouvait plus, derrière la porte de la salle de bains. Elle les ramassa, triomphante. Mitzi ayant déjà fait une croix dessus, elle pourrait les garder.

– Salut Garrett ! lança Mara dans un éclat de rire.

En ressortant les bras chargés, ils virent sortir de leur voiture un couple d'âge mûr, qui vivait un peu plus haut. Ceux-ci remarquèrent les sacs que portaient Mara et les enfants.

– Eh, où est-ce que vous avez déniché tout ça ? Ils n'ont plus rien, au supermarché !

– Tenez, servez-vous... On en a largement assez ! dit Mara gaiement, en leur passant deux sacs en papier remplis de piles et de bouteilles d'eau.

Ils se hâtèrent de retourner dans la maison, radieux, victorieux, et enchantés du résultat de l'expédition.

– On a trouvé de l'eau ! s'écria Mara, entrant fièrement dans la cuisine et déposant deux bombonnes de quatre litres sur la table. Oh !

Son visage se décomposa.

Sur le plan de travail étaient entassés une quantité de bouteilles, de serviettes, de piles et de bois de cheminée. Il y avait aussi des bougies, du fioul, des lampes-tempête, plusieurs miches de pain, du thon et des haricots en conserve, des serviettes, de la corde et des lampes de poche. Les gamins, enchantés, se jetèrent sur les paquets de chips et de snacks en tout genre.

Ryan se tenait au milieu de la cuisine, et rangeait des plats de pâtes déshydratés.

– Eliza et moi avons trouvé un magasin ouvert, expliqua-t-il, sans la regarder.

– Oh... oh, super.

Elle s'apprêtait à quitter la pièce, lorsqu'il la rappela.

– Attends, je veux... il faut qu'on parle, dit-il.

Il fit volte-face et, pour la première fois, Mara vit à quel point il était malheureux.

# Un chevalier en imperméable jaune

– Merde ! s'exclama Jacqui.

Elle venait de mettre le contact et le moteur de la petite voiture hybride avait émis un vague crachotement, avant de caler. Tous, chez les Perry, comptaient sur sa faible consommation d'essence (moins de cinq litres aux cent kilomètres), et Jacqui ne souvenait pas que quiconque se soit donné le mal, cet été, d'y remettre du carburant. À présent, il n'y en avait plus, et Jacqui était dans la mouise. Elle était coincée sur la route 27, et la tempête devenait de plus en plus violente.

Elle tenta d'appeler chez les Perry, mais ça sonnait dans le vide – le téléphone avait sans doute été coupé. Elle essaya le portable d'Eliza, pour tomber directement sur la messagerie. En désespoir de cause, elle décida d'appeler Philippe, bien qu'elle lui en voulût encore. Elle aurait préféré ne pas avoir affaire à lui, d'autant plus qu'il ne lui avait même pas donné d'explications quant à son départ du motel. Lorsqu'ils s'étaient croisés dans la maison, il s'était comporté avec elle comme si tout cela n'avait jamais eu lieu.

Elle composa le numéro.

– Allô ? Allô ? Philippe ? Écoute, c'est Jacqui, j'ai besoin de toi, c'est urgent.

– Allô ? Qui parle ? demanda une voix féminine.

– Euh... c'est Jacqui.

C'était quoi, ce délire ? Pourquoi n'était-ce pas Philippe qui répondait ?

– Eh bien, pour une mauvaise surprise..., dit la voix d'Anna, mielleuse à souhait. Désolée de vous l'annoncer, mais Philippe a fermé boutique.

Clic.

*Quezaco ?* Jacqui raccrocha d'une main tremblante. Anna Perry ? Alors elle réalisa. Elle venait d'être surprise – ou du moins, Anna pensait l'avoir surprise ! C'était presque comique. Après avoir passé tout l'été à embrasser le beau Français en douce, elle venait d'être prise en flagrant délit, alors que Philippe et elle avaient cessé de se fréquenter.

Jacqui soupira, en prenant conscience de ce que ça signifiait. Elle pouvait dire « adieu » à ce boulot, à New York. Adieu les Perry, adieu Stuyvesant, adieu la fac ! Elle avait tout fichu en l'air à cause d'un mec. D'un mec qui n'en valait même pas la peine. D'un mec qui était, de toute évidence, l'amant de leur employeuse. Tout son avenir était à l'eau !

Elle regarda par la vitre et frissonna lorsqu'un éclair déchira le ciel. Elle composa un autre numéro, espérant, sans trop y croire, que la personne allait décrocher.

Un quart d'heure s'écoula, puis une demi-heure, puis quasiment une heure. La voiture était ballottée par le vent. Il allait falloir qu'elle sorte de là rapidement, avant que le véhicule ne soit emporté par la montée des eaux.

Enfin, alors qu'elle venait d'abandonner tout espoir, les phares d'un puissant 4 × 4 percèrent le brouillard. Un garçon en imperméable jaune se précipita vers la Toyota.

– Ça va ? cria Kit, encapuchonné dans son coupe-vent.

Elle hocha la tête. Il l'aida à sortir de la voiture. Ils pataugèrent jusqu'au 4 × 4, de l'eau jusqu'aux chevilles. Kit ferma soigneusement la portière de Jacqui, et contourna le véhicule pour s'installer au volant.

– Je te remercie du fond du cœur, dit Jacqui. Je suis vraiment désolée de t'avoir dérangé.

– C'est un plaisir, répliqua Kit, le sourire aux lèvres.

Jacqui lui rendit son sourire et, pour la première fois, se sentit troublée. Peut-être était-ce simplement le soulagement d'avoir finalement été secourue… Toujours est-il qu'elle ne cessa pas de sourire, tandis que Kit roulait sur des routes inondées.

Il lui expliqua que toutes les routes menant aux Hamptons étaient bloquées, et qu'ils feraient mieux de se rendre chez ses parents à Wainscott. C'est ainsi qu'ils débarquèrent dans la propriété des Ashleigh qui était, de toute la rue, la seule demeure illuminée. Si le terrain entourant la maison était impressionnant, la maison en elle-même, de style très moderne, consistait simplement en un bloc de béton allongé, aux proportions modestes, dont les baies vitrées donnaient sur l'océan. Kit expliqua à Jacqui qu'elle avait été conçue par le meilleur ami de son père, un célèbre architecte. De toute évidence, elle était suffisamment petite – moins de trois cents mètres carrés – pour que le générateur qu'ils avaient installé fournisse la demeure en électricité plusieurs semaines d'affilée.

Kit gara la voiture dans le garage adjacent et introduisit Jacqui dans la maison par la cuisine, où sa mère était en train de préparer le dîner sur une belle cuisinière à gaz, dans une cuisine ouverte sur le séjour. Contrairement à la demeure des Perry, la maison des Ashleigh était un véritable foyer, un lieu où les gens vivaient, non un décor digne d'un magazine de luxe.

Il y avait bien une immense toile noire sur le mur, forcément une œuvre d'art très coûteuse, quelques divans design et des chaises en cuir et métal chromé, mais il y avait aussi un journal ouvert sur la table basse, des poils de chien sur le divan et des tasses de café sur les dessertes. Les étagères étaient recouvertes de livres et seuls quelques disques de platine encadrés, discrètement accrochés dans un coin, laissaient deviner que le père de Kit était un important producteur de musique.

– Bonjour mon chéri. Oh, c'est ton amie ? demanda gentiment la mère de Kit. C'est affreux là-dehors, non ? Vous devez être gelés. Christopher mon chéri, tu ne veux pas aller chercher un pull et un pantalon dans mon placard, pour que Jacqui puisse se changer ?

On était loin de l'agitation frénétique et désordonnée qui régnait chez les Perry. Il n'y avait pas non plus de serviettes sous les portes. La maison était une sorte de bunker, une oasis d'art, de lumière et d'exquise nourriture italienne.

Jacqui la remercia, se sentant indigne d'une telle hospitalité. Après avoir pris une douche dans le bain de vapeur et avoir passé un épais pull noir et un pantalon de survêtement, elle dîna avec Kit et ses parents, qui se délectèrent de ses anecdotes sur le Brésil et de ses réflexions sur la vie dans les Hamptons. Lorsque ses parents se furent retirés, elle aida Kit à charger le lave-vaisselle et à nettoyer la cuisine.

Ils ramenèrent l'édredon de Kit et se blottirent dessous, sur le divan, afin de regarder les nouvelles. Plusieurs coulées de boue étaient signalées du côté des falaises, et le niveau de la mer montait dangereusement.

– J'espère que les Perry sont en sécurité, dit Jacqui, en se rongeant les ongles.

Elle s'inquiétait pour eux, mais s'inquiétait aussi de ce qui risquait de se passer à son retour. Elle était certaine de se faire renvoyer par Anna à la seconde où elle pointerait le bout de son nez.

– Je suis sûr que tout va bien pour eux, dit Kit. J'ai parlé à Ryan, et ils ont l'air d'avoir la situation bien en main.

Jacqui posa la tête sur l'épaule de Kit. Elle n'aurait jamais imaginé qu'il puisse être autre chose qu'un ami. Or, assise près de lui sur le divan, à l'abri de son foyer chaleureux et protecteur, elle ressentait les premiers symptômes d'un sentiment plus profond – un sentiment qui dépassait la simple convoitise – et elle réalisa que c'était peut-être cela d'*aimer* quelqu'un, en opposition à *désirer*.

– Il faut me laisser un peu de temps, murmura-t-elle, en posant la main sur la joue de Kit.

Il était si pâle, avait la peau tellement sensible. Et ses cheveux étaient d'un blond presque blanc. Pas de doute... il y avait là du potentiel.

– Hein ? demanda-t-il d'une voix ensommeillée.

– Rien, répondit Jacqui.

– Ça va, tu es bien ?

Jacqui hocha la tête. Elle ne s'était jamais sentie, de sa vie, aussi à l'aise.

# Mara n'a jamais vu un aussi beau peignoir !

Mara eut presque pitié de Ryan. Il paraissait si triste, planté là, dans la cuisine, dégoulinant de pluie, son paquet de risotto à réchauffer à la main.

– Écoute, tu ne me dois aucune explication, dit-elle.

Cette pensée lui brisait le cœur, mais si Eliza et Ryan étaient heureux ensemble, il lui faudrait bien trouver le moyen de se réjouir pour eux.

– Ah bon ? demanda Ryan, déconcerté.

– Je sais que vous sortez ensemble, Eliza et toi... Tant mieux. Je vous souhaite d'être heureux, c'est tout, dit-elle d'une voix brisée.

Ryan s'avança en traînant les pieds, et posa son paquet de riz.

– Mais c'est ce que j'essaie de te dire... Je ne sors pas avec Eliza. Eliza et moi... sommes simplement amis. (Il s'approcha d'elle.) De très bons amis, mais rien de plus.

– Vous n'êtes pas ensemble ? Eliza et toi ? Mais... je ne comprends plus rien.

Elle vit alors qu'il avait les lèvres violettes.

– Oh, mon Dieu, tu es gelé, s'écria-t-elle, avant que Ryan eût pu ajouter quoi que ce soit.

– Mais j'ai quelque chose à te dire..., insista Ryan, tout ruisselant de pluie

– Très bien, mais tout d'abord, tu vas retirer ces vêtements mouillés et te mettre au chaud. Allez, viens.

– Oui... j'ai froid, dit-il en claquant des dents. Tu m'accompagnes ?

Il commença à retirer ses habits, tout en se dirigeant vers sa chambre. Lorsqu'ils parvinrent en haut de l'escalier, Mara remarqua qu'un domestique avait fait du feu dans la cheminée de sa chambre. Ryan s'assit juste à côté et peu à peu, parut se réchauffer.

– Tiens, dit-elle, en lui tendant une serviette de toilette blanche et duveteuse. Faut que tu te sèches, tu risques d'attraper un rhume ou un truc dans ce goût-là.

– Mara, une seconde... Il faut qu'on parle ! répéta Ryan en se frottant la nuque avec la serviette. Ça te dérange pas ? demanda-t-il en tirant sur son tee-shirt trempé.

– Euh... oh... non, balbutia Mara en tournant la tête. Vas-y, je ne regarde pas.

Ryan éclata de rire.

– Non, je veux dire... Tu veux bien m'aider ?

Mara cessa soudain d'être embarrassée, tandis qu'elle l'aidait à se débarrasser de ses vêtements mouillés. Il retira son jean mouillé, et Mara lui tendit le peignoir. Il lui semblait si beau, avec sa peau hâlée contre le tissu éponge, et son corps presque nu...

– Alors Mara... voilà ce que je voulais te dire..., bafouilla-t-il. Enfin... c'est pas facile.

– Oui ? demanda Mara, le regardant avec espoir.

– C'est juste que... eh bien... cet été... tu sais... je... je...

Il secoua la tête et regarda les flammes avec tristesse.

– Tu m'as manqué cet été, avoua-t-il enfin. Ce qui m'a manqué… ce qui me manque… c'est la Mara d'autrefois.

– Moi aussi, elle me manque, dit Mara, la gorge nouée, en s'asseyant au bord du lit.

La Mara d'autrefois. La Mara d'avant le scandale des boucles d'oreilles, d'avant l'épisode Garrett, d'avant le surnom des sœurs Perry. Où était-elle, la Mara d'autrefois ? Si la petite provinciale de Sturbridge n'existait plus, elle ne s'était pas non plus transformée en snobinarde des Hamptons.

– Ryan, j'ai honte de moi… je me suis tellement mal comportée… je…

Ses yeux s'embuèrent de larmes. Puis elle se mit à pleurer, sans pouvoir s'arrêter.

– Je me suis laissé entraîner, poursuivit-elle, alors que tout ce que je désirais c'était être avec toi. Je ne sais même pas ce que je faisais avec Garrett pendant tout ce temps. Je voulais simplement te rendre jaloux.

– Eh bien, ça a marché !

Il rit, et vint s'asseoir près d'elle.

– Je crois que lui aussi n'était avec moi que pour te rendre jaloux, dit Mara. Quand il a rompu, il m'a dit que ça avait valu la peine « rien que par rapport à Perry », ou un truc dans le genre…

Ryan secoua la tête.

– Il est comme ça depuis qu'on est gosses. Il m'a piqué ma petite copine, quand on était en sixième. En seconde, j'ai amené une fille au bal de fin de trimestre, et c'est lui qui l'a raccompagnée chez elle, dit-il en haussant les épaules. C'est un enfoiré.

Mara lui serra le genou, et sourit de la façon dont Ryan venait de résumer le personnage de Garrett. Effectivement, c'était un enfoiré.

– Tu sais, j'ai vraiment pas assuré quand tu m'as dit que c'était fini, reprit Ryan. J'aurais dû aller à Sturbridge. Et essayer de te faire changer d'avis.

– J'aurais jamais imaginé sortir avec quelqu'un comme toi, reconnut-elle. Je me suis dit qu'en rompant la première, je souffrirais moins.

Ils ne s'étaient pas regardés de toute la discussion, préférant adresser leurs confidences aux flammes. Mara finit par se tourner pour faire face à Ryan, et écarta les mèches qui lui retombaient sur le front.

– J'ai fait tellement de choses cet été que je regrette, soupira-t-elle. J'ai été affreuse avec Eliza et Jacqui. Et quand ma sœur est venue, je me suis montrée si grossière.

– Eliza, Jacqui et ta sœur, elles finiront par te pardonner, la rassura-t-il. Tout va s'arranger.

– Non. Tout le monde me déteste et...

Avant qu'elle ait pu terminer sa phrase, il l'embrassait. Et elle lui rendait son baiser. C'était si doux que c'en était presque douloureux.

Il l'attira vers lui, et enfonça les mains dans ses cheveux. Elle l'enlaça. Ils s'embrassèrent encore et encore, sans même prendre le temps de respirer, comme si seule importait la communion de leurs deux âmes à travers leurs baisers. Elle frissonna, il ouvrit son peignoir et l'en enveloppa, elle aussi.

Mara ferma les yeux, à la fois euphorique et nerveuse. Il était tout pour elle, elle était tout pour lui. Il était tout ce qu'elle avait toujours voulu et, bien qu'elle redoutât toujours d'avoir gâché tellement de choses, elle s'abandonna. On aurait dit qu'ils étaient faits l'un pour l'autre. Et leurs corps se disaient ce que leurs cœurs ressentaient depuis déjà si longtemps.

# Voilà pourquoi William était incontrôlable !

Le lendemain matin, l'eau avait reflué, et les éboueurs commençaient à dégager les autoroutes couvertes de branchages et d'arbres arrachés. Kit raccompagna Jacqui chez les Perry. Le 4 × 4 progressait péniblement dans la boue. Le vent ne soufflait plus par rafales, et il avait enfin cessé de pleuvoir. La tempête s'était déplacée vers le nord, mais avait dévasté les Hamptons. Plusieurs demeures bâties à flanc de coteau avaient été totalement détruites. Et, lorsque Kit se gara dans l'allée des Perry, Jacqui et lui remarquèrent que le château des Reynolds, où du moins ce qui en restait, était dans un triste état.

– Mince ! dit Kit d'un ton joyeux. J'espère qu'ils étaient assurés.

– C'était une telle horreur, ça vaut mieux comme ça !

Elle regarda la maison des Perry, le ventre noué. Il était temps d'affronter ce qui l'attendait – être virée, quoi ! Mais, tandis qu'elle rassemblait son courage, et se préparait mentalement à faire ses valises et à retourner sur-le-champ au Brésil, un vieux taxi pourri s'arrêta de l'autre côté de l'allée circulaire. Philippe ouvrit le coffre et entassa ses valises à l'intérieur.

Il s'en allait ? Jacqui croyait qu'il était censé rester tout l'été. Certes, il y avait des tas de choses qu'elle ignorait à son sujet. Elle regarda le beau garçon, et se sentit idiote mais pas désespérée. Philippe lui adressa un vague signe de la main.

– Tu vas où ? demanda-t-elle.

Il haussa les épaules et mit ses lunettes de soleil.

– *Au revoir, ma chérie !*

Il extirpa une cigarette de son paquet, et monta à l'arrière du taxi.

Laurie surgit de la maison.

– Et ne revenez surtout pas ! Vous avez de la chance qu'on ne porte pas plainte ! Si on vous épargne les ennuis, c'est seulement par égard pour votre tante !

Le Dr Abraham bouscula Laurie, portant des valises cabossées recouvertes de tissu écossais.

– Attends, mon gars ! Moi aussi, j'ai besoin qu'on me dépose à la gare !

Le Dr Abraham adressa à Laurie un timide signe de tête et monta à son tour dans la voiture.

Jacqui grimpa les marches imbibées d'eau. La maison Perry paraissait presque intacte.

– Que s'est-il passé ? s'enquit-elle auprès d'Anna, qui avait suivi toute la scène depuis l'entrée.

La blonde glacée la détailla de pied en cap.

– Vous n'êtes pas au courant ? répliqua-t-elle, d'un ton soupçonneux.

– Au courant de quoi ? demanda Jacqui, déconcertée.

– Mais vous avez appelé Philippe hier soir..., dit Anna.

Jacqui rougit.

– Je... j'étais coincée sur la route 27. J'ai eu une panne

d'essence, et j'étais prise dans l'ouragan. J'ai essayé la maison, mais la ligne était coupée, expliqua-t-elle.

Le visage d'Anna se détendit.

– Alors, pour de bon, vous n'étiez pas au courant ?

– Au courant de quoi ?

– Philippe est un trafiquant de drogue, lança Laurie.

Elle raconta d'une voix haletante comment Anna avait découvert que Philippe et le Dr Abraham vendaient du Ritalin, de l'Adderall, du Valium et de l'Ambien dans les Hamptons et les banlieues environnantes.

C'était donc pour ça que son téléphone sonnait tout le temps ! Vraisemblablement, Philippe avait commencé à faucher les ordonnances de William afin de satisfaire certaines commandes. Le docteur s'était rendu compte du manège de Philippe et, au lieu de le dénoncer, lui avait fait d'autres ordonnances et avait prélevé sa part des profits. L'ouragan avait plongé nombre de gens dans l'angoisse, et Philippe avait fait beaucoup de livraisons, cette semaine-là. Anna avait découvert la vérité lorsqu'elle l'avait surpris en train de fourrer les pilules de William dans son sac à dos, alors qu'elle parcourait la maison à la recherche de ses médicaments à elle. C'est pourquoi elle avait dit « Philippe a fermé boutique » lorsque Jacqui avait appelé.

Désireuse d'éviter le scandale, Anna avait préféré renvoyer Philippe et le docteur plutôt qu'intenter des poursuites. Elle était plus sensible à l'inconvenance de la chose qu'à son aspect criminel. Elle ne voulait pas voir son nom dans les journaux – du moins, pas pour ce genre de raison.

Anna congédia Laurie. Elle toucha le bras de Jacqui, dans un geste complice.

– Au fait, je vous félicite d'être parvenue à garder vos distances pendant tout l'été, dit-elle avec un clin d'œil. Je sais à quel point il peut se montrer charmant.

Bien que Jacqui ne fût pas totalement parvenue à garder les distances avec Philippe, elle évita de le préciser. Peut-être Philippe n'avait-il pas été l'amant d'Anna – ce coup de fil du domicile des Perry, le soir du motel, avait tout aussi bien pu être passé par le Dr Abraham. Jacqui ne saurait sans doute jamais la vérité qui, au fond, lui était égale.

– Quoi qu'il en soit, ma petite Jacqui, je tenais à vous rappeler que vous devrez être de retour à New York à la fin du mois d'août. J'enverrai un billet d'avion chez vous, au Brésil. Ça vous convient ? demanda Anna.

– Vous voulez dire que j'ai le boulot ? s'écria Jacqui.

– Évidemment. Et mon amie, à Stuyvesant, dit qu'on vous y admettra sans difficulté. Nous n'allons pas envoyer William à Eton, finalement, puisqu'il a raté l'examen d'entrée. Et après tout ce qui s'est passé avec Philippe, je ne pense pas que sa tante, notre nounou habituelle, reviendra travailler pour nous. Nous aurons donc absolument besoin de quelqu'un pour s'occuper des enfants.

Jacqui éclata de rire. Au bout du compte, elle obtenait tout ce qu'elle avait désiré. Et, en regardant Kit aider Ryan à ramasser les branches cassées, elle réalisa qu'elle obtenait peut-être bien plus que ce qu'elle avait mérité.

# L'été se termine plus vite que prévu mais le prochain arrivera bien assez tôt

Cet après-midi-là, Anna annonça que la famille Perry regagnerait New York plus tôt que prévu. Il restait encore deux semaines avant la rentrée. Or, s'attarder dans les parages pour nettoyer la maison et le jardin ne correspondait pas à l'idée qu'Anna se faisait des loisirs. Les filles seraient payées jusqu'à la fin de l'été, comme prévu. Mais, à partir du lendemain matin, on n'aurait plus besoin de leurs services.

La cuisine étant inutilisable à cause des dégâts des eaux, Jacqui proposa de faire une véritable *churrascaria* brésilienne (une grillade de steaks, de saucisses, de poulet et d'agneau) pour fêter le fait d'avoir survécu à l'ouragan. À présent que la tempête était passée, le ciel était clair et dégagé. La soirée rêvée pour un barbecue ! Jacqui prépara même un pichet de caipirinha, la version brésilienne du mojito, certaine que ses amies apprécieraient.

Elle invita Eliza à se joindre à elles. Après avoir un peu hésité, celle-ci accepta. Elle avait pas mal de choses à dire à Mara, et le moment était venu. Jeremy et elle arrivèrent au crépuscule dans sa bonne vieille camionnette, manœuvrant prudemment sur les routes cahoteuses, et évitant les arbres arrachés. Ils se dirigèrent vers le patio d'où s'échappait une délicieuse odeur de viande grillée. Les enfants jouaient alentour, faisant de l'escrime avec les branches brisées.

Eliza vit Mara et Jacqui, qui s'occupaient du gril. Mara était fraîche et rayonnante. Pour la première fois cet été-là, elle portait ses propres vêtements – un tee-shirt blanc tout simple et un pantalon de treillis.

– *Hola, chicas !* lança Eliza, imitant Jacqui du mieux qu'elle pouvait.

Mara leva la tête au son de sa voix. Eliza était vêtue du jean Sally Hershberger et du top Missoni acheté en solde. Quant à Jacqui, elle cachait son faux iroquois sous le foulard Pucci. Mara était heureuse que ses amies aient toutes deux conservé un souvenir de la garde-robe de Mitzi.

– Il faut qu'on parle, Mara, dit Eliza, rassemblant son courage.

Mara acquiesça.

– Ouais, ce serait pas mal.

– Toi aussi, Jac, précisa Eliza. Toutes les trois. Il y a trop longtemps qu'on ne l'a pas fait.

Les filles marchèrent lentement vers la plage. Jacqui se tenait entre Eliza et Mara, espérant être le beurre de cacahuète qui les souderait à nouveau comme un sandwich... Elles contemplèrent les mouettes qui planaient au-dessus des vagues et l'océan qui scintillait dans l'or du soleil couchant. L'ouragan avait remué les fonds sableux, et la plage était jonchée de coquillages brisés et autres débris.

Enfin, Eliza se tourna vers Mara.

– Je suis vraiment désolée. Pour tout. J'espère vraiment que... enfin... tu sais, j'espère, que je ne ferai jamais rien pour te nuire, dit-elle d'une voix tremblante. Je sais que Ryan et toi, vous êtes faits l'un pour l'autre. J'ai commis une erreur, et je suis réellement désolée. Je regrette de pas t'avoir parlé de Palm Beach plus tôt. J'ai essayé, mais j'ai renoncé trop vite.

– Arrête, Liza... ne pleure pas ! dit Mara. J'ai été horrible avec toi le jour du défilé, et je t'ai accusée d'avoir volé ces maudites boucles d'oreilles. J'ai tellement honte. Tout est ma faute, aussi.

– Non, c'est à cause de moi, insista Eliza en s'essuyant le visage d'une main.

Elle attrapa l'ourlet de son ravissant chemisier Missoni et se moucha avec. Ce geste lui ressemblait tellement peu que Mara et Jacqui ne purent qu'éclater de rire.

Mara hocha la tête.

– J'ai confiance en toi.

Et, écoutant son cœur, elle sut que c'était vrai. Elle avait vraiment confiance en Eliza. Les gens se trompent parfois. Elle était bien placée pour le savoir. Et, aussi heureuse fût-elle d'avoir retrouvé Ryan, l'amitié d'Eliza était tout aussi importante à ses yeux. On ne rencontre que quelques véritables amis au cours d'une existence, et il faut tout faire pour conserver ceux qu'on a eu la chance de trouver.

Les yeux d'Eliza s'embuèrent à nouveau de larmes.

– Eh les filles, déclara-t-elle d'une voix brisée, j'espère que vous savez que j'ai jamais eu de meilleures amies que vous !

Jacqui passa les bras sur les épaules de ses deux amies, et toutes trois se tinrent enlacées. Mara commença elle aussi à sangloter et Jacqui, sans bien comprendre pourquoi, s'y mit également. Elles s'étaient senties si seules, les unes sans les autres.

– Hé, regardez ! dit Jacqui en désignant des détritus qui

s'étaient échoués sur la plage. Ça ne serait pas notre bouteille ?

Mara avait peine à y croire, mais c'était bien la bouteille de rhum dans laquelle elles avaient caché leur message, au tout début de l'été. Quelle coïncidence extraordinaire !

Eliza retira le bouchon et extirpa le message. En haut du morceau de papier, leur mot à elles :

*Bonjour de Mara Waters, Eliza Thompson et Jacarei Velasco, dans les Hamptons. Nous passons le plus bel été de notre vie. Si vous trouvez la bouteille, veuillez écrire votre nom et un petit mot, et la balancer dans l'océan.*

En bas de la page, une main avait griffonné les mots suivants :

*Bonjour de la Nouvelle-Écosse, au Canada, de Sandra Shepherd, Alana King et Margritte Lyon. Nous avons trouvé votre bouteille qui flottait, sur la plage de White Point. Nous aussi, nous passons un été génial !*

Jacqui, Eliza et Mara éclatèrent de rire. C'était un petit miracle.

– La Nouvelle-Écosse ! Mon Dieu, c'est très loin ! fit remarquer Eliza.

– C'est sans doute l'ouragan qui l'a entraînée aussi loin, suggéra Jacqui. Ou plutôt ramenée.

– Je me demande si elles nous ressemblent, dit Mara d'un ton songeur, en portant la main à son cou.

Le collier de perles de chez Mikimoto. Mitzi lui avait assuré qu'elle pourrait le garder, au début de l'été. C'était le seul véritable cadeau qu'elle lui avait fait. Mara songea à une certaine grande rousse... sa sœur l'adorerait, c'est sûr.

– L'été prochain... on reviendra ! déclara Eliza. L'été prochain... je sais que vous allez trouver ça ringard, mais je jure que ce sera le meilleur été qu'on passera jamais ! Ce sera le meilleur été de notre vie !

Jacqui et Mara sourirent avec indulgence. Toutes pensaient à cette annonce sur Internet qui les avait réunies. Travailleraient-elles à nouveau pour les Perry ? Ryan avait parlé à Mara des petits bungalows qu'on pouvait louer, sur la plage. Eliza planifiait déjà son prochain stage, dans le stylisme, peut-être – en tous les cas, pas dans le milieu des boîtes de nuit ! Et Jacqui... Eh bien, Jacqui songeait à Kit, qui lui avait paru si mignon la veille, et à réaliser son rêve : entrer à l'université de New York.

Au lendemain de l'ouragan régnaient le calme et la paix. C'était une purification, une catharsis.

Les Hamptons se relèveraient. Pendant l'automne, on réparerait les routes, on reconstruirait les monstrueuses bâtisses. Et, en mai, une nouvelle équipe de filles débarqueraient, pleines d'espoir, avides de soleil et de rires. Elles s'amuseraient, tomberaient amoureuses, et s'enivreraient de champagne sur les plages de sable blanc.

Mara, Jacqui et Eliza firent le serment de revenir l'été prochain. Un an serait si vite passé.

# Une saison en bikini

*Traduit de l'anglais (américain)*
*par Valérie Le Plouhinec*

*À toutes les filles merveilleuses qui m'ont envoyé des e-mails, des messages instantanés, des textos, des blogs et des commentaires en ligne : merci pour votre soutien sans faille, votre enthousiasme réconfortant et vos nombreuses questions intéressantes ! Ce qui suit est pour vous. Et, oui, il est beaucoup question de Mara et de Ryan dans ce livre. Quant aux nouvelles lectrices... bienvenue dans les Hamptons !*

*Et maintenant, rentrez chez vous. Non, je rigole.*

*Occupez-vous du superflu, le nécessaire s'occupera de lui-même.*

Dorothy Parker

*All the riches, baby, won't mean anything,*
*All the riches, baby, won't bring you what love can bring*
« Toutes les richesses du monde, bébé, ne veulent rien dire
Toutes les richesses du monde, bébé, ne te donneront pas ce que donne l'amour. »

Gwen Stefani, *Rich Girl*

# « Tout vient à point à qui sait attendre », dit-on : assise au siège 12A, Mara espère que c'est bien vrai

Lorsque le pilote amorça son virage au-dessus de l'aéroport La Guardia, Mara Waters éteignit son iPod mini et posa le catalogue de l'université de Dartmouth qu'elle était en train de lire. À travers le petit hublot, elle contempla l'horizon de Manhattan : un lumineux panorama de verre et d'acier adouci par la brume de fin d'après-midi. Ce n'était pas la première fois qu'elle prenait cette navette pour faire les quarante minutes de vol entre Boston et New York, elle en avait l'habitude. Le trajet était agréable, avec magazines gratuits à volonté en salle d'embarquement et, pour compagnons de voyage, des hommes et femmes d'affaires en costume de lainage impeccable ou en complet de travail froissé, dont l'oreillette Bluetooth clignotait avec discrétion.

C'était la première semaine de juin et, à peine quarante-huit heures plus tôt, elle avait officiellement reçu son diplôme de fin d'études secondaires. La cérémonie s'était déroulée sans surprise : après un morne discours du major (myope) de la promotion, les lycéens avaient entonné sans entrain *Breakaway*, de Kelly Clarkson. La chanson avait été imposée par la direction qui n'avait pas apprécié le choix des élèves : *American Idiot* de Green Day. Seul événement notable :

juste au moment où on lui remettait son diplôme, un membre de la fanfare du lycée avait soulevé sa robe de cérémonie sur l'estrade et prouvé qu'il ne portait rien en dessous. (Ses collègues de la fanfare, en grand uniforme, avaient alors improvisé une version impertinente du générique de la série *The Strip* en se trémoussant et se déhanchant d'une manière très peu protocolaire.)

Mara avait reçu le prix d'excellence en anglais, ainsi qu'une bourse d'études de deux mille dollars. Sa mère avait pleuré et son père avait pris bien trop de photos avec son nouvel appareil numérique, tandis que ses sœurs l'acclamaient depuis les gradins. Au son des accords retentissants de la Marche solennelle, elle s'était jointe aux trois cents « Tigres rugissants » – le surnom des élèves du lycée – pour jeter en l'air sa coiffe de diplômée. Ensuite, tout en buvant du punch coupé d'eau et en grignotant des biscuits rassis dans le gymnase, elle avait regardé ses camarades échanger leurs nouvelles adresses électroniques à la fac et se promettre de se rendre visite à l'automne.

Si seulement elle avait pu en faire autant !

Mara regarda le catalogue de Dartmouth en fronçant les sourcils. Les photos d'étudiants en pull à torsades occupés à réviser sur les pelouses lui donnèrent une bouffée de jalousie. *Sur liste d'attente*. C'est ce que disait la lettre d'une page qu'elle avait reçue dans une mince enveloppe blanche. Ni oui ni non : « Peut-être ».

Peut-être serait-elle informée de son admission une semaine ou même quelques jours avant la rentrée. Aussi bien, elle pouvait ne pas être admise du tout. Par chance, elle s'était vu proposer une place à Columbia, assortie d'une généreuse aide financière, et elle avait versé un dépôt de garantie pour réserver sa place au cas où cela ne marcherait pas pour Dartmouth.

L'été qui s'étendait devant elle serait donc rempli d'angoisse et d'appréhension, car elle ignorait ce qu'il adviendrait d'elle à l'automne. C'était tellement injuste ! Dartmouth était son premier choix, son seul choix même, si elle avait pu en décider. Après tout, c'est là que Ryan allait entrer en deuxième année.

*Ryan.* À l'évocation de son nom, elle ne pouvait s'empêcher de sourire. Ryan Perry. Son *petit ami*. Cela avait fini par arriver : eux deux, enfin réunis ! Ils s'étaient rencontrés deux ans auparavant, lorsqu'elle était fille au pair chez lui et s'occupait de ses petits frères et sœurs. Dès le début, ils s'étaient bien entendus. Mais les événements et les gens s'étaient rapidement interposés entre eux. Lors de ce premier été, Mara était encore avec Jim Mizekowski, son amoureux du lycée. Elle avait fini par le plaquer à huit jours de la fin. Ryan et elle avaient alors passé ensemble une dernière semaine de rêve dans les Hamptons. Mais plus tard, pendant l'hiver, Mara avait rompu, effrayée par l'incompatibilité de leurs milieux sociaux. Car si Ryan était né avec une cuillère en argent dans la bouche, Mara, elle, avait toujours dû travailler dur pour obtenir quoi que ce soit dans la vie.

C'est pourquoi ils avaient passé le deuxième été chacun de son côté. Mara avait trouvé refuge dans les bras de Garrett Reynolds, le riche héritier et grand séducteur qui habitait la porte à côté ; quant à Ryan, il n'avait pas cherché bien loin non plus : il s'était consolé avec Eliza, l'une des meilleures amies de Mara. Mais tout cela, c'était du passé. Garrett était oublié, et Eliza, pardonnée. Toute l'année, Mara était souvent allée retrouver Ryan à New York et dans le New Hampshire. Ryan, lui, avait fini par faire le voyage jusqu'à Sturbridge.

Toutes ses craintes au sujet de ce qu'il allait penser – que sa maison était trop miteuse, ses parents trop bizarres, ses sœurs trop bruyantes – avaient été balayées dès l'instant où Ryan était arrivé. Il avait sympathisé avec son père en parlant football, et avait repris trois fois du poulet frit de sa mère : un record ! Megan lui avait soutiré toutes sortes de détails croustillants sur les célébrités new-yorkaises (« Ton pote a léché de la tequila dans le décolleté de Lindsay Lohan ? Non, tu plaisantes ? ») ; Maureen avait déclaré que Ryan était un beau nom pour un garçon, tout en caressant son ventre de femme enceinte. Il n'avait fait aucune remarque sur la salle de bains inachevée où un bout de tissu cloué à la fenêtre tenait lieu de rideau, ni sur la température frisquette de la maison – quinze degrés en plein hiver – à laquelle se tenaient ses parents pour réduire les factures de chauffage.

Cet été-ci promettait d'être le meilleur de tous : elle n'avait plus besoin de garder des enfants, car elle avait trouvé un stage au magazine *Hamptons* grâce aux relations d'Anna Perry. C'était un poste de débutante typique : faire le coursier, passer des fax, répondre au téléphone pour la rédactrice en chef. Mais on pouvait en espérer quelques (notez bien le « quelques ») petites chances d'écrire. « Il nous faut quelqu'un pour légender toutes les photos de soirées », lui avait dit sa future patronne. Mara pressentait que cela demanderait plus d'aptitudes à distinguer l'une de l'autre les jet-setteuses identiquement blondes que de réelles qualités rédactionnelles, mais au moins c'était un premier pas dans le monde du journalisme.

Cela ne payait pas autant que le job de nounou – un comble ! –, et les gosses et les filles allaient lui manquer. Jacqui serait la dernière à travailler encore pour les Perry, puisqu'Eliza avait autre chose de prévu, comme d'habitude. Mais le mieux, avec ce boulot, c'est qu'elle serait libre de vivre avec Ryan à bord du yacht de son père. Ils allaient vivre ensemble, comme un vrai couple. Ce serait l'été le plus romantique *du monde* !

Mara soupira en rêvant qu'elle sillonnait la baie à la voile, Ryan à la barre tandis qu'elle se prélassait en bronzant sur le pont. Tous les deux s'embrassant sur fond de soleil couchant.

L'avion avança jusqu'à la passerelle et Mara ralluma son téléphone qui émit immédiatement la sonnerie indiquant un appel de Ryan : l'air du film *Halloween* de John Carpenter. *Doo-do-do-do doo-do-do-do...*

Elle sourit en ouvrant d'un geste le téléphone. Elle était sur liste d'attente ? La belle affaire ! Elle allait quand même passer son troisième été dans les Hamptons avec le garçon qu'elle aimait, et qui l'attendait à l'aéroport.

Et cela, personne ne pourrait le lui enlever.

# À SoHo, pour Eliza, la mode c'est la guerre des tranchées

– E-liii-zâ !

– E-liii-zâââ !

– Tu m'écoutes ?

Hein ? Quoi ?

Eliza cligna des yeux. Quelqu'un lui parlait. Plus précisément, quelqu'un lui parlait *de haut*. Elle posa ses baguettes et essaya de masquer son agacement. Dîner en paix, c'était vraiment trop demander ?

Il était minuit et demi. Elle était au show-room depuis neuf heures du matin et n'avait qu'une envie : rentrer prendre une douche. Elle qui était toujours parfumée au Coco Chanel, pour la première fois de sa vie elle cocottait grave ! Elle se renifla discrètement chaque aisselle et plissa le nez.

– E-liii-zââ. Allô allô, la Terre parle à E-liii-zââ !

Eliza se frotta les yeux et finit par faire le point sur la propriétaire de cette voix. Paige McGinley, aussi appelée Paige la Pénible. Sa soi-disant patronne. L'esclavagiste en chef du célèbre styliste Sydney Minx, propriétaire du show-room, le roi des caprices de star, l'homme à cause de qui elle avait dormi à peine une demi-heure depuis deux jours.

Sydney était un styliste de mode gay originaire du Bronx.

Au début de sa carrière, il avait réussi, à force de vigoureux cirages de pompes, à s'acoquiner avec une bande de jet-setteurs new-yorkais qui l'avaient aidé à lancer une ligne de sportswear chic, décontractés et néanmoins hors de prix. Ses collections s'étaient par la suite étoffées pour proposer accessoires, parfum, objets de déco, bougies et linge de maison. Quiconque s'habillait, dînait et rêvait pouvait être sûr d'utiliser à un moment ou à un autre un article Sydney Minx.

Ce cabotin allait ouvrir, dans deux jours, sa première boutique dans les Hamptons. Le bureau bourdonnait d'une activité frénétique pour préparer dans le moindre détail la grande soirée d'inauguration et son défilé de mode. Comme tout le monde à New York, Eliza avait été une fan absolue de Sydney à ses débuts : les pulls « clochard » en cachemire nid-d'abeilles d'un prix extravagant, les pantalons tuyau-de-poêle sexy, les sacs au logo artistement tagué. Mais ces derniers temps, il dérapait. Les dernières collections avaient viré sans transition, d'une saison à l'autre, du look bombe sexuelle en folie à l'austérité la plus amidonnée et collet monté : la marque s'efforçait laborieusement de s'adapter au public de plus en plus capricieux des acheteuses de haute couture. Au bout d'un certain nombre de collections ratées, on risquait forcément de tomber dans les oubliettes de la mode. Avec cette ouverture, Sydney jouait gros.

La tension était si forte que si jamais Sydney, éternel insatisfait, convoquait encore une fois l'équipe pour traiter d'imbéciles et d'incapables tous ses associés, assistants de production, mannequins et stagiaires, quelqu'un allait forcément éclater en sanglots. Déjà, l'une des modélistes avait abandonné sa machine à coudre, mortifiée, lorsqu'il avait qualifié de « camelote à deux balles », de « cauchemar oculaire inégalé » et d'« insulte au nom de la couture » le prototype sur lequel elle travaillait.

– Je peux faire quelque chose ? demanda Eliza avec humeur en s'essuyant la bouche avec une serviette en papier.

– Pourquoi est-ce que tous les T-shirts ne sont pas encore pliés ? Je te l'ai déjà dit, il faut tous les emballer pour que les coursiers les apportent aux boutiques demain matin, fit Paige d'un ton autoritaire.

Cette fille de vingt-deux ans aux cheveux noirs et aux traits durs, fraîchement diplômée du *Fashion Institute of Technology*, avait rapidement grimpé du poste d'assistante personnelle de Sydney à la position de directrice de création de la marque.

Les T-shirts, décorés de la silhouette photoshoppée et nettement amincie du styliste, seraient glissés dans les sacs de cadeaux offerts aux invités VIP de la fête de lancement à East Hampton, et vendus au commun des mortels soixante-quinze dollars pièce dans les boutiques de tout le pays.

– Parce que je suis en train de passer tout le tissu à la bombe or comme Sydney l'a demandé pour les manteaux « Anna », rétorqua Eliza en repoussant les boîtes de nourriture chinoise.

Elle montra à Paige les coupons qui devaient être cousus sur un trench militaire grâce auquel Sydney espérait attirer l'attention de la rédactrice en chef de *Vogue*. Il en restait encore la moitié à peindre.

Eliza s'essuya les mains sur l'arrière de son pantalon de jogging So Low puis croisa les bras, sur la défensive. Emballer des T-shirts, non mais, c'était une tâche de grouillot ! Elle était Eliza Thompson ! Mentionnée une fois dans le magazine

*New York* comme la fille la plus populaire du circuit des lycées privés ! Si elle avait pris ce boulot, c'était uniquement parce qu'elle aimait la mode et croyait que ce serait le paradis de passer l'été dans le show-room d'un styliste.

– Ces coupons ne sont pas encore finis ? dit Paige, atterrée. Sydney en avait besoin il y a des heures.

Eliza s'efforça de ne pas avoir l'air trop coupable. Elle avait pris tout son temps pour peindre le tissu, justement afin que personne ne lui demande de faire autre chose. Elle avait remarqué qu'en prenant un air suffisamment occupé, elle pouvait éviter les corvées les plus soûlantes.

– En tout cas, laisse tomber pour le moment. Va aider Vidalia, elle n'est pas fichue d'enfiler sa robe correctement pour le filage. Ensuite, il me faut ces T-shirts.

– D'accord, grogna Eliza.

– Et qu'est-ce que c'est que cette odeur ?

Eliza se figea, les bras collés au corps.

– Berk ! Qui a commandé du chinois ? s'écria Paige en soulevant la boîte de bœuf aux oignons à moitié dévorée par Eliza.

– Euh... tout le monde ? lui rappela Eliza.

Toute l'équipe avait pris de la nourriture à emporter, vu que l'heure du dîner était passée depuis longtemps et qu'ils étaient tous morts de faim. Elle était en train d'engloutir voracement les nouilles quand Paige avait interrompu son repas.

– Eh bien, débarrasse-nous de ça. Si Sydney se pointe et retrouve ses vêtements parfumés façon Chinatown, il va faire un scandale.

Eliza enfourna encore quelques bouchées du plat odorant

avant d'aller le jeter avec regret dans le vide-ordures de l'autre côté du couloir. Puis elle revint dans le loft de trois mille mètres carrés de Sydney Minx. Il se trouvait au troisième étage d'une ancienne usine de SoHo. Le styliste l'avait acheté dans les années soixante-dix, alors que le bâtiment était encore un squat d'artistes. Sydney avait juré qu'il ne quitterait jamais le quartier, mais lorsque les affaires avaient décollé il s'était vite replié sur une adresse huppée de l'Upper East Side, et le loft avait été transformé en quartier général pour ses collections.

À peine une semaine plus tôt, Eliza avait bondi de joie en apprenant que sa mère avait persuadé Sydney Minx de la prendre en stage. Elle avait même raté sa cérémonie de remise de diplôme pour être là ce soir. Aucune importance : après un an passé à Spence, à New York, et deux au lycée Herbert-Hoover de Buffalo, elle avait fait sa dernière année d'études secondaires dans une pension chic où, même en séchant la plupart des cours, elle avait réussi comme une fleur dans les matières les plus difficiles. Enfiler une robe noire et coiffer un chapeau en carton pour aller chercher un morceau de papier ? Et puis quoi encore ? Elle avait demandé au lycée de le lui envoyer par la poste. D'ailleurs, comme chacun sait, la coiffe de cérémonie aplatit les cheveux.

Les Thompson avaient retrouvé leur fortune, et pour Eliza, tout était pour le mieux dans le meilleur des mondes. Le scandale qui avait ruiné ses parents et les avait précipités dans l'oubli (d'où le passage par Buffalo) était de l'histoire ancienne. Grâce à des relations bien placées, son père avait investi pour une bouchée de pain dans des entrepôts abandonnés de l'ouest de Manhattan, qui n'avaient pas tardé à devenir les valeurs immobilières les plus recherchées de la ville. Et voilà ! Les affaires avaient repris pour les Thompson. En rachetant leur part de la copropriété de Park Avenue et en reprenant une inscription au prestigieux Knickerbocker Club, ils avaient retrouvé leur réputation intacte, de même que leurs cartes de crédit.

Tous les rêves d'Eliza semblaient enfin se réaliser : elle avait été admise en avance à Princeton, l'université de ses rêves – ce qui n'avait jamais vraiment fait de doute, avec ses notes parfaites et son statut de future héritière. Mais en plus, cet été, elle n'aurait ni à s'occuper des enfants Perry, ni à s'épuiser dans une boîte de nuit à servir des célébrités insupportables. Le stage chez Sydney Minx était la cerise sur le gâteau. Il lui apporterait des contacts dans le milieu (elle ne crachait jamais sur de bonnes remises pour rallonger son budget shopping, et elle avait entendu dire que les soldes de presse étaient incroyables !) et en plus, ce serait une manière amusante de passer le temps. Ce n'était pas que le boulot soit agréable en ce moment, mais il pourrait le devenir... si seulement on la laissait faire quelque chose de plus intéressant que peindre du tissu, repasser des vêtements et garnir des cartons.

Quoi qu'il en soit, dès demain elle serait dans les Hamptons avec Jeremy et ses amies. Mara devait déjà y être, et Jacqui n'allait pas tarder à arriver en avion avec la famille Perry.

Elles ne s'étaient pas vues toutes les trois depuis les vacances de printemps, où elles avaient réussi à se retrouver à Cabo San Lucas pour quelques journées gorgées de soleil. Elle bouillait d'impatience de leur décrire son nouveau job. Bien sûr, l'agrafage des programmes de défilés de mode n'étant pas extraordinairement glamour, elle ne raconterait peut-être pas tout dans le détail.

En passant devant un miroir en pied, elle vérifia rapidement son reflet. Horreur ! Le manque de sommeil lui avait accroché des valises sous les yeux, et sa chevelure blonde, habituellement splendide, lui retombait à plat sur les épaules. Ses yeux bleus étaient humides entre des paupières rougies. Pourtant, même dans le pire état, elle parvenait encore à être la plus jolie fille de la pièce. Elle avait noué son ample chemise blanche autour de sa taille au lieu de la boutonner, ce qui laissait entrevoir un ventre plat et bronzé au-dessus de son jogging baggy. Et les confortables claquettes qu'elle portait aux pieds arboraient tout de même un discret logo Chanel de chaque côté. Elle rassembla ses cheveux en un chignon lâche mais élégant, qu'elle fixa à l'aide d'une paire de baguettes propres.

Jeremy aimait bien quand elle remontait ses cheveux, pensa-t-elle avec affection. Il était déjà à Montauk et l'attendait avec impatience. En le voyant quelques semaines plus tôt, à sa remise de diplôme universitaire à Binghamton, elle avait été si fière de lui ! Jeremy était l'un des rares garçons à rendre sexy cette ridicule coiffe en carton, avec ses boucles brunes qui dépassaient sous le bonnet.

Une relation à distance, c'était dur, mais ils avaient réussi à la faire fonctionner et n'allaient pas tarder à fêter le premier anniversaire de leur histoire. On n'aurait jamais dit que cela faisait déjà un an : dès qu'ils se trouvaient ensemble, c'était comme s'ils venaient de se rencontrer. Du fond du cœur, elle se sentait plus amoureuse que jamais. Elle avait hâte de le revoir. De tous les garçons qu'elle avait connus, Jeremy était le seul à voir la vraie Eliza, le seul à l'aimer parce qu'elle recrachait parfois son lait par le nez en riant. Le seul avec qui elle se sente assez à l'aise pour laisser tomber son numéro de princesse-diva. Tant de types n'attendaient d'elle qu'un comportement de mannequin parfait, du genre « sois belle et tais-toi ». Jeremy, lui, la trouvait belle lorsqu'elle avait un bouton au menton.

Ils avaient prévu de passer la nuit ensemble dès qu'elle arriverait en ville... et Eliza savait, même si Jeremy l'ignorait encore, que pour la première fois cela voudrait dire *vraiment* passer la nuit ensemble ; pas se peloter comme des gamins, comme ils l'avaient fait jusqu'à présent. Au bout d'un an de relation sérieuse – après une rupture l'hiver de leur rencontre –, elle était prête à faire de lui son premier amant. Il était son véritable amour, et il attendait depuis longtemps qu'elle se sente prête. Elle avait dix-huit ans : pour elle, c'était le moment. Elle inspira profondément et se regarda de nouveau dans la glace.

Si tout se passait comme prévu, demain soir elle ne serait plus vierge. Elle se demandait si elle aurait quelque chose de changé. Plus vieille ? Plus mûre ? Plus expérimentée ? Est-ce que cela se verrait ? Elle n'allait pas tarder à le savoir.

# Dans l'Upper East Side, Jacqui constate que faire ses valises pour les Hamptons n'arrange en rien la gueule de bois

La sonnette retentit et carillonna fortement dans le studio, mais Jacqui Velasco n'y prêta aucune attention. Elle se dépêchait de jeter vêtements, chaussures et sacs de plage dans deux valises ouvertes au milieu de la chambre. À peine une demi-heure plus tôt, elle montait sur l'estrade avec le reste de sa promotion de l'académie Sainte-Grâce pour recevoir son diplôme. Elle portait encore la jolie robe à fleurs Blumarine et les escarpins Gucci à bout rond qu'elle avait choisis pour l'occasion.

Sa grand-mère était déjà partie pour l'aéroport afin d'attraper son vol de retour pour São Paulo. Cela avait été un bonheur de voir son *avó*, rayonnante de fierté sous sa mantille en dentelle. Après tout, Jacqui avait été reçue avec un bon B+ de moyenne et un prix d'excellence en espagnol (bien sûr, parler couramment le portugais l'avait aidée). Elle avait fait ses adieux à sa grand-mère à la porte de l'auditorium ; puis, dès qu'elle l'avait pu, était rentrée à toute vitesse emballer ses affaires pour les Hamptons. Les Perry étaient très à cheval sur les horaires et n'en attendaient pas moins des autres.

Mais pourquoi, pourquoi avait-elle repoussé si longtemps le moment de faire ses sacs ? Jacqui continuait à se le demander, même si elle ne connaissait que trop bien la réponse. La fin des examens ! Au lieu de passer du temps à se préparer pour le pèlerinage annuel des Perry à East Hampton, Jacqui avait choisi de faire la fête avec ses camarades. Les quarante-huit heures qui venaient de s'écouler avaient été un tourbillon : soirée alcoolisée au Maritime Hotel, golf miniature aux Chelsea Piers, nuit passée dans les Catskills avec feu de camp et marshmallows grillés. Entre les festivités et les moments où elle devait trimballer les enfants Perry de l'école à leurs activités diverses, elle n'avait pas trouvé un instant pour remplir ses valises.

Son pauvre crâne souffrait d'une gueule de bois carabinée, conséquence de la fête imbibée de tequila de la veille. Elle ouvrait des tiroirs au hasard, choisissant et écartant des objets au petit bonheur. Foulard Pucci. Oui. Cardigan en cachemire. Non. (Trop chaud.) Djellaba Duro Olowu. Oui. Petit haut sexy. Trop vu l'an dernier. Havaianas. Oui. Levi's blanc. Absolument.

Elle passa la main dans son épaisse chevelure noire. La crête hérissée qu'elle avait dû porter l'été précédent pour un défilé de mode n'était plus qu'un souvenir. La coupe punk lui allait bien, mais elle avait besoin de ses longues boucles brunes pour se sentir elle-même.

Sa première année à New York avait été tout simplement magique. Les Perry l'avaient installée dans le studio de leur précédente nounou. Jacqui avait eu le souffle coupé en découvrant ces vingt mètres carrés aménagés de manière charmante et confortable avec baies vitrées, jolie chambre en alcôve, une vraie cuisine et une cheminée en état de marche. Situé à un pâté de maisons de chez les Perry, l'appartement était assez près pour que Jacqui y aille facilement garder les enfants, mais suffisamment éloigné pour qu'elle ait son intimité.

Jacqui s'était inscrite en dernière année de lycée à Sainte-Grâce, une petite école catholique de filles du West Side, qui l'avait acceptée alors que Stuyvesant, l'une des écoles publiques les plus cotées du pays, avait rejeté sa candidature. Les Perry lui payaient ses frais de scolarité, et ses camarades de classe avaient rapidement idolâtré cette éclatante beauté brésilienne parachutée parmi elles. Jacqui avait travaillé dur toute l'année, ce qui ne l'avait pas empêchée de se faire beaucoup d'amies. Car elle était la seule de l'école à avoir son propre appartement, et elle avait donné des fêtes sans compter.

Elle trouva une bouteille de bière vide sous son lit et la fourra dans la poubelle.

La sonnette tintinnabula de nouveau, et cette fois Jacqui entendit distinctement Anna et Kevin Perry se disputer derrière la porte.

– Je te parle ! Ne réponds pas au téléphone quand je te parle !

– Anna, c'est pour le travail. C'est important. Une minute, d'accord ?

– Tu ne m'écoutes jamais. Tu fais toujours passer le travail avant !

– Chérie, s'il te plaît, tais-toi. Il faut que je prenne cet appel.

– Oh, vas-y, tiens ! Où est-elle ? Jacqui ! Jacqui !

– J'arrive, cria Jacqui en courant ouvrir la porte.

Anna Perry, véritable apparition tout de blanc vêtue, en

tenue de tennis Chanel, tapotait avec impatience de sa french-manucure sur le chambranle de la porte.

– La limousine est là. Nous devons être à l'héliport de la 34e Rue en vitesse, sinon nous allons louper notre créneau de décollage, ordonna-t-elle sans ménagement.

Kevin Perry, l'air tendu et chiffonné dans son costume de lainage gris, adressa à Jacqui un bref signe du menton tout en portant son téléphone à l'oreille.

– Oui, oui, désolée… un instant…

Jacqui hocha la tête et referma la porte au nez d'Anna. Les Perry payaient peut-être cet appartement, mais c'était quand même chez elle. En outre, il fallait absolument qu'elle cache le fût de bière qui traînait au milieu du salon.

# Mara infiltre la jeunesse dorée

Mara traversa l'aéroport à grandes enjambées résolues et prit un raccourci connu de peu de gens pour rejoindre la zone de retrait des bagages. Elle était tellement concentrée qu'elle ne remarqua pas les nombreux regards admiratifs qui la poursuivaient. Avec son T-shirt blanc Michael Stars moulant, son pantacourt Lilly Pulitzer vert et rose et ses sandales compensées Tory Burch pour TRB – achetés tout récemment grâce au chèque de félicitations de ses grands-parents –, elle était la classe même. Son épaisse chevelure noisette, expertement colorée et coiffée, lui tombait coquinement juste en dessous des épaules, et elle était bronzée grâce à un week-end passé à Block Island pour fêter son diplôme.

Elle récupéra ses valises, les empila sur un chariot et franchit les portes coulissantes en verre à la recherche de Ryan. Elle le trouva appuyé à une Ferrari Enzo rouge surbaissée, garée illégalement le long du trottoir.

Il courut à sa rencontre à grandes foulées bondissantes.

– Salut beauté ! dit-il en saisissant une housse à vêtements sur le dessus du chariot.

– Salut toi-même, répondit Mara dont le cœur rata une

marche... ce qui arrivait à chaque fois qu'elle voyait son beau visage.

Elle lui sourit par-dessus les valises Coach assorties en cuir souple, un cadeau de fin d'études de sa sœur Megan. Cette dernière avait quitté son salon de coiffure pour un job de représentante de commerce, qui lui offrait des remises exceptionnelles.

Les cheveux de Ryan avaient poussé, il avait une coupe d'étudiant ébouriffé, mais à part cela il n'avait pas changé : même bronzage cuivré, même look légèrement débraillé – un T-shirt Aboveground Records sur un jean troué Roley, ses éternelles claquettes en caoutchouc, et des Ray-Ban aviateur vintage remontées sur la tête. Mara laissa le chariot sur le trottoir pour le rejoindre, passant un bras autour de sa taille pendant qu'il fourrait la housse dans le coffre.

– Une nouvelle caisse ? demanda-t-elle en admirant la voiture de sport italienne.

– Ouais. (Il haussa les épaules comme pour s'excuser.) C'est mon père. Je crois que c'est un cadeau de rattrapage. Il a oublié mon anniversaire cette année.

Chez Mara, dans ce genre de circonstances, on confectionnait plutôt des brownies maison et on offrait une virée au centre commercial, pas chez le concessionnaire Ferrari.

– Et ton ancienne voiture ?

– Sugar la promène à L.A.

Mara remercia les dieux, quels qu'ils fussent, qui avaient décidé que les jumelles, les infernales sœurs de Ryan âgées de dix-huit ans, seraient absentes des Hamptons cette année. Sugar et Poppy étaient « montées à Hollywood », et toutes deux écumaient les castings de films. Pour l'instant, elles totalisaient à elles deux un film d'horreur sorti uniquement en vidéo, mais elles s'étaient débrouillées pour être présentes à toutes les avant-premières de gala. Sugar enregistrait un album (*Melted Sugar*), tandis que Poppy étendait son empire d'une ligne de parfums – « Sniffers » by Poppy Perry – aux sacs à main (« Stuffers ») et aux parfums d'ambiance (« Stinkers »). Elles étaient connues pour leurs apparitions publiques généralement alcoolisées et dénudées et, cela va sans dire, elles étaient la nouvelle coqueluche d'Hollywood.

Mara secoua la tête au souvenir des exploits des jumelles ; elle leur avait presque pardonné leur rôle dans ses déboires de l'année précédente. Presque, mais pas tout à fait.

– Tu m'as manqué, dit Ryan en se penchant pour l'embrasser. Ses lèvres se pressèrent contre celles de Mara qui ferma les yeux et entrouvrit la bouche. Elle le sentit se coller à son corps et resserra son étreinte. Bientôt, ils se pelotaient carrément devant l'aérogare. Ryan enfouit son visage dans le cou de Mara qui respira son parfum familier : savon Ivory, eau de mer et crème solaire. Miam.

Plusieurs automobilistes klaxonnèrent avec impatience, car la voiture de Ryan bloquait la circulation. Ils se décollèrent à regret.

– Mmm, fit Ryan en lui pressant les épaules, je crois qu'on ferait mieux d'y aller.

– Tu crois ? rétorqua Mara en clignant de l'œil, encore tout heureuse et étourdie de son baiser de bienvenue.

Ryan haussa un sourcil en observant les bagages.

– Je ne suis pas sûr que tout rentre dans le coffre.

Il secoua la tête.

– J'en ai pris un peu beaucoup.

– C'est ce que je vois. (Il hocha la tête en essayant de faire entrer une valise particulièrement énorme dans le petit coffre de la Ferrari.) Si j'avais su, j'aurais pris la Rover.

– Désolée, fit Mara d'un air penaud.

Ryan jura en plaisantant à moitié lorsque les roulettes de la valise se coincèrent dans le montant de la portière. Mara recula pour ne pas le gêner.

– Qu'est-ce que c'est, SGH ? demanda-t-elle en remarquant un petit autocollant ovale sur la gauche du pare-chocs de la décapotable.

– Sag Harbor, là où nous allons passer l'été, expliqua Ryan en rougissant un peu. Anna en a acheté pour toutes les voitures. Les leurs sont marqués « EH », East Hampton. Je n'ai pas pu l'empêcher d'en coller un sur la mienne. C'est un peu ringard, je sais.

Mara eut un sourire narquois. Un autocollant proclamant leur destination pour l'été, c'était Anna Perry toute crachée : la belle-mère de Ryan, obsédée par le statut social, ne laissait jamais passer une occasion de faire étalage de leur fortune. Ryan finit par réussir à caser le plus gros des bagages dans le coffre et empila le reste sur le minuscule siège arrière de la voiture de sport. Mara posa son sac à main Mulberry tout neuf sur ses genoux et cala le cabas assorti sous ses pieds. Elle était un peu gênée d'avoir emporté tant d'affaires ; mais en tant que stagiaire pour le magazine le plus en vue des Hamptons, elle était bien décidée à avoir tous les attributs de la journaliste glamour, ne serait-ce que pour courir chez Starbucks chercher des cafés. Elle connaissait les Hamptons depuis assez longtemps pour avoir parfaitement intégré l'adage : « L'habit fait bien le moine ».

Ryan se glissa sur le siège conducteur et la Ferrari démarra en rugissant. Comme son beau fiancé doublait toutes les voitures en un éclair sur l'autoroute, le visage de Mara s'illumina.

Quiconque l'aurait vue ainsi aurait cru qu'elle avait toujours été une moitié égale de ce couple doré, qu'elle avait toujours baigné dans le genre de vie dont la plupart des gens ne font que rêver, qu'elle était née belle, riche, bénie des dieux et pleine de confiance en elle. Pourtant, ceux qui pensaient cela étaient à mille lieues de la vérité.

# Eliza pimente un peu la collection

– Eh, Vidalia ! appela Eliza. (Elle se dirigea vers un top model d'un mètre quatre-vingts mince comme un fil, emberlificotée dans une pièce originale de Sydney Minx.) Paige m'a dit que tu avais besoin d'aide ?

– Je n'y arrive pas avec ce truc, se plaignit le mannequin avec l'accent nasillard de Cincinnati, sa ville natale.

Eliza se demanda si Vidalia (tout court) avait pris un pseudonyme dans le but de donner une image plus exotique d'elle-même ; ce faisant, elle s'était involontairement attribué le nom d'un oignon commun.

– Voyons voir, je crois que c'est l'emmanchure que tu as sur la tête et que ça, ça va là ; ceci se boutonne de ce côté, et ce morceau pend librement, dit Eliza en aidant Vidalia à se débarrasser de la robe avant de la faire glisser sur ses épaules et de boutonner adroitement des pressions.

Enfin, elle tira sur la mousseline savamment déchiquetée jusqu'à ce qu'elle soit bien en place. Vidalia et Eliza contemplèrent l'image renvoyée par le miroir.

– C'est tout ? demanda le mannequin d'un air dubitatif.

Elisa hocha la tête, mais elle comprenait sa perplexité. La robe à elle seule devait être le clou du spectacle, pourtant elle était un peu ordinaire. Il manquait quelque chose...

Eliza repéra plusieurs chaînes en or – des ceintures – sur une table de coupe.

– Tiens, dit-elle en disposant les chaînes autour du cou de la fille. Mets ça.

Eliza empila chaîne en or sur chaîne en or. Puis elle troqua les sandales de Vidalia contre une paire de cuissardes en crocodile marron. C'était censé être une collection printemps/été, mais tout le monde allait vouloir des bottes cet été : des bottes de cow-boy, des bottes de motard, pourquoi pas des cuissardes en croco ? Les sandales, c'était fini. Prise d'une bouffée d'inspiration, Eliza passa les bords de la robe à la bombe dorée pour compléter l'ensemble avec panache.

Le mannequin se sourit dans la glace. C'était sexy, mignon et haut de gamme en même temps, le parfait dosage entre impertinence et superluxe.

– C'est mieux, non ? interrogea Eliza.

– *Perfecto*, acquiesca Vidalia qui soudain n'avait plus rien à envier à une héritière européenne.

Elles tombèrent dans les bras l'une de l'autre, euphorisées par la poussée d'adrénaline qui accompagne un travail bien fait, une tenue bien pensée.

Mais lorsque l'exaltation retomba, Eliza fut saisie par l'angoisse. Elle avait pris de gros risques en accessoirisant la robe et en remplaçant les sandales par des bottes. Seules les stylistes en chef – les vieilles routardes de la 7e Avenue, rompues aux magazines et aux défilés de mode sous leurs ceintures tressées Marni – étaient censées arranger les vêtements en vue de leur présentation. Quelle serait la réaction de Sydney lorsqu'il verrait comment Vidalia portait la robe ? Il risquait de détester. Il se pourrait qu'il renvoie Eliza avec pertes et fracas. Elle avait déjà vu arriver des choses pareilles : l'été précédent, elle se trouvait dans les coulisses d'un défilé lorsqu'un styliste avait jeté une coupe de champagne à une maquilleuse qui avait eu l'outrecuidance de prêter ses lunettes masque à un mannequin pour le show. Les lunettes n'étaient pas sur la liste pour cette tenue. Le styliste les avait arrachées de la tête du modèle avec une telle violence qu'il avait fait sauter son postiche. Elle avait dû défiler chauve comme un nouveau-né.

Eliza se mit à paniquer.

– Tu sais quoi, Vidalia, si on retirait ces chaînes ? suggéra-t-elle. Sydney ne va peut-être pas apprécier.

Mais Vidalia se contenta de repousser la main d'Eliza.

– T'inquiète, c'est génial.

De toute manière, il était trop tard puisqu'on appelait tous les mannequins pour un dernier filage. Eliza inspira profondément et regagna le milieu de la pièce, en espérant que son premier jour au studio de Sydney ne serait pas le dernier.

# Jacqui garde une enfant de trente-trois ans

Derrière la porte fermée, Jacqui entendait Anna et Kevin continuer à se quereller. Il était question de son incapacité à lui à écouter sa femme, et de son incapacité à elle à le laisser faire son travail. Son retard leur servait simplement d'excuse pour se crier dessus, ce qu'ils faisaient bien trop souvent ces derniers temps. Jacqui savait qu'une partie du problème venait de l'angoisse grandissante d'Anna à l'idée de vieillir : elle avait failli buter son visagiste lorsqu'il avait remarqué quelques mèches grisonnantes à son dernier rendez-vous.

Jacqui ne comprenait pas comment deux personnes pouvaient se faire tourner en bourrique à ce point. Anna reprenait Kevin sur tout, qu'il s'agisse de sa tenue à table ou de son drive de golf. De son côté, Kevin se disputait avec Anna au sujet des relevés de cartes bancaires ou du travail de la femme de chambre. Anna avait une fâcheuse tendance à lui jeter à la tête les objets qui lui tombaient sous la main, si bien que, dans le feu de l'action, plusieurs de ses précieuses statuettes d'animaux Lladro avaient déjà été réduites en miettes.

La semaine précédente, avant un dîner qu'ils donnaient chez eux, Kevin avait, dans un accès de colère, brisé la brosse à cheveux Mason Pearson d'Anna.

– Une brosse à six cents dollars ! avait hurlé cette dernière, à l'agonie.

En représailles, elle s'était battue avec son mari et lui avait tiré l'oreille si fort que le cartilage s'était brisé. Kevin, fou de rage, l'avait accusée de mauvais traitements et avait menacé d'appeler les urgences. Ils ne s'étaient calmés qu'avec l'arrivée de leurs invités qui se demandaient pourquoi Kevin avait la tête bandée.

Jacqui avait vite appris à éloigner les enfants de ces scènes de troisième guerre mondiale. D'un tempérament égal et d'un naturel joyeux, elle aimait que les choses se passent bien. Même sa rupture avec Kit Ashleigh avait été des plus cordiales.

Ils étaient sortis ensemble peu après l'arrivée de Jacqui à New York. Les débuts avaient été merveilleux, mais il était rapidement devenu évident qu'ils n'étaient pas faits pour être en couple : Kit s'énervait dès qu'un autre garçon osait ne serait-ce que poser les yeux sur Jacqui (ce qui était fréquent), et Jacqui se fatiguait de devoir l'assurer de son amour vingt-quatre heures sur vingt-quatre. La coupe avait débordé un soir où Kit avait refusé de l'emmener dans la nouvelle boîte qu'il lançait, de peur qu'elle rencontre d'autres hommes. L'une des choses qui avaient attiré Jacqui chez Kit était qu'il savait toujours s'amuser. Pourtant, curieusement, le fait qu'ils soient ensemble ne faisait que le stresser. Elle était sûre qu'il avait presque été soulagé lorsqu'elle l'avait quitté, comme s'il s'y était attendu. Toutefois, elle était heureuse qu'ils aient réussi à se séparer bons amis.

Après Kit, elle avait fréquenté quelques garçons, mais rien de remarquable, personne dont la vue lui fasse perdre le souffle et picoter la peau. Cependant, Jacqui était une grande optimiste. Elle se tiendrait ouverte à l'amour, et serait à l'écoute lorsqu'il viendrait frapper à sa porte. Après tout, elle avait le temps d'attendre.

De même qu'elle avait le temps d'attendre son admission à la NYU, l'université de New York. On lui avait expliqué par e-mail que la décision tenait à un minuscule, un lancinant petit détail. Un problème d'équivalence avec son lycée au Brésil. Une embrouille administrative. Une fois que cela serait réglé, en moins de temps qu'il ne faut pour le dire elle prendrait ses notes entre un bébé top model et une jumelle Olsen esseulée.

Rien ne pouvait vraiment atteindre Jacqui. Après tout, quand on mesure un mètre soixante-seize, qu'on est bâtie comme Gisele Bündchen et qu'on a un sourire plus éblouissant que le soleil, à quoi bon se faire du mouron ? En plus, elle s'apprêtait à passer un nouvel été dans les Hamptons – retrouver Mara et Eliza ! – et il n'y avait plus aucun examen pour l'empoisonner et l'empêcher de faire une nouba du tonnerre. Ça allait déménager ! Elle méritait bien de s'éclater un peu, après tout le dur travail de cette année.

Jacqui se remit à emballer ses affaires, posa un dernier regard sur le placard – robes de plage ? espadrilles ? strings ? OK, OK, OK – et boucla ses deux valises. Elle les traîna jusqu'à la porte, où Anna était seule à l'attendre.

– Où est Kevin ? demanda Jacqui.

Au cours de l'année, sa relation avec son employeuse, femme réputée pour son exigence, était devenue presque fraternelle. Anna n'était pas si terrifiante ni folle que cela une fois qu'on la connaissait mieux. Elles étaient devenues tellement amies qu'Anna avait même commencé à se confier à Jacqui.

– Il ne vient pas. Il est parti à une réunion. Il y a un gala de charité en faveur des personnes âgées ce soir à East Hampton, eh bien me voilà sans cavalier. Ah, les hommes !

Jacqui suivit Anna dans l'ascenseur.

– C'était sans doute important.

– Qu'est-ce qui peut être plus important que de passer du temps avec sa famille ? Je te jure, un de ces jours je vais appeler Raoul Felder, tu peux me croire ! (Elle faisait allusion à un célèbre avocat du divorce, qui réglait la désintégration des mariages les plus huppés.) Peut-être qu'au moins, comme ça, il fera attention à moi ! C'est à peine s'il me regarde encore.

– Chut, il ne faut pas dire ça, fit Jacqui en se signant.

Elle était superstitieuse et n'aimait pas que l'on tente le mauvais sort. Autant qu'elle puisse en juger, la séparation serait la pire des choses pour sortir Anna du chaos qui embrouillait sa vie. C'était le problème, de nos jours : on considérait que tout était jetable, qu'il s'agisse de vêtements, de téléphones portables ou de relations. Jacqui, elle, savait que le jour où elle tomberait amoureuse, vraiment amoureuse, ce serait pour toujours. Si elle avait le choix, il n'y aurait pas de divorce dans sa vie. Ses grands-parents étaient restés cinquante-cinq ans ensemble, jusqu'à la mort de son papi, et ses parents avaient déjà affronté vingt années de vie commune.

– Et pourquoi ne pas le dire ? C'est vrai, il me considère comme un meuble ! Si je divorce, il réalisera enfin tout ce que je fais dans cette maison, bouda Anna.

Elle avait raconté à Jacqui qu'au début de leur liaison,

Kevin ne pouvait pas se décoller d'elle ; ils prenaient volontiers des jets privés pour la Barbade ou pour Capri sur un coup de tête. Hélas, des années de mariage et de routine domestique avaient eu raison des plaisirs de ce genre.

Il arrivait à Jacqui de trouver Zoé, huit ans, plus mature qu'Anna. Elle ne l'avait pas compris tout de suite, mais elle se rendait compte à présent que son boulot de fille au pair consistait aussi à s'occuper d'Anna. Comme si elle avait entendu ses pensées, cette dernière posa la tête sur son épaule.

– Sans vous, il serait complètement perdu, lui assura Jacqui d'une voix apaisante en sortant de l'immeuble pour rejoindre avec elle la limousine noire extra-longue garée devant le porche.

– Va donc le lui dire, fit Anna avec amertume. (Elle secoua la tête.) Enfin bref, et ta remise de diplôme ? Ça s'est bien passé ?

C'était gentil à elle de s'en souvenir. Jacqui grimpa dans la limousine et lui raconta un peu la cérémonie. Sa promotion avait réussi à obtenir que la scénariste et comédienne Tina Fey prononce le discours, grâce à la fille de sa bonne, qui fréquentait l'école. Ce n'était pas leur premier choix : Hillary Clinton était au programme. Mais la sénatrice avait annulé au dernier moment en raison d'un problème d'emploi du temps. Ainsi allait la vie à New York...

La voiture démarra et commença à traverser la ville en direction de l'héliport ; elle prenait à gauche dans Park Avenue lorsque Jacqui s'aperçut qu'elle avait oublié l'article le plus indispensable à son été dans les Hamptons.

Son bikini Rosa Chá préféré, celui qui était bordé de coquillages. Au Brésil, elle avait montré à ses amies les maillots que les Américaines considéraient comme sexy. Toutes s'étaient esclaffées en voyant la taille des culottes. Elles étaient gigantesques comparées aux petits tangas que l'on portait là-bas.

Si seulement elle avait pensé à le prendre ! Eh bien, tant pis. Puisque c'était ainsi, elle s'amuserait bien à en trouver un autre, quitte à le « brésilianiser » un peu pour se sentir vraiment elle-même.

# Quelque part, Chris Martin chante à cœur joie

Lorsqu'ils arrivèrent au yacht-club de Sag Harbor, de petites lumières blanches éclairaient les voiles immaculées contre un ciel déjà sombre. Le yacht de douze mètres des Perry était amarré à un emplacement de choix : c'était le premier du quai, le plus près des eaux libres. Ryan se gara à côté des autres voitures rangées en face du navire de leur propriétaire.

– Votre château, milady.

Il plaisantait, mais ce n'était pas si éloigné de la vérité. Le voilier aux lignes pures était un Catalina bimoteur doté d'un cockpit spacieux et élégant, de bannettes d'invités disposées en V, trois salles de bains, cuisine, salon, et la télé satellite.

– On peut y dormir à dix, je pense que ça devrait suffire pour nous deux.

Mara en eut le souffle coupé. Le bateau était encore plus grand et plus beau que dans son souvenir avec ses ponts de teck polis à la main, ses finitions élégantes en fibre de verre, et son nom – *La Négligence*, en souvenir des procès pour faute professionnelle qui avaient payé le yacht – peint à la feuille de platine sur l'étrave. Trois fanions triangulaires flottaient au sommet du mât : la bannière étoilée, le logo du yacht-club et le blason familial des Perry. Mara gagna le bout du quai, retira ses chaussures et s'engagea avec précaution, pieds nus, sur le pont du bateau. Là, elle découvrit une allée de pétales de roses qui menait aux cabines du bas.

– Qu'est-ce que c'est ? s'étonna-t-elle avec un regard interrogateur.

Ryan la suivit dans l'escalier, à moitié enseveli sous les bagages.

– Tu verras.

En bas, elle continua à suivre la piste des pétales qui menait au pont avant. Là, une table entourée de deux chaises était dressée pour le dîner.

– Oh ! fit Mara en joignant les mains.

Sur la nappe blanche amidonnée se trouvaient deux couverts de porcelaine Royal Copenhagen à motifs de toile de Jouy. Au milieu, sous des cloches d'argent, leur dîner les attendait sur un chauffe-plat. Des effluves de poulet rôti, de légumes aux herbes et d'autres mets succulents s'élevaient de la table. Un seau à champagne en argent, à côté du bastingage, gardait au frais une bouteille de Veuve Clicquot.

Ryan lâcha les bagages par terre et s'approcha de Mara dans son dos. L'entourant de ses bras, il lui chuchota à l'oreille :

– Bienvenue à la maison.

Mara sentit ses yeux se remplir de larmes. C'était la chose la plus romantique qu'elle eût jamais vue – sans être ringard ni convenu comme un épisode du *Bachelor*. C'était pour de vrai. Et tout cela, c'était pour elle.

Un maître d'hôtel en veste de smoking blanche sortit de l'ombre et s'inclina.

– Tout est à votre goût, monsieur Perry ? demanda-t-il avec une pointe d'accent français.

– Oui, merci, Georges, acquiesca Ryan. Nous débarrasserons nous-mêmes. Ne nous attendez pas. Passez une bonne soirée.

– Très bien, monsieur, dit le Français en disparaissant dans la nuit.

– J'ai obtenu que Jean-Luc prépare le dîner. Normalement ils ne cuisinent pas à domicile et ne font pas de livraisons, mais le propriétaire est un grand ami de mon père, expliqua-t-il. Allez viens, on va s'asseoir.

Il tira la chaise de Mara. Elle s'assit, encore émerveillée par tout ce spectacle. La nuit était douce et parfumée, une brise fraîche soufflait dans ses cheveux, et elle se rappela combien elle aimait les Hamptons.

Ils soulevèrent les cloches d'argent avec impatience. Les quatre heures de voiture leur avaient ouvert l'appétit.

– Des nouvelles de Dartmouth ? demanda Ryan entre deux bouchées.

*Dartmouth. Merde.* Mara secoua la tête. L'espace d'un instant, la magie se ternit. Cette histoire de liste d'attente était le seul obstacle qui empêchait encore sa vie d'être parfaite, absolument parfaite.

– Malheureusement non.

– Ils vont te prendre. Ils ne peuvent pas ne pas te prendre, affirma Ryan en attaquant son poulet.

Il croyait avec un optimisme indéfectible que tout allait s'arranger pour le mieux.

– J'espère bien, soupira-t-elle. De toute manière, je ne peux rien faire de plus.

– Tu sais, je pourrais toujours suggérer à mon père... dit

Ryan en tendant la main pour prendre celle de Mara. Il connaît très bien le président de l'université.

Mara secoua la tête. C'était gentil de le proposer, mais l'idée de demander à son père de la pistonner la gênait. D'une part, elle trouvait cette pratique injuste, elle qui culpabilisait déjà d'avoir obtenu si facilement le job au magazine *Hamptons*. D'autre part, elle voulait mériter son admission par elle-même.

Ils poursuivirent leur repas et, après le dessert, Ryan sortit de sous la table une boîte qu'il poussa vers Mara. De couleur bleu pâle, elle était entourée d'un ruban blanc bien connu. Le cœur de Mara bondit dans sa poitrine, mais la boîte était trop grande pour contenir un bijou.

– Qu'est-ce que c'est ?

Ryan haussa les épaules, feignant l'innocence, mais ses yeux pétillaient.

Mara tira sur le ruban et ouvrit la boîte. Nichées dans le papier de soie, elle découvrit des cartes de visite. Au centre de chacune était gravé un minuscule voilier. En dessous, on pouvait lire : *Mara Waters, Sag Harbor.*

Sa nouvelle adresse. Sur du papier Tiffany, rien de moins.

– Ryan, il ne fallait pas... souffla-t-elle, les yeux brillants.

– Oh, c'est rien. Je me suis dit que ça te plairait pour ton nouveau boulot, tu sais ? Il me semble que les gens des magazines adorent ce genre de choses.

– Les gens des magazines, murmura Mara en caressant tendrement le bristol. Que veux-tu dire ?

– Tu sais, les filles de papier glacé...

Son visage s'illumina. Elle était une « fille de papier glacé ».

Ryan se leva et sortit la bouteille du seau à champagne,

laissant tomber de grosses gouttes d'eau sur le pont. Il prit une serviette, l'enroula autour du goulot, et fit sauter le bouchon. De délicates vapeurs fraîches s'échappèrent en sifflant. Il remplit prestement deux flûtes de vin pétillant et lui en tendit une.

– À notre été, proposa-t-il.

– À nous, approuva Mara en faisant tinter son verre contre le sien.

Ils burent en silence à petites gorgées et longèrent le bastingage jusqu'au bout du navire. Mara s'aperçut qu'elle ne pouvait pas s'arrêter de sourire.

Lorsque le champagne fut terminé, il prit son verre et le posa sur la table à côté du sien. Et d'un geste fluide, il la souleva dans ses bras.

Elle enfouit la tête dans son cou. Ils n'avaient pas besoin de se parler ; tout ce qu'ils avaient à se dire, ils l'exprimaient par les battements de leurs cœurs tout proches. Elle se sentait si légère, si aérienne, féminine et aimée dans ses bras forts tandis qu'il descendait le long du bateau pour rejoindre la cabine principale...

– Oups ! lâcha-t-il en glissant sur des pétales de roses, mais il reprit son équilibre et lui fit passer le seuil dans ses bras.

*Envoyez Coldplay*, pensa Mara. *Ceci est la définition même du mot* romantique.

Ryan ouvrit la porte et déposa doucement Mara sur le vaste lit. Elle le regarda avec désir et l'aida à enlever son T-shirt tandis qu'il soulevait son chemisier.

Ils s'embrassaient de nouveau, la langue de Ryan profondément enfouie dans sa bouche, lorsque soudain ils entendirent une sonnerie stridente et lancinante.

– Qu’est-ce que c’est que ce truc ? s’inquiéta Ryan en jetant des regards dans tous les coins de la pièce.

– Aucune idée, dit Mara en se redressant sur les coudes. Elle n’avait plus que son string Cosabella, et Ryan, son caleçon.

Elle repéra une boîte en carton blanc, violet et orange qui vibrait dans un coin.

– Je crois que ça vient de là.

Ryan s’extirpa du lit pour aller prendre la boîte. Il la souleva. C’était un paquet FedEx. Il examina l’adresse sur l’étiquette.

– C’est pour toi, dit-il d’une voix neutre.

# C'est bien ça qu'on appelle le chic du ghetto ?

Le brouhaha du studio fut interrompu par un « chhhhut » craintif suivi des éclats de voix d'un homme en train de pester.

Sydney Minx était arrivé pour le dernier filage.

Le styliste, un bonhomme court sur pattes arborant une longue queue-de-cheval blanche, ne sortait jamais sans ses énormes lunettes d'un noir impénétrable. Il ressemblait à une version réduite et dodue de Karl Lagerfeld. D'ailleurs, l'imitation ne s'arrêtait pas là : il agitait furieusement un petit éventail japonais.

Tous les mannequins s'étaient alignés pour une ultime répétition avant le défilé du lendemain à la boutique des Hamptons.

– Qu'est-ce que c'est que ça ? *Qu'est-ce que c'est*[1] ? C'est horrible. *Horriiiiible !* s'exclama-t-il en affectant un accent français ridicule, le doigt pointé sur un mannequin vêtu d'une tunique bordée de plumes d'autruche et du pantalon de soie assorti. Cette tenue coûte trois mille dollars en boutique, et on dirait un chiffon de supermarché à vingt-neuf dollars

1. En français dans le texte (N. d. T.).

quatre-vingt dix-neuf ! Et ça ! Quelqu'un peut me dire à quoi c'est censé ressembler ? brailla-t-il en donnant un coup d'éventail sur le derrière d'une fille. Elle portait un blouson de moto ultracourt en coton par-dessus une robe léopard. C'est du Donatella Versace en plein suicide ! Ce n'est pas du tout du Sydney Minx ! Ce n'est pas ma vision ! Paige ! Paige !

Eliza sourit. Pour une fois, la fureur de Sydney faisait plaisir à voir. En sa présence, Paige était réduite à une carpette larmoyante : on aurait dit cette mauviette de Simthers pleurnichant face à l'apocalyptique Mr Burns dans *Les Simpson*.

– C'est le look Aspen côte Est ? hasarda-t-elle faiblement en référence à la « vision » de Sydney pour sa collection, qui devait mêler la coquetterie sans façons des stations de ski et la hauteur aristocratique des estivants des Hamptons.

– Ce n'est certainement pas Aspen côte Est ! Ce serait plutôt ghetto côte Ouest !

Les mannequins se recroquevillèrent, les couturières froncèrent les sourcils, et l'une des assistantes se mit à retirer avec une rage fébrile la robe de la fille qui se trouvait à côté d'elle. Retour à la planche à dessin.

– Vous ! cria soudain Sydney, les yeux fixés sur Vidalia. Par ici.

Vidalia avança en hésitant vers le centre de la pièce, devant Sydney. Les nombreuses chaînes en or cliquetaient doucement sur sa peau.

– Tournez-vous ! ordonna-t-il.

Elle s'exécuta en quelques pas.

– Paige ! C'est vous qui avez fait ça ? Ce n'est pas comme ça que la robe devait être présentée !

Son éventail était en proie à une folle agitation. Paige secoua catégoriquement la tête.

– J'ai demandé à une stagiaire de l'habiller, pas de refaire le stylisme ! aboya-t-elle.

Eliza pâlit. Ça y était. Elle savait qu'elle avait totalement passé les bornes : son job consistait juste à aider les filles avec les fermetures Éclair, certainement pas à faire une chose aussi importante qu'accessoiriser les robes.

Sydney parcourut attentivement la salle des yeux.

– Qui est la responsable ?

Eliza avala sa salive avec difficulté et leva lentement la main.

– Votre nom, c'est quoi ? demanda-t-il en enlevant ses lunettes noires et en la toisant d'un œil critique.

– Eliza Thompson, monsieur.

Il plissa les lèvres.

– La fille de Billie Thompson. *N'est-ce pas*[1] ?

– Oui monsieur... je veux dire, Sydney.

Sydney renifla comme s'il avait senti une mauvaise odeur. Il ferma les yeux. Toute la pièce frémissait de tension. La moitié des personnes présentes plaignaient Eliza, les autres étaient soulagées de ne pas être sur la sellette.

L'ombrageux styliste rouvrit enfin les yeux. Il regarda de nouveau Vidalia.

– Eh bien, Eliza, je dois dire que c'est tout simplement fabuleux !

Eliza, comme tout le monde dans la pièce, poussa un soupir de soulagement.

1. En français dans le texte (N. d. T.).

– Quant au reste, c'est du caca de chien.

Son éventail virevolta de nouveau.

– Euh, eh bien... merci, fit Eliza en inclinant la tête.

Elle coula un regard en avant et réprima un sourire. Paige était visiblement écœurée.

Sydney s'adressa à cette dernière en chuchotant derrière son éventail, puis il disparut. Paige frappa mollement dans ses mains pour attirer l'attention générale.

– Bon, tout le monde ! C'est clair que nous avons encore beaucoup de travail, alors allons-y ! dit-elle.

Le groupe se dispersa pour reprendre ses tâches.

Eliza retourna à sa pile de T-shirts, le visage rayonnant. Sydney avait aimé la tenue, il avait même considéré que c'était bon ! Non, il avait dit qu'elle était *tout simplement fabuleuse* ! C'était comme si un éclair avait déchiré les nuages. Elle avait adoré participer au stylisme de la robe. En travaillant sur le look, elle s'était, pour la première fois de sa vie, réellement investie dans son travail. C'était la première fois qu'elle se passionnait pour autre chose que le shopping.

Une ombre s'abattit soudain sur elle. Levant les yeux, elle vit Paige qui la dominait de sa hauteur. Elle allait la massacrer sur place.

– Sydney souhaite que tu jettes un œil sur le reste de sa collection. Je te remplace au pliage des t-shirts.

Chaque mot semblait lui écorcher la bouche en sortant.

Eliza redescendit sur Terre et lui tendit la planche à plier. Elle avait les pieds en compote et mal à toutes les articulations, mais un doux sentiment de satisfaction lui permettait d'oublier la douleur.

Tout d'un coup, le boulot n'était plus soûlant du tout.

# Comme diraient les Stones, « on n'a pas toujours ce qu'on veut »...

La limousine avança au pas sur la longueur de plusieurs pâtés de maison, bloquée dans les embouteillages du centre-ville. Tout autour d'eux, les rues étaient encombrées de banlieusards soucieux, qui tentaient de s'échapper de la ville le plus tôt possible en ce vendredi après-midi : on se serait cru dans *New York 1997*. Parfois, il fallait plus de temps pour sortir de l'agglomération que pour gagner les Hamptons.

Jacqui étendit les jambes à l'arrière de la limousine pour somnoler pendant que les enfants zappaient sur le lecteur de DVD intégré, et qu'Anna passait des coups de fil. Son téléphone Sidekick se mit à vibrer et elle consulta l'écran. L'icône indiquant un e-mail clignotait. Elle cliqua dessus distraitement, mais retint son souffle en voyant l'adresse de l'expéditeur : admissions@nyu.edu. Cela ne pouvait signifier qu'une chose : l'université avait enfin rendu son verdict. Elle inspira profondément avant de dérouler le message.

**À : jacarei_velasco@stgraceacademy.edu**
**De : admissions@nyu.edu**

Chère Jacarei Velasco,

Nous sommes au regret de vous informer qu'il nous est impossible de vous proposer une place en première année pour la rentrée scolaire à venir. Malheureusement, l'examen des équivalences avec votre lycée de São Paulo révèle que vous avez suivi deux années seulement d'études secondaires en sciences et en mathématiques. L'université de New York exige de tous ses élèves un minimum de trois années d'études dans ces matières. Nous vous suggérons de poursuivre une année supplémentaire d'études secondaires afin de consolider votre candidature si vous choisissez de la renouveler l'année prochaine.
En vous remerciant de votre intérêt pour l'université de New York et en vous souhaitant bonne chance pour l'avenir,
Cordialement,
Le comité d'admission de l'université de New York.

Comment était-ce possible ? Elle avait attendu si longtemps, elle avait tellement travaillé ! Entre les cours et son activité de fille au pair, elle avait à peine eu le temps de sortir avec Eliza pendant les vacances, lorsque cette dernière rentrait de pension. Elle avait passé les évaluations nationales pas moins de sept fois, et elle avait même été reçue aux examens de niveau avancé en anglais : une vraie performance ! En outre, pour muscler sa candidature, elle avait consacré du temps à des tâches d'intérêt général, au centre de dialyse, ce qui n'avait pas été une mince affaire compte tenu de ses obligations auprès des Perry. Elle avait fait tout son possible ; elle avait récrit sa lettre de motivation tellement de fois qu'elle ne supportait plus le récit de sa vie ni le passage sur « la personne la plus influente dans sa vie » (sa grand-mère). Sur le papier, elle était la candidate idéale : équilibrée, bonne moyenne, bonne éducation, une photo d'enfer (toutes les universités en demandaient de nos jours). Alors, qu'est-ce qui n'allait pas ?

– Ça va ? interrogea Anna en haussant un sourcil.

Elle avait remarqué le regard de Jacqui, bizarrement fixe.

– Un e-mail de la NYU, dit Jacqui d'une voix creuse.

Elle cracha le morceau.

– Je suis désolée pour toi, répondit chaleureusement Anna. J'ai été élève là-bas. Je sais que c'est incroyablement dur d'y entrer aujourd'hui. Je suis sûre que tu réussiras très bien ailleurs.

Jacqui apprécia les paroles de consolation d'Anna ; elle savait que sa patronne ne lui voulait que du bien. Mais elle n'avait pas de solution de rechange. L'université du Michigan ? Elle n'aurait même pas su situer le Michigan sur une carte. Wellesley ? Une fac de filles ? Pas la peine d'y penser ! Donc, au lieu de la fac, il ne lui restait plus qu'à redoubler. Quelle humiliation !

Jacqui avait déjà entendu parler de cette solution honnie. Quelques élèves de dernière année à Sainte-Grâce avaient fait la même chose. En règle générale, c'étaient des idiotes de filles à papa avec un tout petit cerveau et des montagnes de fric. Jacqui n'arrivait pas à croire qu'elle en était au même point. Et d'abord, elle n'était pas riche. Qui allait lui payer encore une année de lycée ?

Bien sûr, elle pouvait continuer à travailler pour les Perry. Elle était certaine qu'Anna n'était pas pressée de chercher une nouvelle fille au pair. Mais Jacqui avait tellement parlé de la NYU ! Eliza et elle avaient déjà prévu de se retrouver en octobre pour Halloween, et elle avait fait promettre à Mara qu'elles passeraient Thanksgiving ensemble, quelle que soit la fac où serait cette dernière. Elle avait même décidé qui partagerait sa chambre : une amie de Sainte-Grâce qui savait déjà qu'elle était admise.

La circulation se débloqua enfin et la voiture les déposa devant le portail hérissé de barbelés de l'héliport de la 34e Rue. Anna et le reste de la famille s'extirpèrent de la limousine, laissant Jacqui seule à l'intérieur.

Pendant que personne ne la voyait, Jacqui essuya quelques larmes. Madison Perry, douze ans, encore plus maigre que l'année précédente, passa la tête dans la voiture.

– Jacqui ? Il faut qu'on y aille. (Elle remarqua l'expression de Jacqui.) Quelque chose ne va pas ? Tu te sens bien ?

Jacqui sourit courageusement et s'essuya le visage.

– Je viens de réaliser que je ne porte pas la bonne tenue pour l'hélicoptère. Ma jupe va me remonter dans la figure avec tout ce vent.

Madison eut un petit rire hésitant.

– Comme Marilyn Monroe, tu vois : vlouf ! plaisanta Jacqui.

Elle se glissa hors de la voiture. À présent, Madison se marrait franchement. Jacqui se força à rire elle aussi et plaqua sa jupe sur ses cuisses en courant dans le vent des rotors. Mais son sourire s'effaça à l'instant où Madison se détourna.

La fille du soleil de São Paulo avait le cœur aussi plombé que le ciel de New York.

# Quand le devoir vous appelle… le BlackBerry se met à sonner !

Ryan lança la boîte FedEx à Mara qui la déchira pour l'ouvrir.

– Mais qu'est-ce que… fit-elle en voyant tomber un BlackBerry agité de vibrations.

Elle essaya de répondre.

– Allô ? Allô ? Allô ? cria-t-elle dans l'appareil en tripotant les petits boutons sur le côté.

– Je ne crois pas qu'il sonne, précisa Ryan pour l'aider. Je pense plutôt que tu as un message.

– Ah bon, dit Mara en parcourant le menu jusqu'à trouver une enveloppe clignotante sur l'écran.

Elle cliqua pour l'ouvrir.

– Oh non !

– Quoi ? demanda Ryan en se remettant au lit et en envoyant balader le carton vide d'un coup de pied.

Il s'agenouilla au-dessus de Mara et se mit à lui faire des bisous dans le cou.

– Quoi que ce soit, ça ne peut pas être important, continua-t-il.

– Merde ! Ça y est, je suis morte ! s'étrangla-t-elle en voyant défiler le texte. (Elle regarda sa montre et se remit à jurer.) Il est onze heures et demie !

– Mais quoi ? Qu'est-ce qui se passe ?

– Ryan, s'il te plaît, tu pourrais... fit Mara en écartant sa main et en se détournant de ses baisers. C'est ma patronne ! gémit-elle. Elle est la seule à connaître l'adresse du bateau. Bref, il y a un grand gala de charité au club Cain ce soir, pour un centre de personnes âgées, et leur chroniqueuse mondaine est coincée à un mariage royal à Saint-Tropez. (Mara avala sa salive avec difficulté.) Elle veut que j'y sois... et que j'écrive un papier sur la soirée !

Ryan soupira bruyamment contre son épaule.

– Et alors ? s'étonna-t-il. Où est le problème ? Tu devais bien écrire pour eux, non ?

Mara souffla sur sa frange.

– Pas vraiment. Elle m'a dit que j'aurais peut-être une chance d'écrire un peu, mais surtout des légendes. Pas un vrai article. Tu ne comprends pas... Je n'ai jamais rien rédigé de tel ! Le plus gros événement que j'aie couvert, c'était le spectacle de *Mary Poppins* monté par mon lycée ! Et elle veut un papier, avec des citations de célébrités. Je ne sais même pas comment on s'y prend !

Mara était terrorisée à l'idée d'aller fourrer un dictaphone sous le nez d'une personne célèbre. Au fait, avait-elle un dictaphone ?

– Facile. Tu te pointes et tu poses une question, répondit Ryan. C'est rien du tout, je vois tout le temps des reporters le faire. En plus, tu es déjà allée à au moins un million de soirées dans les Hamptons. C'est la même chose tous les ans.

Mara se libéra de ses bras. Elle s'enveloppa dans un drap et courut à la recherche de ses bagages.

– Tu t'en vas ? demanda-t-il, incrédule. Mais on vient d'arriver !

– Bien obligée, argua-t-elle en regagnant la cabine avec une valise et une housse à vêtements. La soirée commençait à dix heures ! Je suis déjà hyper en retard ! Lucky devait m'y retrouver il y a une heure !

Elle ouvrit la housse et se mit à la recherche d'une tenue.

– Du calme. Il ne se passe jamais rien avant minuit.

Il garda le silence pendant qu'elle agrafait son soutien-gorge à balconnet et se glissait dans une robe Hollywood moulante au décolleté parsemé de perles de turquoise.

– Tu m'aides avec la fermeture Éclair ?

Ryan bougonna et se redressa sur les genoux. Mara lui tourna le dos et il remonta le zip avec précaution.

Elle se retourna pour lisser le devant de la jupe.

– Je suis bien ?

– Je préférais avant.

Il eut un petit sourire moqueur et alluma le téléviseur à écran plat de soixante pouces.

– Tu ne veux pas venir avec moi ? proposa Mara dont le visage s'illumina à cette idée.

Elle était navrée de l'abandonner en pleine nuit. Elle s'assit au bord du lit pour enfiler une paire de sandales à talon de cuir Pierre Hardy et lui jeta un regard en coin.

– On va bien s'amuser, fit-elle d'une voix câline.

– Naaan, dit Ryan en se laissant retomber sur les oreillers. Je suis claqué, j'ai fait la route depuis le New Hampshire d'abord, et ensuite jusqu'ici. Vas-y. Sérieux. Ça m'est égal.

– Allez, on va danser un peu, boire quelques margaritas… essaya-t-elle, aguicheuse, en fixant les lanières autour de ses chevilles.

– Des margaritas « hypnotic » ? demanda-t-il en arrondissant un sourcil.

– Ton cocktail préféré.

– Mmm…

Il sembla un instant sur le point de se lever pour s'habiller, mais à la dernière seconde, il retomba sur les oreillers.

– Je suis trop crevé. J'ai l'impression que je ne peux même pas bouger. J'ai vraiment besoin de m'écrouler ce soir.

– J'aurais bien aimé qu'on reste ensemble pour notre première nuit, fit Mara, boudeuse.

– Je sais, bébé. On pourrait, répondit Ryan en se redressant pour passer un bras autour de son cou et l'attirer sur le lit avec lui. Il glissa une main sous sa robe et tira sur son string d'un geste taquin.

Pendant un instant, elle se détendit sous son emprise et ferma les yeux. Elle le sentait embrasser doucement sa nuque ; il aurait été si facile de s'abandonner, de céder, de rester avec lui… Mais elle posa une main sur la sienne et la chassa de sous sa jupe. À regret.

– Il faut vraiment que j'y aille. Ça m'embête, mais il le faut.

– Bon, soupira de nouveau Ryan. Je comprends.

Elle se tourna pour le regarder droit dans les yeux.

– Sûr ?

– Sûr.

Il opina du menton, mais ses yeux étaient vidés de leur étincelle habituelle.

Elle hésitait encore ; une partie d'elle-même ne souhaitait

rien d'autre que de rester au lit avec lui pour toujours. Et l'autre partie s'inquiétait sérieusement pour son premier article de magazine. Une mission en bonne et due forme ! Tout ce qu'elle aurait à faire serait de surmonter sa timidité naturelle pour aller recueillir quelques citations auprès des célébrités présentes. Leur demander ce qu'elles portaient, avec qui elles sortaient... et... quoi d'autre ? Elle avait une colonne à remplir, soit huit cents mots ! Elle espérait qu'elle allait s'en sortir.

– Je suis désolée, répéta-t-elle.

– Ne t'inquiète pas, dit-il. On a tout l'été devant nous.

Mara sourit. Ce type était formidable. Qu'est-ce que c'était qu'une nuit manquée ? Il avait raison, ils avaient trois merveilleux mois devant eux pour tout faire ensemble.

Elle s'empara des clés de la Ferrari.

– Je peux la prendre pour y aller ?

# Hélico, touché coulé !

– Comment ça, notre hélico n'est pas là ? aboya Anna en plantant son doigt dans la poitrine du contrôleur aérien, qui n'en menait pas large. Nous sommes toujours premiers sur la liste des départs.

– Navré, madame, mais vous allez devoir attendre qu'ils soient partis, expliqua nerveusement le technicien avec un geste du pouce par-dessus son épaule. Ensuite, votre pilote atterrira et vous pourrez vous embarquer.

Anna regarda dans la direction qu'il indiquait et s'étrangla.

– Mais qu'est-ce que c'est que ça ? Et qu'est-ce que ça fait à notre place ?

Sur l'emplacement habituellement réservé aux Perry, trônait un superbe hélicoptère Black Hawk de l'armée, redécoré avec détails personnalisés et finitions de luxe dignes d'un championnat de tuning, depuis les sièges baquet en cuir moelleux jusqu'au marchepied rétractable. Cet appareil, conçu pour affronter un tir nourri en Irak, servait tout simplement à transporter ses propriétaires de Manhattan aux Hamptons en moins d'une heure.

Un monstrueux 4x4 Hummer jaune vif, massif et carré, surgit sur le tarmac et vint s'immobiliser à côté du Black Hawk dans un crissement de pneus. La portière s'ouvrit pour laisser sortir trois ravissants garçons. Ils ressemblaient à un groupe de rock indépendant. Le premier était un grand blond doté d'un visage agréable et d'un sourire amical, en T-shirt Atari violet et jean baggy. Le deuxième avait les cheveux bruns, bien coupés, et des lunettes carrées à monture de plastique noir : un intello branché, mignon dans le genre cérébral. Le troisième était dégingandé et nonchalant, cheveux châtains en bataille avec de jolies pattes sur les joues ; il portait une chemise à col pelle à tarte très *seventies* en polyester jaune sur un pantalon à carreaux bariolé. On aurait dit trois étudiants débutants perdus sur leur premier campus.

Jacqui était à côté de la barrière avec les enfants Perry. Elle portait le sac à dos de Zoé et tenait Cody par la main, et c'est à peine si elle avait remarqué les trois types. Cody hurlait qu'il voulait faire pipi, et Jacqui lui expliquait qu'il devrait attendre d'être arrivé dans les Hamptons, car il n'y avait pas de toilettes sur l'héliport. Le pauvre gosse avait appris la propreté à l'âge de cinq ans, et il avait encore un accident de temps en temps. Jacqui priait pour que cela n'arrive pas maintenant... à moins de le laisser faire dans un coin ? Ce n'était qu'un enfant après tout, et il semblait bien cruel de le laisser souffrir ainsi.

Elle réfléchissait à cette délicate question, son esprit cherchant frénétiquement une réponse simple à ses problèmes ; mais le vacarme des rotors de l'hélicoptère, la stéréo du Hummer poussée à fond et les plaintes incessantes d'Anna l'empêchaient de se concentrer.

Le trio sorti du 4x4 se dirigea nonchalamment vers le Black Hawk.

– Désolés pour le retard, s'excusa le grand blond au contrôleur aérien avec un sourire malicieux. Ben avait un petit rendez-vous avec la veuve Poignet, ajouta-t-il, narquois, en levant la main.

– Duffy, vieux, tu sais bien que c'est ma meilleure cliente, intervint Ben, celui avec les lunettes.

Il haussa les épaules en riant.

– Regardez-moi ça, intervint le mignon avec les pattes. La classe !

Il siffla et se glissa auprès de l'hélico d'un pas souple et félin.

Sur la carlingue était peinte une main dont l'index et le majeur dressés formaient un V tordu. En dessous, on pouvait lire en lettres calligraphiées : *The Shocker !*

– Oh purée, Grant. (Duffy porta soudain un bras derrière sa nuque, l'air ennuyé.) J'ai complètement oublié que je devais aller chercher mes parents à Martha's Vineyard demain avec ce truc !

– Peut-être qu'ils ne vont rien remarquer, le rassura Ben en ôtant ses lunettes pour les essuyer sur un coin de sa chemise. Tu peux toujours leur dire que c'est un signe de paix.

– Ouais, c'est ça, jeta Duff d'un air sombre tandis que Grant lui cognait l'épaule en s'efforçant de ne pas rire trop fort.

Tous trois grimpèrent sur le marchepied et s'installèrent dans l'hélicoptère sans un regard pour le clan Perry.

C'est alors qu'ils remarquèrent Jacqui, un genou à terre, qui essayait de calmer Cody.

– Tu peux faire là, Cody. Personne ne te verra, disait-elle en aidant l'enfant à déboutonner son pantalon.

– À dix heures, fit Cody pour indiquer à ses amis la direction de Jacqui. Chaud devant.

Ben reposa ses lunettes sur son nez pour mieux l'examiner.

– Sûr qu'on n'a pas de filles comme ça à Harvard, regretta-t-il.

Grant hocha la tête.

– Pas étonnant que les Miss Univers soient toujours des Sud-Américaines.

Ses camarades le regardèrent de travers.

– Tu t'y connais, pour ces conneries ! le taquinèrent-ils.

– Ça s'appelle avoir des sœurs, rétorqua Grant, vexé.

Il arrangea son large col de chemise et lissa ses cheveux châtains.

Jacqui n'avait même pas remarqué les trois garçons qui l'observaient avec une intensité à la limite de l'irrespect. Dans le soleil de l'après-midi, des reflets violets émaillaient sa chevelure sombre et son bronzage intense rayonnait. L'adorable découpe de sa robe soulignait son décolleté généreux, et la position accroupie à côté de Cody tendait les muscles de ses jambes fines et fermes.

– Voilà, très bien, dit-elle, soulagée que l'enfant ait réussi à uriner.

Elle chassa ses cheveux de ses yeux, soulevant et étirant sa poitrine plantureuse, ce qui arracha aux occupants du Black Hawk un chœur d'exclamations étranglées

– Yo ! fit Duffy, adepte d'une approche directe

– Excusez-moi ! cria Ben, optant pour la politesse.

Grant se contenta de se renverser dans son siège et d'observer Jacqui, pensif. En général, c'étaient les filles qui venaient à lui, et il ne voyait pas l'intérêt de se ridiculiser. D'autant que les appels frénétiques de ses camarades étaient étouffés par le vacarme des rotors passant à la vitesse supérieure.

– C'était qui, à votre avis ? s'interrogea tout haut Ben tandis que l'hélicoptère les enlevait dans les airs, hors de portée.

– Une déesse, décida Duffy.

– Du calme, les mecs, on va dans les Hamptons. Et là-bas, elles sont toutes comme ça, croyez-moi, assura Grant.

Mais ses amis lui jetèrent un regard sceptique. Jusqu'à preuve du contraire, il n'y avait qu'une seule Jacqui.

# Règle n° 1 de la chronique mondaine : faire croire que tout le monde s'amuse !

Dans les Hamptons, même une soirée de collecte de fonds pour un centre de personnes âgées attirait les plus grands noms et une assistance brillante. La première personne que vit Mara en entrant n'était autre que Mitzi Goober, la redoutable attachée de presse. L'année précédente, celle-ci s'était improvisée meilleure amie de Mara et l'avait couverte de cadeaux, avant de la laisser tomber à cause d'un malentendu – une histoire de boucles d'oreilles à deux cent cinquante mille dollars que J.Lo devait porter à la soirée des MTV Music Awards. Mais qu'est-ce donc qu'une opération de relations publiques ratée lorsque l'on est amies ? À la grande surprise de Mara, Mitzi l'accueillit d'un *Hello !* strident et l'attira pour la serrer violemment dans ses bras. Mara eut l'impression d'embrasser un squelette.

Mitzi était plus bronzée et plus blonde que jamais. Mais si ses bras étaient toniques et musclés, son ventre ressemblait à un ballon de basket : elle était enceinte de six mois. Arborant un débardeur moulant, qui proclamait « Je vis le rêve américain », elle exhibait fièrement sa grossesse, le nec plus ultra des accessoires de mode cet été-là. Les « mamans appétissantes » étaient au top, la fertilité se portait bien. Bien sûr, les enfants à peine nés étaient prestement renvoyés en coulisses aux mains d'une équipe de nounous. Les fashionistas se pâmaient à l'idée d'une grossesse chic, mais battaient vite en retraite dès lors qu'il s'agissait d'élever un enfant pour de vrai.

– Ma Chêêêrie ! roucoula Mitzi en aspirant du Red Bull dans une canette bleu et argent à l'aide d'une fine paille rouge.

La caféine ? Pas un problème pour cette future mère.

– Salut, Mitzi, dit Mara, soulagée de voir quelqu'un qu'elle connaissait.

Où était Lucky ? Elle espérait bien le trouver afin de savoir au juste ce qu'elle était censée faire à cette soirée.

– Comment vas-tu ? Et qu'est-ce que tu racontes de nouveau ? babillait Mitzi de sa voix musicale. Il paraît que tu es engagée à *Hamptons* cet été ! C'est trop ! Il faut que tu rencontres nos clients, on a des choses fantastiques de prévues pour la saison. On s'occupe de la soirée inaugurale de Sydney, je verrais bien un reportage de six pages !

– Euh...

Mara ne savait pas quoi répondre. C'était absurde de penser qu'elle pouvait être décisionnaire pour une chose aussi importante qu'un article de plusieurs pages. Elle n'était qu'une simple stagiaire.

– Parlons-en, d'accord ? Je t'enverrai des échantillons. Bye ! se répandit Mitzi en lui posant une bise agressive sur chaque joue.

À l'instant où elle fut libérée, diverses personnes que Mara avait rencontrées les deux années précédentes se glissèrent à ses côtés. Tout le monde savait qu'elle travaillait pour le magazine *Hamptons*. Ceux-là mêmes qui l'avaient zappée à la fin de l'été dernier faisaient tout pour se retrouver dans ses petits papiers et lui rappeler comme ils se connaissaient bien. Mara était en partie écœurée par leur hypocrisie, mais d'un autre côté elle admirait leur ténacité. On pouvait trouver cette amitié intéressée, mais ainsi allait la vie dans les Hamptons. À leur manière, ces personnes lui rendaient hommage. Il était évident, à voir leurs marques d'attention, qu'à leurs yeux Mara jouait dans la cour des grands. Même Alan Whitman et Kartik, les copropriétaires du Septième Cercle – l'endroit où il fallait être, un an plus tôt –, vinrent lui présenter leurs respects.

Les anciens patrons d'Eliza apprirent à Mara qu'ils revenaient de Las Vegas, où ils avaient ouvert un Septième Cercle dans le désert. À la soirée de lancement, des danseuses topless avaient recréé la fameuse revue de *Showgirls*.

– Mais je peux te le dire, fit Alan en hochant la tête. Il faut que tu viennes voir notre nouvelle boîte. Le Volcan. On a une fontaine de vraie lave. C'est *intense*.

– Viens dîner, tu es invitée quand tu veux, ajouta Kartik en serrant Mara dans ses bras comme un vieux copain. Mitzi t'appellera. Passe nous voir !

Mara sourit sans s'engager. « Passe nous voir ! » était le leitmotiv de la soirée : tout le monde – jet-setteurs prêts à tout et leurs attachés de presse, filles de vestiaire, serveurs – essayait de se placer auprès d'elle, d'obtenir une mention dans le magazine.

Dans un coin du club, elle reconnut Anna Perry. Cette dernière semblait terriblement décalée, trop habillée dans sa longue robe de soirée. Le dîner de charité avait rassemblé le gratin de la bonne société, alors que la fête dansante qui suivait était plutôt destinée aux jeunes. D'habitude, Anna partait tôt, avec les autres épouses ; mais ce soir elle était encore là, posée sur un divan capitonné, un verre en équilibre sur le genou.

Mara remarqua à ses côtés l'un des « accompagnateurs » les plus célèbres des Hamptons. Ces hommes gays avaient pour fonction d'escorter les femmes mariées qui ne parvenaient pas à entraîner leur mari dans le tourbillon de la vie mondaine. Où donc était Kevin ? Elle s'arrêta pour saluer Anna qui se montra chaleureuse.

– Tu as vu toutes les photos des enfants ? Ils sont mignons, non ? lui demanda son ancienne patronne avec mélancolie. Cody a tellement grandi ! Cela me manque de ne plus avoir de bébé à la maison.

– Te voilà !

Pour la première fois de la soirée, Mara se sentit authentiquement heureuse à la vue de quelqu'un. Lucky Yap, le photographe mondain à la langue bien pendue, se frayait un chemin jusqu'à elle.

– Excusez-moi, Anna, pria Mara en se tournant vers son ami.

Lucky portait une volumineuse redingote de velours sur un T-shirt marqué « Fashion Victim ! » (l'ironie était à la mode cet été, contrairement aux boubous africains de l'année précédente), son fidèle Nikon numérique autour du cou. Il observa attentivement l'assemblée en haussant le sourcil.

– Rien que des ex, des frères et sœurs et des beaux-enfants ce soir, constata-t-il avec regret.

Il voulait dire que l'assistance ne rassemblait que des inconnus ayant une relation plus ou moins ténue avec les vraies célébrités.

– Qu'est-ce que je dois faire ? l'interrogea Mara avec ardeur.

– Ce que nous faisons toujours : mentir, mentir et encore

mentir ! Toutes ces soirées sont d'un ennui mortel, mais personne ne doit le savoir, sinon nous serions tous au chômage.

Mara s'esclaffa. Elle savait que Lucky plaisantait, ou du moins elle l'espérait. Elle lui fit le compte-rendu de ses observations. Elle pensait avoir repéré une jet-setteuse célèbre – une nièce de Bush –, mais sans certitude. Elle avait aussi aperçu près du vestiaire un joueur de polo marié qui embrassait une starlette de la télévision, également mariée de fraîche date.

– Tu crois que ça suffit pour mon article ?

– Bien sûr, ma biche ! Tu peux parler des tourtereaux adultères dans la rubrique « incognito ». Et je mettrai la photo de la starlette juste au-dessus, comme ça tout le monde comprendra de qui il s'agit, expliqua Lucky avec malice.

– Ah, tant mieux, dit Mara, soulagée.

– Mademoiselle Mara Waters, gronda derrière elle une voix familière et néanmoins sexy.

Elle se retourna.

– Monsieur Garrett Reynolds, gazouilla-t-elle à son tour en croisant les bras.

Garrett écarta de ses yeux une coquine mèche noire. Bronzé, il portait une chemise de lin blanc et un pantalon écru. Il l'embrassa sur la joue et se comporta en vieil ami, comme s'il ne s'était jamais rien passé entre eux – comme s'il ne l'avait pas laissée tomber comme une vieille chaussette lorsqu'elle avait été victime de médisances.

– Alors, on bosse ?

Elle haussa les épaules.

– Bonne chance, reprit-il en remuant son verre de whisky. C'est ma dernière soirée ici.

– Oh, tu ne restes pas dans les Hamptons cet été ?

Garrett éclata de rire, comme si c'était la chose la plus drôle qu'il eût jamais entendue.

– Bien sûr que non. Les Hamptons, c'est tellement dépassé ! Nous avons mis la maison en location. Je serai au Cap, en Afrique du Sud : tout se passe là-bas à présent. Mais amuse-toi bien, ajouta-t-il, narquois... Je sais que tu trouveras le moyen de t'attirer des ennuis.

Ni sa condescendance ni son dédain ne réussirent à atteindre Mara. Garrett était un âne, et elle était heureuse qu'il s'en aille. Elle se demandait ce qu'elle avait pu lui trouver.

Soudain, Ryan lui manqua. Il s'était sûrement écroulé devant *Aqua Teen Hunger Force*, l'hilarante série animée. Elle s'apprêtait à rentrer se glisser auprès de lui dans le lit lorsque Lucky Yap l'appela pour lui présenter Jill Klompenhower, la seule authentique célébrité présente. Selon la rumeur, cette actrice oscarisée venait d'annuler son mariage avec un rocker chrétien deux semaines après la noce. Soudain, Mara fut bien trop occupée à essayer de se rappeler tous les détails de la vie de Jill pour se languir de son amoureux endormi.

## Comme dirait Heidi Klum : Eliza est « in » et Paige est « out »

Eliza aida encore un mannequin à arranger sa tenue, inclina sa casquette de livreur de journaux pour lui donner un petit air canaille, lui fit mettre le caraco de dentelle pardessus la robe et non en dessous. Puis elle passa à la fille suivante, et à la suivante encore, en apportant de petites améliorations : une paire de boucles d'oreilles par-ci, un collant résille par-là... En un rien de temps, elle avait complètement modifié le look et l'ambiance de la collection.

*Voilà !* pensa-t-elle. *C'est mieux comme ça.* Tous les vêtements déclinaient un thème cohérent avec quelque chose de très sexy, très plage, très jet-set. Cela rappelait les anciennes collections Sydney Minx. Elle devait bien se l'avouer : elle était un génie !

– Qu'est-ce que tu fabriques ? siffla Paige.

Sortant du bureau de Sydney, elle venait juste de remarquer que presque tous les mannequins portaient leur tenue légèrement différemment.

– Oh, Paige ! Tu m'as fait peur.

Eliza grimaça.

– Sydney, regardez ce qu'elle a fait ! s'écria Paige, menaçante. Tout a changé !

Le styliste surgit de son bureau. Il fronça le sourcil et se prit le menton dans la main.

– Voyons voir.

Eliza se figea et retint sa respiration. Tout son courage l'abandonna momentanément. C'était facile d'être inspirée et sûre de soi devant les mannequins qui poussaient des « oh » et des « ah » au moindre changement, mais ce n'étaient que des mannequins... Qu'est-ce qu'elles y connaissaient ? La plupart d'entre elles ne savaient même pas épeler leur nom de scène.

– Bien, bien, fit Sydney. Continuez comme ça, dit-il à Eliza. Et Paige, donnez-lui un coup de main.

Ce fut pour Eliza un moment de triomphe, mais teinté d'amertume. Car tandis qu'elle prenait des décisions et s'affairait à peindre, déchiqueter et accessoiriser chaque tenue, Paige se tenait en retrait sans l'aider, morte d'ennui, bouillant d'une rage qu'elle ne se donnait même pas la peine de dissimuler.

– Tu peux me passer un pistolet à colle, s'il te plaît ? lui demanda Eliza tout en tirant sur une jupe et en pinçant le tissu pour former des ruchés.

– Tiens, grogna Paige en le jetant par terre.

Le fracas fit sursauter Eliza qui troua le tissu avec ses ciseaux.

– Mince alors ! piailla le mannequin.

– Oh, merde ! gémit Eliza en voyant le trou.

Elle regarda Paige qui avait l'air d'une parfaite petite sainte. Eliza savait qu'elle l'avait fait exprès, et elle n'y pouvait rien.

Elle eut une idée.

– Bouge pas, dit-elle au modèle.

Elle découpa un deuxième trou dans la jupe, puis un troisième, et un autre encore, créant ainsi un motif ajouré sexy.

Quelques minutes plus tard, c'est du fond de la salle que lui parvinrent des éclats de voix.

– C'est trop petit ! se lamentait un mannequin.

Sa robe de cuir couleur café était tellement courte qu'elle lui couvrait à peine les fesses.

– Qu'est-ce qui se passe, encore ? Je vous préviens, les filles, je ne peux *pas* me permettre une nouvelle crise ! Je n'ai déjà plus de Xanax ! cria Sydney, déboulant en trombe pour juger de la situation.

– Eliza m'a dit de la mettre au sèche-linge... et regardez ça ! dit Paige d'un ton suffisant. La tenue est bousillée. Elle ne sera jamais prête pour le défilé.

– Je voulais un effet de cuir vieilli, expliqua Eliza en examinant d'un œil critique le matériau détruit.

Elle avait demandé à Paige de régler la machine sur « délicat », mais de toute évidence l'assistante malveillante s'était fait un plaisir de la programmer sur « maximum ».

Le cuir, en lambeaux, avait bel et bien rétréci.

– Tiens, trancha Eliza en tendant au mannequin un jean coupé aux genoux.

Elle tira la jupe sur le buste de la fille.

– C'est un haut !

– Bien sûr ! approuva Sydney en agitant son éventail.

– Bien sûr, répéta Eliza en gratifiant Paige de son sourire à un million de dollars.

Paige aurait beau tout tenter pour saboter ses efforts, Eliza ne pouvait pas perdre.

# Si seulement toutes les parties de foot se terminaient comme ça !

Jacqui arriva dans les Hamptons au coucher du soleil. La propriété des Perry, Creek Head Manor, était plus immaculée et plus impeccable que jamais, comme si elle attendait les photographes de *Metropolitan Home* pour un reportage. Laurie, la joviale assistante d'Anna, était venue une semaine à l'avance pour tout préparer dans les règles de l'art : tous les vases étaient garnis de lys blancs à longue tige, et tous les lits, de draps frais en lin d'Italie. Anna avait une fois de plus fait rénover la maison pendant l'hiver et fait installer un solarium, ainsi qu'un petit bar équipé de l'eau courante dans le placard de la chambre. La salle de bains des parents abritait également l'ancien bidet de Jackie Onassis (acheté une fortune en salle des ventes), assorti aux carrelages Marie-Antoinette.

Jacqui fit dîner les enfants et donna le bain aux petits. Après les avoir bordés dans leurs lits et rappelé à William et Madison de ne pas se coucher trop tard, elle fut enfin libre de vider ses valises et de s'installer. Elle grimpa les marches branlantes en traînant les pieds et ouvrit la porte, déchirant une toile d'araignée.

Après une année de faste citadin, le retour au cottage des

filles au pair était un peu déprimant. La pièce, sombre et renfermée, sentait le moisi. Jacqui ouvrit la fenêtre en grand et eut immédiatement la nostalgie du confort climatisé de son appartement. Elle trouva des draps en percale froissés dans les tiroirs et les envoya sans enthousiasme sur le matelas taché et bosselé du lit à une place. Ce n'était plus pareil, sans Eliza pour se plaindre de la minuscule salle de bains ni Mara pour exhorter tout le monde à se préparer pour la prochaine journée de travail. Cafardeuse, elle s'assit au bord du lit et alluma une cigarette, jetant distraitement les cendres dans la jardinière qui contenait un ficus desséché.

Jacqui se gratta la joue et inhala une longue bouffée. Eliza était encore à New York, et Mara était sur le bateau avec Ryan : mieux valait les laisser tranquilles tous les deux pour la nuit de leur arrivée. Alors qu'elle déballait ses affaires, elle vit l'éclairage de la piscine qui illuminait l'allée du jardin. Quelle bonne idée ! Elle attrapa une serviette et sortit rapidement du cottage.

C'était exactement ce dont elle avait besoin pour se sentir mieux : un petit bain de minuit. Anna était à son gala de charité, il était tard, les enfants dormaient... il n'y avait personne d'autre à la maison... L'eau était bonne et vivifiante : les Perry avaient fait pomper et filtrer l'eau pure et fraîche d'un petit cours d'eau du nord de l'île. Elle fit quelques brasses nonchalantes, puis se laissa flotter un moment sur le dos. Elle regagna ensuite le bord du bassin, où elle s'était préparé un verre bien glacé. Heureusement, elle savait où étaient cachées les clés du bar.

Après quelques minutes, elle en eut assez et retraversa la piscine pour gagner l'allée qui menait au cottage. Elle sortait de l'eau, ruisselante et nue, lorsque soudain les buissons qui délimitaient l'espace de la piscine explosèrent dans un grand fracas.

Jacqui hurla.

Trois garçons à la poursuite d'un ballon en mousse venaient de débouler à travers la haie qui séparait la propriété des Perry de celle des Reynolds.

– Droit devant, droit... devant ! s'étrangla Duffy, serrant encore la balle contre lui. C'est *elle* !

– Sainte mère de Dieu, s'exclama Ben en allongeant le cou. Je jure solennellement que je ne retournerai jamais à Harvard.

– *Señorita*, veuillez excuser mes imbéciles d'amis, dit Grant avec son accent traînant du sud, qui aurait été charmant s'il n'avait pas été étalé par terre, le visage écrasé dans l'herbe.

Les yeux ronds, ils contemplaient Jacqui dans la splendeur de sa nudité, vêtue uniquement « à la brésilienne »... nous voulons parler, bien sûr, de son épilation brésilienne.

– *Merda !* jura-t-elle en s'enveloppant de la serviette et en courant vers le cottage, laissant dans son sillage trois garçons fous d'amour.

# Mara a des doutes XXL sur son nouveau statut

Peu après deux heures du matin, Mara remonta sans bruit à bord du Catalina. Elle tourna lentement sa clé dans la serrure et entra sur la pointe des pieds dans le cockpit sombre. La lune entrait à flots par le hublot, et Mara distingua la longue forme de Ryan blottie sous l'édredon blanc en duvet d'oie.

Elle se débarrassa de ses sandales à talon et se massa la plante des pieds. Jill les avait invités dans la maison qu'elle louait à Bridgehampton, et après quelques vodkas et une partie de « Célébrités » bien arrosée (la star avait gagné haut la main grâce à son imitation de Nicole Ritchie), chacun était rentré chez soi.

Mara tapa sur son BlackBerry le récit de l'annulation de mariage de Jill et le compte-rendu détaillé du gala de charité, espérant envers et contre tout que son texte parviendrait jusque dans le prochain numéro du magazine. Lucky lui avait assuré que l'article était très bien, mais elle n'en était pas si sûre. Et si sa chef n'appréciait pas ses blagues sur les « accompagnateurs » ? Ou ses équations sur la vie mondaine, postulant que deux assistants de stars équivalaient, de nos jours, à une star de troisième catégorie ? Par exemple CaCee Cobb (assistante personnelle et meilleure amie de Jessica Simpson) + Trace Ayala (assistante personnelle et meilleure amie de Justin Timberlake) = Brooke Burke.

Ses pieds s'enfoncèrent dans le tapis moelleux avec un bruit spongieux, et elle s'enferma dans la salle de bains pour se démaquiller, se doucher et se changer. Elle enfila un vieux T-shirt en coton de Ryan, dont elle aimait la douceur sur sa peau.

Elle se faufila sous les couvertures et se blottit en silence contre son torse, glissant les bras sous ses aisselles et se serrant contre lui, les jambes passées sous les siennes.

– Mmmmppf, murmura Ryan en lui tapotant distraitement le bras. Il soupira.

– Ry, tu m'entends ? Ryan ? chuchota-t-elle. Je crois qu'ils ont fait une grosse erreur en m'envoyant à la soirée. Je ne connais rien à l'art d'écrire une chronique mondaine. Je ne suis même pas dans les cercles mondains.

Énervée par la vodka, elle s'inquiétait pour son article. Si seulement il pouvait se réveiller pour qu'elle puisse en parler avec lui ! Elle aurait vraiment eu besoin de son soutien en ce moment.

– Mmmppff... hein ? dit Ryan d'une voix endormie. T'en fais pas, tout va bien se passer, marmonna-t-il.

Mara se tordait les mains. Et si sa chef détestait son texte ? Elle serait bonne pour passer son été à rédiger des légendes de photos. *L-R, héritier du ketchup ; Trophy Wife, chirurgien esthétique des stars...*

– Ryan chéri, tu m'écoutes ? Je suis tellement nerveuse...

Pour toute réponse, Ryan émit un ronflement sonore. Il lui

tourna le dos et serra son oreiller contre lui, laissant Mara seule et abandonnée de son côté du large lit.

Bon, eh bien… c'était tout pour ce soir. De toute manière, rester perchée sur des talons pendant trois heures était une vraie torture, elle avait bien besoin de repos.

Elle posa un dernier baiser sur la joue de Ryan et pivota face au mur en remontant les couvertures sur sa poitrine.

Ils dormirent ainsi, dos à dos, pratiquement sans se toucher. Le lit se balançait doucement au rythme des vagues, et quand Mara ferma les yeux, elle rêva qu'elle flottait seule dans le vide.

# Rien de tel qu'un boulot bien fait pour vous gonfler le moral

Enfin le dernier ! Eliza maintint les bords du carton en place pendant que l'autre stagiaire les scotchait. Il était officiellement six heures du matin et l'équipe au complet avait travaillé toute la nuit. Eliza se sentait en proie à un léger délire, mais elle exultait. Ses derniers choix pour le défilé faisaient un effet bœuf : elle avait placé des bijoux extravagants sur tous les mannequins, joué avec les textures et les motifs, et réussi à créer un spectacle hyper glamour. Sydney était au comble de la joie. Et Paige, au comble de la contrariété.

Eliza était sur un petit nuage. Jamais de sa vie elle n'avait travaillé aussi dur, ni ne s'était sentie aussi bien ! La collection était incroyable : même Paige avait dû admettre à contrecœur que tout était sublime. Eliza était tellement fière ! C'était encore meilleur qu'une mention très bien aux examens.

Ils avaient emballé chaque tenue dans du papier de soie avant de les suspendre, avec leurs housses en plastique, dans une armoire portative. Celle-ci serait chargée dans le camion en partance pour les Hamptons. Les livreurs arrivaient dans une heure, et les vêtements seraient en magasin le lendemain matin, le jour du lancement.

Eliza prévoyait de dormir quelques heures, puis de gagner les Hamptons en voiture dans l'après-midi. Elle salua d'un signe de tête le reste de l'équipe et rentra chez elle prendre une douche bien méritée.

Dans un accès de générosité qui ne lui ressemblait guère, Sydney avait permis à tout le monde de rentrer en voiture avec chauffeur aux frais de la compagnie, et une flotte de Lincoln noires était garée devant l'immeuble. Eliza envoya la sienne sur Park Avenue.

Le portier toucha sa casquette et lui tint la porte ouverte. Elle ressentit un afflux de plaisir indescriptible en pénétrant dans le hall de marbre décoré de fresques rococo aux couleurs pastel pleines de nymphes et d'angelots. Elle emprunta l'ascenseur garni de miroirs et d'un épais tapis, qui la déposa au vingt et unième étage. L'appartement des Thompson était dans la famille de sa mère depuis le début du XX^e^ siècle. C'était un « six pièces classique », mais on aurait pu l'appeler un « douze pièces luxe », car il faisait le double de la surface habituelle, avec une entrée qui s'élevait sur la hauteur de trois étages et un balcon dominant Central Park.

Ses parents étaient déjà dans les Hamptons, dans leur « cottage » d'Amagansett (seule une pub Ralph Lauren aurait pu décrire comme « rustique » leur maison de campagne de dix chambres). Quelle merveille d'être chez soi, vraiment chez soi. C'était étrange : Eliza ne se serait jamais vue comme une bosseuse, mais une journée au studio de Sydney avait tout boulversé.

Toutes ses amies de Spence se contentaient d'aller chez le coiffeur, de faire du shopping et de parler garçons. Bien sûr, il y avait quelques filles brillantes qui partaient faire du théâtre à Williamsburg, d'autres qui effectuaient des stages d'été dans des magazines ou à la Maison-Blanche, mais Eliza n'avait jamais eu envie de leur ressembler.

Elle n'aurait jamais pensé qu'une dure nuit de travail puisse la remplir d'énergie, au lieu de la vider. Cette occasion qui lui avait été donnée d'exprimer sa créativité, d'exploiter ses talents innés pour produire quelque chose de beau, lui apportait une satisfaction qu'elle n'avait jamais ressentie. Eliza se sentait inspirée, elle était heureuse de faire ce stage chez Sydney. Elle avait hâte que le défilé commence.

Quelques heures plus tard, rafraîchie par une sieste et une bonne douche, Eliza boucla le dernier de ses sacs monogrammés Goyard et fit appeler un taxi. Elle rejoignit le garage familial de l'autre côté de la ville, où l'attendait son nouveau véhicule : une Land Rover LR3 sport flambant neuve – un net progrès par rapport à la berline de location de l'été précédent. Ses parents lui avaient offert la voiture pour la féliciter de son admission à Princeton, l'université où son père avait fait ses études. Le 4x4 était rutilant. Eliza balança ses affaires à l'arrière et sauta sur le siège conducteur.

Une voix synthétique à l'accent british l'accueillit dès qu'elle démarra le moteur.

– Bonjour, Eliza. Où voulez-vous aller aujourd'hui ?

– Bonjour, voiture ! pépia Eliza en retour.

Ça la faisait toujours marrer d'avoir une conversation avec sa caisse. Elle saisit leur adresse à Amagansett dans le GPS automatique.

La voiture se mit à lui donner des instructions. Eliza sortit du parking et se mêla à la circulation. « Téléphone », l'informa la voiture tandis qu'un voyant se mettait à clignoter sur le tableau de bord.

– Décroche, dit Eliza.

– Vous êtes en ligne.

Eliza entendit un bruit de vagues, et Jeremy qui se débattait avec son téléphone portable.

– Allô ? Allô ? fit-il. Eliza, tu es là ?

– Salut, bébé.

– Salut...

Sa voix grave et profonde la faisait fondre. Eliza eut un pincement de pitié pour toutes les filles dont le copain n'avait pas une voix aussi sexy que Jeremy. Elle se rappela que Charlie Borshok, son précédent amoureux, avait une voix haut-perché et ricanait comme une hyène.

– Je viens de quitter le parking, je vais entrer dans un tunnel. Je serai là dans quelques heures. (Elle se mit à roucouler comme une collégienne.) Je t'ai manqué ?

– Pas du tout, plaisanta-t-il.

Elle s'engagea dans le profond tunnel qui traversait la ville et le signal faiblit.

– Jer, je ne capte plus. Je te rappelle quand je suis sur la 27, OK ? Je t'aime.

Pas de réponse. Elle avait perdu le contact. Elle eut un frisson en pensant à la parure de lingerie sur mesure, spécialement préparée, qui l'attendait dans ses bagages. De la soie rose très pâle, avec des rubans en satin. Jeremy l'ignorait encore, mais ce soir, c'était le grand soir. Elle espérait bien que le monde n'allait pas s'écrouler d'ici là, car elle n'avait aucune intention de mourir vierge.

# Le diable se chausse en Louboutin

Premier indice que ce boulot n'allait pas être banal : les escarpins de sa chef posés sur son bureau. Mara les admira du coin de l'œil. C'était des Louboutin de cuir rose bonbon, avec leurs semelles rouges comme un camion de pompier – le fameux détail qui, partout dans le monde, prouvait aux folles de chaussures que c'étaient bien des articles de luxe à cinq cents dollars.

Pendant dix ans, Sam Davis avait régné sur les médias de New York. À elle seule, elle avait transformé plusieurs magazines léthargiques et déphasés en vaches à lait ultra-rentables. Elle avait commencé par *American Teen* et gravi les échelons du « ghetto rose » de la presse féminine, de *Sophisticated* à l'espagnol *Anna Claudia*, puis à *Glitter*, plus grand public, jusqu'à la plus célèbre de ses recréations, *Them* : un tabloïd *people* qui, chaque semaine, abreuvait son public de détails sur la vie privée des starlettes de la télé. C'était la faute de Sam Davis si la jeune chanteuse pop Chauncey Raven, récemment mariée à son ancien choriste Daryl Wolf et maman d'un petit Liam Spenser Raven Wolf de quatre mois, avait déjà ratatiné deux décapotables Mercedes, poursuivie à fond de train par des paparazzi en plein Malibu.

Sam Davis pliait le monde des médias à sa volonté et son ascension semblait sans limites. Pendant des années, il avait semblé que rien ne l'arrêterait. Convaincue qu'elle pouvait tout conquérir, elle s'était mis en tête de réinventer le marché de la presse culturelle. Elle avait alors proposé un magazine à mi-chemin entre *Harper's* et *InStyle*, qui devait « rendre sexy les gens intelligents ». Ce qu'elle fit en affublant des prix Nobel de tenues dénudées et en demandant à des acteurs de critiquer les dernières sorties littéraires. Les sommets furent atteints lorsqu'un présentateur de reality show résuma ainsi un ouvrage – couronné par le prix Pulitzer – sur la famine en Afrique : « Un livre succulent, à dévorer sans hésiter ». Le magazine cessa de paraître après trois numéros, le contrat mirobolant de Sam fut rompu, et aussi rapidement qu'elle était devenue la reine de la ville, elle en devint la risée.

D'où son exil dans les Hamptons. Elle jurait que c'était pour se rapprocher de sa famille (d'après ses employés, elle travaillait seize heures par jour alors que son fils de cinq ans était hospitalisé pour une tumeur au cerveau), pour profiter de la tranquillité qu'offrait le journalisme dans les Hamptons (expositions florales, concours hippiques, frime en tout genre). Mais New York connaissait la vérité : elle était finie.

Finie peut-être, mais pas morte. Sam Davis avait hâte d'imposer sa griffe sur *Hamptons* et de faire à nouveau parler d'elle.

Mara attendait avec impatience qu'elle ait terminé de harceler son assistante au téléphone au sujet de son café.

– Combien de fois faudra-t-il que je vous le dise ? Un cappuccino *dry* ne mousse pas !

Elle avait encore du mal à réaliser qu'elle ait pu décrocher un job aussi convoité. La rapidité de tout cela lui faisait encore tourner la tête. Toute sa vie, on lui avait inculqué que la réussite était le fruit du travail et de la discipline... mais comment y croire alors qu'un simple coup de fil – une relation – lui avait apporté le boulot de ses rêves ? Cela ne semblait pas juste. Que dire de toutes les candidates au poste, qui n'avaient pas la chance d'avoir bossé pour une ancienne camarade de fac de Sam Davis ?

D'après Eliza, c'était un raisonnement vaseux. Le monde ne fonctionnait qu'au carnet d'adresses. Tout ce qui comptait, c'était qui on connaissait. Plus les gens étaient importants, mieux c'était. Mara s'étonnait de constater qu'à dix-sept ans, elle avait rencontré déjà beaucoup de ces gens.

– Oui ? demanda Sam en prenant enfin acte de la présence de Mara.

C'était une solide femme de trente-six ans au visage dur et ridé. Ses cheveux d'un noir de jais étaient censés faire punk, tout comme son collier de chien. Pourtant, boudinée dans un pull Vivienne Westwood trop petit et un jean Shagg qui lui moulait les cuisses, Sam Davis trouvait le moyen de ressembler à n'importe quelle mère de famille banlieusarde s'accrochant désespérément – mais en vain – à sa jeunesse rebelle.

– Je suis Mara Waters. Votre nouvelle stagiaire. J'ai rédigé l'article sur le gala de charité d'hier soir au club Cain.

– Le quoi ? interrogea Sam. (Elle fit disparaître ses pieds sous le bureau dans un éclair de couleur.) Ah oui. J'ai eu votre papier. On l'a coupé.

– Oh, fit Mara, déçue et peinée.

Tout ce travail, devoir laisser Ryan en plan... et l'article n'était même pas passé ! De plus, ses pires craintes se confirmaient : elle ne savait pas écrire. Elle n'était même pas capable de divertir avec une chronique mondaine. C'était sérieusement déprimant.

Ce matin-là, Mara s'était réveillée seule dans le lit. Ryan avait laissé un mot pour dire qu'il était parti surfer. C'était son habitude de se lever à l'aube pour aller attraper les vagues. Mara s'en était un peu attristée : la veille au soir, ils avaient eu trop sommeil pour se retrouver, et voilà qu'ils n'arrivaient pas à passer la matinée ensemble. Elle avait prévu de leur préparer un petit déjeuner romantique dans la cuisine du bord, mais dut se rabattre sur un petit pain froid, toute seule devant la télé.

– J'ai bien pensé le publier la semaine prochaine, mais ce ne seraient plus des nouvelles fraîches. Et nous ne donnons que des nouvelles fraîches dans *Hamptons*, déclara Sam Davis avec emphase.

– Bien sûr, acquiesca Mara en s'apprêtant à remettre son carnet de notes dans son sac.

Manifestement, elle allait être reléguée à la gestion des fournitures de bureau. Ses épaules s'affaissèrent.

Cependant, à sa grande surprise, Sam lui fit signe de s'asseoir en face d'elle ; Mara obéit, une fois le siège débarrassé des piles de manuscrits, de magazines, d'enveloppes et de boîtes FedEx qui l'encombraient.

– C'est peu de chose, vous savez. Ça arrive tout le temps, lui expliqua Sam en levant les yeux au ciel. C'était un peu lourd sur les jeux de mots, mais pas déplaisant. Un rien verbeux. Vous avez gâché la chute en parlant du joueur de polo et de la starlette dès le quatrième paragraphe. Mais vous apprendrez.

Mara se ragaillardit.

– C'est vrai ?

Sam farfouilla sur son bureau et trouva une sortie papier de l'article de Mara. Elle le relut en diagonale.

– Il y a de bonnes choses là-dedans : les « équations mondaines », c'est amusant. J'aime bien. Il nous faut plus de cela.

Mara rayonnait. Elle était contente de sa trouvaille.

– Vous savez quoi ? La secrétaire de rédaction a engagé une nouvelle stagiaire, pour faire plaisir à la belle-sœur de l'éditrice ou je ne sais quoi. Si bien que nous n'avons plus besoin de vous en stage, expliqua Sam.

Avant que Mara ait eu le temps de se renfrogner, elle poursuivit :

– En revanche, j'ai besoin de quelqu'un pour rédiger l'Agenda mondain régulièrement. Courtney von Wilding a appelé. Elle passe l'été en Méditerranée sur le yacht de je ne sais quel prince grec, elle ne rentrera pas à New York avant l'automne. (Sam soupira.) Voilà ce qui arrive quand on embauche de jeunes jet-setteuses pour écrire l'Agenda mondain. Impossible de les installer devant un clavier : ça abîme la manucure.

Elle dénicha quelques vieux numéros du magazine qu'elle fit glisser vers Mara à travers le bureau.

– Vous couvrirez les défilés de mode, le polo, les galas de charité, les dîners, qui est *in*, qui est *out*, ce qui se porte, qui couche avec qui, qui se fait snober aux feux d'artifice cette année. On va secouer un peu tout ce monde ! Leur donner quelque chose à lire entre les pages de pub pour Cartier.

Mara opina en prenant des notes à toute vitesse. *Qui in/out, lire entre pubs Cartier.*

– Sydney Minx inaugure sa nouvelle boutique demain. Je veux que vous y soyez. Et surtout, interviewez-le bien. Nous allons réaliser un portrait complet. Je veux que vous donniez encore plus souvent votre point de vue d'étrangère récemment intégrée. On fera peut-être la couverture avec ça. Voyons ce que le vieux renard a dans sa manche. Je veux trois mille mots pour lundi.

Trois mille mots ! Pratiquement un roman ! Et Sam Davis avait-elle bien dit « couverture » ? C'était sa grande chance !

– Ah, avant d'oublier, une chose qu'il me faut absolument, lança Sam Davis. Des chaussettes.

– Des chaussettes ?

Sam désigna ses pieds.

– Des chaussettes. Pour mon match de tennis. Il m'en faut. Arrangez-vous pour que Sydney m'en envoie. Dites-lui qu'on va les photographier pour une page de mode.

– Pardon... faire venir des chaussettes ?

– Vous êtes sourde ? Voilà le numéro, insista-t-elle en passant une carte à Mara. Je suis en retard pour mon déjeuner chez Nick and Toni's.

Sur ces mots, Sam Davis s'en alla.

Mara regardait fixement le morceau de papier devant elle. Sa patronne voulait vraiment qu'elle demande à un styliste d'envoyer une paire de chaussettes par coursier ? Pourquoi pas simplement descendre en acheter une paire dans un magasin ? Ou passer en prendre chez elle ?

Elle composa le numéro.

– Goober Relations publiques, chanta une voix soyeuse à laquelle Mara reconnut l'assistante de Mitzi.

Mara raccrocha immédiatement. Elle ne pouvait pas se

résoudre à demander à quelqu'un d'envoyer des chaussettes, et encore moins à Mitzi. Même avec l'excuse débile d'en avoir besoin pour une séance de photos. Ce n'étaient que des chaussettes blanches, en vente dans n'importe quel supermarché pour 1,99 dollars. Peut-être ferait-elle mieux de courir en acheter, tout simplement. Mais si Sam remarquait que ce n'étaient pas des Sydney Minx ? Les chaussettes Sydney Minx avaient-elles quelque chose de particulier ?

Par chance, elle eut une autre idée. Elle composa rapidement le numéro de portable d'Eliza.

– Liza ?

– Mar ! *Holla* !

À Cabo, elles avaient écouté l'album de Gwen Stefani en boucle, à s'en écorcher les oreilles, sur l'iPod de Mara.

– *Hollaback, girl* ! T'es où ? demanda Mara que la voix rauque d'Eliza submergea de plaisir.

Cet été, toutes les trois seraient de nouveau réunies... Qui savait quelles bêtises elles allaient encore inventer ?

– Coincée dans les embouteillages sur la 27, comme toujours. Mais je devrais être arrivée dans une heure.

– Écoute, il me faut des chaussettes. Pour ma chef. Sam Davis. Tu crois que vous pourriez en envoyer ?

– Des chaussettes ?

Mara s'expliqua rapidement.

– Ah oui. Ne t'inquiète pas. Il paraît qu'elle fait ça tout le temps, elle commande des trucs à tout bout de champ. Personne ne lui prête plus de vêtements parce qu'elle ment toujours en disant que c'est pour un reportage photo, et ensuite on les voit sur elle à une avant-première. Par contre, elle et Sydney, c'est une longue histoire, paraît-il. Je vais charger une des filles du magasin d'en envoyer une paire. Quelle taille ?

Mara poussa subrepticement du pied la boîte à chaussures Louboutin qui traînait sous le bureau de manière à voir l'étiquette.

– Du quarante-quatre. C'est Berthe au grand pied, dit-elle avec un petit rire.

Eliza la mit en attente, puis reprit la ligne.

– Tu les auras à midi.

– Tu viens de me sauver la tête.

– Ou plutôt les pieds, gloussa Eliza.

– Tu sais quoi ? Je dois écrire un article de fond sur Sydney Minx ! pépia Mara, surexcitée, tout en gribouillant sur son bloc-notes : *Par Mara Waters*, puis : *L'Agenda mondain, par Mara Waters*, et en essayant d'imaginer ses quelques lignes de biographie : *Mara Waters vit à Sag Harboor avec son fiancé. Ceci est son premier article pour le journal.*

– Arrête ! s'étrangla Eliza.

– C'est vrai ! On m'a confié la rédaction de l'agenda mondain. C'est pas dingue, ça ?

– Complètement dingue, s'enthousiasma Eliza. Oh mon Dieu, tu vas être, genre, hyper importante !

– Tais-toi ! rigola Mara.

Eliza avait tendance à exagérer, mais c'était tout de même agréable à entendre. Elle posa ses pieds sur le bureau comme Sam Davis. De toute manière, il n'y avait personne pour la voir dans les environs.

– Tu me citeras dans ton article ? J'ai accessoirisé toute la collection.

– Je verrai ce que je peux faire, répondit Mara d’un ton froidement professionnel.

– Oh, fit Eliza, déçue.

– Andouille, je plaisantais. Bien sûr que je parlerai de toi, promit Mara.

– Ouf ! Pendant un instant, j’ai cru que j’allais devoir t’apporter ma super-machine-à-dégonfler-les-grosses-têtes, la taquina Eliza.

– On se voit chez les Perry ?

– Un peu, mon neveu ! conclut Eliza.

Marat sourit en raccrochant. Elle était folle d’impatience de revoir ses amies.

# Jacqui brouille les ondes de Radio-instance-de-divorce

Les enfants avaient beau s'efforcer de faire comme s'ils n'entendaient rien, la maison résonnait de sarcasmes et de propos acides. Kevin et Anna se disputaient par interphone interposé. Une fois de plus.

Jacqui contempla le boîtier blanc fixé à côté du grille-pain en regrettant de ne pas pouvoir couper le son. L'interphone de cette maison était différent de celui de New York. Là-bas, lorsqu'on appelait une pièce, la conversation s'établissait discrètement entre les deux postes. Dans les Hamptons, où le système était plus ancien, lorsqu'on appuyait sur le bouton votre voix sortait par quinze haut-parleurs à la fois.

– Bon sang, où sont encore passés mes clubs de golf ? Comment se fait-il que je ne retrouve jamais rien dans cette maison ? beuglait Kevin.

– Pas ma faute. Ce n'est pas moi qui les ai donnés à revernir, grinça Anna.

– Ça c'est sûr, tu ne fais jamais rien dans cette maison. À part claquer du fric ! Et au fait, ton petit exploit avec mon oreille, c'est grave. Le médecin dit que c'est infecté.

– Et alors ? Je m'en fous. J'en ai marre de la manière dont

tu me traites. Je ne suis plus ton assistante, je suis ta femme ! hurla Anna.

– Ouais, j'avais remarqué. Mon assistante s'active plus que toi ! rétorqua Kevin.

– Va te faire foutre. Je veux divorcer !

– Parfait ! C'est d'accord ! répliqua Kevin. Il te faut sans doute quelqu'un de plus jeune, puisque tu ne veux jamais faire la même chose que moi.

– Allô, la Terre parle à Kevin ! Tes amis sont *chiants* !

– Eh bien comme ça tu n'auras plus à les supporter, hein ?

– C'est sérieux, cette fois ! menaça Anna. Je veux divorcer !

– Vas-y ! Appelle ton avocat !

– Il est dans mes numéros abrégés ! Regarde-moi faire !

– Ils ne disent pas ça sérieusement, dit Jacqui en versant dans les bols des enfants des flocons d'avoine irlandaise biologique complète. Ils n'en pensent pas un mot.

La menace du divorce était si souvent brandie qu'elle en avait perdu son efficacité.

Madison leva les yeux au ciel. Elle affectait l'indifférence face aux querelles entre son père et sa belle-mère, mais comme Anna était la seule mère qu'il lui restât – leur vraie mère, Brigitte, s'était enfuie dans un ashram au Sri Lanka sans un regard pour eux depuis des années –, il était évident que les disputes la terrifiaient. Lorsqu'un long cri d'Anna déchira l'interphone, Madison renversa accidentellement son verre de jus d'orange.

– Ne t'inquiète pas, la rassura Jacqui en l'aidant à essuyer la table avec du papier absorbant.

William, onze ans, ne leva pas les yeux du roman d'aventure qu'il était en train de lire. Le petit garçon hyperactif s'était calmé, curieusement sans l'aide d'aucun médicament, et une transformation radicale s'était produite. Alors qu'avant le problème était de le faire taire, à présent il était délicat de lui arracher un mot. Il avait grandi, maigri, et sa ressemblance avec Ryan s'accentuait de jour en jour. Si les deux aînés s'efforçaient de masquer leur anxiété, le vacarme perturbait très clairement Zoé et le bébé – comme ils appelaient encore tous Cody.

La lèvre inférieure de Zoé tremblait, et la petite fille semblait sur le point de se mettre à pleurer ; quant à Cody, le seul enfant biologique d'Anna, il hurlait, les mains plaquées sur les oreilles.

À bout de patience, Jacqui traversa la cuisine pour aller débrancher le boîtier qui cessa immédiatement de glapir. On entendait encore la dispute des Perry résonner dans les profondeurs de la maison, mais le son était lointain et étouffé.

– Allez, mangez vos fruits, les amadoua-t-elle en faisant passer à la ronde un bol de pruneaux et de raisins secs.

– Y'a quelqu'un ? claironna une voix joyeuse à la porte.

Jacqui leva les yeux. Mara entra, les bras chargés d'un grand panier rempli de muffins tout chauds, sortant du four, de chez la Comtesse aux Pieds nus. Leur parfum de cannelle et de muscade envahit la cuisine. Et pour la première fois depuis qu'elle avait reçu les mauvaises nouvelles de la NYU, Jacqui eut réellement envie de sourire.

– Salut tout le monde ! dit Mara.

– *Holla !*

Mara s'approcha pour embrasser Jacqui.

– Tu es superbe !

Jacqui exécuta une pirouette. Elle portait un débardeur

ajouré et blousant Derek Lam avec un étroit bermuda à carreaux gris.

– Toi aussi. C'est une tunique Tory ? *J'adore !*

Mara acquiesça en s'asseyant au comptoir de la cuisine ; les enfants avaient immédiatement abandonné leurs flocons d'avoine pour dévaliser le panier de muffins.

– Mon Dieu, William, tu as poussé comme du chiendent ! s'exclama Mara. Et Madison, tu es trop mignonne avec cette chemise !

– On dit Bill, maintenant. Il ne veut plus qu'on l'appelle William, précisa affectueusement Jacqui. Et nous avons trouvé cette chemise en solde chez Jeffrey la semaine dernière, n'est-ce pas, Mad ?

William adressa à Mara un sourire timide et retourna s'asseoir. Mara leva les sourcils en regardant Jacqui qui se contenta de hausser les épaules. Deux étés de suite, le petit garçon les avait terrorisées avec ses crises de nerfs : il était difficile de concevoir que le sale gosse qui les poursuivait de son pistolet à eau soit devenu cet enfant sage plongé dans un livre.

Mara ébouriffa les cheveux de Cody et embrassa Zoé.

– Alors, comment s'est passée la première nuit de « la Croisière s'amuse » ? la taquina Jacqui en traçant des guillemets imaginaires avec ses doigts avant de débarrasser les bols intacts.

Mara rougit et jeta un regard significatif vers les petits frères et sœurs de Ryan.

Jacqui hocha la tête et lui expliqua à mi-voix que dès que leurs grands-parents arriveraient, elles pourraient discuter tranquilles. Les parents de Kevin emmenaient les enfants dans leur propriété de l'autre côté de l'île, où ils allaient passer la journée à pêcher dans l'étang et à faire du cheval. Les grands-parents Perry, des gens pleins de bon sens, étaient contre les nounous, si bien que Jacqui se retrouvait avec une journée de congé.

Quand les enfants furent partis, Mara décrivit à Jacqui le dîner incroyablement romantique que Ryan lui avait préparé, et la manière dont tout avait été interrompu par une mission professionnelle.

– J'ai été obligée de le laisser… Je n'avais pas vraiment le choix, se défendit Mara.

– C'est dur, admit Jacqui.

– Oui, mais bon, ça va. On a trois mois à passer ensemble.

Puis elle lui raconta tout sur son nouveau boulot et sa dingue de patronne.

– C'est génial, Mar ! Tu es, genre, une vraie journaliste, s'émerveilla Jacqui. Je suis hyper fière de toi, *chica.*

Mara rayonnait. Jacqui savait toujours exactement quoi dire.

Elles comparèrent ensuite leurs cérémonies de remise de diplôme, et la conversation tomba bientôt sur leur future université.

– Je suis encore sur liste d'attente pour Dartmouth, tu te rends compte ? gémit Mara. Quelle poisse. Et toi ? Des nouvelles de la NYU ?

En un instant, l'estomac de Jacqui se contracta. Elle ne savait pas quoi répondre. Elle se refusait à admettre son échec, surtout après avoir laissé entendre à Mara que tout roulait pour elle. Et puis, c'était trop douloureux à avouer à haute voix. Jamais elle n'avait été aussi gênée avec son amie.

Mais Jacqui fut sauvée par le gong lorsque deux longs coups de Klaxon résonnèrent dans l'allée.

– OÙ SONT MES HARAJUKU GIRLS [1] ? brailla Eliza depuis la porte d'entrée.

1. *Harajuku girls* est une chanson de Gwen Stefani qui fait allusion aux collégiennes habillées de manière délirante du quartier de Harajuku à Tokyo (N. d. T.).

# Pour fêter leurs retrouvailles, les trois mousquetaires font une pause cigarette

Eliza sortit de sa voiture. Elle portait une longue robe bustier blanche à taille Empire, en jersey de coton à smocks, qui mettait en valeur ses épaules bronzées. Son petit nez était surmonté d'une gigantesque paire de lunettes Dita : c'était la dernière obsession mode des célébrités, et elle avait dû les pister jusque dans une boutique de West Hollywood. Elles étaient tellement grandes qu'elles lui mangeaient la moitié de la figure, mais il les lui fallait. (Tout le monde pouvait porter des Chanel et des Gucci ordinaires, mais quand on était au parfum, c'était des Dita qu'il fallait !) Ses cheveux étaient noués en une longue tresse. Elle avait les joues roses et les dents brillantes. Elle était l'image même de l'été, et ses vieilles bottes de cow-boy apportaient une touche branchée qui complétait parfaitement l'ensemble.

Mara et Jacqui admirèrent la robe d'Eliza et décidèrent immédiatement qu'elles voulaient la même. C'était l'effet habituel des vêtements d'Eliza sur la gent féminine : on convoitait toujours ce qu'elle portait. Heureusement, Eliza était de celles qui partagent volontiers leurs secrets de shopping.

– Trop mignonne, non ? Planet Blue à Malibu. Je suis allée en Californie avec mon père la semaine dernière. Pas de panique, j'ai le numéro ! dit-elle avec animation en embrassant chaleureusement ses amies sur les deux joues – une nouvelle habitude, prise après une journée de travail en studio de mode.

– Jacqui, personne ne porte le bermuda comme toi. Il vient d'où ? Old Navy ? Tu plaisantes ? On dirait une pièce de créateur ! Mar, tes cheveux sont trop bien ! Tu as fait quelque chose à tes sourcils, aussi ? Mais avant qu'on se raconte tout, quelqu'un pourrait m'apporter une bouteille d'eau ? Je crève de soif !

Mara alla en riant chercher à la cuisine une bouteille de Glaceau Smartwater givrée qu'elle lui tendit. La première fois qu'elle avait vu Eliza, elle l'avait cataloguée comme une insupportable petite princesse, mais depuis, son amie lui avait largement prouvé son erreur. Même si elle faisait le maximum pour vivre dans un monde où tout ce qui est plus froid que zéro contient du champagne et du caviar, elle savait aussi ce que c'était que de manger des restes dans un vieux frigo à Buffalo.

– Regardez-moi ça ! dit Eliza en leur montrant la LR3 noire garée dans l'allée, une fois qu'elle eut dévissé la bouteille et pris une longue goulée.

Mara hocha la tête, impressionnée. Eliza leur avait bien dit que sa famille avait retrouvé toute sa fortune ; la voiture le prouvait sans équivoque.

– Elle est nickel, approuva-t-elle.

– Où sont les mioches ? demanda Eliza.

– Chez leur mamie, expliqua Jacqui. *Agradeça a Deus*. Dieu soit loué.

– Il n'y a personne, alors ? Super, on peut fumer, dit Eliza en tirant un paquet de son sac à main Chloé Silverado. Vous aimez ? Je sais, je n'ai pas été sage, avoua-t-elle en parlant du prix à cinq chiffres du sac.

Toutes les trois s'installèrent confortablement sur les marches devant la maison pour papoter en fumant des cigarettes. Elles avaient conscience que c'était peut-être leur dernier été ensemble – qui pouvait pronostiquer où elles en seraient l'an prochain ? –, et cette pensée les rapprochait encore plus. Sans que ce soit dit, toutes trois étaient heureuses d'avoir encore une saison baignée de soleil à passer dans les Hamptons pour faire du shopping, s'amuser et faire une fiesta d'enfer avant d'entrer en fac.

Leur papotage fut interrompu par le bruit d'un taxi brinquebalant, qui s'arrêta dans l'allée. Une fille minuscule apparut à la porte arrière. Cette créature toute menue était une Coréenne extrêmement jolie. Ses cheveux courts ébouriffés encadraient des lunettes œil-de-chat à monture d'écaille. Le chauffeur l'aida à sortir ses bagages – des valises assorties vert olive ornées du logo Fendi –, et elle tira de son sac Gucci, pour le pourboire, quelques billets de un dollar froissés.

Elle consulta le papier qu'elle tenait à la main avant de lever les yeux sur les filles.

– Excusez-moi. Creek Head Manor, c'est bien ici ?

– M-mm, acquiesca Mara.

– On peut vous aider ? demanda Jacqui.

La fille les observa toutes les trois avec attention, comme si elle venait juste de les remarquer.

– Oh mon Dieu ! dit-elle. Vous êtes *elles* !

– Qui, elles ? répéta Mara en se tournant vers ses amies d'un air perplexe.

– Vous êtes *célèbres* ! piailla la fille d'une voix suraiguë. Vous êtes les filles les plus classe des Hamptons, je sais tout sur vous, je l'ai lu dans *Teen Vogue* !

L'été précédent, pour faire plaisir à Mitzi Goober, toutes les trois s'étaient prêtées à un portrait des « filles de l'été » dans le magazine. Mara y était photographiée au bras de Garrett Reynolds, sortant d'une Bentley. Eliza, elle, était présentée dans sa minirobe à paillettes Sass & Bide, une planchette écritoire à la main, devant une boîte de nuit. Quant à Jacqui, elle occupait la double page centrale dans la tenue finale du défilé de mode.

– Tu es Mara, n'est-ce pas ? dit la fille en lui tendant brusquement la main. Je t'ai vue dans le reality show de Sugar Perry !

– Oh, euh… eh bien merci, bredouilla Mara, encore un peu désarçonnée.

La fille hocha vigoureusement la tête.

– Toi, tu dois être Eliza, la folle de mode, dit-elle en se tournant vers Eliza. Et donc, toi, tu es Jacqui… ma préférée ! couina-t-elle en se jetant à son cou.

Mara et Eliza échangèrent des coups de coude pendant que Jacqui esquivait poliment les embrassades de la fille. « Préférée ? » Pour qui les prenait-elle, des personnages de série télé ?

La nouvelle venue semblait sur le point de tourner de l'œil.

– C'est trop cool, quand je pense que je vais travailler avec vous cet été !

– Travailler avec nous ? demanda Eliza les yeux plissés en écrasant sa cigarette contre la semelle de sa chaussure.

– Je m'appelle Shannon Shin. La nouvelle fille au pair ! Et je suis prête pour le meilleur été de ma vie !

# Les malentendus font bon ménage avec l'abus de margaritas

Tout en sirotant leurs margaritas « hypnotic » bleu lagon à la terrasse de l'hôtel Sunset, les filles analysaient les derniers événements survenus chez les Perry. Eliza les avait conduites à Shelter Island pour boire un petit verre pendant l'*happy hour* avant d'aller chercher Jeremy à son travail. Il venait de monter son entreprise de paysagisme, et n'avait eu aucun mal à recruter comme clients tous ses anciens employeurs. Eliza et lui avaient rendez-vous à son appartement dans quelques heures, et elle voulait prendre des forces pour le grand événement. Elle avait décidé de perdre enfin sa virginité, pas son sang-froid.

– Tu savais que tu allais avoir du renfort ? demanda-t-elle en allumant une cigarette et en posant les pieds sur le muret qui les séparait de la plage.

Elles étaient installées dans les fauteuils en osier du bar, alignés face à l'océan. Jacqui secoua la tête.

– Anna a dû oublier de m'en parler. Grosse surprise.

Mara opina du chef.

– La nouvelle a l'air très... enthousiaste.

Elle n'en revenait toujours pas de la manière dont Shannon les avait traitées. Comme des célébrités.

– Je trouve ça super, approuva Eliza. Ça te fait quelqu'un à qui donner des ordres !

Toutes les trois avaient pris un coup de vieux. Déjà deux ans qu'elles se connaissaient, vraiment ? Le frais visage de Shannon, quinze ans, leur avait rappelé combien elles étaient jeunes et naïves lors de leur première embauche comme filles au pair. Shannon n'avait fait aucune difficulté pour rester seule à la maison, à attendre le retour des enfants, pendant que Jacqui sortait boire un verre en vitesse avec ses copines. Anna avait recruté la nouvelle de la même manière qu'elles-mêmes : par une annonce sur Internet. Shannon leur avait raconté qu'elle avait envoyé un portfolio de qualité professionnelle comprenant un dossier de dix pages sur ses compétences, avec les émouvants témoignages d'enfants qu'elle avait gardés. Elle avait été engagée sur-le-champ.

Jacqui culpabilisait bien un peu de l'avoir laissée toute seule pour son premier jour, mais d'un autre côté Eliza avait raison. C'était elle qui commandait, et ce serait bien d'avoir quelqu'un pour l'aider.

– Bon alors, il faut qu'on passe un été fantastique avant de rentrer à la fac cet automne, dit Eliza. On sera au polo tous les samedis après-midi. Sans exception. Il paraît que ça va exploser cette année. Des gens de toute première importance sous les tentes VIP.

– J'ai une carte de presse, intervint Mara. Je couvre le polo.

Elle n'en revenait toujours pas de l'avoir méritée… mais Sam Davis la lui avait remise cet après-midi même. C'était une pièce d'identité plastifiée qui portait la mention « PRESSE » en majuscules rouges au-dessus de son nom. Rien qu'à la regarder, elle en avait des frissons.

– Cool. Je suis sur la liste. Je t'y ferai inscrire aussi, Jac, promit Eliza. (À présent que sa famille faisait de nouveau partie du gratin, elle naviguait avec assurance dans les courants de la vie mondaine.) Il y a aussi le gala de charité L'Art pour la Vie, et le banquet hawaïen pour la recherche contre le sida. Et puis, peut-être qu'un de ces week-ends on pourrait pousser jusqu'aux vignobles du nord pour une petite dégustation de vin ?

– *Perfeito*, approuva Jacqui.

– Que dirais-tu d'une fête sur le bateau, Mar ? lança Eliza.

– Bien sûr. Pour le 4 Juillet, peut-être ? suggéra Mara en imaginant comme ce serait joli de lancer un feu d'artifice depuis le pont.

Ils pourraient avoir une glacière remplie de bières, et quelques feux de Bengale et chandelles romaines pour les garçons. Jeremy les renseignerait sûrement si jamais Ryan ne savait pas où en trouver en ville.

– Je m'occupe des grillades, proposa Jacqui. Vous avez un barbecue sur le bateau, oui ?

– Je demanderai à Ryan, mais je crois bien en avoir vu un, dit Mara.

– Comment va-t-il, au fait ? demanda Eliza d'une voix légère en soufflant un rond de fumée.

Elle jouait avec sa bague de Claddagh, une alliance irlandaise que Jeremy lui avait offerte pour son anniversaire. Eliza la portait avec le cœur tourné vers le bas, en signe que son propre cœur était pris.

– Ce mec surfe vingt-quatre heures sur vingt-quatre, sept jours sur sept. Il doit avoir de l'eau de mer dans le cerveau, je vous jure, plaisanta Mara.

– Dites, on m'a déjà proposé d'adhérer à un club de gastronomie à Princeton, annonça Eliza.

– Tu vas accepter ? Il paraît qu'ils sont hyper snob, objecta Mara.

– Mais il le faut ; c'est le seul moyen de s'alimenter, rétorqua Eliza. Personne ne mange à la cafétéria, au secours !

Eliza ne trouvait pas cela snob, simplement pratique. Les clubs de gastronomie offraient de meilleurs cuisiniers et des aliments bio. L'un d'eux proposait même un régime végétarien-macrobiotique. Elle n'avait aucune intention de prendre les cinq kilos habituels en arrivant à la fac. Elle leur expliqua comment elle avait planifié les quatre années à venir grâce à un guide des cours les plus faciles et des profs les plus indulgents. Elle allait passer ses examens obligatoires tranquille les deux premières années, ensuite partir un an à Paris, et présenter le diplôme l'année suivante. Rien de trop crevant, puisqu'elle était assurée de reprendre un jour la boîte de son père. C'était ce que tout le monde attendait d'elle, et surtout ses parents.

– Eh bien, tu as déjà tout programmé, admira Jacqui.

Elle eut un pincement de tristesse, car pour une fois dans sa vie elle aussi avait fait des projets, mais ils n'avaient pas marché comme prévu.

– En effet, j'aime bien être organisée, admit Eliza, modeste. Et toi, Mar ? Des nouvelles ?

– Pas encore, râla Mara en fronçant les sourcils. C'est de la torture. Ils ne devraient pas avoir le droit de nous infliger ça ! C'est injuste !

– Je sais, c'est nul, mais Columbia, ça pourrait être génial aussi. C'est en pleine ville.

Mara hocha la tête.

– Mais Ryan n'y sera pas, dit-elle d'une toute petite voix.

Elle écrasa sa cigarette dans le cendrier en plastique et regarda un groupe de jeunes replier un filet de beachvolley. Eliza haussa les épaules.

– C'est pas loin du New Hampshire.

– Sans doute, soupira Mara.

– Et toi, Jac, comment ça s'est passé avec la NYU ? poursuivit Eliza.

– Oui, raconte-nous. Au moins, si je me retrouve à Columbia, je saurai que tu es en ville avec moi, avança Mara.

Jacqui posa son verre et s'éclaircit la gorge. Elle se sentit piquer un fard en formant les mots.

– Eh bien oui...

– Eh bien oui ? la coupa Mara en écho.

– Tu as été prise ? enchaîna Eliza d'une voix perçante.

– Félicitations ! s'exclamèrent-elles toutes les deux.

Mara et Eliza couvrirent Jacqui de gros baisers et de grandes embrassades. Elles savaient combien elle voulait entrer à la NYU, et comme elle avait bûché pour y arriver.

Jacqui sourit. Le sourire resta longtemps figé sur son visage. Il y était toujours lorsque la conversation retomba sur l'heure du rendez-vous pour la soirée d'inauguration de Sydney Minx le lendemain. Ce n'était qu'un malentendu ; elle n'avait pas eu envie de le dissiper, voilà tout. Où était le mal, en somme ? Elle n'avait pas encore envie que ce soit réel, tout simplement. À ce moment précis, tout ce qu'elle voulait, c'était boire encore un verre avec ses amies.

# Le diable s'habille en bikini bleu pétard

Un vol d'oiseaux de mer traversait le ciel lorsque Mara arriva au port. Eliza la déposa et lui fit au revoir de la main. Elles avaient passé toutes les trois l'essentiel de la journée à Sunset Beach et, après avoir attendu qu' Eliza ait dessoûlé, elles étaient rentrées en chantant à tue-tête sur l'album de Gwen Stefani, les vitres baissées à fond pour sentir le vent de l'océan leur souffler dans les cheveux.

– Sois sage ! lui cria Eliza.

– Ne fais rien que je ne ferais pas ! la taquina Jacqui depuis le siège passager.

– Ça, ça laisse... beaucoup de marge ! répondit Mara en riant et en agitant la main.

Elle entendit la voix de Ryan sur le pont. Il devait discuter avec des potes de surf passés le voir. Leurs premiers invités ! Mara se demanda s'il y avait de quoi leur préparer un petit quelque chose à manger dans le frigo. Elle sentait venir son heure de gloire en tant que maîtresse de maison. Ce serait amusant de déployer ses talents de parfaite hôtesse.

Mara se dépêcha de rejoindre le bout du quai et prit pied sur le pont arrière. Elle posa son sac dans le salon et se dirigea vers la proue, où elle le trouva. Ryan était à genoux, en caleçon à fines rayures, occupé à cirer le pont. Il était en nage, et Mara le trouva plus sexy que jamais. Il n'y avait qu'un problème.

Ce n'était pas à un pote de surf qu'il parlait.

Une donzelle en bikini turquoise grattait le bateau d'à côté. Elle se pencha par-dessus le bastingage et éclaboussa Ryan de mousse avec son éponge. Il riposta en lui envoyant son chiffon.

Soudain, Mara ne se sentit plus du tout accueillante. Le fantasme de servir des canapés et des cocktails fut évacué aussi sec.

Toute l'année, elle s'était demandé comment elle supporterait de savoir que Ryan était du genre à avoir beaucoup d'ex-petites amies, et des amies filles, et des filles qui voulaient être plus que des amies. Le problème, c'était qu'il adorait tout simplement la compagnie des femmes. Il avait une relation naturelle avec elles, ayant beaucoup de sœurs, et il se fichait complètement que Mara n'apprécie pas son intérêt prononcé pour les membres du sexe opposé. Surtout en minuscule bikini string turquoise.

– Ce ne sont que des copines, l'assurait Ryan. Tu sais bien que tu es la seule qui compte pour moi.

Mais il était naturellement séducteur – c'est ce qui faisait son charme – et, même si Mara ne voulait pas le changer, le voir badiner si facilement avec une autre n'améliorait pas sa confiance en elle ni son assurance. Elle avait déjà eu assez de mal à surmonter l'affaire Eliza.

– Eh, ça fait longtemps que tu es là ? fit-il.

– Pas vraiment, répondit-elle froidement.

– Tinker, voici ma copine, Mara, dit-il en prenant cette dernière dans ses bras.

– Ah, salut ! dit Tinker. J'ai beaucoup entendu parler de toi, ajouta-t-elle amicalement.

– Tinker est dans ma confrérie d'étudiants, expliqua Ryan.

Mara lui adressa un signe de tête. Elle savait que Ryan faisait partie d'une confrérie mixte à Dartmouth. Bizarrement, elle s'était toujours figuré que les filles qui avaient envie d'intégrer ce genre de groupes devaient être des espèces de garçons manqués... mais Tinker était féminine jusqu'au bout des ongles.

– Comme je le disais à Ryan, mes sœurs et moi on va passer l'été sur le bateau de nos parents, dit Tinker.

Mara sourit en s'efforçant d'avoir l'air ravie de cette nouvelle, puis elle se tourna vers Ryan.

– Tu sens mauvais.

– Ah oui ? répondit-il en jouant à faire semblant de l'étouffer sous ses aisselles.

– Arrête, gloussa Mara.

– Allez, quoi, dit Ryan. On va prendre une douche ? On pourrait se laver..., lui chuchota-t-il. Et tu pourrais, tu sais... te faire pardonner de m'avoir abandonné hier soir...

Comme Mara sentait ses genoux flageoler, il lui serra la main avec force. Elle allait lui montrer combien elle était désolée de l'avoir laissé seul la veille. Combien elle était vraiment, sincèrement, complètement désolée. Elle lui envoya un sourire malicieux.

– Tu es vraiment un sale mec, dit-elle.

Pour toute réponse, il lui souffla doucement dans l'oreille.

– Contente de te connaître, euh... Tinker ! s'écria-t-elle, envahie par un frisson d'impatience tandis que Ryan l'entraînait vers la grande chambre, où ils allaient profiter au maximum de la douche tropicale, du Jacuzzi, de l'immense lit...

# Trop serrées pour être à l'aise

De retour au cottage, Jacqui constata avec stupéfaction que la plupart de ses affaires avaient été fourrées en vrac dans deux petits tiroirs, et qu'un oreiller inconnu était posé sur le seul vrai lit.

Shannon sortit de la salle de bains en peignoir, la tête enturbannée dans une serviette.

– Oh, salut Jacqui ! J'ai dû déplacer une partie de tes affaires, elles prenaient toute la place dans le placard. Tu n'étais pas prévenue que j'allais arriver, n'est-ce pas ? J'ai bien remarqué qu'Anna était un peu fofolle.

Jacqui s'apprêta à dire quelque chose, mais la fille continua.

– Et j'espère que ça ne t'embête pas, mais mon médecin dit que j'ai un problème de dos, alors je ne peux vraiment pas dormir sur le lit superposé. Ça te convient ?

Cette fille minuscule battit des paupières, et Jacqui en resta momentanément sidérée. Elle était censée être la supérieure, et pourtant, en un clin d'œil, Shannon s'était approprié tout ce qu'il y avait de mieux dans la chambre.

Jacqui ne se sentait pas en état de répondre ; elle était encore pompette à cause des margaritas, et énervée par le malentendu qu'elle avait omis de dissiper. À la place, elle se mit à ouvrir les tiroirs pour replier soigneusement ses vêtements en réfléchissant à un plan.

Une heure plus tard, pendant qu'elles préparaient le dîner des enfants, Jacqui expliqua à Shannon combien cet été serait important pour elles. Il le serait en tout cas pour Jacqui, car comme elle devait redoubler sa dernière année de lycée, elle avait besoin qu'Anna l'emploie encore un an.

– Je dois juste t'avertir que la première année où j'ai travaillé ici, on a appris qu'Anna avait viré les filles au pair d'origine avant notre arrivée, dit-elle. Donc, on ne peut pas vraiment se relâcher. Ce n'est pas la fête sur toute la ligne, OK ? Et les enfants Perry ne sont pas toujours faciles, surtout Madison. Il faut les surveiller comme le lait sur le four en permanence. Jacqui voulait dire « comme le lait sur le feu », mais elle se mélangeait encore un peu dans les expressions quand elle était énervée.

Shannon opina en éminçant les carottes.

– Oh, bien sûr, dit-elle avec effusion. Mais je ne suis pas inquiète du tout. Les enfants m'adorent.

Jacqui garda le silence en mettant l'eau à chauffer pour les pâtes, un petit sourire aux lèvres. Avec les enfants Perry, Shannon n'avait aucune idée de ce qui l'attendait...

Au dîner, elle présenta Shannon aux enfants.

– Écoutez-moi, tout le monde, voici Shannon Shin. Elle va m'aider à m'occuper de vous cet été.

Shannon s'agenouilla pour se mettre à la hauteur de Zoé. D'une petite voix haut perché, elle lui demanda :

– Bouzour, Zoé. Comment ça va auzourd'hui ?

Zoé la dévisagea d'un œil torve.

– Très bien, merci, répondit-elle d'une voix posée.

Cody hurla et refusa de se séparer de Jacqui lorsque Shannon tenta de le prendre dans ses bras.

– Je te déteste ! Je te déteste ! répétait-il en secouant la tête.

Complètement décontenancée, Shannon tenta de sympathiser avec les aînés.

– Salut, je m'appelle Shannon. Jacqui m'a dit que tu t'appelles... Bill ? demanda-t-elle en tendant la main à William.

Il était resté pratiquement muet, et son visage vira au rouge tomate lorsque Shannon s'adressa à lui. Il garda les yeux fixés sur son assiette et enfourna immédiatement une cuillerée de fettucini.

Jacqui se mordit les lèvres pour ne pas rire. Exactement comme elle s'y attendait, les enfants n'étaient pas décidés à se laisser amadouer facilement. Elle était même assez fière d'eux. Elle avait travaillé dur et s'était dévouée pour gagner leur confiance et leur affection ; Shannon aussi devrait en passer par là.

Mais il y avait encore un enfant à table. Madison Perry était assise devant une assiette de feuilles de laitue ramollies, qu'elle chipotait avec sa fourchette.

Jacqui lui donna un coup de coude pour l'encourager à manger, mais au lieu de s'exécuter, Madison dévisagea Shannon d'un œil furibond.

– C'est qui, celle-là ? Qu'est-ce qu'elle fait là ? demanda-t-elle à Jacqui.

– C'est la nouvelle fille au pair. Sois gentille avec elle.

Shannon vint s'asseoir à côté de Madison.

– Oooh, tu as une Technomarine ! s'exclama-t-elle en désignant la montre rose de Madison incrustée de diamants.

– M-mm, concéda Madison en levant le poignet pour que Shannon puisse l'examiner de plus près. Mon père l'a achetée dans une vente de charité. Elle a appartenu à Paris Hilton. Elle a cinq bracelets différents. Mon préféré, c'est celui en croco rose.

– Trop bien. J'ai toujours voulu en avoir une. Je m'appelle Shannon. Toi, c'est Madison, pas vrai ? J'adore tes cheveux. Tu les fais défriser ?

Le visage de Madison s'illumina. Elles penchèrent la tête ensemble pour admirer la montre de Madison.

– Tu as douze ans ? Tu fais plus, tu as l'air tellement mûre. Moi, je viens d'avoir quinze ans, continua Shannon. On est pratiquement comme des sœurs !

Une flatterie après l'autre, Shannon se retrouva vite en train de bavarder avec Madison comme une vieille copine. En aidant Cody à couper ses carottes, Jacqui ne put réprimer un léger sentiment de trahison.

# Eliza envoie un message à toutes les patrouilles pour retrouver une robe

Le téléphone sonnait : *Now I ain't sayin' she a gold-digger but she ain't messin' wit' no broke...* Eliza ouvrit un œil. Jeremy poussa un grognement. Elle se pencha par-dessus son torse et farfouilla dans le tiroir de sa table de nuit à la recherche de son téléphone.

– Allô ? fit-elle d'une voix ensommeillée tandis que Jeremy enfouissait la tête sous son oreiller.

– Hmpprff, se plaignit Jeremy.

– Chut, souffla-t-elle en pressant l'oreiller contre son visage, taquine mais à moitié morte de trouille que l'on puisse l'entendre.

Elle l'avait fait entrer en douce, la veille au soir, lorsqu'il était sorti du travail et qu'elle était revenue de boire un verre avec les filles. Pourtant, l'opération « date d'expiration » ne s'était pas déroulée comme prévu. Jeremy avait passé toute la journée à planter des érables japonais, et il était si fatigué qu'il avait eu du mal à garder les yeux ouverts. Ils en étaient encore aux préliminaires lorsqu'il s'était mis à ronfler.

Elisa se disait qu'ils pourraient réessayer ce matin. Elle comptait sur son père pour partir tôt jouer au golf, et sur sa mère pour se rendre à une réunion de charité. Ensuite, Jeremy et elle auraient toute la maison pour eux. Elle avait prévu de sortir discrètement du lit, de se brosser les dents, d'enfiler sa parure de lingerie et de revenir se glisser entre les draps pour être parfaite lorsqu'il se réveillerait. Mais c'était compter sans cet appel matinal de la personne qu'elle détestait le plus au monde.

– Eliza, s'écria une voie frénétique.

– Paige ? Qu'est-ce qui se passe ? demanda-t-elle en se redressant.

– Une urgence !

– Qu'est-ce qui ne va pas ? s'enquit Eliza, le cœur battant à tout rompre.

Un certain nombre de scénarios catastrophe lui traversèrent l'esprit : Sydney avait changé d'avis, il détestait toutes les tenues qu'elle avait conçues. Ou alors, les vêtements étaient arrivés et tous les tissus peints à la bombe avaient déteint sur les autres. Ou encore, la peinture avait pris une vilaine couleur en séchant.

– Il manque une tenue, dit Paige d'une voix paniquée. Celle que Vidalia doit porter pour le final. Je suis à la boutique sur Main Street avec Sydney, on a tout déballé, mais on ne la trouve pas. Elle n'est pas là.

– Mais je l'ai emballée moi-même, se défendit Eliza. Elle est forcément là.

– Eh ben non, et Sydney est en train de faire une crise cardiaque. Tu sais que c'est la tenue la plus importante du défilé. Tout est foutu sans cette robe.

– Je sais, je sais.

– Il faut absolument que tu arranges ça. C'est toi qui as

fait ce paquet, insista Paige. Ce sera ta faute si elle n'est pas au défilé ce soir...

– C'est bon, t'inquiète pas. Je m'en occupe, promit Eliza en faisant son possible pour ne pas paniquer elle-même.

Elle raccrocha et resta assise au bord du lit, pensive. Toutes ses idées de séduction matinale s'étaient envolées.

*Réfléchis, Eliza, réfléchis*, s'exhorta-t-elle en essayant de se rappeler tous les détails de la veille... la chronologie des événements... et en s'efforçant de comprendre ce qui s'était passé. Elle avait demandé à Vidalia d'enlever la robe et de l'accrocher au portant pour emballage, mais dans la frénésie du moment elle avait oublié de vérifier si le mannequin l'avait bien fait. Elle revoyait Vidalia disant qu'elle avait un dîner habillé ce soir-là et qu'il lui fallait quelque chose de fabuleux à porter : elle voulait être prise au sérieux par les responsables cosmétiques d'Estée Lauder pour qu'ils lui proposent un contrat exclusif.

Eliza s'étrangla. Ce satané mannequin avait sorti la tenue en douce ! Elle l'avait portée au dîner Lauder ! Eliza en était sûre.

– C'était quoi ? Tout va bien ? demanda Jeremy.

– Tout va s'arranger, dit Eliza juste au moment où un hélicoptère Black Hawk passait au-dessus de leurs têtes dans un fracas de tonnerre.

Elle le regarda par la fenêtre en se demandant ce que voulait dire le logo à deux doigts peint sur le côté. Il disparut parmi les nuages en émettant du hip-hop à pleins tubes.

Eliza ramassa son sac à côté du lit et caressa sa carte American Express Titanium...

# Plus fort que la crise des quarante ans : la crise des dix ans ?

Shannon était déjà dans la salle de projection lorsque Jacqui arriva ce matin-là. La nouvelle, installée au bout de la table de jeu, bavardait gaiement avec Anna Perry.

– Ah, Jacqui, te voilà. Tu sais que nous essayons de commencer à l'heure, ma chère, dit Anna en lui faisant signe de venir s'asseoir près d'elle.

Jacqui eut un regard furibond.

– Euh... il n'y avait plus d'eau chaude au cottage, se justifia-t-elle.

– J'aurais dû te prévenir, intervint Shannon avec son air sainte-nitouche. Je suis obligée de rester très longtemps sous la douche à cause de mon problème de dos...

Jacqui opina sèchement. Au réveil, elle avait trouvé la porte de la salle de bains verrouillée pendant une bonne heure. Elle avait dû renoncer aux bienfaits d'une bonne douche pour aller préparer le petit déjeuner des enfants, et à son retour au cottage, il ne restait plus dans les tuyaux que de l'eau froide, glacée même.

– Je suis contente que vous ayez fait connaissance. Shannon a beaucoup d'expérience et d'excellentes références, lui expliqua Anna.

Jacqui regarda la jeune recrue de travers. La veille au soir, Shannon lui avait avoué que, quoi qu'en dise son impressionnant CV, les seuls enfants qu'elle eût jamais gardés étaient ses petits frères et sœurs. Et pourtant, elle semblait innocente comme l'agneau.

Anna joignit les mains.

– Bien, nous y voilà, en route pour un nouvel été dans les Hamptons ! dit-elle avec un enjouement forcé alors que Jacqui l'avait entendue, pas plus tard que la veille au soir, se disputer avec Kevin au sujet des relevés de cartes de crédit.

Anna en était déjà à sa troisième tasse de café. Visiblement, la tension de son mariage en miettes lui portait sur les nerfs.

Jacqui ouvrit son calepin, stylo en main, prête à noter la liste des activités éducatives, spirituelles et sportives exigées par Anna pour les trois mois à venir.

– Cette année, rien de prévu pour les enfants, annonça-t-elle.

Jacqui faillit en tomber de sa chaise. Chaque été, Anna élaborait un emploi du temps serré, strictement réglé heure par heure, et dressait toute une liste de buts impossibles à atteindre. Elle attendait des enfants qu'ils s'y tiennent, et des filles au pair qu'elles les y aident. L'année précédente, il y avait même eu une heure de présentation PowerPoint.

– Rien ? reprit Jacqui bouche bée.

– J'ai lu beaucoup de choses, ces derniers temps, sur les « minicrises existentielles » ; sur les enfants tellement stimulés qu'ils s'angoissent à l'excès et développent un syndrome de stress juvénile. Vous savez, comme les petits Japonais qui se jettent par la fenêtre au moment des examens, dit-elle avec un regard significatif en direction de Shannon.

– On les appelle les *karoshi*, précisa joyeusement Shannon. Suicide pour cause de surmenage. C'est un phénomène en hausse, surtout à l'école primaire.

– C'est ça, dit Anna avec une pointe de nervosité. En tout cas, je ne veux pas de cela pour mes enfants. Par conséquent, cet été, ils ne feront que jouer. Je veux qu'ils se détendent, qu'ils s'amusent. Qu'ils soient libres...

– ... de faire tout ce qu'ils veulent, termina Shannon.

– Exactement. Je crois que c'est tout à fait ça.

– C'est tout ? demanda Jacqui, encore incrédule.

– C'est tout, confirma Anna.

Jacqui n'en croyait toujours pas ses oreilles. Pas de reprises d'équitation, pas de stage de surf, pas de camp de la Cabale, de krav-maga, de cours de conversation en français, italien, cantonais ? Les enfants, libres de faire ce qui leur chantait ? Jouer à des jeux vidéo, regarder des films, aller au centre commercial, se baigner, traîner avec leurs copains... rien, absolument rien d'éducatif ni de stimulant ?

En sortant de la salle de projection, Jacqui ne put se retenir de confier à Shannon à quel point cet été s'annonçait différent des précédents.

Shannon eut un sourire rusé.

– À ton avis, qui lui a envoyé l'article du *Time* sur les écoliers stressés ? Je les connais, ces mères modèles. Hé, ho, je suis venue dans les Hamptons pour m'amuser, moi ! Au fait, pas la peine de me remercier.

Jacqui dut s'incliner respectueusement devant sa nouvelle collègue. Shannon Shin était peut-être une petite manipulatrice, mais en une journée chez les Perry elle avait compris comment prendre Anna... Tout compte fait, elle pourrait bien se révéler utile.

– Tu as une invitation pour l'ouverture de Sydney Minx ? lui demanda Jacqui. C'est ce soir, et il paraît que ce sera la meilleure soirée de l'été.

– Non, dit Shannon en s'assombrissant. Je ne connais personne ici, à part toi.

– T'inquiète.

– C'est une invitation ?

– Je crois que c'est une trêve, murmura Jacqui pour elle-même.

– Pardon ?

– Rien. Bon, voyons un peu ce que tu vas mettre ce soir...

# Sous ses dehors parfaits, Ryan est un gros porc dans l'âme

Ryan avait eu beau assurer à Mara qu'en quelques jours elle ne remarquerait même plus le balancement du bateau, elle se réveilla de sa sieste de mauvaise humeur, avec l'impression de n'avoir pas dormi du tout.

Elle avait passé la matinée dans les bureaux de *Hamptons*, à réunir des informations pour l'article sur Sydney Minx et à faire venir des sacs-cadeaux pour Sam. La rédactrice en chef en exigeait un pour chaque événement chroniqué dans le magazine, même si elle n'y assistait pas en personne. Parfois, elle en faisait livrer d'Europe si elle avait entendu dire que leur contenu était particulièrement intéressant.

Après le travail, Mara avait regagné le Catalina pour faire une petite sieste avant les festivités de la soirée. À son réveil, elle constata qu'il ne lui restait qu'une demi-heure pour se préparer pour le défilé.

Au salon, elle trouva tout l'équipement de Ryan semé au hasard dans la pièce. Ses malles étaient arrivées de la fac par camion UPS le matin même, si bien que l'endroit ressemblait à une antenne du ministère des Sports. Il y avait un wakeboard, plusieurs snowboards, des raquettes de tennis et de badminton, des crosses de hockey sur glace et sur gazon, des ballons de basket, des balles de golf, des ballons de football américain. Ryan lui avait déclaré un jour que c'était insultant de l'appeler un « sportif ». Le terme approprié, lui avait-il expliqué, était *athlète*, car *sportif* évoquait une brutalité et une étroitesse d'esprit auxquelles il ne souscrivait absolument pas. Fort bien, songea Mara en contemplant tout son équipement. Donc, ce n'était pas un sportif... mais il était, sans aucun doute, *athlétique.*

L'une des malles étant ouverte, Mara put constater qu'elle contenait vraiment toutes sortes de vêtements : T-shirt propres, chaussettes et serviettes sales, vestes de costume sur leur cintre, encore enveloppées dans la housse en plastique du pressing. Apparemment, Ryan avait simplement jeté tout et n'importe quoi dans la première malle venue sans prendre la peine de trier quoi que ce soit. Nichés dans le tas de vêtements, Mara distingua des étuis à CD, des boîtes à cigarettes, un cendrier (sale), une chope à bière (propre), et même une corbeille à papier qui contenait encore les brouillons froissés de son mémoire de fin d'année. Mara secoua la tête... elle n'avait pas réalisé que Ryan était bordélique à ce point. Il lui avait promis de mettre de l'ordre dans ses affaires, mais de toute évidence il avait abandonné ce projet pour aller taquiner les vagues. Comme d'hab'.

Il entra d'un pas nonchalant au moment où elle essayait de dégager sa seconde valise, coincée sous l'une des nombreuses planches de surf.

– Attends, je vais t'aider, dit-il en soulevant la planche comme une plume pour lui permettre d'attraper son sac.

– Mon cœur, tu crois qu'on pourrait, euh... ranger un peu, en quelque sorte ? se plaignit Mara.

– Mais oui, mais oui, temporisa-t-il en s'approchant pour l'embrasser.

Il était mouillé, couvert de sable, et il sentait la mer. Ses cheveux bruns lui collaient au front. En temps normal, Mara aurait fondu en le voyant moulé dans sa combinaison Néoprène noire ; mais là, ce qui l'intéressait, c'était de trouver son carton d'invitation et la liste des personnes qu'elle devait interviewer pour son article.

– Je ne retrouve rien dans ce bazar ! râla-t-elle.

Des canettes vides s'éparpillaient partout dans la pièce depuis un soir où des copains à lui étaient passés. Ses fantasmes de parfaite maîtresse de maison avaient vite volé en éclats lorsqu'elle avait compris qu'ils préféraient se taper de la pizza froide et de la bière ordinaire.

– Pourquoi tu stresses autant sur ce défilé ? demanda Ryan.

Mara commençait à avoir l'impression qu'il ne faisait aucun cas de son travail, d'autant que plusieurs des filles qu'il fréquentait avaient rédigé la chronique avant elle. Elle était contrariée qu'il ne comprenne pas combien cela comptait pour elle.

Ryan s'affala sur le canapé. Même si le meuble ne lui appartenait pas, Mara fut agacée de voir sa combinaison tremper le cuir italien, qui garderait une tache indélébile. Cela l'énervait que Ryan n'ait même pas conscience de ce genre de choses : le canapé valait sans doute des milliers de dollars, mais que signifiait une si petite somme pour un garçon qui avait déjà tout ?

– Je peux te retrouver là-bas ? demanda-t-il en lançant une main derrière son dos pour descendre la fermeture Éclair de sa combinaison. Il faut que je me douche et que je me change.

– Je dois pouvoir trouver quelqu'un pour m'emmener, concéda Mara.

Elle composa rapidement le numéro de Lucky, qui heureusement n'était pas loin de Sag Harbor et pouvait passer la prendre.

– Cool, fit Ryan en lui plantant un baiser sur le front avant de se diriger en sifflant vers la douche.

Mara haussa les épaules en ouvrant sa valise. Il était l'amour de sa vie, mais parfois sa négligence la rendait dingue... Elle commençait à découvrir que le chemin de l'amour n'était pas toujours pavé de pétales de roses.

Parfois, il était jonché de vieilles canettes de bière.

# Alors, on bosse ou on bulle ?

Ah, ça c'était ce qu'on appelle passer un bon été !

Le décret d'Anna instaurant la liberté totale n'était pas tombé dans l'oreille d'une sourde, si bien que Jacqui avait décidé, en accord avec Shannon, de passer la journée à traîner au bord de la piscine. William était plongé dans un livre, Madison bronzait sur un matelas gonflable qui dérivait mollement au milieu du bassin, et Zoé et Cody s'entraînaient à faire l'équilibre dans le petit bain.

Shannon rêvassait sous le parasol dans son minuscule une-pièce noir tandis que Jacqui, à côté d'elle, étrennait son bikini rouge tout neuf. Le matin même, elle avait acheté ce nouveau maillot à l'un des camions ambulants J. Crew qui sillonnaient les Hamptons pour parer aux urgences de ce genre. Jacqui aimait la manière dont le minishort pouvait être roulé d'un simple geste pour se transformer en slip sexy échancré sur les hanches.

Jacqui ferma les yeux et savoura le soleil qui chauffait son visage et décrispait ses muscles tendus. Au bout de quelques minutes, elle se redressa sur son transat pour feuilleter le dernier numéro de *W*. C'était la belle vie : les enfants occupés, sa collègue devenue une amie, un pichet de limonade glacée à portée de main. Elle s'installa en vue d'une lecture croustillante sur les derniers scandales mondains.

C'est alors que, de l'autre côté de la piscine, derrière la haute haie, elle entendit ce drôle de bruit : *poum, poum, poum.* Silence. Puis encore *poum, poum, poum.* Le son la distrayait, l'empêchait de se concentrer sur son magazine. Elle finit par se lever pour aller voir.

Elle franchit les buissons épais qui délimitaient la hideuse propriété des Reynolds, une monstruosité de trente mille mètres carrés bâtie par les voisins boursouflés des Perry. Un gigantesque château gonflable dépassait au-dessus de la haie ; la structure renfermait trois types qui culbutaient, rebondissaient et riaient comme des fous. Des types qu'elle avait déjà vus quelque part...

– Excusez-moi, cria Jacqui.

Les cabrioles stoppèrent net et les trois garçons tournèrent la tête vers elle avec un sourire idiot. Elle ne put s'empêcher de leur rendre leur sourire. À la lumière du jour, ces garçons étaient carrément mignons. Cette fois, la NYU était vraiment oubliée. Pourquoi s'inquiéter pour la fac alors qu'il y avait des bombes sexuelles dans le coin ?

– Toutes nos sincères salutations, dit Grant Kotack en faisant un bond spectaculaire pour venir atterrir juste devant elle. Sauf erreur de ma part, nous nous sommes déjà rencontrés, il me semble, continua-t-il avec son soyeux accent du sud.

– Une bien brève rencontre, malheureusement, précisa Duffy en traversant à pas de géant le plastique ondulant pour finir dans l'herbe après une galipette.

– Qui a failli nous briser le cœur, approuva Ben en surgissant du château vacillant à la suite de ses acolytes.

Ce qui s'était passé pendant son bain de minuit ne gênait absolument pas Jacqui : elle était fière de son corps et n'y voyait rien de honteux.

– Jacqui Velasco. Je travaille chez les Perry, dit-elle en tendant la main au garçon le plus proche, celui qui avait les cheveux en bataille et les pattes.

– Grant Kotack, sourit Grant, tout content qu'elle se soit adressée à lui en premier. Enchanté.

Il lui fit un baise-main avec une grâce raffinée d'un autre âge, particulièrement plaisante à voir chez un garçon en pantalon de chantier et T-shirt trop grand orné du logo d'une marque de beurre de cacahuète.

– John Duffy, dit le grand maigre aux cheveux fins, interrompant leurs salutations.

Il était mignon comme une star de Hollywood : mâchoire carrée, mèches blond cendré lui tombant dans les yeux, et le genre de sourire qui naissait lentement sur les lèvres pour illuminer tout le visage. Appelle-moi Duffy ou Duff, comme tout le monde.

– Ben Defever.

Le troisième lui adressa un signe de tête. Avec ses grosses lunettes noires, il n'était pas sans ressemblance avec Rivers Cuomo, des Weezers, l'un des groupes préférés de Jacqui.

– On peut faire quelque chose ? ajouta-t-il.

– Vous travaillez pour les Reynolds ? demanda-t-elle.

– Les qui ? fit Duffy dans un grand sourire.

– Les crétins coincés à qui appartient cette taule, dit Grant avec un clin d'œil pour Jacqui.

– On l'a louée pour l'été. C'est un truc de ouf. Tu sais qu'il y a une piscine d'eau de mer bourrée de poissons tropicaux là-bas derrière ? Avec une grotte ? demanda Ben. Il faut que tu viennes voir ça avec nous un de ces jours, ajouta-t-il timidement.

– Et pourquoi pas maintenant ? proposa Duffy. C'est un bon moment, maintenant, non ? Je vais chercher les masques et les tubas !

– Ne te sens pas obligée, précisa Ben avec un accent de sincérité.

– Peut-être plus tard, dit Jacqui sans cesser de sourire. Mara lui avait décrit la grotte en détail l'été précédent.

Elle rougit ; Duffy était trop mignon avec son air gamin, Grant était l'image même d'un dieu de la guitare rock, et Ben était tout simplement adorable avec ses lunettes. Et voilà : elle le sentait bien nettement, ce picotement dans l'échine, ce sentiment qui lui avait manqué toute l'année.

– Tu veux sauter ? proposa Grant en agitant le pouce en direction du château gonflable.

– Volontiers, mais j'ai quelques gamins avec moi... ils peuvent venir ? demanda Jacqui.

– Ils sont à toi ? fit Duffy d'un air perplexe.

– Non, je suis la fille au pair, s'esclaffa Jacqui.

– Ah bon, tant mieux, parce que pendant un instant tu nous as vraiment fait peur, la taquina Grant.

Elle comprit que Duffy venait de se payer sa tête.

– « Plus on est de fous, plus on rit ! » conclut Ben. Amène-les !

Jacqui les remercia d'un sourire et courut porter la bonne nouvelle aux enfants. Elle les ramena en compagnie de Shannon dont les yeux s'agrandirent à la vue de ces trois jolis garçons.

– Qu'est-ce qui se passe, par ici ? Salut, moi c'est Shannon !

dit-elle en souriant largement aux trois mâles, les mains sur ses hanches minces. Cool, le château !

Mais quand Jacqui était dans les parages, Grant, Ben et Duffy, comme tous les garçons, avaient du mal à voir – et encore plus à entendre – qui que ce soit d'autre.

# Personne n'a jamais dit que l'humour potache était raffiné

La boutique de Sydney Minx, au centre de l'avenue principale d'East Hampton, était flanquée de deux énormes projecteurs qui dessinaient les initiales de Sydney dans le ciel. À la porte se pressait la foule habituelle de ceux qui essayaient d'entrer, agitant en vain leurs invitations rose et or au nez de la brigade de cerbères impitoyables qui ne laissaient passer que les journalistes et les VIP.

Mara montra sa carte de presse et fut immédiatement admise à l'intérieur. Elle repéra Jacqui au bar, occupée à tenter d'attirer l'attention du serveur.

– Où est Eliza ? demanda-t-elle en criant pour se faire entendre par-dessus la techno hurlante.

Elle regarda autour d'elle. Pour la soirée de la saison, c'était étonnamment banal. À moins que Mara soit blasée, à force d'avoir assisté à ce genre de réceptions les étés précédents : quelques jet-setteurs par-ci, quelques célébrités de deuxième ordre par-là, un sac surprise... bof. Tout compte fait, il n'y avait pas grande différence avec une inauguration de boutique standard. C'était même peut-être un poil ennuyeux. Mais le défilé de mode allait tout changer, du moins elle l'espérait. Au milieu de la boutique trônait un podium recouvert de plastique.

Jacqui haussa les épaules. Elle se tordit le cou, légèrement agacée, pour tenter de croiser le regard du barman. D'habitude, elle n'avait aucun mal à capter l'attention d'un homme, mais le bar était dévalisé, et c'est à peine si sa demande avait été remarquée.

– Champagne, madame ? offrit Duffy qui venait d'apparaître comme par magie avec une flûte qu'il lui mit dans la main.

– Oh, merci ! Et une aussi pour mon amie ? demanda-t-elle.

– Aucun problème, dit Ben en se matérialisant avec une seconde flûte.

Jacqui la passa à Mara. Elles trinquèrent rapidement et chacune prit une longue gorgée.

– Il y en a encore à la source, leur assura Grant en remplissant de nouveau les verres grâce à une bouteille de Veuve Clicquot qu'il cachait sous son bras.

– D'où ça vient, ça ? s'étonna Jacqui.

– Nous avons nos méthodes, dit Ben mystérieusement.

– Piquée dans les cuisines.

Duffy sourit largement en révélant deux autres bouteilles sous son manteau de toile.

– En graissant royalement la patte au barman, expliqua Grant. Au fait, les deux bouffons, vous me devez des sous.

Mara et Jacqui pouffèrent de rire. Les trois garçons formaient un arc de cercle protecteur autour d'elles.

– Les mecs, voici Mara. Mara, voilà les mecs, dit Jacqui en guise de présentations.

Mara sourit et les remercia pour les boissons.

– Où est Shannon ? demanda Mara.

Elle savait tout de ses machinations au sujet du lit et du

placard, mais convenait avec Jacqui que son rôle dans le revirement d'Anna valait largement quelques petits inconforts.

– Elle est là-bas, dit Jacqui.

Mara regarda dans la direction de la fille aux cheveux noirs, qui inspectait furieusement les portants, méthodiquement, un par un. Shannon lui rappelait quelqu'un. Quelqu'un qui menait son shopping comme une campagne militaire. Elle était frappée de la ressemblance avec Eliza, du moins dans sa manière de faire les boutiques : comme si sa vie en dépendait.

– Il fait un peu chaud là-dedans, non ? dit Jacqui sans s'adresser à personne en particulier, en éventant le décolleté de sa robe vintage Oscar de la Renta.

– Je m'en occupe ! s'exclama Duffy en se jetant prestement dans l'action.

Il était tellement ravi d'avoir une mission qu'il faillit renverser un mannequin sur son passage.

– Hé, mon pote ! cria-t-il au serveur le plus proche. Monte la clim, yo ! ajouta-t-il en lui courant après.

– Laisse tomber, je sais où est le climatiseur ! intervint Ben en poussant Duffy sur le côté pour satisfaire lui-même le désir de Jacqui.

– Ne bouge pas d'ici, chuchota Grant en lui serrant le bras. Je connais l'organisateur de la soirée. Je vais lui dire de s'en occuper.

– Mais qui sont-ils ? demanda Mara lorsque les trois garçons eurent disparu dans la foule. Tes esclaves ?

Jacqui éclata de rire.

– Ils sont mignons, hein ?

– Pas mal.

– Ce sont les types qui ont monté DortoirEnFolie.com. Il y

a eu un grand article sur eux dans le supplément Styles du dimanche, il y a quelques mois, tu te souviens ? Ils ont démarré le site web pendant leur première année à Harvard, et au printemps dernier ils ont ramassé quelque chose comme plusieurs centaines de millions de dollars.

Mara hocha la tête pour indiquer qu'elle voyait de quoi il s'agissait. Le site, un véritable panthéon de l'humour potache, vendait des T-shirts ornés de la citation tirée d'un célèbre sketch, « Vive les cloches », ou de blagues sur l'abstinence, comme « J'ai juré d'arrêter au troisième rendez-vous ». Il était célèbre pour son logo « The Shocker », un geste grossier différent du simple doigt d'honneur : deux doigts levés formant un « V » tordu. Ils en avaient fait des mains géantes en mousse comme celles qu'on achète normalement pour les matches de football. Ryan avait un jour expliqué à Mara ce que signifiait « The Shocker » : elle avait d'abord été dégoûtée toute une journée, puis étonnée de constater à quel point les garçons pouvaient avoir l'esprit mal tourné. Mais le plus surprenant était leur jeunesse et leur fortune. Aucun des trois n'avait plus de vingt et un ans.

– Bref, ils ont loué le château des Reynolds pour les vacances. C'est leur premier été dans les Hamptons, alors je leur ai dit que je ferais le guide, expliqua Jacqui.

Mara haussa les sourcils.

– À tous les trois ?

– Je m'amuse juste un peu sans faire de mal à personne, s'esclaffa Jacqui.

– Oh attends, voilà Sydney. Il faut que j'y aille, je dois l'interviewer, interrompit Mara en épiant le styliste qui se mêlait à la foule.

– Sydney, bonsoir ! Mara Waters, de *Hamptons* ; nous faisons un article sur vous... Puis-je vous poser quelques questions ? demanda-t-elle en lui fourrant son dictaphone iPod sous le nez – elle l'avait acheté aussitôt qu'on lui avait confié cette mission.

– Pas maintenant, dit Sydney en se cachant le visage derrière son éventail noir. Comme vous pouvez le voir, je suis extrêmement occupé.

– Je sais, navrée de vous déranger, monsieur Minx, mais si vous pouviez juste me dire quelques mots ? insista Mara, intimidée par son impatience.

– Paige ! Paige ! cria soudain Sydney sans prêter attention à Mara. Voyez avec mon assistante, Paige. Elle s'occupera de ce qu'il vous faut...

– Ah, bien, bien, dit Mara, vaincue, en éteignant l'appareil. Pensez-vous trouver un peu de temps pour bavarder après le défilé ?

– Regina, ma chérie ! Tu es merveilleuse ! Oui, merci. C'est la folie, n'est-ce pas ? Et Cecily ! Tu la portes ! Quel amour ! continuait Sydney sans un regard pour Mara, absorbé par la foule des personnalités mondaines qui le félicitaient pour sa soirée.

Mara se retira sur le côté en attendant patiemment la fin de sa conversation.

– Monsieur Minx, croyez-vous que...

– Vous pourriez vous pousser ? Vous me bloquez la lumière, ordonna Sydney sans la laisser finir sa phrase. Paige ! hurla-t-il. C'est pour quand, cette robe ?

– Eliza a dit qu'elle serait là d'une minute à l'autre, l'assura Paige d'un air soucieux.

– Elle a intérêt, menaça Sydney. Le défilé va commencer !

Mara était énervée et contrariée. Elle avait été balayée comme un laquais de bas étage, pas comme quelqu'un qui avait sa propre chronique dans le magazine le plus lu de la région. Eliza aurait peut-être pu l'aider à se remettre en selle... sauf qu'Eliza n'était nulle part.

Mara luttait contre la panique, mais si elle ne décrochait pas une interview de Sydney, comment allait-elle bien pouvoir écrire son article ?

# Sur Main Street, Eliza rejoue le Débarquement façon haute couture

Mara se rongeait les ongles, inquiète pour le sort de son article, en se demandant où pouvait bien être Ryan. Elle avait essayé de l'appeler sur le bateau, mais il n'avait pas décroché. Il aurait largement dû être là, à l'heure qu'il était. Elle était sur le point de le rappeler lorsque les lumières se tamisèrent dans la boutique et que le podium s'illumina d'un halo rose. Les conversations se turent et les invités applaudirent sans énergie, leurs ongles manucurés cliquetant sur le cristal.

De la techno française pour défilés tonna dans les haut-parleurs accrochés au plafond, et le premier mannequin, vêtu d'un caftan à motif tigré peint à la bombe, sortit de l'arrière-boutique pour s'avancer sur la plate-forme. Les modèles se succédèrent, enchaînant les variations sur le thème de la jungle, et Mara remarqua que les vêtements étaient réellement intéressants à regarder. Avec leurs détails teints en tye-and-dye ou repeints à la bombe, ils indiquaient un changement de direction radical et même légèrement avant-gardiste pour la collection de Sydney Minx.

Mara prit frénétiquement des notes pendant que Jacqui sifflait son champagne. Au bout d'un quart d'heure, le dernier mannequin, en tunique mandarine et minishort turquoise moucheté de peinture or, s'arrêta brusquement à mi-parcours. La musique fut soudain noyée dans un fracas assourdissant venu de l'extérieur. Le public se détourna du podium et s'attroupa derrière les vitrines pour découvrir la cause de cette interruption.

Un hélicoptère noir de l'armée tournoyait, menaçant, au-dessus du magasin.

– C'est notre Black Hawk ? demanda Duffy.

– Non non, pas de logo. Ils ont dû le louer.

Mara et Jacqui suivirent la foule à l'extérieur. Une échelle de corde était apparue sous l'hélicoptère, et une silhouette bien connue progressait vers le bitume.

– Oh mon Dieu ! s'étrangla Mara. C'est Eliza !

C'était bien elle. Eliza faisait sa descente en robe audacieuse de mousseline déchiquetée et cuissardes en crocodile. De grosses chaînes en or s'entrelaçaient autour de son cou. Alors que le vent des rotors faisait tourbillonner la jupe, elle passa tranquillement de l'échelle au trottoir, entra dans la boutique et parcourut le podium du même pas assuré.

Les photographes l'inondèrent d'un torrent de flashes et la foule, un instant frappée de stupeur, explosa en acclamations enthousiastes, sifflets et youyous. Ils en avaient pourtant vu dans les Hamptons, mais un final de défilé en hélicoptère, c'était une grande première.

Eliza posa pour les photographes avec un large sourire, baignée dans la lumière des projecteurs. Ça avait marché ! Elle y était arrivée ! Elle avait réussi à traquer Vidalia jusque dans son cinquième sans ascenseur de l'East Village. Au départ, elle avait l'intention de lui laisser l'honneur, mais le mannequin avait une telle gueule de bois après son dîner de la veille, qu'il n'y avait pas moyen de la rendre présentable pour le défilé. Eliza avait donc enfilé la robe en remerciant le ciel de lui avoir donné les mensurations adéquates. Puis, grâce à sa nouvelle carte Marquis Jet (merci American Express !), elle avait loué un hélicoptère qui l'avait enlevée en un éclair depuis New York. Ces chouettes petits Black Hawks, c'était bien pratique !

Elle regarda l'endroit où Paige et Sydney se tenaient dans un coin. Elle n'y voyait pas très bien, éblouie par les flashes, mais elle était certaine qu'ils allaient la féliciter d'avoir si bien fait son boulot. Elle s'en était sortie toute seule, et à coup sûr c'était un spectacle dont on parlerait tout l'été dans les Hamptons.

# Mayday ! Mayday !

– On y est arrivés ! triompha Eliza en descendant du podium et en tendant les bras pour serrer Paige et Sydney sur son cœur. C'est incroyable, pas vrai ? s'écria-t-elle tandis que les photographes continuaient de la mitrailler.

C'est seulement lorsque les flashes s'éteignirent qu'Eliza prit conscience que Sydney et Paige ne partageaient pas son enthousiasme, mais alors pas du tout. Bien sûr, elle s'attendait à un peu de jalousie de la part de Paige, mais n'était-ce pas elle qui avait exigé d'Eliza qu'elle règle le problème ? Elle ne pouvait pas avoir l'air un peu contente de la voir se débrouiller ? Au lieu de cela, Paige semblait sur le point de vomir, et Sydney avait un regard meurtrier. Mais quoi, elle avait raté quelque chose ?

Le sourire s'évanouit de son visage.

– Qu'est-ce qu'il y a ? Vous n'avez pas aimé l'hélicoptère ? Ne vous en faites pas, je couvre les frais. J'ai une carte Marquis Jet. Je ne vous facturerai rien, c'est moi qui offre.

– Paige, tu sais ce qu'il te reste à faire, dit Sydney d'un ton lugubre avant de se détourner sans même un regard pour Eliza.

– Eliza, je peux te dire un mot ? demanda froidement Paige.

Quoi, encore ? Elle avait réussi à sauver la soirée, et ils se comportaient comme si elle avait fait quelque chose d'épouvantable. Comme si elle avait échoué à livrer la marchandise au lieu d'y parvenir avec panache. C'était tout le contraire de ce à quoi elle s'attendait. Elle suivit Paige dans l'arrière-boutique.

– Qu'est-ce qui se passe ? demanda-t-elle, le visage encore luisant de la chaleur des projecteurs.

– Tu es virée, dit Paige, impassible.

Eliza nota toutefois qu'elle ne pouvait pas dissimuler une note de jubilation dans sa voix. C'était ce qu'elle voulait depuis le début. Cette petite lèche-bottes, qui n'aurait pas été fichue d'accessoiriser une tenue même si on lui avait braqué une agrafeuse à strass sur la tempe, n'avait fait qu'attendre un faux pas. Eliza voyait mal comment elle avait pu tout gâcher à ce point. Quelque chose ne collait pas.

– Mais je ne comprends pas...

– C'était une soirée pour *Sydney*. Sydney Minx. Et tu sais ce qui est en train de se passer ? De quoi tout le monde parle ?

– Quoi ? répéta Eliza, encore déconcertée.

– Toi. C'est de toi qu'on parle. Qui était la fille dans l'hélicoptère ? Qui est ce mannequin descendu des cieux ? C'était qui, la fille dans la robe ? Qui est *cette fille*. Il n'y a que toi sur toutes les lèvres. J'ai dû épeler ton nom à plusieurs reporters du *New York Post* !

Eliza faillit répondre : « Ils savent exactement comment s'écrit mon nom au *Post* ! », mais elle choisit sagement de la boucler.

– Allez, Paige, sois sympa, implora-t-elle. Va parler à Sydney, il t'écoute. C'est vrai, quoi, je l'ai rapportée, la robe, non ?

– Tu as *rapporté* la robe, mais tu as *volé* toute l'attention de la presse, répliqua Paige.

Comme par un fait exprès, un important reporter *people* de l'*East Hampton Star* frappa à la porte.

– Hé, Miss Hélico ! Vous pourriez me dire quelques mots ?

Paige leva les yeux au ciel.

– Bien sûr, j'arrive dans une minute, sourit Eliza.

Lorsque le journaliste fut parti, elle attrapa Paige par le bras :

– Tu n'es pas sérieuse ? Vous ne pouvez pas me faire ça ! C'est mon stage d'été, mes parents vont péter un plomb s'ils l'apprennent.

Eliza était effondrée. Elle venait juste de découvrir sa passion, de comprendre qu'il y avait des choses plus intéressantes dans la vie qu'une Mastercard. Elle avait vraiment hâte d'en apprendre plus sur l'industrie de la mode. Comment pouvait-on lui enlever cela maintenant ?

– Tu es virée, Eliza. Merci de rendre cette robe et de vider les lieux immédiatement.

Et c'est ainsi que Miss Hélico fut descendue en flammes.

# Dans le journalisme people, le refus de coopérer n'est jamais un problème

La fête était finie, Jacqui et les trois types du site web rentraient continuer la nouba au château des Reynolds. Mara monta en voiture avec eux et leur demanda de la déposer chez Starbucks, à quelques pâtés de maisons du port. Elle passerait y prendre un double crème pour se redonner de l'énergie, puis rentrerait chez elle à pied.

Elle était complètement coincée. Elle n'avait rien à raconter. Sydney Minx l'avait royalement ignorée toute la soirée. Il avait refusé de lui accorder une interview. Elle qui avait quatre pages à remplir ! Des dizaines de centimètres de texte en colonne ! Le reportage était déjà mis en pages par les maquettistes, ils n'attendaient plus que le texte.

Que faire ? Cette fois c'était sûr, elle allait se faire virer. Sam Davis lui avait confié une mission en or, et Mara se retrouvait en pleine déconfiture. Ce n'était pas comme si elle avait dû décrocher une interview du Président, bon sang ! Sydney Minx était un styliste de mode ! Les stylistes ne vivaient que pour la presse ! Et pourtant, elle avait encore trouvé le moyen de tout rater.

À ce compte-là, Mara se dit qu'elle ferait mieux d'oublier ses ambitions dans le journalisme sérieux : elle n'avait même pas été capable de mener à bien un article *people*.

Quelques personnes traînaient devant le café. Lorsqu'elle eut retiré son double crème sans matière grasse au comptoir, elle s'assit près de la fenêtre et saisit son BlackBerry d'une main moite. Le plus tôt serait le mieux.

– Bonsoir... Sam ? C'est Mara.

– Ah, bonsoir.

On entendait les hurlements d'un bébé en bruit de fond.

– Désolée d'appeler si tard...

– Pas de problème. Qu'est-ce qui se passe ? demanda Sam d'une voix aimable et professionnelle.

– C'est juste que... à propos du reportage sur Sydney Minx...

Mara tournait autour du pot.

– M-mm ? Heathcliff, pose le bébé, pose Bébé Kathy tout de suite ! Maman a dit ! ordonna Sam.

– Je n'ai pas eu...

– J'ai dit : on écoute Maman ! Vilain Heathcliff ! Vilain garçon ! cria Sam d'une voix stridente.

– Je n'ai...

– Qu'est-ce que vous dites ? demanda Sam, un peu essoufflée. Désolée, c'est un asile de fous ici. Trois enfants de moins de cinq ans, et la nounou qui a pris sa journée.

Mara soupira avec compréhension.

– Sydney m'a refusé l'interview... je n'ai rien pour l'article. Je suis vraiment désolée, avoua Mara en serrant son gobelet de café.

– Le vieux cabotin m'en veut encore pour cet article dans *Them*, hein ? demanda Sam, une pointe d'amusement dans la voix.

Mara fut étonnée d'entendre sa chef rire comme si tout allait bien.

– Bon... ce n'est pas grave. On va contourner le problème.

– Comment ça ?

– Vous appelez des proches de Sydney pour leur demander quelques mots : ceux qui l'ont connu à l'époque, ceux qui le fréquentent maintenant, ceux qui savent comment il fonctionne et comment il se comporte dans le privé. Il nous en faut au moins deux à citer officiellement, tous les autres peuvent rester anonymes : « une source proche » ou « un intime ». Vous avez fait des recherches aujourd'hui, non ? Retournez dans la base de données LexisNexis, utilisez votre compte client... et on écrira l'article sans lui.

– On peut faire ça ?

– C'est ce qu'on fait tout le temps, l'assura Sam. La routine habituelle.

– Ah.

– Alors, trois mille mots pour demain matin ?

– OK, promit Mara, reconnaissante d'avoir été repêchée d'un avenir passé à disposer des petits fours sur des plateaux.

Toute à sa joie de ne pas être renvoyée, elle ne réalisait pas encore qu'elle ne savait pas du tout par où commencer. Mais ça ne faisait rien. Elle venait de se rappeler qu'une de ses amies était *très* proche de son sujet.

# Une espionne chez les stylistes

Virée.

Du balai.

Fichue à la porte.

Avec perte et fracas.

Comme un pauvre concurrent d'un reality show à qui le milliardaire au regard d'acier et au brushing impeccable, ou l'ancien top model, ou le gourou du développement personnel, ou l'aventurier en veste saharienne, dit « Au revoir ! » en lui montrant la sortie et le chemin du confessional.

Toute seule dans les toilettes exiguës de l'arrière-boutique, elle se retenait de pleurer. Au lieu de cela, elle retira les chaînes en or une à une et les accrocha à la poignée de la porte. Elle descendit la fermeture Éclair des bottes en croco et déboutonna la robe de mousseline, qu'elle pendit soigneusement à un cintre capitonné. Paige lui avait aboyé ses ordres sans se demander un instant comment elle s'habillerait une fois qu'elle aurait tout enlevé. Heureusement, Eliza avait réussi à mettre la main sur un sac-cadeau avant qu'ils soient tous partis. Elle enfila l'un des T-shirts Sydney Minx offerts. C'était une grande taille, si bien qu'il lui couvrait les cuisses comme une robe. Ça irait.

Elle sortit des toilettes pieds nus, vêtue uniquement du T-shirt. Dans son sac, son Palm Treo sonna. Quoi, encore ?

*This-shit-is-bananas, B-A-N-A-N-A-S*, chantait joyeusement le téléphone.

Mara.

– 'llô ? salua Eliza.

Elle écouta son amie raconter son histoire. Mara avait un problème avec son article, vu que Sydney lui avait refusé l'interview.

– Alors il me faut des noms, des gens qui voudront bien me parler de lui : comment c'est de travailler avec lui, où il trouve ses idées, ce genre de trucs, disait-elle. Et toute info croustillante exclusive est la bienvenue. Tu crois pouvoir m'aider ?

Même noyée dans le brouillard de l'humiliation, Eliza distingua clairement une occasion de se venger.

– Aucun problème, dit-elle. Il faut que tu parles avec son ancien associé, Richard Mendelsohn : c'est lui qui a financé les collections jusqu'à leur séparation l'an dernier. Et avec quelques-uns de ses graphistes ; il y en a qui ne bossent plus ici. Ses amis mondains. À une époque, il sortait beaucoup avec la mère de mon amie Taylor, Pringle. Oh, et Anna Perry, aussi. Sûr qu'elle le connaît depuis un bon bout de temps. Je suis certaine qu'ils auront des tas d'anecdotes scandaleuses.

Un sourire vindicatif naquit sur son visage.

– T'es la meilleure ! dit Mara, reconnaissante.

– Eh oui, c'est tout moi. La meilleure, soupira Eliza.

– Liza, ça ne va pas ? Tu as l'air bizarre.

– Non... rien. Je suis fatiguée, c'est tout, se déroba Eliza.

La vengeance était douce, mais elle n'offrait qu'une maigre

consolation. Crucifier Sydney dans la presse ne lui rendrait pas son boulot. Elle regretta soudain ce coup de poignard dans le dos, mais se justifia de son mauvais geste en se disant qu'elle aidait une amie.

– Bon, d'accord, fit Mara, peu convaincue. Au fait, c'était dingue, ton entrée. Tout le monde ne parle que de ça.

*C'est bien le problème*, pensa Eliza, mais elle ne révéla rien à Mara. Elles se dirent au revoir et Eliza raccrocha. Elle sortit devant le magasin, à la recherche de Jeremy. Il l'avait prévenue par SMS qu'il serait un peu en retard à cause d'un rendez-vous avec un client, mais qu'il viendrait la chercher dès qu'il aurait terminé.

Elle le trouva debout devant sa camionnette, en pleine conversation avec Paige sur le tapis rouge à présent déserté. Hein ? Pardon ? Comment et pourquoi se connaissaient-ils ? Elle le vit embrasser Paige sur la joue. Eliza resta cachée dans l'ombre. Elle se sentait comme une intruse.

Lorsque Paige eut enfin disparu dans un taxi, Eliza s'approcha de lui en faisant attention où elle posait les pieds.

– Salut mon bébé ! Jeremy lui sourit largement et la serra brièvement contre lui. C'est ça que portent les *beautiful people* cet été ? Des T-shirts ? Où sont passées tes chaussures ?

– D'où tu la connais ? demanda Eliza en grimpant dans la camionnette sans relever la plaisanterie.

– Qui ça ? dit Jeremy en passant un bras par-dessus l'appui-tête d'Eliza pour faire sa marche arrière.

– La fille avec qui tu discutais. Paige McGinley.

– Oh, Paige ! On a grandi ensemble sur l'île. C'est une vieille copine. On peut dire qu'elle a gravi les échelons sans perdre de temps, hein ? Impressionnant. Tu travailles pour elle ?

*Formidable*, pensa Eliza. Tout à fait ce qu'elle avait besoin d'entendre. Jeremy fraternisait avec l'ennemi.

– C'est une longue histoire.

– Ah oui ? Qu'est-ce que j'ai raté ? demanda-t-il, car il était arrivé à la soirée trop tard pour assister à son entrée de star.

– Rien, rien, répondit-elle en secouant la tête. À ce moment précis, elle n'avait pas envie d'entrer dans les détails.

# Mara a le sens de l'humour à marée basse

Le café crème mousseux fut un remontant parfait et, armée des renseignements e-mailés par Eliza, Mara se sentait débordante d'énergie, prête à passer une nuit blanche sur son article. Elle rentra à pied du Starbucks jusqu'au port de Sag Harbor. Les bateaux se balançaient doucement, et Mara parcourut toute la longueur du quai avant de réaliser qu'elle avait dépassé leur emplacement... Où était passée *La Négligence* ? Elle arpenta la jetée de long en large et finit par comprendre : elle n'était plus là, tout simplement.

Le voilier – et, encore plus important, son ordinateur – avait disparu !

*Volé !* Ce fut la première pensée qui lui vint à l'esprit... Vite, il fallait appeler les secours ! Ryan n'avait pas pu venir à la soirée, il était arrivé quelque chose de terrible ! Il fallait qu'elle aille signaler un détournement de bateau ! Son imagination s'emballa sur des images de dealers colombiens et de trafiquants d'armes arraisonnant le yacht pour mener à bien leurs sinistres intentions ! Pendant un moment, elle fut absolument persuadée que Ryan avait été kidnappé !

Une minute plus tard, elle se rendit compte qu'elle était complètement ridicule. Le bateau n'avait été ni piraté ni volé.

De toute évidence, Ryan était parti faire une petite expédition nocturne. Quelque chose lui disait qu'il avait trouvé cela plus important que d'aller la retrouver à la soirée.

Elle composa frénétiquement son numéro sur son BlackBerry. Son ordinateur était à bord, et elle n'avait plus que quelques heures pour rendre son article. Mais il n'y avait pas de réseau dans la baie. Mara tomba sur une voix synthétique qui lui délivra ces informations : « Votre correspondant ne peut pas être joint pour le moment. Veuillez vérifier le numéro et réessayer ultérieurement. »

Eh merde.

Elle regarda désespérément autour d'elle et vit les jeunes du bateau d'en face quitter leur emplacement sur deux jet-skis.

– Vous sortez dans la baie ? leur demanda-t-elle.

– Ouais, quelqu'un fait une fête monstre sur un yacht.

Voilà qui ressemblait bien à Ryan.

– Vous pouvez m'emmener ?

– Monte.

Ils sillonnèrent les eaux jusqu'à repérer *La Négligence*. Les projecteurs étaient allumés et on distinguait une soirée de folie en plein boum. Les basses résonnaient à fond dans les enceintes du yacht. Plusieurs personnes en gilet de sauvetage s'amusaient à sauter du plongeoir à la poupe du navire. Quelqu'un escaladait le grand mât pour hisser un drapeau de pirates.

Le jet-ski se rangea à côté du bateau, et Mara grimpa sur le pont. Elle bouillait de rage. Elle jura que dès qu'elle mettrait la main sur lui, elle allait… elle allait…

– Mara !

Ryan la prit dans ses bras.

– Te voilà ! Je t'ai laissé plein de messages.

Il avait un énorme sourire aux lèvres et un bock de bière encore plus énorme à la main.

– Ça m'aurait embêté que tu rates la première grosse fête de l'été.

Il avait l'air absolument fou de joie de la voir, et lui planta un gros baiser sur la bouche.

*Quels messages ?* se demanda Mara. Elle n'avait pas reçu un seul appel de lui.

– Tu n'es pas venu au défilé, l'accusa-t-elle.

– Je me suis endormi, fit-il, penaud. À l'heure où je me suis réveillé, je savais que ce serait terminé. Et puis Tinker et ses sœurs sont passées, on a appelé d'autres gens... et puis on est allés chercher des bières... et...

*Et vous avez décidé de faire la fête du siècle,* pensa Mara. Ça avait l'air plutôt marrant en effet, mais elle n'avait pas le temps pour la rigolade. Elle était charrette.

– Allez, viens te servir un verre, dit Ryan.

– Tu m'as *plantée*, dit Mara dont la colère ne s'apaisait pas si facilement.

– Mais de quoi tu parles ?

– Je suis arrivée sur le quai et il n'y avait plus rien... ce bateau, c'est *ma maison*, Ryan, tu ne comprends pas ? Pour l'été. C'est *chez moi*. Mon ordinateur est ici. Et j'ai du boulot. Je me suis pointée, et le bateau n'était plus là, et...

– Attends, attends... je t'ai laissé le numéro du bateau-taxi sur ta boîte vocale. Tu n'as pas eu mes messages ?

– Non.

– Mais je n'ai pas arrêté de t'appeler, insista-t-il, perplexe.

– Tu as appelé sur mon BlackBerry ou à mon ancien numéro ? demanda-t-elle. Je t'ai dit de ne m'appeler que sur mon téléphone professionnel. Je ne me sers plus du vieux.

– Oh, fit-il avec un sourire coupable. J'ai oublié.

Elle se détourna de lui. Lui arrivait-il de l'écouter ? Et quand allait-il arrêter de traîner avec des jolies filles pendant qu'elle était au boulot ? Avait-il au moins conscience du sale effet que cela lui faisait ?

Sans ajouter un mot, elle descendit dans le cockpit comme une furie, plantant là Ryan sur le pont, peiné et énervé.

– Mara, allez, ne le prends pas comme ça !

Un couple d'invités se pelotait sur le canapé du salon, mais c'est à peine si elle le remarqua. Elle fila droit dans la chambre, claqua la porte et s'assit à son bureau. Elle alluma l'ordinateur d'un geste vengeur.

Quand elle aurait fini son papier, elle allait le *tuer*. Mais d'abord, il fallait qu'elle passe quelques coups de fil.

# Qui a tout... a beaucoup à perdre

– Allez, quoi, qu'est-ce qui ne va pas ? (Jeremy passa la main dans son épaisse chevelure châtain bouclée et tendit la lèvre supérieure vers Eliza.) Qu'est-ce que j'ai fait pour mériter la soupe à la grimace ? demanda-t-il, déconcerté par son attitude. Je croyais que tu passerais la nuit chez moi, ajouta-t-il, légèrement blessé par le changement de programme.

Eliza garda le silence. *Paige McGinley. Juste une vieille copine. On a grandi ensemble sur l'île*, ruminait-elle. Génial. La femme qui venait de lui imposer l'humiliation de sa vie était « une vieille copine » de son amoureux. Rien n'aurait pu être pire pour le moral d'Eliza.

Elle avait prévu de rester chez Jeremy, dans son appartement de Montauk : elle avait déjà raconté à ses parents qu'elle dormait chez une amie, elle était couverte. Elle avait même déposé un petit sac d'affaires contenant sa parure de lingerie à l'arrière de la camionnette ce matin.

Elle s'était dit qu'après un coup d'éclat tellement triomphal au défilé, elle couronnerait la soirée en perdant sa virginité. Et elle en avait *vraiment* eu l'intention ; mais maintenant que son ego était piétiné, elle n'en avait plus envie pour ce soir. Tout ce qu'elle voulait, là, c'était engloutir un pot de glace Ben & Jerry's et s'endormir devant *Room Raiders*.

Jeremy laissa le moteur tourner dans l'allée devant chez elle, tous feux éteints.

– Tu es sûre que tu ne veux pas venir ?

Il posa une main sur son genou qu'il se mit à masser. Ses doigts forts descendirent le long de ses mollets en pétrissant doucement les muscles.

Eliza hésita. Elle en avait envie... mais elle voulait que leur première fois soit parfaite, et pour elle la soirée était déjà gâchée.

– J'aimerais bien, mais j'avais oublié : j'ai promis à mes parents d'aller observer les oiseaux avec eux demain, il faut que je me lève tôt, dit-elle à regret.

C'était un pur mensonge. Son père l'avait effectivement invitée à se joindre à eux, sauf qu'elle avait déjà décliné.

Il ôta la main de son genou et la passa autour de ses épaules, l'attirant pour la serrer contre son torse. Ses doigts lui caressèrent le bras avec légèreté, lui envoyant des décharges électriques le long de l'échine.

– Allez, reste avec moi. Je veux te montrer mon nouvel appartement. J'ai fait le ménage rien que pour toi, dit-il d'une voix rauque.

À ces mots, Eliza sentit qu'elle commençait à fondre. Elle ferait mieux de le suivre ; Paige n'avait qu'à aller se faire voir. Mais soudain, le souvenir de Jeremy embrassant l'ennemie gâta cet instant et raffermit sa volonté.

– Je ne peux pas. J'aimerais bien. La prochaine fois, d'accord ? conclut-elle en l'embrassant rapidement sur les lèvres. Je t'appelle.

Elle lui fit un signe de la main depuis les marches de l'entrée et regarda la camionnette disparaître derrière les haies du passage privé qui menait chez elle. En entrant, elle trouva ses parents qui l'attendaient dans la cuisine. Son père tenait une liasse de relevés de carte de crédit.

– Salut m'man, salut p'pa, dit-elle en leur posant une bise rapide sur la joue.

– Je croyais que tu dormais chez Taylor ? s'étonna sa mère.

– Changement de programme, fit gaiement Eliza. Qu'est-ce que vous faites debout à cette heure-ci ?

– Nous avons reçu un appel d'American Express aujourd'hui.

Eliza hocha la tête en ouvrant le tiroir en acier inox du frigo. Elle farfouilla à la recherche des pots de glace qu'elle était sûre d'y trouver. Elle dénicha un demi-litre de Phish Food et l'attaqua à la cuillère, à même la boîte.

– Tu as acheté une carte Marquis Jet ? demanda sa mère. Et je t'en prie, prends un bol. Tu as été élevée dans une étable ?

– M-mm, opina-t-elle en enfournant une cuillerée.

– L'étable ou la carte Jet ?

– Jet, dit Eliza d'une voix déformée par la glace.

– Et tu as affrété un hélicoptère de New York à East Hampton aujourd'hui ?

– M-mm, répéta-t-elle en léchant la cuillère.

– Depuis quand es-tu autorisée à être aussi extravagante ? Cette carte, c'est pour les *urgences*, poursuivit sa mère avec emphase.

Mais *c'était* une urgence... ou du moins, c'était son impression ce matin.

– Papa et toi, vous avez NetJets, alors je me suis dit... se défendit Eliza, rappelant à ses parents qu'ils étaient eux aussi abonnés à un service de jets privés.

– Eliza, nous t'avons déjà acheté une voiture pour cet été. Tu passes les bornes. Les jeunes filles de dix-huit ans ne louent pas d'hélicoptères privés. Nous avons résilié ton compte, lui dit sa mère d'une voix basse et glaciale. Papa et moi, nous nous sommes aussi aperçus que toutes tes autres cartes de crédit avaient déjà atteint leur plafond. Ces cartes, c'était ton argent de poche pour toutes les vacances.

*Houlà.*

– Il faut absolument que tu apprennes la valeur des choses. Tu ne peux pas jeter l'argent par les fenêtres. C'est exactement ce genre de comportement qui nous a attiré des ennuis. Tu vas devoir me rendre les cartes, dit sa mère d'un air sévère.

– Toutes ? demanda Eliza, catastrophée.

Elle lança à son père un regard malheureux. Il la laissait toujours faire tout ce qu'elle voulait, et l'argent n'était jamais un problème lorsqu'il s'agissait de sa petite fille. Mais cette fois, il se contenta de secouer la tête en l'évitant du regard. Ça craignait un max. D'habitude, c'était sa mère qui était stricte, mais alors là, si son père était fâché aussi, elle était carrément mal. Et surtout, elle était pauvre. Comment allait-elle pouvoir s'en sortir sans l'aide de ses amies Visa et Mastercard ?

– Toutes, insista sa mère en lui tendant la main, paume ouverte.

– Mais comment je vais faire pour avoir un peu de liquide ? s'inquiéta Eliza en tirant de son sac ses cartes chéries.

– Tu as ton indemnité de stage, lui rappela sa mère.

– Plus maintenant, avoua-t-elle, l'estomac révulsé de déception et de frustration.

Elle donna un violent coup de cuillère dans sa glace, projetant en l'air un gros morceau qui alla s'écraser sur le sol de mosaïque.

– Merde ! jura-t-elle.

– Que s'est-il passé ? demanda sa mère avec une inquiétude visiblement sincère. Je croyais que tout se passait à merveille, tu disais que tu adorais ce que tu faisais ?

– Je préfère ne pas en parler maintenant, répondit Eliza calmement. C'est compliqué.

Elle se remit à pelleter furieusement sa glace.

– Eh bien ma chérie, tu vas devoir te trouver un nouveau job si tu veux de l'argent cet été, lui dit sa mère.

Le ton de sa voix indiquait que le tribunal parental avait rendu sa décision, et que le jugement était sans appel.

# Anna, l'épouse qui criait au loup !

Peu après seize heures trente le lendemain, Jacqui, Shannon et les enfants venaient de rentrer de la plage lorsque Laura pénétra dans la cuisine, visiblement nerveuse.

- Il y a quelqu'un à la porte, dit-elle.

Jacqui aidait Cody à retirer son masque de plongée et Shannon ramassait les serviettes mouillées. La voix de Laurie leur fit lever la tête. Les enfants s'égaillèrent dans leurs chambres en laissant des traces d'eau et de sable sur le parquet en zebrano.

– Qui est-ce ? demanda Jacqui.

– Un homme. Il veut parler à Anna.

Jacqui haussa les épaules.

– Tu lui as dit que quelqu'un voulait la voir ?

– Elle est en plein soin du visage, expliqua Laurie.

Anna avait récemment pris l'habitude coûteuse du spa à domicile. Une fois par semaine, une esthéticienne, une masseuse et une manucure venaient la pomponner chez elle.

– Je lui ai dit de revenir dans une heure, mais il ne veut pas bouger d'ici. Il affirme que c'est important.

Laurie tortillait nerveusement les bouts de sa chemise de coton unie.

– Tu veux que j'aille la prévenir ? demanda Jacqui, comprenant soudain ce que Laurie attendait d'elle.

Cette dernière opina d'un air soulagé.

– Tu veux bien ? Elle m'a avertie qu'elle ne voulait voir personne, et si je dis quoi que ce soit j'ai peur qu'elle...

Jacqui se leva et haussa les épaules.

– Ça m'est égal. Je ne vais pas me mettre la tête au court-bouillon.

– La rate, la corrigea Shannon en pouffant de rire. La rate au court-bouillon.

Jacqui toqua doucement à la porte de la chambre d'Anna. Des sons de ruisseau cascadant, de carillons à vent, de chants de baleines s'échappaient de la pièce.

– Anna, il y a quelqu'un à la porte qui demande à vous voir.

Pas de réponse.

– Anna ? Anna ?

Soudain, la porte s'ouvrit avec fracas et Anna apparut dans son peignoir en éponge blanc, la face couverte d'un masque grumeleux à base d'avocat.

– Qu'est-ce qu'il y a ? J'ai dit à Laurie que je ne voulais pas être dérangée, siffla-t-elle.

– Il y a un homme... à la porte... Il prétend qu'il doit absolument vous voir... On lui a dit de revenir plus tard, mais il refuse de s'en aller, expliqua Jacqui, soudain aussi nerveuse que Laurie.

– Il se prend pour qui ? murmura Anna d'un air mauvais en descendant bruyamment l'escalier qui menait dans le hall.

Elle ouvrit la porte. Un homme en costume sombre et lunettes noires attendait patiemment sur le seuil.

– Oui ?

– Anna Perry ? demanda-t-il.

– Elle-même, répondit-elle avec hauteur.

– Madame est servie, dit-il en lui tendant une épaisse enveloppe jaune. Bonne fin de journée.

Il la salua en portant la main à sa tempe et s'éloigna.

– Quoi ? s'exclama Anna en blêmissant autant que c'était possible sous son masque.

Elle déchira l'enveloppe et en sortit un document épais de plusieurs pages.

– QUEL CONNARD ! hurla-t-elle.

Elle jeta les papiers en l'air, traversa en coup de vent la pluie de feuilles qui retombaient comme des confettis, et monta reprendre ses soins de beauté.

– Je n'arrive pas à croire qu'il m'ait prise au pied de la lettre.

Jacqui grimaça.

Shannon, planquée dans le couloir de la cuisine, regarda Jacqui d'un œil interrogateur.

– Qu'est-ce qui s'est passé ?

– Je crois que Kevin vient de demander le divorce, dit Jacqui en ramassant les papiers éparpillés. Va surveiller les enfants dehors. Ne leur dis pas un mot de tout ça !

Elle lut une page en diagonale. *Contrat en vue de la division prédéterminée des avoirs, accords de pension alimentaire ou autres pensions et/ou allocation des frais d'avocat associés à la dissolution du mariage.*

Elle feuilleta la seconde liasse. C'est seulement en voyant les signatures au bas de la dernière page qu'elle commença lentement à comprendre ce qu'elle avait entre les mains. L'accord prénuptial d'Anna et Kevin Perry !

Elle le parcourut des yeux et tomba sur un paragraphe encerclé et marqué d'une flèche. Un avocat avait griffonné dans la marge : *Jusqu'au 26 août.*

La clause encerclée stipulait que si Kevin et Anna restaient mariés moins de cinq ans, Anna ne recevrait pas un centime à la suite du divorce. À New York, c'est ce qu'on appelait la « clause Trump », en référence à Donald Trump. Le milliardaire était célèbre pour avoir plaqué Marla Maples à un mois de leur cinquième anniversaire de mariage afin de ne rien lui devoir. Si Anna parvenait à s'accrocher au-delà de cinq ans, elle recevrait la moitié de tout. Dans le cas contraire, elle n'aurait rien.

Jacqui sentit son estomac se serrer. Anna était sur le point de se faire Trumper !

Kevin l'avait fait ! Elle lut le premier paragraphe. Dans les *causes de dissolution*, l'avocat avait coché *maltraitance physique* et citait l'*usage excessif de la force* (ouais, une oreille tirée) ayant entraîné un *traumatisme majeur* (c'est-à-dire un cartilage cassé) et une *mise en danger de l'intégrité physique* (mais ce n'était qu'une petite infection !)

Puis la réalité s'abattit sur elle : si les Perry divorçaient, Kevin prendrait les enfants (ils étaient presque tous à lui), et si Anna était ruinée, Jacqui se retrouverait au chômage. Elle ne pourrait pas redoubler le lycée et devrait rentrer au Brésil. Pas de New York, et certainement pas de NYU. L'été sans stress et sans soucis c'était fini. Un divorce, ça craignait totalement. Non seulement cela ferait de Jacqui une SDF à l'automne, mais les enfants ne s'en remettraient jamais : ils en avaient déjà trop vu quand Kevin avait divorcé de sa première femme.

Jacqui avait entendu dire que Zoé n'avait pas prononcé un mot pendant six mois. Madison s'était réfugiée dans la boulimie, et c'était à cette époque que William avait commencé à montrer des signes d'hyperactivité. Ils s'étaient enfin stabilisés avec Anna comme belle-mère... qu'allaient-ils devenir lorsque Kevin la chasserait de leurs vies ? Et ce pauvre Cody qui ne pourrait plus voir ses demi-frères et sœurs ! Jacqui sentit un trou se creuser dans son estomac. Elle ne savait pas qui, des enfants ou d'elle-même, était le plus à plaindre. Par la baie vitrée, elle voyait les enfants jouer gaiement dehors sans se douter de la destruction imminente qui menaçait leur cellule familiale.

Elle replaça les papiers dans leur enveloppe et se dirigea vers la piscine. Tout tourbillonnait dans sa tête. Son problème n'était plus seulement d'avoir échoué à entrer à la fac ; à présent, elle allait devoir simplement se battre pour ne pas sombrer. Jacqui inspira profondément. Heureusement, elle avait toujours été bonne nageuse.

# Mara est verte de jalousie

Quelques semaines après le défilé de mode, Jacqui, Mara et Eliza sortirent dîner pour permettre à Jacqui de fêter son jour de paie. Mara se souvenait avec affection des grosses enveloppes remplies de billets, elle qui ne touchait plus que le virement anémique accordé aux reporters en herbe. Même si les à-côtés du métier compensaient son manque à gagner, une partie d'elle-même regrettait ces épaisses liasses de liquide net d'impôt qui tombaient toutes les trois semaines.

Les trois filles étaient installées sur les banquettes de chez Lunch. Elles avaient commandé les fameux feuilletés au homard du restaurant et un pichet de bière à se partager. C'était surtout Jacqui qui parlait ; Eliza était d'un calme inhabituel, beaucoup moins tapageuse que d'habitude, et Mara était préoccupée par ses relations avec Ryan.

Il y avait encore un peu d'animosité entre eux depuis l'autre matin, quand Mara, au réveil, avait constaté qu'ils dérivaient au large du port. Ryan avait oublié de vérifier les amarres qui les rattachaient au quai, et elles s'étaient détachées pendant la nuit. Il avait fallu appeler le yacht-club pour être remorqués vers la terre ferme ; Mara était arrivée en retard au boulot, et elle s'était faite attraper par sa patronne.

Une politesse empruntée s'était abattue sur leur relation, et tous deux marchaient sur des œufs en présence l'un de l'autre. Cette ambiance glaciale l'inquiétait. Être avec quelqu'un, c'était vraiment du travail. Ils étaient loin de la lune de miel dont elle avait rêvé et cette situation l'angoissait. Ryan était ce qui lui était arrivé de mieux dans la vie, mais elle était ennuyée qu'il ne comprenne pas sa contrariété.

Elle avait réussi à retrouver les bonnes grâces de Sam Davis en rédigeant un excellent article sur le tournoi de softball – une sorte de baseball amateur – entre les Écrivains et les Acteurs. Elle avait attribué aux célébrités des surnoms rigolos (pour le corpulent Alec Baldwin, elle avait trouvé Le Batteur d'Œufs). Mara s'y connaissait un peu en softball ; ses fines observations sur la manière dont ce jeu de jardin était devenu, simplement à cause des participants, un sport à gros sponsors retransmis sur le câble, étaient drôles et bien tournées.

Jacqui était en train de raconter comment les garçons du site web avaient loué un avion pour qu'il écrive son nom dans le ciel lorsque Mara remarqua une silhouette bien connue qui entrait nonchalamment dans le restaurant. Cette fois, sa voisine ne portait pas son fameux bikini bleu : Tinker était vêtue d'un débardeur ultramoulant et d'un minishort en jean effrangé.

Elle passa devant la table et salua Mara.

– Je peux me joindre à vous ? demanda-t-elle avec son sourire amical. Je crois que ma sœurette est en retard.

– Bien sûr, dit Mara sans conviction en enfournant une énorme bouchée de feuilleté de homard. (Elle essuya sur ses lèvres l'excès de mayonnaise avec sa serviette en vichy.) Les filles, je vous présente Tinker. Elle habite sur le bateau à côté du nôtre à Sag. Tinker, voici Jacqui et Eliza.

– Cool. D'où est-ce que vous vous connaissez ?

– On a été au pair ensemble il y a quelques années, répondit Eliza.

– Ah je vois, fit Tinker en se tournant vers Mara. Ryan m'a dit qu'il sortait avec la nounou de ses petits frères et sœurs.

Mara sentit le rouge lui monter aux joues. À la manière dont Tinker avait prononcé « nounou », on avait l'impression qu'elle avait pris ce job uniquement pour séduire le grand frère sexy des gosses de riches.

– Où as-tu rencontré Ryan ? demanda Jacqui, curieuse.

– On est dans la même confrérie mixte à Dartmouth, expliqua Tinker en piquant une poignée de frites à Mara. On se marre trop. C'est Ryan le président.

– Quelle confrérie ? voulut savoir Eliza.

Tinker le lui dit.

– Vous faites toujours la Nuit à Poil ? demanda Eliza qui avait quelques connaissances sur les pratiques culturelles des universités huppées.

– La Nuit à Poil ? répéta Mara en avalant sa bière de travers.

– Ouais, c'est une nuit dans l'année où tous les membres de la confrérie passent la soirée complètement à poil. Il paraît que c'est trop délire. Le grand frère de Lindsay est allé à Dartmouth, il nous en a parlé, précisa Eliza en ramassant les miettes de feuilleté de homard tombées sur son assiette en plastique.

– Oh mon Dieu, ça, c'est carrément la folie, s'esclaffa Tinker comme si elle pensait à un très vilain secret.

– Ah vraiment, fit Mara, glaciale. Raconte-nous donc.

– Alors d'abord, on traverse le campus en courant tout nus, et puis il y a un Jacuzzi dans le sous-sol du club et on se savonne tous dans les bulles. Les photos sont à mourir de rire. (Tinker gloussa.) On est tellement bourrés que ça fait peur. C'est un miracle que personne ne se soit jamais noyé dans le Jacuzzi.

– Je n'en doute pas, ironisa Mara. Et qu'est-ce que vous faites d'autre dans cette confrérie ?

– L'hiver, il y a une grande chasse au trésor dans les bois. Tous les trésors, c'est de l'alcool. À la fin, tout le monde est tellement torché qu'il y en a qui s'écrivent leur adresse sur le bras : *Si vous me trouvez, merci de me ramener au zoo.* Une fois, je me suis réveillée dans un pré. Aucune idée de comment j'étais arrivée là. En tout cas, cette année c'est moi qui l'organise avec Ryan. C'est triste, dit-elle en roulant des yeux, mais il n'y a pas grand-chose à faire dans le New Hampshire, alors il faut bien qu'on crée des distractions. Ce qui veut dire beaucoup de bière... On organise des voyages, aussi.

– Oh.

– L'hiver dernier, on est tous allés à Stowe. On est quelques-uns à faire partie de l'équipe de ski. On a fait du snowboard ensemble. Ryan est vraiment bon. Mais ça, tu le sais : Ryan est bon en tout.

*Ben voyons*, pensa Mara. Il l'avait invitée à ce voyage. Mais elle avait poliment décliné, car elle ne savait pas skier et n'avait eu aucune envie de se ridiculiser à la montagne.

Elle regarda Tinker. C'était une des plus jolies filles qu'elle eût jamais vues : grande, longiligne, des traits scandinaves, le front haut, les cheveux d'un blond doré, les yeux bleu pervenche. Une fille sexy dans la confrérie de Ryan, qui savait skier et pratiquait le snowboard, qui aimait organiser des chasses au trésor dans les bois. Belle... et *athlétique*. Apparemment, Tinker faisait beaucoup de choses que Ryan avait toujours voulu voir Mara faire. Mara ne pouvait partager aucune des activités sportives de Ryan, vu qu'elle avait l'aisance et l'agilité d'un homard.

Que s'était-il passé au juste dans le Vermont pendant ces vacances au ski ? Sans parler de la Nuit à Poil ? *Dans le Jacuzzi ?*

Elle se demanda si elle devait s'inquiéter. *Mais c'est toi qui passes l'été avec lui sur le bateau*, se remémora-t-elle. Pas Tinker. Et même si elle et Ryan étaient un peu en froid en ce moment, ils finiraient par se réconcilier. Comme toujours.

La sœur de Tinker finit par arriver, et cette dernière prit congé en agitant la main. Elle fit promettre à Mara de venir visiter son bateau avec Ryan pendant le week-end.

– Elle a l'air sympa, hasarda prudemment Jacqui.

Mara fit la grimace.

– Allons, la rassura Eliza. Tu est bien plus jolie qu'elle. Et je te parie que ses seins sont des faux. C'est Silicone City.

À certains moments, comme celui-ci, Mara était heureuse qu'Eliza ait la langue si bien pendue.

– Pas de quoi t'inquiéter, tu sais ? Ce n'est pas du tout le genre de Ryan, remarqua Jacqui.

– Ah bon, et pourquoi ? demanda Mara, sceptique.

– Eh bien pour commencer, elle ne te ressemble pas du tout, dit Jacqui avec sagesse.

L'addition arriva et Mara dégaina sa carte de crédit. Eliza

farfouilla dans son sac, puis regarda ses amies, les mains vides, le rouge au front.

– Les filles, vous pouvez me l'avancer ?

– Bien sûr, acquiesça Mara. Pourquoi, tu as perdu ta carte de crédit ?

– Laisse, j'ai ce qu'il faut, dit Jacqui en rendant sa carte à Mara et en tirant de la grosse enveloppe un billet de cent dollars. *Chicas*, c'est ma tournée.

Quand la serveuse eut emporté le billet, Eliza leur conta sa triste histoire.

– Ils t'ont virée ? demanda Jacqui, atterrée.

– Mais tu as fait la couverture de *Dan's Papers* ! objecta Mara.

– Ils t'ont *virée* ? répéta Jacqui, encore sous le choc.

Eliza opina.

– Et quand mes parents ont appris pour la location de l'hélicoptère, ils m'ont confisqué les cartes. Je suis officiellement fauchée.

– Qu'est-ce que tu vas faire ?

Eliza brandit un formulaire d'embauche qu'elle avait pris à la réception en entrant dans le restaurant.

– Tu vas travailler *ici* ? Chez Lunch ? s'étrangla Mara.

Eliza Thompson, le cauchemar des serveuses avec ses exigences compliquées à chaque fois qu'elle commandait une salade, allait servir des clients elle-même ? Ou, plus invraisemblable encore, travailler dans une cuisine surchauffée ?

– Oui eh bien, ils embauchent... et quand on est à la rue, on ne choisit pas, dit-elle avec un rire lugubre. Au moins, je ne crèverai pas de faim.

# Quand on cherche à se perdre...

Plus tard ce soir-là, Jacqui était invitée chez les trois nababs du web. Ils donnaient une soirée au château pour fêter leur dernier triomphe : suite à une augmentation de capital, leurs actions avaient doublé de valeur. Les garçons s'étaient surpassés : la maison était remplie de fêtards de premier ordre, il y avait trois bars à cocktails complets dans le patio avec d'énormes sculptures de glace en forme de « Shocker », et les Killers devaient donner un concert dans la salle de bal.

Jacqui sonna à la porte, mais en cet instant précis, même la perspective de toute une nuit de réjouissances n'aurait pu lui remonter le moral. Kevin avait tenu parole ; il avait rempli les papiers et envoyé un assistant dans les Hamptons prendre ses affaires pour les rapporter chez eux en ville. Il y avait deux semaines qu'il était parti.

Anna avait demandé à Jacqui de ne rien dire aux enfants. Elle ne voulait pas les perturber et il lui fallait un peu de temps pour réfléchir à ce qu'elle allait faire.

– Ne t'inquiète pas, je vais trouver une solution, lui avait-elle dit.

Mais dans l'ensemble, Anna ne semblait pas faire quoi que ce soit pour sauver son mariage. Au contraire, elle écumait les boutiques avec une rage vengeresse. Pas un jour ne se passait sans qu'elle rentre chez elle chargée de sacs de shopping. Quand les enfants demandaient à Jacqui pourquoi leur papa n'était jamais à la maison, elle était obligée de mentir en inventant un voyage d'affaires. L'ambiance à la maison était de plus en plus tendue, entre Anna qui s'enfermait dans sa chambre pendant des heures avant de ressortir en reniflant, les yeux rougis, et les enfants qui réclamaient leur père.

Heureusement pour Jacqui que les trois garçons étaient là : leurs joyeuses pitreries lui faisaient oublier tous ses problèmes. Visiblement, tous les trois étaient attirés par elle, et c'était un spectacle très distrayant que de les voir cravacher pour arriver en tête ; mais comme ils la suivaient comme son ombre en permanence, elle aurait été bien en peine de dire lequel faisait battre plus vite son cœur.

Elle sonna de nouveau, impatiente d'entrer prendre un verre pour noyer ses soucis.

La porte s'ouvrit sur Ben Defever. Sa bonne tête s'illumina d'un sourire lorsqu'il la vit, mais tout de suite son front se plissa d'inquiétude.

– Qu'est-ce qui ne va pas ? demanda-t-il en remarquant son agitation.

– C'est rien... oh, Ben ! dit-elle d'un ton misérable.

– Allez viens, dit-il. On va trouver un endroit tranquille pour parler.

Jacqui hocha la tête et ils fendirent la foule jusqu'à l'escalier de derrière. Ben posa une main légère dans son dos et l'entraîna au dernier étage de la maison. Sa chambre se trouvait du côté nord.

Elle s'assit au bord de son lit et se prit la tête entre les mains.

– Vas-y, dis-moi ce qui te chagrine, l'encouragea Ben en lui tendant un verre de sangria.

– J'en peux plus, dit-elle tristement en pensant au divorce imminent des Perry et à son problème de redoublement. Elle but une longue gorgée et regarda autour d'elle, comme si la réponse à tous ses problèmes était à portée de main. Pour une chambre de garçon, celle-ci était étonnamment bien rangée, spartiate et immaculée. Pas une chaussette sale ni une serviette mouillée en vue. Quelques guitares étaient empilées contre le mur.

– Des problèmes avec tes patrons ? demanda Ben.

Jacqui se tourna vers lui en souriant faiblement.

– Ouais, plus ou moins. C'est beaucoup de pression de bosser pour eux. Et on ne peut pas être partout, tu vois ? Mais ils veulent que je fasse tout. Parfois, j'ai l'impression d'être seule à tenir cette famille à bout de bras, et ce n'est même pas ma famille. *Merda*.

Ben opina avec compassion.

– Je sais. Ça craint. Je ressens la même chose, pas avec ma famille, mais avec la boîte. C'est moi qui ai eu l'idée du site et qui en rédige une grande partie, en plus de superviser le marketing, et je n'arrive pas à déléguer. Parfois, je suis complètement lessivé.

– Moi aussi.

– Mais ça s'arrangera. Il faut juste que tu prennes une seconde pour souffler. (Ben inspira profondément et expira.) Tu laisses entrer l'air, et tu pousses pour le faire sortir.

Jacqui suivit son exemple. Pendant quelques minutes, la

chambre fut plongée dans le silence. On n'entendait que le son de leurs exercices de respiration.

– Tu as raison, c'est vrai que ça fait du bien.

– Si tu as besoin de parler, n'importe quand, tu peux venir me voir, tu sais, dit-il timidement.

– T'es trop gentil, murmura-t-elle en l'entourant de ses bras, comme ça, sur une impulsion.

Elle enfouit son visage dans le coton tiède de sa chemise et sentit battre son cœur à travers le tissu. C'était simplement agréable d'être tout contre quelqu'un. Ben était un garçon formidable, il comprenait vraiment ses sentiments. Il la serra un moment dans ses bras, puis s'éclaircit la gorge. Il la regarda, hésitant, comme s'il venait juste de réaliser qu'elle s'accrochait à lui.

– C'est agréable, chuchota-t-elle.

– Désolé, bredouilla Ben. Je...

Il voulait s'excuser de l'avoir enlacée si longtemps, mais bientôt les excuses ne furent plus nécessaires. Jacqui ayant approché son visage du sien, il se décida plutôt à l'embrasser, non sans avoir retiré ses lunettes.

Jacqui ferma les yeux, posa une main tiède sur sa joue brûlante et caressa sa barbe de trois jours. Ses lèvres étaient douces et chaudes, il sentait les fraises et la bruyère. *Fort et sensible... exactement ce qu'il me faut, docteur*, pensa Jacqui.

Ils se séparèrent d'un bond lorsqu'on frappa à la porte.

– Yo, Defever ! Jacqui est là ? Quelqu'un dit qu'il l'a vue monter, appela Duffy de sa voix grave. Tu nous la planques ?

Jacqui et Ben échangèrent un regard coupable.

– Ouais, elle est là, confirma Ben à regret.

Duffy surgit dans la pièce en frétillant des sourcils.

– Qu'est-ce que vous fabriquez là-dedans ? demanda-t-il, soupçonneux.

– Je montrais à Jacqui... euh... mon téléscope. Vénus se lève, mentit Ben en montrant du geste la lunette astronomique installée à côté de la fenêtre.

Jacqui acquiesca. Vénus ? Était-ce une allusion ? La déesse de l'Amour ? Ben lui fit un clin d'œil et elle le lui rendit, mais déjà Duffy la tirait par la main pour la faire lever du lit.

– Allez, c'est en bas, la fête, la pressa-t-il.

– D'accord, consentit Jacqui.

Maintenant qu'elle avait parlé avec Ben, elle se sentait mieux et elle était prête pour les déconnages délirants de Duffy. Ce dernier descendit l'escalier au galop, mais au lieu de l'entraîner dans le tohu-bohu de la fête, il lui fit traverser la salle de bal et le patio arrière jusqu'à une petite voiture de golf garée derrière la maison.

– Monte, l'invita-t-il en se glissant sur le siège conducteur.

– On va où ? demanda-t-elle, légèrement amusée.

– Tu vas voir.

Il eut un grand sourire en emballant le moteur.

– C'est ça, vas-y, continue, le taquina-t-elle.

Ils traversèrent le parc des Reynolds en un éclair, la petite voiture bondissant sur la pelouse.

Il se tourna vers elle et lui proposa une Thermos qu'il avait tirée de sa veste.

– À boire ?

Jacqui prit une gorgée au goulot. Du punch bien corsé en rhum. Elle se blottit avec bonheur contre lui. Il lui faisait penser à un chiot tout fou, et elle avait un faible pour les créatures amicales.

– Ça va à quelle vitesse, ce truc ?

Pour toute réponse, Duffy mit le pied au plancher et Jacqui poussa un cri strident alors qu'ils dépassaient à toute allure les courts de tennis et les bungalows d'invités pour rejoindre la plage privée de la propriété.

– Tu veux conduire ? demanda-t-il en élevant la voix pour couvrir le bruit des vagues qui s'écrasaient sur la grève.

– Quoi ? Non !

Trop tard. Duffy avait levé les mains du volant, et Jacqui hurla en essayant de diriger le véhicule.

– T'es dingue ! cria-t-elle, mais elle s'amusait trop pour être en colère, et ils continuèrent à zigzaguer jusqu'à ce que Duffy serre les freins.

Ils s'arrêtèrent tellement brutalement que Jacqui fut précipitée dans ses bras et qu'ils tombèrent de la voiture pour atterrir dans le sable, emmêlés l'un à l'autre. Ils riaient tous les deux en roulant sur la grève.

– Tu as failli nous tuer ! s'écria-t-elle en simulant la fureur.

– Oh, allez ! Tu as adoré ! la taquina-t-il.

La lune était pleine, la plage était déserte. Leur seule compagnie était une troupe de mouettes volant bas au-dessus de l'eau ou arpentant la plage.

– Quel calme, ici, apprécia-t-elle, toujours allongée sur lui.

– Ouais... moi non plus, j'aime pas trop la foule.

Il sourit en la regardant. Le vent soufflait dans ses cheveux et le froid lui rougissait les joues.

– Quel menteur ! Vous n'arrêtez pas de faire des fêtes, lui rappela-t-elle, charmée quand même.

Elle lui donna un coup sur l'épaule.

– *Ouille !* glapit-il. Toi...

Et sans lui laisser une seconde, il se mit à la chatouiller. Elle rit si fort qu'elle attrapa le hoquet.

– Oups, fit-elle, gênée.

– Bouche-toi le nez. Bouge pas, je vais le faire, dit-il en lui pinçant le nez entre le pouce et l'index.

– Je beux blus rezpirer, articula-t-elle entre deux rires.

Elle repoussa sa main, mais il attrapa la sienne et la serra fort.

– Si tu le dis, répondit-il en se penchant pour l'embrasser.

Elle ouvrit la bouche pour accueillir ses lèvres, savourant le goût mêlé de sel et d'alcool sucré de son baiser. Tout en l'embrassant, il lui caressait les cheveux avec une infinie douceur.

Un klaxonnement tonitruant les interrompit et ils se décollèrent juste à temps pour voir une autre voiture de golf se garer à côté de la leur qui était toujours renversée. Grant, sur le siège avant, semblait authentiquement peiné de trouver son ami seul avec Jacqui.

– Jac, tu es en train de rater les Killers. Et toi mon ami, tu as un appel, dit Grant à Duffy d'un ton plein de sous-entendus. Ta copine au téléphone.

– Parce que tu as une copine ? dit Jacqui à Duffy, les bras croisés.

Elle se leva pour aller s'asseoir à côté de Grant et se faire ramener à la fête.

– Une *ex*-copine. On a rompu il y a six mois ! se justifia Duffy.

Il avait l'air tellement accablé que Jacqui lui pardonna

immédiatement. Ce qui n'empêcha pas la voiture de rejoindre la maison à toute vitesse.

Elle dansa avec Grant au milieu de la fosse en écorchant tout comme lui les paroles de *Mr Brightside*. Il veilla à ce qu'elle ne se fasse pas trop mal au milieu des danseurs déchaînés, mais un gros type fit un écart, les percuta de plein fouet, et Jacqui s'écroula au sol. Elle perdit Grant dans la foule qui se pressait et la poussait, et pendant un moment elle eut peur de se faire piétiner.

Mais une main ferme la hissa sur ses jambes, et à son grand soulagement elle vit une fois de plus la haute silhouette de Grant qui la protégeait. Il leur fraya un chemin à travers la piste de danse jusqu'à la cuisine.

– Viens par ici, je vais te trouver de la glace pour cette coupure. Désolé pour ce qui s'est passé. Je ferai fouetter ce manant derrière les écuries, dit-il avec son laconisme typique du sud.

C'était Rhett Butler en T-shirt Death Cab pour Cutie.

– Ça va bien, je t'assure, temporisa Jacqui, touchée par sa sollicitude.

Grant sortit du frigo un paquet de glace médicale, le tordit pour déclencher la réaction chimique qui produisait le gel, et l'appuya délicatement contre le front de Jacqui. Un véritable ange gardien. Ils restèrent longtemps comme cela sans rien dire. Une partie de Jacqui aurait voulu ne jamais cesser de saigner. Grant retira sa main et étudia la coupure sur son front.

– Je crois que ça va aller.

Jacqui hocha la tête, incapable d'articuler un mot. Grant était tellement beau, avec ses sourcils superbes et ses yeux gris... Les pattes lui donnaient un petit côté rock qu'elle trouvait incroyablement séduisant. Sexy en diable, il dégageait un magnétisme animal auquel elle ne résistait pas. L'excitation de la danse avait accéléré son rythme cardiaque, et elle le regarda avec espoir.

Il ne lui en fallait pas plus : sans prévenir, il la poussa contre l'évier, la regarda au fond des yeux, et l'embrassa avec ferveur. Les quelques personnes qui traînaient dans la cuisine s'éclipsèrent en voyant ce qui se passait. Jacqui lui rendit furieusement son baiser en le serrant étroitement contre elle.

Elle l'attira encore plus près, et lorsque ses mains chaudes se glissèrent le long de son dos et de son jean, elle n'eut plus qu'un désir : sentir son corps contre le sien.

– Ils sont tous amoureux de toi, tu sais, l'avertit Mara lorsqu'elles se croisèrent dans la fête.

Jacqui était sortie toute seule de la cuisine en titubant, essayant de rassembler ses esprits. Elle et Grant s'étaient détachés d'un coup lorsque Duffy était entré en se plaignant à Grant qu'il n'y avait plus de boissons gazeuses aux bars.

– Ils s'amusent un peu, c'est tout, objecta Jacqui en remuant sa boisson.

– Et est-ce que tu t'amuses, toi ? lui demanda Mara d'un air entendu.

Elle couvrait la soirée pour sa chronique. Elle avait déjà posé son regard calme sur le trio, qu'elle décrivait ainsi pour la presse : *le genre de types qui, dans mon lycée, étaient toujours assis au fond de la classe à lancer des boulettes et à faire claquer leur gomme, mais qui ne récoltaient que des notes parfaites. Les garçons intelligents savent très bien faire les imbéciles.*

Jacqui rougit en pensant qu'elle avait embrassé Ben dans sa chambre, Duffy sur la plage et Grant dans la cuisine. À la vérité, avec chacun des trois elle avait complètement oublié non seulement le divorce des Perry, mais aussi le fait qu'elle venait juste d'embrasser l'un de ses meilleurs potes. Mais bon, elle ne faisait que prendre un peu de bon temps, n'est-ce pas ?

Plus tard, quand Jacqui retourna se mêler à la fête, elle reçut des sourires complices des trois garçons.

– Cette soirée est démente, dit Jacqui en regardant les membres des Killers se pousser dans la piscine.

– Et ce n'est qu'un début, mon amie. À l'automne, on fait une fiesta gigantesque au Rainbow Room pour lancer quelques nouveaux sites qu'on a développés. Il faut que tu y sois, dit Duffy en lui passant une pipe à marijuana. Tu seras bien à New York ?

– Qu'est-ce qu'il y a ? interrogea Ben en voyant sa mine s'allonger.

– Je ne suis pas sûre d'y être, avoua Jacqui en soufflant la fumée et en toussant.

– Mais pourquoi ? demanda Grant qui prit la pipe tout en tirant une énorme bouffée de la sienne.

– Mes patrons divorcent, lâcha-t-elle. (Elle n'avait pas réussi à le dire à Mara à cause de Ryan, mais elle sentait qu'elle pouvait en parler aux garçons sans risque. De toute manière, ils n’y pouvaient rien.) Et s’ils divorcent, je devrai quitter New York et rentrer à São Paulo en septembre.

Si on leur avait dit que leurs actions venaient de perdre trois cents points, les garçons n’auraient pas fait une autre tête.

# Même avec tout un attelage, on ne pourrait pas arracher Ryan à ses chères vagues

– Tu t'en vas ? demanda Mara en s'efforçant de masquer sa déception.

Ryan haussa les épaules. Sourcils froncés, il parcourait des yeux la tente VIP bondée du club de polo de Bridgehampton. Il avait accepté de venir au polo pour l'accompagner, mais sans cela il n'y aurait pas mis les pieds.

La traditionnelle réception de l'après-midi était devenue un vrai cirque commercial. Ce n'était plus qu'un vaste support de publicité : une semaine c'était une compagnie de téléphones qui étalait ses logos sur toutes les tentes, la suivante une agence de tourisme tropical. Il se hérissa de dégoût à la vue d'une femme au visage pincé, qui traversait la foule, couverte de centaines de carats de diamants.

Mara était contente qu'il soit venu avec elle, mais elle avait commencé à paniquer lorsque, passée la première période de jeu, il avait clairement manifesté son ennui face à cette assemblée de poseurs. Il s'était retiré tout seul dans un coin pour siffler sa boisson avec impatience.

Elle savait que Ryan détestait par-dessus tout les mondanités. S'il aimait bien les boîtes de nuit, il ne voyait pas l'intérêt de passer son après-midi à regarder des vieux pleins de fric taper une balle sur un terrain de sport. Lors du premier été de Mara dans les Hamptons, il était venu au polo uniquement parce qu'il avait entendu dire qu'elle y serait. Par la suite, il lui avait confié que c'était, à son avis, le plus prétentieux des sports : comme c'était extrêmement coûteux, les gens n'y jouaient que pour la frime.

– Tu sais bien que c'est pas mon truc. En plus, tu es occupée, lui dit-il en essayant de faire en sorte que cela ne sonne pas comme un reproche. Tu n'es pas censée soutirer une déclaration à ce type ? questionna-t-il en désignant du menton l'arrière de la tente.

Là, protégé par un cordon de velours et par plusieurs gardes du corps menaçants (sous la tente VIP ?), se tenait Boris Carter, l'arrogante star invitée que tout le monde regardait ouvertement bouche bée. Boris était la vedette de films comme *Pas de tripes, pas de gloire* 1, 2 et 3, une trilogie basée sur un jeu vidéo célèbre.

Jusque-là, l'acteur, réputé pour sa manière de plisser les yeux à la texane et son nez cassé, avait repoussé toutes les tentatives de Mara pour obtenir quelques mots. Apparemment, la star hollywoodienne mégalomane avait touché une jolie somme pour sa seule présence ; cela ne l'avait pas empêchée de faire dire à Mara, par l'intermédiaire de ses gardes du corps, que son tarif n'incluait pas les interviews. Elle était en pleine discussion téléphonique avec son attaché de presse à Los Angeles lorsque Ryan lui tapa sur l'épaule.

– Je crois que je vais y aller. Tu as l'air très prise, comme toujours.

– Je ne suis pas *toujours* prise, répondit Mara. À t'entendre, on dirait que je ne fais que bosser

– Parce que c'est faux, peut-être ? continua Ryan.

La chronique de Mara avait un succès fou ; elle était vite devenue une lecture incontournable dans les Hamptons. Son point de vue d'étrangère intégrée sur le tard faisait bien rire les fidèles lecteurs. Sa boîte aux lettres débordait d'invitations et sa présence était requise à une soirée fabuleuse tous les soirs de la semaine.

Déjà, son emploi du temps de ministre avait creusé un écart entre eux deux. Ryan poussait en permanence Mara à envoyer balader son boulot pour qu'ils puissent passer plus de temps ensemble.

– Ce n'est pas comme si tu écrivais dans *Newsweek*, avait-il craché entre ses dents un soir récent où il voulait qu'elle sorte avec lui et ses amis, alors que Mara préférait rester chez elle pour taper un papier. C'est du potin *people* superficiel, tu peux faire ça dans ton sommeil.

Mara fit de son mieux pour ne pas se sentir insultée. Pourquoi ne pouvait-il pas se calmer ? Encore une semaine auparavant, ils s'entendaient si bien... Ils avaient organisé une fête d'enfer sur le bateau pour le 4 Juillet. C'était la première fois qu'ils recevaient en couple, et la soirée s'était parfaitement déroulée. Eliza était venue avec Jeremy ; quant à Jacqui, elle avait amené non pas un, mais trois cavaliers. Tous les huit, ils s'étaient éclatés comme des fous.

– Attends-moi, je n'en ai que pour quelques minutes, promis juré, répondit-elle, son BlackBerry en main. J'ai enfin obtenu que l'attaché de presse de Boris vérifie dans son contrat s'il était tenu de donner des interviews. Il va le convaincre de me parler. N'est-ce pas, Lucky ? demanda-t-elle.

comptant bien sur le soutien du photographe qui se tenait à ses côtés.

– Oh oui, penses-tu, opina Lucky.

– J'aimerais bien, mais on fait une sortie de groupe dans une demi-heure. Tu veux passer après ? proposa Ryan.

– D'accord, dit Mara, découragée.

Ryan lui avait déjà parlé de cette sortie de groupe. C'était un truc de surfeurs, quelque chose d'essentiel dans la communauté, lui avait-il expliqué. Les surfeurs aimaient à célébrer les événements importants en se réunissant pour pagayer tous ensemble vers le large sur leurs planches. Cette fois, c'était pour les vingt et un ans de Tinker. Mara n'arrivait pas à savoir ce qui la contrariait le plus : que Ryan quitte la réception, ou qu'il s'en aille à une sortie en l'honneur de Tinker.

– Super ! À plus !

En se dirigeant vers la sortie, Ryan souriait.

– Laisse-le, conseilla Lucky, compatissant. *If you love someone, set them free*, chantonna-t-il.

– Lucky ! le gronda Mara. Sting est complètement ringard !

Mais Lucky avait raison. Elle ne pouvait pas tenir Ryan en laisse. Il était lui-même, libre de faire ce qu'il voulait. Et si elle le laissait s'en aller, il lui reviendrait.

# Mara est une fille cool, mais un peu vieux jeu sur les bords

Mara cliqua sur « envoyer ». Elle venait de passer une heure à fignoler son texte sur la réception au club de polo. L'acteur avait finalement consenti à lui accorder une brève interview ; pour cela, il avait fallu que son attaché de presse persuade le sponsor de lui offrir, en supplément, un voyage à Saint-Thomas en jet privé. Ce que Mara n'avait pas caché à ses lecteurs : ils adoraient ce genre d'anecdotes. Et elle était parvenue à ridiculiser la star tout en la présentant comme une idole – ce qui n'avait pas été une mince affaire. Elle s'étira, bâilla et regarda sa montre. Vingt-trois heures trente.

Ryan n'était toujours pas rentré de la sortie de groupe. Il lui avait dit qu'ils seraient dans la crique. Elle ferait peut-être bien de le rejoindre. Il s'était fait emmener par ses amis, donc la voiture était libre.

Elle prit la Ferrari pour aller à la plage. Elle ne voyait pas grand-chose dans le noir, mais au détour d'une dune de sable elle tomba sur la vive lumière d'un feu de joie. Il y avait du monde assis autour ; elle entendait des rires et des notes de guitare. Une glacière remplie de Corona bien fraîches était posée sur le sol.

Mara retira ses chaussures et traversa pieds nus le sable froid et humide pour rejoindre la joyeuse assemblée.

Les surfeurs se tenaient devant le feu, leurs planches plantées verticalement derrière eux. Ryan était assis au milieu. Il avait passé un sweatshirt par-dessus sa combinaison, et grattait une guitare. Tinker était à côté de lui, dans le bikini le plus minuscule qu'on pût imaginer : noir, celui-là, il semblait tenir avec des lacets de chaussures tellement les bretelles étaient fines. Et ceci alors qu'il faisait un froid de canard et que tous les autres étaient en pull ou emmitouflés dans des couvertures. Mara elle-même frissonnait dans son caleçon de coton et son sweat en éponge.

En arrivant à la hauteur du groupe, elle se racla la gorge. Ryan leva les yeux. Son beau visage s'illumina d'un immense sourire qui la fit fondre.

– Mar ! Te voilà ! dit-il en posant sa guitare.

– J'ai fini mon papier, opina-t-elle.

– Eh, tout le monde ! Vous vous souvenez de Mara, ma copine ? dit Ryan.

– Pas de danger qu'on l'oublie.

Plusieurs garçons sourirent. Bien sûr qu'ils se souvenaient d'elle. C'était la fille qui avait pété un câble quand elle les avait tous trouvés sur le bateau alors qu'elle avait un article à écrire. Elle les avait quasiment jetés par-dessus bord. Mais ils lui sourirent amicalement quand même.

– Pousse-toi, mon frère, ordonna Ryan.

Le type à côté de lui se déplaça de trente centimètres, mais Mara choisit plutôt de se glisser entre son homme et l'apprentie-briseuse de ménage en bikini.

– Bon anniversaire, Tinker, lui dit-elle.

– Contente que tu aies pu venir, répliqua Tinker froidement.

Ryan reprit sa guitare.

La conversation roula sur l'expérience de la sortie de groupe, la sensation incroyable de ne faire qu'un avec l'océan au coucher du soleil.

– J'veux dire, j'me suis senti, genre... tellement minus, tu vois... comme un grain de sable, une goutte d'eau... c'est un truc de ouf, mon frère, disait le voisin de Ryan. *Respect.*

– Je ne m'étais jamais sentie autoréalisée à ce point, approuva Tinker.

Mara haussa un sourcil sceptique. Le truc le plus new age qu'elle eût jamais fait, c'était de brûler un bâton d'encens dans un cendrier. « Autoréalisée » ? Qu'est-ce que Tinker pouvait bien vouloir dire ? Tout cela lui semblait complètement bidon. Elle s'aperçut que, si elle appréciait la compagnie des surfeurs – ils étaient tous cool et sympas –, elle ne pouvait pas encaisser leur philosophie de plage à deux balles.

Mais c'était quand même agréable d'être là aux côtés de Ryan. Il jouait sa chanson préférée à la guitare, *Wonderful Tonight*. Elle savait que c'était un message codé pour lui signifier combien il était heureux qu'elle soit venue à la plage.

– On sort demain, y'a des vagues de folie à la pointe, on va entrer dans le salon du pape, s'enthousiasma un surfeur à dreadlocks. (Il voulait dire que les vagues seraient si énormes qu'ils pourraient surfer à l'intérieur des rouleaux.)

Mara sourit.

– Je viendrai peut-être avec vous.

– C'est vrai ? demanda Ryan, surpris. Tu es sûre ?

C'était la première fois de l'été que Mara proposait de l'accompagner.

– Ouais, confirma-t-elle en se penchant pour lui prendre la main.

– Cool, dit-il en refermant chaleureusement les doigts sur les siens.

Il se remit à la guitare, un petit sourire dansant sur ses lèvres, et elle sut que tout allait de nouveau bien. Ils n'étaient peut-être pas complètement raccord sur la manière dont ils envisageaient de passer l'été (Ryan semblait décidé à continuer la fiesta à fond comme à Dartmouth, tandis que Mara voulait démarrer sa carrière), mais ils étaient d'accord sur une chose : ils étaient raides dingues l'un de l'autre.

# « Tu me fais tourner la tête… mon manège à moi, c'est toi… »

Le lendemain matin, il y avait un bus scolaire jaune vif devant chez les Perry. Le chauffeur klaxonna plusieurs fois, si bien que Jacqui finit par sortir de la maison. Elle découvrit Grant et Ben penchés par les fenêtres du bus et Duffy sur le siège conducteur.

– *Bom dia*, Jacarei ! Monte ! On a loué le parc Grande Aventure pour la journée, dit-il en la saluant. En voiture tout le monde !

– Vous avez quoi ? demanda Jacqui.

– Tu avais l'air déprimée l'autre jour, alors on s'est dit qu'il fallait essayer de te remonter le moral. Et quoi de meilleur pour le moral qu'une journée dans un parc d'attractions ? expliqua Ben.

– Votre wagonnet, madame. Grant sourit tandis que Duffy ouvrait la porte.

Jacqui aida les enfants Perry à embarquer. Quand le bus sortit de l'allée, elle vit une Anna Perry défaite les regarder par la fenêtre de sa chambre.

Le parc, situé dans le New Jersey, était à plusieurs heures de route, mais les garçons occupèrent les enfants en blaguant et en leur racontant les dernières vidéos idiotes qu'ils avaient mises en ligne sur leur site.

– Il y en a une où on voit deux crétins chanter et faire une chorégraphie sur *Nsync. C'est à pleurer de rire.

Comme ils l'avaient dit, leur compagnie avait loué le parc d'attractions en entier pour une « journée en famille » réservée au personnel. Ils avaient tout l'endroit pour eux, si bien que le terrain de mille hectares, où erraient une centaine de visiteurs au lieu de plusieurs milliers, évoquait un peu une ville fantôme. Jacqui n'osait même pas imaginer ce qu'avait coûté cette expédition. Les garçons semblaient n'avoir aucun souci de ce côté-là. Pour eux, ce n'était que de l'argent de poche.

– Hé, Jac, on essaie le manège Batman ? la force centrifuge est démente. Ça te fait dresser les cheveux sur la tête, c'est trop marrant ! tenta de la persuader Ben.

– Pas question, il faut qu'on aille voir le tunnel hanté. Ne t'inquiète pas, je te protègerai, sourit Grant.

Il avait un goût prononcé pour les plaisirs kitsch, et Jacqui savait qu'il avait hâte de se pelotonner dans le petit bateau grinçant.

– Non, non ! Que des autos tamponneuses, les pressa Duffy en sautant sur place comme un gamin.

Les trois garçons lui faisaient face, rayonnants d'impatience, chacun convaincu d'être le seul à avoir embrassé Jacqui la veille au soir.

– Je... Je... balbutia-t-elle, troublée. Une minute, implora-t-elle.

Elle s'assit sur un banc et se prit la tête dans les mains.

– Tu t'en fais toujours à cause du divorce ? lui chuchota Ben en s'assurant que les enfants Perry n'écoutaient pas.

– Oui, je suis désolée, les mecs. On peut s'asseoir un petit moment ? demanda-t-elle, Cody et Zoé à ses côtés.

Shannon était partie courir après Madison et William, fermement décidés tous les deux à faire des loopings sur les montagnes russes jusqu'à rendre tripes et boyaux.

– Écoute, Jac, si tu es vraiment inquiète, il faut agir. Tu ne peux pas rester les bras croisés, déclara Duffy.

– Comment ça ? fit Jacqui en se demandant si elle devait se vexer.

Cody et Zoé s'éloignèrent pour jeter des pièces dans une fontaine.

– Eh bien tu sais, on a monté une affaire à plusieurs millions de dollars depuis nos dortoirs. On doit bien pouvoir t'aider à sauver un petit mariage de rien du tout.

– Pas faux, pas faux, approuva Grant.

Finalement, comme il leur fallait s'occuper de deux enfants en dessous de la limite d'âge des attractions, les trois garçons et Jacqui passèrent toute la journée sur les minuscules manèges de bébés, à la grande joie de Cody et Zoé. En tournant sans fin sur le petit train qui se traînait à deux à l'heure, leurs longues jambes recroquevillées, les genoux coincés contre le siège devant eux, les garçons regardaient avec convoitise les attractions vertigineuses et hautement technologiques qui tonitruaient dans tout le parc. Mais pour rien au monde aucun des trois n'aurait renoncé à la compagnie de Jacqui.

# Voilà ce qui s'appelle sauter de la marmite dans le feu

Eliza essuyait le comptoir d'un air abattu. C'était son premier jour de travail chez Lunch, et jusque-là le désastre était absolu. Elle portait le T-shirt d'uniforme Lunch avec le logo du restaurant sérigraphié sur la poitrine (en vente pour quinze dollars à la boutique du restaurant), un short blanc, et un charmant tablier rouge noué autour de la taille. Durant sa brève carrière de serveuse, elle avait renversé une carafe de thé glacé sur un client ainsi que sur elle-même (c'était quand même le client qui avait presque tout pris). Son T-shirt était éclaboussé de graisse de la cuisine, où elle avait été affectée encore plus brièvement. Elle avait vite été relevée de cette fonction après avoir renversé un baquet de velouté de palourdes alors qu'elle essayait de jeter un homard déchaîné dans une marmite d'eau bouillante. Elle avait perdu le contrôle du crustacé qui avait pris ses pinces à son cou et tenté une évasion par les portes battantes de la salle de restaurant, sous les applaudissements de tous les clients. Maintenant, le sol de la cuisine était humide et poisseux de velouté.

D'où sa présence à la caisse. Ses employeurs s'étaient dit qu'elle ne pourrait pas faire de dégâts à ce poste. Pour l'instant, c'était vrai. Mais Eliza repéra du coin de l'œil une menace sur cet équilibre fragile. Elle continua à essuyer d'un air aussi absorbé que possible, de manière à ce que la cliente choisisse d'être servie par l'autre caissière. Mais elle n'eut pas cette chance.

Paige se dirigeait droit sur elle.

L'assistante du styliste était chic et raffinée dans sa chemise Lacoste noire et son corsaire Sydney Minx multicolore. Elle tapota des ongles sur la table.

– Eliza, fit-elle de son air condescendant.

– Tiens, salut, Paige ! dit Eliza en faisant comme si manier la caisse du restau de homard était la chose la plus normale du monde. Ton déjeuner t'a plu ?

– Absolument. (Paige eut un sourire imperceptible en tendant à Eliza sa carte de crédit professionnelle.) Quoique... Je l'aurais encore mieux apprécié si Sydney ne m'avait pas appelée en plein milieu, en hurlant qu'aucun des T-shirts qui devaient être livrés dans les autres boutiques n'était arrivé.

– Comment ça ?

– Les huit cents T-shirts ont tous été envoyés à East Hampton. Je t'avais chargée d'en expédier la moitié aux boutiques de Miami, Chicago et Los Angeles.

– Oh, dit Eliza.

Dans la frénésie de cette soirée, elle avait complètement oublié que la moitié seulement des T-shirts devaient être envoyés à la nouvelle boutique. Zut ! Elle tendit à Paige sa carte et un stylo pour signer le reçu.

– Bon Dieu, Eliza. Non mais franchement, tu n'as même pas été fichue de remplir correctement un bon de livraison pour des T-shirts. (Paige prit son reçu de carte de crédit pour le vérifier. Ses yeux se rétrécirent.) Et pas fichue non plus de calculer correctement la taxe sur cette note.

– Oh là là, je suis désolée, s'excusa Eliza.

Ses doigts tremblaient en retapant les bons chiffres. L'appareil à carte émit un sifflement agressif.

– Je viens juste d'apprendre à faire marcher ce truc et...

Paige soupira bruyamment.

– Est-ce que quelqu'un d'autre pourrait m'aider ? Cette fille m'a tout l'air d'être une incapable.

L'autre caissière s'approcha, prit la carte de Paige et aida Eliza à annuler la transaction.

– Désolée, mademoiselle. C'est une nouvelle.

– Tu ferais peut-être mieux de laisser tomber. Tu es une petite gosse de riches gâtée, et c'est encore ce que tu sais faire de mieux, siffla Paige. Et au fait, la prochaine fois que tu es tentée de balancer aux médias des informations personnelles sur nos clients, réfléchis-y à deux fois. Parce que si ça se reproduit, on te colle un procès aux fesses.

Eliza eut un mouvement de recul, piquée au vif.

– De quoi tu parles ?

Paige poussa sous le nez d'Eliza le numéro de *Hamptons* incriminé.

– De ça, ricana-t-elle avant de sortir du restaurant à grandes enjambées.

Eliza feuilleta le magazine et tomba sur le portrait du styliste par Mara. Oups ! Elle avait complètement oublié cet article. Les « sources anonymes » qu'elle lui avait indiquées s'en étaient donné à cœur joie pour poignarder Sydney dans le dos. Ses « amis » le dénigraient l'air de rien, et le papier était un festival de perfidies. Ses anciennes assistantes révélaient que

Sydney s'appropriait leurs modèles et copiait ses rivaux, son associé racontait qu'il avait triché sur leur accord financier, et ses clientes se plaignaient de doubles facturations pour certains articles.

Elle ne put s'empêcher de rire en lisant que, d'après les confidences de « quelqu'un », Sydney portait une moumoute. (Le « quelqu'un », c'était elle). Paige pourrait râler tant qu'elle voudrait, le mal était fait et il n'y avait aucune preuve que c'était elle qui avait craché le morceau. Elle ferma le magazine et se remit à essuyer le comptoir en sifflotant joyeusement.

# Celui qui a dit « c'est en forgeant qu'on devient forgeron » devrait essayer le surf, pour voir

*Baisse la tête et tire sur les bras, hisse-toi sur la planche ! Vas-y, maintenant ! Tu peux y arriver, tu peux le faire ! Un ! Deux ! Trois, et...* Mara retomba lourdement dans l'eau et se cramponna à la vie, agrippée au bord de son surf.

Ryan pagaya jusqu'à sa hauteur en grimaçant d'inquiétude.

– Tout va bien, mon bébé ?

Elle recracha l'eau de mer qu'elle avait avalée par le nez et réussit à sourire faiblement. Son maillot lui sciait douloureusement la peau. Elle aurait mieux fait de mettre une combinaison, comme le lui avait conseillé Ryan, mais l'image de Tinker dans son bikini minuscule l'avait poussée à privilégier le sexy sur le pratique. Hélas, en arrivant à la plage, elle avait trouvé Tinker moulée dans une combinaison intégrale, impeccable et athlétique. Quant à elle, la force des vagues avait failli plusieurs fois lui arracher son haut de maillot.

Un gros rouleau vint une fois de plus s'écraser sur eux. Ryan plongea dessous pour émerger à la crête, haute et gracieuse silhouette sur son surf. Tout autour de lui, ses amis étaient dans la même position, y compris Tinker (une vraie diablesse sur l'eau : elle s'élevait élégamment sur sa planche, comme tirée par des fils invisibles). Mara, elle, n'arrivait même pas à hisser son corps sur le surf, alors se mettre debout dessus, ce n'était même pas la peine d'y penser. À chaque vague, elle était ballottée dans l'écume et entraînée de plus en plus loin vers le rivage.

Non seulement elle s'était réveillée à l'aube pour faire cela ; non seulement elle avait mal aux yeux, aux articulations, et elle ne pouvait plus respirer (elle n'y voyait même plus depuis que l'une de ses lentilles de contact était partie à la dérive, et elle avait les bras rouges à force de râper sur le sable) ; mais en plus, pour ajouter l'injure à la douleur, Tinker avait eu l'audace de se moquer de sa planche.

– Oh, c'est trop mignon ! Tu as une mousse ! avait-elle roucoulé en voyant la planche de Mara lorsque celle-ci était arrivée à la plage avec Ryan.

– Tu aurais pu t'abstenir, avait gentiment dit Ryan. C'est la première fois pour Mara.

– C'est quoi, une mousse ? lui avait demandé Mara une fois Tinker hors de portée.

Elle avait pris l'une des vieilles planches de Ryan, qu'il avait choisie spécialement pour elle, donc elle ne voyait pas ce qu'il y avait de drôle.

– C'est une planche de débutant. La plupart des surfeurs ont des planches en fibre de verre, comme la mienne, dit-il en montrant sa Ferrari Challenge Stradale à cinq mille dollars aux lignes profilées, une série limitée estampillée du célèbre étalon.

– Eh, c'est qui le bébé avec la planche en mousse ? demanda un autre des potes de Ryan en se tordant de rire à la vue du surf jaune de Mara.

– La ferme, rétorqua Ryan. Ne fais pas attention à eux, ils se croient encore à la maternelle.

Ryan passa la plus grande partie de la matinée à essayer de lui inculquer les bases du surf. Soit il était très mauvais professeur, soit Mara était une élève catastrophique. La fois où elle avait été le plus près de sa planche, c'était quand une vague la lui avait précipitée sur la tête.

Elle avait dit à Ryan de la laisser s'entraîner toute seule. Ça ne l'embêtait pas, surtout qu'il avait visiblement envie d'aller affronter les grosses vagues qui se brisaient sur la plage.

– Tu es sûre ? lui demanda-t-il. Je peux rester. Je suis content que tu sois là, et c'est tout.

Il était assis sur son surf aussi naturellement que s'il s'était trouvé sur le canapé, alors que Mara s'accrochait au sien à grand-peine en pédalant frénétiquement sous l'eau.

Son fantasme de répéter le bisou Justin-Cameron – chacun sur une planche, lèvres jointes au-dessus des vagues – était à l'eau. Aucune chance que cela arrive.

Surtout si elle était à moitié noyée.

– Non, vas-y... je vais finir par attraper le coup. Je ne veux pas te retenir, le pressa-t-elle, se sentant vaguement coupable.

– OK, dit Ryan à regret. Vraiment, ça m'est égal. J'ai envie de rester.

Mais Mara se dit qu'il ne valait mieux pas qu'il la voie encore s'étaler à plat ventre pendant que la planche lui retombait sur le crâne, d'autant plus que cette chienne de Tinker, à l'aise sur son surf, imitait de son mieux Kate Bosworth dans *Blue Crush*.

– Non, vraiment, vas-y. Je préfère.

Il l'avait donc laissée, et Mara avait passé la fin de la matinée à barboter à côté de sa planche en évitant autant que possible de boire la tasse.

En s'éloignant des autres surfers, emportée par le courant, elle aperçut de nouveau Ryan sur son surf : mince silhouette éblouissante d'abord accroupie pour gagner un maximum de vitesse, puis s'élevant au-dessus des vagues. Elle l'aimait tant... Ah, si elle avait pu partager cela avec lui...

Au bout de quelques minutes, elle regagna le rivage à la nage. De la plage, elle fit à Ryan un signe de la main avant de s'éloigner. Il fallait qu'elle soit au boulot dans une heure.

# Jacqui veut tourner un remake de « À nous quatre »

Dans le film, Lindsay Lohan n'était pas encore une starlette anorexique réputée pour ses dérapages dans les boîtes de nuit d'Hollywood ; c'était encore une adorable fillette de neuf ans avec des taches de rousseur et un sourire éclatant. Jacqui attrapa une poignée de pop-corn en réfléchissant, les yeux rivés sur l'écran. Elle avait loué cette production Disney uniquement pour piquer quelques idées aux deux jumelles jouées par Lindsay, qui s'employaient à réconcilier leurs parents. Le fait que Cody et Zoé adorent ce film n'était que « la cerise sur le gâteau ».

Les garçons du site web avaient évoqué l'idée d'un conseiller conjugal, mais quelque chose d'aussi pragmatique qu'une thérapie n'avait aucune chance d'intéresser Anna. Et il n'était pas pensable que Jacqui appelle tout simplement Kevin pour lui soumettre l'idée : c'est à peine s'ils se parlaient. Leurs relations étaient tendues depuis que Kevin l'avait draguée, lors de son premier été dans la famille.

D'ailleurs, Anna se montrait de plus en plus fantasque : l'autre jour, en voyant Jacqui sortir pour rejoindre Mara et Eliza à la Taverne après le boulot, elle lui avait demandé si elle pouvait s'incruster. Jacqui avait essayé de l'en dissuader, mais Anna avait insisté. Eliza et Mara avaient échangé des regards paniqués en voyant Anna se pointer, mais Jacqui s'était contentée de hausser les épaules. Leur ancienne patronne avait rapidement descendu quatre Jägermeister avant de passer la soirée collée à un DJ de vingt-deux ans.

– Elle est bonne, ta mère ! avaient glissé à Jacqui plusieurs types.

– C'est pas ma mère. C'est, euh... laisse tomber.

Le matin suivant, Anna, encore titubante sous l'effet d'une monumentale gueule de bois, avait demandé à Jacqui quand elles remettraient ça.

*Jamais*, s'était dit Jacqui. En faisant la fête comme une adolescente, Anna ne se comportait pas du tout en femme prête à tout pour sauver son mariage.

Et si, au lieu de les faire *réfléchir* pour savoir s'ils s'aimaient toujours, elle pouvait leur faire *croire* qu'ils n'avaient jamais cessé de s'aimer ? Après tout, même s'ils se haïssaient en ce moment, comme Dennis Quaid et Natasha Richardson dans le film, Anna et Kevin étaient faits l'un pour l'autre. Anna était la seule femme à trouver drôles les jeux de mots juridiques de Kevin (il aimait à dire qu'il était « de bonne comparution »), et Kevin était le seul homme capable de trouver Anna sexy dans un boubou africain gonflé par le vent.

Jacqui savait qu'Anna était toujours amoureuse de son mari : la demande de divorce n'était qu'un moyen d'attirer son attention. Quant à Kevin, c'était peut-être un fou de boulot, mais il aimait sa femme ; simplement, il n'essayait jamais de le montrer. Que se passerait-il donc si elle, Jacqui, orchestrait une sorte de parade amoureuse ? Si elle avait des gestes gentils pour l'un et l'autre en secret, en laissant croire à chacun qu'ils venaient de l'autre ?

Par où commencer ? Tout d'abord, il fallait qu'elle recrute une auxiliaire. Elle ne pouvait pas mener à bien cette entreprise toute seule.

– Donc, tu veux que je t'aide à envoyer à Anna des cadeaux romantiques, mais en lui faisant croire qu'ils viennent de Kevin, alors que non, lui demanda Shannon lorsqu'elles se retrouvèrent toutes les deux dans la buanderie à trier le linge sale des enfants. Je veux dire, je sais que le divorce c'est triste et tout, mais je ne vois pas pourquoi tu voudrais t'impliquer à ce point.

Jacqui se mordit la lèvre. Pouvait-elle vraiment faire confiance à Shannon ? Elle n'avait pas le choix en fait. Elle prit une profonde inspiration et raconta toute l'histoire à la nouvelle recrue : l'appartement, le refus de la NYU, pourquoi elle avait besoin que les Perry restent ensemble si elle voulait terminer le lycée et rester à New York.

– Mais n'oublie pas, il ne faut rien dire à Madison, d'accord ? Anna ne veut pas que les enfants soient au courant, l'avertit Jacqui.

Elle savait combien Shannon et Madison étaient devenues proches. Ces deux-là étaient comme des siamoises, et cette amitié épanouissait Madison qui trouvait en Shannon la grande sœur qu'elle n'avait jamais eue.

– Bon, d'accord, promit Shannon à contrecœur.

Elle se sentait mal à l'idée de cacher quelque chose à une amie. Elle jeta un T-shirt plié dans le panier à linge.

– Je t'aiderai, mais...

– Mais ?

Shannon la gratifia d'un large sourire.

– Mais il faut que tu me promettes de m'inviter de temps en temps chez toi à New York, dans ton appartement. J'habite dans le New Jersey, c'est trooop mort. Mes parents ne me laisseraient jamais séjourner seule en ville, mais si je leur disais que j'ai une amie...

Jacqui soupesa la proposition de Shannon. Elle voyait tout à fait à quoi cela allait mener : Shannon transformant son charmant studio en pied-à-terre new-yorkais rien que pour elle, invitant des amis, apportant de la bière en douce, forçant Jacqui à accueillir toute une bande de sales gosses de quinze ans dans son domaine privé... En fin de compte, ce serait un petit prix à payer pour vivre à New York, surtout que Shannon n'allait quand même pas venir tous les week-ends, n'est-ce pas ?

– D'accord. Marché conclu.

Elle hocha la tête d'un air sombre.

– Cool. Et n'oublie pas que je dois dormir dans le lit. Pas de banquette d'appoint pour moi. Mon problème de dos, tu sais.

Le lendemain, Anna Perry découvrit qu'on lui avait envoyé un iPod contenant toutes ses chansons d'amour préférées du groupe Matchbox Twenty. (« Matchbox Twenty ? » avait demandé Shannon en plissant le nez de dégoût quand Jacqui lui avait dit quoi télécharger sur le lecteur MP3. « Allez, pas de discussion ! » avait ri Jacqui.)

Anna et Kevin n'avaient pas échangé un mot depuis qu'il lui avait fait porter les papiers. Kevin était toujours retranché à New York. Jacqui savait qu'Anna avait tenté de le joindre sur son portable au bureau, mais il ne rappelait jamais. Peut-être Anna verrait-elle dans l'iPod nano noir un signe qu'il avait des regrets. Bien sûr, à long terme les cadeaux ne suffiraient pas. Il serait alors nécessaire de passer à une approche plus personnelle... une invitation à dîner, par exemple.

Mais dans l'immédiat, Jacqui remarqua qu'Anna était de bonne humeur tout l'après-midi, fredonnant *Push* en s'affairant dans la maison. Un point de marqué pour le plan. Elle fit monter les enfants dans la Range Rover.

– On va où aujourd'hui ? s'écria Zoé d'une voie stridente.

Après l'excitation de la journée impromptue au parc Grande Aventure, les enfants s'attendaient à quelque chose d'aussi amusant tous les jours.

– Juste à la plage, désolée, sourit Jacqui. Zoé, il est à toi ce livre ? demanda-t-elle en ramassant un exemplaire de *Fleurs captives*, de Virginia Andrews. Tu es en train de lire ça ?

Zoé acquiesça.

C'était un livre qui se lisait à douze ans, et Zoé en avait huit. Deux étés plus tôt, l'enfant n'était pas capable de déchiffrer l'alphabet. Et voilà que c'était une lectrice émérite ! D'accord, ce livre n'était peut-être pas le plus indiqué pour elle (il y était tout de même question de jumelles blondes incestueuses !), mais au moins elle lisait. Le plan « été en liberté » semblait porter ses fruits. Kevin parti, les disputes quotidiennes avaient cessé, et pour une fois l'environnement était paisible. William s'était lancé dans la géologie en amateur, il ramassait pierres et coquillages pour faire des recherches sur leur provenance. Libéré d'un emploi du temps réglé comme du papier à musique, Cody n'avait plus d'« accidents » et était enfin propre. Madison avait même (en rechignant) recommencé à manger. Elle avait les joues rouges et l'air heureux.

Jacqui aussi bénéficiait de cette nouvelle approche détendue de l'été. Même si son plan ne marchait pas, au moins elle rentrerait au Brésil avec un bronzage d'enfer.

# Le blues de l'employée

Quel spectacle de désolation ! Eliza dénoua son tablier et le fourra dans le panier à linge sous le comptoir, mais elle sourit en voyant entrer Jeremy. Dès l'instant où leurs yeux se croisèrent, son moral remonta en flèche. Il était adorable dans sa chemise de travail bleue marquée STONE CONTRACTING sur la poche de poitrine. Son jean était plein de poussière et de boue, mais Eliza le trouva plus mignon que jamais.

– Que puis-je faire pour vous ? commença-t-elle d'un ton mutin.

Jeremy fit semblant de parcourir le menu sous le comptoir en verre.

– Je ne sais pas trop. Je cherche une certaine Eliza Thompson... Vous la connaissez peut-être, elle est à peu près grande comme ça, dit-il en plaçant une main sous son menton. La plus jolie fille des Hamptons, avec plutôt des goûts de luxe... (Il se pencha par-dessus le comptoir.) Savez-vous à quelle heure elle termine ?

Eliza jeta les bras autour de son cou pour l'embrasser.

– Alors, tu veux manger sur place ? demanda-t-il.

– Tu plaisantes ? Plus vite je serai sortie d'ici, mieux je me porterai.

Ils se rendirent en voiture au restaurant de sushis le plus proche. Là, tout en dégustant des tempuras de crevettes, Eliza s'épancha et se lamenta sur son triste sort. Jeremy savait qu'elle avait perdu son travail au studio de Sydney, mais pas que c'était Paige qui l'avait virée. Elle lui avait tu ce détail pour éviter de faire remonter des souvenirs de sa vieille « copine ».

– Je ne peux plus marcher, j'ai mal au genou, et je crois que je suis en train de craquer à cause du stress ! énuméra-t-elle en trempant un sushi dans la sauce soja relevée au wasabi. En plus, j'ai failli me brûler les doigts en voulant sortir les épis de maïs du four !

Jeremy gardait le silence en picorant son poulet teriyaki. C'est Eliza qui avait eu l'idée d'aller au restaurant japonais, mais on voyait bien qu'il ne partageait pas son enthousiasme pour la gastronomie nippone.

Elle poursuivit sa tirade, se plaignant des clients qui ne laissaient pas de pourboire, des serveuses qui plaçaient les dîneurs à sa place, des cuistots qui se moquaient d'elle. Jeremy répondait pas des grognements, mais sans interrompre son monologue ni l'empêcher de s'apitoyer sur elle-même.

Enfin, il jeta sa serviette sur la table.

– Et alors ?

– Comment ça, et alors ? demanda Eliza, interloquée par la dureté dans sa voix.

Il haussa les épaules et but une lampée de Sapporo.

– Les gens *travaillent*, Eliza. Je sais que c'est difficile à imaginer, mais certaines personnes doivent bosser dur pour arriver là où elles sont ; elles ne se contentent pas d'hériter. J'ai travaillé dur toute ma vie... J'ai commencé comme jardinier, puis comme gardien, j'ai fait des petits boulots pendant tout le lycée et la fac, plus tous les étés. Et même maintenant, même en ayant ma boîte de paysagisme, ce n'est pas facile. Rien n'est facile. Il va bien falloir que tu t'y fasses.

Eliza commença à protester, mais il ne la laissa pas placer un mot.

– Il y a des gens qui pensent que l'argent leur est donné, tout simplement ; ils ne réalisent pas la somme de travail qu'il faut pour le gagner. Il faut mettre les mains dans le cambouis, tu sais ? La vie, ce n'est pas une croisière. Ça me rend malade de voir comme certains de mes clients ont l'impression que tout leur est dû, dit-il en reprenant furieusement une gorgée de sa bière. Ce que je veux dire, c'est que je sais que tu n'as pas l'habitude. Mais tu vois, mon amie Paige... elle et moi, on a tondu des pelouses ensemble, il fallait se salir, arracher des mauvaises herbes, et tout ça pour le salaire minimum en général. Mais elle était toujours là, elle ne se plaignait jamais.

– Ah oui ? En fait, tu voudrais que je ressemble plus à Paige, c'est bien ça ? lança-t-elle, hargneuse, en s'efforçant de lui cacher le mal que lui faisaient ces réflexions peu aimables.

Et ramener Paige dans l'histoire... alors ça, ça la piquait vraiment au vif.

– Bon, tout le monde ne peut pas être comme Paige...

– Bien sûr que non. Paige est parfaite, rétorqua Eliza avec aigreur.

Quand l'addition arriva, elle s'en saisit.

– Hé, laisse, c'est pour moi, protesta Jeremy.

– Non non, je ne prends pas ce qui est offert, le rembarra-t-elle. Je ne demande pas de partie gratuite, moi.

Elle avait décidé de manger au Mont-Fuji alors que l'addition équivalait à une journée de son salaire... ce qui voulait dire, en somme, qu'elle avait travaillé huit heures pour quelques sushis.

Ils rentrèrent chez Eliza en silence, et quand il la déposa devant sa maison, elle claqua la portière assez fort pour la faire trembler dans ses gonds.

# Du rififi au Paradis

Les assiettes, sales et encroûtées, étaient restées bien tranquilles toute une semaine à tremper dans l'eau tiède de l'évier. En les rinçant pour commencer à les ranger dans le lave-vaisselle, Mara se demanda pourquoi Ryan ne prenait jamais la peine de mettre un peu d'ordre. Toutes ses malles étaient encore pleines dans le salon, et les douzaines de canettes de bière vides, de gobelets sales, de mégots et de vieilles bouteilles de gin et de vodka qui restaient des différentes soirées donnaient au bateau l'allure d'une décharge publique. Il lui avait pourtant promis de tout nettoyer après chaque visite de ses potes. Mara aurait bien fait le ménage elle-même, mais elle partait si tôt au travail et rentrait si tard le soir qu'elle ne trouvait jamais le temps de s'y mettre.

Il fallait regarder les choses en face : sans femme de chambre à domicile, Ryan était un vrai cochon.

Mara sortit l'aspirateur du placard et se mit à nettoyer, ramassant des bouts de papier et jetant les bouteilles vides dans un grand sac poubelle noir. Une petite voix lancinante dans sa tête se demandait s'ils n'étaient pas allés un peu trop vite. Bien sûr, ils avaient été ensemble toute l'année, mais c'est à peine s'ils étaient restés plus de quelques jours tous les deux dans la même ville. La transition d'une relation longue distance à la cohabitation était plutôt houleuse.

Ryan avait l'habitude que l'on ramasse tout derrière lui. Il y avait une bonne raison pour que chez lui sa chambre soit toujours impeccable et son lit toujours fait. Elle tenait en un mot : « domesticité ». Il n'était même pas conscient qu'ils vivaient dans un véritable dépotoir. L'autre jour, elle avait trouvé un paquet de chips à moitié entamé sous le lit, ainsi qu'une boîte à pizza vide et une pipe à eau.

Elle ne pouvait pas trop la ramener, n'étant pas elle-même la personne la plus soigneuse du monde ; mais au moins, elle essayait de ranger chaque chose à sa place. Et lui, que faisait-il toute la journée ? Il surfait en permanence : soit sur l'eau, soit sur le web. Il aurait quand même pu commencer à déballer ses affaires.

En outre, tous les récits de Tinker sur ce qu'elle faisait à Dartmouth avec Ryan commençaient vraiment à lui taper sur les nerfs. L'autre jour, elle était passée les voir. La moitié de ses phrases commençaient par : « Ryan et moi, on faisait ci, on faisait ça... » La litanie était sans fin : séjours au ski ; concours de poirier sur un fût de bière (tout en absorbant la bière dudit fût directement au robinet) ; semaine grecque ; fêtes d'initiation.

Pourtant, Dartmouth était l'endroit où elle voulait aller, justement parce que c'est là qu'était Ryan. Elle s'efforçait de mettre ses doutes de côté. Elle ne pouvait pas lui en vouloir d'être aussi bordélique. Ce n'était pas sa faute s'il avait l'habitude de vivre dans une maison avec neuf domestiques. C'est ainsi qu'il avait été élevé. Elle avait vu sa chambre à la fac et frissonné en essayant d'imaginer quel genre de moisissures pouvaient bien pousser dans les murs imprégnés de bière. Mais allez savoir pourquoi, elle avait supposé que quand ils vivraient ensemble il s'amenderait. Visiblement, elle avait mal supposé.

Elle ne pouvait même pas se fâcher contre lui, car à chaque fois qu'elle lui faisait remarquer l'état de saleté du bateau, il s'en excusait gaiement. Sans que cela l'incite le moins du monde à faire le ménage.

Mara appuya sur le bouton pour éteindre l'aspirateur. La pièce n'était pas vraiment plus nette. Elle soupira. C'était le mieux quelle pût faire pour l'instant, car dans une heure elle devait rejoindre Jacqui et Eliza à l'avant-première de la nouvelle comédie de Cameron Diaz.

Elle arriva quelques minutes en retard et trouva Eliza qui l'attendait toute seule devant le cinéma. Le tapis rouge était vide, car les stars n'étaient pas encore arrivées. Un petit groupe de photographes papotait dans un coin. Quelques-uns prirent négligemment des photos de Mara et d'Eliza pour tuer le temps. Rien ne vous ramenait plus vite au statut d'humble aspirante à la célébrité que la présence de vraies stars. Dès l'instant où Cameron arriva, tout ébouriffée, les photographes oublièrent complètement Mara et Eliza. Elles s'en fichaient. Elles s'était déjà toutes les deux assez fait rincer et essorer dans la grande lessiveuse des relations publiques pour en ressortir un peu plus endurcies.

– Où est Jeremy ? demanda Mara.

Eliza haussa les épaules et Mara n'insista pas. Ce n'était pas comme si Ryan avait été avec elle, non plus. Jacqui se révéla être la seule à venir accompagnée. Elle apparut main dans la main avec Duffy, le grand blond avec un sourire à la Heath Ledger.

– Résumé des épisodes précédents ? chuchota Eliza quand Duffy s'éclipsa pour aller chercher le pop-corn et les snacks offerts.

– Il est chouette, concéda Jacqui en souriant.

– Alors c'est lui ? la taquina Mara. Et les deux autres ?

Jacqui haussa les épaules. Elle avait proposé à Duffy de venir sur une impulsion, parce que c'était lui qu'elle avait vu en premier : elle l'avait croisé par hasard aux courts de tennis dans l'après-midi. Cela ne voulait pas dire qu'elle négligeait les deux autres : elle devait aller faire du parachute ascensionnel avec Grant le lendemain, et Ben lui avait proposé de l'accompagner à un festival de reggae à Quogue plus tard dans la semaine.

Si les trois garçons savaient qu'ils sortaient avec la même fille, ils n'y avaient jamais fait allusion devant elle, et pour l'instant, Jacqui ne laissait rien filtrer. Chacun avait déclaré qu'il valait mieux ne pas informer les deux autres de leur relation, et il y avait déjà eu pas mal d'alertes : elle et Duffy sortant en douce du Jacuzzi juste au moment où Grant se pointait dans le patio ; elle se cachant dans le placard de Ben quand Duffy avait surgi dans la chambre en demandant du feu ; elle et Grant coincés sur son voilier au milieu des rochers dans la baie un après-midi, priant pour que les gardes-côtes viennent les tirer de là avant que Ben et Duffy ne s'aperçoivent de leur disparition.

S'il y avait une chose que Jacqui voulait éviter, c'était que le beau temps tourne à l'orage. Elle s'était promis de s'amender le jour où elle déciderait avec lequel elle voulait vraiment être. Le problème, c'est que dès qu'elle était seule avec l'un des trois, elle était convaincue qu'il était l'élu. Duffy la faisait rire, Grant était de loin celui qui embrassait le mieux, et Ben, le plus romantique, lui composait des chansons d'amour à la guitare.

– Je ne fais que m'amuser, insista-t-elle. Ça ne fait de mal à personne.

Mara secoua la tête tandis que les lumières se tamisaient. Elle avait déjà assez de soucis avec un amoureux ; elle n'osait même pas s'imaginer jonglant entre l'affection de trois.

– J'espère que tu sais ce que tu fais, dit-elle à son amie.

# Voilà qu'elle passe aux jeux à boire, maintenant !

Le château des Reynolds tremblait sur ses fondations, secoué par une ligne de basses assourdissante. La demeure était noire de monde, attiré là par ce qui était devenu la fête « DortoirEnFolie en folie » hebdomadaire. Jacqui se frayait un chemin dans la foule, à la recherche d'un des garçons, lorsqu'elle tomba par hasard sur la personne qu'elle se serait le moins attendue à trouver dans l'une de ces soirées.

Au milieu de la pièce où trônait une table de ping-pong couverte de gobelets vides, Anna se livrait avec ardeur à un tournoi de Beyrouth version « tous les coups sont permis ». Les garçons avaient expliqué à Jacqui les règles de ce jeu ; tout ce qu'elle en avait retenu, c'était qu'à chaque rebond de la balle, le participant devait boire.

– Anna ? dit Jacqui, stupéfaite, au moment où Anna frappait une balle de ping-pong sur la table et la regardait rebondir dans tous les sens avant d'atterrir dans un gobelet.

Jacqui n'aurait pourtant pas dû être étonnée : le week-end précédent, elle était déjà tombée nez à nez avec elle dans le carré VIP du Star Room.

Anna sursauta en la voyant.

– Oh ! Salut !

– Qu'est-ce que vous faites là ? demanda Jacqui. (Sous-entendu : *avec une bande d'adolescents ?*)

– Une seconde ! réclama Anna à la cantonade en s'éloignant de la table, sa pinte de bière à la main dans un verre en plastique.

Elles trouvèrent un coin plus calme à côté de l'un des précieux cadrans solaires aztèques de Chelsea Reynolds, que les garçons avaient recyclés en cibles de tir.

Jacqui remarqua quelque chose de changé chez sa patronne. D'abord, Anna s'était détaché les cheveux et les laissait flotter en cascade sur ses épaules, comme beaucoup de filles de nos jours, y compris Jacqui. Et ses vêtements ! Oubliés, les ensembles Michael Kors et Carolina Herrera sophistiqués, structurés, convenables ! Anna portait un polo moulant orné d'un crâne et de tibias, sur une minijupe en jean. Ça venait de la marque la plus à la mode dans les Hamptons cet été-là : une collection de basiques BCBG frappés d'un motif de drapeau de pirates. Anna Perry avait l'air d'une trentenaire allant sur ses seize ans... c'était un peu perturbant.

– Qu'est-ce qui se passe ?

Anna soupira bruyamment et prit une grosse gorgée de bière.

– Je suis déprimée. L'avocat me met la pression pour que je signe. Il m'a dit que Kevin voulait aussi la garde de Cody, puisqu'il prendra les autres enfants en partant. Tu peux croire une chose pareille ?

– Mais je croyais qu'il vous avait envoyé un chèque-cadeau pour le spa l'autre jour, s'enquit Jacqui, encourageante.

Son intuition avait été la bonne : Kevin allait prendre les enfants. À tous les coups, elle allait se retrouver au chômage !

– C'est vrai, mais je suis sûre que c'est sa secrétaire qui l'a commandé. Il n'achète jamais un cadeau lui-même, souligna Anna de l'air de celle à qui on ne la fait pas.

Jacqui s'efforça de ne pas rougir, vu que c'était elle qui avait commandé le cadeau sous le nom de Kevin.

– Mais l'iPod avec toutes les chansons ? insista Jacqui.

Anna haussa les épaules.

– Admettons.

– Ce n'est pas possible qu'il veuille divorcer. Je suis sûre que ce n'est qu'un petit jeu : il veut vous faire croire qu'il s'en va pour mieux vous reconquérir, dit Jacqui.

– Qu'est-ce que tu racontes ? demanda Anna. Je ne comprends plus rien.

– Parfois, une demande de divorce n'est rien d'autre qu'une marque d'amour, argumenta désespérément Jacqui.

Elle essayait d'élaborer un charabia psychologique qui tienne la route. Il fallait absolument qu'Anna la croie.

– Je ne sais pas. Peut-être que c'est mieux comme ça. (Anna soupira.) Peut-être que je devrais simplement signer les papiers, prendre Cody et retourner dans le New Jersey. Tout ce que je veux, c'est me sentir de nouveau jeune. Toute la passion de notre mariage s'est éteinte. Au début... oh, c'était la folie. Il était fou de moi. Il piaffait d'impatience de divorcer de Brigitte. Mais à présent...

Sa voix s'estompa, couverte par les rugissements de Kayne West.

– Moi, je pense que le divorce n'est qu'un écran de fumée. À mon avis, Kevin prépare quelque chose de vraiment spécial pour vous deux, assura Jacqui avec toute la sincérité possible.

C'était affreux. L'opération « À nous quatre » était un fiasco, les « cadeaux » de Kevin n'avaient pas eu l'effet escompté. Et pour l'instant, Jacqui n'avait pas trouvé le moyen de les réunir tous les deux dans la même ville.

– Tu crois ? demanda Anna avec espoir.

– Faites-moi confiance. C'est la preuve qu'il prend votre histoire au sérieux. Il vous aime.

– Ou du moins il m'aimait, dit Anna d'un air sceptique.

Leur conversation fut interrompue par des voix criant « Anna ! Anna ! Anna ! » à la table de Beyrouth.

– Oh, il faut que j'y aille : c'est mon tour ! fit-elle en sautillant joyeusement vers la table de jeu.

Jacqui se mordit la lèvre. Elle allait devoir trouver un autre moyen de la convaincre que Kevin l'aimait encore. C'était le seul moyen pour qu'Anna pense qu'elle intéressait encore son mari. Soudain, la perspective de rentrer à São Paulo à la fin de l'été lui sembla inévitable, et à cette idée Jacqui eut confusément peur. Si seulement elle pouvait trouver quelqu'un à qui parler, quelqu'un qui lui remonte le moral, comme Ben l'avait fait la première fois qu'ils s'étaient embrassés...

– Il y a vraiment de tout ici, remarqua Grant en s'approchant derrière elle et en regardant Anna descendre trois pintes de bière d'un coup. Ta patronne, c'est bien ça ?

– M-mm, opina Jacqui.

Elle pensait encore à la déception de sa grand-mère quand elle apprendrait qu'elle avait échoué à intégrer une université américaine. Mais Grant parlait toujours et lui avait enlacé la taille pour l'attirer contre lui.

– L'autre soir, elle est venue ici se plaindre du bruit Mais elle a réalisé qu'elle nous avait déjà vus en boîte avec toi. Alors Duffy l'a invitée à entrer... eh bien depuis, elle est revenue tous les soirs.

– Tu ne trouves pas ça bizarre ? Je veux dire, elle a au moins quarante ans.

En réalité, Anna avait un peu moins, mais du haut de ses dix-sept ans Jacqui considérait trente-trois ans comme le troisième âge et Anna comme une candidate à la retraite.

– Ouais, eh bien Duffy en ferait bien son quatre-heures. Alors tu vois.

Grant haussa les épaules et l'entraîna dans une pièce tranquille derrière le salon. Il ferma la porte à clé derrière eux et se mit à la bécoter dans le cou avec de doux petits baisers de papillon. Des baisers qui, en temps normal, lui auraient fait trembler les genoux et fondre le cœur ; mais lorsqu'il commença à déboutonner son chemisier, Jacqui n'eut pas envie de poursuivre les câlins. Ce n'était pas le moment.

Elle repoussa ses mains pour se soustraire à son étreinte, tint sa chemise fermée devant elle et le regarda dans les yeux. Les garçons trouvaient sans doute très drôle de voir leur voisine coincée s'adonner à des jeux à boire, mais cela n'amusait pas Jacqui.

– Je ne crois pas que ce soit une bonne idée de l'encourager à venir. Tu comprends, comment va-t-elle sauver son mariage si elle ne fait que traîner ici ?

– Hein ? dit Grant qui avait déjà oublié le sujet de la conversation. Qu'est-ce que ça peut te faire ? demanda-t-il en l'enlaçant de nouveau et en l'embrassant sur le front, puis sur les lèvres.

Il repoussa doucement ses bras pour finir d'enlever son vêtement. Il lui caressa le ventre du bout des doigts.

Jacqui soupira et lui tourna le dos. Il y avait pire, pour passer le temps, que de flirter avec un joli garçon... mais en ce moment c'était la dernière chose dont elle eût envie.

# New York, parfois, ça repose des Hamptons.

Mara avait tellement pris l'habitude d'être admise partout dans les Hamptons que lorsque l'hôtesse, à l'entrée, empêcha ses amies d'entrer à la soirée – le lancement du dernier CD d'un groupe de hip-hop –, elle n'en crut pas ses oreilles.

– Mais elles sont avec moi, insista-t-elle. Je travaille à *Hamptons*. Lucky est arrivé ?

– Je sais, Mara, et c'est un plaisir de te voir ce soir, mais on a trop de monde, là. Navrée. Je peux te faire entrer avec une personne, mais pas deux, lui dit l'assistante de Mitzi.

– Ça ne fait rien, fit Jacqui en haussant les épaules. Je peux m'en aller.

– Non, tu ne bouges pas d'ici, rétorqua Mara avec autorité.

– Laisse tomber, on s'en va, dit Eliza. Je n'ai aucune envie de rester là à argumenter avec les gorilles toute la soirée. Allons prendre un verre de l'autre côté de la rue. On peut quand même payer nos boissons une fois de temps en temps, tu sais.

– Mais mon papier... protesta Mara à qui il fallait encore quelques anecdotes pour sa chronique.

– Oh, allez, Mara. Une soirée de repos, c'est trop demander ? Tu passes tout ton temps à courir avec ton bloc-notes et ton dictaphone. Sam Davis t'a félicitée pour ton travail, non ? Elle a même dit que tu lui rappelais sa jeunesse. Tu ne peux pas te détendre et oublier ta chronique pour un soir ? Reste un peu avec nous. Et pas question de te lever pour aller parler à des célébrités, d'accord ? proposa Eliza.

– Bon, d'accord, concéda Mara. Je pourrai sans doute rédiger quelque chose à partir des photos demain.

Elle était rapidement devenue experte dans l'art d'organiser ses articles autour des photos prises sur le vif par Lucky.

– Voilà, ça c'est parler ! sourit Eliza.

Elles s'installèrent sur un canapé près de la porte et commandèrent à boire. Jacqui était en train de leur raconter la récente métamorphose d'Anna Perry lorsque Taylor et Lindsay entrèrent dans le bar. Toutes deux avaient été les meilleures amies d'Eliza du temps où elle était encore la fille la plus populaire du lycée Spence ; mais elles l'avaient laissée tomber comme une vieille paire de Uggs lorsqu'elles avaient appris que sa famille était ruinée et qu'elle-même en était réduite à travailler comme fille au pair.

– Tiens, salut, dit Eliza.

Depuis que sa famille était de nouveau à flot, ses anciennes amies de New York étaient redevenues cordiales. Ce qui ne lui faisait ni chaud ni froid.

Lindsay se contenta de hausser les épaules, mais Taylor réagit plus chaleureusement.

– Salut, E., il paraît que tu as été admise à Princeton... bravo, dit-elle.

– Merci. Et toi, tu vas où ?

– Je me suis fait jeter de Yale. Tu le crois, ça ? Mon grand-père a menacé de supprimer sa donation. Mais je suis admise à Brown, heureusement. Donc tout va bien. De toute manière, Providence, comme bled, ce n'est pas pire que New Haven.

– Et toi, Linds ?

– Oh, pour moi c'est la NYU, répondit Lindsay en soufflant une volute de fumée de cigarette. Tout près de chez moi. D'ailleurs, je retourne en ville le week-end prochain pour une visite de prérentrée.

– Bon, à un de ces quatre, Eliza, dit Taylor.

– Eh, tu ne travailles pas chez Lunch en ce moment ? lui lança Lindsay, narquoise.

Eliza ne releva pas la question et se tourna plutôt vers Jacqui.

– Et toi, tu y vas, à cette prérentrée ? Tu devrais. On te fait visiter le campus, on te parle des cours et tout ça. Je suis sûre qu'Anna te donnera ton week-end. Shannon peut s'occuper des enfants.

– Oh, moi ? Je... euh, je ne sais pas, bredouilla Jacqui.

– Mais il faut que tu y ailles, insista Eliza. Il faut que tu voies comment sont les garçons et que tu repères les meilleurs dortoirs. Sinon, tu vas te retrouver dans un coin aussi sympa que la Sibérie.

– Oui, Jac, tu sais quoi ? On devrait toutes y aller ! intervint Mara.

Un week-end en ville, c'était un programme alléchant.

– Oh mon Dieu, quelle idée géniale ! Absolument ! approuva Eliza. On n'a jamais été toutes les trois ensemble à New York... Ce serait fantastique !

– J'ai bossé comme une dingue, ça ne me ferait pas de mal d'oublier un peu Sam Davis. Aujourd'hui, elle m'a envoyée chercher une barre Mounds au chocolat au lait. Eh bien, après avoir cherché partout, j'ai fini par apprendre qu'il n'y en avait qu'au chocolat noir. *Les Mounds au chocolat au lait, ça n'existe pas !* Mais à votre avis, elle m'a crue ? En plus, Ryan a une bande de potes de sa confrérie qui débarquent le week-end prochain. Je crois que je vais éviter.

Mara frissonna. Les copains de fac de Ryan étaient plutôt sympa individuellement, mais dès qu'ils étaient en groupe c'était une épidémie de crétinisme. Quel était l'élément mystérieux qui transformait les garçons, dès qu'ils se retrouvaient ensemble, en adolescents immatures, imbibés de testostérone, accro à la bière et aux jeux vidéo ?

– En tout cas, tant que j'y serai, je pourrai peut-être faire une visite de Columbia. Je suis toujours sans nouvelles de Dartmouth.

– Alors c'est décidé : on y va. Jacqui peut faire son truc à la NYU, Mara peut visiter Columbia, et ensuite, on se retrouve pour traîner et faire du shopping, trancha Eliza.

Elles se tapèrent dans les mains en titubant. Jacqui avait le cœur en cendres. Comment leur dire qu'elle n'allait pas à la NYU ? Impossible. Pour ce qui était de s'occuper des enfants, Shannon était parfaitement capable de tenir un siège tout en poursuivant l'opération « À nous quatre ». C'était elle qui avait eu l'idée du bon-cadeau pour le spa – qui d'ailleurs n'avait pas fait grand effet. De plus, un week-end en ville l'éloignerait un peu d'Anna, ce dont elle avait bien besoin depuis que cette dernière semblait décidée à accaparer sa vie sociale.

Ce serait encore une fuite en avant.

Elle descendit rapidement son verre et regarda avec envie

la petite bande qui se mêlait devant le juke-box. Elle tapait du pied avec impatience en se disant que ce serait marrant de se joindre à eux. Comme par un fait exprès, elle repéra un visage connu près du bar et lui fit signe de s'approcher.

– Mesdames, bonsoir, dit Ben Defever qui avait l'air d'un adorable hibou avec ses lunettes à montures carrées. Je peux vous piquer Jacqui un moment ?

Eliza et Mara échangèrent des sourires entendus.

– Vas-y, le pressa Mara.

Jacqui bondit de son siège pour le suivre sur la piste de danse improvisée. Elle se mit à se déhancher sauvagement sur un tube irrésistible d'Outkast, mais Ben resta sur le côté à siroter son verre.

– Tu ne veux pas danser ? l'implora-t-elle.

– C'est trop bruyant ici. Allons quelque part où on puisse vraiment parler, proposa Ben en mettant la main en cornet autour de sa bouche et en criant pour se faire entendre par-dessus la musique.

– Ah, bon, d'accord, soupira Jacqui en se laissant entraîner dans un coin plus calme.

Ce soir-là, elle avait moins envie de parler que de danser. Si seulement elle était tombée plutôt sur Duffy... On pouvait toujours compter sur lui pour une imitation hilarante de Napoléon Dynamite sur la piste de danse.

Mais quand on sort avec trois garçons à la fois, il arrive qu'on se retrouve au bon endroit avec le mauvais mec.

# Shannon se fait la main sur une petite usurpation d'identité

La lumière brillait encore dans la chambre des filles au pair lorsque Jacqui rentra de cette assommante conversation avec Ben. Ils étaient allés parler dans un coffee shop proche du bar. Jacqui aurait préféré s'amuser, mais ce que voulait Ben, c'était approfondir sérieusement la question de ses sentiments. Il l'avait déposée devant la maison principale, et elle cheminait vers le cottage lorsqu'elle était tombée par hasard sur Duffy qui allait à la plage en sautant sur une échasse à ressort. Cependant, après la séance « café et analyse » avec Ben, les pitreries de Duffy la laissèrent de marbre. Tout ce qu'elle aurait voulu, c'était s'allonger sur la plage, blottie dans ses bras.

Malheureusement, Duffy n'était pas d'humeur à cela. Il ne tenait pas en place et, l'espace d'un instant, Jacqui regretta de ne pas se trouver avec Grant : lui, au moins, savait vraiment s'y prendre pour qu'une fille se sente bien. Lorsque Duffy se tordit la cheville à force de sauter et dut rentrer chez lui en boitillant, elle lui souhaita bonne nuit. Jacqui secoua la tête : ah, les garçons ! Ils avaient tant à offrir... et pourtant c'était bien peu.

– Encore debout ? demanda Jacqui en voyant Shannon, assise toute droite au milieu du lit une place, qui pianotait sur un ordinateur portable.

– Tu vas voir ce que j'ai trouvé, triompha Shannon d'une voix vibrante d'excitation.

La nouvelle fille au pair s'était lancée avec ardeur dans l'opération « À nous quatre ». Elle adorait trouver des combines pour manipuler les Perry.

– Viens voir, dit-elle.

Jacqui s'assit sur le lit à côté d'elle pour regarder l'écran.

– Est-ce que ce ne serait pas...

– Celui d'Anna. Je sais. Je l'ai pris dans son bureau. Laurie a laissé la clé dans la cuisine l'autre jour et je l'ai piquée.

Shannon tapa sur une série de touches et la messagerie électronique d'Anna s'ouvrit.

– Comment tu as eu son mot de passe ?

– Facile, tout est stocké en mémoire. Je suis coréenne... on est tous des petits génies en informatique, pas vrai ? Un gamin y arriverait, ricana Shannon.

Shannon cliqua sur une icône en forme d'enveloppe pour créer un nouveau message. Dans la fenêtre « À », elle entra l'adresse électronique de Kevin.

– Je crois qu'il est grand temps que Kevin reçoive une lettre d'amour de sa femme, tu ne crois pas ? demanda la petite.

Jacqui était impressionnée. Écrire de faux e-mails, voilà qui plaçait la barre un cran plus haut. Shannon tapa :

*Cher Kevin, je suis désolée de m'être comportée comme une folle. Je ne supporte pas d'être séparée de toi. Tu sais que tu es le seul qui compte pour moi. Tout cela est allé bien assez loin. Tu me manques et je n'arrive pas à m'endormir en te sachant loin de moi. J'espère que ton oreille va bien. Je ne peux pas vivre en sachant que je t'ai fait du mal. Enterrons la hache de guerre et recommençons ensemble. À toi, toujours, Minou Câlin.* Toute la maisonnée savait que c'était le petit nom que Kevin donnait à Anna. Elle l'avait même fait broder sur l'un des coussins de son boudoir.

– Pas mal, hein ? fit Shannon avec un sourire effronté.

Elle cliqua sur « Envoyer » et le message d'amour fut propulsé comme une flèche dans le cyberespace. Ensuite, elle le supprima du dossier « Éléments envoyés » pour qu'Anna ne le trouve jamais.

Jacqui en était encore à s'émerveiller de la créativité de cette petite lorsque Shannon ouvrit un nouveau message. Cette fois, elle entra l'adresse du portable professionnel de Kevin. Rapide et efficace, Shannon accéda également à son compte de messagerie.

– Il lui arrive d'utiliser l'ordi portable d'Anna. Tout ce que j'ai eu à faire a été de trouver les cookies ; en plus, tous ses mots de passe étaient aussi en mémoire.

Jacqui hocha la tête en lisant par-dessus l'épaule de Shannon ce qu'elle commençait à taper :

*Anna chérie, je crois que je me suis trompé. Je te conjure de me pardonner. Je suis perdu sans toi. Tu es aussi belle que lorsque je t'ai vue pour la première fois dans mon bureau, et que nous nous sommes éclipsés au Regency Hotel. Te souviens-tu de ce temps-là ? Tu étais mon secret, à présent tu es mon avenir. Je t'aime encore. À toi, Kevinounours. P.S. Mon oreille se remet bien.*

– Kevinounours ? rigola Jacqui.

– J'ai trouvé ça dans de vieux e-mails, dit Shannon en gloussant.

Comme tout le personnel des Perry, elle connaissait en

détail l'histoire du mariage de ses employeurs et savait qu'Anna avait été la secrétaire et la maîtresse de Kevin avant de devenir sa femme.

Elles vérifièrent la messagerie d'Anna. Le mail de Kevin apparaissait bien dans le dossier « Boîte de réception ».

– Tu crois que ça va marcher ? demanda Shannon.

Jacqui hocha la tête.

– À peu près sûre côté Anna, au moins. Tout ce qu'il lui faut, c'est quelques mails flatteurs de lui, et elle se mettra à lui envoyer des lettres d'amour toute seule. Le seul problème, c'est Kevin. S'il ne veut vraiment plus d'elle, et s'il le lui écrit ?

– Eh bien, je me suis arrangée pour être prévenue par texto chaque fois qu'Anna reçoit un message de son compte à lui, comme ça je pourrai effacer ses vrais messages s'ils sont trop durs, expliqua Shannon. Je suis sûre qu'il finira par se radoucir et par envoyer des mails à l'eau de rose de lui-même. Tu l'as dit toi-même, il l'aime encore. Entre-temps, on va tout simplement les écrire pour lui.

Jacqui contempla Shannon avec une admiration respectueuse.

– Tu es un génie !

– Je sais, fit Shannon, modeste. Appelle-moi Kevinounours.

C'était tout vu. Elles se mirent à rire comme des folles. Simuler une idylle entre leurs deux employeurs en guerre, c'était tout simplement trop dingue. Jacqui sentit ses yeux s'emplir de larmes, et Shannon rit tellement fort que ses épaules en étaient secouées et qu'elle faillit faire tomber le portable d'Anna. Leur hilarité fut interrompue par Madison qui apparut soudain dans l'encadrement de la porte. Jacqui avait oublié de fermer à clé en entrant.

Madison leur expliqua qu'elle n'arrivait pas à dormir. Elle venait voir si Shannon était encore debout, pour aller regarder un film avec elle dans la salle de projection.

– Qu'est-ce qu'il y a de si drôle ? demanda la jeune fille, qui regardait tour à tour Jacqui et Shannon avec impatience. Racontez-moi !

Le fou rire de Jacqui fut coupé net, et soudain Shannon eut l'air vraiment coupable. Pour elles, c'était matière à s'amuser, alors que c'était des parents de Madison qu'elles parlaient.

– Rien ! Il y a, euh... une vidéo vraiment marrante sur DortoirEnFolie.com, dit Shannon pour les dédouaner en vitesse.

– Faites voir, les implora Madison.

Shannon se dépêcha de fermer tous les fichiers ouverts et se connecta sur le site des garçons.

– C'est tout ? s'étonna Madison, peu convaincue, lorsque Shannon eut cliqué sur une vidéo où on voyait un type tomber de son skateboard.

Elle les scruta d'un air inquisiteur. Shannon détourna vite les yeux pour ne pas croiser le regard de son amie.

Jacqui haussa les épaules.

– Mad, il est grand temps que je me couche, mais si Shannon et toi vous voulez regarder *Titanic* encore une fois sur grand écran, allez-y.

– Je crois que je vais aller dormir, répondit froidement Madison.

– Je me sens mal, avoua Shannon une fois qu'elle fut partie. On devrait lui en parler.

– Je sais, concéda Jacqui. Mais elle le dirait aux autres enfants, et Anna piquerait une crise. De toute manière, une fois que notre plan aura marché, elle n'aura plus rien à savoir. Ils seront partis pour une nouvelle lune de miel en un rien de temps. Nous leur offrons ce que chacun attend le plus de l'autre : des excuses.

– C'est vrai, approuva Shannon.

Toutes deux étaient très contentes des fausses lettres d'amour électroniques. L'opération « À nous quatre » serait bientôt mission accomplie.

Shannon rangea l'ordi portable et lui souhaita une bonne nuit en éteignant la lumière. Jacqui grimpa sur le lit du haut et pendant un moment, le calme régna dans la chambre où les deux filles sombraient dans le sommeil. Jusqu'à ce que Shannon chuchote : « Minou Câlin », ce qui les fit de nouveau pouffer de rire.

# La science confirme ce que toute fille savait déjà : le taux de dopamine monte en flèche quand on fait du shopping

Ce mois de juillet était plus chaud que la normale, et Eliza monta la clim de sa Land Rover au maximum. Elles roulèrent bien sur l'autoroute et atteignirent Greenwich Village un peu avant midi. L'essentiel de l'université de New York s'étendait autour de Washington Square Park, minuscule tache de verdure dans le dense tissu urbain des alentours.

Eliza se gara à côté de la réplique à échelle réduite de l'arc de triomphe de Paris. Le monument était revêtu pour la circonstance d'une gigantesque bannière violette portant le logo de la NYU et les mots BIENVENUE AUX FUTURS ARRIVANTS EN PREMIÈRE ANNÉE ! Plusieurs guichets et tables d'inscription étaient installés, et le parc fourmillait d'étudiants en T-shirts violets de la NYU, qui guidaient des lycéens impressionnés. Il y avait des ballons de baudruche violets partout. C'était une journée radieuse, joyeuse, et une partie de Frisbee Ultime était déjà en route dans le coin sud-ouest.

– Alors, qu'est-ce que tu en penses ? Ça devrait se terminer vers quatre ou cinq heures ? On peut te reprendre à ce moment-là, proposa Eliza en déverrouillant les portes.

– Bien sûr, acquiesca Jacqui en descendant.

Elle salua ses amies depuis le trottoir et regarda la voiture disparaître au bout de la rue. Lorsqu'elles furent hors de sa vue, Jacqui perdit son apparente vivacité et laissa mollement retomber sa main.

Pourquoi ne pouvait-elle pas dire la vérité ? Elles ne l'auraient pas jugée. Elles étaient ses amies. Mais leur avouer son échec revenait à se l'avouer à elle-même. Et elle n'était toujours pas prête pour cela.

Un rouquin mignon à taches de rousseur, en T-shirt de la NYU, la vit s'enfuir furtivement aux abords de la manifestation.

– Eh ! Bienvenue à la NYU. On te verra à l'automne ? lui demanda-t-il en lui tendant un pin's de l'université.

Jacqui piqua un fard.

– Oh, oh non... non, balbutia-t-elle.

Sur ce, elle franchit l'arche de pierre en courant avant de fondre en larmes.

Elle s'essuya furieusement la figure du dos de la main. Ce n'était pas une manière de se comporter. Elle était à New York, et il n'y avait absolument aucune raison de pleurer. D'accord, elle devrait peut-être rentrer au Brésil à la fin de l'été, et elle resterait peut-être toute sa vie vendeuse ou quelque chose comme ça, mais ce n'était pas la peine d'y penser pour le moment. En descendant Bleecker Street, elle passa devant la boutique Marc Jacobs.

Le mannequin dans la vitrine portait un adorable bikini avec des cœurs violets.

Jacqui arrêta de renifler et entra, poussant la porte en verre qui carillonna pour annoncer son arrivée.

– Bonjour, que puis-je faire pour vous ? demanda une vendeuse accueillante.

Jacqui hocha la tête. Bon, OK, chaque fois qu'elle était déprimée elle achetait un nouveau bikini. Mais il se trouvait que sortir sa carte de crédit lui remontait le moral. N'est-ce pas ce qu'on appelle de la thérapie comportementale ?

# Mara regarde pousser le lierre[1] dans la grosse pomme

Le campus de Columbia se trouvait tout en haut de la ville, complètement à l'opposé. Eliza déposa Mara juste au coin de la 116ᵉ Rue et de Broadway, devant College Walk, une jolie rue pavée de briques et bordée d'arbres. À la différence de la NYU, Columbia disposait d'un vrai campus. Il y avait deux pelouses vertes au milieu d'une esplanade encadrée au nord par la bibliothèque Low, un bâtiment néoclassique coiffé d'un dôme, et au sud par la bibliothèque Butler, qui abritait la collection de livres de l'université (l'une des plus vastes au monde après la bibliothèque du Congrès). Sur les frontons des deux bâtiments étaient gravés des noms d'écrivains et de philosophes grecs : SOPHOCLE, SOCRATE, HÉRODOTE, HOMÈRE.

Mara déambulait, impressionnée par l'échelle de l'architecture et l'atmosphère savante qu'elle dégageait. Elle ne s'attendait pas à ce que Columbia soit si splendide. En visitant Dartmouth, elle était immédiatement tombée amoureuse de son style colonial de la Nouvelle-Angleterre, très vert ; mais à

1. Columbia, comme Dartmouth, fait partie d'une ligue de neuf universités parmi les plus réputées des États-Unis, appelée Ivy League (la Ligue du Lierre) parce que la plupart de leurs bâtiments sont couverts de lierre (N. d. T.).

Columbia l'ambiance était différente. C'était un campus urbain, New York était juste de l'autre côté des grilles. Un havre de paix au milieu d'une métropole vibrante, l'idéal pour profiter du meilleur des deux.

Mais cela ne changeait rien : Columbia avait beau offrir une architecture classique et une adresse new-yorkaise, on n'y trouvait pas Ryan. Mara pénétra dans un bâtiment moderne de verre et d'acier devant lequel se croisaient des rampes d'accès. Au bureau des inscriptions, on lui avait dit d'aller retrouver son guide étudiant devant Ferris Booth Hall. Mara remarqua la modernité du café qui se trouvait dans le bâtiment, ainsi que le chic des étudiants. À Dartmouth c'était un style consensuel, BCBG négligé, qui prévalait (tout le monde en pull J. Crew et pantalon de jogging ramollo). Les jeunes de Columbia était beaucoup plus habillés, en jeans et vêtements noirs très tendance.

Elle s'approcha d'une fille en jean taille basse, T-shirt vintage d'un groupe de rock underground et baskets Puma.

– Bonjour, tu es Danielle ? lui demanda-t-elle.

– Absolument. Donc tu dois être Mara ?

Mara acquiesça.

– Merci beaucoup de me faire visiter.

– Aucun problème, ça me fait plaisir, sourit Danielle.

Ses cheveux étaient simplement attachés en queue-de-cheval, et Mara remarqua qu'elle ne portait pas un soupçon de maquillage. Aucun de ses vêtements n'était dernier cri ni hors de prix, pourtant elle dégageait quelque chose de frais, de pragmatique et d'indéniablement séduisant. Mara l'aima sur-le-champ.

Danielle lui expliqua qu'elle était en deuxième année et

venait de Californie. Elle travaillait à la résidence universitaire pour l'été, et poursuivait des études de cinéma et d'histoire du féminisme. Elle discutait gaiement de ses cours, des principaux cursus offerts par Columbia, des avantages et inconvénients des différents dortoirs de première année.

– Bon, Carmen est le plus demandé. C'est, pour ainsi dire, l'expérience classique de Columbia en première année. Tu as une suite avec deux chambres et une salle de bains pour quatre colocataires. C'est bien, c'est comme un petit appartement, ce qui t'évite d'avoir à partager les douches avec les garçons. Les autres bâtiments peuvent être un peu effrayants. Beaucoup ont des sanitaires mixtes, et ma copine qui y était l'an dernier m'a dit qu'elle était restée constipée toute l'année !

Pendant que Danielle lui faisait visiter, Mara remarqua que la fille aux cheveux bouclés saluait toutes sortes de gens : un grand type en maillot de basketball, une fille en robe de grand-mère imprimée et chaussures de marche, un garçon en débardeur blanc moulant avec un badge arc-en-ciel, un minishort en jean et des rangers noires.

– Et qu'est-ce que vous faites pour vous amuser ?

– Oh, il y a des tonnes de choses. La plupart du temps, je sors en ville. Je suis assez branchée clubbing. Et bien sûr il y a l'Angelika, le cinéma d'art et essai. Les restaurants sont incroyables à New York. Tu as déjà mangé éthiopien ? Il y a un excellent restau éthiopien dans la 115e Rue. Et ce qui est chouette, c'est que la carte d'étudiant est acceptée dans pleins d'endroits à Broadway.

– Et sinon, c'est très animé ?

– Comment ça ?

Mara haussa les épaules, gênée.

– Il y a beaucoup de fêtes de confréries ?

Danielle plissa le nez. Elles étaient dans la 114e Rue et longeaient un alignement de bâtiments en grès brun dont chaque porte était décorée d'une lettre grecque.

– Ouais, on a des confréries. Mais elles ne comptent pas trop dans la vie de Columbia. Notre équipe de foot est nulle. Toute cette conception de l'idéal de vie à la grecque n'est pas très répandue par ici. Il y a bien la confrérie des poètes : tous les ans, ils donnent une soirée vraiment super intitulée « Jazz hot et champagne frais ». Les filles sont en robe de cocktail et il y a une formation de jazz qui joue du Billie Holiday. C'est très sympa.

Mara se dit que cela avait l'air vraiment bien... et extrêmement différent de tout ce que lui avait raconté Tinker sur la vie sociale à Dartmouth.

– Alors, qu'est-ce que tu fais cet été ? Repos ?

Mara lui parla de sa chronique au magazine *Hamptons*.

Le visage de Danielle s'illumina sur-le-champ.

– C'est fantastique ! Wow ! Tant mieux pour toi. Columbia, c'est vraiment l'endroit où il faut être quand on veut faire du journalisme, tu sais. Sam Davis... c'est bien cette femme qui a dirigé plein de grands magazines ? Eh bien c'est une ancienne élève. Comme beaucoup de gens dans l'édition. Nous avons une revue d'art, une revue d'écrivains, une revue d'écrivains de non-fiction, et le *Spectator* est un des meilleurs journaux universitaires du pays.

Mara avait la tête qui tournait. Columbia lui plaisait vraiment, vraiment beaucoup. Et le cursus d'écriture était très tentant, avec sa liste prestigieuse d'anciens élèves. En plus, elle était déjà admise. La fac voulait réellement d'elle, elle n'en était pas encore à hésiter, comme Dartmouth.

Peut-être qu'elle ne voulait même plus y aller, à Dartmouth. Mais c'était complètement fou, non ? Et Ryan ? Elle s'en voulait d'avoir de telles pensées, surtout après toutes leurs disputes de ces derniers temps.

Après la visite, elle dit au revoir à Danielle et promit de la contacter si elle venait bien sur le campus à l'automne. Puis elle héla un taxi et se fit emmener en ville pour retrouver les filles dans le Meatpacking District afin de jeter un œil aux nouveaux magasins. C'était un des avantages de déménager à New York : point de vue shopping, il n'y avait pas de comparaison avec le New Hampshire.

# Dans une bataille de nourriture, il faut toujours avoir des munitions

Shannon avait plus de mal que prévu à s'occuper des enfants sans Jacqui. Elle qui avait cru que ce serait du gâteau ! À vrai dire, elle avait même attendu le week-end avec impatience : ça ne pouvait pas être bien difficile.

Mais la Land Rover d'Eliza avait à peine tourné le coin de la rue que les hostilités commencèrent. Assise à la table du petit déjeuner, Zoé regarda la nouvelle fille au pair d'un œil sceptique.

– Je ne mange pas de pancakes, l'informa-t-elle.

– Tu en manges quand c'est Jaqui qui les fait, lui fit remarquer Shannon.

– Ils sont dégoûtants, décréta Zoé en repoussant son assiette.

En voyant sa sœur faire de la résistance, Cody l'imita.

– Pas manger, dit-il. Je te déteste ! Je te déteste ! Je te déteste !

– Allons, les enfants, ils sont bons, vous voyez ? dit Shannon en piquant une bouchée avec sa fourchette et en la portant à sa bouche. Miam !

– Non, Zoé a raison, ils sont dégoûtants. C'est les pancakes les plus dégoûtants du monde, intervint William.

Un sourire diabolique apparut sur son visage. Si Jacqui avait été là, elle aurait reconnu ce sourire. C'était le signe qu'un désastre était sur le point d'arriver.

William prit un pancake et le lança à travers la table, atteignant Zoé en pleine figure.

– Ouille ! cria la petite fille.

Elle attrapa une poignée de fruits rouges dans un bol et en bombarda son grand frère.

En gloussant, Cody fit la même chose et renversa la carafe de sirop d'érable sur la table en noyer.

– Arrêtez ! Arrêtez ! hurla Shannon.

– Bataille de nourriture ! déclara joyeusement William.

– Nooooon ! brailla Shannon lorsque Cody fit tomber son verre de lait par terre.

Madison entra, en nage et les joues rouges, de retour d'une partie de tennis matinale. Depuis le soir où elle avait surpris Jacqui et Shannon à rire de quelque chose dans son dos, l'ambiance s'était un peu refroidie entre les deux meilleures-amies-du-monde. Shannon savait que Madison pensait qu'elle lui cachait quelque chose, et comme Madison avait raison, elle ne savait pas quoi faire.

– Euh... je... ils ne veulent pas s'arrêter, bredouilla Shannon au moment où une banane volante s'écrasait contre le micro-ondes.

– Oui, je vois ça, dit Madison en haussant les épaules. Zoé, Bill, arrêtez. Soyez sympa avec Shannon. Allez, nettoyez ce bazar. Vous savez que c'est mal, ce que vous faites.

– Tu peux pas faire ça, dit Zoé. Tu peux pas nous dire ce qu'on doit faire.

– Ouais, t'es pas Jacqui, continua William.

– Et alors ? Je suis plus grande que vous tous. Vous devez

m'écouter. Vous écoutez bien Ryan, Sugar et Poppy, fit remarquer Madison.

Pour toute réponse, William donna un coup de pied dans sa chaise et Zoé flanqua son assiette par terre. Cody éclata de rire et fit de même ; la porcelaine vola en éclats.

– *Arrêtez !* Arrêtez-vous tous, sinon je prends tous vos jouets et je les donne à des enfants qui les apprécieront ! ordonna Madison en leur faisant bien comprendre qu'elle ne plaisantait pas.

Les petits haussèrent les épaules et, un par un, s'éclipsèrent dans leurs chambres pour se nettoyer et faire ce qu'on leur demandait. Ils n'avaient aucun moyen de savoir si Madison mettrait sa menace à exécution, mais ils n'avaient pas envie de le vérifier.

– Merci, dit Shannon.

Madison l'aida à ramasser les fruits écrasés et tendit à Shannon un rouleau de papier absorbant pour qu'elle essuie par terre.

– C'est rien. Il faut juste leur montrer qui commande. Je crois qu'ils sont un peu sur les nerfs parce qu'on n'a pas vu papa depuis un moment, et que la dernière fois qu'on l'a vu, lui et maman se sont séparés.

Shannon était à genoux par terre, occupée à frotter, et ne répondit pas.

– Est-ce que tu sais quelque chose ? Est-ce que papa et Anna vont divorcer ? lui demanda franchement Madison. Anna est vraiment bizarre en ce moment, et papa ne s'est pas montré de tout l'été.

– Je ne sais pas, mentit Shannon en regrettant de ne pas pouvoir lui dire la vérité. Je crois que tout va bien.

Anna entra au moment où Madison sortait.

– Oh, Shannon, j'espère que tous les petits déjeuners ne vont pas se passer comme ça, dit-elle en remarquant les taches sur le comptoir en ardoise.

Elle était étonnamment joyeuse et portait une robe débardeur moulante. Elle vérifia son reflet dans le miroir biseauté de l'entrée.

– Vous avez rendez-vous ? demanda Shannon avec un sourire complice.

Conformément à leur nouveau plan, Jacqui et Shannon, se faisant passer pour Kevin et Anna, avaient envoyé des invitations par e-mail depuis leurs deux adresses pour provoquer un rendez-vous en tête à tête. Les messages laissaient croire à Kevin qu'Anna voulait lui parler de réconciliation, et à Anna que Kevin souhaitait lui parler du retrait de la demande de divorce.

– Oui, avec un vieil ami. (Anna sourit mystérieusement.) Il y a bien longtemps que je n'avais pas eu de nouvelles de Ward Pershing, mais c'était l'un des jeunes associés les plus séduisants de l'étude. Je manquais mourir à chaque fois qu'il m'empruntait mon agrafeuse. Il m'a dit qu'il adorerait déjeuner avec moi chez Babette. Comment a-t-il su que c'était mon endroit préféré ?

*Mais qu'est-ce que c'est que ce Ward Pershing ?* se demanda Shannon, paniquée.

Quelque chose clochait. À la première occasion, Shannon se jeta sur le portable d'Anna. Elle fit apparaître les éléments supprimés, où étaient stockés ses faux e-mails. Elle les fit défiler jusqu'à celui, intitulé *Café, thé ou...* moi[1] ?, qui disait : *Toi,*

1. En français dans le texte (N. d. T.).

*moi, chez Babette, 13 h. Viens. Rattrapons le temps perdu.* Hélas, la ligne « De » indiquait pershing@perryassociates.com, et non perry@perryassociates.com. Par erreur, Shannon avait laissé la fonction automatique de la messagerie d'Anna inscrire l'adresse de Ward Pershing au lieu de celle de Kevin Perry. Résultat, Anna s'en allait à la rencontre d'un ancien flirt en lieu et place de son mari. Pire, Kevin serait présent, il allait les voir ensemble, il allait croire qu'Anna lui jouait un mauvais tour et ne voulait plus entendre parler de lui !

Shannon gémit. Jacqui allait la *tuer* ! Et en plus, elle avait menti directement à Madison qui se doutait de quelque chose.

Le week-end promettait d'être long.

# Comment trouver chaussure à son pied

Pendant son exil à Buffalo, Eliza s'était languie de bien des aspects de New York : la cuisine, ses amis, leur appartement, les lumières se reflétant dans l'Hudson la nuit. Mais rien ne lui avait manqué autant que Todd Gillian, son vendeur de chaussures chez Jeffrey.

Jeffrey était une boutique colorée comme un bonbon tout à l'ouest du bas-Manhattan, dans le Meatpacking District. Cet ancien quartier de boucheries et de bars à travestis était devenu le coin le plus branché de la ville, où abondaient les boutiques de stylistes et les restaurants asiatiques. Comme Barneys, Bergdorf's ou Saks, Jeffrey était un grand magasin dédié à la mode. On y trouvait tout ce qu'il y avait de mieux : les tailleurs Gucci, les robes du soir Yves Saint Laurent, les pulls Marni, les manteaux en peau retournée Balenciaga. Mais chez Jeffrey, ce qui faisait la différence, c'était le choix de chaussures. Les étals étaient entièrement dédiés aux derniers stilettos de cuir Christian Louboutin à semelle de liège et talons de douze centimètres, aux bottes Manolo Blahnik bordées de vison et aux sandales arachnéennes Jimmy Choo. C'était le temple de la chaussure de créateur, le Walhalla de la sandale.

Chaque fois qu'Eliza en passait les portes, elle entendait les anges chanter. (Bon d'accord, ils avaient la voix de Sarah Jessica Parker, mais quand même.) Après avoir déposé Jacqui et Mara, Eliza retraversa toute la ville jusqu'à la 14e Rue pour se rendre chez Jeffrey où Todd l'attendait.

Elle connaissait Todd depuis la cinquième, l'année où il avait passé à ses pieds une paire de mules Jimmy Choo couleur citron vert pour la bat-mitsva de son amie Taylor. Todd avait accompagné Eliza dans toutes les grandes étapes de sa vie : son premier mocassin Gucci, son premier escarpin Manolo, sa première compensée Yves Saint Laurent, son premier python Roger Vivier.

Il l'accueillit à bras ouverts.

– Eliza ! Princesse !

– Todd ! Mon amour !

C'était leur salut rituel.

– Attends de voir ce que j'ai pour toi, chuchota Todd en disparaissant dans la réserve.

Il revint chargé d'une brassée de boîtes à chaussures noires.

Eliza s'assit sur le divan de daim sombre, retira ses sandales Clergerie et joignit les mains d'impatience.

Elle passa plusieurs heures délicieuses à essayer toutes les paires. Il y en avait une adorable de chez Marni avec des pompons sur les pointes ; des splendeurs Dries Van Noten – dorées, avec des flocons d'argent dans le talon –, une paire de Rochas super sexy à talons aiguille en Lucite. Elle était au paradis de la chaussure. Jusqu'au moment où une voix interrompit sa rêverie. *Oh non, pas encore elle !* Eliza se retourna.

Paige McGinley se tenait devant la caisse et réprimandait

la caissière. Elle avait les bras chargés des toutes dernières créations des stylistes.

– Où est la robe en cuir McQueen ? Je l'ai commandée spécialement.

– Oui, mademoiselle. Mais il faut payer d'avance, et...

Todd suivit le regard d'Eliza.

– Encore elle, murmura-t-il. Elle est tout le temps ici. Au même moment, à chaque saison. Elle veut la nouvelle collection avant même qu'elle soit en vente. Elle veut voir les carnets de tendances, les échantillons. Tu sais qu'elle travaille pour Sydney Minx ? Eh bien tout ce qu'elle fait, c'est copier les collections des autres. On a arrêté de vendre la marque il y a des années. Sydney et Jeffrey se sont brouillés.

Paige remarqua Eliza assise sur le divan et s'approcha avec tous ses sacs de shopping.

– Alors, on est de nouveau en fonds ? ironisa-t-elle. Papa et maman ont payé ta caution ? Je sais, c'est trop dur de travailler pour vivre.

Eliza essaya de garder un sourire factice plaqué sur son visage.

– C'est le week-end, Paige. Je ne suis pas en service.

Paige ne prêta pas attention à la réponse, car son téléphone sonnait et elle fouillait dans son sac à sa recherche. Elle sortit des mouchoirs en papier, des paquets de cartes de visite et une trousse de maquillage avant de le trouver. Plusieurs cartes de visites voletèrent jusqu'au sol. En ramassant celles qui tombaient à côté d'elle, Eliza en repéra une qui attira son attention. L'autre la remercia d'un haussement d'épaule en ouvrant son téléphone. Trop tard, elle avait raté l'appel.

– Tiens, d'où tu connais Jeremy Stone ? lui demanda Eliza

en lui tendant ses cartes, celle de Jeremy, en bristol marron, posée au-dessus de la pile.

Eliza ne pouvait pas se retenir, il lui fallait aussi sa version de l'histoire. Et si Jeremy lui cachait quelque chose ?

Le front de Paige se plissa.

– Jeremy qui ?

Puis il se détendit.

– Ah oui. Je suis sortie avec lui, fit-elle d'une voix lasse.

Eliza blêmit, mais garda le sourire collé à son visage.

– Ah bon ?

– On est sortis ensemble pendant deux ans au lycée, et encore un moment après la fac. Un gentil mec. Il est paysagiste à son compte, maintenant ; tant mieux pour lui. Et toi, comment tu le connais ?

Eliza ne répondit pas. Elle calculait mentalement les dates : lycée, université, ce qui voulait dire... que Paige était l'ex de Jeremy. Celle dont il ne parlait jamais. Celle qui était censée lui avoir brisé le cœur lorsqu'ils avaient rompu. Soudain, elle eut froid, comme si on lui avait versé un pichet de margarita dans le dos.

Paige et Jeremy avaient été ensemble. Paige... était la fille avec qui Jeremy avait perdu sa virginité. C'était presque trop à avaler. Jeremy lui avait dit qu'il n'avait été amoureux qu'une fois, mais que cela n'avait pas marché. Eliza avait eu l'impression qu'il avait mis longtemps à s'en remettre. Peut-être même qu'il n'en était pas encore remis. Peut-être l'aimait-il encore. Peut-être voyait-il en Eliza un simple lot de consolation alors que tout ce qu'il voulait, en réalité, c'était Paige.

Eliza remarqua quelque chose de blanc à côté des boîtes à

chaussures. C'était un autre papier tombé du sac de Paige. Elle le ramassa dans l'intention de le rendre, et puis elle vit ce que c'était. La facture de la robe McQueen commandée spécialement. En un éclair, Eliza la froissa, l'enfonça dans la pointe de l'une des chaussures qu'elle ne comptait pas acheter, et referma hermétiquement le couvercle. Ils ne la retrouveraient jamais. Elle savait qu'à cause de son acte la commande serait retardée et que le jour où Sydney mettrait la main sur la robe, il serait trop tard pour fabriquer des imitations.

Mais saboter le projet de Sydney et savoir que Paige aurait à subir sa fureur ne l'aida en rien à se sentir mieux.

Paige avait été avec Jeremy. Jeremy avait couché avec Paige. Cette nouvelle était encore pire que ce qu'elle réalisait à présent : une fois sa sélection faite, elle n'aurait pas les moyens de payer ne serait-ce que le début d'un petit morceau de chaussure. En effet, elle venait juste de se rappeler que sa mère avait confisqué ses cartes de crédit, et qu'elle ne serait pas payée par Lunch avant une semaine.

# Les filles braquent les flèches de Cupidon droit sur les Perry

Mara et Jacqui arrivèrent en même temps chez Pastis. Elles trouvèrent Eliza morose, assise toute seule dans un coin du restaurant bourdonnant d'activité.

– Qu'est-ce qui ne va pas ? demanda Mara en prenant une chaise.

Toutes trois commandèrent rapidement des moules-frites, de la salade frisée et une bouteille de vin. Elles attaquèrent le repas, sauçant le jus à l'ail avec le pain craquant et trinquant avec leurs verres de vin.

Eliza leur raconta l'histoire de Paige et Jeremy, et leur fit part de son inquiétude, car il ne l'avait pas rappelée depuis leur dispute au Mont-Fuji.

– Et le pire de tout ça, c'est que j'ai dix-huit ans et que je suis encore vierge ! gémit Eliza en essayant de tourner la situation à la plaisanterie.

– Ça finira par arriver, affirma Mara. Je suis sûre qu'il va t'appeler dès ton retour.

– *Querida*, tu es vierge, et alors ? Mieux vaut attendre le bon moment, dit Jacqui avec sagesse.

– Admettons. Ça ne fait rien, de toute façon.

Eliza haussa les épaules. Elle soupira et essaya de s'égayer.

Elle ne voulait pas jouer les rabat-joie pendant leur week-end à New York.

– Bien sûr que si, reprit Mara en tendant la main pour lui serrer le bras.

C'était si bon d'avoir des amies qui se souciaient vraiment de ses sentiments !

– Je sais. Mais on n'a pas besoin d'en parler maintenant. Vous voulez une autre bouteille, les filles ? J'ai laissé ma voiture au garage, je ne conduis pas. Et allons à une table en terrasse pour pouvoir fumer.

Beaucoup de cigarettes et quelques bouteilles de vin plus tard, elles prirent un taxi qui les ramena dans l'Upper East Side, où elles allaient passer la nuit dans l'appartement de Jacqui. Eliza les avait toutes invitées à dormir chez elle, mais elles s'étaient dit que ce serait plus amusant de voir où habitait Jacqui. En outre, les parents d'Eliza étaient un peu bizarres avec les invités : sa mère avait failli avoir une crise cardiaque en trouvant une trace de doigt graisseuse sur le canapé Régence après un dîner, et depuis, ils recevaient très peu. Alors que chez Jacqui, elles pouvaient faire ce qu'elles voulaient.

En déverrouillant la porte, elle ressentait la fierté du propriétaire.

– C'est tout petit... mais c'est chez moi.

Elle s'arrêta net. On entendait des voix venant de l'alcôve. Il y avait des gens à l'intérieur.

– Excusez-moi ? appela-t-elle.

Une femme agent immobilier en tailleur sombre Corcoran

se tenait au milieu du salon. Elle parlait avec un jeune couple enthousiaste d'une vingtaine d'années.

– Oh, bonsoir, vous êtes l'occupante actuelle ? Désolée. Kevin m'a dit cet après-midi que je pouvais faire visiter, expliqua-t-elle. Nous n'allons pas vous déranger plus longtemps.

Ils s'en allèrent et Jacqui ferma la porte, complètement bouleversée.

– Ils ne peuvent pas vendre cet appart ! Impossible ! C'est chez moi !

Que s'était-il passé ? Jacqui paniqua. Pourquoi Kevin vendait-il l'appartement ? Lui et Anna étaient censés avoir partagé un déjeuner romantique chez Babette un peu plus tôt, le divorce aurait dû être enterré.

– Pourquoi ? lui demanda Mara en posant son sac par terre et en admirant la cheminée en marbre, sur le manteau de laquelle étaient disposées des photos d'elles les étés précédents et pendant leurs vacances de printemps à Cabo.

– Une minute, dit Jacqui. Il faut que j'appelle Shannon.

Elle prit son téléphone et pianota frénétiquement. Shannon décrocha à la première sonnerie.

– Jac, je suis absolument désolée. Je voulais t'appeler, mais j'ai eu tellement de boulot sans toi ici...

– Qu'est-ce qui s'est passé ? Ils n'ont pas déjeuné ensemble ?

– C'est ça le problème... ils n'ont pas déjeuné, avoua Shannon. Enfin je veux dire, ils y sont allés tous les deux, mais quand Kevin est arrivé, Anna était à table avec quelqu'un d'autre.

– Pardon ?

Shannon lui expliqua l'imbroglio Pershing/Perry. Elle lui

raconta qu'Anna était rentrée de son déjeuner plus furieuse que jamais parce que Kevin l'avait engueulée en plein restaurant. Il l'avait accusée de le duper et, encore pire, d'avoir une liaison avec un homme beaucoup plus jeune.

– Donc le divorce est encore à l'ordre du jour ? se lamenta Jacqui.

– Absolument. Kevin a piqué une crise de nerfs, il a dit qu'il allait chez le juge dès que possible et qu'il comptait passer la vitesse supérieure.

Shannon soupira.

– Ce n'est pas ta faute, assura Jacqui même si elle avait envie de l'étrangler pour avoir commis une telle erreur.

Mais c'était tout le problème avec un plan à la Cyrano : un vol d'identité ne pouvait que compliquer les choses. Elle raccrocha le téléphone et regarda Mara et Eliza, qui attendaient patiemment une explication à son emportement et à cet étrange coup de fil.

– Qu'est-ce que c'est que cette histoire ? demanda Mara.

– Oui, et pourquoi est-ce que ça t'inquiète tellement que Kevin vende cet appart ? Tu seras logée sur le campus, non ? poursuivit Eliza en ouvrant le frigo.

Jacqui avait l'air profondément malheureux.

– Parce que...

– Tu veux essayer de garder l'appartement ? insista Eliza qui ne comprenait toujours pas. Tu as tort. Tu te feras plus d'amies si tu habites sur place, tu sais.

– Non, non... Je... Je ne vais pas à la NYU, dit Jacqui en s'effondrant sur le comptoir qui séparait la cuisinière et le frigo du reste de la pièce.

Le visage ravagé, elle s'enfouit la tête dans les mains. Elle avait fait son possible pour se leurrer tout l'été en passant son temps avec les garçons du site web, mais à présent qu'elle était avec ses amies, elle ne pouvait plus supporter cela toute seule. Elle avait besoin de leur soutien.

– La visite ne t'a pas plu ? demanda Mara, toujours dans le brouillard.

– Non... je ne l'ai pas faite, dit Jacqui en refaisant surface un instant. Je... je ne suis pas admise.

Mara et Eliza échangèrent des regards choqués, et Jacqui leur raconta toute l'histoire : les acquisitions insuffisantes en math et en physique, l'année de lycée supplémentaire, le divorce imminent des Perry et le fait que, s'ils se séparaient, Jacqui récoltait un aller simple pour le Brésil. Elles étaient horrifiées pour Jacqui : Mara parce qu'elle n'arrêtait pas de parler de la fac, Eliza parce qu'elle savait comme c'était dur de vivre avec un secret.

– Je suis désolée de vous avoir menti, reconnut Jacqui. Je ne voulais pas voir les choses en face, c'est tout.

– Ça ne fait rien, dit Mara en l'entourant d'un bras pour la serrer contre elle. On comprend. J'aimerais qu'on puisse faire quelque chose pour t'aider.

Jacqui renifla.

– Moi aussi. Vous allez vraiment me manquer si je dois rentrer.

– Eh bien, ça ne va pas se passer comme ça, déclara Eliza de son ton autoritaire.

– Non, pas question, renchérit Mara. Tu ne rentres nulle part. C'est très étrange que Ryan ne m'ait jamais parlé de tout ça. Mais il faut dire qu'il parle à peine avec son père.

– Anna ne veut pas que les enfants soient au courant. Mais

ça se présente mal. Il lui a déjà remis les assignations et elle est sur le point de signer.

Jacqui leur raconta l'opération « À nous quatre » : l'envoi de cadeaux romantiques à Anna au nom de Kevin, l'idée de Shannon d'envoyer des e-mails énamourés à la place de ce dernier, ainsi que la manière dont cette idée venait de leur exploser au visage parce qu'un message d'« Anna » s'était égaré.

– Ouh, compatit Eliza. Sacrée Shannon, hein ?

– On doit pouvoir encore faire quelque chose, dit Mara. Quelque chose qui les force à se retrouver vraiment ensemble, face à face.

– Leur anniversaire de mariage tombe le mois prochain, c'est bien ce que tu as dit ? commença Eliza, pensive.

Jacqui acquiesça.

– Qu'est-ce qu'on peut faire ? demanda Mara. Il y a forcément une chose qui comblerait Anna, qui la ferait changer d'avis.

– Que pensez-vous d'une réception ?

– Pour qui ?

– Pour eux deux. Une surprise, dit Eliza en s'animant. Peut-être que s'ils fêtent leur anniversaire de mariage, ils ne voudront plus se séparer. Quand mes parents ont failli divorcer, mon père a organisé une gigantesque soirée à la Frick Collection pour ma mère. Et grâce à cela, ils ont décidé de rester ensemble. Ma mère a dit que si mon père était prêt à louer tout un musée pour la garder, ça valait la peine de rester.

– J'aime bien ça, approuva Mara. C'est romantique.

– On le fait ! plaida Eliza.

– OK, conclut Jacqui. Ça vaut le choc d'essayer.

– Le coup. Ça vaut le coup, la corrigea automatiquement Mara.

– Oui oui. (Jacqui hocha la tête avec impatience.) Vous voyez ce que je veux dire. Mais je ne sais quand même pas si ça va marcher. On peut bien donner la plus belle réception du monde... mais si aucun des deux ne vient ?

– Eh bien, il faut s'arranger pour qu'ils n'aient pas le choix. Ça ne peut pas être si difficile que ça ! s'exclama Eliza, toujours optimiste.

Toutes les trois mirent leurs idées en commun et discutèrent longtemps cette nuit-là. Jamais une organisatrice de soirées n'avait travaillé aussi dur.

# Eliza a-t-elle plus à offrir qu'une jolie frimousse ?

Après un week-end passé à s'amuser à New York, la reprise fut encore plus pénible qu'Eliza ne l'aurait cru. Ce n'était pas qu'elle n'aimât pas travailler chez Lunch : l'endroit était sympa, et l'ambiance en cuisine lui plaisait. Ses collègues étaient devenus plus chaleureux avec elle en voyant tous ses efforts pour faire du bon boulot. C'étaient, pour la plupart, de jeunes Irlandais qui travaillaient au noir ou des natifs de Long Island qui se faisaient un peu d'argent pour leur shopping de l'été, comme elle. Elle avait été de nouveau affectée à la cuisine suite au départ soudain d'un couple de cuistots. Heureusement, cette fois-ci elle n'avait renversé aucune marmite de soupe ni libéré aucun homard.

Le travail était répétitif et fatigant : en tant qu'aide-cuisinière, elle devait s'assurer que tous les légumes nécessaires aux diverses soupes et salades soient bien épluchés. Tout devait être coupé précisément en dés de la même taille, et elle avait mal à la main à force d'appuyer sur le couteau. Mais elle ne s'en plaignait pas : elle était bien déterminée à ne pas se comporter comme la princesse pour laquelle Jeremy la prenait. Elle ne l'avait pas rappelé depuis leur prise de bec au Mont-Fuji, et elle était triste qu'il ne l'ait pas appelée non plus. Ils n'étaient jamais restés aussi longtemps sans se parler. Tout le week-end, elle avait vérifié et revérifié son Palm Treo, mais il n'y avait aucun appel en absence de J. Stone.

– Une commande ! cria la serveuse en entrant avec fracas par la porte du restaurant juste au moment où une autre silhouette arrivait par la porte de derrière.

Eliza jetait des oignons émincés dans le velouté. Lorsqu'elle se retourna, elle vit Jeremy debout à côté des éviers en Inox, les bras croisés.

– Tu n'as pas le droit d'être ici, dit-elle avec humeur alors même que son cœur s'emballait d'allégresse.

– T'inquiète, je les connais, répondit-il en faisant un clin d'œil aux aides de cuisine mexicains.

– Qu'est-ce que tu veux ?

– Viens, sortons parler, fit-il d'un ton apaisant.

– Impossible, je n'ai pas de pause.

– Ricardo... Ça va si Eliza prend un quart d'heure ? demanda-t-il.

Le chef cuisinier accepta. Jeremy avait grandi dans le coin, c'est pourquoi il connaissait presque tous ceux qui travaillaient chez Lunch.

Eliza soupira et le suivit sur le parking.

– Je sais que tu m'en veux. Et je veux te dire que j'y ai repensé : c'est vrai que j'ai été dur l'autre soir, je suis désolé.

– Bien. C'est tout ? trancha Eliza.

– Je te fais mes excuses... ça ne te suffit pas ?

– OK, mais tu n'aurais pas dû me mentir, l'accusa-t-elle.

Jeremy plissa le front.

– Comment ça ? De quoi tu parles ?

– De Paige. Je sais ce qui s'est passé entre vous deux. Elle me l'a dit.

Il leva les bras au ciel.

– Ce qui s'est passé entre nous deux ? Je ne comprends pas très bien. Et alors, qu'est-ce qui s'est passé, entre nous deux ?

– Tu es sorti avec elle.

Il soupira profondément.

– C'était il y a longtemps. C'était rien, affirma-t-il en se rongeant une petite peau près de l'ongle du pouce.

– Rien ? Tu te fous de moi. C'est elle, pas vrai ? *Elle.*

– Elle ?

Sur un ton féroce, Eliza chuchota

– Celle qui t'a dépucelé. Ton amoureuse du lycée qui t'a largué à la fac.

– Attends un peu ! protesta Jeremy. D'abord, OK, oui, c'est elle. Mais c'était il y a longtemps, et sérieusement, on ne savait pas ce qu'on faisait, ni l'un ni l'autre. Et elle ne m'a pas largué. C'est moi qui ai cassé. Allez quoi ! C'est de l'histoire ancienne.

– Pas pour moi.

– Tu sais que tu es vraiment une fille pas ordinaire ? dit-il en souriant.

– C'est quoi, ce petit air satisfait ? demanda-t-elle.

– Moi ? Mais non. C'est toi qui es bête Ne nous battons pas.

– Je ne me bats pas, dit Eliza, sur la défensive.

Mais ils continuèrent à se disputer jusqu'au moment où Jeremy perdit patience.

– Tu sais quoi ? Puisque tu es tellement obsédée par Paige, tu devrais peut-être essayer de lui ressembler un peu plus. Elle, au moins, elle se passionne pour son boulot. Elle ne fait pas que compter sur son look et ses relations. Elle ne se plaint jamais ! Elle aime son travail, elle fait quelque chose qu'elle adore.

– Oh... Toi ! dit Eliza en le frappant avec son tablier.

Une marque rouge s'imprima sur sa joue.

Jeremy haussa les sourcils et secoua la tête. Il partit sans ajouter un mot.

Eliza retourna dans la cuisine surchauffée. Elle était profondément dégoûtée. C'était à la portée de tout le monde d'être le toutou de quelqu'un, comme Paige avec Sydney. Mais se comporter en esclave, ce n'était pas de la passion ! Et depuis quand son travail chez Lunch indiquait-il qu'elle « ne faisait que compter sur son look et ses relations » ? Et en plus, aurait-elle voulu lui dire, elle avait justement trouvé sa passion : elle avait adoré travailler pour la marque, mais elle s'était fait virer avant même de pouvoir approfondir sa découverte. Elle allait leur faire voir ! Elle allait montrer à Jeremy et à Paige qu'elle n'était pas qu'une feignasse de gosse de riches tout juste bonne à faire du shopping.

Il faisait plus de quarante degrés dans la cuisine. Eliza essora la sueur du bas de son T-shirt. À l'aide d'une paire de ciseaux, elle en découpa le col et l'ourlet pour le rendre plus aéré et confortable. Puis elle roula son short et l'épingla.

– Eh, regardez-moi ça ! lança Margie, l'Irlandaise responsable de la friture. Tu peux faire la même chose pour moi ?

Eliza essuya ses larmes.

– Bien sûr, répondit-elle en hochant la tête.

# Alors, « qui rira le dernier » ?

Depuis le soir où elle avait embrassé ses trois cofondateurs, Jacqui avait pris l'habitude d'aller régulièrement faire un tour sur DortoirEnFolie.com. Mais en se connectant sur le site à son retour de New York, elle constata que les blagues n'avaient pas changé de toute la semaine. Aucun des gags n'avait été mis à jour, et la vidéo la plus récente – une starlette ivre morte souriant bêtement à la caméra alors que sa bretelle descendue révélait son sein gauche et ses cicatrices de chirurgie esthétique – était déjà ancienne.

Elle éteignit l'écran en se demandant s'il y avait un problème.

En arrivant au château des Reynolds ce soir-là, elle constata avec surprise que, pour la première fois de tout l'été, il était plongé dans le noir : les lumières étaient éteintes, les volets clos. Aucun signe de folie nocturne : pas de foule de Hamptoniens se battant pour entrer, pas de concours de T-shirts mouillés sur la pelouse, pas de hip-hop à fond, pas de tournois de Beyrouth. Que se passait-il ? Est-ce que quelqu'un était mort ? Elle ouvrit la porte en appelant doucement : Grant ? Ben ? Duffy ? Où êtes-vous, les mecs ?

Elle les trouva assis tous les trois sur le canapé, l'air

lugubre, chacun sirotant une canette de bière. Grant lançait mollement des fléchettes vers la cible de l'autre côté de la pièce, mais la ratait largement ; le tapis était jonché de fléchettes. Duffy tripotait une croûte qu'il s'était faite au coude en tombant de son échasse à ressort. Ben était absorbé dans un jeu vidéo, mais il avait l'air mal parti : la voix sortie de l'écran de télé ne cessait de répéter « Rechargez. Rechargez. »

Grant s'arrêta en plein jet, et la fléchette atteignit Ben au genou.

– Fais gaffe ! dit Ben, contrarié, en la lui renvoyant ; mais elle s'en alla frapper le coude blessé de Duffy.

– Ho ! brailla Duffy.

Ils levèrent tous les yeux sur Jacqui avec leurs têtes d'enterrement, en fort contraste avec l'agitation fébrile dont ils étaient coutumiers.

– Ah, te voilà, fit Duffy sans son enthousiasme habituel.

– Jacqui, Jacqui, Jacqui.

Grant secoua la tête.

– Qu'est-ce que tu veux ? demanda Ben avec un peu de brusquerie.

Jacqui s'assit sur l'accoudoir du canapé.

– Tout va bien ?

– Non, soupira Ben. Le site est en train de couler. On n'a rien de nouveau, pas de blagues, pas de vidéos. Le nombre de visites s'est effondré. On a perdu quelque chose comme soixante-dix pour cent de parts de marché.

– Il y a un nouveau site sur lequel les jeunes peuvent charger eux-mêmes leurs blagues et leurs vidéos. Saloperie de net-économie. Tout va trop vite, s'emporta Duffy.

Ils lui expliquèrent que l'absence de « pop-ups » avait

entraîné une chute libre de leurs revenus publicitaires, et que le coût de leurs folles soirées hebdomadaires les avait menés au bord de la faillite.

– On va peut-être devoir vendre le Black Hawk, s'écria Grant.

– Et pourquoi vous ne mettez pas de nouvelles blagues en ligne ? questionna Jacqui.

– On n'en trouve plus. (Duffy haussa les épaules.) On est à court d'idées. Rien ne nous fait plus rire.

– Je suis déprimé, admit Ben.

– On est foutus, déclara Grant.

– Allez, les mecs, ça ne peut pas être si terrible que ça ! C'est juste un cahot sur la route ! Vous allez trouver quelque chose, j'en suis sûre Duffy... Ben... Grant... Allez...

– On sait, tu sais, la coupa Ben.

– Pardon ? demanda-t-elle en se penchant en avant.

– On sait ce que tu faisais, dit Duffy en la regardant d'un air mélancolique.

– Tu nous as dupés, se lamenta Ben.

– Quoi ?

– Tu es sortie avec nous trois... N'essaie pas de nier, on est tous au courant, précisa Grant.

Jacqui rougit.

– Je ne voulais pas...

C'est vrai, elle ne voulait pas. C'était arrivé, tout simplement : elle les avait trouvés irrésistibles tous les trois, même si, au fond d'elle-même, elle savait que ce jour devait arriver. Soudain, elle se sentit horriblement mal.

– C'est bon, va. On aurait dû s'en douter, dit Ben. Ce n'est pas si grave, sauf qu'on est trois, et que tu n'es qu'une.

– Et on ne peut pas vivre comme ça, avoua Grant. Alors, il faut que tu choisisses.

– L'un de nous, énonça Duffy sobrement. Un seul.

Échanger les trois garçons contre un seul ? Jacqui eut une bouffée de chaleur. Comment pourrait-elle jamais se décider ? Parce que d'une certaine manière, elle les aimait tous les trois...

# Parfois, les vœux se réalisent…

À son retour de New York, Mara s'attendait à trouver *La Négligence* plus en désordre que jamais. Car après tout, plusieurs potes d'université de Ryan s'étaient rabattus sur le bateau pour le week-end. Avant de pénétrer dans la cabine, elle se raidit à l'idée de l'odeur de bière éventée.

Elle poussa la porte coulissante, mais fut accueillie par une senteur étonnamment agréable. On aurait dit des légumes braisés et du romarin. Elle regarda autour d'elle… pas de cartons par terre, pas de mégots, pas de canettes vides, pas de moutons de poussière dans les coins. Au contraire, le yacht était propre, le parquet luisait, les tapis avaient été aspirés. Dans un vase, une gerbe de bambous dégageait un parfum plaisant, qui rappelait celui du linge fraîchement lavé.

Un instant, Mara fut tentée d'aller vérifier sur l'étrave du bateau si elle ne s'était pas trompée.

Mais Ryan sortit de la cuisine, une cuillère en bois à la main.

– Goûte ! dit-il en guise de bienvenue, en approchant la cuillère de ses lèvres.

– Tu cuisines ? demanda-t-elle en acceptant.

C'était délicieux. De la sauce marinara.

– Ça m'arrive.

– Et tu as fait le ménage ?

– En fait, Laurie a envoyé quelqu'un le faire, avoua-t-il. Mais je me suis dit qu'il était temps. J'aurais dû faire venir quelqu'un toutes les semaines. Tu avais raison : ça commençait à être vraiment crade, ici.

– C'était sympa avec tes amis ? lui demanda-t-elle en le regardant déboucher une bouteille de vin.

– On s'est bien marrés, dit Ryan. Mais tu m'as manqué.

– Toi aussi, répondit Mara en frottant le nez contre sa joue.

Ils s'embrassèrent brièvement. Ryan lui renifla les cheveux, inhalant son odeur – ce qu'il n'avait pas fait depuis longtemps.

Elle se serra dans ses bras. Elle était aux anges. Cette démonstration d'affection semblait indiquer qu'il était prêt à soutenir plus pleinement ses ambitions professionnelles. Elle en avait assez de toujours culpabiliser de l'abandonner.

– J'ai une grande nouvelle ! déclara-t-elle.

– Moi aussi, mais toi d'abord, dit Ryan, les yeux brillants. Il la tenait encore tout contre lui.

– Sam Davis m'a appelée quand j'étais à New York. L'agence Associated Press va reprendre mon article sur Sydney ! Elle va le proposer à tous ses partenaires médiatiques. Je vais être publiée au niveau national ! Tu te rends compte ?

Mara était encore sous le choc de cette nouvelle. Sam n'avait pas tari d'éloges et avait assuré que Mara avait « la niaque ».

– C'est super, opina Ryan, mais Mara remarqua qu'il la lâchait imperceptiblement. Tant mieux pour toi.

Son sourire vacilla un peu. Pourquoi Ryan n'avait-il pas l'air de s'intéresser à son travail ? Il avait un jour reconnu qu'il n'ouvrait jamais *Hamptons*, sauf pour lire sa chronique. Mais seulement quand elle l'y faisait penser.

– Sam dit que ça ne leur arrive jamais de vendre un article à AP. Et l'autre jour, j'ai reçu un appel d'une éditrice de *Harper's Bazaar* : ils veulent que j'écrive un papier sur « le style des Hamptons ». Cinq cents mots seulement, mais quand même.

– Mmm. (Ryan hocha de nouveau la tête.) C'est très chouette.

– Et toi, ta bonne nouvelle ? demanda Mara, se rappelant soudain qu'il avait dit en avoir une aussi.

Le visage de Ryan s'illumina sur-le-champ.

– Il y a quelque chose pour toi. Sur la table.

Mara s'approcha de son bureau. C'était une épaisse enveloppe blanche frappée du blason de Dartmouth.

– Oh mon Dieu ! murmura-t-elle.

Les yeux de Ryan dansaient de joie.

– Tu es prise ! Je te l'avais dit !

– Je suis prise, souffla Mara en passant les doigts sous le rabat de l'enveloppe.

Elle en retira une liasse de formulaires et lut la lettre officielle de félicitations pour son admission dans la prochaine promotion de première année à Dartmouth.

– On va pouvoir être ensemble !

Il la prit dans ses bras.

Mara replaça les formulaires dans l'enveloppe, tiraillée par des émotions contradictoires. Elle aurait dû être heureuse. Elle obtenait enfin ce qu'elle avait tant voulu. Elle était admise à Dartmouth. Mais elle se rappelait le campus de

Columbia : l'énergie de la ville, le cursus d'écriture, la sophistication naturelle de Danielle. Son article allait être diffusé partout, et elle avait une commande de *Harper's Bazaar*. Comment pourrait-elle continuer à écrire sur la mode si elle était coincée dans le New Hampshire ?

Elle avait tant désiré Dartmouth... et maintenant qu'elle l'avait, elle était déçue.

– Eh bien, qu'est-ce que tu attends ? l'exhorta Ryan en lui tendant un stylo pour qu'elle signe tous les formulaires d'admission.

Il avait l'air si impatient, si content pour elle... Mara se rappela pourquoi elle avait tant voulu entrer à Dartmouth. Elle et Ryan seraient ensemble désormais ; leur été n'aurait pas à se terminer. Peut-être même ne faisait-il que commencer.

Mara apposa sa signature en bas de la déclaration promettant qu'elle irait à Dartmouth à l'automne. Elle la mit dans son sac. Elle la posterait le lendemain à la première heure, avec un dépôt de garantie. Ryan lui donna un timbre.

– Allez viens, dit-il en l'attirant dans la cuisine. Le dîner va refroidir.

# Donna Karan, attention : bientôt « tu n'auras plus que tes yeux pour pleurer »

Alors comme ça, Jeremy trouvait qu'elle manquait de passion ? Elle allait lui montrer qu'elle n'était pas qu'une accro du shopping. Il croyait que tout ce qu'elle savait faire, c'était dépenser ? Et apparemment, même avec son boulot chez Lunch (qui lui faisait les mains calleuses, hé, ho !), elle ne méritait toujours pas son respect. Paige faisait quelque chose qu'elle aimait, alors qu'Eliza n'était qu'une pauvre salariée... Eh bien, ça suffisait. Elle aussi, elle allait faire quelque chose qu'elle aimait.

Tout le monde lui avait toujours dit qu'elle était la mieux habillée, qu'elle avait un sens du style exceptionnel que tout le monde voulait imiter, et c'était son coup d'œil à elle qui avait fait le succès du défilé de Sydney ; elle avait même entendu dire que, grâce à la sensation provoquée par son arrivée en hélicoptère, les commandes étaient en hausse et les collections de Sydney étaient redevenues rentables. Après un mois de travail chez Lunch, Eliza n'avait plus peur de se mettre au charbon. Elle comprit soudain comment elle pouvait joindre l'utile à l'agréable, conjuger sa passion pour la mode et sa nouvelle attitude de bosseuse.

Elle allait dessiner sa propre collection. Quelques créations seulement, peut-être dix tenues en tout. Il lui fallait juste une pièce exceptionnelle. Calvin Klein s'était bien fait un nom avec ses jeans, Donna Karan sur un body en Stretch, Zac Posen sur la force d'une robe de soirée aérienne.

Qui disait « automne » disait « rentrée » ; qui disait « rentrée » disait, en général, « uniforme ». Eliza esquissa les projets d'une collection de travailleuse glamour : elle l'appellerait « l'Uniforme de l'automne ». Des pièces décontractées, branchées, inspirées de toutes sortes d'uniformes : uniformes scolaires (écossais, à carreaux, en lainage gris, bordeaux, cravates), uniformes d'hôtesses de l'air (jupes entravées, vestes cintrées, foulards de couleurs vives), uniformes militaires (manteaux à boutons de cuivre, épaulettes, camouflage), uniformes de Wall Street (tailleurs ajustés, pantalons cigarette, pied-de-poule). L'uniforme de la femme active, le summum du chic vestimentaire.

À la moindre pause dans son travail au restaurant, elle se mettait à gribouiller dans son carnet ; grâce à son passage chez Sydney, elle savait où trouver les meilleures modélistes et les meilleurs fournisseurs de tissu. Son ami Todd, le vendeur de chaussures de chez Jeffrey, était partant pour s'associer au projet. Elle débordait d'enthousiasme à l'idée de monter sa marque.

Elle allait apprendre à Paige et à Sydney une ou deux choses sur la vraie motivation et l'inspiration créatrice... ce dont ils manquaient l'un comme l'autre.

Quelques jours plus tard, ses parents étant sortis pour la soirée, Eliza invita les filles à dîner chez elle. Elle s'était dit que ce serait amusant de cuisiner toutes les trois au lieu de sortir comme d'habitude. Elle était allée au marché dans l'après-midi et en avait rapporté des légumes frais et des herbes aromatiques ; son patron chez Lunch lui avait donné quelques gros filets de truite.

Eliza déposait le poisson dans une marinade d'huile d'olive et de citron lorsque Jacqui et Mara arrivèrent avec des bouteilles de vin et du pain frais de chez Citarella.

– J'adore votre cuisine, dit Mara en rangeant les provisions et en regardant le poisson par-dessus l'épaule d'Eliza. Cette maison est superbe.

Elle pressa avec affection le bras d'Eliza. Cette dernière sourit.

– Merci, c'était celle de ma grand-mère. Elle était dans la famille depuis toujours. Papa a dû la racheter le double de ce qu'il l'avait vendue, mais elle en vaut la peine.

La cuisine des Thompson avait quelque chose de campagnard, confortable, rustique, malgré les réfrigérateurs industriels Traulsen encastrés en acier Inox. La mère d'Eliza l'avait décorée dans un style champêtre vaguement français, avec des tonnes de faïences en forme de poules et de coqs, et des torchons bariolés à fleurs. Un plancher délavé, des boiseries patinées et rouillées. Et chaque centimètre carré disponible était couvert de photos de famille. Eliza à son cinquième anniversaire, en robe rose, portant une ombrelle. Ses parents dansant au Stork Club. Eliza à skis à Gstaad. Sa mère à un bal de débutantes au Waldorf. Des photos d'une famille glamour, mais aimante.

Mara admira les clichés un par un en se disant qu'Eliza menait une vie enchantée et enchanteresse : la cuisine vibrait de bonne énergie.

– Qu'est-ce que c'est ? demanda Jacqui en remarquant un épais carnet de croquis au milieu de la table. (Elle l'ouvrit et se mit à le feuilleter.) Ouah, Liza ! C'est de toi, tout ça ? C'est excellent.

Eliza opina en posant le poisson sur le grill.

– M-mm.

Elle leur expliqua son idée de monter sa marque, le visage rayonnant.

– C'est fantastique ! admira Mara en regardant les exercices de style imaginés par Eliza. On peut faire quelque chose ?

– Ouf, heureusement que tu le proposes : j'ai tellement besoin d'aide ! avoua Eliza avant de détailler les différentes tâches : découper le tissu, jouer les mannequins d'essayage pour les patrons, rédiger un communiqué de presse, démarcher les propriétaires de boutiques.

– J'ai acheté une machine à coudre, continua-t-elle, mais je ferai réaliser les prototypes à New York par de vraies couturières.

– Quand aura lieu le défilé ? fit Jacqui en sirotant son verre.

Elle avait déjà proposé à Eliza ses talents de coordinatrice des ventes : elle parlerait de la nouvelle ligne à ses anciens patrons, dans la boutique où elle avait travaillé au Brésil.

– Un défilé... mon Dieu. Je n'y avais même pas pensé, admit Eliza. Mais c'est une idée géniale.

– Sydney fait le sien la dernière semaine d'août, l'informa Mara. On a reçu l'invitation aujourd'hui même. Il ne participe pas à la Fashion Week à New York : il veut défiler en avance.

– Ce serait marrant de faire mon défilé le même soir, non ?

À ces mots, Eliza éclata de rire. Et soudain elle sut que c'était exactement ce qu'elle allait faire.

– Mais, reprit-elle, comment monter un défilé sans un sou ? Il faudrait payer la location d'un lieu et tout. Je n'en ai pas les moyens.

– Pourquoi pas sur la plage ? La plage, c'est gratuit. Il y a une belle étendue de sable à Flying Point, assez loin de toute habitation. Tu pourrais le présenter là, suggéra Jacqui.

Elle pensa à la nuit qu'elle y avait passée avec Grant, et s'attristait de devoir s'expliquer avec lui. Grant ne répondait pas à ses appels. Elle avait raconté à ses amies ce qui était arrivé, et toutes deux lui avaient conseillé de laisser passer un peu de temps.

– J'adore ! Adjugé ! décida Eliza. Merci, les filles !

Elles mirent la table et s'installèrent pour dîner. Le poisson était frais et merveilleusement tendre, et elles complimentèrent Eliza pour ses talents de cordon bleu.

– Jeremy est un veinard, dit Mara.

Eliza se crispa.

– Je n'en sais rien. On ne se parle plus vraiment en ce moment.

Elle leur raconta la scène de l'autre jour chez Lunch. Cela la rendait malade. Elle ne savait pas s'ils étaient encore ensemble ou en train de se séparer.

– Bref, conclut-elle, je suppose que l'un de nous devrait s'excuser, mais je n'arrive pas à me décider : soit j'attends des nouvelles de lui, soit je le rappelle, tout simplement.

– Tu devrais l'appeler, la pressa Mara. L'été est presque terminé. Tu n'as pas de temps à perdre, dit-elle en pensant plutôt à Ryan et elle.

Elle leur annonça qu'elle était enfin prise à Dartmouth, et elles trinquèrent à son admission.

– Mais ça n'a pas l'air de te rendre heureuse ? remarqua Jacqui.

– Oui et non, avoua Mara. Je me dis qu'au fond, je voudrais rester à New York, mais d'un autre côté il y a Ryan...

– Ah, les mecs, résuma Eliza. On ne peut vivre ni avec eux ni sans eux.

– Je bois à cette vérité première, s'esclaffa Jacqui.

Depuis leur ultimatum, chacun des garçons essayait de voler un peu de temps en tête à tête avec elle dans le dos des deux autres. Chacun avait pris à son compte cette épreuve de force et s'était persuadé qu'elle le choisirait. Il fallait mettre un terme à cette folie avant que quelqu'un ne se fasse vraiment mal. Et à cet instant précis, Jacqui prit sa décision.

Elles passèrent la soirée à aider Eliza avec son tissu, à épingler des patrons, à faire des essayages avec quelques-unes des tenues, et à danser dans toute la pièce sur le dernier album de Gwen Stefani. Même si les garçons leur donnaient du fil à retordre, c'était réconfortant de savoir qu'elles pourraient toujours compter les unes sur les autres.

# Elle n'est pas folle de toi, c'est tout...

Organiser une fête d'anniversaire de mariage pour deux personnes au bord du divorce était plus difficile que Jacqui ne l'aurait cru. Surtout quand votre propre vie amoureuse ne se révélait pas si folichonne non plus. Le moment de mettre fin au ménage à quatre était venu, et lorsque Duffy lui proposa une balade au coucher du soleil en voiturette de golf, elle y vit une occasion d'effacer l'ardoise. Ils étaient garés près de l'endroit où ils avaient roulé dans le sable et s'étaient embrassés pour la première fois.

– Ce que tu as l'air sérieuse, la gronda Duffy quand elle lui eut annoncé qu'elle avait quelque chose d'important à lui dire.

– J'ai de mauvaises nouvelles, commença-t-elle doucement en époussetant le sable de son jean.

– Ce n'est pas moi, c'est ça ? supposa-t-il.

– Ce n'est pas toi, dit Jacqui. C'est moi.

Cette réplique éculée les fit pouffer de rire.

– Ah, Jacarei. On s'amusait tellement bien !

– J'espère que tu ne m'en veux pas.

Duffy eut un large sourire, le même que lors de leur première rencontre.

– Comment en vouloir à une si belle fille ?

– Alors, amis ? risqua Jacqui en levant la main pour la claquer contre la sienne.

Ce que fit Duffy avec affection.

– Toujours.

Jacqui expira profondément. Un de fait, plus que deux.

Plus tard cet après-midi-là, au quartier général de Cupidon, Eliza s'était procuré le numéro de la meilleure organisatrice de mariages de la ville, chez qui elles avaient rendez-vous pour passer en revue les détails de l'événement. Elles avaient décidé que le meilleur endroit serait le jardin des Perry. Le bureau de Georgina Perkins se trouvait dans une villa de Southampton garnie de canapés molletonnés sous leurs housses de lin. Il y avait des gravures de fleurs anciennes encadrées aux murs, quantité de plaids en chenille couleur pastel, des faïences dépareillées : un style rustique chic et de bon goût.

– Donc, c'est pour vos parents ? demanda la parfaite mais nerveuse femme d'intérieur coiffée d'un carré blond, en ouvrant son énorme registre de rendez-vous noir.

– Non, dit rapidement Jacqui.

– En quelque sorte, répondit Eliza.

– En fait, euh, ils sont comme des parents pour nous, expliqua Mara avec un sourire encourageant.

– Et donc, vous pensiez chapiteau dans le jardin, petits fours servis sur plateaux, cinq plats, orchestre, feu d'artifice final ? proposa Georgina en décrivant le tralala hamptonien de base à cent mille dollars.

– Oh oui, opinèrent-elles toutes les trois avec enthousiasme.

– Et une fontaine de chocolat. Il nous en faut une, insista Eliza. (Sa cousine s'était mariée au printemps, et l'extravagante cascade d'un mètre cinquante de haut déversant du chocolat fondu avait été le clou de la soirée.) C'est romantique, ajouta-t-elle.

– C'est en supplément, nota Georgina.

– Et pourrait-on avoir des steaks de chez Delmonico ? demanda Jacqui.

– Bien sûr, mais il faudra les faire venir de New York, donc ce sera aussi en supplément.

– Pourquoi Delmonico ? se renseigna Mara.

– Je vous expliquerai plus tard, dit Jacqui.

– Et pour les musiciens, à qui pensiez-vous ? enchaîna Georgina.

– Eh bien... je sais que c'est beaucoup demander, mais pensez-vous que nous pourrions convaincre Matchbox Twenty de venir chanter ? poursuivit Jacqui.

– Matchbox Twenty ? s'étrangla Eliza. Oh là là, ils sont tellement... 1998 !

Mara pouffa de rire. Même si elle n'avait rien contre ce groupe, Eliza n'avait pas tort. C'était presque aussi atroce que d'inviter Sheryl Crow.

– Justement. C'est à cette époque qu'ils se sont rencontrés, rappela Jacqui. Anna en mourrait de joie.

– Je ne sais pas si nous pourrons les avoir ; il me semble qu'ils se sont séparés, dit Georgina. Mais Rob Thomas acceptera peut-être de venir chanter une chanson. Je connais sa femme.

– *Excelente*, sourit Jacqui.

Georgina prenait des notes avec ardeur. Puis elle sortit un formulaire de dépôt de garantie.

– Il me faut cinquante pour cent maintenant, et le reste le jour de la réception. Signez ici.

– Pas de problème, dit Jacqui d'une voix égale.

En sortant, elles se rendirent à pied dans un café proche.

– Mais qui paie pour cette réception ? interrogea Eliza.

Jacqui prit un air penaud.

– J'ai fait tout mettre sur le compte d'Anna. Je me suis dit que si ça marchait, elle m'en remercierait plus tard. Et sinon, de toute manière je suis virée.

– Ah, bien. Eliza hocha la tête, impressionnée.

Il n'y avait plus qu'un problème : Jacqui et Shannon n'avaient pas trouvé le moyen d'attirer Kevin Perry dans les Hamptons le jour de la fête. Après la confrontation au restaurant et la mauvaise impression qu'elle avait laissée, il n'était même plus question qu'il s'approche de sa femme. Pire : en consultant sa messagerie électronique, Shannon avait découvert que Kevin avait prévu un voyage dans les Caraïbes fin août, juste au moment prévu pour la soirée. Il fallait qu'elles trouvent quelque chose, et vite ; sinon, Rob Thomas allait devoir chanter une complainte de divorce, pas une chanson d'amour.

Plus tard dans la soirée, Jacqui partagea avec Ben un banana split au Snowflake Diner afin de régler une autre question en suspens.

Ben tendit le bras pour lui prendre la main ; Jacqui le repoussa, doucement mais fermement.

– Écoute-moi, j'ai quelque chose à te dire.

Elle soupira : voilà qui allait être délicat. Mais Ben, toujours sensible à ses humeurs, lui épargna le plus difficile.

– Je sais déjà, dit-il calmement. Je regrette que l'on ait dû te faire choisir. C'était bien tant que ça a duré. Je pense qu'on savait tous ce qui se passait, mais qu'on faisait comme si de rien n'était.

– Ben… vous avez eu raison. Je ne peux pas me diviser en trois, et ce n'est pas juste pour vous.

Elle prit dans sa cuillère de la glace recouverte de sauce au chocolat, mais changea d'avis et la reposa. Cela ne lui semblait pas correct de manger dans un moment pareil.

– Je suis désolée, ajouta-t-elle.

– Il ne faut pas. C'était formidable. (Ben sourit et lui caressa la joue avec douceur.) Ça en valait la peine.

Jacqui se pencha en avant pour lui faire gentiment la bise.

– À chaque instant.

# Si Nicky Hilton peut le faire, pourquoi pas Eliza ?

Le mois d'août était entré dans sa troisième semaine... l'été avait passé si vite ! Mara, installée à sa place attitrée au bureau, s'émerveillait de tout ce qu'elle avait appris cette année. Elle revoyait avec Sam le plan de sa dernière chronique. Au téléphone, Sam abreuvait son mari d'injures parce qu'il leur avait pris des billets d'avion pour les Caraïbes sans s'assurer qu'ils seraient surclassés en première.

– Tu leur as dit qui j'étais ? Vraiment ? Et... ils ont refusé ?

– Donc, je me disais que pour mon dernier papier... il y a une nouvelle styliste bourrée de talent qui fait un défilé sur la plage la semaine prochaine, continua Mara une fois que Sam eut violemment raccroché le téléphone.

À présent, elle était habituée à voir sa patronne agresser verbalement tout le monde, y compris son époux. C'était la routine.

– Qui est-ce ? Elle peut envoyer des échantillons ? demanda Sam avec intérêt, d'un ton tout à fait normal, comme si elle ne venait pas de hurler à s'en décrocher les poumons quelques secondes plus tôt.

– Non, c'est sa première collection. C'est Eliza Thompson.

Vous vous rappelez, la fille que nous avons mise en page centrale la première semaine de juillet ?

Tous les étés, le magazine publiait régulièrement la photo des jet-setteuses les plus en vue sur un dépliant de trois pages au milieu du magazine. C'était un clin d'œil humoristique aux filles de *Playboy*, accompagné de listes de ce que les jeunes femmes en vue « adoraient » et « détestaient ». *J'adore : les draps en toile cinq cents fils. Je déteste : voler sur les lignes régulières.* Les lectrices fidèles les collectionnaient comme des cartes de baseball. (« Oh, tu as une Elisabeth Kieselstein-Cord ! Je te l'échange contre une Ivanka Trump ? »)

– Elle a une collection ?

Mara confirma avec fougue.

– Je ne sais pas, dit Sam, méfiante. C'est le dernier numéro de l'été, donc on ne peut couvrir que les grands noms. Sydney Minx fait son défilé au même moment. En plus, j'ai parlé à son attachée de presse : cette fois, il va nous accorder toute une interview.

– Mais je crois vraiment qu'Eliza Thompson est beaucoup plus indiquée pour notre chronique, pour la nouvelle génération de lectrices de son âge... argumenta Mara.

Après le succès de ses articles et depuis qu'elle avait attiré l'attention du monde des médias new-yorkais, elle commençait à croire qu'elle s'en tirait bien comme reporter. Elle était impatiente d'éprouver ses nouveaux talents de journaliste, surtout si cela lui permettait d'aider une amie.

– Peut-être, se déroba Sam. Mais cette vogue des jet-setteuses-qui-créent-une-collection est un peu dépassée, non ? Elles ne sont pas toutes DJ de nos jours ? Ou stars du porno ? Non, on va s'en tenir à Sydney.

– Vous êtes sûre ? J'ai vraiment l'impression que le défilé d'Eliza sera plus dynamique, plus actuel, insista Mara qui avait en tête plusieurs tenues fabuleuses créées par Eliza.

– Le défilé de Sydney sera le plus grand événement à se dérouler dans cette ville, dit sèchement Sam. Il fera la clôture de la saison mondaine. Tout le monde y sera : personne ne peut plus s'arrêter de parler de ce défilé qu'il a fait en début de saison. Et votre portrait va lui donner encore plus d'importance. Les gens adorent le scandale. Ce sera son come-back.

– Mais Eliza...

– Ça suffit. Je veux que vous soyez au défilé de Sydney.

Mara hocha la tête. Elle s'était fait descendre en flammes, mais que faire ? Après tout, Sam était dans la profession depuis vingt ans.

Elle regarda l'invitation qu'Eliza lui avait envoyée – un origami délicatement plié en forme de cabas géant (« Le nouveau porte-documents de la femme active ») – et la mit de côté. Elle n'avait aucun moyen de couvrir à la fois le défilé de Sydney et celui d'Eliza. Cette dernière allait être très déçue ; elle avait déjà dit à plusieurs acheteurs potentiels que *Hamptons* parlerait de la collection. Mara espérait que son amie serait compréhensive.

# Si maman ne sait pas, demandez à sa fille...

Au beau milieu de ses essayages, Jacqui reçut un appel de l'organisatrice de mariages. Mauvaise nouvelle. Le compte bancaire dont Jacqui lui avait donné les références lors de leur rendez-vous était clos. Kevin avait déjà commencé à geler tous leurs avoirs communs. *Zut.* Jacqui réfléchit à toute vitesse et lui donna le numéro de carte de retrait d'Anna. Elle croisa les doigts. Avec un peu de chance, le compte courant marchait encore. Georgina rappela. C'était le cas. Tout était arrangé.

– Qu'est-ce qui se passe ? demanda Eliza en épinglant la robe sur son buste. Tu te sens bien comme ça ?

Jacqui acquiesça. Debout au milieu de la chambre d'Eliza, elle se regarda dans le miroir. Elle n'en revenait pas de voir à quel point la robe lui allait bien. C'était une déclinaison malicieuse de l'uniforme des écolières catholiques, à motif écossais et col Claudine. Mais loin de ressembler... disons, à un déguisement pervers, la robe était fraîche et tendance tout en restant incroyablement confortable.

– C'est fabuleux ! dit-elle à Eliza. Tellement agréable à porter.

– Du coton avec un soupçon de Lycra, précisa Eliza avec un grand sourire.

La collection « glamour girl » s'inspirait de son concept des « Filles qui comptent » : l'idée était de créer des vêtements pour les filles qui avaient autre chose à faire que se soucier... de leurs vêtements. L'« uniforme » était censé supprimer toute angoisse au moment de s'habiller : on attrape un pull, un chemisier, un pantalon, et on y va.

Elle avait réussi à persuader quelques-unes de ses anciennes camarades de classe de défiler, elles aussi ; assises dans la chambre d'Eliza, elles attendaient leur tour.

– Il me faudrait encore deux filles, s'inquiéta Eliza.

– Que dirais-tu de Shannon et Madison ? proposa Jacqui. Je suis sûre qu'elles adoreraient participer.

Jacqui trouva Shannon en train de lire un livre à Cody dans le solarium. Elle lui expliqua qu'Eliza avait encore besoin de quelques filles pour son défilé, et qu'à son avis elle et Madison seraient idéales.

– Moi ? Dans un défilé ? Génial ! dit Shannon en posant le livre. Mais...

– Mais ?

– Je ne suis pas sûre pour Madison. Elle a une dent contre moi en ce moment.

Shannon raconta à Jacqui que Madison lui avait demandé de but en blanc si Anna et Kevin divorçaient, et qu'elle avait dû lui mentir.

– Je crois qu'elle se doute de quelque chose, ajouta-t-elle.

– On ferait peut-être mieux de tout lui dire, décida Jacqui après réflexion.

Il paraissait cruel de la laisser dans l'ignorance. Et puisqu'elles se creusaient aussi la tête pour trouver comment attirer Kevin dans les Hamptons, peut-être que Madison – la plus observatrice de la famille – pourrait les aider à trouver un plan.

Les deux filles au pair allèrent la trouver dans sa chambre. Elle était occupée à tchatter avec ses amies .

– Quoi ? demanda-t-elle.

– Tout d'abord, Mad, je suis vraiment désolée, commença Shannon.

Elle lui expliqua que Jacqui l'avait mise au courant du divorce et qu'elles échafaudaient toutes les deux des plans extravagants pour réconcilier les Perry.

Le visage de Madison se figea comme un masque.

– Alors ils se séparent, c'est vrai ? Anna va devoir partir ? Et Cody aussi !

– On a fait tout notre possible pour l'éviter, soupira Jacqui en s'agenouillant pour serrer la jeune fille dans ses bras. Je suis absolument désolée.

– Mais tout n'est pas encore fichu, reprit Shannon. On leur prépare une réception pour leur anniversaire de mariage à quelques jours de la vraie date.

– Le seul problème, continua Jacqui, c'est d'attirer ton père pour qu'il y soit. Je me disais que si on pouvait le faire venir, la fête les ramènerait tous les deux à de meilleurs sentiments, et ils comprendraient qu'en fait ils ne veulent pas se séparer.

– Je vois, dit Madison, l'air peu convaincu.

Jacqui remarqua une photo de Madison et de Kevin sur son bureau. Soudain frappée par leur ressemblance, elle se fit la réflexion que Madison était aussi têtue que son père.

Peut-être n'auraient-elles pas besoin de concocter des ruses délirantes, tout compte fait.

– Tu sais, vous êtes très proches, ton père et toi. Tu pourrais peut-être lui parler, toi, lui proposer de venir dans les Hamptons le week-end prochain...

Madison, qui mâchait un chewing-gum, souffla une grosse bulle.

– Sans doute. C'est vrai qu'il me manque un peu. Et j'ai mon premier tournoi de tennis le lendemain.

– Il serait tellement fier de toi ! s'empressa d'ajouter Jacqui.

– Ce serait bien, concéda Madison avant d'ajouter, un peu triste : il ne m'a jamais vue jouer.

– Tu l'as déjà invité ? demanda Shannon.

La jeune fille secoua la tête.

– Papa est tout le temps très occupé. Mais vous avez raison : il faut qu'il vienne à mon tournoi. Il se vante toujours d'avoir gagné le championnat junior une fois. D'accord, je vais le faire.

Jacqui lui donna une tape dans le dos.

– Merveilleux.

Madison sourit largement.

– D'ailleurs, si ça ne marche pas, je n'ai qu'à lui dire que les voisins empiètent sur sa propriété. Ça le met en rogne à tous les coups. Il rappliquera dare-dare pour vérifier.

Jacqui éclata de rire. Assurément, c'était Kevin tout craché.

– Tu m'en veux ? fit timidement Shannon. Je suis désolée de t'avoir menti.

– Un peu, admit Madison. Mais tu essayais de m'aider. Moi non plus, je ne veux pas qu'Anna et papa se séparent. Elle n'est pas formidable, mais vous savez, c'est tout ce qu'on a, dit Madison, faisant preuve d'une grande maturité en ce qui concernait sa belle-mère.

– En tout cas, ce n'est pas ce qu'on était venues te dire, intervint Jacqui, radieuse.

Les deux plus jeunes des filles se retrouvèrent dans la chambre d'Eliza, aux mains d'un essaim de couturières. Elles avaient du mal à contenir leur excitation. Elles allaient être mannequins !

– C'est pas grand-chose, vous savez, leur dit Eliza. Même pas un vrai défilé. C'est plus comme une sorte d'acte de guérilla. Je veux dire qu'on invite la presse, mais ce n'est pas sanctionné par la Fashion Week ni rien.

– Et alors ? jubila Shannon. Ça va être dément !

– Complètement, approuva Madison.

Elles échangèrent de grands sourires, et l'amertume et les soupçons des dernières semaines fondirent comme neige au soleil : elles étaient de nouveau les meilleures amies du monde.

Plus tard dans la soirée, Grant frappa à la porte du cottage. Il avait pris l'habitude de passer en pleine nuit pour un câlin tardif, et pendant pratiquement tout l'été Jacqui y avait consenti très volontiers. Mais pas cette fois. Elle descendit les marches branlantes et l'arrêta à la porte.

Grant haussa les sourcils, Jacqui hocha la tête, et ils marchèrent calmement jusqu'à la plage où Grant avait déjà creusé un foyer et ramassé du bois pour faire un feu. Il s'agenouilla et craqua une allumette. Les flammes léchèrent le bois et ne tardèrent pas à projeter des étincelles. Jacqui s'enroula dans les couvertures que Grant apportait toujours en de telles occasions.

Il vint se blottir contre elle et passa un bras autour de ses épaules. D'habitude, c'était le moment où il commençait à l'embrasser en descendant doucement de sa bouche à son cou, puis au creux profond entre ses omoplates, en passant ses mains chaudes sous son chemisier, son soutien-gorge, dans son jean. Mais après quelques baisers passionnés, à bout de souffle, Jacqui reprit sa respiration.

– Grant ?

– Hein ?

– Il faut qu'on arrête. On ne peut plus faire ça. Je suis désolée.

– Comment ça ? s'étonna Grant. Je croyais... enfin, Ben et Duff m'ont dit que tu avais rompu avec eux, alors j'ai pensé...

*Oh.* Le sourire tendu de Jacqui suffit à lui faire comprendre son erreur.

Il retira ses mains et les mit autour de sa tête.

– Je me sens tout con.

– Non, dit Jacqui. C'est ma faute. Je n'aurais pas dû continuer si longtemps.

Elle soupira. La vérité, c'était qu'elle aimait bien Grant, mais qu'il n'était pas l'homme de sa vie. Juste un mec parmi trois.

– Si c'est ce que tu veux... souffla Grant

Jacqui acquiesça.

– C'est ce que je veux.

Grant se tripota les cheveux pendant un moment en la regardant intensément. Finalement, il se mit à parler.

– Eh bien, s'il y a une chose que je fais toujours, c'est donner aux filles ce qu'elles veulent. (Il l'embrassa doucement sur les lèvres une dernière fois.) Je penserai toujours à toi, dit-il.

Il la fixa de son regard sexy, incandescent, et Jacqui sut qu'il méritait une fille qui n'aurait d'yeux que pour lui.

Elle resta un moment seule, debout sur la plage, à le regarder s'éloigner. Elle était contente de ce qu'elle venait de faire, mais se sentait tout de même triste. Elle s'était bien amusée tout l'été avec trois amoureux, mais au fond ils avaient été trop nombreux dans cette relation. Les cris lancinants des mouettes résonnaient dans l'air, et Jacqui se demanda si tous les étés seraient ainsi teintés d'amertume.

# Fashion Fiasco

À la différence de tous les autres grands stylistes de New York, Sydney Minx avait décidé que son défilé se tiendrait fin août, une semaine avant la Fashion Week, qui attirait le monde de la mode au complet sous les chapiteaux de Bryant Park, à Manhattan. Il était décidé à créer l'événement en « défilant en avance ». D'ailleurs, la plupart de ses clients se trouvaient dans les Hamptons. Il avait entièrement loué la boîte de nuit Le Volcan, et un bourdonnement d'anticipation parcourait la foule de nantis, qui se pressait dans la salle près de la fontaine de lave pour prendre place sur les sièges drapés de lin blanc et garnis de gros sacs-cadeaux.

Tout le monde était là : journalistes de mode internationaux (contrariés d'avoir dû écourter leurs vacances), acheteurs de grands magasins, mondains et mondaines au brushing impeccable, célébrités locales, et tous ceux qui avaient fait un saut en jet privé jusqu'à l'aéroport d'East Hampton pour le simple privilège de s'asseoir au premier rang.

Grâce à tout le battage autour de l'exploit en hélicoptère d'Eliza et de l'énergie qu'elle avait insufflée au style de la collection, l'excitation était palpable. Tout le monde était impatient de voir ce que le styliste allait encore faire d'extraordinaire. Presque toutes les femmes présentes portaient les vêtements de mousseline déchiquetée, patinée et dorée à la bombe créés par Eliza. Il leur tardait de voir ce qu'elles porteraient à l'automne.

En coulisse, Mara tenait un dictaphone sous le nez du styliste. Sydney lui avait déjà débité un torrent d'explications mal ficelées sur son inspiration ; mais pour l'instant, tout ce que Mara pouvait en conclure, c'est qu'il n'en avait pas.

– Je vois des fêtardes, des filles qui dansent sur les tables, des filles dont on parle dans les pages *people*, disait-il en agitant son éventail, des filles dans le vent, encore et toujours des filles dans le vent !

C'était un cliché éculé, et Mara avait pitié de ce vieil homme qui s'efforçait de tenir le rythme de la culture alors que, visiblement, sa place était n'importe où sauf à un défilé. Elle remarqua une fille aux traits durs et aux cheveux noirs, qui apprêtait les mannequins pour le show. *Ça doit être Paige*, se dit-elle. Elle remercia Sydney de lui avoir accordé un peu de son temps et regagna la salle.

Elle prit place au deuxième rang et feuilleta le programme dans l'espoir de trouver un angle d'attaque pour son papier, quelque chose qui résumât le concept de la collection pour qu'elle puisse le transmettre à ses lecteurs. Elle eut une bouffée de culpabilité à l'idée de ne pas être au défilé d'Eliza, de l'autre côté de la ville. Elle n'avait pas eu le cœur de lui dire qu'elle ne couvrirait pas ses premiers pas.

Avec exactement une heure de retard, le défilé de Sydney commença enfin.

La foule se tut et tous les regards se braquèrent sur le fond du podium, où le premier mannequin passa le rideau et fit son entrée.

La fille portait une robe en cuir ouverte jusqu'au nombril et de grosses chaussures à plate-forme. La tenue semblait plus faite pour danser sur une scène de Las Vegas que pour un cocktail chic à Manhattan. À partir de là, ce fut la dégringolade.

La collection était un ramassis de chemisiers chichiteux outrageusement décolletés et de jupes moulantes, sans aucun rapport avec ce que les femmes avaient vraiment envie de porter.

– Il croit qu'on vit à Los Angeles ? railla une femme qui n'avait coché sur sa liste de commandes aucune des tenues exposées.

*Dîner habillé*, précisaient les notices alors qu'un mannequin caracolait en déshabillé transparent garni de plumes.

– Un dîner au manoir Playboy, sans doute ! répliqua une aristocrate consternée.

Mara en avait assez vu. Elle regarda sa montre. Si la circulation était fluide, elle pouvait encore arriver à l'heure au défilé d'Eliza. De l'autre côté de l'allée elle aperçut sa patronne, Sam Davis, grimaçant à la vue d'un mannequin qui défilait en jupe et soutien-gorge.

Si elle voulait y aller, c'était le moment ou jamais. Mara inspira profondément, baissa la tête et s'excusa en quittant son siège et en longeant toute la rangée en direction de la sortie.

Elle se retourna pour jeter un dernier regard au podium et croisa accidentellement le regard de Sam.

– Où allez-vous ? articula silencieusement Sam d'un air fâché.

Mara haussa les épaules. Il fallait qu'elle suive son instinct, et de toute manière, même si cela ne payait pas, son stage à *Hamptons* était presque fini. Il n'était pas question qu'elle rate le premier défilé de mode de son amie.

# Quelques petits problèmes techniques

Les mannequins étaient toutes habillées et maquillées, et Eliza était touchée de l'amitié que tant de gens lui témoignaient : sa maquilleuse lui avait accordé son temps gratuitement, ainsi que son coiffeur. Une équipe de chez Lunch avait préparé une table d'amuse-gueules, et des collègues de l'année précédente au Septième Cercle avaient piqué de l'alcool pour le cocktail qui précédait le défilé. Même le DJ avait proposé ses services à l'œil. L'ambiance était à la camaraderie ; l'assistance était principalement composée de jeunes, enchantés de participer à un véritable événement artistique et non à une présentation commerciale aseptisée. Eliza se demandait où pouvait bien être Mara. Cette dernière lui avait promis de l'interviewer pour son article avant le défilé, mais pour l'instant elle restait introuvable.

Eliza était gonflée à bloc, à un détail près : en route pour le défilé, elle était passée près du Volcan et avait vu Paige et Jeremy ensemble devant la boîte. Paige y était pour la préparation du défilé de Sydney, mais que faisait Jeremy là-bas avec elle ? Ils étaient profondément absorbés dans une discussion, et Jeremy avait même la main sur l'épaule de Paige. Ils avaient regardé passer Eliza dans sa voiture, et elle avait croisé leur regard à tous les deux. Jeremy avait l'air coupable, et Paige, contrariée. Eliza s'était sentie comme poignardée. Ils étaient donc bien ensemble. Jeremy n'attendait plus que d'être débarrassé d'elle pour pouvoir retourner à son ancienne passion.

Elle essaya de chasser cette image de son esprit et se remit à inspecter tous les mannequins.

– Les filles, vous êtes superbes, dit-elle.

Sa vision de l'« uniforme » de la femme active glamour prenait vie, pour de vrai. Elle avait hâte de voir la réaction du public. Allaient-ils détester ? Allaient-ils adorer ? Avait-elle un avenir dans la profession ?

Cachée derrière sa voiture, Eliza jeta un œil discret sur l'assemblée. Elle avait demandé à ses invités de se regrouper sur la plage. Des cordons disposés sur le sable dessinaient un podium de fortune, et elle avait loué deux projecteurs pour éclairer la « scène ». Dès qu'ils seraient allumés, le défilé pourrait commencer.

Elle attendit que la lumière embrase le podium.

Elle attendit...

Et attendit...

Au bout d'un moment, une silhouette se leva du sable pour courir vers elle. Lorsqu'elle s'approcha, Eliza reconnut Serge, l'aide-cuistot du restaurant qui avait proposé de s'occuper de l'éclairage.

– Pas moyen de les allumer. Je ne comprends pas bien pourquoi.

Serge secoua la tête.

– Quoi ? s'écria Eliza.

– Je les ai testés deux fois, j'ai vérifié les câbles ; tout avait l'air de marcher. Je ne sais pas. Peut-être que les ampoules ont grillé ?

À quoi bon organiser un défilé de mode si le public ne voyait même pas les vêtements ? La plage était plongée dans l'obscurité, et les gens commençaient à s'impatienter. Eliza vit plusieurs personnes se regrouper pour boire les vodkas-martinis détournés du Septième Cercle. Si elle ne trouvait pas rapidement une solution, son défilé allait se résumer à un simple cocktail.

– Qu'est-ce qu'on va faire ? demanda Shannon dont les cils étaient lourds de mascara.

– Il faut qu'on y aille, Eliza. La musique a commencé, insista Madison alors que résonnaient les premières notes de *Hollaback Girl*, le tube de Gwen Stefani.

– Merde ! jura Eliza en se rongeant jusqu'au sang les peaux autour des ongles. Elle n'avait aucune idée de ce qu'il fallait faire.

Jacqui, remarquant que rien ne commençait, sortit du rang pour aller parler à Eliza.

– C'est quoi, le problème ?

Avant qu'Eliza ait le temps de répondre, une autre silhouette apparut à côté de sa voiture.

– Eh ! J'ai raté quelque chose ? lança Mara en rejoignant le petit groupe.

– Les projecteurs... ils ne marchent pas ! répondit Eliza à ses amies. Je ne sais pas quoi faire !

– J'ai vu quelqu'un les bricoler, se rappela Jacqui. J'ai cru que c'était une de tes volontaires.

– Non, Serge vient de les vérifier. Il dit qu'ils sont foutus, gémit Eliza. Mar, où étais-tu passée ?

Mara rougit jusqu'aux oreilles.

– Sam m'a obligée à aller au défilé de Sydney. Mais ne t'en fais pas : c'est un désastre complet. Les gens ne sont même pas restés jusqu'au final. Je me croyais la seule à partir avant la fin, mais quand je me suis retournée j'ai vu plein de monde derrière moi. Je crois qu'ils m'ont tous suivie ici.

Ces nouvelles transportèrent Eliza de joie. Le défilé de Sydney était un fiasco ! Ha ! C'est alors qu'elle comprit. Paige. C'était forcément elle. Elle savait qu'Eliza préparait un défilé, et elle avait certainement écumé de rage en voyant tout le monde quitter celui de Sydney avant la fin pour rallier le sien. Elle avait dû se venger en sabotant les projecteurs.

Eliza commença à sentir la sueur perler dans son dos. Elle était complètement grillée. De là où elle se trouvait, elle voyait d'importantes rédactrices de *W*, *Vogue*, *Bazaar* et du *New York Times*, ainsi que plusieurs acheteuses de première importance, qui travaillaient pour les meilleurs grands magasins du pays. Si elle ratait ceci, jamais elles ne lui redonneraient sa chance. Elle ne serait qu'un chiffre de plus dans le monde de la mode, rejoignant les cohortes de jeunes qui rêvent de percer et dont les créations encombrent les bacs de liquidation des stocks. Et encore, si elle arrivait jusque-là.

– Bon, si on donnait des bougies aux mannequins ? proposa-t-elle. Je peux faire un saut à la station service sur la 27 et...

Mais soudain, un mugissement s'éleva de la foule, puis des acclamations.

– Qu'est-ce qu'il y a ?

Eliza se tordit le cou. Elle vit le podium de sable tout illuminé, alors que les projecteurs étaient toujours éteints.

– Mais comment…

– Quelle importance ? Allons-y ! dit Jacqui en sortant de derrière la voiture et en prenant la tête de la troupe de mannequins.

Le défilé commença enfin. À la surprise de tous, Eliza en tête, il s'avéra que le « podium » était éclairé par deux rangs de voitures garées le long de la plage, tous phares allumés.

# Jacqui au pays des merveilles

Jacqui portait encore sa tenue du final – un costume trois-pièces noir parfaitement taillé pour ses proportions – lorsqu'elle vit trois types venus de trois directions différentes s'approcher d'elle, chacun portant un énorme bouquet de fleurs. Ils les lui offrirent l'un après l'autre avec une expression adorablement piteuse.

– Tu as été magnifique, déclara Duffy. Ça m'a donné envie de porter les fringues moi-même !

Ben le poussa du coude et se tourna vers Jacqui d'un air sombre.

– Ça va ? fit-il, inquiet.

– Très bien, acquiesça Jacqui. Je vous aime vraiment beaucoup.

– On t'aime vraiment beaucoup aussi, fit Grant avec un clin d'œil.

– Et le site, tout va bien ? demanda-t-elle.

Ben hocha la tête.

– Les actions sont revenues à leur niveau d'avant la chute, quelques points au-dessus même.

– Quelqu'un nous a envoyé une vidéo de Boris Carter, la star de cinéma, tu sais ? Monsieur Action, celui qui prétend qu'il réalise toutes ses cascades lui-même. On le voit se prendre une crampe à la jambe en promenant son chien. Trop marrant.

Duffy se balança sur ses talons et lui passa un bras amical autour des épaules.

– Tu peux nous croire, personne n'arrêtera le DortoirEnFolie, promit-il.

Ils s'embrassèrent tous avec affection, et Jacqui réalisa que même si elle avait perdu ses chances de trouver l'amour, au moins elle terminait l'été avec trois très bons amis. Rompre avec tous avait été la meilleure décision possible.

À eux trois, ils formaient un petit ami génial, mais Jacqui était certaine qu'un jour elle rencontrerait *le* garçon qui réunirait toutes ces qualités : l'énergie de Duffy, le magnétisme de Grant et la sensibilité de Ben. Entre-temps, leur amitié survivrait et, à défaut d'amour, Jacqui était devenue le quatrième mousquetaire.

À première vue, tout s'arrangeait pour le mieux. Sauf que l'heure tournait : la réception d'anniversaire de mariage était pour le lendemain soir. Madison leur avait joyeusement annoncé que Kevin avait repoussé son voyage dans les Caraïbes pour pouvoir assister à son match de tennis : il serait bien à East Hampton pour l'encourager, et aussi pour constater *de visu* l'intrusion fictive sur sa propriété. Il s'était embrasé de colère quand elle lui avait raconté que les Reynolds construisaient un pavillon de jardin de trois étages qui donnait en plein sur la piscine des Perry et leur bloquait la vue sur l'océan.

Toutefois, il y avait un nouveau hic : Anna n'était toujours pas rentrée de son séjour dans un spa. Elle aurait dû rentrer plus tôt dans la soirée, mais elle leur avait expliqué qu'elle prendrait plutôt le vol du lendemain matin, car elle voulait une nuit de plus pour « communier avec les étoiles ». Jacqui espérait que sa patronne fraîchement régénérée serait bien dans cet avion. Sinon, il y en aurait un pour São Paulo avec son nom écrit en grosses lettres sur la carlingue.

# Pleins feux sur Eliza

À la fin du défilé, Eliza vint saluer. Elle surveilla de l'œil les invités qui applaudissaient – il y eut même des acclamations et des sifflets enthousiastes. Ils avaient adoré... mais le meilleur de tout, c'est qu'à aucun moment de sa vie elle ne s'était sentie aussi comblée. Ces deux dernières semaines, elle avait travaillé d'arrache-pied, et elle était tellement fière ! Sa collection était un succès. Même si personne ne lui commandait une pièce ni n'écrivait une ligne sur elle, elle serait satisfaite. Elle l'avait fait pour elle-même.

Mara courut lui offrir un bouquet de tulipes.

– De la part de Jacqui et moi, dit-elle en l'embrassant sur la joue. On est tellement heureuses pour toi !

Un homme arborant un nœud papillon très chic s'approcha avec une carte de visite et se présenta comme le directeur de Parsons.

– J'aimerais beaucoup évoquer avec vous les possibilités de bourse d'études pour notre promotion de première année.

La Parsons School of Design ? L'école qui comptait parmi ses anciens élèves Marc Jacobs, Donna Karan et Calvin Klein ? Eliza n'en croyait pas ses oreilles. Elle n'avait jamais imaginé une seconde soumettre sa candidature, tellement elle était certaine de ne pas être admise – sans compter toute l'histoire avec Princeton. Elle avait tellement travaillé pour entrer à Princeton... Si elle disait à ses parents qu'elle voulait intégrer une école de stylisme, ils allaient s'étouffer avec leur crème vichyssoise.

– Merci, dit-elle.

Une fille svelte aux longs cheveux bruns portant le plus beau jean de la saison se joignit au groupe.

– Eh, super collection. Il faut qu'on parle : j'aimerais beaucoup passer des commandes pour ma boutique.

Eliza la reconnut sur-le-champ, elle qui faisait son shopping chez Scoop depuis toujours. C'était Stefani Greenfield, la propriétaire du magasin.

– Appelez mon acheteuse ! ordonna Stefani.

– Je n'y manquerai pas, répondit Eliza dans un grand sourire.

Elle regarda autour d'elle, heureuse. Ses « mannequins » se mêlaient aux invités ; toutes les acheteuses parlaient avec Todd, son nouvel associé ; et plusieurs rédactrices l'avaient félicitée en rejoignant leurs voitures. Lentement, deux par deux, les phares qui avaient illuminé le défilé se détournèrent et disparurent sur la route, jusqu'à ce que le podium de fortune soit de nouveau plongé dans l'obscurité. Ce moment aurait pu être le plus heureux de sa vie... si seulement...

Soudain, Jeremy lui manqua si douloureusement qu'elle eut du mal à respirer. Elle n'avait personne avec qui partager son succès, personne avec qui se repasser chaque petit détail délicieux, personne pour lui redire comme elle s'était bien débrouillée. Bien sûr elle avait ses amies : elle sourit à la vue de Jacqui essayant de faire la paix avec ses trois soupirants et de Ryan et Mara qui marchaient main dans la main sur la plage. Si seulement...

Eliza soupira. C'était peut-être le propre de la vie de ne pas être parfaite. Il manquerait toujours quelque chose. Elle rassembla le reste des vêtements et les emballa soigneusement pour les expédier aux fabricants italiens plus tard dans la semaine. Si elle recevait autant de commandes qu'elle le pensait, il faudrait passer à la production en série le plus tôt possible.

Elle traînait un coffre à roulettes vers sa voiture lorsqu'une silhouette familière surgit de l'ombre.

– Tu veux un coup de main ? demanda tranquillement Jeremy.

Eliza leva les yeux. Elle avait souhaité tellement fort le voir apparaître que, maintenant que son souhait était exaucé, elle n'était plus sûre qu'il soit vraiment là, debout devant elle.

– Je peux me débrouiller.

– Je sais, dit-il en s'approchant pour empoigner l'autre bout du coffre. Ils le hissèrent ensemble dans la voiture.

– Je suis très fier de toi. J'ai toujours su que tu en étais capable. C'était incroyable. Je ne connais rien à la mode, mais je pense que les filles vont vraiment aimer.

Eliza sourit.

– J'espère.

Soudain, elle comprit. Un jour, Jeremy lui avait raconté que son travail de paysagiste consistait, entre autres, à concevoir l'éclairage des domaines dont il avait la charge. Certains clients préféraient les torches de bambou, d'autres les lanternes à gaz. Une fois, il avait été engagé pour éclairer une garden party donnée par une grosse entreprise de livraisons :

il s'était servi de phares de camions pour créer une ambiance originale.

– C'est toi, pas vrai ? s'exclama-t-elle. Les phares ? C'est toi qui as eu l'idée ?

Jeremy prit un air penaud.

– Ouais, je t'ai entendue parler des projos bousillés, alors je les ai vérifiés. Les câbles étaient sectionnés.

– Quelle conne ! jura Eliza.

– C'est ma faute. Paige nous a fait un petit remake d'*Attraction fatale* ce soir. Elle m'a demandé de la retrouver au Volcan cet après-midi parce qu'elle avait soi-disant quelque chose à me dire. En fait, elle voulait juste qu'on se remette ensemble. Et puis tu es passée en voiture, et je lui ai dit que tu étais la seule qui ait jamais compté pour moi. Je crois que ça l'a mise hors d'elle.

– Tu lui as dit ça ?

Il hocha la tête.

– Eliza, il fallait me prévenir que Paige t'avait virée. Je savais qu'elle tenterait quelque chose de ce genre quand elle apprendrait pour nous deux. Elle a déjà essayé de renouer avec moi cette année, mais je lui ai dit que je sortais avec toi.

– Depuis le début, elle savait que j'étais ta copine ? demanda Eliza, incrédule.

Pas étonnant que Paige lui en ait fait baver ! Elle voulait reprendre Jeremy pour elle, mais lorsqu'il avait rejeté son affection, elle avait reporté sa colère sur sa rivale, Eliza. Tout s'expliquait.

– Alors elle a coupé les câbles ? résuma Eliza.

– Ouais, je crois. Elle est un peu dingue. La première fois que j'ai rompu avec elle, elle est venue chez les Perry tous les jours à cinq heures du matin. J'ai failli me faire virer. Mais ne t'inquiète pas, je crois qu'elle ne t'embêtera plus. Je lui ai juré que si jamais elle refaisait un truc comme ça, je raconterais tout à sa famille. Son père est flic : il ne laissera pas passer ce genre de choses.

– Comment as-tu convaincu tout le monde d'éclairer le podium ? lui demanda-t-elle en s'approchant pour qu'il la prenne dans ses bras. Les gens garés là-haut n'étaient pas tous venus pour le défilé.

– Je leur ai dit que s'ils allumaient leurs phares, des filles superbes allaient apparaître, murmura-t-il.

# C'est encore mieux la deuxième fois

Ils marchaient sur la plage, l'eau froide caressant leurs pieds nus. Mara posa la tête sur l'épaule de Ryan. L'été touchait à sa fin. Ce n'était pas ce à quoi elle s'était attendue : elle avait compris que l'amour ne faisait pas tout. Il y avait des corvées à prendre en considération. Ryan et elle avaient peut-être trop précipité les choses et tué le mystère. Vivre ensemble... Ils étaient encore si jeunes ! Ils avaient toute la vie pour se disputer au sujet de qui écrasait le tube de dentifrice par le milieu. Elle décida que si elle entrait finalement à Dartmouth, elle n'emménagerait pas avec lui avant la deuxième année.

Ryan l'embrassa sur le front.

– Devine ce que j'ai apporté, dit-il en fouillant dans son portefeuille Coach.

Il lui tendit un morceau de papier glacé.

On pouvait lire : *Washington Post*. SOUS TOUTES LES COUTURES : SYDNEY MINX, *par Mara Waters*. C'était le titre de l'article qu'elle avait écrit au début de l'été, celui qui avait été repris par l'agence Associated Press et distribué à tout son réseau.

– Oh mon Dieu ! s'écria Mara. Le *Washington Post* ! C'est énorme. C'est un vrai journal !

– Je sais, dit Ryan en souriant largement. Tu es une rock star.

– Quand est-ce que tu as vu ça ? s'étonna-t-elle.

– J'ai lancé une recherche l'autre jour. Ton papier est sorti dans une cinquantaine de journaux. Celui-ci est le plus important.

Ils marchèrent encore un peu, dépassèrent le podium et trouvèrent un coin tranquille derrière une dune. Elle était extrêmement touchée qu'il ait pensé à chercher où son article avait été publié et qu'il en ait gardé une copie dans son portefeuille.

– Ça me rappelle quelque chose, glissa malicieusement Mara en attirant Ryan sur le sable.

Il s'allongea sur le dos et joignit les mains sous sa tête pour regarder les étoiles. Elle se pelotonna contre lui et sentit la chaleur de son corps sur le sable humide.

– Quoi ? murmura-t-il d'une voix ensommeillée.

– La nuit où on a dormi sur la plage, tu te souviens ? Le premier été ?

– Mmm, approuva Ryan, les yeux fermés.

Mara se blottit dans son cou en s'émerveillant de la manière dont ses cils reposaient à plat sur la peau claire de sa joue. Il était si beau ! C'était le genre de garçon dont elle n'aurait jamais, au grand jamais pensé qu'il puisse s'intéresser à une fille ordinaire comme elle. Mais ce n'était plus « ce garçon », à présent. C'était tout simplement Ryan. Son Ryan.

Soudain il roula sur elle, la plaquant au sol sous son corps.

– Je voulais le faire, ce soir-là, avoua-t-il en lui immobilisant les poignets de ses mains.

– Qu'est-ce qui t'a arrêté ?

– C'était un peu difficile vu que tu étais tout emmitouflée dans ton sac de couchage, dit-il en riant.

– Et maintenant, qu'est-ce qui t'arrête ? risqua-t-elle en le regardant les yeux mi-clos tandis que, à leurs pieds, les vagues s'écrasaient avec fracas.

– Absolument rien, répondit-il.

Il souleva son pull et le passa sur la tête de Mara de manière qu'ils disparaissent tous les deux en dessous. Heureusement qu'il était large...

Plus tard, de retour au bateau, Mara s'employait à enlever le sable de son jean. *Voilà ce qui arrive quand on fait l'amour dans le sable*, pensa-t-elle, amusée. Elle avait les cheveux emmêlés et les lèvres rouges de ses baisers. Elle s'était trompée : en fait, l'amour faisait bien tout. L'amour était tout ce dont elle aurait jamais besoin. Elle ne voulait rien d'autre que Ryan. Ryan, Ryan, Ryan. Son nom était écrit dans les étoiles au-dessus de sa tête dans le ciel nocturne ; elle l'avait crié, encore et encore.

On frappa à la porte de la salle de bains.

– Entrez, dit-elle en lui souriant.

Il n'était vêtu que de son caleçon et sa musculature sculpturale luisait dans la pénombre.

– J'ai trouvé ça sur la table de la cuisine, commença-t-il en lui montrant l'enveloppe blanche qui portait l'adresse de Dartmouth. Pourquoi est-ce que tu ne l'as pas encore renvoyée ? Ce n'était pas hier, la date limite ?

Momentanément, Mara se trouva sans défense. Le formulaire d'acceptation. Toute la semaine elle avait voulu le poster, mais pour une raison ou pour une autre elle ne s'était pas décidée à le faire.

Elle ne savait pas quoi répondre. Elle avait délibérément oublié de l'envoyer, parce qu'elle hésitait encore à accepter. L'idée de décliner la proposition de Columbia semblait aberrante à présent, surtout vu la vitesse à laquelle elle amassait les publications.

– De toute façon ne t'inquiète pas, ajouta-t-il. Je peux rappeler le bureau des admissions.

– Comment ça, rappeler ? Ryan, tu as fait quelque chose ? demanda-t-elle en respirant avec difficulté. Elle commençait à être vraiment très en colère.

Au début de l'été, Ryan avait proposé de demander à son père – un important ancien élève – de dire un mot en faveur de sa candidature, mais elle lui avait expressément ordonné de n'en rien faire. Avait-il ignoré sa volonté ? Comment pouvait-il ne pas respecter ses souhaits ? Comment avait-il pu agir ainsi derrière son dos ?

– Est-ce que tu as demandé à ton père de me faire rayer de la liste d'attente de Dartmouth ? insista-t-elle en le fixant du regard.

– De quoi tu parles ? répliqua Ryan, offensé. Bien sûr que non, tu m'as dit de ne pas le faire.

– Mais tu viens de me dire que tu allais « rappeler ». Ne me mens pas, Ryan, menaça-t-elle. Je ne te mentirais jamais, moi.

Ryan secoua la tête.

– Je voulais juste m'assurer qu'on serait ensemble, tous les deux. Où est le mal ? Tu ne veux pas qu'on soit ensemble ? Qu'est-ce que tu as ?

– Je ne peux pas le croire ! grinça Mara. Je n'arrive pas à croire que tu aies pu me trahir comme ça.

Elle sortit comme une furie de la cabine. Elle avait besoin de s'éloigner de Ryan. Il avait vraiment appelé son père pour lui demander de la pistonner ! Il avait vraiment utilisé ses relations pour la faire rayer de la liste d'attente ! Comment avait-il pu ? Il savait qu'elle désapprouvait cela : elle voulait être admise par elle-même, pas parce que le père de son petit ami jouait au golf avec le président de l'université. C'était tellement… tellement… nul !

Jamais il ne la comprendrait.

# Recherche mariée désespérément

– Qu'est-ce qui se passe ? demanda Zoé en voyant une troupe d'ouvriers monter un énorme chapiteau blanc dans le jardin, près de la piscine.

– On fait une fête ! dit joyeusement Jacqui. Allez, va mettre ta belle robe.

– C'est l'anniversaire de qui ? fit Zoé pendant que Jacqui passait la robe de lin français à smocks par-dessus la tête de la petite fille.

– De ton papa et ta maman, répondit Shannon en aidant Cody à enfiler un joli costume de petit marin.

Une équipe envoyée par l'agence de Georgina mettait la dernière touche aux préparatifs : de petites bougies étaient disposées tout le long de l'allée, une immense tonnelle de roses surplombait la porte d'entrée, et dans le jardin se dressaient trois tentes : une pour la scène, celle du milieu pour dîner et danser, et une troisième entièrement équipée de toilettes séparées pour les hommes et pour les femmes.

Kevin devait arriver de Manhattan d'une minute à l'autre. Savoir que Madison s'était qualifiée pour le tournoi de tennis l'avait tellement enchanté, qu'il lui avait proposé de l'emmener dîner au restaurant, rien que tous les deux, pour renforcer le lien père-fille. Les enfants étaient tous habillés, et Jacqui avait réussi à convaincre William de mettre une belle chemise et une cravate.

Malheureusement, ils n'avaient encore aucune idée de l'heure à laquelle Anna arriverait. Elle aurait dû rentrer de sa semaine dans un spa de l'Arizona dans la matinée, mais elle n'était pas encore là.

Il était cinq heures de l'après-midi. Déjà, les premiers invités arrivaient : les amis proches d'Anna et de Kevin, les parents de Kevin, et quelques reporters *people* envoyés par divers journaux.

Jacqui se mit à paniquer. Si Anna ne se montrait pas, elle allait droit dans le mur. Kevin ne serait pas ravi d'apprendre qu'« Anna » avait orchestré une fête à cent mille dollars pour finalement ne pas y mettre les pieds. Il fallait faire quelque chose. Rob Thomas devait chanter la sérénade à l'heureux couple d'une minute à l'autre. Un trio de jazz jouait doucement des standards dans le patio pendant que les invités entraient au goutte à goutte.

Elle repéra Eliza qui passait la porte au bras de Jeremy. Ils riaient sous cape tous les deux et Eliza était radieuse. Une nouvelle tendresse était visible entre eux. Jeremy portait un costume de lin, et Eliza était superbe dans sa longue robe de lin blanc fendue jusqu'au genou.

Jacqui les accueillit chaleureusement. Eliza serra son amie dans ses bras. Elle avait les yeux brillants. Une partie d'elle-même avait envie de tout raconter à Jacqui : comment Jeremy lui avait fait la surprise d'une réservation à l'hôtel Bentley, où on leur avait donné la plus belle chambre quand le personnel avait appris que la cliente était « Eliza Thompson ». Jeremy avait découvert qu'il y avait des avantages à être une princesse ! Et puis comment Jeremy l'avait déshabillée avec tellement de lenteur et de délicatesse qu'elle avait cru mourir d'impatience. Elle n'avait même pas eu à porter sa parure de lingerie. Tout avait été parfait, et elle n'avait rien planifié du tout. Mais elle garda le silence. Ce qui s'était passé la nuit précédente était un magnifique secret qu'elle voulait garder pour elle, pour l'instant. Elle qui n'avait jamais su tenir sa langue comprenait enfin pourquoi, dans certains cas, les gens ne racontaient pas tout.

– Vous deux, j'ai besoin de votre aide, jeta Jacqui en s'épargnant les banalités d'usage.

Eliza décela immédiatement l'urgence dans la voix de Jacqui.

– Qu'est-ce qu'il y a ? Qu'est-ce qu'il faut faire ?

– Anna n'est pas là.

– Où est-elle ?

– Aucune idée. J'ai vérifié sa carte de crédit et je l'ai suivie à la trace. Elle est montée dans l'avion, elle a pris une voiture à l'aéroport et elle devrait être arrivée, sauf que personne ne l'a vue. Je ne sais pas quoi faire.

– Calme-toi, dit Jeremy d'un ton rassurant. Elle habite ici. Elle va bien rentrer à un moment ou à un autre.

– Je sais, mais Rob Thomas...

– Rob Thomas, pouffa Eliza.

Jeremy haussa un sourcil interrogateur.

– Rob Thomas ?

– Oui, il monte sur scène dans cinq minutes pour chanter la sérénade à l'« heureux couple ». Kevin arrive, il sera là d'une minute à l'autre. Je ne veux même pas penser à ce qui va se passer s'il trouve cette fête et pas d'Anna.

– Bon, réfléchissons. Où est-ce qu'Anna passe le plus clair de son temps d'habitude ? Peut-être qu'elle y est allée, hasarda Eliza, encourageante.

Jacqui se frotta le front. Anna... Où Anna passait-elle son temps... Le salon de beauté... Les boutiques de Main Street... Mais ces derniers temps, elle était tout le temps fourrée chez les voisins, au château des Reynolds, à jouer à des jeux à boire. Jacqui jeta un coup d'œil rapide sur l'assemblée des invités et remarqua que les garçons du site web n'étaient pas encore là, ce qui était étrange puisqu'ils avaient promis de venir.

– Je crois que je sais où elle est, dit Jacqui d'un ton lugubre.

Duffy trouvait Anna sexy. Rien ne garantissait qu'il ne passerait pas à l'action avec une femme mariée et plus âgée que lui. Duffy verrait sûrement cela comme une aventure parmi d'autres. Anna appréciait sans doute d'être l'objet de son attention. Peut-être Jacqui n'aurait-elle pas dû la laisser l'accompagner dans toutes ces boîtes pendant l'été, ni la présenter aux garçons du site web. Si Anna s'était amourachée d'un garçon de la moitié de son âge, cela ne présageait rien de bon pour une réconciliation.

La porte du château des Reynolds n'était pas verrouillée. Jacqui emmena ses amis dans la salle de jeux, qui abritait la table de ping-pong. Hélas, personne ne lançait de balles dans des gobelets de bière.

– Ben ? Duffy ? Grant ? Où êtes-vous ? cria-t-elle.

Pendant un long moment, il n'y eut pas un bruit. La maison

était vide. *Zut*. Son portable sonna : c'était Georgina, qui se demandait où étaient les Perry. Rob était en place et prêt à chanter leur chanson.

– Partons, elle n'est pas là, gémit Jacqui, découragée, en tapant dans un ballon de plage décoré du logo du site.

– Par ici ! appela une voix depuis la cuisine.

Ils entrèrent tous en même temps et trouvèrent Anna appuyée au comptoir de la cuisine en compagnie des trois garçons.

– Oh, salut Jacqui, dit Anna. Eliza, ça fait un bout de temps que je ne t'ai pas vue ! Et lui, c'est bien Jeremy, qui travaillait pour nous ? s'écria-t-elle joyeusement en leur faisant signe de la rejoindre.

Les trois garçons étaient tous habillés dans un style bord de mer chic : Duffy en costume de lin marron, Grant en toile légère, et Ben dans une chemise cubaine festive.

– Ces mecs prétendent que je donne une grosse fête chez nous ce soir, mais ils se paient ma tête, sourit Anna.

Ses bagages étaient posés par terre et elle était bronzée, reposée, l'air heureux après sa semaine au spa. Jacqui remarqua avec soulagement qu'elle ne buvait pas. Elle n'avait pas son éternel verre de bière de fêtarde à la main.

– Cet endroit est un vrai capharnaüm ! déclara-t-elle en vaporisant du nettoyant au citron sur le comptoir et en frottant énergiquement. Je me suis dit que j'allais leur donner un coup de main pour remettre de l'ordre.

– Euh, c'est très gentil, Anna, mais je crois que Kevin a une surprise pour vous, risqua Jacqui. Il faut vraiment rentrer à la maison, maintenant.

– Une surprise ? répéta Anna, méfiante. Quel genre de surprise ?

À cet instant précis, les premiers accords de *Lonely no more* flottèrent jusqu'à leurs oreilles.

– Une bonne surprise, dit Eliza avec un grand sourire.

# Les Perry ne sont plus seuls

Lorsqu'ils regagnèrent le jardin des Perry, Rob Thomas était sur scène avec sa guitare.

– Qu'est-ce qui se passe ? demanda Anna, mystifiée (tout en gardant la présence d'esprit de saluer tous ses amis.) Que font les parents de Kevin ici ?

Elle s'arrêta en voyant son mari au crâne dégarni traverser la foule.

– Il n'y a pas de pavillon ! répétait-il à qui voulait bien l'écouter. Que se passe-t-il ? s'étonna-t-il en se tournant vers Madison qui ne lui avait pas encore expliqué la raison de cette énorme réception avec une fontaine de chocolat de trois mètres de haut dans leur jardin.

Il vit Anna, et il s'arrêta net.

Tous deux se regardèrent intensément.

Mais avant qu'ils aient pu se dire un mot, Rob Thomas se pencha vers le micro.

– J'aimerais dédier cette chanson à un couple très spécial qui, à ce qu'on me dit, fêtera demain son cinquième anniversaire de mariage. À Anna et Kevin Perry ! Par les temps qui courent, c'est merveilleux de voir un couple qui dure !

– Mais comment... ? demanda Kevin en se balançant d'un pied sur l'autre.

– Oh, Kevin ! murmura Anna alors que Rob commençait à chanter. Tu te souviens... ?

Kevin avait encore l'air fâché. Qui étaient ces gens ? Que faisaient ces trois tentes de cent cinquante mètres de long sur sa pelouse ? Mais à la vue de l'expression d'Anna, ses traits se détendirent.

– Tu as reçu mes e-mails ?

Anna hocha la tête.

– Tu étais sérieux ? C'est vrai que tu ne veux plus aller jusqu'au bout ?

Lorsque Shannon avait arrêté de leur envoyer les faux messages amoureux, il se trouve qu'Anna et Kevin s'étaient lancés dans une correspondance, en dépit du désastreux déjeuner chez Babette. À voir la jalousie de Kevin, Anna s'était sentie de nouveau belle, et elle l'avait assailli d'e-mails tendres et aguicheurs auxquels il avait, de fait, répondu. Comme quoi la vie nous réserve bien des surprises.

Jacqui, qui les avait observés en retenant son souffle, respira profondément.

– Joyeux anniversaire, dit doucement Kevin. Je suis heureux que nous puissions le fêter.

– Tu m'as manqué, avoua Anna en passant les mains autour son cou potelé.

– Toi aussi, mon bébé, avoua Kevin.

L'assistance les acclama et leur porta un toast. Les enfants Perry entourèrent leurs parents (ou plutôt leur père et leur belle-mère) et les embrassèrent avec bonheur. Ryan donna un coup de poing dans l'épaule de son père et le félicita pour cet anniversaire. Kevin embrassa Anna sur la joue, ébouriffa les cheveux des filles et caressa les joues des garçons. Madison et Zoé étaient rayonnantes ; quant à William et Cody, ils leur couraient autour en ululant bruyamment.

– Et moi aussi, j'ai une surprise, souffla Anna. Je suis enceinte !

– C'est vrai ? glapit Kevin.

– De trois mois. C'est pour ça que j'étais tellement grognon. Les hormones. Sautes d'humeur et tout le tralala. Je viens de l'apprendre, au spa. (Anna sourit.) Et je te promets de déchirer les cartes de crédit.

– Je te promets de ne plus travailler le week-end, répondit Kevin.

– Alors vous ne divorcez plus ? demanda Madison.

– Non, aucun risque, promit Kevin.

Pendant qu'ils dansaient maladroitement un slow sur la chanson de Matchbox Twenty, Jacqui les laissa tranquilles et trouva un banc de pierre où s'asseoir. Triomphante, elle s'agrippait de toutes ses forces au rebord. Elle avait réussi. Les Perry allaient rester ensemble. Ils auraient besoin d'elle pour s'occuper des enfants, et elle pourrait terminer le lycée. Pour le moment, son avenir était assuré. Elle n'avait encore aucune garantie d'être admise à la NYU, mais elle était bien décidée à essayer de nouveau. Elle allait pulvériser le niveau requis en math et en sciences. Jacqui était plus que jamais déterminée.

Pour vous motiver à réussir, rien ne vaut la peur de devoir passer sa vie à aider les femmes gâtées de milliardaires brésiliens, exhibées commes des trophées par leurs maris, à se boudiner dans des corsets Gaultier.

# Tout compte fait, Sting avait raison

Pendant que devant la scène, Anna et Kevin horrifiaient les plus jeunes des invités avec leurs démonstrations outrageusement passionnées d'amour retrouvé, Mara et Ryan se balançaient calmement dans le hamac, devant le cottage des filles au pair. La veille au soir, Mara était rentrée au bateau toujours aussi en colère. Elle avait dormi sur l'une des banquettes réservées aux invités. Officiellement, ils étaient toujours en froid ; mais Mara avait promis de venir à la soirée et Ryan, quand il avait appris ce que les filles avaient manigancé, avait décidé d'y assister aussi. Après tout, c'est de son père qu'il s'agissait.

Ryan l'avait attirée à l'écart de la foule et ils s'étaient assis, gênés, dans le hamac. C'était le lieu historique de leur premier baiser, cela n'avait pas pu leur échapper.

– Écoute, Mara, dit-il avec un profond soupir. C'est vrai que j'ai passé un coup de fil, mais ce n'est pas ce que tu crois. J'avais l'intention d'essayer de faciliter les choses, mais tu étais déjà admise. Tout ce que j'ai demandé au bureau des admissions, c'est de te réserver une place dans le dortoir le plus proche de ma confrérie. C'est ce que je voulais dire quand j'ai parlé d'être ensemble. Tu as été admise sans l'aide de personne. Mon père n'a rien à voir là-dedans.

– Pourquoi est-ce que tu ne me l'as pas dit hier soir ?

Frustré, Ryan serra les poings sur les cordes du hamac.

– Tu étais tellement prête à penser le pire de moi que ça m'a énervé.

– Oh mon Dieu, Ryan, je suis tellement désolée !

Elle se sentait horriblement mal. Elle avait été toute prête à supposer que, simplement parce qu'il était riche et privilégié, il ne résisterait pas à la tentation d'utiliser ses relations pour obtenir ce qu'il voulait.

– Ne sois pas désolée, répondit-il. Il n'y a pas de raison.

– Je crois que je vais aller à Columbia, reprit Mara d'une voix douce. Je pense que c'est un meilleur choix pour moi.

– Je sais, reconnut Ryan d'un air sombre en poussant du pied sur l'herbe pour balancer légèrement le hamac dans la brise du soir.

– Je suis navrée, dit Mara, impuissante.

– Je ne t'en aurais jamais empêchée, tu le sais bien. Tout ce que tu avais à dire, c'était que tu ne voulais pas aller à Dartmouth, et j'aurais compris. Simplement, je croyais que c'était ta volonté, c'est pourquoi j'ai fait tous ces projets... J'aimerais que tu me croies, je ne veux que ton bien, dit-il tendrement.

– Je le sais, maintenant. Oh, Ryan, j'ai gâché tellement de choses, gémit-elle en pleurant.

Elle avait le cœur brisé en comprenant combien elle avait douté de lui tout l'été, combien elle avait cru qu'il ne soutenait pas ses ambitions et qu'il désapprouvait sa carrière, alors qu'il n'avait jamais eu que les meilleures intentions.

– Alors, et maintenant ? hasarda Ryan. Qu'advient-il de nous deux ?

– On se sépare, dit courageusement Mara.

Elle y avait énormément réfléchi toute la nuit, couchée seule sur la bannette en V.

Elle avait commencé l'été pleine de doutes sur ses talents d'écriture, intimidée par sa patronne et par ses missions, mais à présent elle était sûre de pouvoir réussir comme journaliste. Ou du moins, elle voulait essayer. De plus, elle se demandait réellement si Ryan et elle étaient faits l'un pour l'autre. Peut-être serait-il mieux avec une fille qui sache partager sa passion pour l'océan, et pas une qui voulait passer ses soirées derrière un clavier d'ordinateur. Elle espérait de toutes ses forces être celle qu'il lui fallait, mais en même temps elle ne voulait pas le rendre malheureux. Elle voulait éviter que, pour tenter de s'accorder l'un à l'autre, ils se contorsionnent au point de perdre de vue leur vraie personnalité.

Ryan souffla longuement.

– C'est ce que tu veux ?

Mara soupira. Quand on aime quelqu'un, il faut lui laisser sa liberté. S'ils étaient faits l'un pour l'autre, ils finiraient ensemble quoi qu'il arrive. Peut-être dans un an, dans deux ans, ou peut-être même après leurs études. Elle espérait qu'un jour ils trouveraient le chemin qui les ramènerait l'un vers l'autre. Mais il fallait qu'elle prenne le risque de le perdre, pour leur bien à tous les deux.

– Oui. Je pense qu'on a besoin de mûrir un peu. Toi comme moi.

– Je t'aime, dit Ryan en lui serrant fortement la main. Je t'aimerai toujours.

– Je t'aime aussi, répondit Mara.

Ils s'embrassèrent, d'un baiser divin, un baiser qui effleurait l'âme. Comme leur premier baiser dans le hamac, mais beaucoup plus profond, car il était teinté d'amertume.

Ils rentrèrent au bateau pour leur dernière nuit ensemble en tant que couple. Et le lendemain, ils s'en iraient en tant qu'individus.

# Une porte se ferme, mais c'est une fenêtre qui s'ouvre

Deux longs coups de Klaxon à l'extérieur signalèrent l'arrivée d'Eliza. Jacqui faisait ses bagages en vitesse dans le cottage des filles au pair. Les garçons lui avaient proposé de la ramener à New York dans le Black Hawk, mais elle avait refusé, car elle voulait passer encore quelques heures avec ses amies. Elle était un peu mélancolique à l'idée qu'aucun des garçons n'ait fait l'affaire comme petit ami, mais elle était impatiente de retrouver la ville et tout ce qu'elle avait à offrir. Dans une cité de huit millions de personnes, il devait bien se trouver *un* garçon qui soit le bon pour elle. Elle en avait la certitude.

Shannon tirait sur la fermeture Éclair de son sac fourre-tout, bourré de vêtements achetés lors de ses nombreuses expéditions de shopping avec ses aînées.

– Merci pour toute ton aide cet été, dit Jacqui en lui tendant la main.

Shannon la serra.

– Aucun problème. C'était bien, dit-elle avec un sourire malicieux. C'est toujours comme ça dans les Hamptons ?

Jacqui éclata de rire et réfléchit à la question.

– Oui, à peu près.

– Alors, on se verra à New York ? Et tu n'as pas à craindre de me voir débarquer chez toi. Madison m'as proposé de dormir dans leur maison quand je viendrais. Ne le prends pas mal, mais il paraît que chez eux il y a une piscine au sous-sol.

*Cette fille est vraiment trop*, se dit Jacqui, un sourire aux lèvres.

Eliza, au volant de sa voiture, appuyait en continu sur le Klaxon. Elle avait relevé ses cheveux en queue-de-cheval haute et portait la veste de travail de Jeremy. Ainsi, elle avait l'impression d'être près de lui. Ils avaient passé la nuit ensemble chez lui, et il avait prévu d'aller la voir en ville avant son départ pour la fac. Maintenant qu'il était son propre patron, il viendrait chaque fois qu'il le pourrait, et elle lui avait promis de descendre lui rendre visite tous les mois. Ils allaient faire en sorte que ça marche. Il était son véritable amour, et elle n'allait pas le lâcher.

Elle avait annoncé la nouvelle à ses parents la veille au soir : elle repoussait d'un an son entrée à Princeton et passerait cette année à Parsons. Son projet de devenir styliste de mode était sérieux, et elle voulait voir où la mènerait ce chemin. Toute sa vie, elle s'était efforcée de combler les attentes de quelqu'un d'autre, et elle voulait savoir ce qui se passerait si elle essayait de combler les siennes propres. Ses parents n'en avaient pas été enchantés, d'ailleurs ils espéraient encore qu'elle change d'avis – d'où la promesse de différer Princeton d'un an.

Mara, sur le siège passager, feuilletait le dernier numéro de *Hamptons*. Sa chronique avait rencontré un succès énorme et pour le dernier épisode, Sam avait approuvé un reportage exclusif de six pages sur la styliste dont le nom figurait en tête de toutes les listes de shopping de l'automne : Eliza Thompson. Le magazine avait un autre scoop : après l'échec lamentable de son dernier défilé, Sydney Minx était en faillite et avait annoncé qu'il se retirait dans sa villa en France. Quant à Paige McGinley, Eliza avait entendu dire que l'ex-assistante autoritaire en était réduite à travailler comme vendeuse chez Saks. Son talent pour la flatterie allait bien lui servir pour fourguer à des femmes des vêtements hors de prix dont elles n'avaient pas besoin.

Mara rentrait chez elle, à Sturbridge, pour préparer ses valises. Ryan et elle s'étaient quittés dans les larmes un peu plus tôt, et elle avait encore les yeux rouges d'avoir tant pleuré. Il fallait qu'elle soit courageuse, mais elle se demandait déjà si leur décision n'avait pas été trop précipitée. De toute manière il n'allait pas disparaître. Mara savait exactement où il serait, et Dartmouth n'était pas trop loin. Mais d'un commun accord, ils n'avaient aucun fil à la patte. Ils étaient libres. Libres de revenir l'un vers l'autre, aussi.

Elle s'efforçait de ne pas être trop triste. Après tout, tant de choses l'attendaient ! Sam Davis lui avait déjà demandé de réfléchir à l'idée d'un stage à *Metropolitan Circus* pendant l'année scolaire. Ce magazine généraliste, connu pour afficher des célébrités enceintes et nues en couverture, l'avait engagée comme rédactrice en chef : Sam Davis était de retour dans le monde des médias new-yorkais en moins de temps qu'il n'en faut pour dire « voiture avec chauffeur ».

Jacqui finit par apparaître à la porte de la maison. Elle fourra ses sacs dans le coffre et se glissa à l'arrière de la voiture.

– Prêtes ? dit-elle en leur souriant.

Eliza démarra et Mara posa son magazine. Elle brancha son iPod sur la prise auxiliaire, et la chaîne stéréo de la voiture résonna de la voix sensuelle de Gwen Stefani chantant *Your lovin' is better than gold...*

Un été de plus, mouvementé, difficile, venait de s'écouler. Les Hamptons avaient offert un cadre merveilleux à leurs aventures, et ses plages rocheuses, ses maisons à toits d'ardoises, son charme rustique et élégant allaient leur manquer. Peut-être reviendraient-elles, plus mûres, plus sages, moins susceptibles de finir en train de danser sur les tables en boîte. Ou pas.

Quoi qu'il arrive, chacune savait qu'elle pouvait compter sur le soutien, les conseils, l'affection et l'amitié des deux autres. Les Hamptons les avaient réunies, et elles seraient toujours heureuses de ce cadeau.

Et maintenant, New York leur ouvrait les bras...

www.wiz.fr
Logo Wiz : Cédric Gatillon

*Composition Nord Compo*
*Impression CPI Bussière en juin 2013*
*à Saint-Amand-Montrond (Cher)*
*Éditions Albin Michel*
*22, rue Huyghens, 75014 Paris*

*ISBN : 978-2-226-24927-2*
*ISSN : 1637-0236*
*N° d'édition : 20850/01. – N° d'impression : 2003204.*
*Dépôt légal : juillet 2013.*
*Loi n° 49-956 du 16 juillet 1949 sur les publications destinées à la jeunesse.*
*Imprimé en France.*